BASTEI
LÜBBE
TASCHENBUCH

Weitere Titel des Autors:

Zwillingsblut – Der Kampf der Zwerge

HENDRIK LAMBERTUS

ZWILLINGSBLUT

DIE MAGIE DER ELBEN

BAND 2

Mit handgezeichneten Karten des Autors

BASTEI
LÜBBE
TASCHENBUCH

BASTEI LÜBBE TASCHENBUCH
Band 20936

Dieser Titel ist auch als E-Book erschienen

MIX
Papier aus verantwortungsvollen Quellen
FSC® C019821

Originalausgabe

Textredaktion: Katharina Runden
Umschlaggestaltung: Kim Hoang, Guter Punkt, München | www.guter-punkt.de
unter Verwendung von Motiven von © Thinkstock: Top Photo Group venimo | Andreyuu | AndreaAstes | Igorad | Dynamic Graphics | vladimir_n | MaYcaL | nevarpp | Picsfive
Satz: two-up, Düsseldorf
Gesetzt aus der Caslon
Druck und Verarbeitung: Druckerei C.H. Beck, Nördlingen
Printed in Germany
ISBN 978-3-404-20936-1

1 3 5 4 2

Sie finden uns im Internet unter www.luebbe.de
Bitte beachten Sie auch: www.lesejury.de

Für Konradin

PROLOG

DER TOD KAM durch die Luft ins heilige Malyún.

Die weißen Türme und Kuppeln des Silberklosters erhoben sich auf einem kühnen Brückenbogen, der sich über einen Abgrund spannte. Ein zu Eis erstarrter Wasserfall glitzerte unterhalb des Klosters in der Schlucht und verschwand nach vielen Hundert Metern in den Schatten. Aus der Entfernung sah es so aus, als würde Malyún in der klaren Bergluft schweben, ein filigranes Traumbild mitten im Nichts. Tatsächlich ruhte der Brückenbogen des Klosters an zwei Stellen auf dem Fels der Berge, während seine Gebäude sich frei über dem Abgrund erstreckten.

Dank dieser Lage hatte das Festungskloster seit den alten Tagen der Silber-Elben jedem feindlichen Heer standgehalten. Vor dunkler Magie und dem Zorn geflügelter Drachen war Malyún durch ein machtvolles Zaubersiegel geschützt. Doch nun hatte jemand dem Tod die Tore geöffnet.

Thuramur, Priester der göttlichen Weberin Iyanuri, bemerkte erst spät, dass etwas nicht in Ordnung war. Der Silber-Elb hatte auf einer der Turmplattformen unter dem Vollmond meditiert und war durch ein Gefühl von nahendem Unheil ins Hier und Jetzt zurückgerufen worden. Nun schritt er beunruhigt den westlichen Wandelgang entlang.

Zu seiner Linken schauten zahllose offene Bogenfenster über die Eisgipfel der Gletscherberge. Schnee lag in jedem einzelnen Fensterrahmen und bedeckte auch den gekachelten Boden. Unter einem der Fenster erblickte Thuramur rote Flecken im reinen Weiß des Schnees. Er hielt inne. Einige Meter entfernt lag eine reglose Gestalt am Boden. Es war Hvitbjörn, einer der Tempelwächter. Sein bleiches Gesicht war zu einer Maske des Schreckens mit weit aufgerissenen Augen verzerrt. Der blonde Menschenmann hatte dem Kloster Malyún sein Leben lang gedient, so wie seine Eltern, seine Großeltern und seine Urgroßeltern vor ihm. Thuramur hatte sie alle gekannt.

Blut quoll aus einer Wunde an Hvitbjörns Hals und färbte den Schnee rot. Eine Gestalt in einer grauen, zerfetzten Kutte hockte über ihm und saugte gierig den Lebenssaft in sich hinein. Als der Kuttenträger Thuramurs Präsenz erspürte, hob er den Kopf. Ein bleicher Schädel grinste unter der Kapuze hervor. Die scharfen Eckzähne waren grotesk verlängert und glänzten rötlich. Eine Lamia, ein blutgieriger Schrecken der Unterwelt.

Frohlockend streckte die Lamia Thuramur ihre Knochenarme entgegen und schwebte auf ihn zu. Jeder Geschichtenerzähler wusste, dass die ruhelosen Toten das immerjunge Blut der Elben mehr als jede andere Beute begehrten. Rasch zog Thuramur ein Amulett unter seiner Robe hervor. Es war eine kleine Silberspindel, das Zeichen der göttlichen Weberin Iyanuri. Der Priester hob den Anhänger und rezitierte einen Segensspruch in der ehrwürdigen Sprache seines Volkes.

Die Lamia zischte wütend und schnappte nach ihm, doch sie vermochte ihn nicht zu berühren. Iyanuris Segen beschützte ihren Diener. Thuramur spürte einen Hauch von Erleichterung, denn in der letzten Zeit war es für die Priesterinnen und Priester immer schwieriger geworden, die Macht der Weberin anzurufen. Er war sich keineswegs sicher gewesen, dass der Schutzsegen wirken würde.

Dann hörte er ein grabkaltes Zischen von der Seite. An sechs oder sieben Bogenfenstern des Wandelganges krallten sich knöcherne Hände in den Stein, während grinsende Schädel mit Fangzähnen hereinschauten. Weitere Kuttengestalten zogen sich in den Gang. Thuramur sog scharf die Luft ein. Eine einzelne Lamia war bereits ein schrecklicher Gegner, selbst für einen erfahrenen Priester. Gegen eine ganze Horde der Unterweltlichen konnte er nicht bestehen.

Thuramur wich zurück, fort von den todbringenden Töchtern der Unterwelt. Er wandte sich um und hastete schnellen Schrittes tiefer ins Kloster hinein. Hinter ihm zischten die Lamiae gierig, wagten es aber nicht, den von Iyanuri Gesegneten zu verfolgen.

Auf den Gängen und Treppen fand er weitere blutleere Leichen. Der Anblick erfüllte ihn mit Grauen. Einige trugen die einfache, weiße Kluft der Tempeldiener und Wächter, andere die feinen Regenbogenroben der Priesterschaft. Dort lag die Silbersängerin Uyandri, dort Gamring, der Küchenbursche, der erst im dritten Jahr auf Malyún war.

Einmal begegnete er einer Lamia, die mit wehender Kutte auf der Suche nach Opfern durch das Kloster schwebte. Seine Silberspindel ließ sie zurückweichen.

Thuramur war von einer Sorge erfüllt, wie er sie seit vielen Hundert Wintern nicht mehr gespürt hatte. Nicht um sich oder sein ewiges Elbenleben. Er war sich dessen bewusst, ein Relikt vergangener Tage zu sein. Die Zeit der Silber-Elben war vorüber. Doch bangte er um das Herz des Silberklosters Malyún, das im großen Gewebe unersetzlich war. Dunkle Vorahnungen waren seine Begleiter, während er durch die verschachtelten Gänge eilte. Es war unmöglich, dass Untote von außen in das Kloster eindrangen. Es sei denn, jemand hatte das Schutzsiegel gebrochen.

Niemand von den Priesterinnen und Priestern kam dafür infrage. Sie alle dienten der Weberin treu, die meisten seit ewigen Zeiten. Auch die menschlichen Tempeldiener waren über jeden Zweifel erhaben, sie entstammten alten Familien der Nordleute, die seit vielen Generationen ihre Kinder dem Kloster überantworteten.

Es musste jemand anderes gewesen sein. Und es gab zurzeit nur eine Person von außerhalb im Kloster. Eine einsame Pilgerin, eine Purpur-Elbin. Thuramur misstraute dem Purpurvolk mit seinem Streben nach Zaubermacht. Doch Malyún war ein gemeinsames Erbe aller Elbenvölker, ebenso wie das Schwesterkloster Ilyún im fernen Blütenmeer von Beyân. Keinem Pilger durfte der Zutritt verwehrt werden.

An einer Treppe traf er auf Hroskarl, den Stallknecht. Er

hatte sich in eine Ecke gekauert und zitterte am ganzen Körper. Entschlossen half Thuramur dem verängstigten Hroskarl auf, und gemeinsam eilten sie weiter. Als eine Lamia aus einem Seitengang heranschwebte, wehrte Thuramur sie mit seiner Silberspindel ab.

Der Silber-Elb hastete mit dem Menschenmann einen langen, von matt leuchtenden Mondquarz-Statuen gesäumten Gang entlang und erreichte schließlich die große Kuppelhalle auf dem höchsten Scheitelpunkt des Brückenklosters. Dies war das zentrale Heiligtum von Malyún, die Halle des Silberwebstuhls.

Thuramurs Befürchtungen wurden zur Gewissheit. Cylandri, die hohe Hierophantin, war bereits hier, zusammen mit Jandramur, dem Sternenmeister, der Bibliothekarin Ryndri und dem Kantor Gyrandur. Drei der ältesten Priester, die schon Diener der Weberin gewesen waren, als Thuramur einst den Regenbogenschleier genommen hatte. Sie hatten sich vor dem Webstuhl versammelt, um ihn mit ihren Leben zu verteidigen. Doch sie waren kaum in der Lage, sich selbst zu beschützen. Mehr als ein Dutzend Lamiae in grauen Kutten streiften gierig vor ihnen auf und ab und streckten immer wieder begehrlich die Knochenarme nach ihnen aus. Die Priesterinnen und Priester hatten ihre Silberspindeln erhoben, um die Angreifer abzuwehren, die einen Kreis um sie und den Webstuhl geschlossen hatten.

Die Hierophantin rief die machtvollen Worte eines Bannfluchs. Ein Strahl aus silbernen Flammen entsprang ihrer Spindel und ergoss sich über eine der Kapuzengestalten. Heulend verbrannte die Untote zu Asche, doch sofort schwebten zwei weitere Lamiae an ihre Stelle. Cylandri ließ erschöpft den Arm sinken. Hroskarl kauerte sich ängstlich hinter Thuramur.

Das große Schutzsiegel war tatsächlich durch einen unheiligen Zauber gebrochen. Daneben stand die Pilgerin. Sie hatte ihren Regenbogenumhang achtlos zu Boden geworfen. Nun konnte Thuramur erkennen, dass sie darunter eine schwarze Lederrüstung und purpurfarbene Gewänder voller Zauberglyphen trug. Das lange brünette Haar der Purpur-Elbin wurde durch einen Silberreif aus feinen Kettengliedern gebändigt. Eine gewundene Kette auf rostrotem Grund zierte auch ihre Rüstung. Thuramur erinnerte sich. Pilger hatten das Wappen erwähnt. Das war das Zeichen des Kettenfürsten, dessen Kriegshorden schon viele Reiche überrannt hatten. Die Amethystaugen der Purpur-Elbin funkelten spöttisch, als sie Thuramur am Portal der Halle bemerkte.

»Ah, noch ein fähiger Priester, der die Macht seiner Spindel zu erwecken vermochte«, sagte sie mit einem zufriedenen Katzenlächeln. Dann klatschte sie energisch in die Hände. »Lamiae! Treibt ihn zu den anderen.«

Drei der Kuttengestalten lösten sich von ihren Schwestern und schwebten auf Thuramur zu. Er trat einen Schritt zurück. Selbst eine Meisterin der Nekromantie konnte vielleicht zwei, höchstens drei der machtvollen Untoten zugleich kontrollieren. Durch das Kloster jedoch schienen ganze Horden von Lamiae zu streifen. Wer war diese Frau, dass sich die Pforten der Unterwelt so bereitwillig für sie öffneten?

Thuramur wusste, dass er der schrecklichen Macht von drei Lamiae zugleich nichts entgegensetzen konnte. Doch er war einst ein passabler Krieger gewesen, bevor er nach Jahrhunderten sinnleerer Kämpfe in Malyún seine Heimat gefunden hatte.

Mit einer fließenden Bewegung griff er an seinen Gürtel, zog eine versilberte Wurfscheibe voller Zauberglyphen hervor und schleuderte sie nach der Purpur-Elbin. Sie versuchte auszuweichen, doch sie war nicht schnell genug. Die Wurfscheibe streifte ihre Schulter, zerschnitt ihren Schutzzauber so mühelos wie ihre Rüstung und hinterließ eine blutende Wunde.

Die Purpur-Elbin schrie schmerzerfüllt auf. Mit erstaunlicher Entschlossenheit ignorierte sie die Verletzung und griff nach ihrer Gürteltasche, während sie einige Worte der Macht zischte. Eine schimmernde Schneeflocke aus Kristall surrte plötzlich auf Thuramur zu. Seine Glieder erstarrten zur Reglosigkeit, als die Flocke seine Priesterroben berührte und Kälte sich in seinem

Körper ausbreitete. Hilflos musste er mit ansehen, wie die Lamiae sich mit ihrem toten Grinsen näherten, während die Purpur-Elbin voller Genugtuung zuschaute. Eine der Untoten stürzte sich auf Hroskarl und grub ihre Fangzähne in seinen Hals. Der Stallknecht sank mit einem ersterbenden Wimmern zu Boden. Die beiden anderen umkreisten Thuramur immer enger.

Erst als Knochenfinger zärtlich über Thuramurs Wange strichen, hob die Purpur-Elbin die Stimme. »Genug! Ich brauche ihn lebend, so wie die anderen Priester, die Iyanuris Macht zu rufen verstehen.«

Thuramur wehrte sich mit aller Kraft gegen den Eiszauber der Purpurfrau, doch er vermochte den Bann nicht zu brechen. Plötzlich trat ein Orkkrieger selbstgefällig grinsend ins Allerheiligste von Malyún. Die Untoten mussten ihn eingelassen haben. Seine Plattenrüstung war rot-schwarz lackiert und mit silbernen Kettenmustern verziert. Auf dem Brustpanzer prangte das Symbol eines Wolfsschädels, an der Seite trug er einen mächtigen Knochensäbel, der mit unheilvollen Runen bedeckt war. Er nickte der Purpur-Elbin zu, ehe er die eingekesselten Priester betrachtete.

»Scheint so, als hätte Euer Plan Erfolg gehabt, Statthalterin«, brummte der Ork. »Eine einfache Eroberung. Diese Elben sind noch schwächer, als die Lieder der Orks berichten.«

»Euer Frevel wird Folgen haben!«, rief die Hierophantin Cylandri, während sie zugleich die Lamiae auf Abstand hielt. »Im großen Gewebe hängt alles zusammen. Nichts bleibt ohne Wirkung!«

Die Purpur-Elbin schaute zu ihr: »Gewiss, Hierophantin! Dieser Tag wird eine große Wirkung haben.« Dann wandte sie sich an ihren orkischen Begleiter.

»Khurdran Serkai, ich brauche Euch und Euren Säbel momentan nicht. Schwingt Euch auf die Fledernatter und fliegt zu unserer Heerschar. Macht Euren Orks Beine und jagt sie über den Pass! Ich will unsere Truppen so schnell wie möglich hier im Kloster haben.«

»Ganz wie Ihr wünscht«, sagte der Ork mit der höhnischen Parodie einer Verbeugung. Er grinste die Silber-Elben am Webstuhl an, ehe er mit wehendem Umhang aus der Halle stiefelte. Die Purpur-Elbin schaute ihm missbilligend hinterher. Dann wandte sie sich an die grauen Reihen der Lamiae.

»Durchstreift das ganze Kloster, ihr Kinder der Unterwelt!«, befahl sie ihnen. »Schwebt durch alle Gänge und Kammern! Treibt die verbleibenden Priester in den Eiskerkern zusammen. Die Tempeldiener und Wächter benötigen wir nicht. Ihre Lebenskraft ist für euch, ihr Immerhungrigen.«

Die Lamiae zischten verzückt. Dann machten sie sich auf den Weg, ihr grausiges Werk zu verrichten. Die Purpur-Elbin jedoch trat ganz dicht an Thuramur heran und betrachtete ihn mit ihren kalten Amethystaugen.

»Ihr Regenbogenträger werdet noch gebraucht«, sagte sie leise. »Denn ihr werdet den Silberwebstuhl für die höhere Macht des Kettenfürsten einsetzen, wenn es an der Zeit ist.«

Thuramurs Körper war noch immer durch die Macht des Eiszaubers gelähmt. Er konnte nicht einmal den Kopf schütteln. Dennoch schien Widerstand in seinem Blick zu liegen, denn die Purpur-Elbin sprach lächelnd: »Oh ja, das werdet ihr. Ganz besonders du.« Sie rieb sich die Schulterwunde. »Dafür werde ich sorgen. Deine Hand wird dem Kettenfürsten den Weg zur absoluten Herrschaft ebnen.«

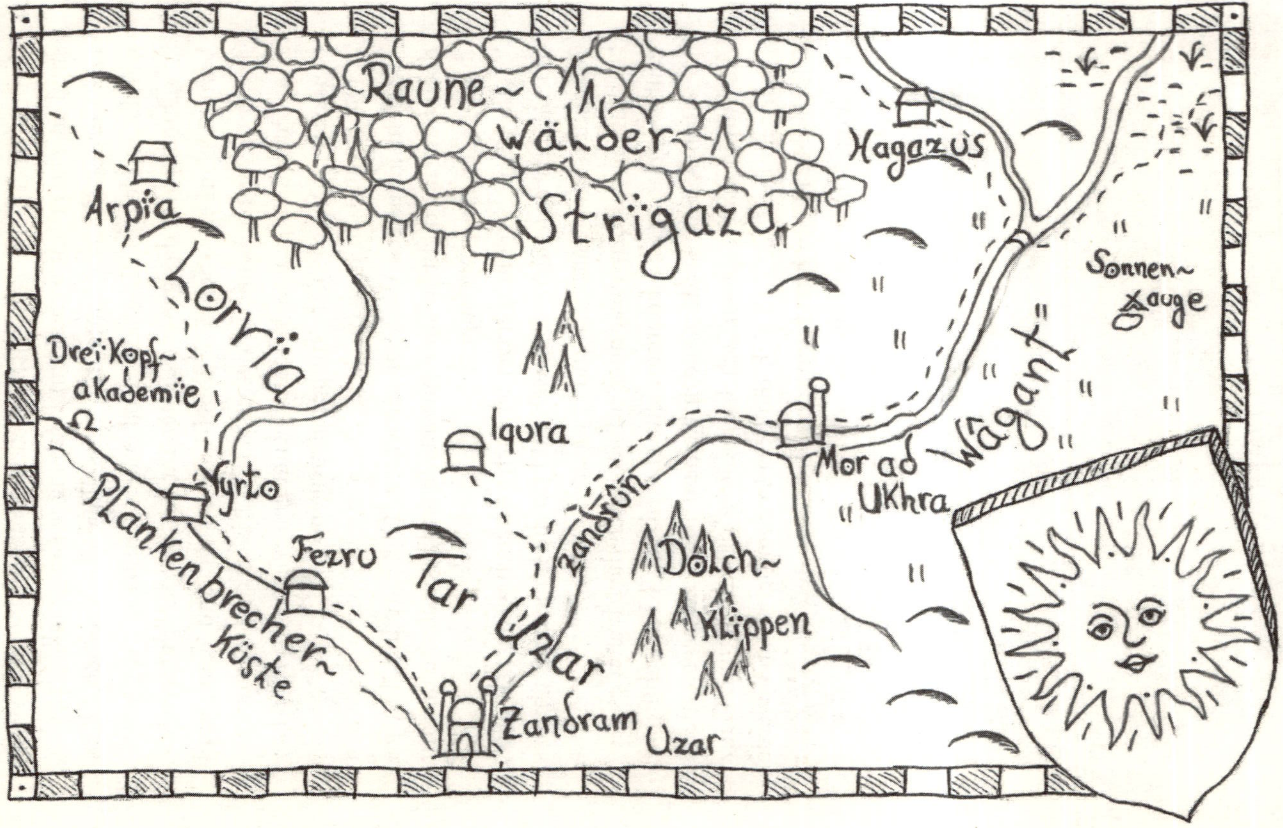

Raune~
wälder
Strïgaza
Hagazus
Arpïa
Lorrïa
Drei Kopf~
akademie
Iqura
Vyrto
Planken brecher~
küste
Fezru
Tar Uzar
Zandrûn
Dolch~
Klippen
Mor ad
Ukhra
Wägant
Sonnen~
auge
Zandram
Uzar

Erstes Kapitel

Das Lager der Phönixkinder am Sonnenauge tief in der Phönixsteppe

Träge erhob sich eine rote Sonne über den Horizont der Steppe. Noch war ihre Glut matt und schläfrig, doch sie strahlte schon einen Hauch von jener staubigen Hitze aus, die bald die Kühle der Nacht vertreiben würde. Das Morgenlicht spiegelte sich auf dem Sonnenauge, wie die Rot-Elben das abgelegene Wasserloch nannten. Als eine Herde grauer Phantomgazellen sich aus der Dämmerung schälte, um zu trinken, sah es so aus, als würde das bewegte Wasser Elyami aus tausend Lichtaugen zuzwinkern. War es ein aufmunterndes Zwinkern? Oder verspottete sie das Wasserloch? Elyami war sich nicht sicher. Die Melodie dieses fremden Landes war noch immer unvertraut für sie.

Die Elbin saß allein auf einem Felsen etwas abseits vom Lager der Rot-Elben. Über den Zelten wehte das kunstvolle Banner der Phönixkinder-Sippe im Morgenwind. Rot verschleierte Wächter mit geschwungenen Elbenschwertern und Kurzbögen auf den Rücken streiften in der Umgebung umher. In der Nähe grasten zottelige Steppenpferde.

Langsam erwachte das Lager aus seiner nächtlichen Ruhe. Bald würde alles erfüllt sein von Stimmen, Liedern und den Gerüchen der Kochstellen. Elyami aber war schon seit Stunden auf. Sie hatte den Sonnenaufgang am Wasserloch erwartet und dabei sanft auf ihrer Inyura gespielt, deren Schallkörper sie auf dem Schoß balancierte. Die elbische Streichlaute hatte nur zwei Saiten, doch Elyamis Bogen vermochte ihr Melodien von klagender Schönheit zu entlocken.

Dies war ihr letzter Morgen in der Steppe, der Tag des Aufbruchs. Elyami wollte so viel wie möglich von den Melodien des Landes um sie herum in sich aufnehmen, ehe sie mit den anderen für ihre große Aufgabe weiterzog. Das hatte sie sich jedenfalls eingeredet. Doch wenn Elyami ehrlich zu sich war, dann hatte sie einfach nicht schlafen können, weil sie aufgeregt war.

Zum ersten Mal seit sie und ihr Zwillingsbruder Elyamur ihre große Mission angetreten hatten, wussten sie, was zu tun war. Sie hatten eine Möglichkeit gefunden, den Kettenfürsten vom Thron zu stürzen! Elyami seufzte unbehaglich. Den Kettenfürsten, der die Macht eines leibhaftigen Gottes an sich gerissen und mit seinen endlosen Heerscharen bereits so viele freie Länder überrannt hatte. Angesichts dieses Gegners erschien ihr ein Scheitern ungleich wahrscheinlicher als ein Triumph. Sie straffte sich – Zweifel brachten sie nicht weiter.

Elyami starrte auf die spielenden Sonnenstrahlen über dem Wasserloch, während sie den Stachel eines vertrockneten Steppenkaktus abpflückte und sich in den Schläfenzopf einflocht. Sie trug ihr kupferfarbenes Haar kurz und praktisch, nur eine einzelne Strähne fiel ihr bis weit über die Schulter. Elyami sammelte gerne kleine Erinnerungsstücke und band sie dort ein. Manche steckten schon ewig in ihrem Haar, andere wechselten immer wieder. Der Stachel war ein würdiger Repräsentant für die karge Schönheit der Steppe.

Etwas regte sich an einem kleinen Zelt am Rande des Lagers. Elyami kniff die Augen zusammen. Jemand kroch aus der Öffnung, stellte sich aufrecht hin und reckte sich der Morgensonne entgegen. Es war Elyamur. Ein Lichtreflex verriet ihr, dass ihr Bruder seine Rüstung aus stahlhartem Adamantglas angelegt hatte. Elyamur wandte sich um und kam zielstrebig auf den Felsen zu, auf dem Elyami sich niedergelassen hatte. Er war bereits daheim in Liráya unschlagbar darin gewesen, sie zu finden.

Elyami schaute ihm mit gerunzelter Stirn entgegen, während sie ihre Inyura einpackte. Normalerweise freute sie sich, ihren Bruder zu sehen. Heute allerdings war sie verstimmt. Das lag gewiss daran, dass vor einiger Zeit schon einmal eine Gestalt aus jenem abgelegenen Zelt geschlüpft und im Lager verschwunden war. Elyami wusste genau, dass es sich dabei um Chasri handelte, die stolze Rot-Elbenkriegerin, die ihren Bruder bei ihrer ersten Begegnung beinahe umgebracht hätte. Und sie war immer mehr davon überzeugt, dass die Rot-Elben das abseitsstehende Zelt nur zu einem einzigen Zweck mit vieldeutigen Liedern auf den Lippen aufgebaut hatten, während das Lager am Sonnenauge errichtet worden war.

Als Elyamur sie fast erreicht hatte, hob er grüßend den Arm. Sein zu drei Kriegerzöpfen gebundenes Kupferhaar flatterte im Steppenwind. Er wirkte überaus aufgeräumt. Über seinen Handrücken jedoch zogen sich mehrere lange rote Striemen, als hätte er sich mit einer Wildkatze angelegt.

»Oh, eine neue Kriegsverletzung?«, rief Elyami ihm ohne Begrüßung entgegen und zeigte auf seinen Arm. »Die war mir noch gar nicht aufgefallen. Benötigst du einen Verband, Bruder?«

Elyamur ließ seine Hand rasch unter seinem Reisemantel verschwinden. Er schaute an Elyami vorbei zu den trinkenden Phantomgazellen hinüber. »Schwestern brauchen nicht alles zu wissen«, entgegnete er und schien dabei gelassen wirken zu wollen. Doch Elyami kannte ihn zu gut, um die Röte auf seinen Wangen zu übersehen. Elyamur präsentierte sich gerne als edler, kultivierter Elbenkrieger. Die Kehrseite davon war, dass man ihn leicht verlegen machen konnte.

»Sollten wir uns nicht lieber auf unsere Mission und die Abreise konzentrieren?«, fügte Elyami spitz hinzu. Sie wusste, dass das gemein war, denn ihr Bruder hatte seine Aufgabe stets deutlich ernster genommen als sie. Aber sie wollte sich streiten.

»Hast du überhaupt schon alles zusammengepackt?«, gab Elyamur gekränkt zurück.

»Natürlich«, erwiderte Elyami, sprang vom Felsen und lief in Richtung Lager. Sie war nicht in der Stimmung, sich von ihrem Bruder erziehen zu lassen.

Der Lagerplatz war inzwischen von Leben erfüllt. Die Rot-

Elben gingen zwischen den Zelten ihren täglichen Verrichtungen nach. Sie waren allesamt mit roten Tüchern verschleiert, die mit den komplexen Mustern ihrer Sippe bestickt waren. Selbst ihre Kinder folgten bereits diesem Brauch. Mittendrin hockten Gorin und Galdra, die Zwergenzwillinge, vor einem der Zelte und überprüften ihr Reisegepäck.

»Ah, Elyami«, rief Gorin und lächelte sie an. Sein blonder Bart war zu borstigen Zöpfen geflochten. Obgleich er Runenschmied und kein Krieger war, trug er den typischen Kettenmantel reisender Eisenzwerge und führte neben der obligatorischen Handaxt stets eine leichte Armbrust mit sich. Wehrhaftigkeit war eine der wichtigsten Tugenden der Zwerge.

»Hast du die Rot-Elben gefragt, ob wir noch mehr von diesen Kräuterumschlägen bekommen können?«, fragte er Elyami in der Hochsprache der Menschenreiche.

»Schon geschehen«, nickte sie und spürte, dass sie sich besser fühlte. Sie mochte Gorin. Obwohl Elben und Zwerge traditionell nicht unbedingt als beste Freunde galten, hatte sie den stillen Runenschmied während der letzten Wochen voller gemeinsam durchgestandener Gefahren zu schätzen gelernt. Wie er alles gewissenhaft zu planen und zu kontrollieren versuchte, fand sie fast rührend.

Seine Schwester Galdra hingegen interessierte sich nicht für Kräutervorräte und war ganz damit beschäftigt, ihre mächtige Kristallaxt zu schärfen. Offenbar konnte sie es gar nicht erwarten, endlich wieder ein paar Orkschädel zu spalten. Die Höhlengängerin hatte dicke blonde Zöpfe, und ihre Wangen waren nach Art der Zwergenfrauen von Flaum bedeckt. An ihrem Kinn war der Frauenbart zu zwei dünnen Zöpfchen geflochten. Mit ihrer forschen Art und ihrem sturköpfigen Kampfgeist entsprach sie viel eher dem Bild, das Elyami bislang von Zwergen gehabt hatte. Doch sie hatte auch erfahren, dass Galdra eine unerschütterliche Freundin war und Missstände stets direkt anging. Selbst Elyamur, der gerne mit ihr aneinandergeriet, gab das inzwischen zu.

»Elyami, hilfst du mir mal?«, rief eine Stimme quer durch das Lager. Sie kam von dort, wo jenseits der Zelte die beiden Fledernattern lagerten. Die Flügelschlangen mit dem schimmernden Schuppenkleid wanden sich unruhig am Boden und zuckten immer wieder mit ihren ledrigen Fledermausflügeln, als spürten sie die Aufregung des nahen Aufbruchs. Entsprechend schwer fiel es Jha Rudra, die Flugsättel der fliegenden Reittiere mit Proviant zu beladen. Die Priesterin der Diebesgöttin Zelja trug Wickelkleidung im tiefen Rot der Phönixkinder-Sippe, was einen reizvollen Kontrast zu ihrer dunklen Haut und ihren schwarzen Locken bildete. Wie es bei ihrem Volk, den Jhalai, üblich war, bedeckte eine Maske ihr Gesicht. Zurzeit war es eine leichte Halbmaske aus weichem Leder, die sie mit roten Karos verziert hatte.

Elyami lief rasch zu ihr und kniete sich vor den beiden Reitschlangen auf den Boden. Dann begann sie leise zu singen. Es war ein Gesang voller Ruhe und Gleichmut, in dem die träge, dösende Gelassenheit eines Sommernachmittags in den Wäldern von Liráya lag. Die Fledernattern entspannten sich sichtlich, und ihre mächtigen Körper schmiegten sich behaglich ins Steppengras.

»Besten Dank!«, rief Jha Rudra Elyami mit einer kleinen, gekünstelten Verbeugung zu und lächelte breit. Elyami freute sich immer, dieses besondere Lächeln zu sehen. Es war seltener geworden, seit die Graue Ratte zerschlagen worden war, jene Widerstandsgruppe gegen die Herrschaft des Kettenfürsten, der die Diebespriesterin einst vorgestanden hatte. Elyami eilte an Jha Rudras Seite, um ihr beim Verladen des Proviants zu helfen.

Die Flugsättel der Fledernattern waren eigentlich als Zweisitzer ausgelegt, mit Platz für einen Schützen hinter dem Reiter. Doch da sie heute zu sechst aufbrechen würden, hatten sie mithilfe der Sattlerkünste der Rot-Elben die Gepäckplattform der Sättel jeweils zu einem zusätzlichen Sitzplatz umfunktioniert. Entsprechend weniger Raum blieb natürlich für die notwendige Reiseausrüstung.

»Heute Morgen hat die Winterseherin mich angewiesen, ihren Platz mit weiteren Vorräten zu beladen«, erzählte Jha Rudra, während sie eine Seilrolle festzurrte. »Offensichtlich hat sie ernsthaft vor, selbst zu fliegen.«

Elyami seufzte. »Darüber haben wir doch schon gesprochen.«

»Natürlich«, sagte Jha Rudra und warf beiläufig eine Münze hoch, um sie in der Luft verschwinden zu lassen. »Aber du kennst sie doch. Sie würde auch den ganzen Weg auf dem Bauch robben, wenn es für den Kampf gegen den Kettenfürsten erforderlich wäre. Naja, Charamur redet gerade mit ihr.«

Elyami schaute zu dem Zelt unter der Phönix-Standarte, das dem Sippenältesten der Phönixkinder und seinem Ältestenrat für ihre Versammlungen diente. Die Tuchbahnen waren vertraulich geschlossen. Sie bemerkte, dass Elyamur und Chasri, Charamurs Nichte, nahe beim Ratszelt zusammenstanden und leise miteinander redeten. Elyamis Augen verengten sich. Jha Rudra schenkte ihr einen freundschaftlichen Klaps auf die Schulter und ein aufmunterndes Grinsen, sagte aber nichts.

Als Elyami gerade den nächsten Proviantsack hinaufwuchtete, wurde die Plane des Ratszeltes zurückgeschlagen und die Winterseherin trat neben dem Ältesten Charamur auf den Vorplatz. Einige Rot-Elben hielten bei ihren Tätigkeiten inne, um sie verstohlen aus dem Augenwinkel zu beobachten. Elyami und Jha Rudra verluden noch eine Tasche und gingen dann zu den anderen hinüber. Auch Gorin und Galdra kamen hinzu.

Die Alte mit den Schwanenfedern, wie die Grün-Elben die Winterseherin gerne nannten, hielt sich wie immer trotzig aufrecht. Sie trug ihren Reisemantel mit weißem Pelzbesatz und stützte sich auf einen langen Knotenstab, in dessen Kopf zahlreiche Saphire in der Farbe ihrer tiefblauen Augen eingelassen waren. Ihre weißen Haare waren mit fein geschnitzten elbischen Holznadeln zu einem Dutt hochgesteckt.

Doch etwas an der Zauberin irritierte Elyami. Die Alte hielt den Stab mit der rechten Hand, während ihr linker Arm – eigentlich der stärkere – krampfhaft angewinkelt war. Zudem wirkten ihre Züge verhärmter als noch vor einigen Wochen. Bittere Spuren ihrer Gefangenschaft in den Händen der Orkkrieger des Kettenfürsten, aus der die Zwillinge sie erst vor Kurzem mithilfe von Jha Rudra und den Rot-Elben befreit hatten. Es machte Elyami wütend, ihre Mentorin in diesem Zustand zu sehen.

»Ist alles bereit zum Aufbruch?«, fragte die Alte mit ihrer dunklen, leicht rauen Stimme. Sie musterte die beiden Fledernattern. Die Tiere verhielten sich still, als hätten sie Respekt vor ihrem strengen Blick.

»Wie ich sehe, warst du vorausschauend genug, mir ein Plätzchen freizulassen«, sagte sie zu Jha Rudra, als sie die nur halb beladene Gepäck-Plattform bemerkte.

»Zumindest, bis Euer Arm ausgeheilt ist«, erwiderte die Diebespriesterin diplomatisch. Elyami bemerkte das leichte Lächeln, das sich dabei auf Jha Rudras Gesicht schlich.

»Gut«, brummte die Winterseherin. Bei ihrer Flucht vor den Orks war sie in der Ruinenstadt Turquara von einem Pfeil in die Schulter getroffen worden. Seitdem war eine gute Woche vergangen. Die Fliehenden hatten sich zunächst zusammen mit den Rot-Elben vor den marodierenden Orks in die Steppe zurückgezogen. Anschließend hatten sie hier, am Ufer des Sonnenauges, gerastet. Nun würden die nomadischen Rot-Elben weiterziehen, und auch Elyami und die anderen mussten sich wieder auf den Weg machen.

Dank der beeindruckenden Heilkünste der Rot-Elben waren alle Verletzungen und Blessuren rasch ausgeheilt. Nur der Arm der Winterseherin war immer noch steif. Elyami befürchtete langsam, dass es vielleicht an der erschreckenden Gebrechlichkeit der Menschen im Alter lag und er nicht mehr komplett in Ordnung kommen würde. Dann müsste die Winterseherin auch ihre liebste Reisemethode aufgeben. Die Alte flog für gewöhnlich in der Gestalt eines Schwans durch die Reiche der bekannten und unbekannten Welt. Es war allerdings ohnehin fraglich, ob dafür zurzeit ihre Zaubermacht ausreichen würde, denn Elyami spürte deutlich, wie sehr die Gefangenschaft die

Aura der Seherin geschwächt hatte, auch wenn sie sich äußerlich stoisch gab.

»Lasst uns also aufbrechen«, sagte die Alte ungeduldig. »Meine Unpässlichkeit hat uns genug Zeit gekostet. Wir haben eine Welt zu befreien.«

»Wohin genau reisen wir?«, fragte Gorin mit einem unbehaglichen Blick auf die Fledernattern.

»Nach Südwesten«, gab die Winterseherin lakonisch zurück. Galdra schnaubte unwillig. Die Alte behielt wie immer ihre Ratschlüsse für sich und gab nur das Nötigste preis. »Unterwegs erkläre ich Euch alles Weitere«, fügte die Seherin versöhnlich hinzu. »Aber jetzt verstaut den restlichen Proviant und dann los.«

Stumm luden sie ihre Habe auf die Sättel, während sich immer mehr Rot-Elben um die Fledernattern versammelten. Als die Flugsättel voll bepackt waren, herrschte für einen Moment beklommenes Schweigen. Charamur, der Älteste der Phönixkinder, ergriff schließlich das Wort. Seine falkenhaften Züge waren mit einem Muster aus Granatsteinen auf seiner Stirn geschmückt. »Wir werden uns vorerst weiterhin in der Steppe verborgen halten und den anderen Sippen des Rotvolks von Eurer Mission berichten«, erklärte er. »Doch sobald der Kampf gegen den Kettenfürsten es erfordert, werden unsere Lanzen und Bögen bereit sein. Unser Segen wird Euch auf der Reise begleiten wie der nimmermüde Wind.«

Die Winterseherin verbeugte sich vor dem Ältesten. »Habt Dank, Charamur. Ich fürchte, dass bald eine Zeit kommen wird, in der wir die Lanzen der Rot-Elben nur zu nötig haben werden. Bis dahin zieht mit dem Segen der Steppengeister.«

»Moment!«, rief Elyami, der plötzlich bewusst wurde, dass sie tatsächlich kurz vor dem Aufbruch standen. Alle Blicke wandten sich ihr zu. »Ich bin gleich wieder da …« Ihre Sachen fehlten auf den Gepäckplattformen der Fledernattern. Sie hatte noch nicht gepackt. Elyamur zog nicht einmal tadelnd eine Augenbraue hoch, als Elyami losrannte. Zu sehr war er damit beschäftigt, seinen Blick nicht von Chasri lösen zu können, die ihrerseits betont gelassen mit einem Dolch spielte. Aus dem Augenwinkel bemerkte Elyami noch, dass die Winterseherin die Rot-Elbin musterte und dabei nachdenklich nickte.

Der Wind schlug Elyami kräftig entgegen, als sie keine Stunde später auf dem Rücken einer Fledernatter über der Steppe dahinglitt. So durch die Luft zu reiten war für sie die reine, atemlose Freiheit! Sie saß ganz vorne, an den Zügeln, denn sie konnte am besten mit den fliegenden Reptilien umgehen. Sie hatte das Tier *Yà Myrlion* genannt. Guter Wind. Elyamur lenkte die zweite Fledernatter. Sie hieß *Yà Syndri*. Gute Reise.

Während der letzten Tage bei den Phönixkindern hatten sich die beiden Grün-Elben mit den Flügelschlangen vertraut gemacht und waren immer wieder zu Übungsflügen aufgebrochen. Sie hatten auch den Eisenzwergen angeboten, einmal die Zügel zu ergreifen. Doch diese hatten sehr bestimmt abgelehnt, auch wenn Gorin immerhin nachdenklich auf die Schlange geschaut hatte. Jetzt saßen die beiden Zwerge jeweils im Sitz des Schützen, Galdra hinter Elyami und Gorin im Rücken von Elyamur. Jha Rudra hatte sich auf den improvisierten Platz auf der Gepäckplattform hinter Gorin gehockt, die Winterseherin saß bei Galdra. Sie hielt sich im Flugwind stolz aufrecht, doch es war nicht zu übersehen, dass sie ihren Arm schonend umklammerte. Alle Reisenden hatten sich Ledergurte um die Hüften geschlungen, sodass auch in steilen Kurven niemand herunterfallen konnte.

Elyami genoss es, die geschmeidige Kraft ihres Reittiers unter sich zu spüren, während sein Schatten in der Tiefe dunkel über die Steppe glitt. Die Fledernatter ließ sich vor allem auf günstigen Winden treiben, die Rippen ihres länglichen Körpers ausgebreitet, und korrigierte nur gelegentlich ihren Kurs mit einem Schlag der Fledermausflügel.

Fasziniert beobachtete Elyami, wie sich das Land unter ihnen langsam wandelte. Aus der staubigen rötlichen Steppe wurde gelblich-grünes Grasland, das gelegentlich von Karawanenstraßen durchzogen war. Immer öfter passierten sie Dörfer und kleine Städte: Ansammlungen von weiß getünchten, würfelförmigen Gebäuden, die sich an Wasserlöcher und Flussläufe drängten. Das Gebiet um sie herum war bewässert und von Palmenhainen durchsetzt. Sie näherten sich dem Kernland des Menschenreichs Tar Uzar. Als am Horizont die Umrisse scharfer Felsengrate auftauchten, spürte Elyami eine plötzliche Woge der Freude in ihrem Herzen. Sie brauchte einen Moment, um zu erkennen, dass das Gefühl von der Fledernatter ausging.

»Das sind die Dolchklippen«, rief die Winterseherin nach vorne, als hätte Elyami ihre Irritation laut ausgesprochen. »Dort sammeln sich die Fledernattern im Frühjahr zum Brüten, und dort ist auch Yà Myrlion aus dem Ei gekrochen. Die Menschen von Tar Uzar beherrschen seit Jahrhunderten die Kunst, Fledernattern als fliegende Reittiere auszubilden. Es gibt nur fünf Bergdörfer, deren Bewohner es wagen, in die Klippen zu klettern und Eier aus den Schlangenhorsten zu bergen. Jedes einzelne ist sein Gewicht in Gold wert. Früher war es das Privileg des herrschenden Malik und seiner Würdenträger, auf einer Fledernatter zu reisen. Jetzt ist es ein Vorrecht der mächtigsten Kettendiener.«

Elyami nickte grimmig. Vieles hatte sich verändert, seit die Kettenheere ein freies Reich nach dem anderen unterworfen hatten.

»Halte auf die Klippen zu!«, wies die Winterseherin Elyami an. »Und lande auf einem ihrer Ausläufer. Es ist Zeit zum Reden.«

Elyami korrigierte ihren Kurs und gab Elyamur ein Zeichen, es ihr gleichzutun. Die Dolchklippen wurden rasch größer, während das Land unter ihnen dahinzog. Zu Fuß hätten sie viele Tage für die Strecke gebraucht, die die Fledernattern in wenigen Stunden zurücklegten. Die rötlichen Felsengrate ragten steil vor ihnen auf und liefen nach oben hin scharf zu. Elyami fand, dass sie irgendwie wie die gewaltigen Klingen von Titanen aussahen.

Schließlich steuerte sie einen vorgelagerten Bergrücken an,

der genügend Raum zum Landen bot. Eine Herde Bergziegen stob in alle Richtungen davon, als die mächtigen Leiber der Fledernattern auf dem Felsen niedergingen. Die Reiter stiegen ab. Mit angewinkeltem Arm quälte sich die Winterseherin sichtlich unter Schmerzen aus dem Sattel, lehnte jedoch Elyamurs Hilfe unwirsch ab. Die Zwerge wirkten erleichtert, wieder festen Boden unter den Füßen zu haben. Das war insbesondere ihrer Gesichtsfarbe anzusehen, die nach den langen Flugstunden einen leicht grünlichen Ton angenommen hatte.

Während sich die Fledernattern zusammenrollten, streckte Elyami sich und schaute sich um. Am Horizont ragten die schlanken Türme einer Stadt auf.

»Das ist schon Zandram Uzar, oder?«, fragte Jha Rudra, die ebenfalls in die Ferne schaute.

»Ja«, brummte die Winterseherin hinter ihr. »Die Hauptstadt von Tar Uzar. Vor uns liegt zunehmend dichter besiedeltes Gebiet. Das ist ungünstig.«

»Befürchtet Ihr, dass wir gesehen werden?«, fragte Gorin besorgt, während sich alle auf den Felsen niederließen und rotelbische Gewürzfladen teilten.

»Nicht unbedingt«, erwiderte die Winterseherin. »Bestimmt hat man uns in diversen Dörfern schon entdeckt. Aber die Leute sind es inzwischen gewohnt, dass immer wieder mal Kettendiener für ihren Meister durch die Luft reisen. Sie werden es einfach als Angelegenheit hoher Herrschaften abtun.«

»Aber das gilt nicht mehr, sobald wir irgendwelche Städte passieren«, ergänzte Jha Rudra.

»Gewiss«, bestätigte die Winterseherin. »Dort gibt es Garnisonen der Kettenheere mit Hordenführern, Statthaltern und sogar Kettenträgern. Jemand von ihnen könnte bemerken, dass wir keine Kettendiener sind. Vielleicht kursieren auch schon Vermutungen, dass dies hier die beiden Fledernattern sind, die ihr bei meiner Befreiung erbeutet habt. Der Kettenfürst ist nicht dumm und seine höheren Diener sind es auch nicht. Ihr dürft nie vergessen, dass er durch ihre Augen sieht.«

Die Erinnerung daran, dass der Kettenfürst ausgewählten Gefolgsleuten eine Seelenkette umlegen und so durch sie wirken konnte, machte Elyami beklommen. Sie hatte ihm selbst schon in dieser erschreckenden Form gegenübergestanden.

»Was also tun wir?«, fragte Elyamur ungeduldig.

»Wir werden direkt nach Süden bis an die Aquamarin-See fliegen«, entgegnete die Winterseherin. »Dann folgen wir der Küste nach Westen und halten uns draußen über den Wogen, um die Hafenstädte zu vermeiden. Auf dieser Route können wir neugierigen Blicken am besten ausweichen. Werdet ihr mit dem Seewind zurechtkommen?«

»Das hoffe ich«, sagte Elyami, nachdem sie einen Blick mit Elyamur gewechselt hatte. Sie kannte das Meer und seine launischen Winde nur aus Erzählungen.

»Gut«, brummte die Winterseherin.

»Und wohin genau soll es gehen?«, fragte Galdra.

Die Seherin starrte nachdenklich vor sich hin. »Ich habe gezögert, euch den ganzen Plan zu verraten, um dieses Wissen nicht mit den Rot-Elben teilen zu müssen und sie damit in Gefahr zu bringen«, sagte sie. »Doch nun können wir frei sprechen. Uns bleibt nicht viel Zeit. Wenn wir den Kettenfürsten stürzen wollen, müssen wir die vier Quellen der Elemente aufspüren, und zwar so schnell wie möglich. Unsere Gegner sind gewiss schon zu ihnen unterwegs, während wir noch nicht einmal wissen, wo wir suchen müssen.«

»Das ist uns bewusst«, knurrte Galdra.

Die Winterseherin seufzte tief. »Unsere begrenzte Zeit lässt es nicht zu, dass ich aus eigener Kraft nach den verborgenen Orten der Quellen forsche. Darum müssen wir nun einen Schritt gehen, den ich nicht gerne tue: Wir werden die Dreikopf-Akademie an den Klippen der Plankenbrecherküste aufsuchen, in der Grenzprovinz Ravikra zwischen Lorvia und Tar Uzar. Dort lehrt eine große Meisterin der Elementar-Magie. Ich werde sie um Hilfe bitten.«

»Ihr meint Kurangra?«, fragte Elyami halb neugierig und halb mit einem flauen Gefühl im Bauch. Sie hatte die Dreikopf-Akademie schon einmal gesehen, in einer nächtlichen Traumvision.

»Ja«, bestätigte die Winterseherin mit einem finsteren Blick. »Wir besuchen meine alte Lehrmeisterin, die Drachin Kurangra.«

»Drachin?«, wiederholte Galdra mit blitzenden Augen.

»Eine Drachin«, sagte die Alte grimmig. »Und zwar eine echte. Keiner der mickrigen Lindwürmer, die du aus den Tokrond-Bergen kennst. Denk nicht einmal daran, irgendwelchen Drachentöter-Ambitionen nachzugehen, Höhlengängerin. Die Drachen sind das älteste und mächtigste Volk neben den Riesen. Reize sie nicht – sie sind stolz und grausam in ihrem Zorn.« Sie wandte sich an Jha Rudra. »Das gilt übrigens ebenso für dich.«

»Was?«, fragte die Diebespriesterin unschuldig, während ihre Finger rastlos die Falten ihrer Kleidung nachfuhren. »Dass ich mich nicht als Drachentöterin betätigen soll? Ich habe nichts gegen Eure Lehrmeisterin.«

»Du weißt genau, was ich meine, Rudra«, schnaubte die Winterseherin. »Natürlich hast du von den Schätzen gehört, die alle Drachen als Hort zusammenrauben oder sich als Tribut von den sterblichen Völkern zahlen lassen. Aber du wirst deine geschickten Hände davonlassen. Ein Drache hat ein intuitives Gespür für jeden einzelnen Kupferpfennig seines Hortes. Es gereicht einem Dieb stets zum Unglück, aus einem Drachenhort zu stehlen, auch wenn seine Finger von Zeljas Dreistigkeit geleitet werden. Also wirst du bitte nichts Dummes tun, Priesterin der Schattenhaften.«

»Schon gut«, erwiderte Jha Rudra beschwichtigend. »Ich verspreche, dass ich vernünftig sein werde.«

»Schön«, brummte die Winterseherin und schenkte Jha Rudra noch einen misstrauischen Seitenblick. »Leider muss ich Kurangra gegenübertreten, ohne über meine vollen Kräfte zu verfügen. Das lässt sich nicht ändern. Darum werde ich nicht auch noch auf euch aufpassen können. Ihr werdet vor den Pforten der Akademie auf mich warten.«

In Galdras und Elyamurs Blick glomm gleichzeitig Widerspruch auf. Jha Rudra sprach es aus: »Wir lassen Euch nicht allein. Gerade jetzt könnt Ihr unsere Rückendeckung gut gebrauchen.«

Die Alte seufzte tief. »Kurangra war mir eine gute Lehrerin, aber sie ist auch gefährlich«, sagte sie widerstrebend. »Es gab in letzter Zeit einige Unstimmigkeiten zwischen uns. Ich weiß nicht, wie sie auf mich reagieren wird.«

»Was für Unstimmigkeiten meint Ihr?«, warf Gorin ein. Der Runenschmied war zwar zurückhaltend, zeigte sich aber hartnäckig, wenn er etwas wissen wollte.

»Es ging um Kurangras Umgang mit ihrem Hort«, gab die Alte vage zurück.

»Ihr habt um Gold und Geschmeide gestritten?«, fragte Elyamur ungläubig.

Die Winterseherin lachte auf. »Nicht alle Drachen horten nur materielle Reichtümer. Manche entwickeln auch einen besonderen Geschmack für spezielle Schätze, die sie dann mehr als alles andere begehren. Einige sammeln Bücher, andere Kunstwerke oder entführen hübsche Jünglinge und Maiden. Kurangra sammelt Meisterzauberer.«

»Ihr meint, sie verschleppt mächtige Magier?«, staunte Elyami.

»Nein. Das wäre ihr zu banal«, erwiderte die Alte. »Kurangra unterrichtet Zauberschüler aus allen möglichen Völkern in den magischen Künsten. Sie nimmt nur die Begabtesten zu sich und ist dabei nicht zimperlich in der Wahl ihrer Unterrichtsmethoden. Mit all ihrer Macht holt sie das Beste aus ihnen heraus, sei es mit uraltem Zauberwissen als Anreiz, sei es mit gnadenlosem Drill oder einem gelegentlichen Flammenstoß. Wer das übersteht, gehört zu den Fähigsten der magischen Zunft. Das ist ihre Sammlung und ihr ganzer Stolz.«

»Und welche Probleme gab es dabei?«, hakte Gorin vorsichtig nach.

Die Winterseherin zögerte kurz, ehe sie weitersprach: »Was

einmal Teil eines Drachenhorts war, wird es für immer bleiben. Wenn ihre Schüler die Akademie verlassen und in die Welt hinausziehen, betrachtet Kurangra sie weiterhin als ihr Eigen. Der Ruhm, den sie sich durch ihre Kunstfertigkeit verschaffen, fällt auf Kurangra und ihre Akademie zurück.«

»Ihr gehört zum Schatz eines Drachen?«, fragte Elyami. Die Winterseherin ignorierte den Einwurf.

»Von jedem Schüler behält sie eine Haarlocke zurück, eingeschlossen in kostbaren Kristall. Damit kann sie ihn jederzeit herbeizitieren«, erklärte sie. »Ja, auch von mir. Und sogar von *ihm*, wenn er auch inzwischen außerhalb ihrer Macht steht.«

Elyami wusste genau, über wen die Winterseherin sprach. Dáman, aus dem später der Kettenfürst wurde, hatte ebenfalls die Dreikopf-Akademie besucht. Der Mann, den die alte Seherin einst geliebt hatte.

»Immer wieder greift Kurangra auf ihre ehemaligen Schüler zurück, um sie auf Missionen zu schicken«, fuhr die Winterseherin fort. »Mal gilt es, ein seltenes Zauberbuch für sie zu besorgen, mal eine Ruine der Nephilim-Schattenriesen zu erforschen oder einen vielversprechenden Schüler eindringlich davon zu überzeugen, zur Dreikopf-Akademie zu wechseln. Am Anfang habe ich mich darauf noch eingelassen. Später hatte ich wichtigere Dinge zu tun, zum Beispiel diese Welt zu retten. Kurangra hat das gar nicht gefallen. Drachen mögen keine Zurückweisung.«

»Verstehe«, murmelte Gorin.

»Und darum werden wir Euch begleiten«, insistierte Elyamur.

»Nein, werdet ihr nicht«, schnaubte die Winterseherin bestimmt. »Ich werde Kurangra allein aufsuchen und sie über die Orte der vier Quellen der Elemente befragen. Wir können nur hoffen, dass der Preis für ihr Wissen nicht zu hoch sein wird. Anschließend reisen wir so schnell wie möglich zu den Quellen, um ihre Essenz zu sammeln.«

Sie schaute streng in die Runde. Niemand wagte mehr, ihr zu widersprechen.

»Das war alles«, sagte die Seherin grimmig. »Lasst uns aufbrechen.« Sie erhob sich umständlich, wobei sie sich auf ihren Stab stützte. Elyami beobachtete sie besorgt. Sie mochte sich nicht vorstellen, dass diese Menschenfrau in ihrem geschwächten Zustand bald einem leibhaftigen Drachen gegenübertreten würde. Einem Drachen, der ihr womöglich alles andere als wohlgesonnen war.

»Wir können die Dreikopf-Akademie noch heute erreichen«, erklärte die Winterseherin, während alle wieder auf die Fledernattern stiegen. »Allerdings will ich auf keinen Fall Kurangras Gastfreundschaft für die Nacht in Anspruch nehmen. Je unverbindlicher, desto besser. Darum werden wir im Hinterland der Plankenbrecherküste kampieren. Ich werde die Akademie morgen früh aufsuchen.«

Elyami nickte abwesend, schon halb damit beschäftigt, Yà Myrlion auf den Flug einzustimmen. Noch heute würden sie das Meer erreichen. Und morgen den Hort einer dreiköpfigen Drachin.

Zweites Kapitel

An der Plankenbrecherküste im Grenzland zwischen Lorvia und Tar Uzar

Die Luft war erfüllt vom Geschrei der Seevögel und schmeckte salzig. Gorin schnaubte. Der Geruch war fremd für den Bewohner eines unterirdischen Bergkönigreichs, und zudem war es entschieden zu nass. Der Runenschmied stapfte zusammen mit seinen Gefährten durch ein windzerfurchtes Heideland, wo Gräser, Strandhafer und lila bekrönte Disteln für einen Zwerg mehr als kopfhoch wuchsen. Immer wieder rutschte Gorin auf glitschigen Steinen aus, die von rötlichem Moos bedeckt waren.

Doch er fand es immer noch angenehmer, sich lästige Kletten aus dem Bart zu klauben, als auf dem Rücken einer Fledernatter über das Meer zu reiten. Gorin dachte nur ungern an die letzte Reiseetappe zurück.

Die fliegenden Reptilien und ihre Reiter waren von den rauen Seewinden wie Spielbälle herumgewirbelt worden. Mehrmals hatten die Elben beinahe die Kontrolle über die Tiere verloren. Einmal waren sie von einer plötzlichen Böe so tief heruntergedrückt worden, dass sie sich fast in der Takelage eines Handelsseglers verfangen hatten. Galdra hatte bei dieser Gelegenheit ganz neue Schimpfwörter ausgepackt, für die Gorin beim besten Willen keine Entsprechungen in der Hochsprache fand.

Doch schließlich hatten sie auf Geheiß der Winterseherin die Küste angesteuert und die Nacht im Schutz einiger Felsen verbracht. Die Gegend ringsum wirkte öd und wenig besiedelt. Es war unwahrscheinlich, dass sie hier unerwünschte Aufmerksamkeit auf sich ziehen würden. Als die Winterseherin am nächsten Morgen zu Kurangra aufgebrochen war, waren Gorin und die anderen bei den Fledernattern zurückgeblieben. Schwer auf ihren Stab gestützt war die Alte allein durch das hohe Gras gewandert. Einige weiße Haarsträhnen hatten sich im Seewind aus ihrem Dutt gelöst. Sie hatte Gorin an einen Baum mit wehenden Zweigen erinnert, gebeugt und doch trotzig aufgerichtet. Alle hatten ihr nachgeschaut, bis sie hinter einer flachen Hügelkuppe verschwunden war.

»Und ich fände es trotzdem sinnvoll, wenn sie auf Rückendeckung zurückgreifen könnte«, hatte Jha Rudra missbilligend gemurmelt.

»Eine starke Zwergenaxt kann gegen einen Drachen nie schaden«, hatte Galdra grimmig ergänzt. Elyamur hatte nichts dazu gesagt, sondern einfach sein Schwert gegürtet. Und so hatten sie alle ihre Ausrüstung bereitgemacht, die Fledernattern im Schutz der Felsen zurückgelassen und waren der Winterseherin einvernehmlich in einigem Abstand gefolgt.

Im hohen Gras war es nicht schwierig, ihre Spur auszumachen. Sie führte ein oder zwei Meilen durch das Ödland und einen weiteren Hügel hinauf, dessen Kuppe von moosbewachsenen Felsen bekrönt wurde. Von hier oben konnten sie bis zur nahen Steilküste blicken. Einige Hundert Meter vor ihnen fielen die Klippen jäh ins Meer ab. Jenseits der Bruchkante erstreckte sich das Blaugrau der Aquamarin-See bis zum Horizont, durchsetzt von kleinen Inseln. Zwischen ihnen lagen jene tückischen Sandbänke und Riffe, die den Erzählungen der Winterseherin zufolge der Plankenbrecherküste ihren Namen verliehen hatten. Möwen kreischten, die Brandung brach sich brüllend am Fels. In einiger Entfernung stürzte ein Bach als dünner grauer Wasserfall ins Meer.

Am Rande der Klippen erhoben sich mehrere kleine Gebäude aus Feldsteinen. Sie hatten reetgedeckte Dächer und wirkten schlicht, beinahe heruntergekommen. Gorin musste bei ihrem Anblick an die Nester von Seevögeln denken. In der Nähe der Häuser führte eine breite Rampe direkt in den Fels der Klippen hinab. Nach einigen Metern endete sie an einem mächtigen, eisenbeschlagenen Tor. Gorin erkannte schon aus der Entfernung, dass es eine solide Konstruktion mit runenbewehrten Stahlbändern war, die eher zu einer Festung als zu einem Küstendorf gepasst hätte.

Gerade schritt die Winterseherin zum Tor hinab, eine dünne, weiße Gestalt vor der Dunkelheit des Ganges. Die Flügel schwangen wie von selbst auf, und die Alte verschwand im Schlund des Tores.

Gorin erwartete halb, dass die Flügel sich ebenso selbstverständlich hinter ihr schließen würden. Doch sie blieben einladend geöffnet.

»Dort drüben regt sich etwas«, sagte Elyamur, dessen Elbenaugen weiter blickten als die von Menschen oder Zwergen. »An den Fenstern und Türen der Häuser stehen Leute und haben wohl die Ankunft der Alten mit den Schwanenfedern beobachtet. Sie tragen Roben in verschiedenen Farben.«

»Das sind Kurangras Zauberschüler«, erklärte Elyami leise und setzte sich auf einen großen Stein. »Die mit den weißen Roben sind Mentalisten, die in Schwarz sind Beschwörer und die in Rot Elementaristen.«

Gorin nickte nachdenklich. Das Wissen der Grünsängerin war ihm ein wenig unheimlich. Sie hatte es in einer jener nächtlichen Visionen gewonnen, die Elben zuweilen von der Träumenden Königin empfingen. Für einen Zwerg hingegen war der Schlaf zum Ausruhen von der Arbeit da, nicht für geheimnisvolle Bilder.

»Der Fels ist von Grotten durchzogen«, brummte Galdra fachkundig, die gerade mit dem Schaft ihrer Kristallaxt auf dem Boden herumklopfte. »Das Wasser hat sich weit vorgearbeitet und hier alles ausgehöhlt.«

»Ja«, bestätigte Elyami. »So habe ich es gesehen. Die Gebäude oben sind nur die Schlafstätten. Die Akademie liegt unter unseren Füßen.«

Jha Rudra ging unruhig auf und ab. »Ich frage mich, ob es

hier irgendwo Eingänge zu Nebenhöhlen gibt, die vielleicht bis in die Akademie führen«, murmelte sie mit einem vielsagenden Blick zu der Höhlengängerin. »Dann könnten wir ungesehen näher herankommen.«

»Ich hoffe nur, dass die Drachin das nicht als Angriff auslegt, wenn sie es bemerkt«, erwiderte Gorin skeptisch.

»Was sollen wir denn sonst tun?«, maulte Galdra.

»Abwarten und beobachten?«, gab Gorin zurück, wohl wissend, wie ungerne sie das hören würde.

»Seht ihr das auch?«, fragte plötzlich Elyamur, der hinter Elyami aufrecht auf dem Stein stand und über die Heide ins Inland deutete. Gorin folgte seinem Fingerzeig.

Ein bläulicher Feuerschein kam mit großer Geschwindigkeit von landeinwärts auf sie zu. Mehr als ein Feuerschein – eine Kette von Flammen. Gorin zählte insgesamt sieben feurige Umrisse, die sich ihrem Hügel in einem weiten Halbkreis näherten.

»Höllenhunde!«, rief Elyami alarmiert. Jetzt erkannte es auch Gorin: Die Umrisse waren Kreaturen, die an übergroße Wolfshunde mit grotesk verbreiterten Kiefern und langen Fleischermesser-Zähnen erinnerten. Ihre muskulösen Körper waren von pechschwarzem Fell bedeckt, über das blaue Flammen tanzten, ohne es zu verbrennen. Die Bestien hetzten mit großen Sprüngen durch das Gras auf sie zu. Aus ihren Nüstern schnaubten sie blaues Feuer.

Einer der Höllenhunde warf den Kopf in den Nacken und stieß ein lang gezogenes Heulen aus, das zugleich wie das Knistern eines gierigen Feuers klang. Der Rest der Meute fiel mit ein. Triumph lag in ihren Stimmen, der Triumph, eine sichere Beute gestellt zu haben.

»Wo kommen die denn her?«, raunzte Galdra halb verwundert und halb empört, während sie auf die Füße sprang und ihre Kristallaxt aus der Rückentrage riss. Gorin verzichtete auf eine Antwort. Er war ganz damit beschäftigt, seine Armbrust durchzuladen. Doch Galdras Frage war sehr berechtigt. Höllenhunde waren Geschöpfe der Unterwelt, die nur durch die

Sterblichen Lande streiften, wenn ein Beschwörer sie in seine Dienste zwang. Dass dieses Rudel ausgerechnet hier, mitten im Heideland, Jagd machte, war kein Zufall. Jemand hatte es auf sie abgesehen, gewiss ein Kriegszauberer in den Diensten des Kettenfürsten.

Gorin legte mit seiner Armbrust auf den Höllenhund an, der das Triumphgeheul begonnen hatte. Es war eine besonders massige Bestie mit kleinen, pupillenlosen Augen. Trotz der Entfernung konnte Gorin erkennen, dass sie bedrohlich glühten. Gerne hätte er einen der magischen Runenbolzen verwendet, die er selbst hergestellt hatte, doch gegen eine Kreatur des Feuers waren seine Flammenbolzen wirkungslos. Gorin zielte sorgfältig und schoss. Sein Kriegsbolzen fauchte auf den Höllenhund zu. Doch als er in die Flammenaura der Kreatur eintauchte, verbrannte er binnen eines Herzschlags zu Asche, ohne auch nur das schwarze Fell berührt zu haben.

Nicht anders erging es den Pfeilen, die Elyami und Elyamur mit ihren Kurzbögen auf zwei andere Höllenhunde schossen.

Der große Höllenhund riss das Maul auf. Ein blauglühender Feuerball zischte zwischen seinen Zahnreihen hervor, schlug in die Hügelflanke ein und hinterließ einen mächtigen Brandfleck im Moos. Die anderen Höllenhunde taten es ihm gleich. Weitere Flammenbälle fauchten durch die Luft.

»Fort von hier!«, rief Elyamur und sprang von seinem Stein. »Wir brauchen Deckung!«

Sie packten ihre Waffen und stürmten den Hügel hinab. Gorin sah Ärger auf Galdras Gesicht. Sie hasste Rückzug.

Allen war klar, dass es in der Umgebung nur einen Ort gab, der Schutz vor der flammenden Wut der Höllenhunde versprach: die steinerne Rampe, die in den Bauch der Klippen hinabführte. Das Portal der Dreikopf-Akademie.

Gorin lief, so schnell es seine Zwergenbeine und der Kettenmantel zuließen. Zwerge hielten großen Belastungen stand, doch Geschwindigkeit war nicht ihre Stärke. Jha Rudra und Elyami kamen deutlich rascher voran. Elyamur jedoch ließ sich bis auf Galdras Höhe zurückfallen. Offensichtlich wollte der Elbenkrieger sich nicht vorwerfen lassen, noch vor der Zwergin geflohen zu sein. Gorin warf einen besorgten Blick über die Schulter.

Die sieben Höllenhunde kamen hinter ihnen den Hügel hinabgeprescht. Die größte Bestie lief etliche Körperlängen voraus. Wieder riss sie den Rachen auf, und ein weiterer Feuerball fegte über die Köpfe der Fliehenden hinweg und explodierte vor ihnen auf dem Boden. Jha Rudra schlug einen kühnen Haken, um den umherzüngelnden Flammen auszuweichen. Es war nur eine Frage der Zeit, bis sie auf diesem freien Gelände getroffen wurden – wenn die Höllenhunde sie nicht schon vorher einholten und mit ihren Reißzähnen zerfetzten.

Die Feldstein-Häuser waren inzwischen deutlich näher herangekommen. Gorin konnte hinter den Fenstern Umrisse von Personen erkennen, die erregt gestikulierten. Anscheinend verfolgte man drinnen gespannt ihre Flucht.

»Die könnten ruhig rauskommen und helfen, statt uns beim Wegrennen zuzugucken!«, schnaubte Galdra.

»Keine Zeit für gekränkten Stolz«, rief ihr Jha Rudra zu. Dann bremste sie plötzlich ab und änderte ein wenig die Richtung. Elyami tat es ihr gleich.

Gorin sah, dass sie einer großen Öffnung im Boden auswichen, die er zunächst für eine Art Brunnen hielt. Doch dann erkannte er, dass es ein gähnendes Loch im Gestein des Kliffs war. Von unten hörte er das Brüllen der Brandung. Dort ging es direkt ins Meer hinab. Gorin machte ebenfalls einen Bogen um den Schlund. Das war die Verzögerung, die der vorderste Höllenhund brauchte, um sie einzuholen. Schon spürte Gorin eine Hitzewoge, die von hinten heranrollte. Etwas hechelte gierig in seinem Nacken.

Jha Rudra wandte sich in einer fließenden Bewegung beim Laufen um, zog ihre Wurfeisen aus den Gewändern und warf beide Waffen zugleich. Die vielfach verzweigten Eisen, ausufernd wie stählerne Hirschgeweihe, durchfurchten die Luft und bohrten sich in den Körper des Höllenhundes. Für einen Herzschlag befürchtete Gorin, dass sie in Flammen aufgehen würden wie sein Armbrustbolzen. Doch die magischen Klingen leuchteten strahlend-blau auf und rissen breite Wunden in die brennenden Schultern der Bestie. Sie stieß ein Jaulen aus, mehr empört als schmerzerfüllt. Surrend kehrten die Wurfeisen in die Hände ihrer Meisterin zurück.

In diesem Moment sprang Galdra auf den Höllenhund zu und schwang ihre Axt aus Aidios-Kristall gegen den Unterweltlichen. Lange Fleischerzähne schnappten nach ihr, doch Galdra duckte sich darunter weg. Ihr Axtblatt fraß sich tief in den Brustkorb der Kreatur. Der Höllenhund brüllte auf und versuchte sich loszureißen. Galdra hielt ihre Axt eisern umklammert und riss den Schaft ruckartig herum. Der Höllenhund kippte zur Seite und blieb am Rande des Lochs liegen. Mit einem Kriegsschrei stieß sich Elyamur vom Boden ab und stürmte durch die Luft auf die Bestie zu. Blaue Flammen fraßen sich in den Mantel des Wolkentänzers, als er der Kreatur einen Tritt versetzte. Galdra konnte gerade noch ihre Axt zurückziehen, während der Höllenhund über den Rand der Öffnung kippte. Jaulend stürzte er dem Meer entgegen und wurde von der gierig rauschenden Flut verschlungen.

Galdra stieß einen Triumphschrei aus. Dann schlug ein Feuerball direkt neben ihr im Gras ein. Die sechs anderen Höllenhunde hatten sie fast erreicht, und der Verlust des Rudelführers schien sie eher noch mehr anzuspornen.

»Kommt! Weg von hier!«, brüllte Elyamur und schlug beim Rennen die Flämmchen an seinem Mantelsaum aus. Gemeinsam liefen sie die letzten Meter auf die Rampe zu, dann den steingepflasterten Weg ins Innere des Felsens hinab. Feuerbälle schlugen links und rechts von ihnen ein, als sie die offenen Flügel des stahlbeschlagenen Tores passierten. Gorin hoffte, dass sie hinter ihnen zuschlagen würden. Doch die Torflügel rührten sich nicht. Sie standen weiterhin offen und schienen auch die Höllenhunde willkommen zu heißen. Das Hecheln der Bestien hallte hinter den Fliehenden durch das Gewölbe. Es blieb ihnen nichts anderes übrig, als dem Gang tiefer ins Herz der Klippe zu folgen, während die tödliche Hitze der Unterweltlichen heranwallte. Sie hetzten den Tunnel entlang, bis dieser in eine große Grotte mündete.

Tageslicht fiel durch eine breite Öffnung zum Meer hin in die Höhle.

Das Licht reflektierte sich auf Gebirgen aus aufgetürmten Goldmünzen, zwischen denen edelsteinbesetzte Kelche und kunstvolle Schmuckstücke schimmerten, runenverzierte Klingen, vergoldete Rüstungsteile und zahllose weitere Kostbarkeiten. Inmitten der Reichtümer ruhte eine Drachin.

Ihr Körper war lang wie die Segelschiffe, die Gorin auf dem Meer gesehen hatte, und bedeckt von rötlich-grünen Panzerschuppen. Der Schwanz mit seinen ausladenden Stacheln erinnerte ihn an einen mächtigen Morgenstern, die Krallen an scharfe Säbel. Die zusammengelegten Lederschwingen hätten entfaltet gewiss die ganze Höhle durchmessen. Drei lange Hälse entwuchsen den Schultern der Drachin. Jeder trug einen hörnerbekrönten Kopf, dessen Lippen amüsiert gekräuselt waren und spitze Krokodilszähne offenbarten. Aus kleinen Reptilienaugen leuchtete gefährliche Intelligenz.

»Aaah«, zischte der rechte Drachenkopf zufrieden. »Da seid ihr ja endlich.« Nun erblickte Gorin die Winterseherin, die der Drachin gegenüberstand. Sie seufzte tief.

Gorin warf einen gehetzten Blick über die Schulter. Die Höllenhunde waren ihnen bis hierher gefolgt und hockten jetzt vor der Gangmündung in einer Reihe auf dem Boden. Ihre flammende Wut schien verflogen zu sein. Sie rührten sich nicht und beobachteten das Geschehen einfach nur mit ihren glühenden Augen.

»Es ist doch angenehmer, wenn kein Gast draußen vor der Tür warten muss«, grollte der linke Kopf der Drachin.

»Nun lerne ich euch Zwillingsseelen also persönlich kennen«, ergänzte der Mittlere. »Das wird gewiss … interessant.«

»Heißt das, diese Höllenhunde hat gar nicht der Kettenfürst auf uns gehetzt?«, fragte Galdra empört. Kurangras Köpfe lachten grollend.

»Niemand würde es wagen, auf meinem Gebiet gegen meinen Willen etwas zu beschwören, kleine Kriegerin«, sagte der rechte Kopf.

»Und niemand kann Kurangra vorwerfen, eine schlechte Gastgeberin zu sein«, ergänzte der linke. »Also habe ich euch hereingebeten.«

Die Winterseherin wandte sich stirnrunzelnd den Neuankömmlingen zu. »Haben euch diese Kreaturen etwa vom Lager bis hierher gehetzt?«, fragte sie misstrauisch. Gorin und die anderen schauten einander betreten an.

»Nein«, antwortete Jha Rudra so gleichmütig wie möglich. Ihre Stimme zitterte nur leicht ob Kurangras Nähe. »Wir haben die Umgebung des Lagers erkundet und sind dabei in Richtung der Klippen gewandert.«

Die Winterseherin schüttelte stumm den Kopf. Kurangra stützte genüsslich ihr rechtes Haupt auf eine Pranke.

»Du bist nicht streng genug mit ihnen, Odrana«, zischte sie. »Gelegentlich einen Schüler zu verschlingen, hilft ungemein, die anderen unter Kontrolle zu halten.«

»Ja, über etwas in der Art denke ich auch gerade nach«, murmelte die Winterseherin. Missbilligend verfolgte sie, wie Jha Rudras Blick über den Hort der Drachin wanderte und an einer bestimmten Stelle kurz zu verharren schien. Dann wandte sie sich wieder Kurangra zu.

»Also gut. Lasst mich Euch meine Schützlinge vorstellen. Das sind Elyami und Elyamur, Birkenkinder aus dem Waldlandreich Liráya, und Galdra von den Höhlengängern und Gorin von den Runenschmieden, Eisenzwerge aus dem Festungsreich Tokrond. Außerdem Jha Rudra, eine alte Freundin.«

»Zwei Zwillingspaare, wie ich sehe«, grollte Kurangras linker Kopf.

»In der Tat«, sagte die Winterseherin. »Und beide Paare erfüllen die Bedingungen des Orakelspruchs, den ich einst empfing. Sie haben das Potenzial, den Kettenfürsten zu stürzen. Es wird sich zeigen, wer von ihnen am Ende dazu ausersehen ist.«

»Was für eine interessante Konstellation«, sagte Kurangra nachdenklich zu sich selbst.

Ihr linker Kopf neigte sich an seinem langen Hals vor und pendelte plötzlich direkt über den Zwillingen. Kleine, goldgelb leuchtende Augen schienen sich in Gorins Seele zu bohren, als Kurangra ihn intensiv musterte. Dann zog die Drachin ihren Kopf zurück und wandte sich wieder der Winterseherin zu.

»Gut, dass sie hier sind, Odrana«, sagte sie. »Es macht unsere Unterredung einfacher, wenn alle, die es betrifft, sich in Reichweite befinden.«

»Das mag wohl so sein«, erwiderte die Alte mit einem besorgten Seitenblick auf die Zwillinge. Gorin fragte sich, ob sie einen schwerwiegenden Fehler gemacht hatten.

»Also«, fuhr die Winterseherin geschäftsmäßig fort. »Wie ich bereits erwähnte, habe ich endlich herausgefunden, wie Dáman die Macht des Gottes der Unterwelt an sich reißen konnte. Er hat Nidhanas mit einem vierzackigen Speer niedergestoßen, der aus den vier Elementen selbst in ihrer reinsten Form geschmiedet ist. Den Thron der Unterwelt hat er mit Ketten aus dem gleichen unzerstörbaren Metall gebunden. Wenn wir nun aber selbst …«

»Einen Moment, bitte«, fauchte Kurangras linker Kopf und schoss zur Winterseherin herab. »Deine Entdeckungen sind gewiss interessant, Odrana. Wir werden gleich darüber plaudern. Doch zuvor sprechen wir über die vier Aufträge, die ich dir durch diverse Boten erteilt habe, meine Schülerin. Du hast es in den letzten Jahren nicht für nötig befunden, dich bei mir zu melden. Aber ich nehme an, dass du mir heute deine Ergebnisse präsentieren wirst?«

»Nein«, sagte die Winterseherin fest und erwiderte den Blick der Drachenaugen. »Leider war ich mit dringenden Angelegenheiten beschäftigt.«

»Was könnte dringender sein, als deiner alten Lehrmeisterin dankbar Respekt zu erweisen?«, fragte der rechte Kopf lauernd.

»Den Kettenfürsten aufzuhalten, natürlich!«, gab die Winterseherin ungeduldig zurück.

»Ach, Odrana«, seufzte der linke Kopf und stieß eine schweflige Rauchwolke aus. »Streitest du dich immer noch mit Dáman herum? Ihr beiden wart so ein schönes Paar ... Ihr hättet die Welt gemeinsam erobern sollen, statt euch ein Leben lang zu bekämpfen.«

»Ihr verkennt den Ernst der Lage, Kurangra!«, rief die Winterseherin mit Nachdruck. »Ein Gott ist gefallen. Ein Sterblicher gebietet nach seinen Launen über die Mächte der Unterwelt. Es geht nicht um irgendwelche Meinungsverschiedenheiten zwischen Dáman und mir. Euch ist in Eurer Abgeschiedenheit entgangen, wie sehr der Kettenfürst mit seiner wachsenden Macht die Ordnung bereits erschüttert hat! Noch mag er Euch ignorieren, vielleicht aus Respekt, vielleicht aus taktischem Kalkül. Doch sein Ziel ist die absolute Kontrolle, und er wird irgendwann danach streben, das Kettenbanner auch über der Dreikopf-Akademie wehen zu lassen. Ihr könnt Euch den Entwicklungen nicht ewig entziehen, Kurangra!«

Ein gefährliches Grollen stieg aus der gepanzerten Brust der Drachin auf.

»Wage es nicht, deine Lehrmeisterin zu belehren!«, schnaubte der rechte Kopf. Gorin spürte, wie die Wut der Drachin die Grotte erschütterte. Sie riss ihr Maul auf und blähte die Nüstern. Hilflos musste Gorin mitansehen, wie urgewaltiges Erdenfeuer aus dem Schlund der Drachin aufstieg und sich als fauchende Flammenwalze über den Körper der Winterseherin ergoss. Die Alte hob ihren Saphirstab. Eine silbern schimmernde Kuppel schien um sie herum aufzuleuchten. Mehr konnte Gorin nicht von ihr erkennen, denn die Wucht des Drachenfeuers riss sie von den Füßen und schleuderte sie hart zu Boden. Mit einem hässlichen Knirschen prallte der Körper der Winterseherin auf den Fels. Sie stöhnte schmerzerfüllt.

»Nein!«, brüllte Galdra und lief mit erhobener Kristallaxt auf Kurangra zu. Elyamur zog sein Schwert und stürmte ebenfalls vor. Auch Gorin lud mechanisch seine Armbrust durch, während sich kaltes Entsetzen in ihm ausbreitete.

Kurangras mittlerer Kopf neigte sich den Zwillingen entgegen und spie eine warnende Flammenlohe vor ihre Füße.

»Haltet ein!«, grollte der linke mit einer Stimme, die Gorins Seele zu durchdringen schien. Sofort war er nicht mehr in der Lage, auch nur einen Muskel zu rühren. Sein Körper war wie erstarrt, gelähmt durch den bloßen Willen Kurangras.

Mit einem zufriedenen Schnauben wandte sich die Drachin der Winterseherin zu. Die Alte kämpfte sich mühsam wieder auf die Füße. Ihre Magie schien sie vor der Wut der Flammen geschützt zu haben, doch ihr linker Arm hing herunter und wirkte schlimmer mitgenommen denn je.

Kurangras linker Kopf beugte sich zur Winterseherin hinab und betrachtete sie mit verengten Augen.

»Wer hat dich so zugerichtet?«, zischte die Drachin empört. Die Winterseherin schaute zu ihr auf. Weiße Haarsträhnen klebten an einer blutigen Platzwunde auf ihrer Stirn.

»Ihr selbst, Kurangra«, gab sie müde zurück. »Vor wenigen Herzschlägen.«

»Das meine ich nicht!«, polterte der rechte Kopf wütend. »Wie kommt es, dass eine Schülerin der Dreikopf-Akademie einen einfachen Flammenschlag nicht besser abgewehrt hat? Das hätte dir nicht passieren dürfen! Du warst die Zweitbeste deines Jahrgangs, Odrana. Was ist mit deiner Kraft geschehen?«

»Ich wurde für eine ganze Weile in einem Bannkäfig der Nephilim gefangen gehalten«, erwiderte die Winterseherin ruhig. »Erst vor Kurzem haben die Zwillinge mich befreit. Doch meine Aura ist noch geschwächt.«

»Wer hat es gewagt?!«, wetterte der rechte Kopf. Er musterte die Winterseherin misstrauisch.

»Dáman!«, knurrte er dann und spie eine wütende Flammenlohe gegen die Höhlendecke. »Wer sonst. Er mag mein Meisterschüler sein, doch das gibt ihm kein Recht, andere Dreikopf-Absolventen so zu behandeln!« Kurangra funkelte die Winterseherin mit ihren goldgelben Augen an. Die Alte sagte nichts. Man sah ihr an, dass sie um eine aufrechte Haltung kämpfte. Für einen Moment war es still in der Grotte. Gorin konnte noch immer keinen Finger rühren. Nur die Drachin schnaubte nachdenklich. »Du bist also der Ansicht, es sei an der Zeit, Dáman etwas Respekt zu lehren?«, fragte sie schließlich.

»Genau das ist unser Ziel«, erwiderte die Winterseherin. »Den Kettenfürsten in seine Schranken zu verweisen.«

»Gut!«, grollte der rechte Kopf. »Dann gebe ich dir den Auftrag, das zu tun, Odrana. Schon als Warnung für die anderen Absolventen. Den Rest kannst du später erledigen.«

»Wie Ihr wünscht.« Die Winterseherin nickte ergeben, konnte sich jedoch ein leichtes Lächeln nicht verkneifen, das in eine schmerzverzerrte Grimasse überging. »Dafür benötigen wir allerdings Eure Hilfe. Wir müssen die ewigen Ketten sprengen, mit denen der Kettenfürst den Thron der Unterwelt an seine Macht gebunden hat. Das vermag nur eine Waffe aus dem gleichen Material wie die Ketten. Ein Vierzack, wie ihn auch Dáman geschaffen hat.« Die Alte verstummte und ließ sich auf einen Felsen am Grottenboden sinken. Nach kurzem Durchatmen fuhr sie fort: »Um diesen Vierzack schmieden zu können, brauchen wir elementare Essenz in ihrer reinsten Form. Nicht das Zeug, das die Alchemisten destillieren. Ich spreche von Essenz, die direkt aus den vier Quellen der Elemente selbst geschöpft wird. Ich bitte Euch, einmal mehr Eure Weisheit mit mir zu teilen: Wo befinden sich diese Quellen und wie kann man auf ihre Essenz zugreifen?«

»Ich frage mich, wo Dáman wohl sein Wissen darüber erworben hat«, zischte der mittlere Kopf nachdenklich, der sich bislang zurückgehalten hatte. »Bei mir jedenfalls nicht. Natürlich könnte ich dir verraten, wo die Quellen zu finden sind. Doch ist diese Kunde überaus geheim.«

»Und hat ihren Preis«, ergänzte der linke Kopf.

»Das gehört offenkundig zu dem Auftrag, den Ihr mir gerade erteilt habt«, wandte die Winterseherin ein. Doch der rechte Kopf knurrte nur abschätzig. »Meine Schüler erledigen ihre Aufträge selbstständig«, grollte er.

»Wenn du meine Hilfe dafür brauchst, ist das deine Sache«, ergänzte der Linke. »Ich werde sie dir gegen ein angemessenes Lehrgeld gewähren.«

»Gut«, seufzte die Alte. »Wenn Ihr vorher so freundlich wärt, Euren Bann von meinen Schützlingen zu lösen? Ich denke nicht, dass sich hier jemand als Drachentöter betätigen will.« Sie schenkte Galdra und Elyamur einen warnenden Blick. Kurangra fauchte und hob beiläufig eine Klaue. Gorin sackte auf die Knie. Sein Körper konnte sich endlich wieder regen! Doch Arme und Beine waren völlig verkrampft. Neben ihm fluchte Galdra, der es ähnlich zu gehen schien.

»Das Hexenreich Strigaza«, sagte der linke Kopf unvermittelt.

»Wie bitte?«, erwiderte die Winterseherin vorsichtig.

»Man hat mir berichtet, dass du in den letzten Jahrzehnten gute Beziehungen zu den Hexenbaroninnen von Strigaza aufgebaut hast, Odrana«, fuhr Kurangra fort. »Diese Zauberfürstinnen bringen zuweilen ganz erstaunliche Schülerinnen hervor. Ich will sie für die Dreikopf-Akademie. Natürlich nur die Besten. Sagen wir, alle sieben Jahre drei begnadete Schülerinnen im Austausch gegen angemessenes Zauberwissen.«

»Es ist Sache des Konvents der dreizehn Baroninnen, darüber zu entscheiden«, erwiderte die Winterseherin zurückhaltend. »Zumal Strigaza inzwischen Teil der Kettenlande ist und auch die Zauberschule des Kettenfürsten Interesse an der Zaubermacht des Hexenreiches haben dürfte.«

»Um Dáman kümmerst du dich ja nun«, sagte der rechte Kopf wegwerfend.

»Das ist der Preis«, fuhr der linke ungerührt fort. »Überzeuge das Hexenreich und sichere mir die Schülerinnen. Dann teile ich die Geheimnisse der elementaren Quellen mit dir.«

Die Winterseherin zögerte kurz, dann nickte sie. »So sei es.

Sobald wir unsere Mission zu einem erfolgreichen Ende gebracht haben, werde ich nach Strigaza aufbrechen, um mit den Hexenbaroninnen zu sprechen.«

»Oh nein«, knurrte der rechte Kopf. »Du wirst deinen Teil des Handels zuerst einlösen und nach Strigaza gehen. Dann erhältst du im Gegenzug das Wissen, das du benötigst.«

»Dafür ist keine Zeit!«, drängte die Winterseherin. »Ihr habt mein Wort, dass ich meine Verpflichtung einhalten werde. Ihr kennt mich. Das muss genügen.«

»Warum so eilig?«, fragte der linke Kopf misstrauisch. »Dáman baut sein Reich nun schon seit vielen Jahren auf. Was machen da schon einige Wochen aus?«

»Alles!«, rief die Winterseherin. »Auch Dáman weiß um die Macht der Zwillingsseelen und hat sich eigene Zwillinge herangezogen. Zwei Orks, die ebenfalls die Bedingungen des Orakelspruchs erfüllen. Ein Knochenkrieger und eine Geisterbeschwörerin vom Blutketten-Clan.«

»Auch das ist interessant«, grollte der mittlere Kopf leise. »Was hat es mit den beiden Orks auf sich?«

»Der Orakelspruch, den ich einst empfing, lässt mehr als eine Deutung zu«, erklärte die Winterseherin. »So, wie es die Art solcher Sprüche ist. Elyami?« Sie schaute die Grünsängerin auffordernd an. Die Elbin blickte ein wenig unbehaglich zu der Drachin, ehe sie mit klarer Stimme den Spruch rezitierte, den Gorin nur zu gut kannte:

»In mondloser Nacht, unter glühenden Schwingen
des Phönix,
soll'n Zwillingsseelen kommen auf widrige Pfade
des Lebens,
sich finden in Liebe und Streit vereint.
Die stählernen Bande vermögen sie kühn zu
zersprengen,
den Fürsten vom Rostroten Thronsitz zu trennen,
und Freiheit zu bringen von der Ketten Gewalt.«

»So ist es«, brummte die Alte und hielt dabei ihren verletzten Arm umklammert. »Ich deute diesen Spruch so, dass die Zwillinge die Reiche der Welt von der Macht des Kettenfürsten befreien werden. Der Kettenfürst allerdings verfolgt eine andere Interpretation. Er geht davon aus, dass er von den Ketten befreit werden wird, die ihn an den Thron binden, um endlich unbeschränkt zu herrschen. Darum hat er seine eigenen Zwillinge losgeschickt. Sie sollen einen Vierzack schmieden, der die Ketten zu durchtrennen vermag. Es ist also höchste Eile geboten.«

»Verstehe«, zischte Kurangras linker Kopf. »Dann hast du umso mehr Grund, in Strigaza schnell Erfolg zu haben, damit ihr euch anschließend auf den Weg machen könnt.«

»Ihr versteht *nicht!*«, erwiderte die Winterseherin zunehmend ungehalten. »Die Orks sind wahrscheinlich bereits unterwegs! Die Reise zu den Quellen duldet keinen Aufschub.«

»Du hast meine Bedingungen gehört!«, fauchte der rechte Kopf, während es in der Brust der Drachin bedrohlich grollte. »Wage es nicht, meine Entscheidungen infrage zu stellen, Schülerin!«

Die Winterseherin starrte für einen Moment grimmig vor sich hin, ohne etwas zu sagen. Mit einem flauen Gefühl im Bauch realisierte Gorin, dass ihr offensichtlich langsam die Argumente ausgingen. Die Expedition drohte zu scheitern, bevor sie richtig begonnen hatte. Das durfte nicht sein!

»Es gibt immer einen Weg, pflegte Onkel Barudrin zu sagen.«

Erst als sich ihm alle Blicke zuwandten, bemerkte Gorin, dass er das laut ausgesprochen hatte. Selbst Kurangra hob neugierig ihren linken Kopf, während die Winterseherin die Stirn runzelte. Seine Worte schwebten im Raum, nun musste er weitermachen.

»Die Winterseherin kann sich doch um diese Sache im Hexenreich kümmern, während wir anderen schon zu den Quellen aufbrechen – sofern Ihr bereit seid, uns mitzuteilen, wo diese sich befinden, Kurangra«, fuhr Gorin fort. »So kommt es zu keiner Verzögerung.«

»Unsinn«, schnaubte die Alte verärgert. »Ihr braucht meine Unterstützung bei den Quellen, um …«

»Ein bedenkenswerter Vorschlag!«, unterbrach sie der linke Kopf mit einem nachdenklichen Zischen. »Odrana, würdest du nicht auch gerne sehen, wie gut deine Schützlinge allein zurechtkommen?«

»Als wenn wir unser Können nicht schon längst bewiesen hätten«, brummte Galdra.

»Das wäre gewiss interessant«, überlegte der Mittelkopf. »Ich teile ihnen alles mit, was es zu wissen gibt, und sie erobern sich die elementare Essenz der vier Quellen.«

»Aber damit setzen wir alles aufs Spiel …«, ereiferte sich die Winterseherin, doch sie wurde wieder unterbrochen.

»Das sind die Bedingungen«, knurrte der rechte Kopf unheilvoll.

Die Winterseherin warf Gorin einen missbilligenden Blick zu. Dann schaute sie nachdenklich über Kurangras Bett aus Gold, als läge irgendwo zwischen den Münzen eine andere Lösung verborgen, und seufzte resigniert.

»Also gut«, sagte sie. »Wir werden zeitgleich aufbrechen, die Zwillinge zu den Quellen, ich nach Strigaza. Sobald ich die Sache in Eurem Sinne erledigt habe, werde ich mich ihnen anschließen.«

»Sehr schön«, sagte der linke Kopf.

»Und weil du ohne zu zögern auf Lügen zurückgreifen würdest, wenn es deinen Feldzug gegen Dáman voranbringt«, fauchte der rechte, »werde ich eine kleine Sicherung vornehmen, damit du deinen Teil des Handels einhältst.«

Beim Sprechen wühlte Kurangra mit einer Vorderklaue in ihrem Schatzhort. Sie zog eine Art goldenes Zepter hervor, das mit schwarzen Edelsteinen besetzt und offenbar auf die Körpergröße eines Drachen ausgelegt war. Bekrönt war es von einem bleichen Schädel, dick wie ein Kessel, der wohl einst irgendeinem Riesen gehört hatte. Die Augenhöhlen des goldgefassten Riesenschädels leuchteten fahlblau auf, als Kurangra alte Worte der Macht zischte. Jede Silbe brannte sich wie kaltes Feuer in Gorins Geist. Ein klammer Schatten schien über ihn hinwegzuziehen – und drang plötzlich in ihn ein. Gorin erschauderte. Dann war es vorbei. Die Worte der Drachin waren verstummt, das Glühen der Augenhöhlen erloschen. Doch Gorin spürte, dass irgendetwas anders war als vorher.

»Ihr habt sie mit dem Blutfluch von Rukh tar Zorr belegt?!«, stöhnte die Winterseherin fassungslos. Kurangras Köpfe entblößten ihre Zahnreihen zu einem hämischen Grinsen.

»Du selbst hättest den Fluch entweder auf dich genommen oder vielleicht sogar gebrochen«, erklärte der linke Kopf. »Aber auf deine Schützlinge lässt du nichts kommen. Es ist nun auch in ihrem Interesse, dass du in Strigaza Erfolg hast. Sei unbesorgt. Der Fluch entfaltet seine Wirkung erst, wenn du in drei Wochen nicht mit einer guten Nachricht zu mir zurückgekehrt bist.«

»Drei Wochen?!«, rief die Winterseherin. In ihrer Stimme lag eine Mischung aus Wut, Entsetzen und Verzweiflung. »Das könnt Ihr nicht verlangen! Ich werde viel in Strigaza herumreisen müssen, um alle Baroninnen zu überzeugen! Ich kann nicht zulassen, dass Ihr die Zwillinge derart in Gefahr bringt!« Sie trat einen Schritt auf die Drachin zu. Kurangra senkte ihren linken Kopf und starrte der Alten streng in die Augen. Für einige Herzschläge hielt die Winterseherin dem Blick ihrer Lehrmeisterin stand. Dann verzog sich ihr Gesicht und ihre Beine knickten ein. Sie sank auf den Höhlenboden.

»Die Alte mit den Schwanenfedern war auf dem Weg der Heilung, bevor du sie so zugerichtet hast, Drache!«, rief Elyami wütend und eilte zur Winterseherin. »In diesem erbärmlichen Zustand kommt sie nicht einmal nach Strigaza und wird dir gar nichts nützen!«

Kurangras rechter Kopf wandte sich ihr ruckartig zu und grollte gefährlich. Elyami ballte die Fäuste und schaute der Drachin trotzig entgegen. Doch als der Blick von Kurangras kleinen, blitzenden Augen auf ihr lag, stolperte die Elbin zurück. Der rechte Kopf folgte ihrer Bewegung, riss gierig seinen Schlund auf – und wurde vom mittleren unterbrochen.

»Die kleine Grünsängerin hat recht«, zischte er. Der rechte Kopf wandte sich widerstrebend von Elyami ab.

»Geh noch ein Stück beiseite, Elbin!«, befahl der mittlere Kopf. Elyami setzte dazu an, etwas zu erwidern. Stattdessen trat sie langsam ein paar Schritte zurück. Ihrem alarmierten Gesichtsausdruck nach zu urteilen, tat sie es nicht freiwillig.

»So ist es recht«, knurrte Kurangra. »Ich frage mich, ob du eigentlich weißt, wen du da zu beschützen versuchst …« Dann wandte die Drachin sich wieder der abgekämpften Winterseherin zu und bog ihre Köpfe zurück. Sie riss ihre Mäuler auf und spie aus allen Schlünden zugleich Feuer auf die Alte. Doch diesmal waren die Flammen eher golden als rot und leuchteten wie flüssiges Sonnenlicht.

Als das Feuer der Drachin verebbte, erhob sich die Winterseherin inmitten der Flammen, die langsam um sie herum erstarben. Aufrecht stand sie der Drachin gegenüber, die Platzwunde auf ihrer Stirn war verschwunden. Sie bewegte prüfend ihre Arme. Beide Arme. Ihr linker Arm hing nicht mehr nutzlos herunter.

»Ich wusste nicht, dass Ihr das gleißende Sonnenfeuer des Lebens zu speien vermögt, meine Lehrerin«, sagte die Winterseherin leise. Es war das erste Mal, dass Gorin ehrliches Staunen in ihrer Stimme hörte. Die Drachin grinste breit mit allen drei Mäulern.

»Der Tag, an dem ich meine Schüler nicht mehr überraschen könnte, liegt noch sehr fern«, sagte der linke Kopf zufrieden.

»Du brauchst dich nicht zu bedanken«, ergänzte der mittlere fast liebevoll. »Lass die Macht des Sonnenfeuers eine Nacht in dir nachwirken und brich morgen nach Strigaza auf. Nun dürftest du ja in der Lage sein, mit angemessener Geschwindigkeit zu reisen. Selbstverständlich seid ihr alle meine Gäste. Meine

Schüler werden sich um eure Fledernattern im Hinterland kümmern.«

»Gut«, seufzte die Winterseherin resigniert und bückte sich, um ihren Saphirstab aufzunehmen. »Dann fehlt nur noch Euer Teil des Handels, Kurangra. Belehrt uns.«

»Aber ja«, sagte der Mittelkopf. »Die vier Quellen der Elemente. Überaus interessant. Zunächst einmal solltet ihr wissen, dass jede Quelle einen Wächter hat, eingesetzt von den Göttern selbst. Natürlich handelt es sich um einen Drachen. Ein Hoher Drache, geboren aus der Seele des jeweiligen Elements, um genau zu sein. Ihr werdet Euch ihm und seinem Urteil stellen müssen, wenn ihr aus der elementaren Essenz der Quelle schöpfen wollt. Er wird euch prüfen. Und Drachen sind gründlich, das wird euch Odrana bestätigen. Ich bin gespannt darauf, von euren Prüfungen zu hören – falls ihr zurückkehrt.«

»Das werden wir«, sagte Galdra fest.

Kurangra reckte sich und holte tief Luft, ehe sie mit ihrem Vortrag fortfuhr: »Die Quelle der Luft findet ihr fern von hier im Nordosten, auf dem Gipfel des Berges Himmelskaiser, der nur dem ewigen Götterberg Ananta an Höhe nachsteht. Er überragt die Grenzgebirge des östlichen Menschenreichs Kta Lun.«

Kurangra räusperte sich leicht gekünstelt, während alle gebannt zuhörten. »Die Quelle des Feuers liegt natürlich im Schlot eines Vulkans – tief unten, an seinem Magma-Herd. Es handelt sich um die Götter-Esse, den Zentralvulkan der Feuerinsel Azussra.«

Davon hatte Gorin schon gehört. Dort hatte einst Rykrond gelegen, das Reich der Basaltzwerge, bevor es im Krieg gegen das Riesenvolk der Zyklopen gefallen war. »Die Quelle des Wassers findet ihr westlich von hier. Weit draußen im Singenden Ozean, am Grunde des Mahlstroms, den die Seefahrer als Schlund des Meeres kennen und fürchten.«

Wieder machte Kurangra eine kleine Kunstpause. »Die Quelle der Erde schließlich liegt verborgen unter dem Weltenbaum, dessen Wurzeln bis ins Herz der Schöpfung hinabreichen. Er wächst tief in den Dschungeln des völkerreichen Makhura.«

»Klingt nach Arbeit«, murmelte Galdra. Niemand widersprach ihr.

DRITTES KAPITEL

DIE DREIKOPF-AKADEMIE AN DER PLANKENBRECHERKÜSTE

VIELLEICHT WAR ES EIN GERÄUSCH, das Elyami weckte. Vielleicht war es auch nur ein sorgenvoller Traum. Sie schlug die Augen auf und schaute ins unvertraute Halbdunkel. Durch ein Fenster fiel das Licht des frühesten Morgens herein und tauchte den Raum in ein dämmriges Tiefblau. Irgendwo in der Nähe brüllte die Brandung. Jetzt erkannte sie die Kammer, die man ihr und den anderen für die Nacht zugewiesen hatte. Sie befanden sich an der Dreikopf-Akademie, in einem der Feldsteinhäuser, die sich oben an die Klippen schmiegten.

Dann bemerkte Elyami, was ihren Schlaf gestört hatte. Eine Gestalt war gerade in die Kammer geschlüpft, fast lautlos, wenn da nicht ein winziges Knarren der Tür gewesen wäre. Sie näherte sich zielstrebig einem der Schlaflager. Elyami erkannte Jha Rudras lockenköpfigen Umriss.

Die Jhalai ließ sich auf ihrem Bett nieder. Sie saß im Schneidersitz und schien im spärlichen Licht einen kleinen Gegenstand in ihrer Hand zu betrachten. Dann steckte sie das Ding weg und rollte sich unter ihrer Decke zusammen. Elyami schloss wieder die Augen. Eigentlich ging es sie nichts an, was die Diebespriesterin trieb. Sie hoffte dennoch, dass Jha Rudra wusste, was sie tat.

Die Winterseherin weckte sie, noch ehe Elyami wieder richtig in den Schlaf gefunden hatte. Die Alte mit den Schwanenfedern war am Vorabend noch lange in Kurangras Grotte geblieben und hatte sich mit ihrer Lehrmeisterin beraten, während die anderen schon ihre Kammer bezogen hatten. Das hinderte sie offenbar nicht daran, beim ersten Tageslicht zum Aufbruch zu drängen.

Ein wenig zerknittert half Elyami kurz darauf Jha Rudra, die Fledernattern für den Flug fertig zu machen. Die Zelja-Priesterin gab sich aufgeräumt wie immer und ließ sich nicht anmerken, dass sie in der Nacht unterwegs gewesen war. Die beiden Flügelschlangen lagen vor den Feldsteingebäuden im hohen Gras. Gruppen von Dreikopf-Schülern standen in den Türöffnungen und beobachteten die Reptilien neugierig. Kurangras Schülerinnen und Schüler schienen aus der ganzen Welt zu kommen: Eine Sumpfländerin mit hellblauer Haut war ebenso darunter wie ein junger Jhalai, der eine drachenartige Halbmaske trug. Einer der rot gewandeten Elementaristen war ein gehörnter Minotaur, unter den Beschwörern in ihren schwarzen Roben gab es eine grünhäutige Goblin-Frau.

Und dann waren da noch Wesen, die Elyami nicht kannte: ein tigerköpfiges Geschöpf mit zwei Armpaaren und eine Art schwebende Qualle mit langen Fangarmen, die sie fast für ein Tier gehalten hätte, wenn sie nicht weiße Stoffstreifen um ihren durchsichtigen Körper getragen hätte.

»Ist das jetzt gestern eigentlich gut gelaufen oder nicht?«, fragte Gorin, der gerade seine Armbrust verstaute, mit einem vorsichtigen Schulterblick zu den Schülern.

»Keiner von uns wurde verschlungen. Daher würde ich sagen *gut*«, erwiderte Jha Rudra trocken.

»Du wurdest ja auch nicht verflucht«, brummte Galdra.

»Mach dir darum keine Sorgen«, entgegnete Jha Rudra. »Die Winterseherin wird Erfolg haben. Das hat sie immer.«

»Aber wie diese Drachin mit ihr umgegangen ist!«, empörte sich Elyami. Es fiel ihr schwer, leise zu sprechen. »Wie kann diese Kreatur eine alte, angeschlagene Menschenfrau nur so grausam behandeln …«

»Du hast die Alte nie kämpfen sehen«, warf Galdra ein, während sie prüfte, ob alles sicher verzurrt war.

»Außerdem geht es der Alten inzwischen wieder gut«, sagte

die Winterseherin laut, die plötzlich hinter ihnen stand. »Brechen wir also auf!«

Sie ließen die Dreikopf-Akademie hinter sich, ohne die Drachin Kurangra noch einmal getroffen zu haben. Zielstrebig folgten sie der Küste nach Westen und ritten dabei auf den Seewinden über dem Meer, um die Hafenstädte des Königreichs Lorvia zu meiden. Am späten Vormittag steuerten sie auf ein Zeichen der Winterseherin hin einen einsamen Hügel etwas landeinwärts an, auf dessen Kuppe eine Windmühle stand.

Sie sah aus wie die zahlreichen anderen Mühlen in Lorvia, die im Laufe des Tages unter ihnen hinweggezogen waren: ein runder, weiß getünchter Turm, dessen Flügel mit Tüchern bespannt waren, die wie kleine Segel aussahen. Doch diese Mühle war verlassen. Der Putz blätterte von ihrem Gemäuer. Die Überreste der Flügel knarrten lustlos im Seewind hin und her, ohne sich zu einer Umdrehung aufraffen zu können. Unter dem löchrigen Dach nisteten zahlreiche Vögel, deren weißgraue Hinterlassenschaften den Boden bedeckten.

Schon von Weitem sah Elyami einige Goblins aufgeregt herumwuseln. Die verlassene Mühle war das ideale Versteck für eine Rotte Goblin-Räuber, um ein Umland heimzusuchen, das zu dicht besiedelt für alte Bärenhöhlen oder Raubritterburgen war. Doch die Goblins stürmten kreischend davon, als die beiden Fledernattern sich näherten und direkt neben der Mühle niedergingen. Heute würde die Mühle als Versteck für andere heimliche Aktivitäten dienen.

Elyami ging ein wenig auf der Hügelkuppe herum, um ihre vom langen Flug verspannten Glieder zu lockern. Neugierig ließ sie ihren Blick über die Landschaft schweifen. Daheim, im nördlichen Liráya, musste langsam der Spätsommer in den Herbst übergehen, doch hier war noch alles satt und grün. Lorvia war ein üppiges Land mit pinienübersäten Hügelkuppen und weiten Lavendelfeldern. Immer wieder entdeckte Elyami Eidechsen, die träge auf Steinen ruhten. Obwohl sie sich einen abgelegenen Ort zum Rasten gesucht hatten, schimmerten in einiger Entfernung die Dächer eines Dorfes hinter den Bäumen hervor. Sorletta, die Perle an der Aquamarin-See, Hauptstadt von Lorvia und größte Menschenstadt des Westens, war nah. Sie hatten die Türme der Metropole beim Anflug bereits aus der Ferne gesehen. Ihr Umland war durchsetzt von Dörfern, Marktflecken und verspielten Burgen mit zahlreichen Erkern und Türmchen. Manche ihrer Herren hatten als Troubadoure Lieder gewoben, die selbst elbische Grünsänger während der Ausbildung lernten. Einige davon waren tief in Elyamis Seele gedrungen. Sie begann, leise eine Ballade vor sich hin zu summen.

»Wir wollen nicht lange säumen«, verkündete die Winterseherin überdeutlich laut am Eingang der Windmühle. Elyami wandte sich schuldbewusst um und lief zur Ruine. Seit Kurangras Sonnenfeuer sie geheilt hatte, war die Alte ganz zu ihrer alten Ungeduld zurückgekehrt. Die anderen hatten sich schon in der Mühle versammelt. Die beiden Zwerge saßen auf einem Mühlstein, Elyamur zog es vor zu stehen. Jha Rudra streifte unruhig im Gemäuer umher.

»Wir werden uns nun trennen«, begann die Winterseherin ohne Umschweife. »In Strigaza werde ich meine Geschäfte so rasch wie möglich erledigen, um anschließend wieder zu euch zu stoßen. Damit alles reibungslos seinen Gang geht, gebe ich euch das hier mit.«

Sie griff in eine Tasche ihres pelzbesetzten Mantels und zog einen kleinen Gegenstand hervor. Es war ein silberner Anhänger in Form eines Schwans an einer feinen Kette. Elyami kannte solche Schmuckstücke. Die elbischen Zaubersänger von Liráya hatten sie einst zusammen mit der Winterseherin erschaffen. Sie ermöglichten es dem Träger, über beliebige Entfernungen in geistigen Kontakt zur Winterseherin zu treten. Auch Jha Rudra trug einen dieser Talismane. Sie hatte ihn einst erhalten, als sie noch in Swertenburg der Grauen Ratte vorstand.

»Wie ihr schon wisst, reicht seine Magie nur für eine einzige Anwendung«, erklärte die Winterseherin. »Also verschwendet ihn nicht.« Sie streckte den Anhänger auffordernd Elyami entgegen, die ihn ein wenig überrascht annahm. »Das Wort, das seine Macht erweckt, lautet *Sýlyanur. Sternennacht*«, fuhr die Winterseherin fort. »Außerdem habe ich ihn gestern zusammen mit meiner alten Lehrmeisterin ein wenig modifiziert. Wenn ihr mit dem Anhänger in der Hand das Wort *Vylyáo*, *Alyuna*, *Yaldri* oder *Rènya* aussprecht, also *Feuer*, *Wasser*, *Luft* oder *Erde* auf Grünwort, wird er euch wie ein Kompass die exakte Richtung der jeweiligen elementaren Quelle anzeigen. Diese Kraft ist nicht begrenzt. Macht davon Gebrauch, aber lasst das Ding nicht für euch denken.«

»Danke«, erwiderte Elyami.

»Außerdem hat mir meine Lehrmeisterin diese Karte aus ihrer Bibliothek überlassen«, fuhr die Winterseherin fort und überreichte Gorin eine Schriftrolle. »Darauf sind die Orte der Quellen zumindest grob verzeichnet. Bitte geht pfleglich damit um, Kurangra ist zuweilen etwas eigen, wenn es um ihren Besitz geht.«

»Wäre mir nicht aufgefallen«, murmelte Galdra. Jha Rudra lächelte fein.

»Und da ist noch etwas«, sagte die Alte geschäftsmäßig und wandte sich an die Diebespriesterin. »Rudra, ich möchte, dass auch du ab hier in eine andere Richtung reist.«

Jha Rudra hielt in der Bewegung inne und schaute die Alte fragend an: »Rasten wir darum so nah an Sorletta?«

»Ja«, erwiderte die Winterseherin. Ihre Stimme nahm einen sarkastischen Ton an. »Selbstverständlich genügt es nicht, einfach nur einen Vierzack aus elementarer Essenz von abgelegenen Orten am Ende der Welt zu schmieden. Er muss zudem so beschaffen sein, dass er die Kraft der Ketten aufzuheben vermag, die der Kettenfürst einst geschmiedet hat. Diese Ketten haben die göttliche Weltordnung gebrochen. Der Vierzack muss darum von ihrer Harmonie erfüllt sein. Dafür muss er den Segen der Göttin Iyanuri erhalten, die an ihrem großen Webstuhl die kosmische Ordnung zu immer neuen Mustern webt. Das wird ihn von jenem Vierzack unterscheiden, den Dáman einst selbst erschuf, um Nidhanas damit niederzustrecken.«

Elyami erinnerte sich nur zu gut. Nidhanas, der Gott der Unterwelt, hatte es ihnen in sterblicher Gestalt selbst erzählt – kurz bevor der Orkkrieger Rezkai ihn getötet hatte.

»Dieser Segen muss durch ein höheres Heiligtum der Weberin erteilt werden«, fuhr die Winterseherin fort. »Und Iyanuris heiligster Ort ist das Silberkloster Malyún in den Gletscherbergen des nördlichen Königreichs Skovrik. Es ist das Schwesterkloster von Ilyún, wo ich einst die Nidhanas-Weihen empfing. Bitte reise dorthin voraus, Rudra, und gewinne als Dienerin der Götter das Vertrauen der Priesterschaft. Es sind vor allem alte Silber-Elben, die sich vom Treiben der Welt zurückgezogen haben. Also tritt nicht zu forsch auf und übertreibe es nicht mit Zeljas Tollkühnheit. Du schaffst das schon. Wenn wir anderen dann mit dem Vierzack nachkommen, werden wir ohne Zeitverlust das Ritual der Segnung vornehmen können.«

Jha Rudra trommelte nachdenklich mit den Fingern auf einem Holzbalken herum. Dann sah sie auf, ihr Gesicht trug einen entschlossenen Ausdruck. »Wie Ihr wünscht«, sagte sie. »Ich werde nach Malyún vorausgehen. Sorletta liegt keine Tagesreise entfernt. Ich habe Freunde im dortigen Jhalaisu und kann durch das Labyrinth in den Norden reisen.«

Galdra schüttelte sich unwillkürlich. Auch die Zwillinge waren schon mit Jha Rudra durch jenes anderweltliche Labyrinth gereist, das alle Tempel des Maskenvolkes miteinander verband. Es war keine schöne Erfahrung gewesen.

»Tu das«, sagte die Winterseherin. »Versuche, im Tempel des Maskenviertels von Fjällstadir herauszukommen. Das ist die Stadt in Skovrik, die den Gletscherbergen am nächsten liegt.«

»Man hört ständig Gerüchte, dass die Kettenheere immer weiter nach Norden gegen die letzten freien Gebiete von Skovrik vorrücken«, gab Jha Rudra zurück. »Möglicherweise ist der direkte Zugang zum Silberkloster nicht mehr frei. Ich sollte mir zuvor ein Bild von der Lage vor Ort machen.« Sie schaute gedankenverloren über die Landschaft, als würde sie überlegen. »Leider sind die Leute von Skovrik ein eigenwilliges Völkchen und nicht besonders offen gegenüber Fremden. Ich weiß jedoch jemanden, der sich im Norden ausgezeichnet auskennt. Dafür müsste ich nur über das Jhalaisu von Swertenburg reisen …«

»Von mir aus«, sagte die Winterseherin. »Aber lass dich nicht ablenken. Die Zeit drängt, Rudra.«

Elyami konnte sich denken, worauf sich der Wortwechsel bezog. Auf der Flucht vor den Schergen des Kettenfürsten hatte Jha Rudra Freunde und Verbündete in Swertenburg zurückgelassen, vor allem die Schwertpriesterin Hilgrif, die ihr sehr nahestand und aus Skovrik stammte. Ihr Schicksal war nach wie vor unklar. Dass die Diebespriesterin den Weg über Swertenburg vorzog, hatte gewiss nicht nur praktische Gründe.

»Werdet Ihr auf Eurer Reise auch nach einem sicheren Versteck für das suchen, was ich Euch übergeben habe?«, fragte Jha Rudra die Winterseherin unvermittelt.

»Ja«, erwiderte die Alte widerstrebend. Ihre Hand wanderte zu der Tasche ihres Mantels. Elyami wusste, dass sie dort einen kleinen Lederbeutel verwahrte. Er war unscheinbar, als würde er höchstens einige Silberpfennige enthalten. Und dennoch beherbergte er die Seele eines Gottes. Die sterbliche Verkörperung des Unterweltkönigs Nidhanas war von dem orkischen Knochenkrieger Rezkai getötet worden. Doch Jha Rudra war es gelungen, zumindest seine unsterbliche Essenz zu retten.

»Wo?«, fragte Jha Rudra direkt.

»Am sichersten denkbaren Ort«, gab die Winterseherin zurück. »Und ich werde dafür Sorge tragen, dass niemand dem Kettenfürsten das Versteck der Seele verraten kann. Ihr dürft mich nicht mehr danach fragen, bis der Kettenfürst gestürzt ist. Das ist von größter Wichtigkeit. Die Seele des Nidhanas darf ihm niemals in die Hände fallen – sonst wäre seine Herrschaft über die Unterwelt absolut und seine Macht in der Tat gottgleich.«

Damit endete das Gespräch für einen Moment. Die Vorstellung eines Kettenfürsten mit unbegrenzten Kräften lastete schwer auf allen.

Schließlich brach Elyamur das Schweigen. »Welche der Quellen suchen wir also zuerst auf?«, fragte er mit ruhiger Entschlossenheit, hinter der Elyami seine Unsicherheit heraushören konnte.

»Die Quelle des Feuers auf der Insel Azussra, nehme ich an«, erwiderte Gorin nach einem Blick auf die Karte. »Sie liegt jedenfalls Lorvia am nächsten.«

Plötzlich stöhnte die Winterseherin auf und sackte in sich zusammen.

»Wasser«, keuchte sie mit erstickter Stimme. Für einen Moment glaubte Elyami, dass es der greisen Seherin nicht gut ging und sie um etwas zu trinken gebeten hatte. Dann bemerkte sie, dass die Alte mit geschlossenen Augen ihren Saphirstab umklammert hielt, während ein Zittern durch ihren Körper ging. Die Winterseherin empfing eine Vision.

»Ihr sollt die Quelle des Wassers zuerst aufsuchen«, flüsterte sie mit seltsam tonloser Stimme. »Denn dort werdet ihr Einsichten für euren weiteren Weg erhalten. Befreit das Meereskind aus den Fängen des siebenarmigen Kraken! Bedenket: Vertrauen ist eine große Macht, doch gebt acht, worauf ihr vertraut. Denn Treue und Verrat sind manchmal eins.«

Die Winterseherin stöhnte tief. Dann schlug sie die Augen auf und schaute in die Runde. Alle Blicken ruhten auf ihr, doch niemand eilte an ihre Seite, um ihr beim Aufstehen zu helfen. Dafür kannten sie die Alte inzwischen zu gut.

»Was haben diese Worte zu bedeuten?«, fragte Elyami respektvoll.

»Offenbar werdet ihr doch zuerst zur Quelle des Wassers reisen«, antwortete die Seherin lakonisch. »Mehr weiß ich auch nicht. Ich besitze die Gabe des Sehens, nicht den Schlüssel zur sicheren Deutung.«

»Wäre sonst ja auch zu einfach«, brummte Galdra. Für einen Moment herrschte Schweigen.

»Also zur Wasserquelle«, seufzte Gorin und schlug die Karte wieder auf, während Jha Rudra der Winterseherin etwas zu trinken reichte.

»Die Quelle liegt weit draußen im Singenden Ozean«, überlegte Elyamur. »Ich glaube nicht, dass wir mit den Fledernattern so weit über das offene Meer fliegen können. Was denkst du, Schwester?«

Elyami schüttelte den Kopf. Die Distanz war deutlich zu weit, um sie ohne Zwischenlandung auf den Rücken der Flügelschlangen überbrücken zu können.

»Ihr könntet bis zum Inselreich Ilis Ymran vor der lorvischen Küste fliegen«, schlug Jha Rudra vor. »In den Häfen der Seekönigin treiben sich alle Arten von Freihändlern, Schmugglern und Korsaren herum. Dort findet ihr gewiss jemanden, der vertrauensunwürdig genug ist, euch mit dem Schiff weiterzubringen.« Die Diebespriesterin zog einen Geldbeutel hervor und reichte ihn Elyami. »Da. Ein kleiner Reisegroschen. Die Ilis Ymran gehören glücklicherweise nicht zu den Kettenlanden, ihr braucht euch also nicht zu verstecken. Stattdessen wird man euch nur klassisch über den Tisch ziehen, fürchte ich.«

»Danke«, sagte Elyami. »Dann also zu den Ilis Ymran.«

»Das klingt vernünftig«, murmelte Gorin unglücklich. Für einen Zwerg war es wahrscheinlich ein absurder Gedanke, zu einer Insel zu fliegen, um dort auf ein Schiff steigen zu können. Elyamis Herz hingegen schlug schneller bei der Vorstellung, bald das Lied der Meere besser kennenzulernen.

»Dann lasst uns nun aufbrechen«, sagte die Winterseherin. »Wenn alle ihre Sache gut machen, werden wir bald wieder zusammentreffen.«

Der Abschied war kurz. Die Winterseherin machte sich als Erste auf den Weg. Sie stellte sich auf die Hügelkuppe und schaute dem Himmel entgegen. Dann begannen ihre Umrisse zu flimmern und in sich zusammenzuschmelzen, bis ein weißer Schwan an der Stelle saß, wo eben noch die alte Frau gestanden hatte. Der Schwan stieg mit kraftvollen Flügelschlägen auf und kreiste einmal über der alten Mühle, ehe er Richtung Nordosten davonflog, dem bewaldeten Bergland entgegen, das die Grenze zum Hexenreich Strigaza bildete.

Jha Rudra schaute dem kleiner werdenden Schwan nachdenklich hinterher.

»Ich mag es nicht, wenn sie wegfliegt«, murmelte sie. »Mochte ich noch nie. Wenn sie dabei ist, hat man das Gefühl, dass das Schicksal schon aus Furcht vor ihren tadelnden Blicken alles zum Guten fügen wird. Ohne sie … sieht das anders aus.«

»Du kennst sie schon lange, oder?«, fragte Elyamur, der neben ihr vor der Windmühle stand. »Wie habt ihr euch eigentlich kennengelernt?«

Die Zelja-Priesterin wandte sich ihm mit einem versonnenen Lächeln zu.

»Das war, als ich ihren Saphirstab gestohlen habe.«

»Du hast *was?*«, fragte Galdra entgeistert.

»Ihren Stab gestohlen«, wiederholte Jha Rudra gelassen, während sie ihren Rucksack für die Reise packte. »Naja, ich habe es jedenfalls versucht. Damals war ich noch ein kleines Gassenmädchen auf den Straßen von Sichelstadt. Ich glaubte, mir könnte alles gelingen, wenn ich es nur klug genug anstelle.«

»Und?«, fragten Elyamur und Galdra gleichzeitig. Elyami musste schmunzeln.

»Och, ich habe es schon geschickt angestellt«, fuhr Jha Rudra fort und packte noch eine ûstrizische Hartwurst zu ihrem Proviant. »Habe auf unfeine Art dafür gesorgt, dass sie dringend ein Bad nehmen muss. Dann bin ich in ihr Herbergszimmer – und da stand tatsächlich der Stab in der Ecke!«

Sie schloss sorgfältig die Rucksack-Schnallen.

»Dann musste ich leider feststellen, dass der Stab sehr gut auf sich selbst aufpassen kann. Als die Winterseherin zurückkam, klebte ich immer noch daran fest und versuchte verzweifelt, mich zu befreien. Ich dachte, sie würde mich jetzt den Bütteln ausliefern und ich müsste im Hungerturm verrotten. Stattdessen hat sie mir Fragen gestellt und sich lange mit mir unterhalten.«

»Während du noch am Stab hingst«, vermutete Elyami.

»Natürlich«, erwiderte Jha Rudra grinsend und schnallte einen Wasserschlauch an den Rucksack. »Sie ist ja nicht dumm. Jedenfalls habe ich sie die ganze Zeit sehr einfallsreich beschimpft. Ich bin immer noch erstaunt, dass sie dabei nicht die Geduld mit mir verloren hat. Aber es endete damit, dass mir der Hungerturm erspart geblieben ist. Die Winterseherin hat mich schließlich zu einem Zelja-Priester gebracht, dessen Schülerin ich wurde.«

»Und sie ist von da an immer zu dir gekommen, wenn sie die Dienste einer geschickten Diebin brauchte, nehme ich an?«, fragte Gorin.

»Natürlich«, erwiderte Jha Rudra ungerührt und schwang sich den Rucksack auf den Rücken. »Ich denke, ich sollte auch langsam los nach Swertenburg.«

»Und zu Hilgrif«, ergänzte Elyami leise.

»Und zu Hilgrif!«, wiederholte Jha Rudra mit einem breiten Lächeln. Nach einer kurzen Verabschiedung machte sie sich zu Fuß auf den Weg in Richtung Sorletta. Wie ein Kind lief sie ungeduldig die Hügelflanken hinunter.

Unten blieb sie noch einmal stehen und winkte den Zwillingen zu. Dann verschwand sie zwischen den Bäumen.

»Wir sollten wohl auch aufbrechen«, sagte Elyamur. Es fühlte sich für Elyami seltsam an, wieder mit ihrem Bruder und den beiden Zwergen allein unterwegs zu sein. Das letzte Mal waren sie so durch die Ödnis der Schwarzglasklippen gereist. Damals hatten sie sich gegenseitig für Spione des Kettenfürsten gehalten und wären fast aufeinander losgegangen. Seitdem war viel geschehen. Nun stolperten sie nicht mehr zu Fuß in eine unbekannte Welt hinaus, sondern glitten auf mächtigen Fledernattern über die Lande, mit einem festen Ziel vor Augen. Elyami tat es gut, sich auf Yà Myrlions Kraft verlassen zu können. Irgendwie wirkte dadurch alles machbarer.

Für den Rest des Tages folgten sie der lorvischen Küste Richtung Westen, immer darauf bedacht, die Hafenstädte des wohlhabenden Königreichs zu meiden. Die Segel kleiner Fischerboote glitten unter ihnen über das Meer, bauchige Handelssegler und zuweilen auch schlanke Kriegsgaleeren. Gegen Abend erreichten sie eine windzerfurchte und dünn besiedelte Gegend – laut Karte die Halbinsel Piovra im äußersten Westen Lorvias. Piovra trennte die Aquamarin-See an seiner Südküste vom Singenden Ozean im Norden. Der Punkt, wo sich die beiden Meere trafen, war das Kap der Seeschlangen an der Spitze der Halbinsel. An diesem Ort erhob sich Scoliana, die Klippenstadt, deren Häuser in das Gestein eines steil aufragenden Felsens gehauen waren und weit über die Meere schauten. Die Zwillinge sahen die Lichter der Stadt, als sie in einiger Entfernung an der Küste ihr Nachtlager aufschlugen.

»Das würde ich mir gerne aus der Nähe angucken«, brummte Gorin mit einem sehnsüchtigen Blick auf den mächtigen, schwarzen Umriss der Klippe. »Wie die Menschen das gewachsene Gestein bearbeitet haben, um sich ein Heim zu schaffen.«

»Und ich würde gerne das Treiben auf den Märkten und Plätzen sehen«, ergänzte Elyami. »Dort brennen Fackeln und irgendwo scheint Musik zu spielen.«

»Aber wir dürfen keine Aufmerksamkeit erregen und brauchen morgen unsere Kräfte«, sagte Elyamur streng, der sich offenbar vorgenommen hatte, die Rolle der abwesenden Winterseherin zu übernehmen. Galdra schaute auf und sah für einen Moment so aus, als wollte sie ihm widersprechen. Aus Prinzip. Doch sie ließ die Sache auf sich beruhen und streckte sich einfach nur auf ihrem Schlafsack aus. Auch Elyami machte sich daran, ihre Decke auszubreiten. Und hielt mitten in der Bewegung inne.

»Hört ihr das auch?«, fragte sie irritiert. Da war eine Art Plappern oder Kichern. Und es kam ganz aus der Nähe. Elyamur schaute sie nur fragend an. So etwas hatte sich Elyami schon gedacht; sie nahm das Geräusch nur dank ihrer feinen Grünsänger-Sinne wahr.

Sie näherte sich den zusammengerollten Fledernattern, wo

die Stimme ihren Ursprung zu haben schien. Dabei pfiff sie vor sich hin und formte die Melodie eines Zaubergesangs. Plötzlich war aus Yà Myrlions Richtung ein empörter Aufschrei zu hören. Elyami vollendete ihren Zauber. Nun zeichnete sich ein Umriss oberhalb der Flügelschlange ab. Es war eine menschenähnliche Gestalt, nicht größer als eine Armlänge. Sie wirkte fein und durchsichtig, als bestünde sie nur aus einem dunstigen Windhauch. Auf ihrem Rücken flatterten zwei schillernde Libellenflügel. Ihre zarten Hände hielten Yà Myrlions Zügel umklammert.

»Was soll das?«, zeterte die Flügelfee. »Ich kann mich nicht bewegen!«

»Mein Gesang hat dich festgebannt«, erklärte Elyami und versuchte, streng zu klingen, obwohl sie bei dem Anblick schmunzeln musste. »Warum hast du versucht, unsere Fledernatter zu stehlen? Du kannst doch selbst fliegen, Tochter der Winde!«

»Aber nicht so, wie ihr Grobkörperlichen es tut«, beschwerte sich die Fee. »Ich will reiten, nicht fliegen!«

»Spioniert uns jemand nach?«, fragte Gorin besorgt, der nun neben Elyami aufgetaucht war. Auch Galdra und Elyamur kamen hinzu.

»Nein«, erwiderte Elyami. »Wenn ein fremder Zauberer die Flügelfee beschworen hätte, wäre mein Bann wirkungslos geblieben. Dies ist ein freier Elementargeist der Winde.«

»Von wegen frei!«, meckerte die Fee. »Ich klebe hier immer noch fest!«

»Ich löse gleich den Bann«, sagte Elyami, »wenn du unsere Reittiere in Ruhe lässt. Die Fledernattern müssen jetzt schlafen. Sie haben schwere Körper, die leicht müde werden, so wie wir.«

»Njaaa«, brummte die Flügelfee enttäuscht. Elyami hätte nicht gedacht, dass ein so filigranes Geschöpf so tief brummen konnte.

»Wenn du Fledernattern so gerne magst«, schlug Elyami vor, »dann kannst du gerne morgen mit uns reisen, wenn wir bei Tagesanbruch über das Meer aufbrechen.«

Die durchscheinenden Augen der Windkreatur weiteten sich. »Oh ja, das wäre großartig!«, jubelte sie.

»Und uns wäre es eine Ehre«, erwiderte Elyami lächelnd. »Magst du mir noch deinen Namen verraten?«

»Die Sterblichen nennen mich Hlu«, zwitscherte die Flügelfee.

»Und ich bin Elyami. Also bis morgen, Hlu«, sagte Elyami und löste den Zauberbann.

»Ich wecke euch beim ersten Sonnenstrahl!«, rief die Flügelfee, bevor sie in einem Luftwirbel verschwand.

Galdra schnaubte unwillig. »War das eine gute Idee?«, fragte sie.

»Wir werden sehen«, erwiderte Elyami und spielte nachdenklich mit ihrem Schläfenzopf.

Früh am nächsten Morgen wagten sie den Flug über das offene Meer zum Inselreich Ilis Ymran. Hlu hatte Wort gehalten und sich ihnen bei Tagesanbruch angeschlossen. Nun hockte die Flügelfee vor Elyami auf dem Sattel und ließ sich jauchzend den Flugwind durch das schimmernde Haar wehen.

Elyami hatte allerdings kaum Augen für das kleine Geschöpf. Sie war ganz darauf konzentriert, Yà Myrlion auf Kurs zu halten. Ihr Bruder steuerte Yà Syndri ebenso gewissenhaft. Wenn die Karte aus Kurangras Bibliothek stimmte, lag ein gefährlich langer Flugtag vor ihnen, bis sie auf die Inseln stoßen würden. Die Karte verzeichnete zahlreiche kleine Eilande rund um die Landmassen des Inselreichs. Elyami hoffte, dass sie auf dem richtigen Kurs waren und eine der Inseln treffen würden. Falls sie am Inselreich vorbeizögen und auf den unbegrenzten Singenden Ozean gerieten, würden die Fledernattern irgendwann erschöpft ins Meer stürzen.

Die Zwerge hatten sich hinter die Reiter gekauert. Elyami konnte ihr Unbehagen deutlich spüren. Sie wusste, dass nun alles von ihren und Elyamurs Fähigkeiten abhing, mit den Fledernattern umzugehen.

Unter den Reisenden zog eine Endlosigkeit grauer Wogen dahin. Für Elyami fühlte sich der Singende Ozean dunkler und schwermütiger an als die blau schimmernde Aquamarin-See. Seine Winde waren nicht verspielt, sondern schlugen mit der Wucht einer Titanenfaust zu und wirbelten die Flugschlangen wild umher.

»Jaaai!«, kreischte Hlu übermütig. »Das ist herrlich! Geh ein bisschen tiefer! Da vorne kommen noch mehr Windböen!«

Elyami wandte sich Hlu zu. »Eigentlich wollen wir die ungemütlichen Winde meiden«, sagte sie. »Für uns Landgeschöpfe können sie leicht gefährlich werden.«

»Na gut«, murrte die Flügelfee. »Aber warum fliegt ihr dann nicht höher? Da sind die Winde ruhiger. Außerdem solltest du dich da vorne links halten, sonst rauschst du mitten in eine Bö.«

Elyami befolgte den Vorschlag. So gerieten sie tatsächlich rasch in ruhigere Flugbahnen und kamen zügig voran. In den nächsten Stunden gab sich Elyami alle Mühe, von dem kleinen Windgeist zu lernen, der Gefallen an der Sache gefunden hatte und gar nicht mehr aufhörte, Tipps vor sich hin zu plappern.

»Würdest du auch vorausfliegen und den Weg auskundschaften?«, fragte Elyami nach einiger Zeit. »Wir wollen zu einer großen Insel.«

»Aber über dem Ozean ist es viel freier!«, widersprach die Flügelfee. »Wollen wir nicht lieber immer weiter nach Westen fliegen, bis das Meer an den Himmel stößt?«

»Du wirst länger Freude an unseren Fledernattern haben, wenn sie am Abend nicht vor Erschöpfung ins Meer fallen und ertrinken«, sagte Elyami streng. »Und dazu kannst du beitragen, Hlu.«

»Also schön«, zirpte sie. »Ich suche eure Insel. Bin gleich wieder da!« Der Windgeist zischte davon. Elyami drehte sich triumphierend zu Galdra um.

»Vermutlich eine gute Idee«, brummte die Zwergin widerwillig. »Sofern dieser Wirbelwind verlässlich ist.«

Hlu kehrte rasch zurück. Auf ihre Anweisung hin korrigierten die Reisenden ihren Kurs nach Süden und setzten den Flug nach Ilis Ymran zielstrebig fort.

Am Nachmittag zogen drei kleine, schnelle Segelschiffe unter ihnen dahin. Sie hielten ostwärts auf die lorvische Küste zu. Elyamis scharfe Elbenaugen erkannten, dass eine Frauengestalt mit einem Fischernetz auf ihre Flaggen gestickt war.

»Die Graue Herrin von Ilis Ymran!«, rief sie gegen den Flugwind an. Das Symbol war auch auf der Karte neben den Inseln abgebildet. »Das müssen Korsaren der Seekönigin sein.«

Der Anblick der Schiffe ließ Zuversicht in Elyami aufkommen. Sie waren auf dem richtigen Weg. Als nach einiger Zeit erste kleine Felseninseln vor ihnen auftauchten, musste sie sich zusammennehmen, um nicht eine übermütige Schraube zu fliegen. Nun hatten sie es fast geschafft!

Schon bald näherten sie sich einer breiten, moosig-grünen Küste. Das war gewiss Ym, die Hauptinsel von Ilis Ymran. Sie überquerten einen Kiesstrand und flogen über nebelverhangene Hügel, wo Schafherden zwischen Feldsteinmauern grasten. Im Hinterland von Ym schien es nur verstreute Höfe und zusammengeduckte Dörfchen zu geben. Doch Elyami wusste, dass ihr Ziel an der Ostküste lag. Sie folgten ihr südwärts, bis das Land zurückwich und eine weite Bucht freigab.

Eine Hafenstadt zog sich an ihren Hügelflanken entlang. Die pastellbunt bemalten Häuschen bildeten einen leuchtenden Kontrast zum Grüngrau der Insel und dem Graublau des Meeres. Zahlreiche Segler dümpelten im Hafenbecken, dessen Einfahrt von einer wuchtigen Festung beschirmt wurde. Das musste Port Ym sein, die Hauptstadt von Ilis Ymran und Sitz der Seekönigin. Über dem Turm der Festung wehte ein Banner mit der Grauen Herrin von Ilis Ymran und verkündete stolz, dass sich das Inselreich dem Kettenfürsten nicht gebeugt hatte.

»Wir sollten die Schlangen ins Inland bringen«, rief Gorin in den Flugwind hinaus. »Vermeintliche Kettendiener auf Fledernattern dürften außerhalb der Kettenlande nicht sehr willkommen sein. Außerdem hat der Kettenfürst überall seine Spione.«

Die Elben lenkten ihre Reittiere landeinwärts, wo sie in einem schattigen Seitental niedergingen. Hier draußen auf den Inseln war die Kälte des Herbstes viel deutlicher zu spüren als in Lorvia.

»Hlu?«, fragte Elyami nachdenklich, als sie abgestiegen waren. »Würdest du bei den Fledernattern bleiben und auf sie achtgeben, bis wir wieder zurück sind? Du rufst mich einfach, wenn irgendetwas mit ihnen ist. Das ist eine große Verantwortung, die nicht viele Wolkenkinder tragen können!«

»Aber ja!«, rief die Flügelfee begeistert. »So machen wir es! Hlu Schlangenhüter steht bereit. Soll ich dir meine Melodie beibringen? Dann kannst du mich jederzeit herbeisingen!«

»Das wäre mir eine Ehre«, erwiderte Elyami. Sie hätte das Zauberlied der Flügelfee auch den Winden ablauschen können. Doch es war das erste Mal, dass ein Elementargeist ihr von sich aus vorschlug, ihn zu beschwören. Mithilfe von Hlus Melodie konnte sie die Flügelfee künftig herbeirufen und Gefallen von ihr erbitten. Vor dem Ruf anderer Beschwörer war der Windgeist hingegen geschützt, solange das Band zu Elyami bestand.

Hlu blieb mit den Fledernattern im Tal zurück, während die vier Reisenden zu Fuß zur Stadt marschierten und Port Ym schließlich am frühen Abend betraten.

Neugierig schaute Elyami sich auf den engen Straßen um. Die Ymrani waren ein Volk stämmiger Menschen mit heller Haut und rötlichem Haar. Die meisten von ihnen trugen graue Mäntel aus wasserabweisendem Wollstoff, wodurch sie für Elyamis Augen ziemlich gleich aussahen, wenn sie auf den Gassen aneinander vorbeihuschten. Dafür schienen sie umso größeren Ehrgeiz daranzusetzen, ihre Behausungen unverwechselbar zu gestalten: Jedes der schlichten Gebäude war in einem anderen hellen Farbton verputzt, von Apfelgrün bis Sonnengelb.

Die Zwillinge folgten den verschlungenen Straßen der Stadt zum Hafen hinunter. An der Kaimauer war allerlei fremdes Volk unterwegs: Eine Gruppe Minotauren-Söldner schob sich durch die Menge und präsentierte stolz erbeuteten Goldschmuck an den fellbedeckten Körpern. In einer Toreinfahrt feilschte ein Nordmann mit einem grobschlächtigen Oger, der sich auf eine stachelbesetzte Keule stützte. Drahtige Goblins wuselten zwischen den Passanten herum und wichen geschickt den Maskenleuten aus, die gerade von Bord eines schlanken Seglers gingen. Zwischen ihren bunten Wickelgewändern blitzten zahlreiche Klingen auf, ihre Holzmasken glichen grinsenden Dämonen. Es war nicht zu übersehen, dass Port Ym ein Korsarenhafen war, der zwielichtige Gestalten aus allen Himmelsrichtungen anzog. Elyami zuckte zusammen, als ein bulliger Ork mit einem Knochensäbel am Gürtel aus einer Taverne trat. Dann bemerkte sie den Gelben Schakal, der auf seinen Umhang gestickt war. Das Zeichen der Ausgestoßenen. Er gehörte nicht zu den Krieger-Clans in den Diensten des Kettenfürsten, sondern war nur ein weiterer Heimatloser, der hier auf den Inseln eine vorläufige Zuflucht gefunden hatte.

Zahllose Kneipen mit verwegenen Namen wie *Schädel und Dreizack* oder *Tanzender Orkan* zogen sich die Straße entlang. In den Seitengassen lagen einförmige Lagerhäuser, die jeweils durch ein Bild auf ihrer Außenwand markiert waren: Wale und Haifische, Seeschlangen und Riesenquallen waren dort mehr oder weniger kunstvoll zur Unterscheidung aufgemalt. Kein Bild wiederholte sich.

»Wenn wir weiter so planlos herummarschieren, hängen uns bald alle Taschendiebe und Straßenschläger der Stadt an den Fersen«, brummte Galdra, die sich finster umblickte.

»Dann lasst uns rasch ein Schiff suchen, das uns zur Quelle des Wassers bringt«, erwiderte Elyamur, der sich ebenfalls sichtlich unwohl fühlte.

»Wir sollten uns in den Tavernen danach umhören«, meinte Elyami hoffnungsvoll. Sie hatte schon aus mehreren Gasthäusern metallische Harfenklänge im Lärm der Zecher herausgehört. Offenbar schätzten die Ymrani das Saitenspiel.

»Gut, aber wir brauchen noch einen Grund für die Reise«, überlegte Gorin. »Ich meine einen Grund, den wir nennen können. Wahrscheinlich fährt niemand zum Vergnügen zum Schlund des Meeres.«

»Völliger Wahnsinn?«, schlug Galdra vor.

»Magische Forschungen«, gab Elyami zurück. »Wissbegierigen Zauberern ist jede Torheit zuzutrauen.«

Damit waren alle einverstanden. Sie versuchten es spontan in der nächstbesten Taverne mit dem vielversprechenden Namen *Gewogene Winde*. Der Wirt, ein brummiger ymranischer Rotbart, verwies sie für ein paar Münzen an einen Mann namens Ercerio. Der kleine, wieselgesichtige Lorvianer stand offenbar in dem Ruf, seinen Passagieren nicht viele Fragen zu stellen, wenn man ihm die Überfahrt hinreichend vergoldete.

»Ohne Aufsehen zu einem Hafen der Kettenlande?«, fragte er grinsend, als Elyami sich ihm flankiert von den anderen gegenübersetzte. »Kein Problem. Ich schippere euch direkt zum Rostroten Palast, wenn es sein muss.«

»Nein«, erwiderte Elyami bedächtig. »Wir sind Scholaren der Magie auf einer Forschungsreise.« So drückten sich die Menschen wohl aus. Zu schade, dass Jha Rudra nicht da war! Der Zelja-Priesterin ging es leicht von der Hand, andere zu überzeugen. »Wir wollen zu jenem Ort, den man den Schlund des Meeres nennt.«

Ercerios schmale Augen weiteten sich. Er lachte heiser auf. Als er bemerkte, dass niemand mitlachte, schüttelte er den Kopf. »Ihr meint das ernst, oder? Ihr habt keine Ahnung von der See, was?« Er beugte sich vertraulich vor. »Ich will euch etwas erklären. Der Schlund ist das Ende. Der direkte Weg in die Tiefe. Sense. Was er einmal verschlingt, gibt er nicht wieder her. Niemand wird euch dorthin bringen. Darauf verwette ich meine *Streunerin* mitsamt ihrer Ladung.«

»Wir haben gutes Gold«, versuchte es Elyami schwach.

»Gold nützt mir nichts, wenn ich am Meeresboden verrotte«, gab Ercerio leichthin zurück.

»Ja, aber …«

Ercerio schob seinen Stuhl zurück und stand auf, bevor

Elyami aussprechen konnte. Sie tauschte einen resignierten Blick mit Gorin, ehe sie es weiter versuchten. In der Schänke *Drei Narben* trafen sie auf einen hünenhaften Glatzkopf mit Augenklappe, der sich *der Brecher* nannte und die *Kriegshammer* kommandierte, »das verdammt beste Schiff östlich und westlich von Sorletta!«

Als Elyami ihr Anliegen vortrug, schnaubte er nur abfällig. »Gegen den Mahlstrom helfen Stahl und Geschütze nicht«, bellte er. »Nennt ein vernünftiges Ziel oder verschwindet!«

Die gnomische Kapitänin Aldragig, die sie in der Taverne *Windrose* empfing, lachte schrill auf, sobald sie Elyamis Bitte vernahm. Sie schüttelte so nachdrücklich ihren Kopf, dass ihre dicken Gold-Ohrringe klimperten. Aldragig kicherte immer noch in sich hinein, als die Zwillinge die Kneipe wieder verließen.

»Wir haben ein ungewöhnliches Anliegen«, versuchte es Gorin, nachdem sie sich an den Tisch eines weiteren Kapitäns gesetzt hatten. »Wir suchen ein Schiff für besondere magische Forschungen. Der genaue Kurs wird sich erst während der Reise ergeben …«

Der Minotaur Dar Udruk, seines Zeichens Kommandant der *Seelenfresser*, hob abwehrend eine Pranke: »Habe schon von euch gehört. Ihr seid die Irren, die in den Schlund wollen. Nicht mit meinem Schiff.« Er stand auf und verschwand.

»Ich frage mich, wo all die tollkühnen Korsaren sind, die es hier angeblich geben soll«, schimpfte Galdra, während sie draußen an den Kneipen der Hafenfront entlangliefen. Inzwischen war die Dunkelheit heraufgezogen, doch das Treiben in Port Ym wurde zunehmend lauter. »Bislang haben wir nur verzärtelte Feiglinge getroffen!«

»Musst du das in einer Stadt voller betrunkener, streitlustiger Piraten so laut sagen?«, fragte Elyamur und wich beiläufig einem Bierkrug aus, der als Randerscheinung irgendeiner Schlägerei aus einer Taverne geflogen kam.

»Wieso, hast du etwa Angst vor denen?«, erwiderte Galdra

halb gereizt von der erfolglosen Suche und halb angestachelt vom bitteren Ymran-Bier.

»Das bringt doch nichts«, murmelte Elyami resigniert. »Lasst uns eine Unterkunft suchen. Morgen probieren wir es noch einmal.«

Sie ließ ihren Blick müßig über die Lagerhäuser in der Seitengasse schweifen, die sie gerade passierten. Das vorderste Gebäude wurde vom Bild eines dicken Pottwals über dem Tor verziert, daneben schloss sich eine Halle mit einem Walross an. Weiter hinten folgte ein Lagerhaus, dessen Fassade ein schlecht gemalter Krake mehr verunstaltete als schmückte.

»Das Ding hat ja nur sieben Fangarme«, bemerkte Elyamur belustigt, der dem Blick seiner Schwester gefolgt war.

»Der siebenarmige Krake!«, rief Gorin aufgeregt. Plötzlich war auch Elyami wieder hellwach.

»Die Worte der Winterseherin«, ergänzte sie. »Befreit das Meereskind aus dem Griff des siebenarmigen Kraken!«

»Na dann los!«, schnaubte Galdra und stürmte in die Gasse zum Lagerhaus, ehe noch jemand etwas sagen konnte. Alle folgten ihr dichtauf.

Zwischen den Lagerhäusern drang der Lärm der Kneipenmeile nur noch gedämpft zu ihnen durch. Sie mieden den Haupteingang unter dem verunglückten Krakenbild und näherten sich stattdessen einer Seitentür. Vorsichtig legte Elyami ein Ohr an das Holz. Dahinter waren leise Stimmen zu hören. Plötzlich drang ein heller Schrei nach draußen, der abrupt abbrach.

»Da scheint wirklich jemand Hilfe zu brauchen«, rief Elyami alarmiert.

»Und wir werden sie gewähren«, knurrte Galdra und ruckelte an der Tür. Sie schien verriegelt zu sein. Von drinnen stampften schwere Schritte heran.

»Was wollt ihr?«, grollte eine tiefe Stimme. »Verschwindet! Sonst komme ich zu euch raus!«

»Wir bitten darum«, erwiderte Elyamur steif.

»Oder wir kommen rein, falls du dich nicht traust«, ergänzte Galdra.

Es klapperte im Lagerhaus. Offenbar wurde tatsächlich der Riegel zurückgeworfen. Dann öffnete sich die Tür, und ein riesenhafter Oger zwängte seinen massigen Körper auf die Gasse heraus. Kleine Augen funkelten streitlustig aus den Fettwulsten seines kahlen Kopfes. Seine kürbisdicken Fäuste umklammerten Schlagringe, die mit Eisenstacheln besetzt waren.

»Wer sucht hier Ärger?«, knurrte der Oger erwartungsvoll.

»Wir suchen vor allem nach einem Meereskind«, erwiderte Elyami entschlossen. Sie gab sich alle Mühe, sich nicht anmerken zu lassen, dass sie nicht wirklich wusste, was das eigentlich war. »Befindet sich solch ein Wesen in diesem Gebäude?«

»Geht dich nichts an!«, knurrte der Oger, während er auf sie zu stapfte und eine Faust zum Schlag hob. Da wurde Elyami von Galdra beiseitegedrängt. Die Faust des Ogers sauste über die Zwergin hinweg, und Galdra rammte ihren schweren Stiefel auf den nackten Zeh des Schlägers. Jaulend riss der Oger seinen Fuß hoch. Elyamur stieß sich vom Boden ab, glitt ein Stück durch die Luft und platzierte einen gezielten Tritt gegen den Oberkörper des Ogers. Zugleich trat Galdra sein anderes Bein weg. Der Koloss geriet aus der Balance und knallte rückwärts gegen das Lagerhaus. Um seinen Kopf herum bildete sich ein Kranz von Rissen im Putz. Dann rutschte er langsam an der Wand hinab und blieb reglos liegen.

»Nett, dass er aufgemacht hat«, brummte Galdra, als sie über den Ogerkörper stieg und zusammen mit den anderen in das Lagerhaus eilte.

Drinnen stapelten sich Kisten, Fässer und Stoffballen im Halbdunkel zu hohen Türmen. Nur eine Ecke des Lagers wurde von einer Öllampe beleuchtet. In ihrem Schein waren mehrere Gestalten zu erkennen. Ein vollbärtiger Nordmann und ein Minotaur mit schwarz-weiß geschecktem Körperfell waren dabei, einer kleinen Person Eisenketten anzulegen. Sie kämpfte vergeblich gegen die Kraft der beiden grobschlächtigen Kerle an.

Es war eine junge Elbin mit sonnengebräunter Haut und langen blaugrünen Haaren. Sie wand sich heftig, aber lautlos unter dem Griff der Entführer. Jemand hatte sie mit Lumpen geknebelt.

»Lasst sie sofort los!«, rief Elyamur schneidend und trat auf die überraschten Männer zu.

»Ich würde eher empfehlen, dass ihr eure Waffen fallen lasst und sofort verschwindet«, schnarrte eine Stimme von oben. Elyami schaute auf. Auf einem hohen Kistenstapel hockte ein Goblin mit einem federbekrönten Schlapphut und grinste sie schief an. Er hatte eine Armbrust auf Elyamur gerichtet.

»Da ihr mit Bolpo klargekommen seid, müsst ihr gut sein«, fuhr der Goblin fort. »Stärker als ich allemal. Aber der Erste von euch, der eine falsche Bewegung macht, ist trotzdem tot.«

»Und du stirbst als Nächster, wenn dann die anderen über dich herfallen«, erwiderte Elyami so fest wie möglich. »Ihr könnt euch viel Ärger ersparen, wenn ihr eure Gefangene einfach freigebt.«

»Du bist nicht in der Position, Bedingungen zu stellen, hübsche Elbin«, sagte der Goblin fast belustigt.

»Unsere Positionen sind einander sehr ähnlich«, erwiderte Gorin, als Elyamur einen Schritt zur Seite trat und den Blick auf ihn freigab. Der Runenschmied hatte inzwischen seine Armbrust durchgeladen und direkt auf den Goblin gerichtet. Für einen Moment sagte niemand etwas. Dann begann der Goblin zu kichern.

»Also gut«, näselte er. »Ihr habt mich erwischt. Sicher werdet ihr verstehen, dass wir euch die Kleine nicht überlassen können. Im Chrysanthemen-Viertel von Sagarapur sind Elbenfrauen ihr Gewicht in Gold wert. Aber wir werden euch beteiligen. Ein kleiner Anteil, einfach so, fürs Nichtstun. Dafür verschwindet ihr jetzt und keiner wird erschossen. Klingt gut, eh?«

Der Goblin griff betont langsam an seinen Gürtel und zog einen kleinen, aber prallen Beutel hervor. Er warf ihn Elyami lässig entgegen. In diesem Moment sprang Elyamur an ihr vorbei durch die Luft, direkt auf den abgelenkten Goblin zu. Dessen

Armbrust klackte. Elyamur warf sich mit einer Rolle zur Seite. Der Bolzen schlug irgendwo hinter ihm ein. Der Wolkentänzer lief noch zwei weitere Schritte durchs Nichts und stand dann direkt über dem Goblin auf dem Kistenstapel.

Der gescheckte Minotaur brüllte wütend, als er mit seiner Doppelaxt auf die Eindringlinge losging. Gorin feuerte seine Armbrust ab. Die Axt schepperte auf den Boden, während sich der Gehörnte stöhnend den Arm hielt. Gorins Bolzen steckte tief in seinem Fleisch. Grimmig stapfte Galdra auf den Nordmann zu, der die gefangene Elbin bewachte. Für einen Moment schien der Bärtige seine Chancen abzuschätzen, die Hand am Griff seines Breitschwerts. Dann stieß er die Elbin hart an, sodass sie Galdra entgegenstolperte, und verschwand zwischen den Stoffballen des Lagerhauses.

»Und kommt ja nicht wieder!«, brüllte Galdra dem Minotaur hinterher, der sich seinem Kumpan auf der Flucht anschloss. In diesem Moment fiel der Goblin bewusstlos von seinem Kistenstapel und landete mit einem hässlichen Klatschen auf dem Boden. Elyamur hatte sich seiner angenommen. Elyami bemerkte es nur aus dem Augenwinkel. Sie war zu der Elbin geeilt und machte sich nun daran, ihren Knebel zu lösen. Dem blaugrünen Haar nach zu schließen, gehörte sie zum Blau-Elbenvolk, den Kindern des Meeres. Elyami hegte schon lange den Wunsch, die Meeresnomaden kennenzulernen, die die alte Sehnsucht der Elben nach der endlosen See zu ihrem Leben gemacht hatten.

»Alles in Ordnung?«, fragte sie etwas töricht, als sie den Stofflappen endlich in der Hand hielt.

»Whoa!«, rief die junge Elbin mit großen Augen. »Das war großartig! Wie habt ihr das gemacht? Wie der Goblin geflogen ist! Sukh heißt er, glaube ich … Kann dein Bruder das noch mal langsam machen, was er mit Sukh gemacht hat? Er ist doch dein Bruder, oder?«

Sie sprach Elbisch mit einem eigentümlichen Singsang – und offenbar ohne die Notwendigkeit, beim Sprechen Atem zu holen. Elyami war zu überrumpelt für eine Erwiderung.

»Ich bin Aoundri«, erzählte die Blau-Elbin plätschernd. »Blausängerin der Wogenreiter. Hat meine Sippe euch geschickt? Seid ihr Söldner? Was war euer letzter Auftrag? Habt ihr schon gegen die Kettenheere gekämpft?«

»Wir sind keine Söldner«, antwortete Elyami, während langsam auch die anderen dazukamen. »Und wir wurden auch nicht von der Wogenreiter-Sippe geschickt. Wir haben einen Schrei gehört und dann im Lagerhaus nach dem Rechten gesehen.« Das war nicht gelogen, wenn Elyami auch ein schlechtes Gewissen hatte, den Spruch vom siebenarmigen Kraken zu verschweigen.

Die Blau-Elbin strahlte sie mit großen, meerblauen Augen an. Sie trug nur wenige luftige Stoffbahnen als Kleidung, sodass die rankenartigen bunten Tätowierungen, die sich über ihren ganzen Körper zu ziehen schienen, gut zu erkennen waren.

»Da bin ich euch zu Dank verpflichtet! Ihr wolltet mich doch retten? Oder habt ihr auch vor, mich zu verkaufen?«

»Natürlich nicht«, erwiderte Elyamur konsterniert. »Wir sind keine Sklavenhändler.«

»Was seid ihr denn?«, fragte Aoundri neugierig.

»Das ist schwer zu erklären«, fiel Elyami rasch ein. »Wie bist du übrigens in diese Bedrängnis geraten?«

»Ich habe in der Schänke *Schädel und Dreizack* für die Gäste gespielt und gesungen«, erklärte die Blau-Elbin. »Das tue ich oft in neuen Häfen, um Lieder und Geschichten zu lernen. Die anderen sind lieber auf der *Wogenreiter* geblieben, sie machen sich nichts aus Menschenkneipen. Im *Schädel* habe ich Sukh kennengelernt. Er wollte mich zu einer Taverne führen, wo Tanzmusik gespielt wird. Tänze liebe ich besonders, vor allem die Reigentänze, wenn alle mitmachen … Stattdessen hat er mich in eine schmierige Gasse gelotst und seine Kumpane haben mich in dieses Lagerhaus gezerrt.«

»Verstehe«, brummte Gorin grimmig. »Den Rest haben wir mitbekommen. Wir bringen dich jetzt besser zurück zu deiner Sippe.«

»Oh ja!« Aoundri strahlte, als würde die Sonne über dem Meer aufgehen. »Sie werden sich freuen, dass ich wieder da bin. Und sie werden euch dankbar sein. Habt ihr einen Platz für die Nacht? Ein Meeresfrüchte-Essen und ein Schlafplatz sind das Mindeste, was die Wogenreiter für euch tun können! Die Blau-Elben wissen, was Dankbarkeit ist.«

»Ihr habt ein Schiff?«, fragte Elyami hellhörig, während sie gemeinsam das Lagerhaus verließen.

»Selbstverständlich!«, strahlte Aoundri. »Die *Wogenreiter* ist unser Zuhause, so wie der Ozean. Sie ist das schnellste Schiff auf den zwölf Meeren. Na gut, das Sippenschiff der Eismöwen ist etwas schneller, aber nicht viel!«

»Dann gibt es vielleicht wirklich etwas, das ihr für uns tun könnt«, erwiderte Elyami.

VIERTES KAPITEL

**DIE ELEMENTARE QUELLE DES FEUERS
TIEF IM VULKANGESTEIN DER GÖTTER-ESSE,
AUF DER INSEL AZUSSRA**

Der Phönixgryph brüllte wütend auf, und seine Stimme war wie das Tosen eines mächtigen Brandes. Die Schwingen seines feurigen Adlerkörpers zogen Funkenbahnen hinter sich her, als er aus der Luft auf Rezkai herabstieß. Auch sein Löwen-Hinterleib schien aus tanzenden Flammen zu bestehen, nur unterbrochen von einer breiten Wunde in seiner Flanke, aus der beständig flüssiges Feuer spritzte und zu nichts verging. Rezkai hatte den Phönixgryph erwischt, doch er wusste, dass die Verletzung das Flammenwesen zu gefährlichem Zorn anpeitschte. Nicht wegen der Schmerzen. Wegen der Demütigung, einen Treffer erlitten zu haben.

Adlerklauen, lang wie Dolchklingen, hatten sich geöffnet, um Rezkais Ork-Körper zu greifen und zu zerreißen. Heiliger Schmerz durchzuckte ihn, als er die Muskeln anspannte und damit die Spitzen seines Knochenpanzers weiter aus seiner Haut trieb. Khugasha, die Kampfkunst der Knochen, zerfetzte jedes Mal aufs Neue das Fleisch des Kriegers, der mit ihrer Hilfe Klingen, Dornen oder Panzer aus seinen Knochen formte. Nur wer den Schmerz als Verbündeten bereitwillig umarmen konnte, war würdig, ein Khugasha-Meister zu sein. Rezkai war mehr als würdig.

Als der Phönixgryph ihn fast erreicht hatte, hob er seinen linken Arm, um seinen Körper zu beschirmen. Mit einem triumphierenden Fauchen schlug er seine Dolchklauen tief in Rezkais Unterarm.

»Az rârg Kettanfuurst!«

Rezkais Kriegsschrei spülte den Schmerz fort. Dann hob der Ork *Zwillingsblut*, seinen Knochensäbel, mit dem rechten Arm. Er stieß die Waffe mit aller Kraft in die ungeschützte Brust des Phönixgryph. Die Knochenklinge durchstieß das Flammengefieder am Hals der Kreatur und trat an ihrem Rücken wieder heraus. Wie die Eruption eines Vulkans hallte der Todesschrei des Phönixgryph durch die riesige Höhle. Dann verging das Flammengeschöpf in einem berstenden Feuerball, der Rezkai auf den Rücken warf.

Der Kampf war zu Ende. Nur das Brodeln der mächtigen Lava-Seen und das Knistern der ewig brennenden Büsche war noch zu hören. *Zwillingsblut*, von Rezkais eigener Hand aus den Knochen eines leibhaftigen Gottes geformt, hatte einmal mehr einen Feind niedergestreckt. Kein Ork hatte jemals eine mächtigere Waffe geführt.

Stöhnend kämpfte sich Rezkai wieder auf die Füße. Er spürte, dass die Klauen des Phönixgryph seinen linken Arm mehrmals gebrochen hatten. Rezkai schloss die Augen und konzentrierte sich darauf, die Knochen wieder zusammenwachsen zu lassen. Noch mehr Schmerz. Doch auch der ging vorbei. Suchend schaute Rezkai sich nach weiteren Bedrohungen um, wobei er wachsam seinen Panzer aus Knochenstacheln aufrechterhielt.

»Ich spüre keine weiteren Flammenwächter in der Nähe«, rief ihm Kaltos, sein alter Lehrmeister, zu. »Aber es werden gewiss bald mehr von ihnen erscheinen. Zeit, tätig zu werden.«

Der graubärtige Zentaur stand bei einer Art Amboss aus schwarzem Gestein, der sich direkt am Ufer des Lava-Sees erhob. Er trug die rote Robe eines Elementaristen, die wie eine Schabracke auch weit über seinen braun-weiß gescheckten Pferde-Unterleib fiel. Nur die tiefen Falten auf seiner Stirn verrieten, dass er sich schon seit Stunden auf einen Schutzzauber konzentrierte, der ihn und die Orkzwillinge vor der unerträglichen Hitze im Schlund der Götter-Esse abschirmte. Ohne diesen Schutz wären sie schon lange zu Asche verbrannt.

»Reines, elementares Feuer soll der erste Schlüssel sein, die Ketten des gebundenen Meisters zu sprengen!«, sagte Rekut, Rezkais Zwillingsschwester, feierlich und trat dicht an den See aus träge fließender Erdenglut heran. Der Widerschein der glühenden Lava verlieh den schwarz-weißen Schädel-Tätowierungen ihres Gesichts dämonische Züge. Die sieben Schrumpfköpfe, die sie an einer Kordel über der Brust trug, schienen zu erzittern, als spürten die darin gefangenen Geister erschlagener Feinde die nahe Macht der elementaren Quelle.

Mit beiden Armen streckte Rekut einen Kelch über den Lava-See aus, der ganz aus schwarzem Kristall geformt war. Kaltos hatte ihnen erklärt, dass der Kettenfürst selbst einst mit diesem Kelch die elementaren Essenzen gesammelt hatte, um eine Waffe zu schmieden, die einen Gott zu stürzen vermochte.

»Die wahren Zwillingsseelen werden das Werk des wahren Herrschers vollenden!«, intonierte Rekut und ließ Zauberformeln in einer alten, flüsternden Sprache folgen. Rezkai stellte sich stolz neben seine Schwester. Mit Befriedigung beobachtete er, wie sich das schwarze, halb durchsichtige Kristall des Kelchs langsam mit einer grell glühenden Substanz füllte, deren Glanz in seinen Augen brannte. Elementares Feuer.

»Wir haben, was wir brauchen«, sagte Kaltos mit besorgter Stimme. »Ich spüre, dass sich weitere Elementargeschöpfe in der Quelle regen. Und auch ihr Hüter wird sich nicht mehr lange blenden lassen.«

»Gehen wir.« Rekut verstaute den gefüllten Kelch in einer kleinen Reisetruhe aus runengraviertem Stahl. »Wenn wir rasch weiterziehen, werden wir dem Elben- und Zwergengezücht weit voraus sein. Der Meister wird schon befreit sein, während sie immer noch nach der ersten Quelle suchen!«

»Das gefällt mir nicht«, knurrte Rezkai, als sie auf den Gang zuhielten, der durch das Vulkangestein nach oben führte. Der rasche Aufbruch fühlte sich wie eine Flucht an. »Wir sollten uns in den äußeren Vulkanhöhlen auf die Lauer legen und die anderen Zwillinge dort erwarten! Wenn wir sie offen im Kampf töten, müssen wir uns keinen albernen Wettlauf mit ihnen liefern. Willst du die Elben oder die Zwerge zerquetschen?«

»Die Elben! Nimm du nur die Zwerge«, zischte Rekut. Dann straffte sie sich. »Du hast recht, Bruder. Der baldige Tod der anderen Zwillinge würde unsere Mission um einiges angenehmer machen. Aber noch ist es nicht so weit! Du kennst die Befehle des Meisters«, tadelte sie. »Wir sollen die Essenzen so schnell wie möglich aus den elementaren Quellen holen, um den Vierzack der Befreiung zu schmieden. Und das werden wir tun. Alles andere muss warten.«

Rezkai antwortete nicht. Er wusste, dass seine Schwester recht hatte. Es gefiel ihm trotzdem nicht.

»Du grübelst über den Befehl des Kettenfürsten«, sagte Kaltos hinter ihm, während sie dem langen, gewundenen Gang aufwärts folgten. Der Zentaur kam nur langsam auf den unregelmäßig behauenen Stufen voran.

»Und du fragst dich, ob es das richtige Vorgehen ist.«

Es waren Feststellungen, keine Fragen. Rezkai wusste, dass der alte Zentaur seine Gedanken nicht wirklich lesen konnte. Aber er kannte ihn und Rekut so gut, dass es fast auf das Gleiche hinauslief.

»Ja«, knurrte Rezkai darum unumwunden. Rekut sah ihn von der Seite an. Ein Totenschädel, der missbilligend eine Augenbraue hob.

»Was denkst du darüber?«, fragte Kaltos. Das tat er immer. Statt klar seine Meinung zu sagen, stellte er Fragen.

»Ich denke, dass die Ehre eines Kriegers darin liegt, seinem Khurdran bis in den Tod zu folgen«, gab Rezkai etwas zu fest zurück, um die Zweifel an seinen eigenen Worten zu überspielen. »Und Rekut und ich, wir sind Khurdrane der Blutketten, des mächtigsten Clans von Komashtu. So wie die Krieger uns folgen, ist es unsere Pflicht, dem ersten Herrscher zu folgen, dem Khurdran der Khurdrane.«

»Ich verstehe«, murmelte Kaltos, während er sich einige besonders steile Stufen hinaufkämpfte. Der Gang folgte einer natürlichen Lavaröhre und war nur grob behauen. »Du folgst dem Kettenfürsten so, wie die Khurdrane der alten Zeit dem Groß-Khurdran von Komashtu gefolgt sind – wann immer es einen Ork gab, der sich diesen Titel erkämpfen konnte.«

»Ja«, brummte Rezkai nicht ohne Erleichterung. Der Pfad der Pflicht lag wieder klarer vor ihm. Er warf dem Zentauren einen Seitenblick zu. Kaltos starrte beim Gehen vor sich hin, als würde er angestrengt nachdenken.

»Hat der Groß-Khurdran den Khurdranen von Komashtu Befehle erteilt?«, fragte er plötzlich.

»Nein«, erwiderte Rezkai ungnädig darüber, dass der Zentaur ausgerechnet diesen wunden Punkt ansprach. Die Geschichten, die man sich an den Lagerfeuern der Blutketten erzählte, lauteten anders. »Er hat Tribute von ihnen empfangen. Und er hat die Khurdrane zum Kriegszug gerufen, um gemeinsam gegen Menschen, Elben oder Zentauren zu ziehen. Aber es stand jedem Khurdran frei, seinen Clan auf eigene Züge zu führen und zu wählen, ob er dem Ruf des Groß-Khurdrans folgte und Ehre erwarb oder sich lieber in der Steppe versteckte. Alles andere hätten die freien Clans nicht akzeptiert.«

»Das habe ich auch so gehört«, kommentierte Kaltos, als plötzlich ein gewaltiges Brüllen von hinten durch den Gang hallte. Der Hüter der Quelle war erwacht.

»Hrrm«, machte Rezkai. Die Sache gefiel ihm immer weniger. Er wollte nicht wie ein Dieb vor dem Hüter davonlaufen – und er fand das Gespräch zunehmend unbequem.

»Wir müssen uns in Acht nehmen«, sagte Kaltos. »Ich spüre, dass der Hüter weitere Kinder der Flamme zu Hilfe ruft. Lange werden wir nicht mehr unentdeckt bleiben.«

»Der Kettenfürst ist nicht der Groß-Khurdran«, mischte sich Rekut ein, die das Brüllen aus der Tiefe ignorierte. »Er ist ein leibhaftiger Gott in sterblicher Gestalt. Es wäre töricht, seine Macht und Weisheit zu missachten.«

»Gewiss«, murmelte Kaltos. »Das war in der Tat ein dummer Vergleich. Bedenkt allein, dass es jedem freien Ork zustand, den Groß-Khurdran offen herauszufordern. Wie sollte das bei einem Wesen wie dem Kettenfürsten möglich sein? Ihr tut gut daran, dem Meister zu folgen.«

Rezkai antwortete nicht. Verbissen kämpfte er sich neben seiner grimmig schweigenden Schwester die Stufen hinauf. Als kurz darauf zwei flammenumzückte Salamander-Krieger mit glühenden Dreizacks auf sie zustürmten, war Rezkai fast erleichtert, seinen Knochensäbel ziehen zu können. Im Kampf gab es keine quälenden Fragen. Mit *Zwillingsblut* in der Hand war er so ungebeugt und frei, wie ein Ork es nur sein konnte.

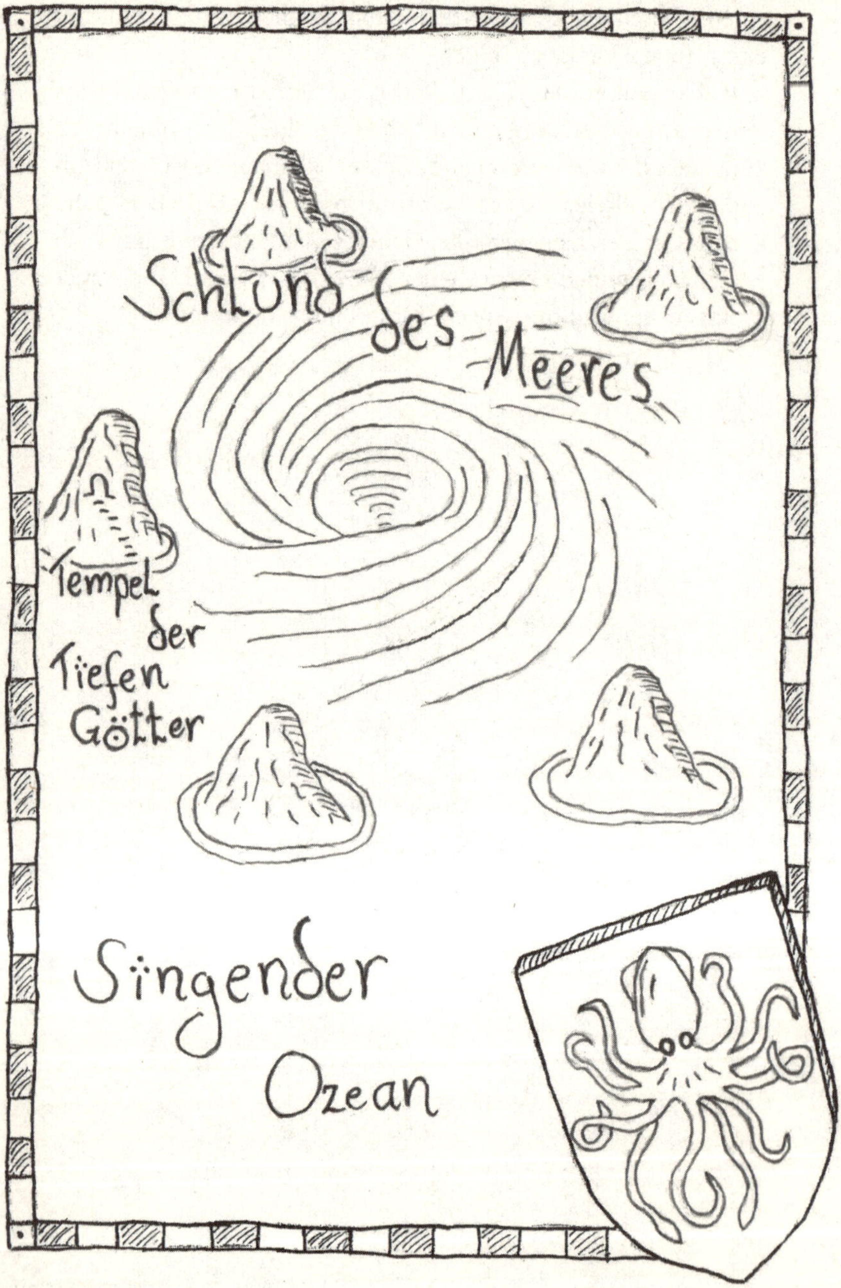
Schlund des Meeres
Tempel der Tiefen Götter
Singender Ozean

FÜNFTES KAPITEL

AUF DEM SINGENDEN OZEAN
FÜNF TAGESREISEN NORDWESTLICH VON ILIS YMRAN

Das Meer erstreckte sich in alle Richtungen, so weit Gorin blicken konnte. Ein schaumgekrönter Wellenkamm folgte auf den nächsten. Eine Unendlichkeit aus hellgrauem Himmel und bleigrauen Wellen. Seit sie die Küste der Ilis Ymran vor fünf Tagen hinter sich gelassen hatten, war festes Land nur noch eine ferne Erinnerung. Für Gorins Zwergenseele war diese ungeschützte Weite schwerer zu ertragen als das Schaukeln und Stampfen des Schiffes, an das man sich mit zusammengebissenen Zähnen gewöhnen konnte.

Seiner Schwester erging es ähnlich. Galdra gab sich wortkarg und war mit grimmigem Eifer darin vertieft, Schlagfolgen mit ihrer Kristallaxt zu trainieren und akribisch ihre Ausrüstung zu pflegen, wobei sie den Blick so selten wie möglich über die Reling hob. Gorin hingegen hatte sich angewöhnt, entschlossen vorauszuschauen, als könnte er durch bloßes Starren irgendein Ziel am Horizont auftauchen lassen. Eine vergebliche Mühe, denn der Singende Ozean sah für ihn einfach überall gleich aus.

Auf die Blau-Elben der Wogenreiter-Sippe schien das ganz und gar nicht zuzutreffen.

»Das Meer um die Ilis Ymran ist schwermütig, aber launisch«, hatte Aoundri beim Aufbruch erklärt. Irgendwie schaffte sie es, die Hochsprache wie einen plätschernden Singsang klingen zu lassen. »Das liegt daran, dass die Graue Herrin von Ym unter den Wogen wacht und mit Gaben besänftigt werden will.« Die junge Elbin schien stets einen Grund zu finden, fröhlich vor sich hin zu plappern. »Diese großen Wellen da drüben kommen von der Eisküste der Insel Ormland im Norden«, erzählte sie etwas später. »Der Schwefelhauch aus den Drachenhöhlen begleitet sie.« – »Seht ihr die dicken Wolkenbänke dort? Sie tragen Regen für die Dschungel von Makhura in sich.« – »Hört mal, die Strömung unter uns singt ein neues Lied. Sie kommt direkt von Jün, dem Südkontinent!«

Nach und nach begriff Gorin, dass die Meere für die Blau-Elben ihre ganz eigenen Landschaften aus Wind und Wasser formten, nicht weniger vielfältig als die Berge, Wälder und Hügel des Festlandes – aber unstet und immer in Bewegung. Er fand die Vorstellung beunruhigend, sich in solch einer wandelbaren Umgebung zurechtfinden zu müssen. Elyami hingegen schien davon fasziniert zu sein. Sie verbrachte viel Zeit damit, Lieder und Geschichten mit Aoundri zu tauschen.

Gelegentlich stimmte Elyami einen bestimmten Gesang an, woraufhin nach einiger Zeit die beiden Fledernattern angeflogen kamen. Sie schlangen sich um die Masten des Schiffes, während die Grün-Elben sie fütterten. Danach erhoben sie sich wieder in die Luft und verschwanden in der Weite, begleitet von Hlus schimmernder Flattergestalt, um nur zuweilen zum Schlafen wiederzukommen.

Gorin fiel auf, dass Aoundri jedes Mal die Nähe der Fledernattern suchte, wenn sie auf das Schiff zurückkehrten. Die Blau-Elbin ließ staunend ihre Hand über die schlanken Körper gleiten und stellte Elyami ununterbrochen Fragen über diese ihr so unbekannten Wesen.

Gorin konnte es Elyamur nicht verdenken, dass er Aoundri mit ihrer ungestümen Begeisterungsfähigkeit lieber aus dem Weg ging. Der Wolkentänzer hielt sich zumeist an die anderen Blau-Elben und half ihnen in der Takelage des Schiffes, wobei seine Fähigkeit, durch die Luft zu laufen, seinen Mangel an Seemannskunst halbwegs auszugleichen schien. Die Adamantglas-Rüstung hatte er gegen eine Tunika eingetauscht. Genau wie Aoundri trugen auch die anderen Blau-Elben Kleidung aus leichten, hellen Stoffbahnen, die Arme und Beine freiließ, sodass die farbenfrohen Ranken-Tätowierungen auf ihrer Haut zu sehen waren. Das Blauvolk kannte offenbar keine Kälte.

»Jede Sippe hat ihre eigenen Farben«, hatte Aoundri stolz erklärt. »Und der Verlauf der Muster zeigt die Taten und Erlebnisse des Trägers an. Sie werden beständig ergänzt.«

Die Haare der Blau-Elben schillerten in verschiedenen Grün-, Blau- und Grautönen und waren meist zu praktischen Zöpfen zurückgebunden. Ihre Augen waren ungewöhnlich groß, selbst für Elbenverhältnisse, ihre Münder klein und schmal. Für Gorin erinnerten sie dadurch ein wenig an Fische oder andere Meereswesen und er war wenig überrascht, als er weiß schimmernde Schwimmhäute zwischen ihren schlanken Fingern entdeckte.

»Alle Sippen des Blauvolks haben auch Bewohner der Meere unter ihren Vorfahren«, hatte Aoundri leichthin kommentiert. »Die Gischttänzer, die den Rubinroten Ozean bereisen, haben sogar bunte Schuppen.«

Die anderen Blau-Elben überließen ihr solche Erklärungen und beschränkten sich darauf, sich gleichmütig um das Schiff zu kümmern. Sie arbeiteten so routiniert zusammen, dass Worte dabei nicht nötig waren. Nur manchmal stimmten sie gemeinsam einen getragenen Gesang in ihrer melodischen Sprache an. Gorin hatte den Eindruck, dass der Wind dann besonders kräftig in die Segel blies.

Auch nach mehreren Tagen hatte er noch Schwierigkeiten, die Elben auseinanderzuhalten. Nur eine Handvoll von ihnen hatte sich ihm durch ihre Besonderheiten eingeprägt, insbesondere Uyaomur, der Sippenälteste der Wogenreiter. Er war ein muskulöser Elb mit Armen voller bunter Hautbilder, der stets einen Dreizack aus tiefroten Korallen mit sich führte. Stumm hatte er zugehört, während Aoundri die Geschichte ihrer Rettung schilderte. Als dann Elyami vorsichtig nach einer Passage zum Schlund des Meeres gefragt hatte, war die einzige Antwort ein bedächtiges Nicken gewesen. Uyaomur hatte nicht einmal nachgefragt, was sie dort wollten. Seine wortkarge Tatkraft hatte ihm schon einige Male das beifällige Schnauben Galdras eingebracht.

Iandri, die Erweckerin der Bilder, hatte das gleiche blaugrün schimmernde Haar wie ihre Tochter Aoundri und summte zumeist leise vor sich hin. Abends war sie oft damit beschäftigt, mit ihren scharfen Nadeln aus Fischbein neue Muster unter die Haut eines Blau-Elben zu stechen.

Der junge Krieger Oulyasur trug gleich vier gezackte Harpunen in einer Art Netz am Körper. Er war in einen stummen Wettbewerb mit Elyamur getreten, wer sich mit furchtloseren Sprüngen zwischen den Masten und Segeln bewegen konnte.

Eyoundri, die Hüterin des Heims, hatte Gorins besonderes Interesse geweckt. Die Aufgabe der zierlichen Elbin mit den alten Augen bestand darin, den hölzernen Körper des Schiffes zu pflegen und Reparaturen vorzunehmen. Oft hielt sie dafür Zwiesprache mit faustgroßen, bunt schillernden Wasserschnecken, die auf dem Rumpf der *Wogenreiter* lebten und ihr Holz von Bohrmuscheln und anderen Schädlingen freifraßen. Leider beherrschte Eyoundri nur wenige Wörter der Hochsprache, sodass Gorin es bald aufgab, sie nach ihrer Handwerkskunst zu befragen.

Die Konstruktion des Schiffes faszinierte ihn zutiefst. In den Häfen der Menschen hatte er bislang nichts Vergleichbares gesehen. Der schlanke Rumpf der *Wogenreiter* war mit zwei kleineren Nebenrümpfen verbunden, die ihn als seitliche Ausleger begleiteten und seiner Fahrt Stabilität verliehen. Zwischen den Rümpfen waren Netze gespannt, in deren Maschen die Blau-Elben zuweilen hinabsprangen, um prüfend einen Arm in die Strömung zu stecken, ehe sie flink wieder an Bord kletterten. Die Segel des Schiffes waren nicht viereckig wie bei den Schiffen der westlichen Reiche oder Dreieckssegel wie bei den Handelsfahrern aus dem Osten, sondern als geöffnete Krebsscheren geformt, die dem Himmel zwei kühne Spitzen entgegenstreckten. Das ungewöhnliche Segelwerk schien bestens dafür geeignet zu sein, auch die kleinsten Launen der Winde auszunutzen. Immer wieder ertappte sich Gorin dabei, wie er nach oben starrte, um das komplexe Spiel der Takelage zu durchschauen.

»Beobachtest du die Möwen?«, hörte er plötzlich Elyamis vertraute Stimme hinter sich. Gorin wandte sich um. Die Grünsängerin war mit elbischer Leichtfüßigkeit zu ihm an den Bug getreten.

»Nein«, erwiderte Gorin gedankenverloren. »Die Konstruktion der Segel.«

Elyami lächelte. »Elben und Zwerge reden selten über dieselben Dinge, wie?«

»Aber trotzdem können sie denselben Weg haben«, gab Gorin zurück und schaute nach vorne, als wenn sich dort eine Straße auf der Gleichförmigkeit des Meeres abzeichnen würde.

»Wohl wahr«, meinte Elyami und zögerte kurz. »Glaubst du, dass ihr es seid?«, fragte sie dann plötzlich.

»Wie? Was meinst du?« Gorin fuhr sich irritiert durch die Bartzöpfe.

»Galdra und du«, erwiderte Elyami ein wenig verlegen. »Glaubst du, dass ihr es seid, die den Kettenfürsten schließlich stürzen werden?«

Gorin schwieg überrumpelt. Er hatte sich die Frage schon selbst oft gestellt. Und doch hörte sie sich ziemlich absurd an. Sie hatten die Suche nach vier elementaren Quellen an allen Enden der Welt vor sich, die Erschaffung eines wundersamen Vierzacks und den Kampf gegen einen übermächtigen Gegner mit der Macht eines Gottes. Es kam ihm wie überheblicher Stolz vor, dass überhaupt jemand glauben könnte, dafür ausersehen zu sein.

»Ich weiß es nicht«, sagte er langsam. »Wir sind genauso die Zwillingsseelen des Orakelspruchs wie Elyamur und du. Oder wie diese beiden Orks. Oder wie die Zentauren, die in der Phönixsteppe gestorben sind. Vielleicht ist auch niemand von uns erfolgreich. Die Prophezeiung garantiert keinen Sieg. Warum fragst du? Hoffst du, dass ihr beide es seid?«

Elyami lachte ungläubig und warf ihren Kopf zurück, dass ihr

Schläfenzopf nach hinten flog. »Oh nein«, erwiderte sie. »Das ist Elyamur. Er wünscht sich mehr als alles andere, wie die Helden aus den alten Liedern zu sein und für das Wohlergehen der anderen zu kämpfen. Natürlich wäre er nur zu gern der Bezwinger des Kettenfürsten.«

»Und du?«, hakte Gorin nun seinerseits nach.

Elyami schmunzelte. »Was ich mir wünsche?«, fragte sie, und ihr Gesicht nahm einen träumerischen Ausdruck an. »Die Welt ist so groß. Viel größer, als ich es mir in Liráya je vorstellen konnte. Ich will ihre Melodien erlernen. Und ich möchte den Liedern zuhören können, ohne ständig von einer Gefahr in die andere zu hetzen. Wenn es keine Bestimmung gäbe, die mich bindet, würde ich als Bardin umherziehen, Lieder in neue Gegenden bringen und immer weiter über den Horizont reisen. Mir wäre es ganz recht, nicht auserwählt zu sein.«

»Das klingt nach einem guten Plan für später«, überlegte Gorin. »Vielleicht ist es wichtig, ein Danach zu haben. Nach dem Sieg über den Kettenfürsten, meine ich. Etwas, wofür es sich zu kämpfen lohnt. Galdra und ich haben keinen Ort, wohin wir zurückkehren können. Wir wurden aus Tokrond verbannt. Vielleicht werde ich eine Werkstatt in irgendeiner Menschenstadt eröffnen. Vielleicht auch nicht. Wer weiß schon …«

»Aaaaiiija!«

Er wurde unterbrochen, als sich Aoundri mit einem Juchzen an einem Seil heranschwang und neben Elyami zum Stehen kam. Sie zeigte ungeduldig auf das Meer vor ihnen.

»Da! Seht ihr?«, fragte sie in der Hochsprache. Gorin sah nur weitere graue Wellen.

»Was meinst du?«, erwiderte Elyami, der es offenbar ähnlich ging.

»Die See wird dunkler!«, rief Aoundri aufgeregt. »Das sind die äußersten Ausläufer des Schlundes. Wir sind noch weit entfernt, aber seine Strömung reicht schon bis hierher. Bald wird die *Wogenreiter* ein wildes Tänzchen wagen!«

Gorin und Elyami schauten sich an. Sie näherten sich der

ersten Quelle. Das Danach musste warten. Nun gab es endlich etwas zu tun.

Das Meer wurde rauer, je weiter die *Wogenreiter* nach Westen vordrang. Selbst für Gorins unkundige Augen wurde es in den nächsten Stunden immer offensichtlicher, dass sie sich einer gefährlichen Region näherten. Anspannung breitete sich aus.

Schließlich kamen alle Blau-Elben an Deck und hielten sich bereit. Der Älteste Uyaomur rief Anweisungen auf Blau-Elbisch. Selbst der Wind schien plötzlich von banger Erwartung erfüllt zu sein. Gorin brauchte einen Moment, um zu begreifen, woran das lag. Die Möwen, die bislang das Schiff mit ihrem Geschrei begleitet hatten, waren verschwunden. Einsam und winzig hielt die *Wogenreiter* auf den Schlund des Meeres zu.

Gorin und Elyami standen zusammen mit Aoundri am Bug und schauten nach vorn. Galdra und Elyamur schlossen sich ihnen an. Nun war nicht mehr zu verkennen, dass das Schiff beständig an Fahrt zunahm. Immer schneller tanzten seine drei Rümpfe über die aufgewühlte See. Am Horizont zeichnete sich ein dunkler Umriss ab. Gorin fixierte ihn mit zusammengekniffenen Augen. War das eine Landmasse?

»Ein Unwetter zieht auf!«, rief Elyamur.

»Aber nein!« Aoundri schüttelte fröhlich den Kopf. »Es zieht nicht auf. Das ist der ewige Sturm, der über dem Schlund des Meeres braust!«

Die finsteren Wolken schienen sich höher und höher aufzutürmen, je weiter die *Wogenreiter* voranschoss. Nun konnte Gorin erkennen, dass sie sich als eine massive Säule über dem Meer erhoben, die nach oben hin wie ein grotesker Pilz immer breiter wurde. Ferne Blitze zuckten über den Horizont. Die *Wogenreiter* schlingerte unruhig auf den dunklen Wellen.

Gorin sah, wie Elyami den silbernen Schwanenanhänger hervorzog und ein Wort hauchte. Das Amulett schien ihre Hand sanft in Richtung der Sturmsäule zu ziehen.

»Die elementare Quelle des Wassers liegt direkt vor uns«, sagte die Grünsängerin beklommen.

Nun konnte Gorin erkennen, dass sich rings um die Wolkensäule mehrere Inseln aus dem Meer erhoben. Es waren sechs oder sieben steile, dunkle Felsenklippen, schroff und ohne eine Spur von Bewuchs. Die Wellen brachen sich mit turmhoher Gischt an ihrem Gestein. Die Inseln schienen einen Kreis um die Sturmwolken zu bilden, als würden die Klauenfinger einer schwarzen Felsenhand aus den Wellen greifen.

Uyaomur rief einige Befehle. Die Blau-Elben seiner Sippe richteten die Krebsscherensegel neu aus. Die *Wogenreiter* änderte ihren Kurs und hielt nun nicht mehr länger auf die sturmumpeitschten Inseln zu.

»He!«, brüllte Galdra. »Was soll das? Wir müssen dorthin!« Obwohl die Höhlengängerin bemerkenswert grün im Gesicht war, schien sie fest entschlossen zu sein, sich allen notwendigen Widrigkeiten zu stellen. Gorin musste gegen seinen Willen grinsen. So kannte er seine Schwester.

»Es ist noch zu früh«, erklärte Aoundri. »Dort zwischen den Felseninseln treffen zwei mächtige Strömungen der Ozeane aus verschiedenen Richtungen aufeinander. Ihr wildes Ringen lockt allerlei Geister der Wogen und der Winde herbei und öffnet einen gewaltigen Mahlstrom, dessen Trichter fast bis zum Boden des Meeres reicht. Zweimal am Tag ändert sich ihr Verlauf. Wir müssen warten, bis der Strudel ein wenig zur Ruhe kommt, wenn die *Wogenreiter* nicht vom Schlund des Meeres verschlungen werden soll.«

»Dort gibt es Ruhe?«, fragte Elyamur ungläubig und starrte auf den schwarzen Sturm zwischen den Klippen.

»Aber ja, wenn der Strudel schläft«, erwiderte Aoundri.

Gorin und die anderen warteten schweigend ab, während die *Wogenreiter* auf der aufgewühlten See umherkreuzte, ohne den Abstand zu den Inseln zu verringern. Die Zeit kroch in quälender Anspannung dahin. Plötzlich rief Uyaomur ein Wort. Die Blau-Elben reagierten wie ein einziges Wesen. Sie richteten die Segel neu aus, während das Ruder herumgerissen wurde. Die *Wogenreiter* hielt nun wieder auf die Inseln zu.

»Jetzt ist es so weit!«, rief Aoundri aufgeregt. Gorin musste sich vom Bug zurückziehen, als die Gischt immer wilder zum Deck hochspritzte. Die dunklen Umrisse der Felsen kamen näher und näher, immer wieder beleuchtet von den zuckenden Blitzen der Sturmwolken. Etwas kicherte übermütig in der Luft. Gorin schaute auf. Bläuliche Flammen tanzten um die Mastspitzen der *Wogenreiter*. Die Sturmgeister schienen sich gegenseitig in einem wilden Reigen zu jagen.

Aoundri breitete die Arme aus und begann zu singen. Zwei weitere Blausänger der Sippe taten es ihr gleich. Ihre klaren Stimmen gingen zunächst im Brausen der Winde unter, doch dann wurden sie stärker, entschlossener. Ihr Gesang verschmolz mit dem wütenden Lärmen von Sturm und Meer und legte sich wie eine leitende Melodie darüber. Langsam besänftigte der Wettergesang der Blausänger das Windgetose, und die Fahrt der *Wogenreiter* wurde ruhiger. Das Schiff fuhr nun wie unter einer schützenden Kuppel, in die Sturmböen und Blitzschläge nicht eindringen konnten. Dennoch schlingerte es so stark auf den Wellen, dass Gorin sich mit beiden Händen festhalten musste.

Mittlerweile waren sie nahe genug am Ring der Felseninseln, dass er einen Blick auf die Meeresfläche dazwischen erhaschen konnte. Schaumgekrönte Wellen warfen sich dort wütend gegeneinander und schienen sich in einer gewaltigen Spirale zu umkreisen, die den gesamten Raum zwischen den Klippen einnahm.

»Ich dachte, wir nähern uns während der ruhigen Phase des Strudels?«, rief Gorin gegen das Brodeln an.

»Dies *ist* die ruhige Phase«, erwiderte Aoundri vergnügt.

Mit sicheren Schritten näherte sich der Älteste Uyaomur Gorin und den anderen. Er trug seinen Korallendreizack würdevoll wie ein Zepter.

»Wir sind am Ziel, Reisende«, verkündete er ernst. Seine Stimme war ruhig und doch so machtvoll, dass sie sich über das Sturmbrausen erhob. »Der Schlund des Meeres liegt vor uns. Nun tut, was ihr an diesem Ort zu tun habt.«

Alle schauten etwas ratlos zu Elyami, die immer noch den Schwanenanhänger in der Hand hielt. Das silberne Schmuckstück zeigte mitten auf die tobende See zwischen den Felsen. Es zog regelrecht an seiner Kette, unverkennbar nach unten.

»Dort … runter?!«, fragte Gorin ungläubig. Elyami zuckte mit den Schultern. Uyaomur wartete stumm auf eine Antwort. Hilflos ließ Gorin den Blick schweifen. Hier gab es nur schroffe Felsen, grollende Gewitterwolken und alles verschlingendes Wasser. Und irgendwo dazwischen musste der Zugang zur elementaren Quelle liegen.

»Kleiner Bruder!«, rief Galdra plötzlich und verfiel vor Aufregung ins Eisentung. »Siehst du das auch?«

Sie zeigte auf eine der Inseln am Rande des Strudels.

Auf den ersten Blick erkannte Gorin nur nackte, steil abfallende Klippen. Dann bemerkte er, dass die Felswände eine Spur zu glatt waren und einige verdächtig ebenmäßige Winkel aufwiesen.

»Das Gestein ist bearbeitet«, erwiderte er in der Hochsprache.

»Du hast recht! Man kann es kaum erahnen, so sehr folgen die Arbeiten den natürlichen Formen der Felsen.«

»Am Fuß der Klippe scheint es eine Treppe zu geben«, rief nun Elyamur, der den Blicken der Zwerge gefolgt war.

»Oh ja!« Galdra grinste triumphierend. »Und die Felsspalte, zu der die Stufen hinaufführen, ist in Wirklichkeit die Öffnung einer künstlichen Höhle, das ist sicher wie Dwaldarins Hammerschlag.«

Elyami wandte sich respektvoll an Uyaomur. »Die Zwerge haben unser Ziel gefunden, Ältester. Kann die *Wogenreiter* uns bis zu diesen Treppenstufen bringen?«

Gorin schaute besorgt hinüber zu der Felseninsel. Die künstlichen Strukturen lagen auf der Seite, die dem brausenden Strudel zugekehrt war. Für seine Zwergenaugen gab es kaum einen unzugänglicheren Ort. Doch Uyaomur nickte nur langsam. »Wir bringen euch dorthin«, erklärte er.

Der Älteste rief Befehle im Singsang seines Volkes. Eyoundri, die Hüterin des Heims, verschwand mit einigen Elben im Laderaum und kam kurz darauf mit zwei sperrigen Konstruktionen aus Holzrahmen und Segeltuch zurück. Auf einen Ruf von ihr hin ließen die Blau-Elben die tuchbespannten Rahmen im Wind fliegen. Sofort riss der Sturm gierig daran. Gorin erkannte, dass es Lenkdrachen waren, die mit langen Tauen am Schiff befestigt waren. Die Blau-Elben richteten die Drachen als zusätzliche Segel aus. Die *Wogenreiter* beschrieb einen engen Bogen und hielt nun genau auf den Raum zwischen den Felseninseln zu, wo die ewige Sturmwolke über dem Schlund des Meeres heulte.

»Sichert euch mit den Sturmleinen!«, rief Uyaomur noch, ehe er verschwand, um seiner Sippe mit dem Schiff zu helfen. Die vier Passagiere machten sich hastig daran, seiner Anweisung Folge zu leisten. Sie kauerten sich im Schutz der Bordwände auf den Boden und legten die schützenden Ledergurte an.

Dann brach auch schon eine Hölle aus Wind und Wasser über sie los, als die *Wogenreiter* in den Felsenring um den Schlund des Meeres einfuhr. Ihr dreifacher Rumpf wurde von den Wogen umhergeworfen, die Segel knarrten protestierend, die Lenkdrachen rissen verzweifelt an ihren Leinen. Das Röhren des Sturmes wurde so laut, dass Sprechen nicht mehr möglich war, seine Finsternis legte sich wie die Schwärze der Mitternacht über das Schiff. Grelle Blitze umzuckten die Mastspitzen und wurden nur vom tapferen Gesang der Blausänger daran gehindert, das Holz mit ihrer Gewalt zu zerbersten. Der Donner folgte ohne Verzögerung. Es dröhnte und grollte unaufhörlich. Gorin wagte es nicht, den Kopf zu heben. Er hatte das Gefühl, die *Wogenreiter* sei in die Klauen von Seeriesen geraten, die sich das Schiff übermütig zuwarfen. Immer wieder klatschten Wellen über die Bordwand und spülten über ihn hinweg wie die kalten Klauen von Meeresdämonen, die ihn in die Tiefe ziehen wollten. Hin und wieder konnte er die hellen Stimmen der Blau-Elben aus dem Gebrüll des Meeres heraushören. Er war sich nicht sicher, ob sie euphorisch oder verzweifelt klangen.

Etwas Schweres schlug plötzlich auf Gorins Rücken und drückte ihn schmerzhaft zu Boden. Für einen Moment dachte er panisch, irgendein Seeungeheuer sei an Bord gesprungen und hätte ihn mit seinen gierigen Fangarmen gepackt. Dann bemerkte er, dass sich eines der Netze gelöst hatte, die zwischen die Rümpfe der *Wogenreiter* gespannt waren. Die Wucht der Wellen hatte es hochgewirbelt und auf das Deck geschleudert. Der Rumpf des Schiffes stöhnte und ächzte unter Gorins Bauch. In diesem Moment war er davon überzeugt, dass das Schiff in sein Verderben gefahren war. Der Schlund des Meeres würde sie verschlingen wie schon so viele Seefahrer vor ihnen.

Plötzlich gab es einen Schlag, der Gorin mitsamt dem Netz hart gegen die Bordwand warf. Ihre rasende Fahrt kam zum Stehen.

Gorin schloss die Augen und atmete tief durch. Er rechnete jeden Moment damit, dass das Schiff in die Tiefe gerissen würde. Ob er wohl der erste Eisenzwerg war, der vom Schlund des Meeres gefressen wurde? Dann öffnete Gorin die Augen wieder und schaute auf, um seinem Schicksal entgegenzublicken.

Er sah den Schatten einer mächtigen Felswand, die sich über der *Wogenreiter* erhob. Das Schiff lag längsseits zu ihr. Breite Stufen führten hier an der Klippe hinauf. Die *Wogenreiter* stampfte und schlingerte noch immer in der Gewalt des Strudels, hielt sich jedoch deutlich ruhiger als noch vor wenigen Herzschlägen. Vereinzelte Blau-Elben waren schon dabei, von Bord zu springen und das Schiff an Stahlringen zu vertäuen, die jemand an der Klippe angebracht hatte.

»Sooo, da sind wir!«, rief Aoundri, die plötzlich wieder neben ihnen stand, gegen den Lärm des Strudels an. »Ich hoffe, die Reise war angenehm.« Auch die Blausängerin war völlig durchnässt. Sie wartete geduldig, während Gorin das Netz abschüttelte, sich zusammen mit Galdra und den beiden Elben auf die Füße kämpfte und von den Lederriemen befreite. Die anderen sahen auch nicht besser aus, als er sich fühlte.

»Wir haben es tatsächlich geschafft«, murmelte Galdra mit

einem ehrfürchtigen Blick zu der Felsenklippe. »Beim Barte Dwaldarins! Sobald ich wieder auf festem Land bin, setze ich nie wieder einen Fuß auf so ein treibendes Holzstück!«

»Müsstest du nicht den anderen helfen?«, wandte sich Elyami besorgt an Aoundri.

»Aber nein«, lachte die Blausängerin. »Die *Wogenreiter* liegt hier sicher. Das ist ein richtiger versteckter Hafen, schaut!«

Sie deutete über die Bordwand. Nun erkannte Gorin, dass es am Fuße der Treppe sogar eine Art Kaimauer gab, die knapp unter der Wasserlinie verborgen lag. Er wandte sich um und warf einen beklommenen Blick zurück. Zwischen den Inseln stürzten sich die Wogen noch aufeinander, während der schwarze Sturm über ihnen tobte. Gorin hatte den Eindruck, in dem wilden Treiben nun deutlicher so etwas wie eine gierige Spirale erkennen zu können.

»Wir werden warten müssen, bis sich der Schlund geöffnet und wieder geschlossen hat, ehe wir zurückkönnen«, erzählte Aoundri. »Aber ich nehme an, dass ihr hier so lange eh etwas zu tun habt? Es geht um Magie und wichtige Forschungen, nicht wahr?« Neugierig schaute sie zu der dunklen Öffnung am Ende der Treppe hinauf.

»Ja, etwas in der Art«, erwiderte Elyami erleichtert. »Jetzt verstehe ich, warum die Korsaren in Port Ym uns nicht hierherbringen wollten. Ich habe keine Ahnung, wie deine Sippe das geschafft hat, Aoundri!« Die Blausängerin lächelte stolz.

Iandri, die Erweckerin der Bilder, trat aus der Kajüte und näherte sich den Reisenden. In den Armen trug sie eine Art Muschel von der Größe einer kleinen Truhe. Ihre Oberfläche war mit krustigen Spiralmustern überzogen, und sie schien von innen heraus zu leuchten.

»Salamandermuscheln leben an den Feuerschloten tief unter der See«, erklärte sie lächelnd. »Sie bergen Hitze in sich, die ohne Flammen wie ein heimeliges Herdfeuer wärmt.«

Sie legte die Muschel auf das Deck und sprach ein leises Wort auf Blau-Elbisch. Sofort breitete sich eine Woge der Wärme aus, die nicht nur Gorins Kleidung durchdrang, sondern zudem angenehm seinen Bauch erfüllte. Iandri sorgte mit liebevoller Strenge dafür, dass auch Aoundri sich vom Hauch der Salamandermuschel trocknen ließ. Dann schloss sie sich wieder den anderen Blau-Elben an.

Eigentlich hatte Gorin vorgehabt, sich so schnell wie möglich für die Erkundung ihres weiteren Weges fertig zu machen. Doch er ertappte sich dabei, wie er einfach nur dasaß und spürte, wie er von innen heraus warm und trocken wurde. Vielleicht war er auch kurz eingenickt. Gorin vermochte nicht zu sagen, wie lange sie so in der Wärme der Muschel beieinandersaßen. Jedenfalls waren sogar seine dicken Bartzöpfe durchgetrocknet, als er sich daranmachte, die Ausrüstung bereit zu machen. Elyamur legte seine Adamantglas-Rüstung an, während Galdra ihre Wurfbeile ordnete. Gorin bemerkte, dass auch Aoundri dabei war, sich mit zwei langen, gezackten Harpunen auszurüsten, die sie in einer Art Tragenetz an ihrem Körper unterbrachte.

»Was soll denn das werden?«, fragte Galdra die Blausängerin misstrauisch.

»Ich werde dort bestimmt nicht unbewaffnet reingehen, oder habt ihr das etwa vor?«, erwiderte Aoundri und zeigte zu der Höhlenöffnung am Ende der Treppe hinauf.

»Das ist sehr edelmütig von dir«, sagte Elyamur rasch, »aber du musst uns nicht begleiten. Wer weiß, welche Gefahren dort lauern. Du hast uns schon genug damit geholfen, dass deine Sippe uns hierhergebracht hat.«

»Also wirklich«, schimpfte Aoundri und wandte sich Elyamur zu. Dabei stemmte sie ihre Hände in die Hüften. »Merkt ihr nicht, was für ein Ort das hier ist? Er ist den Meeren und dem Wasser heilig, das spürt man auf hundert Meilen Entfernung im Seewind! Wollt ihr da wirklich reingehen, ohne ein Meereskind dabeizuhaben? Das ist nicht eure Welt! Dort wird es euch so ergehen wie mir in Port Ym! Außerdem will ich wissen, was in dieser Höhle ist …«

»Aoundri«, setzte Elyami vorsichtig an, »Wir unternehmen

diese Reise nicht aus Neugier, sondern weil es unsere Aufgabe ist. Für dich besteht kein Grund, dich uns anzuschließen ...« Sie verstummte, als der Älteste Uyaomur herantrat.

»Die Grünsängerin hat recht«, sagte er ernst. »Die Wege dieser Reisenden sind nicht die Wege der Blau-Elben. Wir haben euch hierhergebracht, ohne nach dem Grund eurer Reise zu fragen. Aus Dankbarkeit für Aoundris Rettung. Aber auch, weil wir Meereskinder glauben, dass jeder Reisende seinem eigenen Kurs folgen muss. Wenn euch euer Weg hinein in dieses Heiligtum führt, dann sei es so. Wir Blau-Elben betreten solche Orte nur, wenn wir gerufen werden. Dort droht Gefahr für jeden, der uneingeladen kommt.«

»Und gerade darum werde ich sie begleiten!«, empörte sich Aoundri. Dann verfiel sie ins Blau-Elbische. Atemlos redete sie auf den Sippenältesten ein. Uyaomur erwiderte zuweilen etwas mit seiner ruhigen, bedächtigen Art, wurde jedoch sofort wieder von Aoundris Redeschwall unterbrochen. Seine Augen wurden nach und nach größer. Schließlich wandte er sich hilfesuchend an ihre Mutter Iandri, die Erweckerin der Bilder, die nur hilflos mit den Schultern zuckte. Aoundri grinste breit.

»Ich komme mit!«, verkündete sie entschlossen. Uyaomur entfernte sich kopfschüttelnd, Elyami schmunzelte in sich hinein. Nur Galdra schaute noch immer missbilligend, verzichtete jedoch auf einen Kommentar.

So waren sie also zu fünft, als sie die glatten, ausgespülten Stufen zur Höhlenöffnung hinaufstiegen. Die übrigen Blau-Elben blieben bei ihrem Sippenschiff und warteten auf ihre Rückkehr. Oulyasur, der junge Blau-Elbenkrieger, hatte Anstalten gemacht, sich ihnen ebenfalls anzuschließen, doch Uyaomur hatte das mit wenigen Worten unterbunden. Gorin war das sehr recht. Er hatte schon ein ungutes Gefühl dabei, dass Aoundri sich ihretwegen in Gefahr brachte.

Auf dem Treppenabsatz vor der Höhle drehte sich Gorin noch einmal um. Der Schlund des Meeres hatte sich inzwischen zu einem gurgelnden Trichter geöffnet, der sich mit jedem Herzschlag gieriger in die Tiefe zu fressen schien. Die *Wogenreiter* zerrte unruhig an ihren Leinen. Die Blau-Elben schauten ihnen nach, verharrten jedoch an Bord ihres Schiffes. Erschaudernd wandte Gorin sich ab und drang zusammen mit den anderen in die Dunkelheit der Höhle ein.

Hinter der Öffnung lag ein hoher, gewölbter Gang, der beständig bergab zu führen schien. Sie folgten ihm in die Tiefe. Fasziniert ließ Galdra ihren Blick über die glatten Wände schweifen.

»Ich frage mich, wie dieser Tunnel angelegt wurde«, murmelte sie. »Er ist makellos gearbeitet, fügt sich aber nicht in die natürliche Struktur des Gesteins.«

Niemand antwortete ihr. Schweigend stieg die Gruppe ins Herz der Felseninsel hinab, während der Lichtpunkt der Höhlenöffnung hinter ihnen immer kleiner wurde und das Brausen des Schlundes nur noch als fernes Grollen zu ihnen durchdrang. Selbst Aoundri war ungewöhnlich still. Gorin fragte sich, ob die vorwitzige Blausängerin ihre Entscheidung wohl bereute.

Der Gang endete an einem Torbogen, hinter dem Gorins an die Dunkelheit gewöhnte Zwergenaugen ein weites Kuppelgewölbe erkennen konnten. Vorsichtig traten Galdra und er an der Spitze der Gruppe ein. Sobald sie die Schwelle überschritten hatten, flammte plötzlich um sie herum dämmrig-blaues Licht auf. Unter dem höchsten Punkt der Gewölbekuppel war eine hellblaue Kugel aus kaltem, magischem Licht erschienen, die den Saal schwach beleuchtete.

Misstrauisch schaute Gorin sich um.

Aus der runden Halle gab es keine weiteren Ausgänge. In die Wand gegenüber waren einige hohe Nischen eingelassen. In jeder von ihnen stand eine übermannsgroße Statue, die ebenso wie die Höhle selbst direkt aus dem Gestein der Klippe geformt war. Die Statuen zeigten Wesen, die an Menschen oder Elben erinnerten. Jedoch entwuchsen ihren Körpern Fangarme oder Krebsscheren, lange Fühler oder gepanzerte Spinnenbeine, schleierartige Flossen und merkwürdige, pflanzenähnliche Auswüchse, die Gorin nicht benennen konnte. Ihre Gesichter wurden von Kapuzen verborgen.

Vor den Statuen befand sich ein kreisrundes Wasserbecken im Boden der Höhle. Es war so groß, dass es die halbe Fläche der Halle einnahm. Stufen führten zu seiner tiefschwarzen Wasserfläche hinab, in der sich das blaue Licht der Leuchtkugel geisterhaft spiegelte.

Es war vollkommen still. Das Tosen des Schlundes war nur noch eine ferne Erinnerung.

»Was ist das für ein Ort?«, fragte Elyamur ehrfürchtig. Selbst die sanfte Stimme des Grün-Elben wirkte unangemessen laut, als sie im Gewölbe widerhallte.

»Dies ist ein Tempel der Tiefen Göttinnen und Götter«, erwiderte Aoundri ernst. »Wir kennen weder ihre Namen noch ihre Gesichter, denn sie sind unergründlich wie die See. Jeder Bewohner der Meere spürt ihre Präsenz, ist dankbar für ihre Gabe des Lebensfunkens im Urmeer und fürchtet ihren Zorn. Wir Blau-Elben betrachten unsere Schiffe als ihre Tempel und leben zu ihren Ehren. Doch andere Völker errichten besondere Orte, um ihnen Opfergaben darzubringen. So auch hier.«

Sie zeigte auf den Hallenboden am Fuße der Statuen jenseits des Wasserbeckens, wo vor jeder Statue eine große, steinerne Schale stand. Die Schalen waren so üppig mit verschiedenen Gegenständen angefüllt, dass sie sich über den Rand hinaus türmten. Gorin erkannte eine schwere Goldkrone, die mit taubeneigroßen Smaragden eingelegt war, einen runenbeschnitzten Stab, bekrönt von einer geheimnisvoll leuchtenden Silberkugel, und Teile einer vollen Schlachtrüstung aus glänzendem Aidios-Kristall.

»Wo kommt das alles her?«, fragte Galdra atemlos.

»Aus den Tiefen der Meere«, antwortete Aoundri. »Ihr Landbewohner wäret überrascht, was sich im Laufe der Jahrtausende dort alles angesammelt hat.«

»Ich möchte eher wissen, wer es dorthin gelegt hat«, flüsterte Elyamur. Darauf wusste niemand eine Antwort. Für einen Moment standen sie schweigend beieinander und verschmolzen mit der Stille der Tempelhalle.

Schließlich ergriff Elyami das Wort: »Lasst uns schauen, wo genau es zur Quelle geht.« Sie zog wieder den Silberschwan hervor.

Aoundri schaute sie mit großen Augen an. Sie überlegte kurz, ehe sie vorsichtig fragte: »Sucht ihr wirklich die *Yuá Alyuni?* Die Quelle des Wassers?«

»Ja«, antwortete Elyami. »Woher weißt du davon?«

»Manche Lieder des Blauvolks berichten von diesem heiligen Ort«, erzählte Aoundri. »Aber ich wusste nicht, dass er unter dem Schlund liegen soll! Die einen sagen, dass sich die Quelle unter einem Palast aus gefrorenem Nordlicht im Mitternachtsmeer befindet. Andere meinen, dass sie inmitten einer Gruppe tanzender Inseln draußen in der Aquamarin-See liegt. Oder in einem bodenlosen Tiefseegraben jenseits der Alabasterinseln. Vom Schlund habe ich noch nicht gehört ... Seid ihr ganz sicher, dass wir sie hier finden werden? Woher wisst ihr ...«

»Ja, wir sind uns sicher«, unterbrach Elyamur sie ernst.

Aoundri verstummte und beobachtete stattdessen, wie Elyami dem Schwanentalisman ein Wort zuflüsterte. Der silberne Anhänger zitterte zwischen den schlanken Fingern der Grün-Elbin und wies schließlich auf das schwarze Wasserbecken vor den Statuen der Tiefen Götter.

»Ist das vielleicht schon die Quelle?«, fragte Galdra hoffnungsvoll mit einem Blick auf die dunkle Wasserfläche. Elyami und Aoundri schüttelten gleichzeitig den Kopf.

»Nein«, sagte die Grünsängerin. »Solch ein machtvoller Ort hätte eine andere Melodie. Dieses Becken ist nur der nächste Schritt.«

»Vielleicht ist es ein Eingang«, meinte Aoundri und trat einige Schritte vor, bis sie direkt am Rande des Beckens stand. »Ich schaue mal, ob ich im stillen Lied dieses Wassers etwas erspüren kann.« Vorsichtig stieg sie die Treppe zur Wasseroberfläche hinab und setzte sich im Schneidersitz auf die unterste

Stufe. Elyamur folgte ihr dichtauf mit gezogenem Schwert und blieb wachsam auf der Stufe hinter ihr stehen. Auch Gorin hielt seine Armbrust bereit. Aoundri schloss die Augen und summte leise. Es war eine sanfte Melodie, die Gorin an Elyamis Elbenlieder erinnerte, doch irgendwie getragener und von der Sehnsucht nach Weite und Freiheit erfüllt. Ein Lied des Blauvolks. Gorin fragte sich plötzlich, wie viele Zwerge wohl die Lieder verschiedener Elbenvölker unterscheiden konnten. Er hatte sich verändert, seit er die heimatlichen Hallen von Tokrond hinter sich gelassen hatte.

Aoundri verstummte und schlug die Augen wieder auf. Nachdenklich starrte sie in das Wasserbecken.

»Und?«, fragte Galdra ungeduldig.

»Ich habe in das Wasser hineingespürt«, erwiderte die Blau-Elbin. »Für einen Moment habe ich den Geist eines bewussten Wesens gestreift, weit unten in der Tiefe. Dann hat es sich entfernt.«

»Aha«, brummte Galdra verständnislos und trat an Aoundris Seite, um einen Blick in das Becken zu werfen. »Wie kalt ist das eigentlich?«, murmelte sie und streckte probeweise eine Hand in das Wasser.

»Achtung!«, rief Aoundri alarmiert und sprang auf die Füße. Doch es war schon zu spät.

Das Wasser spritzte fontänenartig auf, als ein gewaltiger Körper die Oberfläche durchstieß.

Er war so groß, dass er fast die Leuchtkugel unter der Kuppeldecke berührte, und dabei so massig, dass er wie eine lebendige Klippe aus dem Rund des Beckens aufragte. Entsetzt erkannte Gorin eine gigantische, menschenartige Gestalt, deren Körper jedoch mit dicken, rotbraunen Panzerplatten bedeckt war, wie bei einem Hummer. Aus den Schultern des gepanzerten Riesen wuchsen gleich vier Arme, die allesamt in mächtige Krebsscheren ausliefen, jede einzelne größer als ein ausgewachsener Zwerg. Lange Fühler bekrönten den kleinen Kopf des Geschöpfes, seine winzigen Augen waren hinter schützenden Wulsten zurückgesetzt. Muscheln und Seepocken lagerten in dicken Krusten auf seinem Panzer, von dem das Wasser in Strömen herablief.

Aoundri schrie hell auf, als eine der mächtigen Scheren des Panzerriesen auf sie niederfuhr. Elyamur stieß die Blausängerin beiseite. Sein Schwert traf so hart auf den Arm der Kreatur, dass Stücke aus ihrem Panzer splitterten. Ein weiterer Riesenarm fegte heran. Mit einem brachialen Knirschen schloss sich seine Klaue um Elyamurs Hüfte und riss den Grün-Elb von den Füßen. Gorin glaubte, das Adamantglas der Rüstung regelrecht unter dem Druck kreischen zu hören.

»Barukh kara Tokrond!«, brüllte Galdra angriffslustig, als eine Schere auf sie zuschnellte. Sie duckte sich darunter hinweg und wirbelte einmal mit ihrer Axt herum. Das Axtblatt traf zielsicher von unten auf ein Armgelenk. Die Waffe fraß sich tief in den Spalt zwischen zwei Panzerplatten. Bleiche, zähe Flüssigkeit quoll aus der Wunde.

Der Körper der Kreatur erbebte in stummem Schmerz. Wütend schnappte eine Klaue nach Aoundri, die gerade wieder auf die Füße sprang, eine andere langte nach Gorin. Ein Pfeil zerbarst am Kopfpanzer des Riesen, den Elyami offenbar für die Augen bestimmt hatte. Gorin legte mit seiner Armbrust an und schoss, ehe die Schere ihn erreichen konnte. Sein Bolzen schlug zwischen den Muscheln am Hals des Riesen ein. Für einen Moment schien er wirkungslos zu bleiben. Dann erwachte die Macht der *Indraz*-Rune, und Gorins Bolzen explodierte in einem kleinen Feuerball. Zurück blieb ein geschwärzter Krater in den Panzerplatten.

Die Kreatur wand sich vor Schmerzen und taumelte, von der ungewohnten Helligkeit geblendet, orientierungslos umher. Elyamur, der noch immer in der Klaue hing, nutzte die Gelegenheit, um sich mit aller Kraft aus dem Griff zu stemmen. Plötzlich stand der Wolkentänzer mit gezogenem Schwert auf der Krebsschere. Entschlossen lief er den Arm des Panzerriesen entlang.

Die Schere, die wieder nach Gorin greifen wollte, wurde abrupt zurückgezogen und schlug stattdessen nach Elyamur. Der Elbenkrieger hechtete mit einer Luftrolle darüber hinweg und hatte nun fast den Kopf erreicht. Ein weiterer von Elyamis Pfeilen schlug in einer Ritze zwischen den Panzerplatten der Kreatur ein. Ein dünnes, weißliches Rinnsal quoll daraus hervor.

Elyamur balancierte inzwischen auf dem Kopf des Riesen und setzte dazu an, nach dem Ansatz seiner Fühler zu schlagen.

Plötzlich schrie Galdra schmerzerfüllt auf. Der verwundete Arm hatte sie an der Schulter gepackt, sodass die Kettenglieder ihres Mantels durch die Gegend sprangen. Aoundri stieß mit ihrer Harpune nach dem mächtigen Arm, doch ihre Spitze vermochte die Kruste nicht zu durchdringen. Hastig ließ Gorin die Armbrust fallen und zog seine Handaxt, um seiner Schwester zu helfen. Elyamur hatte sich inzwischen vom Kopf des Riesen zurückziehen müssen, da beständig die Scheren nach ihm schnappten. Gehetzt umtänzelte er die Kreatur in der Luft. Galdra fluchte auf Eisentung, als sie von der Klaue emporgehoben wurde. Verbissen schlug Gorin auf die Panzerschere ein, doch seine Axt glitt wirkungslos daran ab. Der Riese reagierte auf die Attacke, indem er Galdra auf Gorin fallen ließ. Beide Zwergenzwillinge polterten unsanft übereinander, Gorins Axt klirrte über den Boden. Dann schrie Aoundri schmerzerfüllt auf, Elyami rief irgendetwas auf Elbisch.

Gorin kämpfte sich stöhnend auf die Füße, tastete nach seiner Axt. Er sah gerade noch, wie Aoundri von einer Krebsklaue ins schwarze Wasser des Tempelbeckens gezogen wurde. Alarmiert lief er auf den verzweifelt ausgestreckten Arm der Blau-Elbin zu. Dann sauste plötzlich eine weitere Panzerklaue heran. Er warf sich zu Boden, doch es war zu spät. Als die Schere knackend seinen Oberkörper umschloss, gestand sich Gorin endlich ein, dass sie dieser urgewaltigen Kreatur nicht gewachsen waren.

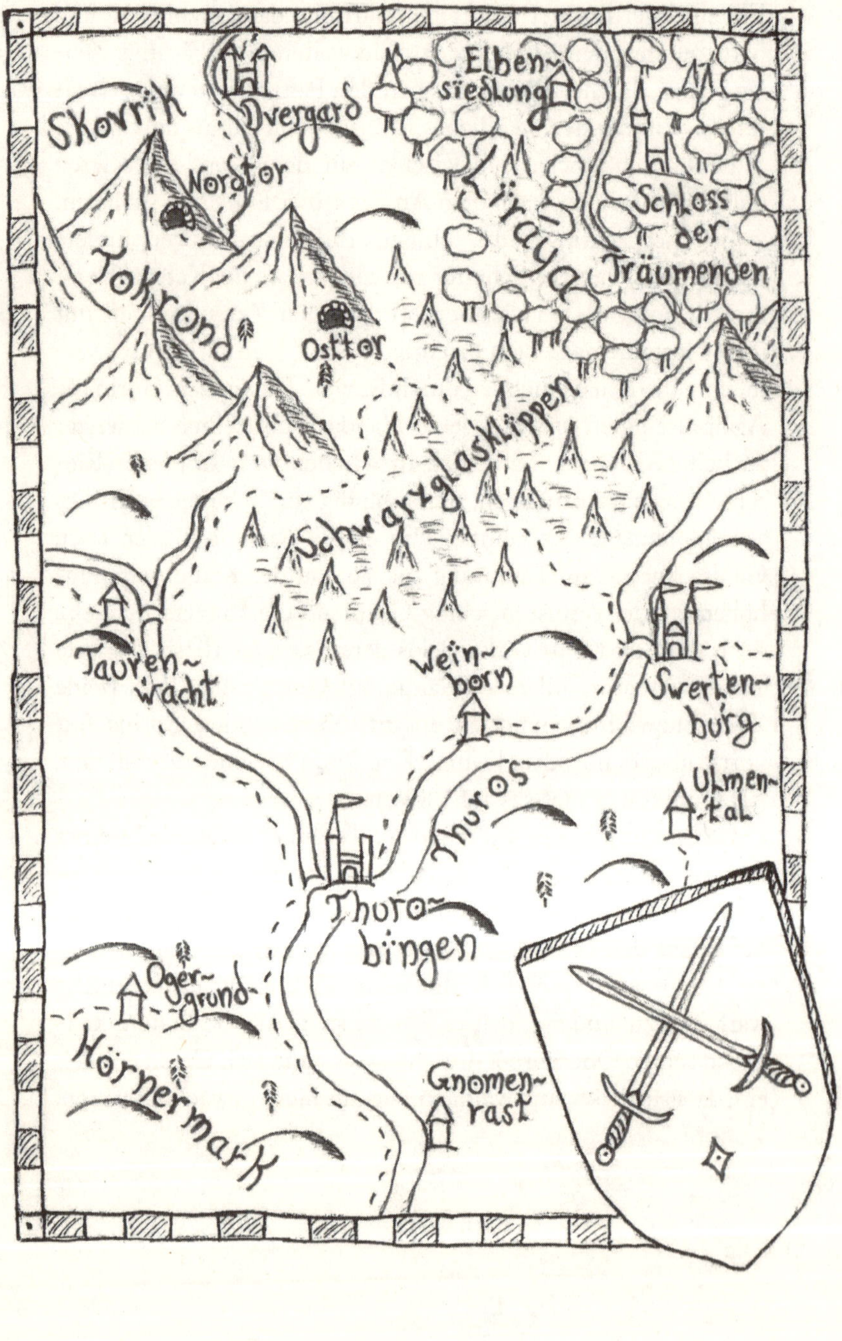

Skorrik
Dvergard
Elben-
siedlung
Nordtor
Liraya
Schloss
der
Träumenden
Tokrond
Osttor
Schwarzglasklippen
Tauren-
wacht
Wein-
born
Swerten-
burg
Ulmen-
tal
Thuros
Thuro-
bingen
Oger-
grund
Hörnermark
Gnomen-
rast

SECHSTES KAPITEL

AM MITTELLAUF DES THUROS IM HERZOGTUM SWERTENGUND ZWISCHEN THUROBINGEN UND WEINBORN

DER MÄCHTIGE STROM THUROS war einer der wichtigsten Verkehrswege des Kontinents. Er verband die Reiche Hundertbürgen, Gnomara und Lorvia miteinander und passierte auf seinem Weg von den Graugrimm-Bergen zur Aquamarin-See bedeutende Städte wie die Stadtfestung Swertenburg, die Akademiestadt Gnoiana und das turmreiche Sorletta, die Perle der Menschenreiche. Flache Flusskähne waren in großer Zahl auf dem Thuros unterwegs, um ihre Waren von Land zu Land zu bringen. Stromabwärts ließen sie sich vom Fluss tragen. Stromaufwärts jedoch mussten sie an Tauen von Ochsengespannen gezogen werden, die auf Treidelpfaden neben dem Fluss herliefen.

Besonders schwierig gestaltete sich das zwischen Thurobingen und Weinborn im Herzogtum Swertengund, einer der jüngsten Provinzen der Kettenlande. Dort ragte ein mächtiger Felsen, den die Leute den Herzogsthron nannten, steil abfallend bis ans westliche Flussufer vor und verhinderte so für fast eine Meile Strecke, dass ein Treidelpfad direkt am Fluss angelegt werden konnte.

Eisenzwergische Baumeister aus Tokrond hatten sich einst dieses Problems angenommen und eine Passage aus dem Gestein des Herzogsthrons geschlagen. Es war ein Tunnel, der sich wie eine Kerbe am Fuß des Felsens entlangzog und zum Fluss hin offen war, sodass die Gespanne die Boote ziehen konnten.

Vom Nordausgang des Zwergenpfads waren es nur noch wenige Meilen bis zur Stadt Weinborn. Ein lachendes, pausbäckiges Gesicht, das Weinlaub und Trauben statt Haaren trug, war oberhalb der Öffnung ins Gestein geschlagen und wies darauf hin, dass Weinborn das größte Heiligtum des lebenslustigen Gottes Askos in ganz Hundertbürgen beherbergte. Neben dem Gesicht kauerten sich vier Gestalten auf einen schmalen Felsabsatz. Sie waren aus der Entfernung kaum zu erkennen, denn sie hatten sich in graubraune Mäntel von der Farbe des Gesteins gehüllt.

»Sie müssten schon lange hier sein«, murrte die Diebespriesterin Jha Rudra und verlagerte einmal mehr ihr Gewicht.

»Heute bist du ungeduldig wie eine Anfängerin«, tadelte Ghashri, die alte Königin der Bettler von Swertenburg, die neben ihr hockte. Das grünhäutige, von Ritualnarben zerfurchte Gesicht der Goblin-Schamanin war unter ihrer Kapuze kaum zu erkennen. Unauffälligkeit war eine Haupttugend des vielverachteten Goblin-Volks. Das wussten auch die beiden anderen Goblins, die sich mit stoischer Bewegungslosigkeit neben Ghashri bereithielten.

Jha Rudra nickte. Die Schamanin hatte natürlich recht. Sie ließ ihren Blick über die Umgebung schweifen. Die Abendsonne hing tief über den Hügelkuppen, die den Thuros zu beiden Seiten säumten, und tauchte den Fluss in orangefarbenes Licht. Die Wälder, die sich über die Bergflanken zogen, erstrahlten in herbstlichem Rotbraun. Dazwischen waren Weinberge an den Hängen angelegt, wo immer sich dafür Raum bot. In einiger Entfernung schmiegten sich die Dächer eines Winzerdorfs an eine Flussbiegung. Ein Lastkahn glitt langsam und mit schlaffen Segeln stromabwärts.

Jha Rudra fuhr unruhig mit den Fingern an den Klingen ihrer Wurfeisen entlang. Sie versuchte sich einzureden, dass ihre Nervosität nur die übliche Anspannung vor einem kühnen Diebesstück war. Doch sie verstand sich zu gut auf die Kunst der Täuschung, um ihre eigenen Lügen nicht zu durchschauen. Sie hatte einfach nur Angst um Hilgrif.

Ein Horn hallte grell durch das Thuros-Tal und riss sie aus ihren Gedanken. Sein Klang war verzerrt durch die Felswände des Zwergenpfads.

»Sie kommen!«, flüsterte Ghashri. Jha Rudra machte sich bereit. Die beiden Goblins griffen unter ihre Mäntel und zogen Wurfpfeile hervor. Die stählernen Spitzen der Waffen schimmerten grünlich von Goblin-Speichel, wie die Alchemisten jenes lähmende Waffengift nannten, das Ghashris Volk mit Vorliebe verwendete. Noch einmal ertönte das Horn, diesmal deutlich näher. Dann schossen mehrere wuchtige Umrisse aus der Öffnung der Passage und weiter den offenen Treidelpfad entlang. Es waren Orkkrieger auf den Rücken ihrer mächtigen, sandgelben Plünderwölfe. Sie trugen blau-grün lackierte Rüstungen, die aus verschiedenen Plattenteilen, Kettenzeug und Lederstücken zusammengewürfelt waren. Auf den Standarten an ihren Kriegssätteln prangte das Bild eines Reißzahns über dem rostroten Banner der Kettenlande. Es waren fünf oder sechs Wolfsreiter, die da als Vorhut am Fluss entlangpreschten und den Pfad nach Gefahren absuchten. Zuweilen stieß einer der Orks in sein Kriegshorn, um Treidelführern Gelegenheit zu geben, ihre Gespanne rechtzeitig an die Seite zu führen. Eine Drohung, keine Warnung.

Jha Rudra presste sich enger gegen den Fels. »Krieger vom Reißzahn-Clan«, murmelte sie missmutig. Mit den Reißzähnen verband sie höchst unangenehme Erinnerungen, hatten diese doch damals den größten Teil der Truppen gestellt, die brutal in ihr Rätsel-Spielhaus eingedrungen waren.

»Ja«, erwiderte Ghashri. »In letzter Zeit sieht man am Thuros fast nur noch Reißzähne. Die Wolfsschädel-Orks wurden von der Statthalterin zu ihrem geheimnisvollen Feldzug in den Norden gerufen. Sogar ihr Khurdran ist weg … Achtung jetzt!«

Schweres Gerumpel näherte sich durch den Felsengang des Zwergenpfads. Jha Rudra konnte die Kutsche von hier aus nicht sehen, doch Ghashris Goblin-Kundschafter hatten sie ihr genau beschrieben: ein geschlossener Kastenwagen, beschlagen mit festen Stahlbändern. Früher hatte er dazu gedient, die herzöglichen Steuereinnahmen sicher an den Königshof zu bringen. Doch nun zierte das Kettenwappen seine Tür, und die Kutsche transportierte eine ganz andere Fracht. Sie wurde von zwei mächtigen Harnischhörnern gezogen, gepanzerte Biester mit einem dicken Horn auf der Nase, die von den Minotauren als Schlachtrösser gezüchtet wurden und im vollen Lauf schier unaufhaltsam waren.

Glücklicherweise hatten Jha Rudra und Ghashri auch nicht vor, die Kutsche aufzuhalten. Als der schwere Wagen aus dem Tor zum Zwergenpfad gerollt kam, sprangen die beiden Frauen vom Felsabsatz und ließen sich auf sein Dach fallen. Die männlichen Goblins blieben oben zurück.

Jha Rudra kam sicher in der Hocke auf. Ghashri grunzte unterdrückt, als sie neben ihr landete.

Der Goblin-Krieger mit dem Kettenabzeichen, der mit einer gespannten Armbrust auf dem Kutschendach saß, starrte die beiden ungläubig an. Noch ehe er reagieren konnte, warf Ghashri ihre Kapuze zurück und entblößte ihr narbenübersätes Gesicht. Sie flüsterte dem Schützen Worte in der Sprache der Waldgoblins zu, während sie eine krallenartig gekrümmte Hand nach seinem Gesicht ausstreckte. Seine Augen wurden größer und größer, seine Unterlippe begann zu zittern. Dann ließ er seine Armbrust fallen und sprang in ein Gebüsch am Straßenrand.

Jha Rudra warf einen raschen Blick zurück. Gerade preschten die zwei Wolfsreiter der Nachhut aus dem Zwergenpfad heraus. Jetzt kam alles auf Ghashris Leute an! Die Wurfpfeile der Goblins sausten durch die Luft und bohrten sich zielsicher in die ledrige Haut der Orks. Der größere Krieger setzte alarmiert sein Horn an die Lippen. Dann sackte er auf seinem Sattel nach vorne. Das Horn fiel auf die Straße.

Jha Rudra wandte sich mit grimmiger Zufriedenheit um und zog einen schmalen Dolch aus ihren Gewändern. Mit einer fließenden Bewegung ließ sie sich nach vorne auf den Kutschbock gleiten. Ein vierschrötiger Menschensöldner mit buschigem Schnauzbart führte die Zügel der Harnischhörner und hatte offenbar noch nichts von dem Geschehen hinter sich bemerkt. Jha

Rudra hob ihre Hand, um den Dolch an seinen Hals zu pressen, da zog der Dicke unerwartet ein Kurzschwert unter seinem Mantel hervor und stieß damit Jha Rudras Klinge beiseite. Der Kerl war nicht so arglos, wie er aussah! Der Diebespriesterin blieb nichts anderes übrig, als einen hastigen Sprung nach vorn zu wagen.

Sie kam auf dem Rücken eines Harnischhorns zum Stehen und musste die Arme ausbreiten, um bei voller Fahrt die Balance zu halten. Der Söldner rammte sein Kurzschwert ins Holz der Kutsche und griff nach der Peitsche. Ein triumphierendes Grinsen erschien unter seinem Schnauzer, als er ausholte, um Jha Rudras Beine wegzufegen und sie von den Füßen der massigen Bestien zertrampeln zu lassen. Das Grinsen erstarrte zu einer erstaunten Fratze. Die Peitsche senkte sich wieder. Jha Rudras magisches Wurfeisen kehrte in ihre Hand zurück, während ein tiefroter Strom aus dem Hals des zusammensackenden Söldners quoll.

Die Diebespriesterin schüttelte grimmig den Kopf, als sie wieder auf den Kutschbock sprang und den schweren Körper des Mannes notdürftig zurechtsetzte, so als würde er immer noch frisch und lebendig die Kutsche lenken. Zelja, die Herrin der flinken Hände und listigen Pläne, empfand solche Bluttaten als schlechten Stil, doch glücklicherweise erlaubte sie ihren Priesterinnen, sich zu verteidigen.

»Ghashri!«, rief Jha Rudra nach hinten. »Komm mal nach vorne, damit du die Kutsche von oben steuern kannst! Schaffst du das?«

»Musstest du dem Kerl unbedingt den Hals durchschneiden?«, meckerte die Schamanin, als sie an den Rand des Daches gekrochen kam und von Jha Rudra die Zügel entgegennahm. Glücklicherweise waren sie lang genug. »Das sieht doch völlig unnatürlich aus, wie sein Kopf herumwackelt! Außerdem kann ich nicht gleichzeitig diese Dickhäuter auf der Straße halten und wie ein wachsamer Schütze mit Armbrust aussehen.«

»Es muss ja nur für flüchtige Blicke reichen, falls ein Krieger der Vorhut mal zurückschaut«, erwiderte Jha Rudra mit einem misstrauischen Blick nach vorne, während sie einen Schlüsselbund vom Gürtel des toten Söldners löste. »Du schaffst das schon!«

»Beeil dich und mach keinen Unsinn«, brummte Ghashri. Jha Rudra schwang sich wieder auf das Dach des Kastenwagens und zwängte sich an der Goblin-Frau vorbei nach hinten, wo eine massive Truhe mit Lederbändern auf die Kutsche geschnallt war. Sie kletterte darüber hinweg und ließ sich vorsichtig an der Kutsche herunter. Nun hing sie direkt vor der verschlossenen Hintertür des beschlagenen Wagenkastens. Jha Rudra suchte flink den passenden Schlüssel heraus und steckte ihn in das Schloss, während sie sich mit der anderen Hand geschickt an den Beschlägen der fahrenden Kutsche festklammerte. Das Einzige, was noch eleganter war als ein guter Dietrich, war der richtige Schlüssel in den falschen Händen. Es klackte befriedigend, als das Schloss endlich aufsprang. Jha Rudra atmete tief durch. Dann riss sie die gepanzerte Tür auf und schwang sich entschlossen ins Innere des Kastenwagens, das nur von zwei winzigen, vergitterten Fenstern beleuchtet wurde.

Zusammengesunkene Gestalten hockten hier auf einer Bank an der Wand des Wagens. Jha Rudra erkannte einen Goblin, einen Menschenmann mit karottenrotem Haar und einen kräftigen Kerl mit nussbraunem Lockenbart. Dazwischen saß eine hochgewachsene Frau, der die langen hellblonden Haare zerzaust ins Gesicht fielen. Jha Rudra zog die Tür hinter sich zu.

»Ich hätte nicht gedacht, dass ich dich einmal auf dieser Seite einer Kerkertür treffe!«, rief sie mit einem breiten Grinsen.

»Rudra?«, fragte die Frau ungläubig. Die Zelja-Dienerin sprang vor und schloss Hilgrif fest in die Arme.

Als sie sich voneinander lösten, bemerkte Jha Rudra, wie mitgenommen die Schwertpriesterin aussah. Ihr Gesicht war schmutzig, an ihrer Schulter klaffte eine schlecht verbundene Wunde. Sie war barfuß und trug einen groben grauen Kittel. Um ihre Hände lagen eiserne Fesseln, die durch Ketten mit der

Wand verbunden waren. Das helle Blau ihrer Augen hatte dennoch nichts von seinem stählernen Glanz verloren.

»Was tust du denn hier?«, fragte Hilgrif verwirrt.

»Das, was ich am besten kann«, erwiderte Jha Rudra. »Ein gutes Dutzend Gesetze brechen.«

»Irgendwann wird dich deine gerechte Strafe ereilen«, murmelte Hilgrif. »Ich bin aber froh, dass es noch nicht so weit ist. Danke, Rudra.«

Jha Rudras Finger zitterten, während sie den richtigen Schlüssel für Hilgrifs Handfesseln heraussuchte.

»Ich schlage vor, dass wir uns etwas beeilen«, sagte der Goblin trocken, der neben Hilgrif im Wagen angekettet war. Jha Rudra erkannte Xorav, der einst zusammen mit ihr in die Zitadelle von Swertenburg eingedrungen war. Auch der verschüchterte Rotschopf an seiner Seite kam ihr sehr bekannt vor.

»Xorav! Gunbrecht!«, rief sie erfreut. Sie konnte kaum glauben, dass von der Grauen Ratte doch so viele überlebt hatten! Nur die vierte Gestalt, die in der hinteren Ecke der Kutsche kauerte, kannte sie nicht. Der breitschultrige Menschenmann mit dem langen Lockenhaar schien nicht viel älter als Hilgrif zu sein. Er musterte Jha Rudra aufmerksam. Als ihr Blick prüfend auf ihm ruhte, lächelte er schief. Das lag insbesondere an einer frischen roten Narbe, die seinen Bart zerteilte.

»Vermutlich sollte ich mich vorstellen«, sagte er, »wenn auch meine Ketten leider keine Verbeugung zulassen. Liudalf von Hornen, zweitgeborener Sohn des Herzogs der Hörnermark und vermutlich letzter Überlebender meines Geschlechts. Ich wäre euch verbunden, wenn Ihr auch meine Fesseln lösen könntet.«

»Er steht auf unserer Seite«, sagte Hilgrif, die sich ihre wund gescheuerten Handgelenke rieb.

Jha Rudra nickte und machte sich daran, die anderen zu befreien.

»Wir lassen uns gleich alle nacheinander aus dem Wagen fallen und schlagen uns ins Gebüsch«, erklärte sie dabei. »Je später die Wolfsreiter bemerken, dass hier etwas nicht stimmt, umso besser!«

»Unsere Sachen sind in der Truhe oben auf der Kutsche«, gab Gunbrecht zu bedenken.

Jha Rudra seufzte tief. »Wichtige Sachen?«, fragte sie.

»Mein Schwert«, erwiderte Hilgrif.

»Ein Familienerbstück«, sagte Liudalf stolz.

»Feste Stiefel«, brummte Xorav und wackelte mit seinen grünen Zehen.

»Na schön«, entschied Jha Rudra. »Ihr springt raus, ich kümmere mich um die Truhe!«

Sie schwang sich wieder aus der Tür und zurück auf das Kutschendach. Zufrieden verfolgte sie, wie die befreiten Gefangenen aus dem Wagen sprangen: Xorav rollte sich leichtfüßig ab, Hilgrif kam auf den Knien auf. Auch Liudalf hielt sich gut, während Gunbrecht unsanft auf dem Bauch landete. Schnell zog Jha Rudra ihre Klinge und säbelte die Lederriemen der Truhe durch. Sie polterte in ein Gebüsch am Straßenrand, wobei ihr schwerer Deckel aufging.

»Komm, wir gehen!«, rief Jha Rudra nach vorne zu Ghashri, ehe sie ebenfalls absprang.

Am Wrack der Truhe zogen die Gefangenen sich rasch Schuhwerk über die nackten Füße und nahmen ihre wichtigsten Besitztümer an sich: Hilgrif griff nach ihrem Schwert und dem Waffenrock mit dem Zeichen der Silberflamme, Xorav nach seinen Wurfpfeilen und Dietrichen. Gunbrecht presste ein ledergebundenes Büchlein an sich, während Liudalf von Hornen sich erst einen Siegelring an den Finger steckte und dann stolz einen schweren Anderthalbhänder, dessen Parierstangen wie Hörner geformt waren, über seinen Häftlingskittel gürtete.

Dann verschwanden sie alle im Wald am Straßenrand. Ghashri stieß mit einiger Verzögerung dazu.

»Ich musste erst auf einen halbwegs geraden Straßenabschnitt warten«, keuchte sie, »damit diese triefäugigen Orks nicht so schnell merken, dass ein leerer Wagen mit einem toten Kutscher hinter ihnen her gondelt. Aber spätestens wenn die Harnischhörner die Kutsche an der nächsten Kurve aus der Bahn werfen, wissen sie Bescheid.«

»Bis dahin sollten wir so viel Wald wie möglich zwischen uns und die Wolfsreiter bringen«, erwiderte Jha Rudra. »Sind deine Leute bereit?«

»Ja«, schnaufte Ghashri. »Sie durchstreifen die Wälder am Treidelpfad und brennen darauf, den Orks eine schöne Zeit zu bereiten, falls sie unserer Spur folgen sollten.«

Jha Rudra nickte zufrieden. Wenn man die Goblins durch die Gassen der Städte wuseln sah, vergaß man leicht, dass die grünhäutigen Geschöpfe eigentlich Waldbewohner waren und nur durch Heimlichkeit und List zwischen den Kreaturen der Wildnis bestehen konnten. Die Goblins selbst hatten es jedoch nicht vergessen.

Das Feuer, das sie gegen die herbstliche Kälte entzündet hatten, prasselte wohlig warm. Es brannte im Herd einer halb verfallenen Köhlerhütte, die Ghashris Leute in einem abgelegenen Tal gefunden hatten. Doch die Wärme, die Jha Rudra in sich spürte, kam nicht von der Feuerstelle. Mit einem kleinen Lächeln betrachtete sie Hilgrif, die neben ihr saß und nachdenklich in den Flammen herumstocherte.

Es war ihnen mithilfe der Goblins gelungen, ihre Spuren in den Wäldern zu verwischen und den Orks und ihren Plünderwölfen zu entkommen. Nun hockten alle in der Hütte beieinander und besprachen, was zu tun war.

»Nachdem wir beim Spielhaus getrennt wurden, bin ich vor Darquato und seinen Orks geflohen, sobald wir sicher sein konnten, dass du mit den Zwillingen entkommen bist.« Hilgrif schaute auf ihre Finger, während sie sprach, als wäre die Flucht vor der geballten Macht der Kettenheere eine Schande. »Ohne Ghashri hätte ich es nicht geschafft. Werodrin wurde von den Orks verschleppt. Ich habe seither nichts mehr von ihm gehört. Wenigstens konnten wir seine Frau und seine Tochter noch in derselben Nacht aus der Stadt bringen, ebenso diverse andere Verbündete der Grauen Ratte.« Sie legte einige Äste nach, ehe sie fortfuhr.

»Wir befürchteten, dass der Statthalter mit aller Macht nach unseren zerstreuten Überresten suchen würde. Seltsamerweise geschah das nicht. Darquato hatte offenbar plötzlich die Stadt verlassen. Er ist nicht wieder zurückgekommen. Dafür ist jetzt diese Purpur-Elbin neue Statthalterin von Swertengund.«

»Darquato ist tot«, warf Jha Rudra ein. »Er starb fern von hier, in der Phönixsteppe, so, wie er gelebt hat: als Sklave des Kettenfürsten.« Die Diebespriesterin war selbst überrascht, wie hart ihre Stimme klang. Hilgrif schaute sie forschend an, sagte aber nichts dazu.

»Und was wurde aus euch?«, fragte Jha Rudra sanfter und bemühte sich um ein zuversichtliches Lächeln.

»Ich habe als eine der Letzten die Stadt verlassen«, berichtete Hilgrif. »Zusammen mit Gunbrecht. Ghashri ist in Swertenburg zurückgeblieben, um die Lage im Auge zu behalten. Für uns jedoch war es dort nicht mehr sicher. Xorav hat uns begleitet, um Ghashri Bericht erstatten zu können. Wir sind nach Westen in die Hörnermark gegangen, um uns auf die Suche nach einer Widerstandsgruppe im dortigen Adel zu machen. Ghashris Leute hatten gehört, dass diese Gruppe sogar Kontakt zum Rat der Freien Fürsten unterhalten soll. Ich hoffte, dass wir uns mit ihnen zusammentun könnten, um unseren Kampf fortzusetzen.«

»Und den Widerstand in der Hörnermark gibt es wirklich«, schaltete sich nun Liudalf von Hornen ein und beugte sich zu ihr vor. »Ich selbst habe ihn ins Leben gerufen. Schon seit Monaten kämpfe ich darum, die Söhne und Töchter der hörnermarkischen Edlen im Geheimen unter dem alten Herzogsbanner zu vereinen. Das ist beileibe nicht einfach, denn wer sich dem Kettenfürsten bedingungslos unterwirft, kann auch unter seiner Herrschaft zu Macht und Würden gelangen.« Er schnaubte verächtlich.

»Ihr sagtet, dass Ihr ein Sohn des alten Herzogs seid«, erwiderte Jha Rudra vorsichtig. »Wie kommt es, dass Ihr noch lebt? Ich dachte, die Kettenheere hätten das Haus von Hornen genauso ausgelöscht wie die herzogliche Familie von Swertengund.«

Liudalf schaute sie direkt an. In seinem Blick lag eine bittere Mischung aus Trauer und Härte.

»Als die Hörnermark unter dem Ansturm der Kettenheere fiel, hielt ich mich gerade am Hof meiner Tante in Skovrik auf«, sagte er. »Ihr müsst wissen, dass mein Vater einst die Tochter eines Jarls des Nordkönigreichs zur Frau genommen hat. Dessen Ländereien liegen im unzugänglichen Bergland von Skovrik, das der Kettenfürst noch nicht eingenommen hat; seine Macht beschränkt sich bislang auf den Süden des Landes. Entsprechend wollte ich die Gefolgsleute meiner Familie mütterlicherseits dafür gewinnen, sich der Verteidigung der Hörnermark anzuschließen. Leider hatte ich keinen Erfolg, doch zumindest entging ich im Norden dem Untergang – durch Glück, nicht durch Geschick.« Schmerz spiegelte sich in seinen Zügen. »Seither ergreife ich jede sich bietende Möglichkeit, gegen die Schergen des Kettenfürsten vorzugehen.«

»Ich habe Liudalf kämpfen sehen«, ergänzte Hilgrif leise. »Er ist ein aufrechter Krieger. Wir können ihm vertrauen, Rudra.«

Liudalf nickte der Schwertpriesterin dankbar zu.

»Das war leider so ziemlich das Erste, was Eure Freundin Hilgrif von mir gesehen hat, Jha Rudra. Nachdem sie Kontakt zu mir und meinen Leuten aufgenommen hatte, wollten wir uns an einem verlassenen Wehrturm im Grenzland zwischen der Hörnermark und Swertengund treffen. Doch dort erwartete uns eine Meute Reißzahn-Orks, die aus dem Hinterhalt über uns herfiel.«

»Ich fürchte, das habt Ihr uns zu verdanken, Liudalf«, wandte Hilgrif leise ein. »Vermutlich waren die Orks schon auf unserer Fährte und wir haben sie zu Euch geführt.«

»Nein«, erwiderte Liudalf grimmig. »Das war Olbrecht, der

Sohn des Grafen von Ogergrund. Eigentlich wollte auch er uns an dem Wehrturm treffen. Doch statt seiner sind die Orks erschienen. Olbrecht hat uns verraten.«

»Trotzdem würde es vielleicht helfen, wenn du nicht ständig im auffälligen Waffenrock einer Kravana-Priesterin herumlaufen würdest, Hilgrif«, brummte Ghashri.

»Was soll ich denn tun?«, fragte die Schwertpriesterin irritiert. »Mich verkleiden?«

Ghashri und Jha Rudra tauschten einen ratlosen Blick. Liudalf fuhr unterdessen fort: »Wir verteidigten uns, so gut wir konnten, doch wir mussten uns letztendlich der Übermacht der Orks ergeben. Man brachte uns nach Thurobingen in Swertengund. Offenbar besteht die neue Statthalterin darauf, den Widerstand eigenhändig niederzuschlagen und sich um alle gefangenen Aufständischen selbst zu kümmern. Vielleicht war es dem Statthalter der Hörnermark auch ganz recht, dass ich nach Swertengund gebracht werde, bevor sich herumspricht, dass die herzogliche Familie doch nicht ganz ausgelöscht ist.«

»Ghashris Leute erfuhren von Eurer Ankunft in Thurobingen und fanden schnell heraus, wann man euch zum Sitz der Statthalterin auf der Zitadelle von Swertenburg überführen würde«, fügte Jha Rudra hinzu. »Wir heckten einen Plan aus und lauerten dem Gefangenentransport unterwegs auf. Und nun sitzen wir also hier und irgendwo in Weinborn stehen ein paar fluchende Orks um eine leere Kutsche herum.«

»Ja, so ist das wohl«, sagte Liudalf und stocherte mit einem Ast in den Flammen.

»Was genau hat es eigentlich mit diesem Rat der Freien Fürsten auf sich, den Hilgrif erwähnte?«, fragte Jha Rudra. Sie hatte gerüchteweise davon gehört, dass sich die Herrscher der letzten freien Länder des Westens miteinander verbündet hatten, um sich gemeinsam gegen die vorrückenden Kettenheere zur Wehr zu setzen – das umfasste die Zwergenreiche von Tokrond und Kurrond ebenso wie das Trollkönigreich Trollskog, die Jarltümer im unbesetzten Norden von Skovrik und noch einige andere.

Die Diebespriesterin hatte die Nachrichten mit Skepsis aufgenommen und nicht besonders intensiv verfolgt, denn sie vermochte sich kaum vorzustellen, dass die Fürsten wirklich ihre ewigen Gebietsstreitigkeiten und Auseinandersetzungen um gekränkten Stolz und Ehre beiseiteschieben konnten.

»Wir stehen seit einiger Zeit mit dem Rat in Kontakt«, erwiderte Liudalf. »Die letzten freien Jarle aus dem nördlichen Skovrik haben den Anfang gemacht, dann haben sich ihnen nach und nach auch andere angeschlossen. Sogar die Minotauren von Kerâta haben einen Sprecher in den Rat entsandt.«

»Die streitenden Kriegerhäuser der Gehörnten konnten sich auf einen Sprecher einigen?«, hakte Jha Rudra ungläubig nach.

»Nicht wirklich«, gab Liudalf zurück. »Sie haben insgesamt sieben Sprecher geschickt, die wöchentlich im Zweikampf gegeneinander antreten, um zu bestimmen, wer in den nächsten Tagen für Kerâta sprechen wird.«

Der Goblin Xorav lachte auf. Hilgrif schüttelte ernst den Kopf. »Das klingt überaus umständlich und nach unnötig vergossenem Blut«, sagte sie leise.

»Ursprünglich wollten die Minotauren sogar täglich um den Posten des Sprechers kämpfen«, seufzte Liudalf. »Es ist nicht einfach, die Gehörnten von irgendetwas zu überzeugen. Die Menschen der Hörnermark wissen das, immerhin leben wir in ihrer direkten Nähe, im Guten wie im Schlechten.«

»Aber was ist mit dir, Rudra?«, fragte Hilgrif. »Wie steht es um unsere Sache?«

Jha Rudra seufzte. Dann entschied sie sich, auch Liudalf einzuweihen: »Nachdem die Graue Ratte verraten wurde und die Orks das Spielhaus überrannt haben, bin ich mit den Zwillingsseelen wie geplant durch Jhalis Labyrinth geflohen. Wir gerieten nach Quolûr in den Sumpflanden von Wâgant. Nein, fragt nicht, wie wir da gelandet sind … Glücklicherweise trafen wir dort auf denjenigen, den wir gesucht haben. Elyamis Visionen waren wahr, Hilgrif! Der Kettenfürst hat die Macht des Königs der Unterwelt an sich gerissen. Nidhanas, der Gott des Todes, ist gefallen. Er hat sich in einem sterblichen Körper manifestiert, in der Gestalt eines Orks namens Patitas.«

Jha Rudra hielt kurz inne. Niemand sagte etwas. Alle hörten mit bangem Schweigen zu.

»Außerdem haben wir in Erfahrung gebracht, warum die Winterseherin nicht in Swertenburg erschienen war«, fuhr Jha Rudra fort. »Sie ist tatsächlich dem Kettenfürsten in die Hände gefallen. Wir konnten sie befreien. Doch Nidhanas wurde dabei getötet. Es ist zu befürchten, dass die Macht des Kettenfürsten über die Unterwelt in der nächsten Zeit deutlich zunehmen wird. Bevor er starb, konnte uns der Gefallene allerdings noch mitteilen, wie die Herrschaft des Kettenfürsten über den Rostroten Thron gebrochen werden kann.«

Liudalfs Augen blitzten erregt. Jha Rudra sprach weiter.

»Die Zwillinge sind gerade dabei, die Materialien für eine Waffe zu beschaffen, die die Macht des Kettenfürsten zu bannen vermag. Mich hat die Winterseherin mit einer Mission zu ihrer Unterstützung betraut: Die Waffe muss an einem heiligen Ort der göttlichen Weberin Iyanuri der kosmischen Ordnung geweiht werden. Diesen Ort gilt es dafür zu sichern. Er liegt weit nördlich von hier, in den Gletscherbergen von Skovrik. Ich bin auf der Reise dorthin und werde ortskundige Begleitung brauchen.«

»Im Norden ist es gerade ziemlich ungemütlich«, warf Ghashri ein. »Ein Expeditionsheer aus windschnellen Wolfsreitern ist vor einiger Zeit auf Befehl der Statthalterin dorthin aufgebrochen. Vermutlich planen die Kettenheere dort einen neuen Feldzug.«

»Die Dinge liegen anders«, sagte Liudalf mit finsterem Gesicht. »Für dieses Heer wurden auch Orks aus Bullkliff, der Hauptstadt der Hörnermark, abgezogen. Ein treuer Verbündeter in der Herzogsburg hat mich wissen lassen, was das einzige Ziel der Expedition ist: die Eroberung und Sicherung des Iyanuri-Klosters Malyún. Ich nehme an, das ist der Ort, von dem Ihr gesprochen habt, Jha Rudra.«

Die Zelja-Priesterin stieß einen Fluch auf Jhalai aus. »Wir müssen ihnen unbedingt zuvorkommen!«, sagte sie entschlossen. Ihre Hände zupften rastlos an ihren Wickelgewändern herum.

»Dafür ist es zu spät, fürchte ich«, sagte Liudalf. »Das Expeditionsheer der Statthalterin ist bereits im Norden und hat Malyún vermutlich schon erreicht. Das Kloster dürfte inzwischen in ihrer Hand sein. Und wir haben keine Streitmacht, die es mit ihren Orks aufnehmen könnte.«

Jha Rudra schlug ärgerlich mit der Hand auf ihr Knie. Die Eroberung Malyúns war eindeutig ein Schachzug des Kettenfürsten, um zu verhindern, dass der Vierzack geschmiedet wurde, selbst wenn die Zwillinge an allen vier Quellen erfolgreich sein sollten. Gleichzeitig konnte er sich so die Macht des Silberwebstuhls von Malyún für die Orkzwillinge sichern, und es schien nichts zu geben, was Jha Rudra dagegen tun konnte. Ihre Mission war gescheitert, bevor sie Skovrik überhaupt betreten hatte. Sie musste sich konzentrieren, um nicht von Panik übermannt zu werden. Zelja schätzte einen klaren Kopf.

»Der Rat der Freien Fürsten hat ein Heer«, sagte plötzlich Gunbrecht, der bislang geschwiegen hatte. Als sich alle Blicke ihm zuwandten, senkte der junge Mann verlegen den Kopf.

»Ich meine ja nur«, murmelte er. »Wenn der Kettenfürst dieses Heiligtum besetzt hält, müssen wir es eben zurückerobern. Und die Streitmacht dafür haben die letzten Freien Fürsten, oder etwa nicht?«

»Das wird nicht funktionieren«, erwiderte Liudalf bitter. »Die Sprecher im Fürstenrat können sich kaum darauf einigen, was es zum Abendessen geben soll. Ihr Ziel besteht darin, ihre Macht zu bewahren und ihre Länder zu schützen. Die Rückeroberung der Kettenlande ist nicht einmal angedacht. Sie werden ihre Reiche nicht entblößen, um mit ihren Truppen gegen Malyún vorzurücken.«

»Es sei denn«, überlegte Hilgrif, »man kann sie davon überzeugen, dass dieser Schritt zur endgültigen Niederlage des Kettenfürsten führen wird. Dann werden sie sicher einsehen, dass es sinnvoller ist, dem Kettenfürsten das entscheidende Kloster zu entreißen, als die Truppen zurückzuhalten, um noch einige Jahre länger gegen die erdrückende Übermacht der Kettenheere zu bestehen.«

»Ich stimme Euch von Herzen zu!«, rief Liudalf. »Allerdings bezweifele ich, dass der Fürstenrat auch so denkt.«

»Das werden wir sehen«, erwiderte Jha Rudra. »Ihr wisst, wo die Sprecher tagen, nehme ich an?« Liudalf nickte. »Gut. Ich werde vor dem Rat der Freien Fürsten sprechen und dafür sorgen, dass das Silberkloster Malyún schnellstmöglich befreit wird. Die Waffe, die die Ketten sprengt, wird geschmiedet werden.«

»Ich werde Euch ein Empfehlungsschreiben mit meinem Siegel ausstellen«, sagte Liudalf. »Und ich wünschte, ich könnte Euch begleiten. Doch in der Hörnermark gibt es Menschen, nach denen ich schauen muss. Schon bald wird dort der Widerstand gegen die Kettenheere erneut aufflammen!«

»Ich komme mit zum Fürstenrat«, sagte Gunbrecht, als wäre es das Selbstverständlichste der Welt.

»Und ich kehre nach Swertenburg zurück und halte weiterhin die Augen offen«, ergänzte Ghashri. »In meiner Stadt bin ich am nützlichsten für uns.«

Fragend schaute Jha Rudra zu Hilgrif.

»Was denkst du denn?«, sagte die Schwertpriesterin und hob eine Augenbraue. »Jemand muss doch auf deine frechen Finger aufpassen.«

»Pass lieber auf, dass dir dein Schwert nicht noch mal gestohlen wird«, grinste Jha Rudra.

Ghashri verdrehte die Augen. »Jetzt geht das wieder los«, brummte sie.

Siebtes Kapitel

IM HEILIGTUM DER TIEFEN GÖTTER
AM SCHLUND DES MEERES
WEIT DRAUSSEN AUF DEM SINGENDEN OZEAN

Ulao mu kuula! Moloaam mu Auulda. Bulou!«

Eine tiefe Stimme hallte durch das Tempelgewölbe und sprach Worte, die Elyami nicht verstand. Irritiert senkte sie ihren Kurzbogen.

»Aamu tuluuma. Mulao mu Luaan!«

Der Rhythmus erinnerte sie entfernt an den hellen Singsang der Blau-Elben, doch klang diese fremde Sprache irgendwie dumpfer und brodelnder. Dann durchbrach ein Aufprall den Fluss der Rede, gefolgt von einem Stöhnen. Gorin war zu Boden gestürzt. Der mächtige Panzerriese, der mit dem ersten Wort der fremden Stimme erstarrt war, hatte seine Krebsscheren geöffnet und den Eisenzwerg fallen gelassen. Der hummerartige Gigant zog alle vier Arme zurück und verschränkte sie vor seinem muschelbewachsenen Körper – eine Geste, die auf Elyami fast andächtig wirkte.

Elyamur hielt sich mit misstrauisch gezogenem Schwert am Beckenrand bereit, griff aber nicht an. Galdra kniete an der Seite ihres Bruders und half ihm auf die Füße, wobei sie selbst vor Schmerz stöhnte. Immerhin war ihre Schulter fast von einer Hummerschere zerquetscht worden. Aoundri kroch gerade aus dem Tempelbecken, in das der Panzerriese sie gezogen hatte, und kämpfte sich auf die Füße. Als sie die fremde Stimme hörte, hielt sie in der Bewegung inne und lauschte mit großen Augen. Dann wandte sie sich aufgeregt zu den anderen um.

»Wir brauchen nicht mehr zu kämpfen!«, rief sie. »Der Tempelwächter wird uns in Ruhe lassen. Jedenfalls solange die Priester uns befragen.«

»Ach ja?«, fragte Galdra finster, ohne den Panzerriesen aus den Augen zu lassen. »Wer sagt das?«

»Der Erzhierophant der zwölf Meere«, erwiderte Aoundri ehrfürchtig und zeigte auf die Wasserfläche des Beckens, die sich unruhig kräuselte. Der Panzerriese wich respektvoll ein wenig zurück, als auch schon mehrere Umrisse vor ihm aus dem Wasser auftauchten.

Es waren drei blasshäutige Geschöpfe, die entfernt an Menschen erinnerten. Allerdings wirkten ihre Körperformen grob und wuchtig, da sie mit Lagen von überlappenden Fettwulsten bedeckt waren. Auf ihren kahlen Schädeln spiegelte sich das Licht, und sie schienen auch sonst keinerlei Körperbehaarung zu besitzen. Die drei sahen für Elyami völlig gleich aus, wenn man einmal davon absah, dass sie unterschiedlichen Schmuck trugen: Um den Hals der mittleren Gestalt lagen sieben Schnüre, auf die rot leuchtende Korallensplitter gefädelt waren, ihren beiden Begleitern fielen jeweils drei Korallenschnüre über die dicken Bäuche.

Die Wesen schwammen vor dem Panzerriesen im Tempelbecken, wobei ihre Oberkörper aus dem Wasser emporragten. Sie musterten Elyami und die anderen eindringlich aus tiefblauen, pupillenlosen Augen. Um sie herum schienen sich längliche Umrisse im Wasser zu bewegen.

Schließlich hob der Mittlere grüßend eine Hand. Seine Finger waren fast so dick wie Elyamis Unterarm und schimmerten ölig, wie auch der Rest seines Körpers.

»Onmauo!«, tönte er mit einer Stimme, die nun weniger dumpf klang. Er hatte zuvor aus der Tiefe des Wassers zu ihnen gesprochen.

»Der Erzhierophant begrüßt uns«, übersetzte Aoundri.

»Was sind das für Wesen?«, fragte Gorin und eilte an die Seite der Blau-Elbin. Elyami bemerkte erleichtert, dass er sich bei seinem Sturz offenbar nicht verletzt hatte.

»Und warum verstehst du, was sie sagen?«, fügte Galdra irritiert hinzu.

»Das ist Aquatil, die Sprache der Meere«, erklärte Aoundri eifrig. »So wie die Völker des festen Landes untereinander die Hochsprache verwenden, verständigen sich die Bewohner der Meerestiefe auf Aquatil.« Aoundri verbeugte sich in die Richtung der kahlköpfigen Neuankömmlinge. »Sie sind Oktotauren. Ihr Volk dient den Göttinnen und Göttern der Tiefe. Es gilt als gutes Omen, auf dem Meer einem oktotaurischen Seepriester zu begegnen. Ich selbst habe bisher noch nie einen ihrer hohen Hierophanten getroffen, geschweige denn gleich drei zugleich! Einen von ihnen habe ich mit meinem Blaugesang in der Tiefe erspürt. Wenn er mich nicht dabei bemerkt hätte, wären sie vermutlich nicht heraufgekommen und der Wächter hätte uns sicher schon in kleine Stücke geschnitten.«

Der mittlere Oktotaur begann wieder zu sprechen. Gleichzeitig erhoben sich die drei Wesen aus dem Becken und stiegen die Stufen hinauf. Nun erkannte Elyami, dass die Bewegungen im Wasser von den mächtigen Fangarmen ausgegangen waren, die die Unterleiber der Oktotauren bildeten. Ihre Körper liefen vom Bauch abwärts in acht dicke Tentakel aus, auf denen sie sich fortbewegten. Die Fangarme schimmerten in verschiedenen dunklen Farbtönen zwischen Schwarz und Purpur und waren mit Saugnäpfen besetzt. Wenn sie sich darauf aufstützten, überragten die Oktotauren auch hochgewachsene Menschen um mehr als einen Kopf.

»Der Erzhierophant fragt, warum wir Waffen in den Tempel der Tiefen Götter getragen und hier Blut vergossen haben«, übersetzte Aoundri die Worte des Oktotauren.

»Frag ihn lieber, warum dieses Ding uns angegriffen hat!«, schimpfte Galdra, die sich die Schulter rieb und den Panzerriesen wütend anfunkelte, der noch immer reglos mit gekreuzten Scherenarmen aus dem Wasserbecken aufragte.

Der Hierophant antwortete ihr sofort, bevor Aoundri ins Aquatil übersetzen konnte.

»Er sagt, dass der Tempelwächter diesen heiligen Ort nur vor der Entweihung durch Landbewohner verteidigt hat«, gab Aoundri leise wieder. Offenbar verstand der Oktotaur die Hochsprache, wenn er es auch vorzog, Aquatil zu sprechen.

»Es lag nicht in unserer Absicht, dieses Heiligtum zu entweihen«, sagte Elyami vorsichtig. »Und wir bitten um Entschuldigung dafür, dass wir den Wächter verletzt haben, als wir uns verteidigten.« Aus den Wunden des Panzerriesen quoll noch immer klebrig-bleiche Flüssigkeit. Galdra schnaubte verächtlich.

»Wir sind als Pilger an den Schlund des Meeres gekommen«, fuhr Elyami fort. »Und wir bitten darum, die elementare Quelle des Wassers aufsuchen zu dürfen.«

Diesmal klang die Stimme des Oktotauren streng und ernst, als er antwortete.

»Die Quelle des Wassers wurde durch einen Landbewohner entweiht«, sagte Aoundri unbehaglich. »Darum ist eure Art an diesem Ort nicht mehr willkommen. Der Erzhierophant fordert uns auf, zu gehen.«

Elyami straffte sich und versuchte, so souverän wie möglich zu klingen, obgleich sie innerlich alles andere als ruhig war.

»Dieser Landbewohner hat auch in unserer Heimat schwere Frevel begangen!«, sagte sie fest. »Der Kettenfürst hat die Macht der Unterwelt an sich gerissen, um die freien Länder eines nach dem anderen grausam in die Knechtschaft zu zwingen. Unsere Mission ist es, ihn aufzuhalten, damit die Ordnung der Welt wiederhergestellt wird. Darum sind wir hier. Bitte schickt uns nicht fort!«

Diesmal ließ die Antwort des Erzhierophanten auf sich warten. Er besprach sich zunächst leise mit den beiden anderen Oktotauren. Als er sich wieder an Aoundri wandte, hellte sich das Gesicht der Blau-Elbin ein wenig auf.

»Die Hierophanten haben vom Kettenfürsten gehört«, sagte Aoundri. »Doch die Kriege der Landbewohner sind ihnen fremd, und sie vermögen nicht über eure Mission zu urteilen. Wenn ihr es wagt, könnt ihr euer Anliegen dem Hüter der elementaren Quelle selbst vortragen. Doch der Erzhierophant sagt, dass ihr dort wohl nicht willkommen sein werdet. Er rät uns, fortzugehen.«

Gorin trat einen Schritt vor. »Wir werden die Quelle des Wassers aufsuchen und uns dem Hüter stellen!«, sagte er bestimmt. Elyami konnte nur erahnen, welche Überwindung es einen Eisenzwerg kosten mochte, darauf zu bestehen, in die Welt der Meerestiefe vorzudringen. Galdra und Elyamur stellten sich entschlossen neben den Runenschmied. Elyami trat hinzu.

Für einen Moment herrschte Schweigen in der Grotte. Dann breiteten die drei Oktotauren die Arme aus und ließen einen feierlichen Gesang auf Aquatil ertönen.

»Der Erzhierophant der zwölf Meere, der Hierophant des Singenden Ozeans und die Hierophantin der Aquamarin-See heißen uns willkommen«, erklärte Aoundri. Elyami war verwundert, dass einer der Oktotauren offenbar weiblich war. Sie konnte keine äußerlichen Unterschiede zwischen ihnen feststellen.

»Die Hierophanten sind erfreut, Diener der göttlichen Ordnung zu unterstützen«, fuhr Aoundri fort. »Falls sich jedoch herausstellen sollte, dass ihr lügt, werden sie ebenso erfreut sein, euch zu vernichten. Sobald wir bereit sind, bringen sie uns hinab in ihre Stadt, wo die elementare Quelle des Wassers zu finden ist. Noch steht es uns frei, umzukehren.«

Elyamur schaute Aoundri fragend an. Die Blau-Elbin reckte entschlossen das Kinn vor und ignorierte es. Niemand ging auf das Angebot ein, den Tempel wieder zu verlassen. Stattdessen machten sich die Reisenden daran, ihre Fahrt in die Tiefe vorzubereiten. Sie untersuchten die hässlichen Blutergüsse, die von den Klauen des Panzerriesen herrührten, und stellten dabei erleichtert fest, dass niemand ernsthaft verwundet worden war, wenn auch Galdras Schulter eine ordentliche Quetschung davongetragen hatte. Elyami fragte sich, ob sich die riesenhafte Kreatur am Ende vielleicht sogar zurückgehalten hatte.

Nachdenklich schaute sie zu, wie einer der beiden Oktotauren mit drei Korallenketten einen dumpfen Gesang anstimmte, während seine Tentakel über den krustigen Panzer des Hummerwesens strichen. Die Rinnsale weißlicher Flüssigkeit versiegten, als sich die Wunden des Riesen schlossen. Mit einem strengen Stirnrunzeln gab der Oktotaur Elyami einen angeknickten Pfeil zurück.

Sie ordneten ihre Ausrüstung und fanden sich dann am Becken ein. Der Erzhierophant gab einige Anweisungen mit ausladenden Armgesten.

»Wir sollen ganz nah ans Wasser kommen und dicht beieinanderstehen«, übersetzte Aoundri. Die beiden Zwerge folgten der Aufforderung mit sichtlichem Widerwillen.

Schließlich begannen die drei Seepriester einen beschwörenden Gesang, der sich wie das Rauschen des ewigen Meeres anhörte. Um Elyami und die anderen herum erschien eine Art grünlich schimmernde, durchsichtige Sphäre in der Luft. Sie umfing die Gefährten, als wären sie Zierfische in einem geschliffenen Glas. Elyami berührte die Kugel vorsichtig von innen mit der Hand. Sie fühlte sich weich und doch unnachgiebig an.

»Was soll das?«, knurrte Galdra, die sich offenbar zusammennehmen musste, um sich nicht mit ihrer Kristallaxt aus dem schillernden Objekt zu befreien.

»Das ist eine Sphäre der Tiefenfahrt«, erklärte Aoundri mit leuchtenden Augen. »Sie ermöglicht es Luftatmern, die Reiche der Meerestiefe zu bereisen. Auch erfahrene Blausänger meines Volkes vermögen sie zu formen, allerdings nicht so groß und so schön … Wir dürfen die Sphäre auf keinen Fall verlassen! Sie versorgt uns mit Atemluft und schützt uns vor dem erdrückenden Gewicht der Wassermassen. Ohne die Sphäre könnten wir keine zwei Herzschläge in der Tiefe überleben.«

»Gut«, sagte Gorin tapfer. Auch Elyamur sah blass aus. Das Neuland, das vor ihnen lag, war für Grün-Elben und Eisenzwerge gleichermaßen fremdartig.

Eine Erschütterung ging durch die Sphäre. Langsam schob sie sich mitsamt den Reisenden zum Becken und schwamm über die Wasseroberfläche. Für einen Moment verharrte sie auf der Stelle. Dann senkte sie sich. Galdra konnte einen Aufschrei nicht unterdrücken, als die Sphäre plötzlich von Wasser umhüllt war und die Wellen schließlich über ihr zusammenschlugen. Ein dunkler Umriss glitt an ihnen vorbei. Sie passierten den Körper des Panzerriesen, der unter Wasser noch stärker an einen gewaltigen Hummer mit acht kräftigen Krebsbeinen erinnerte. Dann blieb die Kreatur über ihnen zurück, und das enge Becken weitete sich zu einer großen Wasserhöhle, die bodenlos zu sein schien. Es ging immer weiter hinab.

Elyamis Blick wurde von den Seitenhöhlen angezogen, die vielerorts ins Dunkel führten. Das grünliche Leuchten der Sphäre reichte kaum in sie hinein, und doch glaubte Elyami, die Bewegungen großer, träger Körper in den Schatten zu erkennen. Offenbar war der Tempelwächter nicht die einzige Kreatur, die in den Grotten unter der Felseninsel hauste. Elyami erschauderte.

Ihre empfindlichen Elbenohren begannen zu schmerzen, während die Kugel tiefer und tiefer in den Schacht hinabglitt. Auch Elyamur verzog unwillig das Gesicht. Die beiden Zwerge schienen mit dem Druck nicht zu kämpfen zu haben, doch dafür starrten sie die ganze Zeit finster auf das tintenschwarze Wasser unter ihren Füßen, von dem sie nur die dünne Seifenblasenhülle der Sphäre trennte. Einzig Aoundri wirkte zufrieden und verfolgte mit strahlenden Augen die Bewegungen der Oktotauren, die sich rund um die Sphäre in die Tiefe schraubten.

Die drei Seepriester schwammen neben der Kugel her, wobei ihre langen Fangarme wie Schleier durch das Wasser glitten. In ihrem eigenen Element hatten sie jede Plumpheit verloren und umkreisten die Sphäre mit der Leichtigkeit von schwerelosen Tänzern.

Sie passierten Seitengänge und muschelbesetzte Felsen, Schwärme schattenhafter Fische und seltsame, blass leuchtende Höhlenwasserpflanzen. Einmal zog sich eine Art Krabbe mit baumlangen Stelzenbeinen tiefer ins Dunkel zurück, als das

Licht der Sphäre sie passierte. Etwas später glitten sie ganz nah an einem riesenhaften Skelett vorbei, das über und über mit Korallen bewachsen war und noch immer einen runenübersäten Speer mit den Knochenfingern umklammert hielt.

Elyami hatte das Gefühl, eine Ewigkeit in die Tiefe der Wasserhöhlen hinabzusinken. Als sie sich gerade zu fragen begann, ob dieser Schacht womöglich gar kein Ende hatte, ging plötzlich eine Erschütterung durch die Sphäre. Sie wechselte ruckartig den Kurs und bewegte sich nun seitwärts auf eine große Öffnung zu. Dahinter schien es weitere blau-grünliche Lichtquellen im Wasser zu geben. Elyami schaute neugierig nach vorne. Als sie die Höhlenöffnung durchglitten und die Felsenhöhlen verließen, legte sie staunend den Kopf in den Nacken. Sie befanden sich im offenen Wasser zwischen den Felseninseln. Durch den wassergefüllten Höhlenschacht waren sie geschützt vor der Macht des Strudels in die Tiefe gelangt. Irgendwo über ihren Köpfen drehte sich der Mahlstrom des Schlundes in einer schwarzen, unersättlichen Spirale. Die Felseninseln umgaben ihn ringförmig wie die Säulen eines Tempels.

Zu ihren Füßen lagen zahlreiche Umrisse auf dem felsigen Meeresgrund zwischen den Inseln verstreut, beleuchtet von grünlichen Kugeln, die überall im Wasser schwebten. Es waren die Wracks gescheiterter Schiffe, und es mussten Dutzende, wenn nicht Hunderte sein. Stolze Viermaster verrotteten neben winzigen Kuttern, bauchige Handelsfahrer neben raubtierschlanken Piratenbarken. Manche sahen so aus, als seien sie gerade erst in die Tiefe gesunken, andere waren nur noch schaurige Gerippe, deren Spanten wie abgefressene Knochen freilagen.

Zwischen den Wracks huschten bleiche Körper mit schlagenden Fangarmen im Schein der Leuchtkugeln umher. Zahlreiche Oktotauren hatten den Schiffsfriedhof offenbar zu ihrer Heimstatt gemacht und bewohnten seine dunklen Ecken und Winkel.

»Maa Uul«, hauchte Aoundri. »Die Tiefe Stadt. Ich kenne die Lieder und Geschichten. Aber ich hätte nie erwartet, einmal wirklich hier zu sein! Danke, dass ihr mich in dem Lagerhaus gerettet habt. Im Chrysanthemenviertel von Sagarapur hätte ich das nicht zu sehen bekommen.«

»Ich kann mir nicht vorstellen, dass überhaupt ein Landbewohner so etwas schon gesehen hat«, erwiderte Elyamur, der unentwegt den wütend kreisenden Mahlstrom über ihren Köpfen anstarrte.

»Ich habe es gesehen«, sagte Gorin langsam, als realisierte er es selbst gerade erst. »Schon vor einiger Zeit. Aber ich wusste nicht, was es war …«

»Was?« Galdra starrte ihren Bruder entgeistert an.

»Damals in Swertenburg«, erklärte Gorin. »Im Haus unseres Freundes Werodrin. Ich habe in seiner Schmiede den Dolch mit dem magischen Metall Catur tauschiert, den wir damals für die Zerstörung des Brutkessels in den Gewölben der Zitadelle verwendet haben.« Aoundri schaute ihn fragend an. »Egal. Es ist kompliziert. Jedenfalls habe ich bei der Arbeit kurz Bilder von fremden Orten gesehen. Innerlich, meine ich. Nicht mit den Augen. Ich wusste nicht, was ich damit anfangen sollte. Nun scheint mir, dass sich die Quellen der vier Elemente mir gezeigt haben. Immerhin ist auch Catur aus ihnen zusammengesetzt, wenn auch in einer künstlichen, weniger reinen Form …«

Gorin brach ab und zuckte verlegen mit den Schultern. Elyami konnte ihn verstehen. Solche Visionen waren selbst für sie irritierend, wie mussten sie dann erst sein eisenzwergisches Naturell verstören!

»Das ist ein gutes Zeichen«, sagte sie schnell. »Wir sind auf dem richtigen Weg!«

Immer weiter drang die Sphäre der Tiefenfahrt in die Wrackstadt Maa Uul vor. Aus dem Dunkel der zerschmetterten Schiffsrümpfe lösten sich zahlreiche Oktotauren, die die Kugel neugierig, aber mit gebührendem Abstand umkreisten. Elyami konnte sie noch immer nicht auseinanderhalten. Der einzige erkennbare Unterschied zwischen ihnen bestand für sie in ihren Korallenketten: Viele von ihnen schienen überhaupt keine Kette zu tragen, die anderen hatten zumeist eine einzelne Korallenschnur um den Hals geschlungen. Ihre drei Begleiter waren als Einzige mit mehreren Ketten behängt. Die Menge der Oktotauren gab respektvoll den Weg frei, wo immer die drei Hierophanten vorbeiglitten.

Durch das Wasser drang gedämpftes, brodelndes Gemurmel zu den Tiefenreisenden. Offenbar unterhielten sich die Oktotauren erregt in ihrer eigenen Sprache. Die Hierophanten schienen den anderen zu erklären, was es mit dieser Tiefenfahrt auf sich hatte. Sie benutzten neben den Armen auch alle acht Tentakel zum Gestikulieren. Elyami begriff allmählich, dass die Seepriester an Land offenbar nur deshalb so phlegmatisch-ruhig wirkten, weil ihnen dort diese Möglichkeit fehlte. Aoundri legte unterdessen neugierig ihr Ohr an die Kugel, um mehr hören zu können, was gleichermaßen unfein wie merkwürdig aussah.

»Woher kommen all diese Schiffe?«, fragte Gorin unvermittelt. Die anderen schauten ihn fragend an.

»Ich meine, der Schlund liegt doch ziemlich weit draußen im Ozean«, erklärte der Runenschmied. »Geraten wirklich so viele Segler zufällig in seinen Sog?«

»Einigen passiert das vermutlich, wenn sie vom Sturm abgetrieben werden«, erwiderte Aoundri und löste das Ohr von der Kugel. »Andere waren törichte Abenteurer, von den Schätzen der Tiefe angelockt – nun gehören sie selbst dazu. Ich denke aber, dass die meisten aus einem anderen Grund hier unten liegen.«

»Ich nehme an, du wirst ihn uns gleich sagen?«, brummte Galdra ungeduldig.

»Natürlich«, fuhr Aoundri leicht irritiert fort. »Es ist der Fluch der Seepriester. Wenn ein Seefahrer dem Meer auf unverzeihliche Art frevelt, sprechen sie diesen Fluch über ihn aus. Von diesem Schicksal berichten dunkle Geschichten in allen Häfen. Die Seeleute fürchten es mehr als Sturm und Seeungeheuer. Wohin solch ein verfluchter Schiffsherr sein Schiff auch steuern mag – über kurz oder lang wird er immer auf Umwegen Kurs auf den Schlund des Meeres nehmen und schließlich von ihm verschlungen werden. So ist es schon vielen ergangen, sagt man.«

»Und die Oktotauren bekommen mit jedem verfluchten Schiff eine neue Behausung«, ergänzte Galdra. »Praktisch.«

»Ich glaube, wir sind gleich am Ziel!«, unterbrach sie Elyamur plötzlich. »Wo immer das auch sein mag …«

Die Sphäre der Tiefenfahrt wurde zunehmend langsamer und schwebte schließlich auf der Stelle. Vor den Reisenden lag eine weite schwarze Fläche, die sich im Herzen der Wrackstadt Maa Uul wie eine finstere Wunde zu erstrecken schien. Der Trichter des Strudels kreiste direkt über ihr. Entlang des Randes der Schwärze verlief ein Ring aus mattgrün glimmenden Leuchtkugeln wie eine stumme Warnung. Dahinter lag nur noch die jegliches Licht verschluckende Dunkelheit. Elyami brauchte einen Moment, um zu begreifen, dass sich an dieser Stelle der Meeresboden noch weiter senkte, hinab in unbekannte Tiefen.

Der Erzhierophant der zwölf Meere erschien vor der Kugel und berührte ihre Außenfläche mit einer seiner breiten Hände. Aoundri erwiderte die Berührung von innen und redete mit dem Oktotauren auf Aquatil. Dann wandte sie sich den anderen zu.

»Ab hier werden uns die Seepriester nicht mehr begleiten«, erklärte sie. »Wir müssen uns der Quelle ohne fremde Hilfe nähern. Sie warnen uns vor den elementaren Kindern des Wassers. Die Entweihung der Quelle hat sie aufgebracht. Sie werden versuchen, uns aufzuhalten. Der Erzhierophant hat mir die Kontrolle über die Sphäre übertragen. Soll ich sie weiter in die Tiefe führen?«

»Ja. Das ist unser Weg«, sagte Elyamur grimmig.

»Und danke, dass du uns begleitest«, fügte Gorin leise hinzu.

Die anderen schwiegen beklommen, während Aoundri mit halb geschlossenen Augen einen Blaugesang summte. Zögerlich setzte sich die Sphäre der Tiefenfahrt wieder in Bewegung. Dutzende von Oktotauren blieben zurück und schaute den Reisenden still hinterher, als die Sphäre den Kranz aus Leuchtkugeln passierte. Dann senkte sie sich tiefer in die Dunkelheit hinab. Die schillernde Membran gab gerade so viel Licht ab, dass Elyamis Elbenaugen die nähere Umgebung erahnen konnten. In der erdrückenden Stille war Aoundris Summen das einzige Geräusch. Elyamis Herz schlug heftig. Sie konnte fühlen, dass das Wasser hier von einer seltsamen Energie erfüllt war, alt und träge, doch lebendiger als alles, was sie bislang gespürt hatte.

Dann sah sie einen Schatten an der Sphäre vorüberhuschen. Und noch einen und einen dritten. Sie erkannte die Umrisse von menschenartigen Wesen, deren Körper in den Unterleib eines Fisches mit schillernden Schuppen und mächtiger Schwanzflosse auslief. Sie zogen ihr langes, grünlich schimmerndes Haar wie Umhänge hinter sich her und führten Dreizacke in den mit Schwimmhäuten bewehrten Händen. Mit jedem Herzschlag schienen es mehr von ihnen zu werden, schon umkreiste ein gutes Dutzend Fischmenschen die Kugel. Ihre weit aufgerissenen Augen funkelten unheilvoll. Die Sphäre erzitterte, als der erste Fischmensch mit seinem Dreizack nach der grünlichen Membran stieß. Auch seine Artgenossen senkten mit grimmigen Gesichtern die Waffen und kamen auf die Kugel zugeschossen.

»Das sind Tritonen«, sagte Aoundri irritiert und unterbrach dafür kurz ihre Melodie. »Sie sind sehr stolz, aber eigentlich friedlich. Doch die hier werden von Zorn getrieben!«

»Wir führen nichts Böses im Schilde!«, rief Gorin so deutlich wie möglich und hob demonstrativ die leeren Hände. Als einzige Reaktion drangen weitere Dreizack-Spitzen auf die Kugel ein und ließen ihre Membran erbeben.

»Sie werden nicht auf dich hören«, sagte Elyami leise. »Ihre elementare Quelle wurde von einem Landbewohner geschändet. Sie sind in Aufruhr und sehen uns offenbar als Feinde.«

»Die Sphäre wird nicht mehr lange standhalten«, sagte Aoundri verzweifelt.

»Ich versuche, zu ihnen durchzudringen«, erwiderte Elyami. Dann stimmte sie entschlossen einen alten Grüngesang an, mit dem sie einst in Liráya gefährliche Geister der Wälder gebannt hatte, wenn es notwendig gewesen war. Doch sie bemühte sich zugleich, den Klang ihrer Stimme an den fremden Rhythmus des Blauworts anzupassen, den sie bei Aoundri schon so oft gehört hatte. Machtvoll drang ihre Melodie nach draußen, wo noch immer die Tritonen wüteten. Einer der Meermenschen hielt mitten in der Bewegung inne, den Dreizack zum Stoß erhoben. Eine unsichtbare Kraft schien seine Arme zurückzuhalten. Elyami intensivierte ihren Gesang, während Aoundri ihr die Hand drückte. Auch die anderen Tritonen hielten in ihrem Ansturm inne. Sie umkreisten die Sphäre noch immer in engen, wütenden Schrauben, doch sosehr sie auch die muskulösen Arme anspannten – es war ihnen nicht mehr möglich, die Kugel zu attackieren.

»Es funktioniert!«, jubelte Galdra mit hörbarer Erleichterung.

»Schaut mal!«, rief Elyamur und zeigte nach vorne. Etwas weiß Schimmerndes ruhte dort auf einem Felsenabsatz. Es war eine Art Schneckenhaus, der Panzer einer Meeresmolluske. Doch schien es absurd groß zu sein, um ein Vielfaches größer als die Sphäre. Das Schneckenhaus besaß eine breite, kuppelartige Basis und verengte sich nach oben hin zu einer kühnen Spirale. Von seinen Windungen gingen weitere Nebenspiralen ab, wie die verspielten Türmchen eines Palastes. Mit Staunen erkannte Elyami, dass der gewaltige Panzer in der Tat so groß war wie ein Schloss. Von einer Meeresschnecke war jedoch nichts zu erkennen. Die Öffnung des Gehäuses lag im Dunklen.

»Ich spüre plötzlich Respekt bei den Tritonen«, sagte Aoundri aufgeregt. »Vor dieser … Schnecke. Sie scheinen ihre Nähe zu meiden.«

»Halte darauf zu!«, rief Gorin. Aoundri nickte und ließ die Sphäre weiter vorangleiten. Elyami setzte ihren Gesang fort. Die Tritonen zögerten kurz, als hätten sie Angst, der Kugel zu folgen. Dann schwammen sie grimmig weiter voran. Elyami nahm all ihren Willen zusammen, um die Kraft ihres Liedes aufrechtzuerhalten. Es war anstrengend, doch zugleich befriedigend. Ihr Gesang wirkte auf die Tritonen! Sie wurde immer besser darin, die Melodien fremder Weltgegenden zu erfassen.

Plötzlich stoben die Tritonen auseinander. Weitere Schemen kamen herangeschossen. Die Dreizack-Träger machten ihnen eilig Platz. Es waren ebenfalls Fischmenschen mit kräftigen Schwanzflossen und langen, wallenden Haaren. Doch Elyami erkannte an ihnen schmale Schultern und weibliche Rundungen. Die Frauen trugen keine Waffen, näherten sich der Sphäre jedoch mit kräftigen Flossenschlägen. Eine von ihnen kam dicht an die Membran heran. Elyami sah ein feines Gesicht mit vollen Lippen und großen, leicht kugelartig gewölbten Augen. Die Meerfrau musterte sie intensiv. Elyami hob zaghaft die Hand zum Gruß.

Plötzlich riss die Tritonin ihren Mund auf. Ein breites Maul voller spitzer Haifischzähne schien ihren ganzen Kopf zu zerteilen. Sie stieß einen schrillen Laut aus, der ringsum durch das Wasser hallte. Elyami zuckte zurück.

Die anderen Meerfrauen fielen in das Geschrei mit ein. Jede der blassen Schönheiten entblößte ein schreckliches Haigebiss, als ihr wütendes Kreischen durch das Wasser hallte. Voller Entsetzen bemerkte Elyami, dass die Schreie der Meerfrauen sich wie Klingen in ihren Zaubergesang fraßen und seine Macht brachen.

Verzweifelt steigerte Elyami die Intensität ihres Grüngesangs. Doch die Wasserwesen übertönten sie einfach. Wütend schossen die Tritonen heran. Die Sphäre erbebte unter dem Ansturm ihrer Dreizacke.

»Nicht nachlassen!«, brüllte Galdra, die um einen sicheren Stand kämpfte. »Ich werde ganz bestimmt nicht mitten im nasskalten Wasser sterben!« Sie drohte den Tritonen mit ihrer Kristallaxt. Unbeirrt drangen die Fischmenschen weiter auf die Sphäre ein, deren Membran immer unsicherer zu flackern schien.

Dann wurde es schlagartig ruhig um sie herum. Die Meerfrauen waren verstummt, während die Tritonen zugleich ihre Angriffe eingestellt hatten. Irritiert schaute Elyami sich um und sah nur noch die Schwanzflossen der Tritonen, die in alle Richtungen davonstoben. Einen Herzschlag lang glaubte sie, dass ihr Gesang die Angreifer irgendwie in die Flucht geschlagen hätte.

Dann bemerkte sie, dass sich im Schneckenhaus etwas regte. Ein Kopf wälzte sich daraus hervor, groß wie ein steinernes Menschenhaus. Es war das Haupt eines Drachen, so alt und gewaltig, dass Kurangra unbedeutend dagegen wirkte. Muscheln, Seepocken und ganze Korallenbänke bedeckten seine tiefgrünen Schuppen. Barteln, dick wie Ankertrossen, wiegten sich um seine Schnauze im Wasser. Seine Augen waren kugelförmig gewölbt, doch war ihre Farbe nicht zu erkennen, denn der Meeresdrache hatte seine Lider geschlossen. Er schlief. Gerade bettete er seinen Kopf auf die andere Seite und schmatzte mit den wulstigen Lippen. Mehrere Reihen von harpunenartigen Zähnen wurden sichtbar. Dann kam er wieder zur Ruhe, den Kopf vor das Schneckenhaus gebettet, das seinen gewaltigen Körper umschlossen hielt. Eine Regung der gewaltigen Kreatur im Schlaf hatte genügt, um die Tritonen zu vertreiben.

»Das muss der Hüter des Wassers sein«, flüsterte Elyami beeindruckt.

»Aber wo ist dann die Quelle?«, fragte Galdra pragmatisch. »Und wie gelangen wir an ihm vorbei?«

»Ich glaube nicht, dass wir ohne sein Einverständnis weiterkommen«, erwiderte Elyami. Nachdenklich betrachtete sie die geschlossenen Augen des Drachenhaupts. Sie spürte, dass eine alte, machtvolle Melodie in dem schlafenden Geschöpf widerhallte. Die Kraft seiner Gedanken konnte sie regelrecht körperlich fühlen, wie eine starke Strömung, die an ihr riss.

»Vielleicht kann ich mich auf sein Lied einstimmen«, sagte sie leise. Elyami schloss die Augen und summte in sich hinein. Sofort spürte sie, dass etwas Großes ihren Geist berührte, als würde ein Wal dicht an ihren Gedanken vorüberschwimmen. Dann wurde sie von einem machtvollen Sog erfasst, der sie mit sich forttrug, fort von ihrem Bruder und ihren Freunden, fort von der Sphäre, fort von sich selbst.

Sie fühlte Enge um sich herum, aber auch beschützende Wärme – wie in einem Ei. Dann zerbarst das Ei, und sie befreite sich aus seinen Trümmern. Elyami fand sich auf dem rissigen

Boden des Ozeans wieder, umgeben von heißen Schloten in der Tiefe. Sie war allein, denn die Meere waren noch nicht von Leben erfüllt. Sie glitt über den Meeresgrund, passierte bodenlose Abgründe und endlose Flächen von Nichts. Nach einiger Zeit begegneten ihr kleine Panzerwesen und blasse Weichtiere, für die sie keine Namen hatte. Das Wasser belebte sich. Bald kreuzten Fische ihren Weg, dann auch mächtige Kraken und andere größere Wesen. Einmal durchstieß ihr Kopf die Wellen der Wasseroberfläche. Doch sie schaute nur auf ewige Sturmwolken und kahle Felsenküsten ohne eine Spur von Bewuchs. Sie tauchte wieder, erkundete die Meere und ließ sich von verschüchterten Oktotauren bestaunen. Als sie das nächste Mal auftauchte, strahlte die warme Sonne auf sie herab. Das Land war von dichten Wäldern bedeckt. Fremdartige Wesen hatten an den Meeresküsten Siedlungen errichtet und brachten ihr mit lange vergessenen Gesängen Opfer dar, wann immer sie sich zeigte. Sie spürte, dass sie mächtig war, sonnte sich in ihrer Stärke. Dann vernahm sie plötzlich eine Stimme, gegen die ihre Macht bedeutungslos erschien.

»Jalaraksha«, sprach es, »du Erster der Meeresdrachen! Denke an die Aufgabe, die die Unsterblichen für dich vorgesehen haben.« Elyami erinnerte sich. Es gab einen Grund dafür, dass sie da war. Mit machtvollen Flossenschlägen tauchte sie auf den tiefsten Grund des Ozeans hinab, mitten hinein in die Essenz des Wassers – und wurde plötzlich von großen, grünlich leuchtenden Kugelaugen fixiert.

»Glaubst du, ich merke nicht, dass du in meinen Träumen herumschleichst, Elbische?«, brodelte der Meeresdrache.

»Urgeborener Jalaraksha«, antwortete Elyami benommen. »Bitte glaube mir, dass ich nicht ohne Grund gekommen bin …«

»Ich weiß, was ihr wollt, du und deine Freunde!«, erwiderte der Drache. »Die Wasser haben es zu mir getragen. Ich schlafe tief, doch mein Schlaf ist wissend. Die elementare Quelle wird für euch verschlossen bleiben! Ihr habt nicht das Recht, aus ihr zu schöpfen. Schon einmal kam einer von eurer Art und raubte die elementare Essenz. Durch diesen Akt der Gewalt wurde die Macht der Quelle getrübt und die Bindung zwischen göttlichen und weltlichen Gefilden empfindlich geschwächt. Nichts als Unheil wird entstehen, wenn noch mehr Essenz in sterbliche Hände gerät.«

»Wenn du uns kennst, dann kennst du auch den Kettenfürsten, Jalaraksha«, erwiderte Elyami. »Er war es, der Essenz aus deiner Quelle geraubt hat. Wir hingegen haben keinen Raub im Sinn. Wir erbitten die Essenz als Geschenk, um das geschehene Unheil wiedergutmachen zu können.«

»Ihr haltet so viel von euch und eurer ach so bedeutenden Rolle im Spiel des Kosmos«, höhnte der Urdrache. »Und das nur, weil ein dunkler Orakelspruch von euch spricht. Ein Spruch, der übrigens geraubt worden ist.«

»Geraubt?«, fragte Elyami irritiert. »Wie meinst du das?«

Doch der Drache fuhr unbeirrt fort:

»Ich aber blicke weiter als ihr. Ich sehe den Strom des Schicksals in seiner Gesamtheit vor mir, von den Quellen bis zur Mündung. Ich sehe, was ihr aus der Vergangenheit mit euch führt und was die zahllosen Verzweigungen der Zukunft bringen mögen. Tod und Verderben sehe ich dort vor euch, auf vielerlei Arten, an vielerlei Orten.«

Elyami zwang sich, trotzig in die gleißenden Kugelaugen des Drachen zu blicken. »Eine Seherin hat mich gelehrt, dass die Zukunft unstet und unbeständig wie das Wasser ist«, sagte sie. »Wir werden tun, was immer unsere Aufgabe erfordert. Und wir brauchen dafür deine Hilfe, Wasserhüter.«

»Wenn du die elementare Essenz des Wassers willst«, grollte Jalaraksha mit einem lauernden Unterton, »gibt es nur einen Weg: Du musst dich ganz hingeben, dich in seinem Fließen auflösen, alles verlieren und zum Uranfang zurückkehren, wo das Wasser vor allem anderen war. Nur dann wirst du in der Lage sein, aus der elementaren Quelle zu schöpfen. Bist du dazu bereit?«

»Was heißt das?«, fragte Elyami.

»Das, was ich gesagt habe«, dröhnte Jalaraksha ungeduldig. »Geh in der Ewigkeit des Meeres auf.« Elyami setzte zu einer weiteren Frage an. Doch dann riss sie der Sog plötzlich in eine andere Richtung. Von einem Herzschlag auf den anderen stand sie wieder in der Sphäre der Tiefenfahrt, zwischen Elyamur und Aoundri, und schaute auf den gewaltigen Drachen in seinem Panzergehäuse hinab. Seine Augen waren noch immer geschlossen. Er schlief tief.

»Elyami?«, fragte Elyamur besorgt. »Was ist mit dir?«

Sie antwortete nicht. Die Worte des Urdrachen hallten in ihr nach. In der Ewigkeit des Meeres aufgehen ... Dann verstand sie. Es gab nur einen Weg. Seltsamerweise erfüllte er sie nicht mit Schrecken. Sie trat einen Schritt vor, halb in Trance und halb entschlossen.

»Was tust du?«, fragte Elyamur alarmiert.

»Ich folge dem Fluss des Wassers«, antwortete Elyami und tat einen weiteren Schritt. Nun stand sie direkt an der Außenmembran der Sphäre. Prüfend berührte sie die gewölbte Wand der Kugel mit der Hand. Sie fühlte sich weich und glatt unter ihrer Berührung an – doch nicht so fest, wie sie ihr zunächst erschienen war. Elyami spürte, dass sie ihren grünen Glanz jederzeit durchschreiten konnte, wenn sie es nur wirklich wollte.

»Wasser ist Veränderung«, sagte sie leise. »Der Tod ist Veränderung. Wasser ist das Leben.«

»Haltet sie auf!«, rief Galdra und packte Elyami am Arm, um sie zurückzuziehen. »Der Drache hat sie verhext!«

Elyami entzog sich ihrem Griff. Sie lächelte ihren Bruder an, der erschrocken die Hand nach ihr ausstreckte. Dann trat sie einen letzten Schritt vor, schlüpfte durch die Membran und glitt in die Tiefe hinaus. Kälte, Schwere und vernichtendes Nichts drangen zugleich auf sie ein. Dann war sie entschwunden.

Achtes Kapitel

SCHLOSS HÜHNERKRALL
BARONIE ALRAUNENTAL IM HEXENREICH STRIGAZA

Strigaza war ein wildes, ungezähmtes Land. Von den Gipfeln der Windsbrautberge über die flüsternden Raunewälder bis zu den grauen Wassern des Muhmenmoors gab es im Hexenreich kaum einen Ort, an dem Sterbliche sich mit Feuer und Axt Raum in der Wildnis geschaffen hätten. Das wäre ihnen auch übel bekommen, denn die ältesten Bewohner Strigazas waren die zahlreichen Fänggen, Muhmen, Irrwische, Wildfrauen und anderen Geister von Land, Wasser und Wetter, die eifersüchtig über ihre Heimstatt wachten und jeden Naturfrevel grausam bestraften.

Die wenigen Menschendörfer der dreizehn Baronien von Strigaza waren weit über das Land verstreut und duckten sich zumeist in versteckte Täler. Sie umfassten selten mehr als eine Handvoll Höfe, und selbst die strigazische Hauptstadt Hagazus auf der Nebelheide war für die Begriffe anderer Reiche kaum mehr als ein Marktflecken.

Dennoch hätte nur ein Narr das Hexenreich für arm oder machtlos gehalten. Die Winterseherin war keine Närrin. Sie wusste, dass der wahre Reichtum Strigazas in der üppig fließenden Magie der Kraftlinien lag, die sich zwischen den Gipfeln, Hügeln und Gewässern des Reiches dahinzogen. Als sie aus dem Turmfenster von Schloss Hühnerkrall schaute, vermochte sie die Zeichen zu lesen: die Muster in der Borke der Runeneichen, die wie von selbst verschlungene Zauberglyphen ergaben; die spiralartigen Formen auf der Oberfläche von Felsen, die keines Menschen Hand je bearbeitet hatte; das alte Lied im

Rauschen des nahen Wasserfalls, das wie der Gesang vieler klarer Stimmen klang.

Ihre Gastgeberin war Lomandra, die Hexenbaronin von Alraunental. Für die Winterseherin war es offenkundig, dass Lomandras Schloss an diesem Morgen auf seinem Weg die machtvollsten Kraftorte der Baronie gewiss nicht zufällig passierte.

Hühnerkrall war nicht besonders groß. Es bestand im Wesentlichen aus einem steinernen Rundturm, einigen Fachwerk-Anbauten und einem Kräutergarten als Innenhof. Die gesamte Anlage stelzte durch alten Hexenzauber auf zwei mächtigen Hühnerbeinen über das Land, von denen jedes so lang und dick wie die mächtigsten Bäume der Raunewälder war. So war es Lomandra möglich, die verstreuten Dörfer und Höfe ihrer Baronie mitsamt ihrem Amtssitz aufzusuchen – oder Besuchern beiläufig die Wunder ihrer Ländereien zu präsentieren.

»Die Wassergeister im Spiegel-Fall singen heute besonders kraftvoll«, sagte die Winterseherin und trank einen Schluck Kräutertee. Sie ließ es wie eine höfliche Bemerkung klingen. Lomandra würde gewiss der feine ironische Tonfall in ihrer Stimme auffallen, der verriet, dass sie genau wusste, warum das Schloss an einem besonderen Ort der Macht nach dem anderen vorüberstampfte. Die Baronin von Alraunental lächelte – vielleicht geschmeichelt, vielleicht amüsiert.

»Sie singen jeden Tag so schön«, sagte sie mit ihrer samtigen Stimme. »Du hast nur verlernt, ihnen zuzuhören, meine Liebe. Noch etwas Tee?«

Lomandra war eine füllige Frau mit einer wilden feuerroten Lockenmähne. In ihrem Gesicht blitzten zwei smaragdgrüne Augen, auf deren Farbe ihr schweres Rüschenkleid perfekt abgestimmt war. Lomandras Haut war faltenlos, doch ihr Blick zeugte von tiefem, altem Wissen.

Noch ehe die Winterseherin antworten konnte, hatte Lomandra sich schon aus ihrem Bärenfell-Sessel vorgebeugt und eine Teekanne angeschnipst, die daraufhin von selbst über den Tisch klapperte und der Winterseherin nachgoss. Lomandra angelte unterdessen mit ihren ringgeschmückten Fingern einen Keks aus einer Silberdose und reichte ihn dem Vogel, der auf ihrer Schulter hockte. Es war ein in die Jahre gekommener Papagei aus den Dschungeln Makhuras, der ihr einst unter geheimnisvollen Umständen zugeflogen war. Sein buntes Federkleid fiel in Lomandras Turmzimmer nicht weiter auf, das nach dem üppigen Geschmack der Hexenbaronin eingerichtet war: Aufwendig gewebte Wandbehänge, vielfarbige Kerzen und silbernes Teegeschirr vermischten sich mit ausgestopften Tieren, zum Trocknen aufgehängten Kräuterbündeln und klimpernden Windspielen. Einiges davon war hochmagisch, anderes nur Tand, der Lomandra gefiel. Die Winterseherin wusste, dass Lomandra da keinen Unterschied machte.

Nachdenklich nahm die alte Seherin die Teetasse und führte sie zu den Lippen. Doch dann setzte sie die Tasse wieder ab, ohne getrunken zu haben.

»Du weißt, dass meine Zeit drängt«, sagte sie. »Hast du über mein Angebot nachgedacht?«

Die Baronin lächelte und nahm sich selbst einen Keks.

»Nachgedacht ja«, sagte sie gedehnt. »Aber ich bin unentschlossen. Du weißt doch selbst, was die Sprichwörter über Handel mit Drachen sagen … Kurangra ist mächtig und könnte Strigaza wertvolles Zauberwissen bieten. Aber in erster Linie ist sie ein geschupptes, dreiköpfiges Biest und überaus hinterlistig und gefährlich.«

»Lomandra, bitte«, stöhnte die Winterseherin. »Du weißt das alles und ich weiß das alles. Versuche nicht, den Preis durch Offensichtliches hochzutreiben. Xavila von Siebenmoor und Eibrun von Geisterhag haben bereits zugesagt. Es fehlt nur noch deine Stimme!«

Lomandra lehnte sich zurück und legte die Fingerspitzen aufeinander. »Habe ich verpasst, dass es im Konvent der Dreizehn neuerdings nur noch drei Hexen gibt?«, fragte sie amüsiert.

»Hör auf mit den Spielchen!«, schnappte die Winterseherin.

»Du weißt genau, welche der jüngeren Baroninnen sich Xavila, Eibrun oder dir anschließen würden. Du bist die älteste Hexe von Strigaza. Auch wenn man dir das dank deiner Eitelkeit nicht ansieht. Wen gedenkst du mit diesem Blendwerk eigentlich zu täuschen – die anderen oder dich selbst?«

Lomandras Lächeln wurde ein wenig säuerlich. »Ich bin drei Jahre jünger als du, meine Liebe«, sagte sie und drehte eine ihrer roten Locken um den Finger. »Und ich täusche niemanden. Junge Männer kann ich damit ohnehin nicht mehr jagen. Jeder weiß, dass ich seit gut siebzig Jahren über Alraunental herrsche. Ich tue das für mich, weil ich mir mit siebenundzwanzig Sommern am besten gefalle. Das war eine magische Zeit ... Du hingegen scheinst so vertieft in deine ach so wichtigen Angelegenheiten zu sein, dass du lange nichts mehr für dich getan hast, Odrana die Saphiräugige.«

»Irgendjemand muss ja die Welt retten, damit ihr anderen euch darin vergnügen könnt«, brummte die Winterseherin.

»Wann hast du dir überhaupt das letzte Mal einen Gefährten oder eine Gefährtin genommen?«, fragte Lomandra.

»Glaubst du wirklich, dass ich für so etwas Zeit hätte?«, erwiderte die Seherin genervt.

»Keine Zeit oder keinen Willen?«

»Was soll das, Lomandra?«

Die Baronin lächelte. »Du hängst noch an ihm.«

»Wie bitte?«, fragte die Winterseherin unwillig.

»Dáman. Du hängst noch an ihm, meine Liebe.«

»Das ist doch absurd! Zufällig bin ich gerade dabei, die halbe Welt zu mobilisieren, um Krieg gegen ihn zu führen und seine Tyrannei zu brechen!«, rief die Winterseherin empört.

»Ich sage es ja, du hängst noch an ihm«, zwitscherte Lomandra und schaufelte sich Zucker in den Tee.

»Wie ich zu Dáman stehe, ist völlig irrelevant«, knurrte die Winterseherin gereizt. »Solange er als Kettenfürst auf dem Rostroten Thron sitzt, ist er eine Gefahr für die Welt. Ich werde alles Notwendige tun, um das zu beenden.«

»Daran zweifle ich nicht«, erwiderte Lomandra begütigend. »Aber ist es wirklich egal, wie du zu ihm stehst?«

Die Winterseherin seufzte. »Wie schaffst du es nur immer wieder, meine Zeit mit solchem Unfug zu stehlen?«, sagte sie. »Schluss jetzt. Lass uns über Kurangra reden. Frei heraus – was sagst du zu meinem Angebot?«

»Na schön. Ich könnte in der Tat dafür sorgen, dass der Konvent der Dreizehn die Sache in deinem Sinne entscheidet«, antwortete Lomandra zögerlich.

»Aber?«, fragte die Winterseherin und zog die Augenbrauen hoch.

»Was genau sind noch gleich Kurangras Bedingungen?«, fragte Lomandra.

»Drei begnadete Schülerinnen für ihre Akademie alle sieben Jahre«, sagte die Winterseherin. »Gegen angemessenes Zauberwissen.«

»Aha«, brummte Lomandra. »Du wirst den Handel in meinem Sinne ein klein wenig ändern. Komm mit, ich möchte dir etwas zeigen.«

Die Winterseherin erhob sich mit einem Stirnrunzeln und folgte der Hexenbaronin widerwillig an das Fenster, das auf den Innenhof von Hühnerkrall blickte. Dort unten hockte ein vielleicht zwölfjähriger Junge mit schulterlangen, roten Haaren auf einem Stein zwischen den Kräuterbeeten. Er hatte seinen Arm ausgestreckt und konzentrierte sich darauf, drei winzige Blütenfeen mit schimmernden Schmetterlingsflügeln einen Reigen auf seiner Handfläche tanzen zu lassen. Die gelegentlichen Erschütterungen durch die stampfenden Hühnerbeine des Schlosses konnten ihn dabei nicht aus der Ruhe bringen.

»Das ist Loman, mein Urenkelsohn«, erklärte die Baronin. »Ein guter Junge und ein exzellenter Hexer. Der Begabteste unter meinen Nachkommen. Eigentlich müsste er der nächste Baron von Alraunental werden – wenn es da nicht das alte Erbrecht des Hexenreichs gäbe.«

Die Winterseherin nickte. »Ich ahne, worauf du hinauswillst,

Lomandra«, sagte sie. »Kurangra macht keinen Unterschied beim Geschlecht ihrer Schülerinnen und Schüler. Sie wird auch den männlichen Nachwuchs von Strigaza an der Dreikopf-Akademie aufnehmen, sofern er ihren Ansprüchen genügt. Loman und auch andere männliche Nachkommen eurer dreizehn Hexenfamilien, denen dieses Privileg sonst versagt wäre, werden dort die beste denkbare Ausbildung erhalten. Ich weiß das aus eigener Erfahrung.«

Lomandra schaute die Winterseherin von der Seite an. »Ich bin mir nicht sicher, ob es für eine Schule spricht, dass sie Abgänger wie dich oder Dáman hervorgebracht hat«, sagte sie. »Aber da ich bei all meinen Nachkommen gewisse Grundlagen gelegt habe, trage ich keine Bedenken, Loman Kurangras Fürsorge zu überlassen. Sind wir uns also einig?«

Die Winterseherin betrachtete die Hexenbaronin forschend.

»Ja, das sind wir«, sagte sie schließlich. »Alle sieben Jahre drei Schülerinnen oder Schüler für Kurangra, im Austausch gegen Zauberwissen.«

»Sehr schön, sehr schön«, strahlte Lomandra. »Die Dreizehn werden in deinem Sinne entscheiden. Lass uns die Sache nach gutem Strigaza-Brauch mit einem Gläschen Honiggeist besiegeln!«

Nicht ohne Augenverdrehen nahm die Winterseherin wieder in ihrem mit weichen Fellen ausgelegten Sessel Platz, während die Baronin zwei Zinnbecher mit dem kräftigen Destillat füllte. Der greise Papagei krakeelte so lange, bis sie einen dritten Becher dazustellte.

»Auf einen guten Austausch zwischen Strigaza und der Dreikopf-Akademie!«, sagte Lomandra feierlich, als sie mit der Winterseherin anstieß. Die beiden Zauberinnen ließen sich einen Moment Zeit, die scharfe Süße des Honiggeistes in sich nachklingen zu lassen.

»Wie genau bringt dieser Handel eigentlich deine Auseinandersetzung mit Dáman voran?«, fragte Lomandra unvermittelt in die Stille hinein.

Odrana betrachtete die Hexenbaronin unbewegt.

»Wie kommst du darauf, dass es etwas mit ihm zu tun hat?«, erwiderte sie. »Du weißt doch, dass Kurangra zuweilen ihre alten Schüler mit Aufträgen durch die Welt schickt.«

»Und ich weiß, dass du dich nicht darauf einlassen würdest, wenn es nicht auch deiner eigenen Mission nützen würde«, erwiderte Lomandra gelassen. »Deine Verbissenheit hat dich im Laufe der Jahre berechenbar gemacht, meine Liebe. Davor schützen auch all deine mentalen Schilde nicht.«

Die Winterseherin fuhr mit den Fingerspitzen über ihren Knotenstab. »Du bist eine von drei oder vier lebenden Zauberinnen, denen ich es zutrauen würde, meine Abwehr zu durchbrechen«, sagte sie. »Darum poliere ich vor jedem Besuch bei dir meine Schilde so hübsch auf wie du deinen Spiegel, Lomandra.«

Die Baronin schenkte neuen Honiggeist nach und ignorierte diesmal das gierige Gekrächze hinter ihr.

»Danke für das Kompliment«, sagte sie. »Wenn es auch wohl eher der Ablenkung geschuldet ist. Also noch einmal: Was nützt dir unser Handel gegen Dáman? Versuchst du, seine Zauberschule im Rostroten Palast zu untergraben? Oder planst du gar, Strigaza und die Kettenlande gegeneinander aufzubringen?«

Die Winterseherin schüttelte unwillig den Kopf.

»Ich werde nie begreifen, warum Strigaza sich den Kettenlanden kampflos angeschlossen hat«, sagte sie. »Die Zaubermacht der Hexenbaroninnen wäre für die letzten freien Völker im Kampf gegen den Kettenfürsten so wertvoll gewesen …«

»Wir haben nicht einen Bauern in Schlachten gegen endlose Orkheere verloren«, gab Lomandra ungerührt zurück. »Im Gegensatz zu all den törichten Königen und Herzögen, die sich aus Stolz nicht beugen wollten und überrannt worden sind. Dáman hat seine hässliche Kettenfahne auf dem Marktplatz von Hagazus aufgestellt und einen Statthalter eingesetzt, der sich kaum aus seinem sogenannten Palast traut. Wenn er doch mal irgendwelche Heerwerber oder Steuereintreiber tiefer in unser Land schickt, verschwinden sie in den Wäldern. Im Grunde hat sich für uns nicht viel geändert. Der kluge Baum beugt sich dem Sturm und lässt sich nicht brechen.«

»Das wird sich der Kettenfürst nicht ewig gefallen lassen!«, gab die Winterseherin ungehalten zurück. »Ihr habt das Unglück eurer Leute nur verzögert und nicht abgewendet. Früher oder später wird sich das rächen.«

Lomandra betrachtete die Winterseherin eindringlich.

»Du bist erregt, meine Liebe«, konstatierte sie. »Es geht dir um etwas Wichtiges. Hast du etwa endlich einen Weg gefunden …?«

Die Winterseherin seufzte tief und trank ihren Zinnbecher aus. Nachdenklich schaute sie auf die Tischdecke mit dem goldenen Sternenmuster.

»Ja, Lomandra«, sagte sie schließlich ernst. »Das habe ich. Schon bald werde ich in der Lage sein, Dáman von jenem Thron zu stoßen, der den Kettenfürsten aus ihm gemacht hat. Die ewigen Ketten werden gesprengt werden. Die Kettenlande werden frei sein.«

Lomandra, die gerade nach der Honiggeist-Flasche gegriffen hatte, hielt in der Bewegung inne. Mit ihren grünen Augen musterte sie die Winterseherin aufmerksam.

»Nach allem, was du mir in den letzten Jahren erzählt hast«, sagte sie langsam, »nehme ich an, dass Dáman möglicherweise die Macht entwickelt hat, den Thron auch ohne seine Ketten unter Kontrolle zu halten.«

»Ja«, erwiderte die Winterseherin. »Wenn er sich mit all seinem Willen darauf konzentriert. Aber dieses Risiko muss ich eingehen, fürchte ich. Er wird trotzdem sterblich und verletzbar sein.«

»Verletzbar«, wiederholte Lomandra und entkorkte die Flasche erneut. »Verletzbar durch eine Heldenklinge, die sich in sein Herz bohrt?«

Die Winterseherin antwortete nicht. Ausdruckslos starrte sie vor sich hin. »Der Kettenfürst wird vernichtet werden.« Sie sah auf und blickte Lomandra fest in die Augen.

Als die Baronin nachschenken wollte, hielt sie ihre Hand über den Becher.

»Ich muss mich jetzt wirklich wieder auf den Weg machen«, sagte sie. »Ich habe mich schon zu lange aufgehalten.«

»Brennst du darauf, Kurangra von deinem Erfolg zu berichten?«, fragte Lomandra belustigt.

»Gewiss«, erwiderte die Winterseherin in einem ähnlichen Tonfall. »Aber vorher habe ich noch etwas zu erledigen.«

Lomandra schaute geradezu unverschämt neugierig, doch die Winterseherin sagte nichts mehr dazu.

Die Hexenbaronin ließ ihr hühnerbeiniges Schloss am Ufer eines idyllischen Sees anhalten, der gerade am Fenster vorüberzog.

»Na so was«, trällerte sie mit einem unschuldigen Lächeln. »Ist das nicht der See, den die Wildschwäne so gerne ansteuern?« Odrana verdrehte schmunzelnd die Augen.

Die Baronin geleitete ihre Freundin nach draußen ans Seeufer, wo sich die Frauen zum Abschied umarmten.

»Pass auf dich auf«, sagte Lomandra. »Du bist Mentalistin. Du weißt, dass die wahren Gefahren in dir selbst lauern.«

Schließlich preschte die Winterseherin als weißer Schwan mit kraftvollen Flügelschlägen über das Wasser und flog in den Herbsthimmel auf. Sie kreiste noch einmal über Lomandra, die ihr nachdenklich hinterherschaute, und hielt schließlich in nordwestlicher Richtung auf die Windsbrautberge zu.

Neuntes Kapitel

DIE ELEMENTARE QUELLE DES WASSERS UNTER DEM SCHLUND DES MEERES

Elyami wurde davongetrieben. Ein rascher Strom bewegte sie voran, sanft und beständig. Sie ruhte in den Wellen, als hätte sie keinerlei Gewicht, ging in ihnen auf, wurde zu leichtem, schillerndem Schaum. Wasser umgab sie nicht nur, Wasser wurde zu ihrem Wesen.

Sie war das Wasser. Nicht das kalte, erdrückende Dunkel im Ozean unter dem Mahlstrom. Es waren die munteren Wellen eines Baches, der im klaren Sternenlicht über Steine sprang, fröhlich seinem unbekannten Ziel entgegenrauschte und unterwegs zahllose neue Melodien in sich aufnahm und wiedergab. Elyami fühlte sich leicht und frei wie noch nie zuvor. Sie lachte; zu hören war ein übermütiges Plätschern.

Dann wurde es heller. Der Mond schien auf die Wellen des Baches, tanzte auf ihnen, durchflutete sie mit seinem Licht. Der Bach verschwand in seinem Glanz. Mit ihm auch die Leichtigkeit des Wassers. Nicht ohne Enttäuschung spürte Elyami, dass sie wieder sie selbst war, einen Körper hatte. Zögerlich bewegte sie ihre Hände. Dann schaute sie sich um.

Sie befand sich nicht länger in der durchscheinenden Sphäre der Tiefenfahrt in den Wassern des Singenden Ozeans. Stattdessen stand sie im Hof eines Schlosses. Arkaden mit hohen Spitzbögen umgaben ihn auf allen Seiten, darüber ragten schlanke Türme auf. Das Mauerwerk war reich mit Ornamenten und filigranen Statuen verziert, die in stolzen Tänzerposen verharrten. Das ganze Gebäude leuchtete silbrig-weiß von innen heraus. Elyami erkannte, dass es aus magischem Mondquarz erbaut war. In der Mitte des Hofes plätscherte ein Springbrunnen mit sieben stolzen Fontänen. Das sanfte Mondlicht auf dem heraufquellenden Wasser schien Elyami anzulächeln. Sie musste unwillkürlich an die übermütig zwinkernden Lichtstrahlen auf dem Wasserloch Sonnenauge in der Phönixsteppe denken. Doch dies war ein völlig anderer Ort. Elyami wusste, wo sie war. Sie befand sich im Schloss der Träumenden Königin.

Schritte näherten sich und hallten unter den Arkaden wider. Eine Gestalt trat aus dem Schatten eines Spitzbogens heraus und ging langsam auf Elyami zu. Sie trug leichte, silbergraue Gewänder aus Spinnenwebseide, die in einem sanften Lufthauch zu wehen schienen, obwohl es im Hof windstill war. Silber war auch die Farbe ihrer Haare, die offen über ihre Schultern fielen. Und silbern leuchteten die großen Augen in ihrem Gesicht, so blass und fein, als sei es aus Morgentau und Meeresschaum geformt. Der Hauch eines Lächelns lag um ihre Mundwinkel.

Elyami war so erstaunt, dass sie ihr Knie erst beugte, als die Träumende Königin schon dicht an sie herangetreten war. Sie spürte die Hände der Ewigschlafenden an den Schultern.

»Erhebe dich, mein Kind«, sprach diese und richtete Elyami sanft auf, sodass sie ihr in die Augen schauen konnte.

»Erste und ewige Tochter der göttlichen Weberin«, sagte Elyami benommen. »Warum bin ich hier?«

»Du bist hier, weil du Schritt für Schritt deinem Weg gefolgt bist«, sagte die Träumende freundlich. »Dem Weg einer Aufgabe, für die du erwählt wurdest und die du dir doch selbst erwählt hast. Du bist nicht zurückgeschreckt. Auch nicht vor dem letzten Schritt, mit dem du alles Alte hinter dir gelassen hast. Darum bist du nun hier.«

»Aber ich sollte gar nicht mehr sein«, wandte Elyami leise ein. »Der Singende Ozean hat mich umfangen.«

»Du bist eingetaucht in die elementare Quelle des Wassers«, erklärte die Träumende Königin. »Das Wasser ist der Uranfang. Darum bist auch du an den Anfang zurückgekehrt. An den Anfang deines Weges wie auch an den Anfang der Elbenheit, die einst mit meinem ersten Atemzug begann.«

»Ich muss elementare Essenz aus der Quelle schöpfen«, sagte Elyami, die sich langsam wieder sammelte. »Ich brauche sie für die Aufgabe.«

»Gewiss«, sagte die Ewigschlafende. »Und weißt du schon, womit du die Essenz schöpfen und forttragen wirst?«

Elyami schaute sich ein wenig ratlos um.

»Ich weiß es nicht«, gab sie beklommen zu.

»Tief in dir weißt du es schon«, erwiderte die Träumende. »Denn sonst hättest du nicht den entscheidenden Schritt getan. Komm.«

Sie berührte Elyami leicht am Arm und führte sie zu einer der steinernen Bänke, die unter den Arkaden standen. Die beiden Elbenfrauen nahmen nebeneinander Platz und schauten auf die schäumenden Fontänen in der Mitte des Hofes.

»Es gibt nur ein Gefäß, das rein genug ist, um elementare Essenz in sich aufzunehmen«, sagte die Ewigschlafende. »Das ist die Seele eines denkenden und fühlenden Wesens. Indem du den Schritt ins offene Wasser wagtest, hast du alles hinter dir gelassen, dich ganz hingegeben und deine Seele damit für Neues geöffnet.«

»Aber wie fülle ich sie mit der elementaren Essenz?«, fragte Elyami verwirrt. Die Träumende Königin lächelte sie an.

»Du bist heute zum ersten Mal aus eigener Kraft zu mir gekommen«, sagte sie. »Bei deinem letzten Besuch auf meinem Schloss hat dich der Zauber der Alten mit den Schwanenfedern getragen. Wenn du einen Suya láo hattest, einen Königstraum, habe stets ich *dich* besucht. Heute hast du selbst die Grenze überschritten. Deine Seele ist bereits mit der Essenz des Wassers erfüllt!«

»Dann habe ich die Prüfung bestanden?«, fragte Elyami vorsichtig.

»Die Prüfung wird für den Rest deines Lebens andauern«, erwiderte die Träumende, und ihr Lächeln wurde ein wenig traurig. »Die Weisheit des Wassers durchfließt dich nun. Es lässt dich sehen. Du musst lernen, mit dieser Gabe umzugehen. Sie ist Geschenk und Bürde zugleich.«

»Aber ich bin keine Seherin«, sagte Elyami unbehaglich.

Die Träumende Königin hob die Augenbrauen. »Hast du geglaubt, dass die Reise zu den Quellen dich unverändert ließe?«, fragte sie.

Elyami wich dem Blick der Ewigschlafenden aus und starrte auf die Fontänen. Ein Teil von ihr hatte das Gefühl, dass der Schlund des Meeres sich plötzlich in ihrem Inneren drehte und alles durcheinanderwarf. Ein anderer Teil war völlig ruhig und nahm sogar den Umstand mit Gelassenheit hin, dass hier gerade die erste Elbin in aller Vertraulichkeit mit ihr Zwiesprache hielt.

»Ich weiß nicht, ob ich verstehe …«, flüsterte Elyami zögerlich.

»Darum geht es an der Quelle des Wassers nicht«, sagte die Träumende. »Du musst es spüren. Das braucht seine Zeit.«

Für eine Weile saßen sie schweigend nebeneinander.

»Wie komme ich nun zurück?«, fragte Elyami schließlich. »Zu meinem Bruder und den anderen, meine ich. Und zu unserer Aufgabe.«

»Lass dich wieder vom Fluss des Wassers tragen. An den Ort, wo das alles auf dich wartet. Doch achte darauf, dass du nicht davongespült wirst.«

Elyami nickte der Ewigschlafenden in scheuer Dankbarkeit zu. Dann wandte sie sich langsam zu den Fontänen des Brunnens um. Sie atmete tief durch und öffnete sich, ganz so, als wollte sie ihren Grüngesang mit den Harmonien der Umgebung verbinden. Stattdessen ließ sie es zu, dass der Gesang des Wassers sie immer tiefer erfüllte, jede Faser ihres Selbst durchdrang, sie mit sich nahm …

Sie spürte wieder die Leichtigkeit des Stromes, mit dem sie eins war, die Melodie seines fröhlichen Plätscherns. Sie versuchte sich Elyamur vorzustellen, der irgendwo auf sie wartete, ebenso wie Gorin und Galdra und Aoundri. Immer weiter trugen die

Wellen sie mit sich. Bis plötzlich ein kaum wahrnehmbarer Missklang die Melodie ihres Rauschens durchstieß. Er weitete sich aus und wurde schließlich zu Worten. Es war die Brodelstimme von Jalaraksha, dem Meeresdrachen, die sie formte.

»Ein Spruch, der übrigens geraubt worden ist!«, donnerte sie. Elyami bemerkte erst jetzt, dass ihr der Satz schon die ganze Zeit im Kopf herumspukte. Was hatte der Hüter des Wassers damit gemeint? Wie von selbst erschien das Gesicht der Alten mit den Schwanenfedern vor ihrem inneren Auge. Die Kraft des Stromes nahm plötzlich zu und trug Elyami in eine neue Richtung fort. Das schimmernde Wasser um sie herum wurde heller und klarer. Bilder stiegen in Elyami auf.

Sie sah die Gipfel eines fernen Gebirges, gletscherbeladen und vom Wind umtost. Zwischen ihnen öffnete sich ein Abgrund in unbekannte Tiefen. Ein zu Eis erstarrter Wasserfall schimmerte in seinem Schatten. Über der Schlucht aber spannte sich ein kühner Brückenbogen, der weiße Kuppeln und Türme trug, Wandelgänge und Säulenhallen.

Elyamis Blick wurde von einem der Türme angezogen. Eine offene Plattform bekrönte ihn. Es gab keine Wände und keine Brüstung, nur fünf schlanke Säulen, die ein Kuppeldach trugen. Die Plattform war ganz der Macht von Wind und Kälte ausgesetzt, Schnee glitzerte auf dem steinernen Boden.

In ihrer Mitte kniete eine Frau. Sie trug einen regenbogenartig schillernden Umhang. Ihr blondes Haar wehte offen im Wind. Elyami erkannte Odrana, die Saphiräugige. Doch ein dunkler Schleier hatte sich auf ihre einstige Schönheit gelegt. Ihr Mund war schmal und verkniffen, ihre hohlen Wangen wirkten ausgezehrt. Müde Schatten lasteten unter ihren Augen. Odrana meditierte, umgeben von sieben silbernen Windlichtern, deren Kerzen unruhig flackerten. Vor ihr war ein geöffneter Beutel ausgebreitet. Zahllose tiefblaue Saphire schimmerten auf seinem Leder. Odrana ließ die Edelsteine langsam durch ihre Finger gleiten, während ihre Augen in tiefer Versenkung geschlossen blieben. Der Wind fauchte ihr Schneetreiben entgegen. Kalte

Flocken lagerten sich krustig auf ihren Augenbrauen ab, doch sie regte sich nicht. Nur gelegentlich bewegten sich ihre Lippen lautlos.

Dann schlug Odrana die großen blauen Augen auf. Sie blinzelte, als würde sie aus einem tiefen Traum erwachen. Plötzlich verzerrte sich ihr Gesicht zu verzweifelter Wut. Ein gepresster Schrei kam über ihre Lippen. Odrana sprang auf und trat an den ungeschützten Rand der Turmplattform.

Ihre zitternde Faust hielt noch immer einige der Saphirsplitter umschlossen. Sie hob die Hand, als wollte sie die Saphire hinabschleudern. Elyami sah, wie sie schwer atmete und ihre Faust wieder senkte. Mit zusammengepressten Lippen stand sie am Abgrund und starrte in die Tiefe. Schließlich wandte sie sich ab – und hielt mitten in der Bewegung inne.

Jetzt erst bemerkte Elyami eine weitere Gestalt, die auf der Plattform erschienen war. Sie war hochgewachsen und trug ebenfalls Kleidung in schillernden Regenbogenfarben, eine edle Robe mit ausladenden Trompetenärmeln. Ihr Silberhaar hatte sie zu einer kunstvollen Spirale hochgesteckt, in der Nadeln mit verschiedenfarbigen Edelstein-Köpfen schillerten. Die Silber-Elbin betrachtete Odrana mit tadelnd hochgezogenen Augenbrauen.

»Hierophantin Cylandri«, sagte Odrana und verbeugte sich respektvoll. »Ich hoffe, ich habe Euch nicht gestört.«

»Dein frustrierter Zorn hallt durch das Kloster wie Donner zwischen den Bergen«, erwiderte die Silber-Elbin. »Selbstbeherrschung scheint bei den Dienerinnen des Nidhanas nicht als Tugend zu gelten.«

»Verzeiht«, sagte Odrana und senkte höflich den Kopf. »Ich habe die Geduld verloren.«

»Dann solltest du dich bemühen, sie wiederzufinden«, gab die Hierophantin streng zurück. Forschend blickte sie Odrana ins Gesicht. »Was treibt dich um, Priesterin des unterweltlichen Königs? Du meditierst seit Tagen mit verbissener Hingabe und findest in Malyún doch nicht das, was du begehrst.«

Odrana schwieg kurz, ehe sie zu sprechen ansetzte. »Ich bete um die Hilfe der Götter«, sagte sie. »Denn ich weiß nicht, was ich tun soll, und hoffe auf einen Orakelspruch, der mir eine Richtung aufzeigt.«

Nachdenklich schaute Cylandri über die umliegenden Gipfel. »Doch die Götter sprechen nicht zu dir?«

»Nein«, erwiderte Odrana leise. »Ich habe meinen Geist so weit geöffnet, dass ich die Winde von hier bis ins ferne Kta Lun zu spüren glaube. Und doch schweigen die Unsterblichen.«

»Warum ziehst du dich nicht in unser Schwesterkloster Ilyún zurück, wo du geweiht wurdest, und bittest deinen Herrn Nidhanas um Rat?«, fragte die Hierophantin abweisend.

Odrana schnaubte unterdrückt. Es war halb ein verzweifeltes Lachen und halb ein Schluchzen. »Weil der König der Unterwelt vom Rostroten Thron gestürzt wurde!«, platzte es aus ihr heraus. »Mein Gott ist gefallen. Ich kann ihn nicht länger um Rat bitten.«

Die Elbin trat entsetzt einen Schritt zurück. Ihre silbernen Augen weiteten sich. »Was du sagst, ist Frevel!«, rief sie erbost.

»Hierophantin!«, insistierte Odrana, »Ihr seid eine Dienerin der göttlichen Weberin und somit eine erfahrene Seherin. Ihr müsst gespürt haben, dass es eine Erschütterung im Kosmos gegeben hat!«

»Zuweilen kommt es vor, dass ein Beben durch die Ordnung geht. Etwa, wenn die Unsterblichen in Streit geraten«, sagte die Hierophantin mehr zu sich selbst als zu Odrana. Dann wandte sie sich ihr direkt zu: »Doch niemals würde ein Gott einen anderen stürzen. Ihre Weisheit ließe solch einen Bruch des Gefüges nicht zu.«

»Es war kein Gott, der den Rostroten Thron an sich riss«, erwiderte Odrana bitter. »Es war ein sterblicher Zauberer, zerfressen von Ehrgeiz, Machtgier und … gekränktem Stolz.«

»Das ist unmöglich!«, empörte sich die Hierophantin. »Ein gefährlicher Wahn spricht aus dir, Menschenfrau. Bist du hierher nach Malyún gekommen, weil man dich wegen solcher Irrlehren aus der Gemeinschaft von Ilyún verstoßen hat? Ich werde nicht zulassen, dass du an diesem heiligen Ort die Macht der Götter beleidigst!«

»Ich war dabei, als ein Sterblicher vor wenigen Monden in die Unterwelt eindrang, um ihren König herauszufordern«, sagte Odrana. »Ich war Zeugin seines Frevels, und ich muss sein Wirken rückgängig machen, ehe es ihn und mit ihm die ganze Welt ins Verderben reißt. Ich muss!«

»Ich werde die göttliche Weberin bitten, deinen Geist von diesem törichten Blendwerk zu befreien«, sagte die Hierophantin fest.

»Ich wünschte, es wäre nur ein Blendwerk«, seufzte Odrana erschöpft. »Doch dem ist nicht so. Hierophantin, bitte glaubt mir! Ich habe in Bibliotheken und Akademien gesucht, bei Geheimbünden und in alten Zauberer-Grüften. Aber die Macht sterblicher Magie reicht nicht aus, um diesen Frevel zu tilgen. Das vermag nur der Ratschlag der Götter. Ich bitte Euch inständig: Helft mir, ihre Stimme zu vernehmen!«

»Wenn die Götter nicht zu dir sprechen, dann nimm dies als Zeichen dafür, dass du einem Wahn erlegen bist«, sprach die Hierophantin kühl. »Ich werde dich nicht noch darin bestärken.«

Odrana schloss die Augen und atmete schwer.

»Dann gebt wenigstens *Ihr* mir einen Rat«, sagte sie dann mit trotziger Verzweiflung in der Stimme. »Ihr seid eine Seherin, eingeweiht in die alten Geheimnisse des Silbervolks. Gibt es denn keinen Weg, in Zeiten der Not einen Orakelspruch herbeizurufen? Die Schamanen der Goblins verwenden zauberkräftige Pilze, um ihren Geist für die Ahnen zu öffnen. Die Zauberpriester der Alabasterinseln bringen Opfer in aufwendigen Ritualen, um sich von Dämonen durch die Welten tragen zu lassen. Im Reich der Sieben Tempel soll es Städte geben, in denen die gesamte Bevölkerung tagelang tanzt, um Visionen heraufzubeschwören. Wisst Ihr eine Möglichkeit, was ich tun kann?«

Die Hierophantin schaute mit gerunzelter Stirn an Odrana vorbei.

»Das Silbervolk beschränkt sich auf den einfachsten und edelsten Weg: den Geist freizumachen, bis er die Worte der Götter empfängt. Dein Wunsch, diesen Weg abzukürzen, ist eitel und nicht besser als das Wirken von Zûn, der auf der Schwelle wandert.«

Odrana hob den Kopf und schaute die Hierophantin direkt an. Keine Demut lag mehr in ihrem Blick.

»Wer ist dieser Zûn, von dem Ihr sprecht?«, fragte sie lauernd.

Die Hierophantin, die immer noch über die Gipfel schaute, schien nichts von der Veränderung zu bemerken, die mit der Menschenfrau vorgegangen war.

»Zûn, der auf der Schwelle wandert, war ein Schattenriese vom Volk der Nephilim«, erklärte sie abwesend. »Er lebte im Zeitalter der Riesenkriege. In Gruun, der Stadt der Tanzenden Runen. Eine Festung der Nephilim, über die sich schließlich die Wellen des Grauen Meeres geschlossen haben, wie über alle Lande der Schattenriesen.«

»Und worin bestand sein Wirken?«, fragte Odrana mit eindringlicher Stimme.

»Er war ein Meister der Seherkunst«, antwortete die Hierophantin. »Allerdings auf die dunkle, verderbte Art des Schattenvolks. Seine Künste sind zu Recht vergessen.«

Odrana schaute die Hierophantin forschend an, als hoffte sie darauf, dass die Elbin noch mehr verriet. Doch Cylandri verspannte sich unwillig.

»Habt Dank für Euren Rat«, sprach Odrana und verbeugte sich, nun wieder ganz eine bescheidene Pilgerin. »Ihr habt mir sehr geholfen, Hierophantin.«

Die Silber-Elbin löste den Blick von den Berggipfeln und wandte sich zu ihr um, als bemerkte sie erst jetzt wieder ihre Anwesenheit.

»Hast du die Wahnhaftigkeit deines Unterfangens erkannt, Dienerin des Nidhanas?«, fragte sie. »Wirst du ins heilige Ilyún zurückkehren, um deine Meditationen dort fortzusetzen?«

»Ich denke, ich sollte nach neuen Wegen suchen«, erwiderte

Odrana ausweichend. »Wenn die Götter schweigen, werde ich nicht länger auf ihren Orakelspruch warten. Ich breche noch heute auf. Habt Dank für Eure Gastfreundschaft.«

Odrana nickte der Silber-Elbin respektvoll zu. Dann kniete sie sich hin, sammelte sorgfältig die Saphirsplitter auf und verschwand im Inneren des Turms. Cylandri, die Hierophantin des heiligen Malyún, blieb allein zurück.

Die Bilder verblassten. Elyami war wieder von hellem, plätscherndem Wasser umgeben. Dann teilten sich die Wellen und sie fand sich erneut auf der steinernen Bank im Innenhof des Schlosses der Träumenden Königin wieder. Die Fontänen rauschten friedlich. Die Ewigschlafende stand neben dem Brunnen und schaute sie an. Spielte da ein amüsiertes Lächeln um ihre Lippen?

»Du bist schnell zurück«, sagte sie.

»Ich habe Dinge gesehen«, erwiderte Elyami unsicher.

»Ich weiß«, sprach die Träumende. »Der Fluss hat dich nicht zu deinen Freunden geführt, sondern an einen Ort, mit dem dein Geist gerade beschäftigt war. Das kann geschehen. Wasser ist unbeständig. Du wirst lernen, dich in die richtige Richtung treiben zu lassen, doch wirst du den Fluss niemals ganz kontrollieren können.«

»Was soll ich nun tun?«, fragte Elyami ratlos. Das, was sie gesehen hatte, verwirrte sie.

»Begib dich gleich noch einmal auf die Reise«, sprach die Träumende Königin. »Du wirst dringend erwartet. Tauche in die Strömung ein und lass dich tragen. Vergiss dein Wollen, jedoch nicht dein Ziel.«

Elyami nickte stumm. Dann schloss sie die Augen und stimmte sich wieder auf das Rauschen der Fontänen ein. Singendes Wasser umfing sie und trug sie mit sich fort.

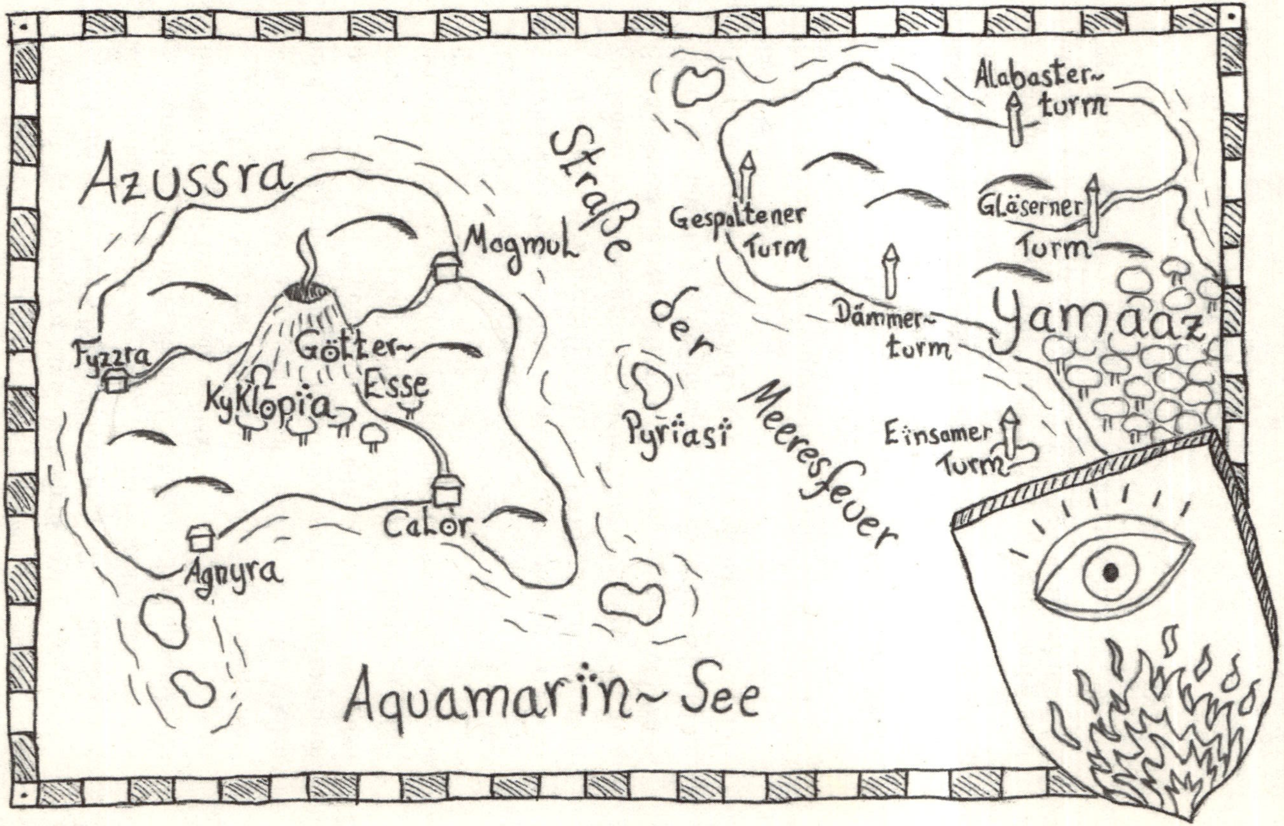

Azussra
Magmul
Fyzzra
Götter-
Esse
Kyklopia
Calor
Agnyra
Straße
der
Meeresfeuer
Pyriasi
Aquamarin-See
Alabaster-
turm
Gespaltener
Turm
Gläserner
Turm
Dämmer-
turm
Yamaaz
Einsamer
Turm

Zehntes Kapitel

AUF DER AQUAMARIN-SEE
SÜDLICH VON LORVIA

Zwischen dem Inselreich Ilis Ymran im Westen und der Küste von Tar Uzar im Osten erstreckte sich eine Kette von drei großen Inseln in der Aquamarin-See. Bei den Seefahrern waren sie als die Unglückseligen Inseln verrufen.

Im Osten machte das sumpfige Eiland Esonessa den Anfang. Zahllose steinerne Statuen säumten seine Küsten, denn die Mangrovensümpfe der Insel waren die Heimat des verfluchten Volkes der Esoptri, die mit dem Blick ihrer Spiegelaugen lebendiges Fleisch zu Stein verwandelten.

Dann folgte die Insel Yamaaz, auf der sich die stolzen Turmstädte der Purpur-Elben erhoben. Sklaven aus der ganzen bekannten Welt bewirtschafteten hier ausgedehnte Plantagen, während die purpur-elbischen Herren der Insel ihre Türme nur selten verließen.

Im Westen schloss sich die Feuerinsel Azussra an, überragt vom schwarzen Zentralvulkan der Götter-Esse. Im Hochland rund um den Vulkan lag das Königreich der Zyklopen, dem auch die Menschen und Zwerge Tribut zollten, die in Azussras Küstenstädten lebten.

Die Unglückseligen Inseln waren reich an Handelswaren: Die Alchemisten von Esonessa erzeugten wertvolle Tränke und Tinkturen. In den Turmstädten des Purpurvolks waren Talismane und anderes Zauberwerk von erlesener Qualität zu erwerben. Die Zyklopen von Azussra schmiedeten kunstvolle Waffen in ihren Lavahöhlen. Daneben konnte man noch üppige Früchte des Südens, edle Hölzer und anderes mehr erwerben. Dennoch liefen nur wenige kühne Kapitäne die Häfen der Unglückseligen Inseln an, denn der Aussicht auf kostbare Waren stand die Gefahr entgegen, von den Bewohnern der Inseln versteinert, versklavt oder verschlungen zu werden.

Gorin war froh, dass die Blau-Elben der Wogenreiter-Sippe diese Vorbehalte nicht teilten.

»Das passt ja wunderbar«, hatte Aoundri gestrahlt, als sie erfahren hatte, dass das nächste Ziel der Zwillinge die Vulkaninsel Azussra war. »Wir waren eh unterwegs nach Osten, um die stürmische Südspitze von Makhura herum in den Rubinroten Ozean. Bei Azussra nehmen wir oft frische Vorräte auf, dort gibt es herrliche Orangen. Kommt doch einfach mit uns! Uyaomur hat gewiss nichts dagegen.« Aoundri hatte einen bedeutungsvollen Seitenblick zu Elyami geworfen, die von den Blau-Elben mit scheuem Respekt behandelt wurde, seit sie von der elementaren Quelle des Wassers zurückgekehrt war.

Die Reisenden waren dankbar für das Angebot gewesen, denn Elyami hatte nicht den Eindruck gemacht, schon wieder eine Fledernatter lenken zu können. Daran hatte sich auch im Lauf der guten Woche nichts geändert, die vergangen war, seit sie den Schlund des Meeres hinter sich gelassen hatten.

Sie waren am Inselreich Ilis Ymran und dem Kap der Seeschlangen vorübergesegelt und fuhren nun über die blauen Wellen der Aquamarin-See. Selbst Gorin bemerkte, dass hier das Meer wärmer und freundlicher war als auf den Weiten des Singenden Ozeans. »Heute Abend oder morgen früh erreichen wir Azussra«, hatte Aoundri gesagt.

Gorin hielt Ausschau, ob er die Insel des verlorenen Zwergenvolks schon hinter den Wellen erahnen konnte. Immer wieder glitt sein Blick dabei zu Elyami, die sich abseits von den anderen hielt und gedankenverloren auf ihrer Streichlaute vor sich hin spielte. Das tat sie schon seit Tagen so. Nur mit ihrem Bruder unterhielt sie sich zuweilen leise auf Elbisch.

Sie kümmerte sich natürlich nach wie vor um die beiden Fledernattern, die zumeist irgendwo in der Nähe des Schiffes auf den Winden spielten. Immer, wenn Elyami ihren Lockruf ausstieß, kamen sie in Begleitung der kleinen Flügelfee Hlu herbei und nahmen ihr Futter in Empfang oder schlangen sich zum Schlafen um die Masten. Doch die Grün-Elbin lächelte nicht, während sie die Tiere versorgte, und strich ihnen kaum einmal über die geschuppten Flanken. Etwas hatte sie verändert.

Nachdem Elyami die schützende Sphäre der Tiefenfahrt verlassen hatte, war sie von einem Herzschlag auf den anderen verschwunden. Als hätte sie sich in den Wassern der Tiefe aufgelöst. Gorin und Galdra hatten ihre ganze Kraft gebraucht, um Elyamur davon abzuhalten, hinter ihr her zu stürzen. Aoundri hatte die Sphäre der Tiefenfahrt hektisch umherkreisen lassen, um nach irgendeiner Spur von Elyami zu suchen. Vergeblich. Nach einer Weile, die sich wie eine Ewigkeit angefühlt hatte, mussten sie wieder höher steigen, weil die Zauberkraft der Sphäre nachließ und sich ihre Membran aufzulösen drohte. Elyamur hatte darauf bestanden, dass sie nur rasch den Erzhierophanten aufsuchten und sich dann sofort mit einer erneuerten Sphäre wieder auf den Weg machten. Doch der Oktotaur hatte sie bereits mit einer Botschaft erwartet.

»Eure Gefährtin ist eingetaucht in die Quelle und im Urwasser aufgegangen«, hatte er erklärt. »Im Tempel der Tiefen Götter wird sie in ihr neues Leben treten – wenn sie die Reise übersteht.«

So waren sie, begleitet von den drei Hierophanten, durch den Schacht in das Tempelgewölbe zurückgekehrt. Hier hatten sich inzwischen die Blau-Elben der Wogenreiter-Sippe versammelt. Ihre Blausänger hatten den Ruf der Tiefen Götter vernommen und waren ihm gefolgt.

Elben, Zwerge und Oktotauren hatten gemeinsam am Rand des Tempelbeckens ausgeharrt und die schwarze unbewegte Wasseroberfläche beobachtet – die einen mit stummer Besorgnis, die anderen mit gleichmütiger Gelassenheit. Nur Elyamur war unruhig auf und ab getigert. Seit Elyami verschwunden war, war der Ausdruck getriebener Panik nicht mehr aus seinem Blick gewichen.

Als Gorin schon nicht mehr damit gerechnet hatte, war Elyami plötzlich aus der Tiefe aufgestiegen – durchnässt, aber unverletzt. Sofort war Elyamur zu ihr geeilt, dicht gefolgt von Gorin und Galdra. Elyami hatte blass und verwirrt gewirkt. Mit geweiteten Augen hatte sie sich ihren Gefährten zugewandt. Das war der Moment gewesen, in dem sie die Veränderung bemerkt hatten: Elyamis Augen waren nicht länger dunkelgrün wie Moos. Tiefes Blaugrau erfüllte sie, wie das Herz des Ozeans. Die elementare Essenz des Wassers hatte die Elbin berührt und ihr Zeichen hinterlassen.

Elyamur hatte seine Schwester halb erleichtert und halb verstört angestarrt, als schaute er in ein fremdes Spiegelbild. Dann hatte Elyami stockend berichtet, was ihr bei der Quelle widerfahren war. Gorin hatte kaum die Hälfte davon verstanden. Die Träume der Elben waren eine Welt, die ihm verschlossen blieb. Doch er verstand, dass Elyami auf seltsame Weise zu einer anderen Person geworden war.

»Hauptsache, wir haben jetzt die Essenz«, hatte Galdra die Sache zusammengefasst. Die Oktotauren hatten sich mit einem brodelnden Singsang verabschiedet, ehe sie wieder in ihre tiefe Stadt hinabgetaucht waren. Die Reisenden waren zur *Wogenreiter* zurückgekehrt und hatten den Schlund des Meeres hinter sich gelassen.

Und nun waren sie also unterwegs auf der sonnenbeschienenen Aquamarin-See und näherten sich der Insel, auf der irgendwo die elementare Quelle des Feuers verborgen liegen musste. Gorin schaute wieder nach vorn, wo inzwischen der Umriss einer Inselküste mit dunstigen Bergketten aufgetaucht war, und gestattete sich einen Hauch von Zuversicht.

»Die nächste Quelle schaffen wir auch, kleiner Bruder«, brummte Galdra aufmunternd, die neben ihm an Deck stand und offenbar seine Gedanken erraten hatte. »Der Vulkan Götter-Esse liegt auf Zwergenland, auch wenn die Zyklopen es derzeit an sich gerissen haben. Dort werden wir gut zurechtkommen.«

»Naja, wir waren aber noch nie dort. Im alten Rykrond, meine ich«, erwiderte Gorin skeptisch.

»Na und?«, schnaubte Galdra. »Dwaldarins kunstfertiges Wirken wird auch dort in den Höhlen und Hallen zu bewundern sein. Nach dieser ganzen nassen Planscherei brenne ich darauf, es mit etwas Handfestem zu tun zu bekommen!«

»Zum Brennen wirst du wahrscheinlich Gelegenheit haben«, meinte Elyamur im Vorbeigehen, der seiner Schwester gerade eine Schale Kräutertee brachte.

»Pah, wir werden ja sehen, wer besser gegen die Feuerwesen im Vulkan bestehen wird!«, rief ihm Galdra nach. »Ich und meine Axt oder …«

»Du hast schon einmal gegen ein Feuerwesen gekämpft«, sagte Elyami unvermittelt, die plötzlich neben ihnen stand. »Gegen einen bleichen Molch, der Feuer spuckte. Bei einem lichtlosen See.«

»Der Flammen-Olm in den Tiefen Höhlen? Woher weißt du davon?«, fragte Galdra perplex.

»Er hat dich erwischt, weil du einen Moment lang unachtsam warst. Die Wunde ist narbenlos verheilt, nicht wahr?«

Galdra starrte sie an.

»Ja, aber wie kannst du …«

Sie wurde von einem hellen, blau-elbischen Singsang unterbrochen. Der Ausguck hatte etwas entdeckt.

»Was ruft er?«, fragte Gorin.

Elyamur war neben seiner Schwester stehen geblieben und runzelte die Stirn. »Zwei Segel nähern sich in rascher Fahrt von Osten«, sagte er. »Purpurfarbene Dreieckssegel. Das sind Purpur-Elben!«

»Wollen die Ärger?«, fragte Galdra finster. Seit ihrer Begegnung mit der Kriegszauberin Vylami war sie nicht gut auf das Purpurvolk zu sprechen.

Aoundri kam an einem Tau herangeschwungen. »Keine Sorge!«, rief sie. »Die Sklavenjäger von Yamaaz durchkreuzen oft die Gewässer um die Unglückseligen Inseln. Aber unsere reizenden Vettern können wesentlich besser zaubern als segeln. Die hängen wir bei jedem Wetter ab.«

Plötzlich ließ Elyami ihre Teeschale fallen und sackte zu Boden. »Das sind keine Sklavenjäger«, flüsterte sie. »Sie sind wegen uns hier.«

»Wie meinst du das?«, fragte Elyamur und kniete sich besorgt neben sie.

»Ich spüre Schmerz«, sagte Elyami. »Den Schmerz eines Dämons, der an eine grausame Beschwörung gebunden ist. Ein groteskes, starrendes Auge mit einem Kranz von Krähenflügeln. Der Dämon erstattet seinem Meister Bericht. Er sagt, dass er die Gesuchten gefunden hat, auf einem Schiff der Blau-Elben. Sein Meister ist ein ehrgeiziger Kriegszauberer. Azrazur vom Gespaltenen Turm. Er befehligt zwei Kriegsschiffe, die *Onyxklinge* und die *Rubinklinge*. Sie nehmen Kurs nach Westen, für eine besondere Beute. Sie wollen jene festsetzen, die der Kettenfürst überall suchen lässt. Azrazur kommandiert die *Onyxklinge* selbst.«

»Woher weißt du das alles?«, fragte Galdra ratlos.

Elyami schaute sie mit ihren meerblauen Augen an.

»Gut!«, rief Aoundri. »Ich gebe es an Uyaomur weiter. Das ändert aber gar nichts. Die erwischen uns trotzdem nicht.« Die Blausängerin verschwand Richtung Heck.

»Azrazur hat einst seinem Lehrmeister einen Talisman gestohlen«, sagte Elyami leise. »Er hat es mit Schmerzen bezahlt. Die Blitzgeißel faucht. Unheilbare Narben entstellen seine Züge. Nun führt Azrazur selbst gern die Geißel, er trägt sie stets am Gürtel.«

Galdra schaute Gorin fragend an. Er strich sich die Bartzöpfe glatt und zuckte mit den Schultern. Was in der Grün-Elbin gerade vor sich ging, vermochte er sich nicht einmal vorzustellen.

Plötzlich vollzog die *Wogentänzer* eine scharfe Wende. Die Blau-Elben nahmen Kurs von Azussra fort aufs offene Meer, um den beiden Kriegsschiffen zu entgehen. Besorgt schaute Gorin über die Reling und entdeckte nun auch die zwei purpurfarbenen Segel, die beängstigend schnell größer wurden.

»Sicher, dass wir sie abhängen können?«, wandte er sich an Aoundri, die wieder zu den Zwillingen gestoßen war.

»Aber ja«, gab die Blausängerin gelassen zurück. »Die Purpur-Elben verwenden schlanke Galeeren mit vielen Rudersklaven für die Jagd. In den Küstengewässern rund um die Inseln sind sie sehr beweglich, aber ihre Schiffe sind nicht besonders hochseetauglich. Wir werden sie bald ausmanövriert haben.«

Noch während sie sprach, lösten sich zwei massige Umrisse von den Purpursegeln und stiegen in die Luft auf.

»Und was ist das?«, fragte Galdra.

»Wenn ich das wüsste«, erwiderte Aoundri ratlos. »Das haben sie noch nie gemacht.«

»Wahrscheinlich, weil sie noch nie von einem vernarbten, Dämonen beschwörenden Kriegszauberer kommandiert wurden, der es speziell auf uns abgesehen hat«, schnaubte Galdra.

Alle starrten den Umrissen entgegen. Gorin konnte zwei große, bleiche Körper mit ausgebreiteten Flügeln ausmachen, die sich der *Wogenreiter* zielstrebig näherten.

»Was immer da auch kommt – wir schlagen es zurück!«, sagte Elyamur entschlossen und machte seinen Bogen bereit. Elyami kämpfte sich auf die Füße und griff ebenfalls nach ihrer Waffe, doch ihre Hände zitterten dabei.

Inzwischen erkannte Gorin in den fliegenden Körpern riesenhafte Vögel von der Größe eines kleinen Schiffes, oder besser: ihre Überreste. Denn es waren nur bleiche Knochen, die da auf die *Wogenreiter* zugeflogen kamen. Der Wind pfiff durch ihre offenen Rippen, der Hals bestand nur aus nackten Wirbeln, der gekrümmte Schnabel entsprang einem bleichen Schädel. Auch die Flügel waren skelettiert, nicht mehr als längliche Knochen ohne Gefieder, die dennoch den gewaltigen Vogelkörper auf groteske Weise in der Luft hielten.

Ketten aus geschwärztem Stahl waren den Kreaturen wie Zaumzeug um Hals und Brustbein geschlungen. Auf ihren Rücken hockten jeweils mehrere Gestalten. Die vorderste schien die Zügel zu führen, die hinteren waren mit Bögen bewaffnet.

»Das sind Rokhs«, sagte Aoundri mit ängstlich geweiteten Augen. »Das heißt, es waren mal welche … Sie nisten auf den Berggipfeln der Alabasterinseln und reißen gerne makhurische Elefanten als Beute. Die Purpur-Elben haben sie über den Tod hinaus versklavt.«

»Wir werden dafür sorgen, dass sie das mit uns nicht tun!«, rief Elyamur, spannte seinen Kurzbogen und schoss einen Pfeil nach einem der Rokh-Reiter. Das Geschoss zersplitterte an den Knochen des untoten Riesenvogels. Es fauchte in der Luft, als Kriegspfeile mit purpurfarbener Befiederung herangesaust kamen und im Deck einschlugen. Die Blau-Elben, die gerade nicht mit dem Schiff beschäftigt waren, griffen sich ihre Bögen und erwiderten das Feuer. Gorin war hinter einem Fass in Deckung gegangen und hatte seine Armbrust bereitgemacht, aber er schoss noch nicht. Mit seiner langsamen Waffe musste er warten, bis er einen sicheren Schuss platzieren konnte. Vorsichtig spähte er zu den Angreifern. Die Schiffe mit den Purpur-Segeln hielten die Distanz, tanzten im Seegang jedoch unsicher auf und ab. Wenn es den Blau-Elben gelang, noch weiter hinauszufahren, würden die Galeeren ihnen bald nicht mehr folgen können. Die Rokhs jedoch kamen mit jedem Flügelschlag näher. Gleich würden sie über der *Wogenreiter* sein!

Nun erkannte Gorin ein seltsames Gewimmel in den offenen Brustkörben der Vögel. Ein Durcheinander aus Knochen, grinsenden Schädeln und schartigen Säbeln schien sich dort zu bewegen. Die Rippenkäfige waren mit Dutzenden von ruhelosen Untoten gefüllt.

Die Gestalten auf den Rücken der Rokhs trugen purpurfarbene Umhänge über Adamantglas-Rüstungen, die von goldenen Mustern bedeckt waren. Golden glänzten auch die Masken ihrer Helme, die immer das gleiche, ausdruckslos-perfekt lächelnde Elbengesicht zeigten und ihre wahren Züge verbargen.

Jetzt war es so weit! Gorin legte seine Armbrust an und zielte auf den Elb, der auf einem der Rockhs ganz vorne am Zaumzeug hockte. Seine Armbrust klackte. Ein Feuerball explodierte an der gepanzerten Schulter des Elbs. Die Wucht des Flammenstoßes fegte ihm vom Hals des Rokhs, sodass er nur noch an seinem Ledergurt in der Luft baumelte.

Ein weiterer Elb sprang von hinten heran und übernahm die Kettenzügel. Zwei andere legten Pfeile auf und zielten in Gorins Richtung. Er duckte sich hinter sein Fass, um die Armbrust nachzuladen. Die Pfeile schlugen ins Holz ein. Als er gerade den nächsten Bolzen auflegte, rief der Älteste Uyaomur eine Warnung auf Elbisch. Plötzlich senkten sich Schatten auf das Schiff. Mächtige Schwingen peitschten Wind über das Deck. Es knirschte unheilvoll, als die untoten Rokhs ihre Krallen in die Masten der *Wogenreiter* schlugen. Überall um Gorin herum prallten schwere Objekte auf die Planken – Horden von Untoten, die aus den Brustkörben der Rokhs auf das Schiff sprangen.

Skelette mit blitzenden Säbeln waren überall zwischen den Blau-Elben und drangen auf sie ein. Gorin sah Oulyasur, den jungen Blau-Elbenkrieger, der mit einem Entermesser in der einen und einem kurzen Dreizack in der anderen Hand gegen die Knochenmänner kämpfte. Aoundri wurde von ihnen zurückgetrieben, wobei sie sich verzweifelt mit dem Schaft ihrer Harpune verteidigte.

Dann ragte plötzlich ein Skelettkrieger direkt vor Gorin auf und ließ seinen Säbel herabsausen. Gorin warf sich zur Seite. Die Waffe verfehlte ihn, doch das Skelett setzte ihm unbeirrt nach. Gorin riss seine Handaxt aus dem Gürtel und schlug nach dem Angreifer. Das Skelett fegte die Axt mit dem Säbel zur Seite und drang weiter vor. Gorin stolperte zurück und stieß mit dem Rücken gegen das Fass. Das Grinsen des Totenschädels sah plötzlich triumphierend aus. Der Untote hob seinen Säbel zum Schlag. Dann zerfiel er zu einem Knochenhaufen, als von hinten eine Kristallaxt seine Wirbelsäule zerteilte. Galdra sah Gorin mit gerötetem Gesicht an.

»Zwei Worte«, keuchte sie. »Mehr Training!«

Dann wandte sie sich um und stürmte auf die Untoten los, die gerade Aoundri bedrängten. Das erste Skelett ging zu Boden, als

Galdra beide Beine mit einem Hieb zerschmetterte. Das zweite wirbelte mit seinem Säbel herum – und fiel mit einem Axtblatt im Brustbein nach hinten. Hastig nahm Gorin seine Armbrust wieder auf.

In diesem Moment ertönte vom Heck, wo sich die Blausänger der Sippe offenbar in der Kajüte versammelt hatten, ein machtvoller elbischer Zaubergesang. Uyaomur selbst bewachte die Tür und streckte den untoten Angreifern seinen Korallendreizack entgegen. Ihre Knochen klapperten hilflos durcheinander, als ein geballter Wasserstrahl aus den Dreizack-Spitzen sie hinwegfegte.

Von einem Herzschlag zum anderen kam ein kraftvoller Wind auf. Er fegte über das Schiff und traf die untoten Rokhs mit aller Stärke. Holzsplitter ergossen sich über das Deck, als sie zurückgetrieben wurden und ihre Krallen sich aus den Masten lösten. Gorin musste sich gegen die Böen anstemmen. Zuversicht durchströmte ihn.

Dann fiel sein Blick auf Eyoundri, die Hüterin des Heims. Sie war von einem Knochenkrieger ganz bis an die Reling getrieben worden. Sein Säbel zuckte vor. Die Elbin riss ihre Harpune hoch – zu langsam. Sie brach röchelnd zusammen, als sich der Säbel in ihren Oberkörper fraß.

Gorin stieß ein wütendes Brüllen aus. Über ihm fielen die Rokhs immer weiter zurück. Die Purpur-Elben auf ihren Rücken hatten es aufgegeben, im Wind ihre Bögen einzusetzen, und stattdessen ihre gekrümmten Schwerter gezogen. Dann sprangen sie auf das Deck der *Wogenreiter*. Einer von ihnen schrie auf, als ihn eine heftige Bö erfasste und aufs offene Meer warf. Elyamur tanzte durch die Luft, wobei er sich durch tollkühne Drehungen mit dem Wind bewegte. Sein Schwert fand den Hals eines Purpur-Elben, ehe dieser das Deck berührte. Auch Gorins Bolzen erwischte einen der Goldmaskierten. Er schlug bäuchlings auf und rührte sich nicht mehr.

Die übrigen Angreifer verteilten sich auf dem Schiff und verstärkten die ausgedünnten Reihen der Knochenkrieger mit ihren wirbelnden Klingen. Die meisten drangen nach hinten vor, wo Uyaomur noch immer die Kajüte mit den Blausängern verteidigte. Zwei von ihnen stürzten sich auf Elyami. Die Grünsängerin ließ ihren Bogen fallen und wich zurück. Die Purpurkrieger verstellten ihr den Weg und drangen auf sie ein. Gorin stürmte alarmiert in ihre Richtung. Elyamis Dolch klapperte über das Deck, als die Purpur-Elben sie packten und mit sich schleppten.

Ein weiterer Angreifer schob sich vor Gorin. Der starre Blick seiner goldenen, herablassend lächelnden Maske verharrte kurz auf dem Eisenzwerg, sein Purpurmantel wehte im Wind. Dann kam der Elb auf ihn zu, die Klinge zum Schlag erhoben. Gorin riss verzweifelt seine Armbrust hoch. Es krachte hässlich, als das Elbenschwert auf die Zwergenwaffe traf. Gorin prallte zurück. Ungläubig starrte er auf die zwei Trümmerstücke, die er plötzlich in den Händen hielt. Das Schwert hatte seine gute Tokrond-Armbrust glatt durchteilt. Der kunstvolle Lademechanismus war nur noch ein trauriger Haufen zerschmetterter Metallteile.

Hastig griff Gorin nach seiner Axt. Doch er wusste, dass er im Nahkampf gegen diesen Elbenkrieger keine Chance hatte. Weiter hinten konnte er Galdras Kampfschreie hören. Er war ganz auf sich gestellt. Rasch täuschte er einen Ausfall vor, um auf der anderen Seite an dem Elben vorbeizustürzen. Im selben Moment streckte der Krieger sein gepanzertes Bein vor. Gorin stolperte hart darüber und fiel der Länge nach hin. Er versuchte, auf die Füße zu springen, doch mit einem kräftigen Tritt schickte der Elb ihn zurück auf das Deck, sodass er rücklings aufkam. Der Purpur-Krieger riss sein Schwert hoch – und zog mit der anderen Hand eine schwarz glänzende Lederpeitsche hervor, auf deren Riemen silberne Metallsplitter glitzerten. Die Peitsche traf klatschend auf Gorins Kettenmantel und wand sich wie von selbst um seinen Oberkörper.

Sofort konnte Gorin sich nicht mehr rühren. Es war, als hätte die Peitsche alle Kraft und allen Willen aus seinen Muskeln gezogen. Er gab seinem Körper den stummen Befehl, sich aufzurichten, doch er gehorchte ihm einfach nicht. Gorin war gefangen im eigenen Leib, wie damals in den Höhlen von Tokrond, als die Kriegszauberin Vylami ihren Eiszauber auf ihn gelegt hatte.

Der Elbenkrieger warf ihm noch einen prüfenden Blick zu. Dann wandte er sich zufrieden ab und stürzte sich wieder in den Kampf. Gorin blieb auf dem Rücken liegend zurück und konnte nichts tun, als unbeweglich nach oben in die Takelage zu starren. Elyamur kämpfte sich über ihm durch den Wind. Er sprang einem Purpur-Elben in die Flanke und verschwand aus Gorins Sichtfeld. Irgendwo weiter hinten brüllte Galdra Worte auf Eisentung, es waren eher Flüche als Kampfschreie. Plötzlich verstummte sie mitten im Wort. Panik flammte in Gorin auf. Mit aller Kraft versuchte er, sich zu regen und zumindest den Kopf in Richtung seiner Schwester zu wenden. Es gelang ihm, zitternd eine Hand anzuheben, doch der Zauber der Peitsche hatte seinen restlichen Körper fest im Griff.

Gorin zwang sich zur Ruhe. Galdra war eine erfahrene Kriegerin. Sie konnte auf sich aufpassen, viel besser als er jedenfalls. Irgendwo rief Ulyaomur Befehle. Die Melodie des Blaugesangs geriet ins Stolpern, als eine der Elbenstimmen abrupt ausfiel. Die wütenden Winde wurden schwächer. Gorin konnte nichts tun, als abzuwarten.

Dann senkte sich eine mächtige Klaue auf ihn herab und griff nach ihm. Hilflos musste er es über sich ergehen lassen, dass sich die Kralle des Rokhs um seine Hüfte schloss und ihn behutsam, fast sanft vom Deck hob. Ein Purpur-Elb sprang an das Knochenbein des Vogels und kletterte daran hoch. Ganz in der Nähe brüllte Elyamur wütend auf Elbisch.

Plötzlich drehte sich alles um Gorin und er sah nur noch weiten Himmel und einen schlagenden Knochenflügel über sich. Gorin versuchte mit aller Kraft, sich zu winden und zu wehren. Immerhin konnte er schon beide Hände regen, auch in seine Beine kehrte langsam das Gefühl zurück. Der Zauber verebbte mit entnervender Langsamkeit. Jetzt, da es zu spät war …

»Gorin!«, rief Elyamur plötzlich neben ihm, während der

Rokh unerbittlich von der *Wogenreiter* fortflog und der Wind an Gorins Haaren und Bartzöpfen zerrte. »Bist du in Ordnung?«

Er versuchte zu antworten, doch er brachte nur ein Grunzen hervor.

»Spar deine Kraft für die Purpur-Elben!«, riet Elyamur grimmig. »Diese Klauen sind zu stark. Wir müssen die Krieger überwältigen und irgendwie dieses fliegende Ding in unsere Gewalt bringen, sobald wir dazu Gelegenheit haben!«

Mit einem flauen Ziehen im Bauch realisierte Gorin, dass auch Elyamur gefangen war. Mühsam wand er den Kopf zur Seite. Der Wolkentänzer hing in der anderen Kralle des Rokhs fest, die sich so eng um seinen Körper geschlossen hatte, dass er sich kaum bewegen konnte.

Die Welt wirbelte wieder um Gorin herum, als der untote Riesenvogel herabzusinken begann. Er sah ein Schiff mit schlankem, schwarzem Rumpf und purpurfarbenen Dreieckssegeln vor sich. Reihen von Rudern hoben und senkten sich gleichmäßig. Über dem stahlbeschlagenen Rammsporn breitete eine goldene Frauengestalt mit dem Kopf einer Eule als Galionsfigur die Flügel aus. Erschaudernd erkannte Gorin eine Strix.

Dann waren sie plötzlich dicht über dem Deck der Galeere. Gestalten in Purpurmänteln griffen nach Gorin, als die Vogelklaue ihn freigab. Elyamur brüllte mit verzweifelter Wut auf und verstummte abrupt. *Überwältigen*. Das Wort spukte in Gorins Kopf herum und klang irgendwie absurd. Er brachte nicht mehr als ein mattes Strampeln zustande, als die Purpur-Elben ihn packten und über das Deck schleppten. Dann stießen und zerrten sie ihn eine steile Leiter hinab in den dunklen Bauch des Schiffes.

Reihen von halb nackten, schweißbedeckten Körpern hoben und neigten sich über langen Riemen. Es waren Menschen, Goblins, Minotauren und sogar Zwerge. Sie alle trugen Bänder aus geschwärztem Stahl um den Hals. Es stank nach Enge, Elend und Blut. Gorin musste würgen. Dann lag das Ruderdeck auch schon hinter ihnen. Gorin wurde durch eine Tür in einen Verschlag gestoßen und prallte unsanft auf den Boden. Nach ihm wurde Elyamur in den Raum geschubst und blieb reglos liegen. Offenbar war er ebenfalls magisch gelähmt. Weitere Personen folgten kurz darauf.

Wieder wandte Gorin mühsam den Kopf. Die Bewegung ging schon deutlich schneller, war aber mit einem hässlichen, krampfartigen Schmerz im Nacken verbunden. Neben ihm lag Galdra. Das Blut einer Platzwunde klebte auf ihrer Stirn, doch sie war am Leben und kämpfte offenbar ebenfalls mit den Auswirkungen der Lähmung. Ihre Augen funkelten in hilflosem Zorn, als die Elbenkrieger nach ihr griffen und ihr Handeisen anlegten. Auch Gorin wurde angekettet. Er bemerkte es kaum. Halb war er erleichtert, dass seine Schwester nicht unter den Schwertern der Elben gefallen war, und halb entsetzt, dass man sie ebenfalls erwischt hatte.

»Elyamur?«, fragte eine schwache Stimme von der anderen Seite. »Gorin? Galdra?« Das war Elyami. Gorin sackte in sich zusammen. Die Purpur-Elben hatten alle vier Zwillingsseelen in ihre Gewalt gebracht. Elyami kroch zu Elyamur und half ihrem Bruder, sich aufzusetzen. Er stöhnte, als sie ihm den Kopf stützte und die Haare aus dem Gesicht strich. Galdra knurrte in sich hinein und wälzte sich langsam zur Seite. Auch bei ihr verflog der Lähmzauber allmählich. Für eine Weile war es still.

»Gut, dass wir wenigstens am Leben und zusammen sind«, sagte Elyami schließlich leise.

»Weniger gut, dass wir auf einer Sklavengaleere der Kettenlande sind«, brummte Galdra wütend.

Gorin drehte sich zu ihr. Seine Muskeln schmerzten noch, doch er konnte sich wieder bewegen. Probeweise zog er an der Kette, die mit seinen Handeisen verbunden war. Sie war fest in der Wand verankert und gab ihm etwa einen Meter Spielraum. Nicht, dass ihm das etwas gebracht hätte …

»Wir brauchen einen Plan, wie wir …«, setzte Gorin an und verstummte abrupt.

Von draußen näherten sich Schritte. Eine Wolke aus süßlichem Parfüm wallte herein, als jemand den Verschlag betrat. Gorin hob matt den Kopf. Er sah einen hochgewachsenen Purpur-Elb, der sich mit gezierter Abscheu unter der niedrigen Tür hindurchduckte. Der Elb trug schwere Purpur-Roben, auf die mit Goldfäden gewundene Drachenkörper und arkane Symbole gestickt waren. In seinem Gürtel steckte eine Geißel mit mehreren Riemen aus glänzendem Lindwurm-Leder. Sein langes schwarzes Haar wurde nur von einem Goldreif gebändigt. Die blassen Züge des Elben waren von falkenhafter Schärfe, doch schrecklich entstellt: Die linke Hälfte seines Gesichts war eine Ödnis aus wulstigen Narben, die auch seine zugewucherte Augenhöhle bedeckten und seinen Mund zu einem schiefen Grinsen verzerrten. Sein verbleibendes Auge leuchtete wie ein blutroter Edelstein, als er sich dazu herabließ, die Gefangenen näher zu betrachten.

»Ihr seid es in der Tat«, sagte er in der Hochsprache. »Die Widerständler, die der Kettenfürst mit einer erstaunlichen Hingabe suchen lässt. Ihr habt Euch überraschend gut gegen meine Entermannschaft gehalten. Eigentlich hatte ich vor, den Sklavenpferchen von Yamaaz heute auch eine Blau-Elbensippe hinzuzufügen. Um diesen Fang habt ihr mich gebracht. Und ich werde nicht gerne enttäuscht.«

»Ersticke an deiner Überheblichkeit, du bleiche, nach Rosen stinkende Made!«, zischte Galdra mühsam hervor. Der Purpur-Elb verzog das Gesicht.

»Ja, damit hatte ich gerechnet«, sagte er. »Konversation mit Barbaren ist müßig.«

Gelangweilt zog er die Geißel hervor und schwang sie nachlässig in Galdras Richtung. Sie stöhnte auf, als grünliche Blitze von den Riemen der Peitsche auf sie übersprangen und knisternd über ihren Körper tanzten. Gorin knurrte den Elb hasserfüllt an.

»Glücklicherweise spreche ich auch die Sprache, die Barbaren wie ihr verstehen«, fuhr dieser ungerührt fort. »Eigentümlich, dass es zwei Elben so lange in eurer Gesellschaft ausgehalten haben, Zwergenbrut.«

Elyami richtete sich mühsam auf. »Ich unterstütze den Wunsch meiner zwergischen Freundin von Herzen, Azrazur, der seinen Meister bestahl«, sagte sie. »Kein Duftwasser der Welt vermag den Gestank Eurer Selbstherrlichkeit zu übertünchen.«

Der Elb hob die Augenbrauen. »Womit einmal mehr bewiesen ist, dass auch die meisten Elben ihr stolzes Erbe vergessen haben und in Barbarei versunken sind«, bemerkte er traurig.

Die Geißel peitschte erneut, und Elyami wand sich in Schmerzen.

»Ihr seid hier der einzige Barbar!«, brüllte Elyamur wütend. »Und zudem ein williges Werkzeug des Kettenfürsten. Jeder Rudersklave, der an Eure Schiffe gekettet ist, hat mehr Würde als Ihr. Die Rücken Eurer Sklaven werden durch Peitschenhiebe gebeugt. Ihr hingegen beugt Euch selbst und haltet Euch dennoch für überlegen.«

»Ein Jammer, dass die meisten Elben ihre alte Größe vergessen haben«, sinnierte Azrazur und wiegte die Blitzgeißel in seiner Hand. »Das Grünvolk versteckt sich in seinen Wäldern, die Blau-Elben ziehen als heimatlose Vagabunden über die Meere. Das Rotvolk kämpft in der staubigen Steppe um kärgliche Wasserlöcher, während sich die Weiß-Elben in der Eisödnis der Nordlichtreiche vor den Frostriesen ducken. Und jeder weiß, dass das Silbervolk kaum mehr als eine blasse Erinnerung ist. Nur das Purpurvolk hält an der alten Größe fest und strebt danach, sie zu übertreffen. Wir haben nicht vergessen, was es heißt, die Pflichten einer alterslosen Existenz zu tragen und in Schönheit zu herrschen. Schon bald wird eine neue Zeit des Elbentums anbrechen. Für Barbaren wie euch wird dann kein Platz mehr sein, doch das ist dann nicht mehr euer Problem.«

Er wandte sich von ihnen ab.

»Wenn du das neue Elbentum bist, finde ich Orks plötzlich richtig liebenswert!«, rief Galdra. Azrazur blieb noch einmal stehen.

»Die Meisterin der Gifte wird sich nun darum kümmern, dass

wir euch ohne Komplikationen nach Yamaaz bringen können«, sagte er über die Schulter.

Eine feingliedrige Elbin trat flankiert von zwei goldmaskierten Wachen herein. Auf ihre Gewänder waren purpurfarbene Totenköpfe gestickt, ihre Haare waren zu acht steifen Zöpfen geflochten, die in merkwürdigen Winkeln von ihrem Kopf abstanden. Gorin bemerkte Bewegungen auf ihrem Körper. Zahlreiche faustgroße Spinnen krabbelten auf der Elbin herum. Die Muster auf ihren glänzenden Kugelkörpern erinnerten an Zauberglyphen.

»Sichert die Gefangenen für den Transport«, befahl Azrazur. »Und lasst Euch nicht von ihrer erbärmlichen Erscheinung täuschen. Sie sind schon mehr als einmal einer Übermacht entkommen. Geht kein Risiko ein.«

»Es wird kein Risiko geben«, erwiderte die Meisterin der Gifte mit einem feinen Lächeln.

Azrazur verließ den Verschlag und ließ blumige Schwaden seines Parfüms zurück.

Die Elbin trat an Gorin heran und nahm eine Spinne von ihrer Schulter. Gorin wich entsetzt zurück, als sie ihm das Tier entgegenstreckte, doch er stieß sofort gegen die Wand. Die Elbin setzte die Spinne sanft auf Gorins Handrücken. Tastende Beine krabbelten auf ihm herum, dann zuckte ein feiner Schmerz durch seinen Körper, als die Beißwerkzeuge der Kreatur seine Haut durchdrangen. Bleierne Schwere breitete sich in ihm aus. Noch während die Elbin sich Galdra zuwandte, versank Gorin in tiefe, bewusstlose Schwärze.

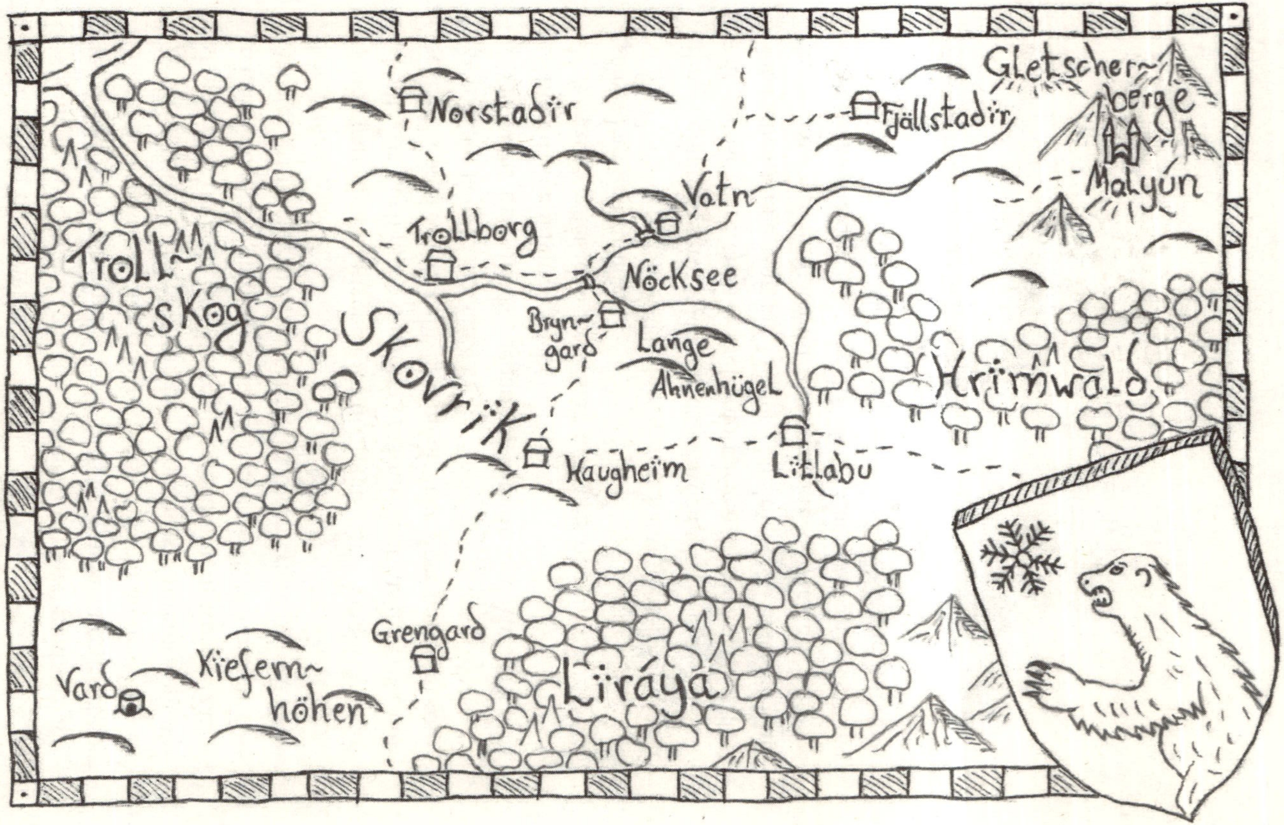
Norstadir
Fjällstadir
Gletscher~berge
Malyun
Vatn
Trollborg
Troll~skog
Nöcksee
Skovrik
Bryn~gard
Lange Ahnenhügel
Hrimwald
Haugheim
Litlabu
Grengard
Vard
Kiefern~höhen
Liráya

ELFTES KAPITEL

AUF DEN KIEFERNHÖHEN
IM GRENZLAND ZWISCHEN TOKROND UND TROLLSKOG

»Wir sind nicht allein«, raunte Jha Rudra gedämpft. »Jemand beobachtet uns.«

Hilgrif, die neben ihr ritt, nahm den Hinweis mit der Andeutung eines Nickens zur Kenntnis, während sie weiterhin gleichmütig nach vorne schaute. Gunbrecht jedoch ließ nervös den Blick schweifen. Jha Rudra verdrehte innerlich die Augen.

Sie ritten durch einen jener Kiefernwälder, die den Kiefernhöhen nördlich der Tokrond-Berge ihren Namen gaben, ein unsicheres Grenzland zwischen den Gebieten der Eisenzwerge, der Skovrik-Menschen und der Waldtrolle. Wenn alles gut ging, würden sie ihr Ziel hoffentlich bald erreicht haben.

Nach Norden hin konnten sie weit über die Kiefernhöhen schauen, wann immer sich Lücken zwischen den Bäumen auftaten. Aus den Tälern stiegen zuweilen die Rauchsäulen von versteckten Wehrhöfen auf, bis das Hochland in der Ferne in die dunkelgrüne Weite des Waldes von Trollskog überging. Nach Süden begrenzten die abweisenden Gipfel der Tokrond-Berge die Sicht. Jha Rudra war froh, dass sie die Route durch die Schwarzglasklippen um die Ausläufer der Berge herum gewählt hatten. Auch wenn Gunbrecht aus Angst vor den Klippen-Ghoulen kaum ein Auge zugetan hatte …

Plötzlich lösten sich schattenhafte Gestalten auf beiden Seiten des Weges aus dem Wald und machten Jha Rudras Befürchtung zu Gewissheit. Es waren sechs oder sieben, und sie alle trugen dunkelgrüne Kapuzenmäntel. Ihre gespannten Bögen waren drohend auf die drei Reisenden gerichtet. Jha Rudra war sich ziemlich sicher, dass im Schatten noch mindestens zwei weitere Schützen verborgen waren.

»Wir haben nichts von Wert bei uns!«, sagte sie laut, um Zeit zu gewinnen. Gleichzeitig schob sie ihre Hand unauffällig in die Richtung ihrer Wurfeisen.

Eine der Gestalten, die als einzige ihren Bogen ungespannt über der Schulter trug, schlug ihre Kapuze zurück. Die feinen Züge eines Elbs mit großen nebelgrauen Augen kamen darunter zum Vorschein.

»Wir sind keine Wegelagerer«, sagte er stolz. »Doch Ihr erklärt Euch nun besser: Wer seid Ihr, und warum reist Ihr auf diesen abgelegenen Pfaden?«

»Ich hätte schwören können, dass Ihr gerade einen Weg umlagert«, konnte Jha Rudra sich nicht verkneifen. Dann wurde sie ernst. »Ich bin Jha Rudra aus dem Jhalaisu von Swertenburg, und dies sind Hilgrif von Hohewacht und Gunbrecht, ebenfalls aus Swertenburg. Wir müssen dringend mit dem Rat der Freien Fürsten sprechen. Ich habe ein Empfehlungsschreiben von Liudalf von Hornen bei mir.«

»Und ich bin Dyrandur Ahornsohn aus Liráya«, stellte der Elb sich vor. »Soweit ich weiß, ist Liudalf den Kettenheeren in die Hände gefallen.«

»Das war er«, gab Jha Rudra zurück, »bis wir ihn befreiten.«

»Warum ist er dann nicht bei Euch?«

»Er ist in die Hörnermark zurückgekehrt, um den Widerstand gegen den Kettenfürsten wiederaufzubauen. Das steht aber auch alles in seinem Schreiben.«

»Alyndri wird das Schriftstück entgegennehmen«, entschied Dyrandur. »Wenn Eure Hände dabei noch weiter zu Euren Waffen wandern sollten, wird Euch übrigens ein Pfeil durchbohren – und zwar keiner, den Ihr gerade sehen könnt.«

»Wahrscheinlich bezieht Ihr Euch auf Euren Freund dort hinter dem umgestürzten Baum«, erwiderte Jha Rudra lächelnd und zog betont langsam die Schriftrolle hervor, die Liudalf ihnen mitgegeben hatte. Eine dunkelhaarige Elbin nahm sie ihr ab und reichte sie an Dyrandur. Mit gerunzelter Stirn überflog der Grün-Elb die Zeilen. Schließlich rollte er das Schriftstück zusammen.

»Der Brief enthält alle geheimen Zeichen«, sagte er. »Ich entschuldige mich für die Umstände unseres Zusammentreffens und werde Euch selbst zum Rat geleiten. Wir müssen leider streng überwachen, wer auf diesen Pfaden reist, denn der Kettenfürst hat viele Spione, und seine Lande haben sich inzwischen weit nach Norden ausgedehnt.«

Dyrandur und Alyndri schlossen sich ihnen an, während die übrigen Elben wieder zwischen den Bäumen verschwanden. Schon nach kurzer Zeit lichtete sich der Wald, und Jha Rudra konnte über das offene Hochland bis zum Ziel ihrer Reise blicken.

Die Fliehburg Vard war äußerlich nicht mehr als ein kreisrunder Wall aus aufgetürmten Felsquadern. Doch Hilgrif hatte ihr viel über diesen Ort erzählt. Zu Friedenszeiten wurde die Burg nicht bewohnt. Wenn allerdings Krieg drohte, strömte das Menschenvolk des Umlands durch die tunnelartige Öffnung in den Schutz der mehr als zehn Meter dicken Wälle, deren Zinnen zu den stolzesten Kiefernwipfeln hinaufreichten. Ein tiefer Brunnenschacht und unterirdische Gewölbe voller Vorräte sicherten hier das Überleben.

Vard wachte schon so lange über die Kiefernhöhen, dass selbst die ältesten Bardinnen und Geschichtenerzähler nicht zu sagen vermochten, wer die Fliehburg einst errichtet hatte. Die menschlichen Freibauern der Kiefernhöhen behaupteten, dass die Burg ein Werk ihrer Vorfahren sei, als Bollwerk gegen die Trolle des nahen Trollskog. Die Bewohner des Trollkönigreichs hingegen wussten zu berichten, dass die mächtigen Quader der Burg einst von starken Trollhänden aufgetürmt worden waren, als die Ausbreitung der kurzlebigen Menschen ihre Wälder zunehmend bedrohte. Selbst die blasshäutigen Heide-Goblins kannten Geschichten, nach denen Vard ihr Werk war, doch niemand schenkte ihnen Beachtung.

Nur die Zwerge des Festungsreichs Tokrond, dessen Berggipfel die Kiefernhöhen überragten, beteiligten sich nicht an dem Streit. Es war nicht zu übersehen, dass die groben Quader der Festung kein Werk der zwergischen Baukunst waren. Wohl aber hatten Eisenzwerge die tiefen Gewölbe angelegt, die offenbar irgendein Volk der Oberfläche einst an sich gerissen hatte, um darüber seine kruden Mauern zu errichten.

Der Rat der Freien Fürsten hatte die Fliehburg Vard mit gutem Grund zu seinem Tagungsort erwählt. Niemand konnte wirklich Anspruch auf die uralten Mauern erheben. Es war neutraler Boden am Rande der Kettenlande, der keiner Partei einen ungerechtfertigten Vorteil verschaffte. Das sagte viel über den Fürstenrat aus, fand Jha Rudra.

Schneeflocken tanzten zögerlich durch die Herbstluft, als sie die Fliehburg erreichten und ihre Pferde vor dem äußeren Tor des Eingangstunnels zum Stehen brachten. Dyrandur winkte zu den Befestigungen hinauf. Ein Horn ertönte oben auf dem Wall. Hilgrif beschirmte ihre Augen mit der Hand und spähte zu den Zinnen.

»Nordländer wachen zusammen mit Trollen über Vard«, sagte die Schwertpriesterin leise. »Wir leben in ungewöhnlichen Zeiten.«

Das Fallgatter wurde knirschend hochgezogen. Ein Wachtrupp aus Skovrik-Menschen und Kristallzwergen mit weißblau glänzenden Bärten kam ihnen aus der Toröffnung entgegen. Dyrandur grüßte den Hauptmann, einen Zwerg mit müden Augen und einem prachtvollen Helm aus Aidios-Kristall. Sie wechselten einige Worte, ehe der Elb das Sendschreiben überreichte.

»Ich wünsche Euch viel Glück bei Eurem Anliegen vor dem Rat«, sagte Dyrandur. »Sofern es ehrenwert und aufrichtig ist.«

»Und ich wünsche Euch weiterhin erfolgreiches Wegelagern«, erwiderte Jha Rudra lächelnd. Die beiden Elben kehrten kopfschüttelnd in den Wald zurück, während der Kristallzwerg die Reisenden in die Fliehburg geleitete.

Im Innenhof erwartete sie ein Gewimmel aus Menschen, Zwergen, Minotauren, Grün-Elben und anderen Wesen zwischen Zelten und improvisierten Holzbaracken. Es war, als hätte mitten in der Ödnis der Kiefernhöhen plötzlich der belebte Markt eines Handelsplatzes seine Pforten geöffnet. Stolze Minotauren maßen sich mit borkenhäutigen Trollen in Waffenübungen. Eisenzwerge brieten Hammelfleisch über dem Feuer. Händler feilschten um kostbare Tierfelle. Irgendwo sang ein Elb zum melancholischen Klang einer Streichlaute. Jha Rudra sah sogar einen leibhaftigen Hügelriesen mit blondem Rauschebart, der auf einen baumstammlangen Holzstab gestützt zwischen einigen Skovrik-Kriegern stand und fast bis zur Wallkrone hinaufreichte.

»Alle Gesandten des Fürstenrats sind mit großem Gefolge gekommen«, brummte der Kristallzwerg, der neben Jha Rudra herging. »Sie tagen nun schon über drei Wochen. Wenn das so weitergeht, errichten die ersten bald feste Häuser und wir haben eine verfluchte Stadt gegründet.«

»Wie werden die Fürsten gemeinsam gegen die Kettenheere vorgehen? Gibt es schon Ergebnisse?«, fragte Hilgrif hoffnungsvoll.

»Oh nein!«, spuckte der Zwerg aus und lachte bitter. »Wahrscheinlich dürfen die werten Gesandten hier überwintern. Bis die sich auch nur auf eine Sitzordnung geeinigt hatten … So, diese Baracke steht leer. Hier könnt ihr unterkommen, bis ihr vor den Rat gerufen werdet. Junge, du kommst mit und bringst eure Pferde zu den Stallungen. Die Viecher fasse ich nicht an.«

Der Kristallzwerg verschwand zusammen mit Gunbrecht und den Reittieren. Jha Rudra und Hilgrif blieben in einer winzigen Hütte zurück, die nicht viel mehr als ein überdachtes Schlaflager war.

»Hast du deine Rede inzwischen fertig?«, fragte Hilgrif und ließ sich auf dem Strohlager nieder. Jha Rudra fläzte sich neben sie.

»Ja, so ziemlich. Mir fehlt nur noch das eine oder andere

Wort.« Ihr war klar, dass Hilgrif die Details ihrer Rede wissen wollte und mit solchen Unverbindlichkeiten nichts anfangen konnte. Jha Rudra genoss das missbilligende Stirnrunzeln der Schwertpriesterin.

»Wirst du dem Fürstenrat berichten, was für eine Bewandtnis es mit dem Kettenfürsten hat?«, hakte Hilgrif nach.

»Du meinst, dass er als Sterblicher einen Gott gestürzt und die Macht der Unterwelt an sich gerissen hat? Wohl lieber nicht, wenn der Rat uns ernst nehmen soll.«

»Es wäre wichtig, die Fürsten zu warnen.«

»Aber noch wichtiger wäre es, dass der Rat uns nicht für verblendete Närrinnen hält«, wandte Jha Rudra ein.

»Wie du meinst«, brummte Hilgrif.

Jha Rudra gab keine weitere Antwort und zog lieber ein Stück Honigkuchen aus ihrem Brotbeutel. Hilgrif beobachtete sie mit zusammengezogenen Augenbrauen.

»He! Das ist einer von meinen Kuchen! Du warst wieder an meinen Sachen, Rudra.«

Jha Rudra hielt den Kuchen hoch, als wäre Hilgrif ein kleines Kind, das ihn dann nicht erreichen könnte.

»Dann erobere ihn doch! Wofür bist du eine Schwertpriesterin?«

Hilgrif schien das für einen Moment tatsächlich zu erwägen, doch dann wandte sie sich kopfschüttelnd ab und überließ Jha Rudra den Kuchen. Schade. Sie hätte gerne darum gerungen.

»Wenn du das Wohlwollen des Fürstenrats ähnlich spielend gewinnst wie anderer Leute Essen, mache ich mir jedenfalls keine Sorgen«, murmelte Hilgrif und begann mit den Vorbereitungen für ihr Abendgebet an die göttliche Schwertmaid. Sie kniete sich hin und senkte demütig den Kopf. Dann fasste sie sich an den Hals, um ihre Kette mit dem geweihten Schwert-Anhänger in die Hand zu nehmen – und erstarrte in der Bewegung.

»Rudra, bitte!«, sagte sie streng. Lachend ließ Jha Rudra den Anhänger aus ihrem Ärmel auftauchen und in Hilgrifs Hand gleiten.

»Mir war langweilig unterwegs«, sagte sie entschuldigend.

»Irgendwann bringe ich dich noch in den Kerker, den du verdienst«, knurrte Hilgrif.

»Wenn ich ihn verdiene, sollte er zumindest seidene Bettlaken haben«, erwiderte Jha Rudra grinsend.

»Der Kerker, in den ich dich in Swertenburg gesteckt habe, hatte jedenfalls keine.«

»Du meinst den, aus dem ich immer wieder ausgebrochen bin?«

»Beim letzten Mal habe ich dich rausgelassen«, korrigierte Hilgrif. »Es wäre schade gewesen, deine Talente nicht im Kampf gegen die Diener des Kettenfürsten einzusetzen.«

»Das war alles so geplant«, behauptete Jha Rudra. »Also zählt es als Ausbruch!«

Sie schaute erwartungsvoll zu Hilgrif, doch diese antwortete ihr nicht. Starr schaute sie aus der Tür der Hütte in die Menge.

»Was ist denn?«, fragte Jha Rudra mit gerunzelter Stirn.

»Nichts«, murmelte Hilgrif und straffte sich. Jha Rudra folgte ihrem Blick nach draußen.

Ein breitschultriger Nordmann in einem schweren Mammutfell-Mantel sprach dort gerade mit einigen Trollen. Er mochte etwa Mitte vierzig sein und bewegte sich mit der beiläufigen Selbstsicherheit eines erfahrenen Kriegers. Sein Haar war rotblond, doch sein Vollbart glänzte weiß wie Eis.

»Wer ist das?«, hakte Jha Rudra nach und nickte in Richtung des Skvorik-Menschen.

»Das ist Jarl Skjöldir«, antwortete Hilgrif leise. »Skjöldir Reifbart.«

»Du meinst den Abenteurer, der die Nordlichtreiche bis nach Thursengard durchquert hat?«, fragte Jha Rudra und musterte den Jarl neugierig. »Ob es stimmt, dass sein Bart während seiner Nordlicht-Reise so weiß geworden ist?«

Hilgrif schwieg. Sie hielt ihren Schwert-Anhänger umklammert und starrte den Jarl an, als wäre er ein leibhaftiger Dämon.

Draußen wandte sich Skjöldir Reifbart von den Trollen ab und ging weiter durch das Lager. Jha Rudra konnte einen Lorbeerzweig aus Silber erkennen, den er deutlich sichtbar als Brosche an seinem Fellumhang trug. Das Zeichen der sanften Göttin Samdhi, der Hüterin von Frieden und Harmonie.

»Der Reifbart ist einer der Gesandten im Fürstenrat«, sagte sie. »Dann spricht er wohl für die freien Jarle im nördlichen Skovrik. Vielleicht kannst du einmal mit ihm über unsere Sache reden? Du stammst doch auch aus einem der Adelsgeschlechter des Nordens.«

»Nein!«, erwiderte Hilgrif ungewöhnlich heftig. Als Jha Rudra ihr einen fragenden Blick schenkte, errötete die Schwertpriesterin.

»Das geht nicht, Rudra«, sagte sie leise. »Du weißt, dass ich niemals einer Pflicht ausweiche, und die göttliche Schwertmaid weiß es auch. Aber das geht nicht.«

»Ich habe keine Ahnung, was du meinst.«

Hilgrif schüttelte den Kopf. »Es ist … nichts«, murmelte sie. Jha Rudra rückte ihre lederne Reisemaske zurecht.

»Gibt es da etwas, das ich wissen sollte?«, bohrte sie nach. »Zum Beispiel für unsere Mission? Es wird sich wohl kaum vermeiden lassen, dass du dem Jarl über den Weg läufst.«

»Nein«, erwiderte Hilgrif fest. »Ich komme klar. Bitte frag nicht weiter danach.«

»Na gut«, sagte Jha Rudra widerstrebend. »Aber du weißt, dass du jederzeit …«

Plötzlich steckte Gunbrecht seinen Kopf in die Hütte.

»Ihr werdet nicht glauben, wen ich gerade draußen gesehen habe!«, sagte er aufgeregt. Die beiden Frauen wandten sich ihm gleichzeitig zu. Sein Grinsen erstarb.

»Magst du mal nach den Pferden schauen, Gunbrecht?«, fragte Jha Rudra.

»Aber ich komme doch gerade …«

»Bitte!«, fügte Hilgrif fest hinzu. Der Rotschopf verschwand kopfschüttelnd.

»Also«, fuhr Jha Rudra fort. »Du weißt, dass ich immer da bin, wenn etwas ist?«

Hilgrif wich ihrem Blick aus. Jha Rudra seufzte in sich hinein.

Sie beschloss, das Thema zu wechseln. »Wie viele Krieger werden wir brauchen, um dieses Silberkloster zu befreien?«

Hilgrif schaute sie dankbar an. »Nach allen Erzählungen ist Malyún sehr gut gesichert. Beim Sturm auf eine solche Festung bräuchte man eine entscheidende Übermacht – oder einen wirklich guten Plan. Zum Beispiel, wie Geirolf Einhand einst gegen Miklahöll vorgegangen ist …«

Als der Herold des Rates, ein schneehäutiger Ormländer, zu ihnen kam, waren die beiden Frauen mit zusammengesteckten Köpfen darin vertieft, ihr mögliches Vorgehen zu besprechen.

»Der Rat der Freien Fürsten erwartet Euch morgen früh zur ersten Sitzung«, verkündete der Herold steif und verschwand wieder.

»Dann haben wir ja noch etwas Zeit«, sagte Jha Rudra und ließ sich auf das Strohlager zurücksinken. Sie streckte Hilgrif auffordernd den Arm entgegen.

»Die werden wir auch brauchen«, erwiderte Hilgrif tadelnd und ignorierte die Geste. »Wolltest du nicht deine Rede …«

Sie wurde von einer melodischen Stimme unterbrochen. »Jha Rudra von Swertenburg?«

An der Tür stand eine Elbin in einem Kleid aus feiner tiefgrüner Spinnwebseide.

»Die bin ich«, sagte Jha Rudra und sprang auf die Füße.

Die Elbin verbeugte sich respektvoll. »Die Frühlingskönigin Yurami von Liráya wünscht Euch zu sprechen.«

»Ich komme«, sagte Jha Rudra und strich sich das Stroh aus den Haaren.

Die Frühlingskönigin erwartete Jha Rudra in ihrem Pavillonzelt, das etwas abseits im Schatten des Walls errichtet war. Drei streng dreinblickende Grünhüter wachten vor seinem Eingang. Yurami war eine zierliche Grün-Elbin mit farbenfrohen Gewändern und einem feinen Lächeln auf den Lippen. Der silberne Lorbeerzweig einer Gesandten im Fürstenrat schmückte ihren Umhang.

»Ihr wolltet mich sprechen, Frühlingskönigin?«, sagte Jha Rudra zurückhaltend und deutete eine Verbeugung an. Die klugen Augen der Elbin verunsicherten sie.

»Ja. Setz dich doch zu mir, Dienerin der nächtlichen Schattenkönigin.«

Mit einem leicht unbehaglichen Seitenblick nahm Jha Rudra bei der Grün-Elbin Platz.

»Man hat mir gerade deine Ankunft zugetragen«, sagte Yurami. »Neuigkeiten verbreiten sich schnell auf Vard. Deine Mission hat mit der Aufgabe der Zwillingsseelen zu tun, nicht wahr?«

»Ja«, gab Jha Rudra überrumpelt zu. »Woher wisst Ihr …«

Yurami lächelte nur. »Bitte berichte mir von Elyami und Elyamur und wie es ihnen ergangen ist«, bat sie.

»Oh, sie sind nicht die einzigen Zwillingsseelen«, begann Jha Rudra und genoss für einen kleinen Moment den verwirrten Gesichtsausdruck der Königin. Dann erzählte sie ihr, was geschehen war. Von ihrer ersten Begegnung mit den Elbenzwillingen im Maskenviertel von Swertenburg über die Befreiung der Winterseherin in der Phönixsteppe bis hin zu ihrer Trennung.

»Vor wenigen Wochen sind sie dann zur Quelle des Wassers aufgebrochen«, schloss Jha Rudra ihren Bericht. »Seitdem habe ich sie nicht mehr gesehen. Sie reisen ihrer Bestimmung entgegen und werden sie schon bald erfüllen. Doch dafür müssen sie das heilige Malyún erreichen können.«

Die Frühlingskönigin nickte nachdenklich.

»Die Zwillingsseelen haben Liráya ohne die Zustimmung des Rates der Jahreszeiten verlassen«, sagte sie. »Der Sommerkönig Undramur hat zwei Tage kein Wort gesprochen, als die Waldgeister ihr Fehlen meldeten. Ansonsten wäre wohl Unziemliches über seine Lippen gekommen. Ich danke dir für die Nachricht, dass Elyamur und Elyami am Leben und wohlauf sind, Menschenfrau. Allerdings befürchte ich, dass sie ihrer großen Aufgabe voreilig und schlecht vorbereitet entgegenreisen.«

»Ein Grund mehr, sie mit all unserer Macht zu unterstützen!«, insistierte Jha Rudra. Die Frühlingskönigin seufzte, und ihr Lächeln wurde traurig.

»Die Zwillingsseelen haben ihre Aufgabe, doch wir haben die unseren«, sagte sie. »Das Grünvolk ist vor langer Zeit einen Pakt mit den Geistern der Wälder eingegangen. Es ist unsere Pflicht, Liráya und seine Geheimnisse zu beschützen. Wir dürfen seine Grenzen nicht entblößen, gerade jetzt, da die dunkle Saat der Dornengeister im Schatten der Bäume umherschleicht. In den Wäldern gibt es Orte, auf die der Kettenfürst keinesfalls Zugriff bekommen darf.«

»Das Schloss der Träumenden Königin«, begriff Jha Rudra, die sich an Elyamis Bericht erinnerte.

»Ja«, sagte Königin Yurami, ohne sich überrascht zu zeigen. »Bittest du uns wirklich darum, seinen Schutz aufzugeben?«

Darauf wusste Jha Rudra keine Antwort.

Am nächsten Morgen fiel Nieselregen auf die Fliehburg Vard. Hilgrif nutzte das erste Tageslicht dazu, Gunbrecht einige Unterweisungen im Schwertkampf zu geben. Der junge Mann übte eifrig mit seinem Kurzschwert, doch Jha Rudra bezweifelte, dass aus ihm jemals ein großer Krieger werden würde. Ständig landete er im Matsch. Die Feder, mit der er jeden Abend Notizen in sein ledergebundenes Büchlein machte, war seine wahre Waffe.

Jha Rudra richtete unterdessen die Kleidung her, die sie vor dem Rat tragen würde. Sie wusste, dass Männer und Frauen von edlem Rang es gewohnt waren, Standesgenossen anhand des Äußeren und des Auftretens zu erkennen, einzuschätzen und abzuurteilen. Also würde sie ihnen etwas Überzeugendes fürs Auge bieten. Sie hatte sich ihre Garderobe auf der Reise im Maskenviertel der Stadt Dvergard am Nordtor von Tokrond zusammengestellt: Jhalai-Wickelgewänder in Grau, der Farbe Zeljas, bedeckt von goldenen Spiralmustern. Dazu trug sie eine prachtvolle Maske aus glänzendem Edelholz, die mit Blattgold-Federn verziert war.

Hilgrif hingegen würde bei ihrem üblichen Waffenrock mit dem Zeichen des silbernen Flammenschwerts über einem Kettenhemd bleiben. Jha Rudra fand das ganz angemessen. Sie hoffte, dass Hilgrifs pragmatische Erscheinung nach Kampferfahrung und Selbstaufopferung aussah und denjenigen Ratsmitgliedern entgegenkam, die Wert auf ein handfestes Vorgehen legten.

Als der ormländische Herold erschien, um sie abzuholen, folgten ihm Jha Rudra und Hilgrif als höchst ungleiches Paar. Gunbrecht hielt sich wie ein Page bescheiden hinter ihnen. Jha Rudra gefiel es nicht besonders, ihn in eine Dienerrolle zu drängen, doch vor dem Fürstenrat würde man sie eher ernst nehmen, wenn sie wie selbstverständlich begleitet von Gefolge kamen, mochte es auch noch so bescheiden ausfallen.

Der Rat tagte in einer runden Halle in den Gewölben der Festung. Seine Mitglieder hatten im Halbkreis auf hölzernen Sesseln mit hohen Lehnen Platz genommen, die im Skovrik-Stil mit verschlungenen Drachenkörpern beschnitzt waren. Diener und Wächter hielten sich entlang der Wände bereit, zu ihnen gesellte sich auch Gunbrecht. Jha Rudra und Hilgrif traten in das Zentrum des Halbkreises.

Die Blicke zahlreicher Augenpaare ruhten auf Jha Rudra, als sie ihr Anliegen in möglichst wohlgesetzten Worten vortrug. Nicht alle von ihnen schauten freundlich. Glücklicherweise war sie das gewohnt.

»Edle und wohlgeborene Sprecher des Rates, Vertreter der letzten freien Fürsten des Nordens und des Westens! Ich bin Jha Rudra, eine Dienerin der Zelja aus dem Jhalaisu von Swertenburg, und trete heute vor Euch, um Euch wichtige, vielleicht gar entscheidende Neuigkeiten für unseren gemeinsamen Kampf gegen den Kettenfürsten zu bringen …«

Sie hatte sich entschieden, dem versammelten Fürstenrat eine künstlerisch bearbeitete Version der Ereignisse zu berichten, in der insbesondere die Zwillingsseelen nicht vorkamen. Das war einerseits sicherer und andererseits vermied sie es so, ihre Argumentation auf einem Orakelspruch aufzubauen, dessen Autorität sich gewiss nicht alle Ratsmitglieder gebeugt hätten. Zum Glück hatte sie ein Talent dafür, einen wahren Kern in überzeugende Ausschmückungen einzukleiden, die oftmals sogar angemessener waren als die nüchterne Wirklichkeit.

Langsam ließ Jha Rudra beim Sprechen ihren Blick über die Reihe der Hochsitze wandern, um die Wirkung ihrer Worte einzuschätzen.

Ganz links saß die Frühlingskönigin Yurami von Liráya. Sie wirkte klein und zerbrechlich in ihrem wuchtigen Sessel und hörte Jha Rudra mit ihrem üblichen, undurchschaubaren Lächeln zu.

Rechts von Yurami thronte Kriegsfürst Krosh Muldran, der aktuelle Sprecher des Minotaurenreichs Kerâta. Der Gehörnte stellte auf seinem muskulösen Oberkörper stolz die Narben des letzten Kampfes um den Titel des Sprechers vor drei Tagen zur Schau. Die sechs anderen Kriegsfürsten, die ihm unterlegen waren, umstanden seinen Sessel mit verschränkten Armen und verfolgten genau, was er tat.

Auf die Minotauren folgte Lord Lhôr val Paryl von der geheimnisvollen Gletscherinsel Ormland. Er war spindeldürr und hatte schneeweiße Haut und ebensolches Haar. Ein Eisbärenfell bedeckte seine Beine, die nicht die Kraft hatten, ihn zu tragen. Zwei Oger-Diener hielten sich darum stets in seiner Nähe bereit, um ihn mit einer Sänfte zu transportieren. Der Lord hatte die Fingerspitzen zusammengelegt und schien jedes von Jha Rudras Worten genau zu verfolgen. Hatte er sie gerade aufmunternd angelächelt? Diese schneehäutigen Ormländer waren nur schwer zu lesen …

Die Kapitänin Assindra Neunfinger, die für die Seekönigin der Ilis Ymran sprach, wirkte hingegen wenig beeindruckt. Der dralle Lockenschopf hatte sich mit provokanter Lässigkeit auf den Hochsitz gelümmelt, ließ sich beständig Wein nachschenken und rief den Pagen schlüpfrige Bemerkungen nach. Die Kapitänin machte keinen Hehl daraus, dass sie ihre Zeit auf Vard für verschwendet hielt und lieber etwas Sinnvolles getan hätte. Etwa mit ihrem Korsarenschiff lorvische Kauffahrer zu jagen. Jha Rudra beachtete die Ymrani nicht weiter. Hier war keine Hilfe zu erwarten.

Sie breitete ausladend, aber nicht zu dramatisch die Arme aus, als sie zu ihrem zentralen Anliegen kam: »Die Winterseherin hat eine Möglichkeit gefunden, den Silberwebstuhl von Malyún gegen den Kettenfürsten einzusetzen. Bedauerlicherweise ist das Silberkloster vor Kurzem in die Hände der Kettenheere gefallen. Wenn wir jedoch die Macht des Webstuhls für uns gewinnen könnten, ließe sich der Kettenfürst nicht nur in die Defensive drängen, sondern es bestünde sogar die greifbare Möglichkeit, ihn endgültig zu bezwingen! Mit einer Waffe, die die dunkle Herrschaft des Kettenfürsten zu beenden vermag – eine besondere Waffe, deren Macht die Winterseherin mithilfe des Webstuhls erwecken könnte!«

Ungläubiges Gemurmel erhob sich unter den Gesandten. Jha Rudra seufzte innerlich. Sie hatte lange mit sich gerungen, ob sie wirklich so dick auftragen wollte, sich aber schließlich dafür entschieden, an diesem Punkt ganz bei der Wahrheit zu bleiben. Alle mussten verstehen, worum es ging!

Immerhin schaute sie der Jarl Skjöldir Reifbart, der für den freien Norden von Skovrik sprach, aufmerksam an und nickte dabei kaum merklich. Immer wieder wanderte sein Blick zu Hilgrif, die sich daraufhin sichtlich verspannte. Die Diebespriesterin war froh, dass die Halbmaske ihre Irritation verbarg.

Zur Rechten von Skjöldir Reifbart saß Obmann Olbarin von den Kristallschmieden, der Vertreter des Königs der Kristallzwerge von Kurrond. Der greise Zwerg trug seinen eisblau schimmernden Bart zu zwei Zöpfen geflochten, und seine mit schweren Tränensäcken beladenen Augen schauten besorgt drein. Gelegentlich tauschte er Seitenblicke mit dem Jarl.

Oxud, der Prinz des Trollkönigreichs Trollskog, füllte den

Hochsitz neben dem Obmann mehr als aus. Selbst im Rat gab der hünenhafte Troll seinen Streitkolben nicht aus der Hand. Er war ohne das Wissen seines königlichen Vaters hier und schien vor allem nach Verbündeten zu suchen, um seine Thronansprüche gegen seine Brüder durchzusetzen. Gelangweilt ordnete er seinen flechtenartigen Bart, während er Jha Rudras Rede an sich vorbeiziehen ließ. Wer keine Unterstützung für die Thronstreitigkeiten von Trollskog beizutragen hatte, war für ihn nicht von Interesse.

Sehr viel größere Hoffnung setzte Jha Rudra hingegen auf Glu Bosra, einen dunkelhäutigen Jhali-Priester in schwarzen Wickelgewändern. Er trug eine von Straußenfedern bekrönte Halbmaske, in deren Karo-Muster kein Farbton zweimal vorkam, und sprach für die Jhalai der Maskenviertel, die noch nicht in der Hand des Kettenfürsten lagen. Da sich Jha Rudras Volk eher auf die Metropolen des Südens konzentrierte, waren das nur noch eine Handvoll Jhalaisu. Sie standen jedoch durch Jhalis Labyrinth in Verbindung mit den Maskenvierteln der Kettenlande, wo der Widerstand viele Unterstützer hatte. Jha Rudra hoffte darauf, dass die Unternehmungslust der Maskenleute ihrer Sache zugutekommen würde. Glu Bosra gab sich jedoch so undurchsichtig, wie Jha Rudra es erwartet hatte. Auf der Lehne seines Hochsitzes stand eine kleine Glocke, die darauf hinwies, dass er die heutige Sitzung leitete.

Ganz rechts saß der Vertreter König Golibrans des Gemächlichen von Tokrond: ein Eisenzwerg mit grauem Bart und Augenklappe, in dessen grimmigem Blick stählerne Härte lag. Obmann Naribran von den Höhlengängern. Wenn der Obmann wirklich der war, von dem Gorin und Galdra berichtet hatten, würde sie hier einen schweren Stand haben.

Jha Rudras Blick streifte den letzten Hochsitz ganz außen, dessen Sitzfläche leer war. Er stand für einen Gesandten der Weiß-Elben des hohen Nordens bereit, doch die Boten, die das Weißvolk zum Bündnis bitten sollten, waren nicht aus den Nordlichtreichen zurückgekehrt.

»Darum bitte ich Euch, Ihr Vertreter der freien Völker: Stellt die nötigen Krieger zur Verfügung, um das Kloster Malyún den Kettenheeren zu entreißen! Ich weiß, dass Eure Reiche bereits ihre Heere aufgestellt und sich gegen die Bedrohung durch den gierigen Kettenfürsten gerüstet haben. Wenn Ihr sie rasch in Bewegung setzt, wird es uns gelingen, Malyún rechtzeitig zu befreien! Gemeinsam können wir den Sturz des Kettenfürsten einleiten und der Welt die Freiheit wiedergeben.«

Jha Rudras Rede war zu Ende. Nun lag es am Rat der Freien Fürsten zu entscheiden. In der Stille nach ihren Worten nickte Hilgrif ihr aufmunternd zu. Jha Rudra schenkte ihrer Gefährtin nur einen flüchtigen Seitenblick. Sie schaute angespannt in die Gesichter der Sprecherinnen und Sprecher.

»Eine interessante und unvorhergesehene Entwicklung«, durchbrach der Priester Glu Bosra die Stille. »Ich denke, dass gegen einen Gegner wie den Kettenfürsten jede Möglichkeit in Betracht gezogen werden muss, mag sie auch zunächst abwegig erscheinen.«

Jha Rudra verbeugte sich bescheiden.

»Ich schließe mich dieser Sichtweise an«, sprach Lord Lhôr. Nun erlaubte sich Jha Rudra ein Lächeln. Sie schien tatsächlich etwas bewegt zu haben …

»Jedoch stehen Ormland nur wenige Truppen für die Verteidigung seiner Küsten zur Verfügung. Wir haben keine Mittel für einen Krieg auf dem Festland«, fuhr der Lord fort, ohne die Miene zu verziehen.

»Dann lässt es sich natürlich bequem zustimmen, wenn man selber nichts tun muss«, höhnte die Kapitänin Assindra und nahm einen weiteren Schluck Wein. »Die Kaperflotte der Ilis Ymran wird Euch bei Eurem Vorhaben sehr gerne beistehen, Jhalai. Allerdings müsstet Ihr selbst dafür sorgen, unsere Schiffe in die Gletscherberge zu schaffen.« Sie grinste Jha Rudra breit an. Prinz Oxud lachte grollend, sodass sein Borstenschweif über den Boden peitschte und der Hochsitz wackelte.

»Der Kriegsrat der letzten freien Reiche des Nordens ist kein

Ort für kindische Scherze.« Hilgrif trat mit geröteten Wangen einen Schritt vor und starrte die Kapitänin wütend an. Assindra prostete ihr mit dem Weinkrug zu.

»Hilgrif von Hamarheim hat recht«, tönte ein energischer Bariton. Er gehörte dem Jarl Skjöldir, der sich in seinem Hochsitz vorgebeugt hatte. Die Schwertpriesterin zuckte zusammen. »Wir sollten den Vorschlag der Maskenfrau sehr ernsthaft prüfen«, fuhr der Jarl fort. »Denn wir alle wissen doch, dass selbst die geballte Macht unserer Reiche den endlosen Kettenheeren auf lange Sicht unterlegen sein wird. Wenn wir dennoch tätig werden wollen, ist der gezielte Angriff auf die wunden Punkte des Kettenfürsten eine gute Wahl. Was könnt Ihr uns über dieses Kloster und seine Verteidigung sagen, meine Liebe?«

Er hatte Hilgrif direkt angesprochen. Diese holte scharf Luft und schien krampfhaft nach Worten zu suchen. Jha Rudra setzte dazu an, an ihrer statt zu antworten, wurde aber von einer polternden Stimme unterbrochen.

»Die Minotauren sind Krieger und greifen lieber an, als sich zu verstecken!«, brüllte der Kriegsfürst Krosh Muldran.

»Aber wir trauen den Zauberern der Menschen und ihren Ritualen nicht«, knurrte einer der anderen Kriegsfürsten, die hinter ihm standen. Drei weitere nickten dazu.

»Na und?!«, schnaubte Krosh. »Ich sitze auf diesem Stuhl und nicht du, Krummhorn. Ich sage, wir greifen an.«

»Und ich sage, dass du ein Hohlkopf bist, der nur Gesandter ist, weil ich im letzten Kampf ausgerutscht bin!«, gab der andere Minotaur zurück. Der Kriegsfürst sprang auf. Sofort brach rund um seinen Thron ein wildes Gerangel aus.

»Ich verbürge mich für die Alte mit den Schwanenfedern, die Ihr die Winterseherin nennt.« Die Stimme der Frühlingskönigin Yurami war leise und trug doch so weit, dass sie sich gegen das Gebrüll der Minotauren durchsetzte. Sofort wurde es ruhig in der Halle. »Schon oft hat sie dem Volk von Liráya beigestanden. Niemand meint es mit dem Kampf gegen den Kettenfürsten ernster als sie.«

Jha Rudra atmete aus. Es tat gut, die Frühlingskönigin auf ihrer Seite zu wissen.

»Dann schickt halt Eure Elbenkrieger gegen dieses Kloster«, brummte Prinz Oxud gelangweilt.

»Auch Liráyas Grenzen müssen geschützt werden«, erwiderte die Frühlingskönigin. »Doch ich habe die Sache erwogen und werde einen Kriegstrupp unserer Grünhüter zu dem Unternehmen beisteuern.«

Jha Rudra und Hilgrif tauschten besorgte Blicke. Eine Schar Grünhüter war gut, aber noch lange nicht genug. Sie brauchten eine ernsthafte Streitmacht.

»Kurrond wird gerade hart bedrängt«, ließ sich nun der Obmann Olbarin vernehmen. »Die Kreaturen des Kettenfürsten wühlen sich immer tiefer in den Fels unserer Berge. Doch wenn die Fürsten des Nordens sich zum Handeln entschließen, werden die Kristallzwerge selbstverständlich ihren Teil beisteuern.«

»Recht so«, schnaubte der Kriegsfürst Krosh.

»Ich kann und will nicht länger schweigen!« Obmann Naribran von Tokrond war aufgesprungen. »Es geht nicht an, dass sich selbst Zwerge täuschen lassen«, rief er mit einem verächtlichen Seitenblick auf Olbarin von Kurrond. »Die Menschenzauberin, für die sich die Gesandte der Grün-Elben verbürgt, ist eine verfluchte dunkle Hexe und steht mit dem Kettenfürsten im Bunde!«

Wieder kam heftiges Gemurmel in der Versammlung auf. Die Minotauren stritten lautstark miteinander. Die Frühlingskönigin seufzte in sich hinein.

»Und Ihr habt gewiss auch Beweise für Eure Anschuldigung?«, fragte Lord Lhôr von Ormland fest, aber mit ruhiger Stimme.

»Mein Sohn Nurdrin«, rief Obmann Naribran mit schmerzverzerrtem Gesicht, »wurde von Schergen des Kettenfürsten heimtückisch ermordet. Die Winterseherin hat sie mit bösartiger Zauberei aus der Gerichtsverhandlung befreit, die über ihr

Schicksal entscheiden sollte und sie bereits verurteilt hatte. Das wird Euch jeder aufrechte Eisenzwerg von Tokrond bestätigen können. Unser König selbst war dabei zugegen. Ich hoffe, das genügt Euch als Beweis für die Verderbtheit dieser Person!«

»Die Winterseherin hatte gute Gründe für ihr Handeln!«, rief Jha Rudra, während sie fieberhaft überlegte, wie sie alles richtigstellen sollte, ohne die Zwillingsseelen zu gefährden.

»Wenn die Maskenfrau im Auftrag der Winterseherin kommt«, fuhr Naribran unbeirrt fort, »dann ist sie ebenfalls eine Verräterin, die uns in eine Falle locken will! Wahrscheinlich hat der Kettenfürst in diesem Kloster irgendeine Heimtücke vorbereitet, die unsere gesamte Kriegsmacht auf einmal auslöschen soll. Hört nicht auf ihre Einflüsterungen! Ich verlange, dass diese Kettendienerinnen augenblicklich festgesetzt werden, ehe sie Schaden anrichten können.«

Das Gemurmel im Rat steigerte sich zu einem Tumult. Drei der Minotauren kamen um den Hochsitz ihres Sprechers herummarschiert und waren offenbar entschlossen, die Forderung des Obmanns sofort persönlich umzusetzen. Hilgrif trat ihnen trotzig entgegen, eine Hand am Schwertgriff.

»Halt!« Skjöldir Reifbart war ebenfalls aufgesprungen und hatte seine Klinge gezogen. Die Schneide seines Breitschwerts glitzerte, als sei sie von Eiskristallen bedeckt. »Dieser Rat ist nicht der Ort für Kämpfe! Und alle, die vor ihm sprechen, genießen selbstverständlich freies Geleit. Jeder, der Hand an diese Frauen legt, wird *Frostbiss* zu spüren bekommen!«

Er ließ seine Klinge warnend durch die Luft sausen. Sie zog einen Schleier aus wirbelnden Schneeflocken hinter sich her. Selbst die streitlustigen Minotauren verharrten für einen Moment unschlüssig. Nicht jedoch Obmann Naribran. »Wer sich mit den Feinden Tokronds gemein macht, wird als Feind behandelt!«, grollte er, während er seine mächtige Doppelaxt zur Hand nahm.

Der Klang einer Glocke hallte durch das Gewölbe.

»Ich erinnere Euch an die Eide, die Ihr im Namen Samdhis,

der Hüterin des Friedens, geschworen habt«, sagte der Jhali-Priester Glu Bosra streng. »Wir werden morgen weiter über das Anliegen Jha Rudras sprechen, wenn alle ihre Hitzköpfe ein wenig abgekühlt haben. Vorerst schließe ich diese Versammlung des Rates der Freien Fürsten.«

Mit einem herausfordernden Blick in die Runde steckte Skjöldir Reifbart sein Breitschwert wieder ein. Obmann Naribran stürmte wortlos aus der Halle. Auch die anderen Gesandten erhoben sich von ihren Hochsitzen, manche grimmig, andere besorgt, und gingen zu ihrem Gefolge. Das Gewölbe war erfüllt von aufgebrachtem Gemurmel.

Jha Rudra schob Hilgrif aus der Halle in ein Nebengewölbe, damit niemand sie ansprechen konnte. Sie brauchte einen Moment Zeit, um sich eine neue Strategie zurechtzulegen.

Das Gewölbe war ein dunkler Lagerraum voller Fässer und Kisten. Jha Rudra schwang sich auf eine mächtige Truhe und ließ die Beine baumeln, während Hilgrif unruhig auf und ab ging.

»Ich hätte nicht gedacht, dass es so schlecht laufen würde«, brummte die Schwertpriesterin missmutig.

»Ich hatte schon befürchtet, dass Naribran uns Ärger machen wird«, erwiderte Jha Rudra. »Allerdings glaube ich kaum, dass er die anderen Gesandten davon überzeugen kann, dass wir geheime Abgesandte des Kettenfürsten sind. Niemand folgt gerne einem brüllenden Wüterich.«

»Das meine ich auch gar nicht«, erwiderte Hilgrif. »Aber ich sehe nicht, dass wir hier die Krieger finden, die wir suchen. Bislang wurden uns gerade mal ein paar Grünhüter zugesichert. Die Ratssprecher scheinen nur daran zu denken, die Grenzen ihrer Länder zu sichern. Angst bestimmt ihre Entscheidungen.«

»Und Angst war schon immer ein schlechter Ratgeber. Da stimme ich Euch zu, Hilgrif«, sagte Jarl Skjöldir, als er das Gewölbe betrat.

Hilgrif zuckte zusammen. Dann straffte sie sich und schaute Skjöldir entgegen.

»Ihr habt mich also sofort wiedererkannt, nach all den Jahren«, sagte sie leise.

»Ob nun Hilgrif von Hamarheim oder Hilgrif von Hohewacht, wie Ihr jetzt offenbar genannt werdet – die entschlossene Klarheit Eurer Augen würde ich auch hinter dem Visier eines Stechhelms erkennen, meine Liebe.« Hilgrif schaute unglücklich auf ihre Hände.

Jha Rudra sprang von der Truhe und stellte sich neben ihre Gefährtin. »Was genau geht hier eigentlich vor, Hilgrif?«, fragte sie ein wenig gereizt. »Woher kennt ihr euch?«

Skjöldir fuhr sich erstaunt durch den frostweißen Bart. »Hat Euch Hilgrif das nicht erzählt, Jha Rudra? Ich bin ihr Ehemann.« Jetzt war Jha Rudra wirklich froh, dass die Maske ihre Gesichtszüge verbarg.

»Das Ritual des Geteilten Herdfeuers wurde nie vollzogen«, sagte Hilgrif rasch.

»Aber unsere Väter waren sich einig«, erwiderte Skjöldir. »Und sie hatten bereits das Brautsilber nach den Gesetzen von Skovrik getauscht. Das war natürlich, bevor Ihr nach Hundertbürgen geflohen seid und im Schwertkloster Hohewacht Zuflucht gesucht habt.«

»Ich war bereits entschlossen, eine Schwertmaid zu werden, als wir uns auf diesem Mittwinterfest am Hof von Grandal kennenlernten«, erwiderte Hilgrif ernst. »Euer Werben um mich war nur der Auslöser, mich endlich auf den Weg nach Hohewacht zu machen, auch gegen den Willen meines Vaters. Und Ihr habt mir nachgestellt, obwohl das Kloster ein heiliges Sanktuarium für die Schutzsuchenden ist.«

»Das war ich nicht!«, gab der Jarl bestürzt zurück. »Ich hatte gerade alle Hände voll damit zu tun, meine Expedition zu den Weiß-Elben zu planen … Die Männer Eures Vaters haben Euch verfolgt. Habt Ihr das nicht an ihrem Feldzeichen erkannt?«

»Ich war zu sehr damit beschäftigt, viel zu früh im Jahr über die Pässe der Graugrimm-Berge zu fliehen«, erwiderte Hilgrif ungnädig.

Skjöldir Reifbart breitete ratlos seine Arme aus. Sein massiger Körper schien stets viel Platz zum Gestikulieren zu brauchen. »Nun gut, wie dem auch sei … Deswegen komme ich eigentlich gar nicht, Hilgrif! Ich komme wegen der Dinge, die gerade im Rat besprochen wurden.«

»Wegen Obmann Naribrans Anschuldigungen?«, fragte Jha Rudra misstrauisch, die froh um den Themenwechsel war. Trotzdem schenkte sie Hilgrif einen Seitenblick, der deutlich sagte, dass es noch viel zu bereden gab. Die Schwertpriesterin schaute unbehaglich in eine andere Richtung.

»Nein«, erwiderte der Jarl. »Weil die Gesandten zögern, Euch beizustehen. Hilgrif hat recht. Sie haben Angst. Das gilt auch für die meisten Jarle des nördlichen Skovrik. Immerhin mussten sie gerade erst miterleben, wie die Kettenheere die Kernlande des Reiches überrannt und den König gestürzt haben. Sie werden nicht die wenigen Krieger riskieren, die von ihrer Hausmacht nach dem Kampf um Skovrik noch übrig sind.«

»Also kommt Ihr, um uns zu erklären, dass Ihr uns alles Gute wünscht, aber leider nicht helfen werdet«, fasste Jha Rudra zusammen. Skjöldir trat näher an sie heran.

»Ich sagte *die meisten Jarle*, Jha Rudra«, sprach er eindringlich. »Ich gehöre nicht dazu. Meine erfahrensten Krieger waren mit mir gerade auf einer Seereise nach Kta Lun, als die Kettenheere in Skovrik einfielen. Wir konnten den Unseren nicht beistehen. Nun setzen wir alles daran, dem Kettenfürsten zu schaden, wo es nur geht. Olbarin von Kurrond denkt ähnlich und hat einige kristallzwergische Freiwillige versammelt, die sich mit meinen Leuten zusammengetan haben. Es sind auch Minotaurenkrieger des Hauses Muldran und sogar ein paar Waldtrolle dabei.«

»Das klingt vielversprechend«, sagte Hilgrif vorsichtig.

Skjöldir Reifbart ging tatendurstig auf und ab, während er sprach. Plötzlich strahlte er eine Sicherheit aus, deren Wirkung sich auch Jha Rudra nicht ganz entziehen konnte. »Bislang haben wir uns darauf beschränkt, die Nachschub-Routen der Kettenheere zu attackieren, ihre Vorratshäuser in Brand zu stecken und dergleichen mehr. Aber Ihr habt uns vielleicht ein Ziel gegeben, das deutlich lohnender ist. Wenn der Verlust des Silberklosters Malyún für den Kettenfürsten wirklich eine entscheidende Niederlage wäre, werden wir mit unseren Truppen gegen die Gletscherberge ziehen!«

»Wie viele Krieger habt Ihr?«, fragte Hilgrif unumwunden.

»Knapp fünfhundert«, erwiderte der Jarl.

»Zu wenig für Kriegshorden von Wolfsschädel-Orks, die sich hinter den Mauern von Malyún verschanzen«, seufzte Hilgrif.

Skjöldir schüttelte energisch den Kopf und begann wieder herumzutigern. »Nicht, wenn man listenreich kämpft! Ich habe meine Leute schon mehr als einmal erfolgreich gegen eine Übermacht geführt. Überzeugt mich davon, dass Malyún dem Kettenfürsten am meisten wehtut – und Ihr habt meinen Schwertarm, *Frostbiss* und was ich sonst noch aufbieten kann.«

Hilgrif straffte sich. »Euch muss klar sein, dass ich nicht käuflich bin. Eure Unterstützung ändert nichts zwischen uns, Jarl Skjöldir«, sagte sie. »Wir werden Kampfgefährten sein. Mehr nicht.«

Plötzlich wich die kühne Entschlossenheit eines Kriegsherrn von dem Jarl und er war wieder verlegen damit beschäftigt, seine etwas zu großen Hände unterzubringen. »Die Vorstellung, Euch an meiner Seite zu haben, ist immer noch verlockend«, murmelte er. Jha Rudra trat an Hilgrif heran und legte die Hand verbindlich auf den Arm ihrer Gefährtin. Skjöldir fuhr rasch fort: »Wie dem auch sei. Dann sind wir eben vor den Augen von Skovrik weiterhin unglücklich verlobt und führen unser Leben wie bisher. Unser gemeinsamer Kampf wird daran nichts ändern. Was denkt Ihr bloß von mir, Hilgrif?« Nun klang der Jarl leicht verärgert.

»Es wird uns eine Freude sein, an Eurer Seite zu kämpfen, Skjöldir Reifbart«, warf Jha Rudra ein und wusste nicht so recht, ob sie es ehrlich meinte. Der Jarl wirkte ehrbar und aufrichtig. Und aus irgendeinem Grund störte sie genau das. Es passte einfach zu gut zu Hilgrif!

»Wo genau halten sich Eure Kräfte gerade auf?«, fragte Jha Rudra betont sachlich, um das Persönliche erst einmal beiseitezuschieben.

»Im Hrimwald, östlich des Nöcksees«, erklärte Skjöldir. »In einer guten Woche können wir sie erreichen. Ich habe vorzügliche Pferde und kenne alle Straßen und Pfade hier im Norden. Seid unbesorgt, Jha Rudra.«

»Wie kommt Ihr darauf?«, erwiderte die Diebespriesterin spitz. »Das ist nicht meine erste Reise, wenn ich auch noch nicht bis Thursengard gekommen bin.«

»Natürlich«, erwiderte der Jarl verlegen. »Das wollte ich auch nicht andeuten. Ich weiß, dass die Jhalai in der ganzen Welt zu Hause sind.«

Jha Rudra seufzte in sich hinein. Eine bissige Gegenbemerkung wäre ihr lieber gewesen.

»Dann sollten wir rasch aufbrechen«, drängte Hilgrif. »Je eher die Winterseherin ihr Ritual auf Malyún durchführen kann, umso schlechter für den Kettenfürsten. Es gibt momentan kein wichtigeres Ziel für Eure Gefolgsleute. Darauf gebe ich Euch mein Wort, Skjöldir Reifbart.«

»Und das genügt mir«, erwiderte der Jarl. »Ich lasse sofort die Pferde bereitmachen. Der Herse Jörstein wird mich im Rat vertreten. Ihr solltet Euch auch reisefertig machen.«

Mit wehendem Fellmantel verschwand der Jarl aus dem Gewölbe. Hilgrif atmete durch.

»Das ist doch gut gelaufen«, sagte sie etwas unsicher.

»Ja«, brummte Jha Rudra, die dem Jarl immer noch hinterherschaute. »Nur zu gut. Wir müssen reden, Hilgrif.«

ZWÖLFTES KAPITEL

DER GESPALTENE TURM
AN DER WESTKÜSTE DER INSEL YAMAAZ,
EINER PROVINZ DER KETTENLANDE

Gorin trieb durch Meere aus Schwärze dahin. Stille hatte sich wie erstickende Wassermassen über ihn gelegt. Er kämpfte dagegen an, versuchte aufzutauchen und die Dunkelheit mit seinem Geist zu durchdringen. Doch wann immer er sich anstrengte, spürte er eine sanfte, aber unerbittliche Kraft, die ihn zurückdrückte, in die lichtlose Tiefe aus Schlaf und Vergessen.

Doch aufzugeben lag nicht in der Natur eines Zwergs. Immer wieder strampelte Gorin sich aus der Schwärze empor. Immer wieder wurde er niedergedrückt, jedes Mal etwas weniger tief. Bis sich endlich die Wasser teilten und Gorin freigaben.

Er schlug die Augen auf. Gorin lag in einem dunklen Verschlag auf schwankenden Schiffsplanken, mit den Händen an die Wand gekettet. Neben ihm hatten sich Elyami und Elyamur eng aneinandergeschmiegt. Sie atmeten tief und regelmäßig. Stöhnend wandte Gorin den Kopf. Schmerz pochte in seinem Schädel. Auf der anderen Seite hockte Galdra und betrachtete ihn mit gerunzelter Stirn. Auch ihre Hände waren zusammengekettet.

»Da bist du ja endlich, kleiner Bruder«, brummte sie. »Ich dachte schon, diese Elbenhexe hätte dich dauerhaft schlafen geschickt.«

Mit einem Mal war die Erinnerung wieder da. Der Kampf auf dem Schiff. Eyoundri, die durch den Säbel eines Untoten niedergestreckt wurde. Die Klauen des skelettierten Rokhs. Azrazurs Blitzgeißel. Und der schlafbringende Biss der Spinne. Gorin rieb sich die gerötete Stelle auf seinem Handrücken.

»Bist du schon lange wach?«, fragte er benommen.

»Lange genug, um zu wissen, dass ich die Fesseln nicht aufbekomme und die Tür nicht erreichen kann«, erwiderte Galdra und hob frustriert ihre zusammengeketteten Hände.

»Was ist mit den Elben?«, fragte Gorin und richtete sich mit steifen Gelenken auf.

»Die werden einfach nicht wach«, erwiderte Galdra. »Halten eben nichts aus.« Es klang missbilligend, doch Gorin kannte seine Schwester gut genug, um die Sorge aus ihrer Stimme herauszuhören.

Er gab sich alle Mühe, einen klaren Kopf und einen Überblick über ihre Situation zu bekommen. Galdras Stirnwunde war inzwischen schmutzig verkrustet. Ansonsten schien niemand ernsthaft verletzt zu sein. Alle trugen noch immer die Kleidung, in der man sie verschleppt hatte: Gorin und Galdra ihre Kettenmäntel, die Elbenzwillinge ihre Tuniken. Doch ein rascher Blick auf die Gürtel verriet Gorin, dass man ihnen die Waffen zusammen mit allem anderen Nützlichen abgenommen hatte. Seine treue Armbrust war ja ohnehin nur noch ein Haufen Schrott …

Gorin spürte Galdras finsteren Blick auf sich, während er sich umschaute und seine leeren Taschen abtastete. Schließlich beugte seine Schwester sich vor und hob mit ihren angeketteten Händen umständlich einen kleinen Gegenstand hoch.

»Kannst du das gebrauchen? Das ist alles, was wir haben.«

Gorin nahm das Ding entgegen. Es war ein fingerlanger, dünner, grob geschmiedeter Bolzen aus Eisen, der auf einer Seite spitz zulief. Offenbar hatte Galdra es geschafft, ihn aus einer der Kettenhalterungen an der Wand zu entfernen.

»Als Waffe nicht tauglich«, murmelte Gorin. »Aber vielleicht als Werkzeug …«

Er verfügte nicht über Jha Rudras Fähigkeiten im Schlösserknacken. Doch er verstand genug von Schmiedekunst und Mechanik, um es auf einen Versuch ankommen zu lassen.

Galdra streckte ihm die gefesselten Hände entgegen. Gorin setzte die Spitze des Bolzens an und begann, in der Öffnung des groben Fesselschlosses herumzutasten. In diesem Moment näherten sich Schritte hinter der Tür.

»Schlafend stellen«, flüsterte Gorin, zog hastig den Bolzen weg und steckte ihn so unauffällig wie möglich zwischen seine dick geflochtenen Bartzöpfe. Dann ließ er sich neben Galdra fallen.

Die beiden Zwerge hatten kaum die Augen geschlossen, als auch schon die Tür des Verschlages geöffnet wurde. Zwischen seinen verstohlen geöffneten Augenlidern konnte Gorin die Meisterin der Gifte erkennen, die zusammen mit zwei Elbenkriegern den Raum betrat. Noch immer krabbelten dicke Spinnen über ihre feinen schwarzen Roben. Sie sprach einige Worte auf Elbisch und zog eine Kristallphiole aus ihrem Gürtel. Als sie den Deckel mit spitzen Fingern abnahm, verteilte sich sofort ein scharfer, würziger Geruch im Verschlag. Gorin musste würgen und husten. Auch die Grün-Elben regten sich. Elyami keuchte krampfhaft, Elyamur stöhnte. Beide schienen langsam zu sich zu kommen. Gorin schlug die Augen auf. Es hatte keinen Sinn, sich länger zu verstellen.

»Wir haben unseren Zielhafen erreicht«, sprach die Meisterin der Gifte in der Hochsprache und beobachtete lächelnd, wie sich Elyami und Elyamur benommen aufrichteten. »Vielleicht interessiert es euch, dass ihr zwei Reisetage in süßem Schlaf verbracht habt. Wenn es für euch auch keine Relevanz mehr haben dürfte. Doch nun nehmt euch zusammen und versucht, etwas weniger erbärmlich auszusehen! Es liegt an euch, euer Schicksal mit Würde zu tragen, wenn ihr gleich vor den Turmherrn Cysramur geführt werdet.«

Galdra murmelte eine Unanständigkeit auf Eisentung, während Elyamur die Purpur-Elbin mit einem kalten Blick fixierte. Ihre selbstgefällige Sanftheit war noch schwerer zu ertragen als Azrazurs Überheblichkeit.

Die Elbenkrieger lösten die Fesseln von den Wänden und verbanden sie mit einer langen Kette, an der die Gefangenen abgeführt wurden. Die Meisterin der Gifte ging vorneweg, dann folgten sechs bewaffnete Krieger, die Gorin und die anderen in die Mitte nahmen. Gorin hatte Mühe, sich auf den Beinen zu halten. Die Nachwirkungen des Giftes machten seine Schritte träge und unsicher. An eine Flucht war nicht zu denken. Sie passierten die Ruderbänke und stiegen über eine steile Leiter an Deck.

Draußen war es dunkel. Die *Onyxklinge* war an einer Kaimauer festgemacht, die von mächtigen Feuerbecken beleuchtet wurde. Brandiger Geruch lag in der Luft. Gorins Blick wurde sofort von einem gewaltigen Gebäude angezogen, das die Hafenanlagen überragte. Es war ein runder Turm, dessen Basis breit wie ein ganzes Stadtviertel war. Er schien sich endlos weit in den Nachthimmel zu erstrecken, als würde er irgendwo in den Wolken verschwinden. Zahllose erleuchtete Fenster glitzerten auf seinen schwarzen Flanken, die zuweilen von Erkern und Nebentürmchen gesäumt wurden. Immer wieder durchbrachen zudem Balkone und Plattformen die Gleichförmigkeit der Außenmauern. An manchen Stellen wucherten Baumwipfel und Ranken über ihre Zinnenkränze. Irgendwie war es den Purpur-Elben gelungen, Parks und Gärten am Turm anzulegen.

Ein mehrere Stockwerke tiefer Spalt teilte das obere Drittel des Turms, als hätte ein Blitz in einen Baumstamm eingeschlagen. Provisorisch wirkende Holzbrücken führten an mehreren Stellen über die breite Kluft und verbanden die beiden Hälften des Turmes.

Außer dem gigantischen Turm gab es hier nur wenige, flache Nebengebäude. Das Bauwerk schien eine ganze Stadt zu umfassen, die man in die Höhe getürmt hatte – das komplette Gegenteil der in die Tiefe gegrabenen Zwergenstädte.

»Willkommen am Gespaltenen Turm«, sagte die Meisterin der Gifte mit einem belustigten Unterton. »Das geht allen Fremden so, die zum ersten Mal hierherkommen. Sie können den Kopf vor Staunen nicht mehr aus dem Nacken nehmen.« Verärgert zwang sich Gorin wegzuschauen.

»Nur eine andere Sippenstadt von Yamaaz ragt höher auf«, fuhr die Purpur-Elbin ungerührt fort. »Nur eine ist bevölkerungsreicher. Doch kein Turm bringt bedeutendere Zauberwirker hervor. Hier steht ihr vor dem schlagenden Herzen des Elbentums.«

»Wohl eher am Herzen eurer verfaulten Dekadenz!«, brauste Elyamur auf. Elyami hatte sich mit gesenktem Kopf an ihn geschmiegt. »Wie viele Sklaven sind dabei umgekommen, das Ding zu errichten?«

Die Meisterin der Gifte antwortete nicht. Sie gab den Kriegern einen knappen Befehl. Gorin und die anderen wurden von Bord geführt. Sie betraten die Insel Yamaaz in Ketten.

Der Kriegszauberer Azrazur stand bereits am Kai, umgeben von seinen Offizieren. Er beachtete die Gefangenen kaum. Sein Blick war auf die Freitreppe gerichtet, die zum Hauptportal des Gespaltenen Turmes führte. Es war ein hoher Spitzbogen, der von zwei überlebensgroßen Statuen flankiert wurde. Die linke zeigte eine purpur-elbische Zauberin mit stolz erhobenem Stab, die rechte einen Elben, der entrückt auf einer Handharfe spielte. Am Portal prangte rostrot und hässlich das Kettenbanner.

Gerade schwangen die Torflügel auf. Zwei Reihen goldmaskierter Krieger marschierten mit Fackeln in den Händen heraus. Sie nahmen als Spalier zu beiden Seiten der Treppe Aufstellung.

Aus dem Portal schritt nun eine Gruppe von sieben oder acht Elbinnen und Elben, deren Purpur-Roben mit feinen Gold- und Silbermustern bestickt waren. Sie trugen glyphenbeschnitzte Stäbe und juwelenverzierte Stirnreife, leuchtende Amulette und zahllose Ringe an den schlanken Fingern. Hinter ihnen folgten Menschen und Elben in schlichten silbergrauen Gewändern. Ihre Haare waren kurz geschnitten, um ihre Hälse hatte man Bänder aus schwarzem Stahl gelegt. Sie hielten sich demütig bereit, um auf die Wünsche der Purpurträger zu reagieren.

Als die elbischen Zauberer die Treppe hinabgeschritten waren, trat Azrazur einige Schritte auf sie zu. Er verbeugte sich vor einem hochgewachsenen Elb, der sein brünettes Haar zu einem langen Zopf voller goldener Ringe geflochten trug. Der Blick seiner grün strahlenden Edelsteinaugen wanderte nachdenklich über die Zwillinge, während die linke Hand beiläufig mit der rostroten Kette an seinem Hals spielte. Gorin hatte so ein Würdenzeichen schon einmal bei Statthalter Darquato gesehen. Das musste der Turmherr Cysramur sein, den die Meisterin der Gifte erwähnt hatte.

Azrazur erstattete ausführlich auf Elbisch Bericht und trat schließlich an den Turmherrn heran, um ihm einen kleinen Gegenstand zu überreichen.

Dieser hob daraufhin die Hand und sprach einige Befehle. Die anderen Purpurträger zogen sich respektvoll von ihm zurück, während zwei minotaurische Sklaven mit nackten, schwarz behaarten Oberkörpern ein Möbelstück herbeischleppten. Es war ein rostroter Thronsitz, den sie hinter dem Purpur-Elb platzierten.

»Er trägt noch eine weitere Kette!«, hauchte Elyami mit Grauen in der Stimme. »Ich spüre den Würgegriff seiner Seelenkette …« Gorin erschauderte. Unterdessen nahm der Elb auf dem Thronsitz Platz und legte würdevoll die Arme auf die Lehnen. Gorin musste an den armen Nurdrin denken, von dem der Kettenfürst damals in Tokrond Besitz ergriffen hatte.

Der Turmherr schloss die Augen und schien sich zu konzentrieren. Alle Umstehenden verbeugten sich tief vor ihm. Gorin spürte die Hand eines Kriegers im Nacken und wurde ebenfalls gewaltsam nach unten gedrückt.

»Ich entscheide immer noch selbst, wann ich mich verbeuge!«, wetterte Galdra neben ihm, doch zwei Wachen zwangen sie zu Boden.

Es wurde völlig still. Nur die Wellen schlugen gegen den Kai und die Fackeln knisterten. Verstohlen beobachtete Gorin den Turmherrn auf dem Thron.

Dieser schlug die Augen ruckartig auf. Sein Blick war nun erfüllt von einem stählernen Willen. Gorin ertappte sich dabei, dass er rasch wieder zur Seite schaute.

»So begegnen wir uns also wieder«, sprach der Purpur-Elb mit einer Stimme, die nicht seine eigene war. »Ein höchst erfreulicher Umstand, nachdem unsere letzte Zusammenkunft so abrupt beendet wurde.« Für einen Moment sah Gorin Darquatos verdrehten Körper vor sich, den der Koloss Drogh in den Staub der Steppe gestampft hatte.

»Erhebt Euch!«, sprach der Purpur-Elb leichthin. Alle Umstehenden richteten sich mit respektvoller Langsamkeit wieder auf.

»Ich könnte jetzt triumphieren und euch für die Leichtfertigkeit verhöhnen, dass ihr euch so nah an Yamaaz herangewagt habt. Einem der Zentren meiner Reiche«, fuhr der Turmherr fort. »Doch das wäre ein billiges Vergnügen. Immerhin ließ euch eure Suche keine andere Wahl, nicht wahr? Da war es ein Leichtes, meine Purpur-Elben anzuweisen, euch in den Gewässern um Azussra aufzulauern.«

»Ihr könnt uns nicht aufhalten, Kettenfürst!«, rief Elyamur mit stolzer Stimme, in der jedoch ein Zittern lag. »Wir folgen der Bestimmung des Orakelspruchs.«

Der Purpur-Elb mit den grün glänzenden Augen lächelte hämisch.

»Das Gleiche tun meine Orkzwillinge«, sagte er. »Und sie haben bereits die Essenzen des Feuers und des Wassers für mich gesammelt.« Das Entsetzen, das sich auf den Gesichtern der Zwillinge zeigte, verbreiterte sein Lächeln sichtlich.

»Die gute Winterseherin hat euch inzwischen gewiss erklärt, dass es mehr als eine Interpretation für einen Orakelspruch gibt, nicht wahr?«, fuhr der Statthalter fort. »Wo steckt sie übrigens gerade?«

Der Elb rückte sich auf seinem Thron zurecht und stützte das Kinn auf die Hand. Die Feuerbecken knackten.

»Als wenn wir Euch das sagen würden!«, schnaubte Galdra.

»Hältst du es für klug, meine Fähigkeit herauszufordern, dich zum Reden zu bringen?«, fragte der Kettenfürst mit der Zunge des Turmherrn und beugte sich zu Galdra vor mehr – interessiert als bedrohlich. Dann wandte er sich plötzlich ab. »Aber weißt du was? Du hast nichts zu befürchten, Zwergin. Seit heute hat die Winterseherin nichts mehr in der Hand, womit sie mich noch aufhalten könnte. Es interessiert mich nicht wirklich, wo sie gerade durch die Welt irrt.«

Er lehnte sich zurück und ließ den kleinen Gegenstand durch seine Finger gleiten, den Azrazur ihm übergeben hatte. Es war der silberne Schwanentalisman der Winterseherin. Ihr Kompass zu den elementaren Quellen.

»Das stimmt nicht«, sagte Elyami leise. Sie löste sich von Elyamurs Seite und trat mit traumwandlerischer Entschlossenheit einen Schritt vor, so weit es ihre Fesseln zuließen. Zwei Elbenkrieger griffen nach ihr, doch der Turmherr winkte ab und fixierte Elyami eindringlich.

»Was stimmt nicht?«, fragte er, während er den Schwanentalisman in einer Tasche seiner Robe verschwinden ließ.

»Es interessiert dich sehr wohl«, antwortete Elyami mit fester und doch merkwürdig teilnahmsloser Stimme. »Du siehst saphirblaue Augen vor dir, einen fliegenden Schwan … Ein windiger Nachmittag an der Küste. Du musstest lachen, als sie sich zum ersten Mal vor deinen Augen in die Luft erhob. Sie brauchte einen langen Anlauf, mit platschenden Füßen über das Wasser. Als sie wieder unten war, hat sie dich in den Finger gebissen. Und du besitzt die weiße Schwungfeder noch, die sie dir geschenkt hat, nicht wahr?«

Der Turmherr umklammerte beide Thronlehnen hart mit den Händen.

»Schweig!«, donnerte er und sprang auf die Füße. Alle Purpur-Elben senkten den Blick. »Woher … wie weißt du …«

Elyami schaute ihn schweigend mit ihren großen meerblauen Augen an.

Der Elb runzelte irritiert die Stirn, als er ihr ins Gesicht blickte. Dann ließ er sich wieder auf den Thron sinken.

»Wie dem auch sei – eure Reise findet hier auf Yamaaz ihr

Ende.« Nun hatte seine Stimme wieder ihre Festigkeit gewonnen.

»Kettenfürst!«, rief Elyamur und trat neben seine Schwester. »Aus Elyamis Worten spricht die Weisheit einer Sehenden. Ihr respektiert die tiefere Wahrheit der Orakelsprüche und sucht nach ihrer Deutung. Wenn Eure Sicht auf den Spruch der Winterseherin die wahre ist, müsste es Euch ein Leichtes sein, uns zu besiegen. Stellt Euch in einem fairen Kampf und zeigt es!«

»Und beweist Euren Anhängern, dass Ihr zu Recht herrscht!«, fügte Gorin rasch hinzu – mehr aus Verzweiflung als aus Überzeugung. Wie sollte ein fairer Kampf gegen ein Wesen wie den Kettenfürsten überhaupt möglich sein?

Doch der Elb auf dem Thron lachte nur.

»Vermutlich erwartet ihr auch noch, dass ich euch zu mir in den Rostroten Palast bringen lasse, um ein Exempel zu statuieren?«, fragte er lauernd. »Eine schöne, lange Reise mit zahlreichen Gelegenheiten zur Flucht? Ich bin kein dümmlicher Schurke aus einem Heldengesang. Es gibt nichts zu beweisen – eure Untauglichkeit habt ihr mit eurer Gefangennahme zur Genüge gezeigt.«

Er wandte sich an die Umstehenden.

»Volk des Gespaltenen Turms!«, rief er. »Ihr habt mir und eurem Turmherrn Cysramur vortrefflich gedient, indem ihr diese Aufständischen vor meinen Thron geschleppt habt. Nun führt euer Werk zu Ende. Sie sollen das Licht des Morgens nicht mehr erblicken. Bringt sie in den Blutgarten und vollstreckt das Urteil umgehend. Ich selbst werde der Hinrichtung beiwohnen und mich von ihrem Tod überzeugen.«

Gorins Magen verwandelte sich in einen kalten Klumpen. Alle Hoffnung war dahin. Galdra stieß Flüche auf Eisentung aus, Elyami und Elyamur rückten eng zusammen.

Der Purpur-Elb aber erhob sich von seinem Thron und verbeugte sich spöttisch in ihre Richtung.

»Ich verspreche euch: Wir werden uns noch zweimal wiedersehen. Und nur einmal in dieser Welt, fürchte ich.«

Dann wandte er sich um und schritt zügig die Stufen zum Turmportal hinauf. Die anderen Purpurträger folgten ihm mit respektvollem Abstand. Der Kriegszauberer Azrazur trat an die Gefangenen heran.

»Ihr habt den Meister gehört«, sagte er mit einem schmalen Lächeln. »Ich empfehle euch noch einen Blick auf das nächtliche Meer, ehe es in den Blutgarten geht.«

Galdra stemmte sich wütend und vergeblich gegen ihre Ketten. Elyamur funkelte die Purpur-Elben ringsum voller Verachtung an. Gorin überlegte fieberhaft, ob er irgendetwas tun könnte, während Elyami dem Turmherrn abwesend hinterherschaute.

Die Purpur-Elben stießen die Zwillinge unbarmherzig die Stufen zum Portal hinauf. So betraten sie die äußeren Hallen des Gespaltenen Turms. Die Pracht aus marmorweißen Statuen und singenden Springbrunnen um sie herum verschwamm vor Gorins Augen. Die Gefangenen wurden in einen dunklen Seitengang gestoßen. Ein schweres Fallgitter senkte sich hinter ihnen, als es immer tiefer hineinging in die Gewölbe des Turms. Gorin setzte mechanisch einen Fuß vor den anderen. Zum Blutgarten, ihrer Hinrichtung entgegen.

Dreizehntes Kapitel

Über den südlichen Komashtu-Steppen an den Hängen des Candrama-Massivs

Wetterleuchten geisterte über den Abendhimmel, als der Donnerwagen hoch über der Steppe durch die Luft jagte. Seine Räder drehten sich rasend schnell und stießen dabei fortwährend zuckende Blitze aus. Kleine Schwingen aus Bronze entwuchsen den Radnaben, die rostrote Brüstung des Streitwagens war mit silbernen Kettenmustern verziert.

Rezkai führte die Zügel mit sicherem Griff und trieb den Wagen zur Eile an, in Richtung Südosten, nach Makhura. Der Donnerwagen wurde von einem Dämon aus den verbotenen Kerkern der Unterwelt gezogen: Das kettenartige Joch lag um die Schultern eines Pazuzu, auf dessen muskelbepacktem Menschenkörper der Kopf eines Löwen thronte. Gleich vier goldgleißende Adlerflügel entsprossen den Schulterblättern der Kreatur, die schnaufend über die Himmelsweite stampfte. Sie war erfüllt von einer stolzen Schönheit, in deren gnadenlosem Glanz aller Schrecken der Unterwelt lag. Der Dämon war zornig. Rezkai konnte deutlich spüren, wie gern ihn der Pazuzu dafür zerrissen hätte, dass er seine gewaltige Macht als niederes Zugtier einsetzen musste.

Doch das würde nicht geschehen. Der Kettenfürst selbst hatte den Dämon aus der tiefsten Unterwelt gerufen und mit einem Bannzauber vor den Wagen gespannt. Der Donnerwagen war sein persönliches Fahrzeug und dazu bestimmt, ihn durch seine Reiche zu tragen, sobald er von den Ketten befreit wäre. Bis dahin hatte er den Streitwagen seinen auserwählten Vorkämpfern überlassen, Rezkai und Rekut von den Blutketten, geehrt vor allen anderen Kettendienern. Der Wagen war schneller als jede Fledernatter, denn der nimmermüde Pazuzu konnte Tag und Nacht durchlaufen, brauchte weder Rast noch Nahrung. Kein anderer Krieger in den Kettenlanden und darüber hinaus gebot über solch ein Gefährt.

Rekut stand stolz neben ihrem Bruder und hatte eine Hand auf die Brüstung des Wagens gelegt, während die dünnen, schwarzen Zöpfe rund um ihr Schädelgesicht im Wind flatterten. Der alte Zentaur Kaltos hatte sich hinter den beiden auf die Wagenfläche gedrängt, dort, wo die Rucksäcke mit ihrer Ausrüstung lagerten. Darunter befand sich auch die stahlbeschlagene Reisetruhe mit jenem Kelch aus schwarzem Kristall, der inzwischen Essenz aus zwei elementaren Quellen in sich barg. Zum Feuer hatte sich das Wasser gefügt, errungen in harten Kämpfen im Schlund des Meeres.

Dennoch war Rezkai unzufrieden. Die verfluchten Elben und Zwerge waren vor ihnen an der Quelle des Wassers gewesen! Das hatte ihnen ein Tritone mitgeteilt, den Kaltos mit seiner Elementarmagie befragt hatte.

Der Makel, dass er sich nicht direkt im Kampf mit den anderen Zwillingsseelen messen konnte, lag noch immer wie ein Schmutzfleck auf Rezkais Kriegerehre. Doch der Befehl seines Herrn lautete anders. Und er hatte geschworen, ihm bis zum letzten Blutstropfen zu gehorchen.

Rezkai zog scharf an den Zügeln, sodass sich der Donnerwagen nach Süden hielt, auf die Gipfel des Candrama-Massivs zu, das die rote Abendsonne mit Schatten übergoss. Die Berge bildeten eine natürliche Grenze der Steppenlande. In ihre Flanken waren riesenhafte Gesichter und Fratzen von unbekannten Wesen gemeißelt, die weit über das offene Land zu blicken schienen. Hinterlassenschaften eines vergessenen Volkes, über das die Orks keine Geschichten zu erzählen wussten. In den hohlen Mäulern und Augen der Steinfratzen glommen fahle Lichter.

»Nicht zu nah an die Candrama-Berge!«, rief Kaltos von hinten. »In ihren Schluchten toben Legionen von Windgeistern, die selbst unserem Pazuzu Schwierigkeiten bereiten würden. Wir folgen dem Massiv nach Osten und fliegen dann jenseits seiner Ausläufer über das Silbersichel-Hochland nach Makhura.«

»Aber der Weg zur Erdenquelle ist durch die Berge kürzer«, grollte Rezkai, der sich die Landkarte des Kettenfürsten genau eingeprägt hatte.

»Nicht, wenn wir die ganze Nacht mit Elementargeistern ringen«, erwiderte Kaltos ungerührt. »Du wirst bald genug Feinde vor die Klinge bekommen, Rezkai.«

Der Knochenmeister erwiderte nichts und lenkte den Donnerwagen nach Osten, an den Berghängen mit ihren starrenden Gesichtern entlang. Missmutig knurrte er in sich hinein.

»Die Orks von Komashtu haben früher oft die makhurischen Ländereien im Silbersichel-Hochland geplündert, nicht wahr?«, sagte Kaltos plötzlich.

»Ja«, brummte Rekut. »Dort hatte der Clan der Glutaugen sein Gebiet. Die Silbersichel war ihr Jagdgrund.«

»Die Glutaugen«, murmelte Kaltos nachdenklich. »In welchem Teil der Kettenlande werden ihre Kriegshorden noch gleich eingesetzt?«

Für einen Moment waren nur der pfeifende Fahrtwind und das Schnauben des Dämons zu hören.

»Es gibt sie nicht mehr«, knurrte Rezkai missmutig. »Ihre Krieger wurden in der Schlacht von Dvegura beim Sturm auf die Stadtmauern ausgelöscht.«

»Ah, richtig«, erwiderte Kaltos. »Sie waren die Ersten auf der Mauerkrone. Und teilten das Schicksal der Nachtgreifer, der Knochenreiter und der Sturmfalken.«

»Sie alle haben gut für den Kettenfürsten gekämpft und viel Ehre erworben«, erwiderte Rekut. »Die Lieder ihrer Kämpfe werden über ihren Tod hinaus gesungen werden.«

Rezkai nickte beifällig.

»Und sie alle waren zumeist die Ersten, die für die Erstürmung einer starken Festung eingesetzt wurden oder in unsicheres Gebiet vordringen sollten«, fuhr Kaltos fort. »Während Menschen, Purpur-Elben und sonstige Kettendiener hinter ihnen zurückblieben.«

Rezkai grinste stolz. »Orkkrieger sind die tapfersten«, sagte er. »Der Kettenfürst handelt weise, wenn er sie dorthin schickt, wo die Blutströme am reißendsten fließen.«

»Gewiss«, murmelte Kaltos und blickte für einen Moment schweigend über die dahinziehende Steppe. »Wären die Wolfsreiter-Clans auch so vorgegangen, als sie noch für ihre freien Khurdrane kämpften?«, fragte der Zentaur dann plötzlich. »Wie bei der Erstürmung von Dvegura, meine ich. Frontal im Zentrum des Angriffs.«

Rezkai runzelte unwillig die Stirn. Der Alte hatte wirklich eine unbequeme Art, Fragen zu stellen!

»Nein«, erwiderte der Orkkrieger schließlich. »Die Waffe der Wolfsreiter ist nicht nur Stärke, sondern auch Beweglichkeit. Wir stoßen vor, fallen über den Gegner her und ziehen uns zurück. Wir sind mal hier und mal dort, wie eine zuckende Klinge, lauern auf Schwächen und greifen unerbittlich an, wo sich eine Lücke in der Deckung findet. Wer den Sturm reitet, muss nicht frontal die nächstbeste Mauer attackieren.«

»Und doch hat es dem Kettenfürsten in Dvegura und in anderen Schlachten gefallen, seine Orkkrieger auf diese Weise einzusetzen«, ergänzte Rekut rasch, »weil ihre Stärke ihm so am besten dienen konnte.«

Die Stimme seiner Schwester war fest, doch Rezkai bemerkte einen gereizten Unterton. In letzter Zeit schien sie Kaltos' Fragen zunehmend zu missbilligen.

»Oh ja«, gab der Zentaur sofort zu. »Und die Orks tun gut daran, dem Kettenfürsten mit aller Kraft zu dienen. Er ist nun der Vereiniger der Clans, so wie es einst der Groß-Khurdran von Komashtu war.«

Rezkai horchte auf. Darüber hatten sie doch schon bei der Quelle des Feuers gesprochen. Der Kettenfürst war nicht wie der Groß-Khurdran. Der Groß-Khurdran hatte die Clans zusammengerufen und für seine Kriegszüge geeint. Doch er hatte den Khurdranen die Macht über ihre Krieger gelassen und ihnen nicht befohlen, eine bestimmte Mauer auf eine bestimmte Weise anzugreifen. Wenn zur Zeit der Groß-Khurdrane ein Clan in den Tod geritten war, um unsterbliche Ehre zu gewinnen, war es die Entscheidung seiner Krieger als Gefolgschaft des Khurdrans gewesen. Niemals ein Befehl.

»Sieh zu, dass du diesen Unterweltlichen zur Eile antreibst, Bruder!«, rief Rekut, der Rezkais Schweigen nicht zu gefallen schien. »Ich will die Berge so schnell wie möglich hinter uns lassen und endlich zur Quelle kommen.«

Abrupt riss sich Rezkai von seinen Gedanken los und schlug mit den Zügeln. Der Pazuzu schnaubte und beschleunigte seine Schritte mit grimmiger Verbissenheit. Rezkai atmete mit seinen breiten Ork-Nüstern den Fahrtwind ein. Er trug den staubigen Geruch der Steppe mit sich. Den Geruch von Freiheit.

Vierzehntes Kapitel

**DER GESPALTENE TURM
AN DER WESTKÜSTE DER INSEL YAMAAZ,
EINER PROVINZ DER KETTENLANDE**

Zahllose Bilder strömten auf Elyami ein und rissen sie mit sich wie eine Flutwelle. Sie sah eine Purpur-Elbin, die mit ihren Zauberliedern Marmor formte und Kunstwerke von bedrückender Schönheit schuf. Hunderte von Sklaven aus allen Völkern, die Steinblöcke herbeischafften, aus denen ein himmelragender Turm errichtet wurde. Der vollendete Turm ragte stolz über der Küste auf. Zwei ehrgeizige Zauberfürsten duellierten sich auf der obersten Spitze mit Flammenschlägen, Eishagel und Dämonenmacht. Ein schrecklicher Blitzschlag setzte dem Kampf ein Ende und spaltete den Turm in zwei Hälften.

Elyami sah Elbenzauberer in prachtvollen Purpur-Roben, die einen Beschwörungskreis formten. Der geflügelte Dämon, der ihrer Mitte entstieg, war so gewaltig, dass er jeden einzelnen von ihnen zerrissen hätte. Doch ihr machtvoller Gesang unterwarf ihn dem Gespaltenen Turm, ein Sklave von vielen.

Dann wurde sie von Dunkelheit umhüllt. Ein bleiches Skelett flog mit rostroten Schwingen durch die Nacht – ein Archon der Unterwelt. In seinem Seelennetz hielt er einen schneeweißen Schwan gefangen. Der Archon flog in den Schlund einer Höhle und überquerte einen bodenlosen Abgrund. Erst auf der anderen Seite entließ er den Schwan aus dem Netz.

»Ich freue mich, dass du meiner Einladung gefolgt bist, meine Liebe«, sagte eine samtige Stimme, in der doch die Härte von Stahl nachklang. Für einen Moment waren nur die heulenden Winde aus dem Abgrund Vaktra zu hören.

»Du hast gelobt, dem Herrn des Rostroten Throns zu dienen, als du den Silberschleier nahmst«, fuhr Dáman fort. »Nun diene *mir* mit deinem Wissen über die unterweltlichen Geheimnisse.«

»Du hättest auch direkt sagen können, dass du meine Hilfe brauchst«, erwiderte die saphiräugige Frau, in die sich der Schwan inzwischen verwandelt hatte, und strich ihre zerknitterten Roben glatt.

Elyami schreckte aus dem Strudel der Visionen auf. Die Flut der Bilder drohte sie gleich wieder fortzureißen. Sie kämpfte dagegen an. Die Welt um sie herum war merkwürdig blass und verschwommen. Man trieb sie durch den Gespaltenen Turm, durch lange, gewundene Gänge, von denen sie kaum etwas mitbekam. Unbeteiligt und wie aus großer Ferne erinnerte sie sich daran, dass der Kettenfürst ihr Todesurteil ausgesprochen hatte. Es berührte sie kaum. Sie war zu sehr damit beschäftigt, zu atmen. Tief und regelmäßig, im Rhythmus ihrer Schritte. In einen Fluss zu finden, der die Bilder davonschwemmen würde. Sie musste endlich einen klaren Kopf bekommen! Doch erst als sich eine schwere Tür hinter ihr und den anderen schloss, war Elyami wieder halbwegs bei sich.

Man hatte sie in einen Raum gebracht, der mehr einer Art Salon als einem Kerker glich. Die Wächter waren vor der Tür zurückgeblieben.

Schwere purpurfarbene Stoffbahnen bedeckten die Wände ringsum. Es gab mehrere Frisierspiegel aus kostbarem Kristall, vor denen eine breite Auswahl an Tiegeln und Parfümfläschchen aufgereiht war. In einer Ecke dampfte ein bauchiger Badezuber vor sich hin, in dem sich duftender Schaum türmte. Eine Seite des Raumes wurde fast ganz von einem offenen Kleiderschrank eingenommen, der Umhänge und Gewänder in den verschiedensten Größen bereithielt. Sie waren allesamt blutrot.

Eine Purpur-Elbin wandte sich zu den Gefangenen um. Sie war groß und gertenschlank, was durch ihre extravagante Turmfrisur noch unterstrichen wurde.

»Seid willkommen!«, rief sie feierlich und durchaus nicht unfreundlich in der Hochsprache. »Ich bin Zyrami, Meisterin über die Räume der Reinigung im Blutgarten des Gespaltenen Turmes. Der Turmherr Cysramur hat Eile befohlen, darum werden wir euch umgehend vorbereiten.«

»Was soll das?!«, bellte Galdra wütend. »Ist das irgendeine neue Teufelei? Wenn ihr uns schon umbringen müsst, dann tut das ehrlich, ohne uns zu verhöhnen!«

»Wir sind keine Barbaren!«, erwiderte Zyrami gekränkt. »Selbstverständlich wird euer Tod in einem würdigen Rahmen erfolgen. Schaut doch selbst.«

Sie ging zum einzigen Fenster des Raumes und hob den Vorhang ein wenig zur Seite. Elyami blickte hinaus. Das Fenster öffnete sich zu einem von Fackeln beleuchteten Innenhof an der Flanke des Turmes, der kunstvoll mit Büschen, Bäumen und Blumenrabatten bepflanzt war. Jede einzelne Blüte war tiefrot. In der Mitte des Parks erhob sich auf einem kiesbedeckten Rund ein Pavillon, in dessen Boden ein aufwendiger Beschwörungskreis eingelassen war. Eine Steinsäule mit eisernen Handfesseln war inmitten der Zauberglyphen und Bannzeichen aufgestellt. Rund um den Beschwörungskreis wälzten einige Elben in kostbaren Purpur-Roben Bücher, verteilten Kerzen und mischten Räucherwerk.

Der Park wurde von einem Balkon überblickt, auf dem mehrere steinerne Sitzreihen wie eine Art Tribüne treppenartig anstiegen. Sklaven in silbergrauen Gewändern legten Sitzkissen aus und stellten Tabletts mit Weinkelchen und Früchten bereit.

»Was soll das Zauberwerk?«, fragte Gorin mit rauer Stimme. »Plant ihr, einen Dämon zu rufen?«

»Die Beschwörer dort unten sind die besten Todweber des Gespaltenen Turmes«, erklärte die Purpur-Elbin stolz, während sie den Vorhang wieder schloss. »In weniger als einer Stunde wird man euch nacheinander in den Blutgarten führen und in der Mitte des Beschwörungskreises anketten. Dann wird einer der Todweber einen unterweltlichen Diener beschwören, der dem Angeketteten einen möglichst kunstfertigen Tod bereitet.

Die anregendste Darbietung wird der Turmherr anschließend mit einem silbernen Ehrenkelch belohnen. Das ist im Gespaltenen Turm die Gabe für die größten Künstler, seien es nun Bildhauer, Purpursänger oder eben Todweber.«

»Ihr meint das tatsächlich ernst«, sagte Elyamur verächtlich.

»Gewiss. Es ist eine Ehre, dass ihr von den Besten gerichtet werdet«, sagte Zyrami ohne jede Ironie. »Und nun müssen wir uns sputen, damit ihr euren Teil zu einem angemessenen Ende beitragen könnt. Baden, frisieren und einkleiden, Beeilung!«

Sie schlug einen kleinen Gong, woraufhin mehrere grau gekleidete Menschen mit Sklaven-Halsbändern durch eine Seitentür hereingeströmt kamen.

»Wenn Ihr glaubt, dass ich mich von Euch parfümieren lasse …«, knurrte Galdra wütend.

»Willst du wirklich deine letzte Stunde damit verbringen, dich von Wächtern in einen Badezuber drücken zu lassen?«, fragte Zyrami verständnislos. Die Zwergin spannte als Antwort die Muskeln an. Zyrami seufzte und griff noch einmal nach dem Gongschlegel.

Bevor sie ihn benutzen konnte, sprang eine weitere Tür auf der anderen Seite des Raumes auf. Kapitän Azrazur kam in Begleitung einiger Elbenkrieger hereingestürmt. Das vernarbte Gesicht des Kriegszauberers war ausdruckslos, doch Elyami spürte große Anspannung an ihm.

»Meisterin Zyrami«, bellte Azrazur auf Purpurwort. »Ich habe den Todgeweihten noch einige dringende Fragen zu stellen. Ihr könnt sie später herrichten.«

»Aber der Turmherr hat Eile geboten!«, protestierte die Elbin. »Er erwartet ein besonderes Schauspiel für den Kettenfürsten selbst, und ich werde es kaum schaffen, diese zerlumpten Gestalten …«

»Ich vertraue auf Eure Künste«, erwiderte Azrazur mit kaum verhohlener Geringschätzung. »Und jetzt hinaus, es ist wichtig.«

Kopfschüttelnd verschwand Zyrami mit ihren Sklaven durch

die Seitentür. Sofort nahm einer von Azrazurs Kriegern breitschultrig davor Aufstellung. Zwei andere sicherten die weiteren Türen des Raumes, einer sogar das verhängte Fenster.

»Ihr müsst ja mächtig Angst vor uns haben«, bemerkte Elyamur bitter. Azrazur antwortete nicht. Er gab ein knappes Zeichen, und die übrigen Krieger stürzten sich auf die Gefangenen. Starke Hände packten Elyami und zwangen ihr einen Knebel in den Mund. Elyamur musste von zwei Kriegern festgehalten werden, Galdra sogar von dreien. Mit einem leisen Klacken wurden Elyamis Handfesseln geöffnet. Dann begannen die Purpur-Elben, ihr grob die Kleidung vom Leib zu zerren. Sie zogen ihr die Tunika über den Kopf und streiften ihr die Hosen von den Beinen. Elyami wehrte sich panisch, doch die Übermacht der Purpur-Elben war zu groß. Als Galdra einen der Krieger gegen die Wand stieß, peitschte Azrazur die Zwergin mit seiner Geißel. Grünliche Blitze knisterten. Während Galdra sich vor Schmerzen wand, entkleideten die Krieger auch sie. Elyamis Gedanken überschlugen sich. Bereitete Azrazur sie für irgendeine Folter vor? Ein Purpur-Elb stöhnte auf, als Elyamur ihm den Ellenbogen ins Gesicht rammte, während auch ihm die Kleider vom Leib gezerrt wurden. Dann wurde Elyamis Sicht kurzfristig verhüllt, als man ihr einen grauen Sklavenkittel überzog. Mit einem metallischen Klacken schlossen sich erneut die Fesseln um ihre Handgelenke.

»Gut«, schnaubte Azrazur, nachdem seine Krieger den Gefangenen die Kapuzen der Kittel übergezogen hatten. »Los jetzt!«

Die Elbenkrieger zogen hart an der Kette. Elyami und die anderen wurden unsanft aus der Tür geführt, durch die Azrazur die Räume der Reinigung betreten hatte. Eine Gruppe von vier Sklaven kam ihnen in Begleitung weiterer Krieger entgegen. Sie trugen allesamt ebenfalls die grauen Kapuzen ins Gesicht gezogen. Zwei waren Menschen oder Elben, die beiden anderen mussten Zwerge sein. Als sie die Gruppe passierten, konnte Elyami einem der Sklaven unter die Kapuze schauen. Das war Elyamur! Ihr Bruder, ganz ohne Zweifel. Seine grünen Augen, sein kupferrotes Haar, seine fein geschwungenen Wangenknochen … Nur dieser Ausdruck fatalistischer Angst in den Augen passte nicht zu ihm. Elyami blickte zur Seite. Dort ging Elyamur in Fesseln neben ihr her – der echte Elyamur. Sie versuchte zu den Sklaven zurückzuschauen, doch gerade schloss sich die Tür zu den Räumen der Reinigung hinter ihnen.

Ihr blieb nichts anderes übrig, als sich von den Purpur-Elben weiter durch Gänge und über Treppen treiben zu lassen. Sie stolperten so schnell durch die labyrinthischen Eingeweide des Gespaltenen Turmes, dass sie kaum einen Gedanken fassen konnte. Einmal blieben die Wächter abrupt stehen und drückten Elyami zusammen mit den anderen Gefangenen gegen die Wand. Sie verharrten so, bis die Stimmen und Schritte auf einem Quergang verstummt waren. Dann ging es weiter, endlos lange Wendeltreppen hinauf und ins Freie auf eine hölzerne Brücke. Sie führte zu einem Seitenturm, der frei in der Luft zu schweben schien. Erst auf den zweiten Blick bemerkte Elyami, dass er nur durch eine erschreckend dünne Tragestrebe mit dem Hauptturm verbunden war. Der Wind zerrte an ihren Haaren, als sie die Brücke überquerten. Tief unter ihren Füßen rauschte die Brandung.

Als sie den Seitenturm durch einen hohen Spitzbogen betraten, wurde die Brücke hinter ihnen knarrend eingezogen. Man trieb sie noch eine Wendeltreppe hinauf und in einen Raum, der durch eine Wand aus Gitterstäben in zwei Hälften geteilt wurde. Die Elbenkrieger bildeten einen dichten Ring um ihre Gefangenen. Wortlos nahmen sie ihnen die Knebel ab und stießen sie einen nach dem anderen durch eine Gitterpforte in die hintere Raumhälfte. Azrazur selbst drehte den Schlüssel im Schloss herum, als die Pforte zufiel.

»Was soll das alles, Kriegszauberer?«, fragte Elyamur mit steifer Verachtung, während Galdra wütend, aber vergeblich an den Gitterstäben rüttelte. Die Purpur-Elben entfernten sich schweigend durch die einzige Tür des Raumes.

»Redet mit uns!«, rief nun auch Elyami mit zitternder Stimme.

Sie spürte, dass hier Dinge vor sich gingen, die sie dringend wissen musste. Überlebenswichtige Dinge.

Azrazur, der als Letzter ging, drehte sich auf der Schwelle noch einmal um. »Ihr werdet bald mehr erfahren«, sagte er. »Aber jetzt entschuldigt mich. Ich werde bei eurer Hinrichtung erwartet.« Er verbeugte sich knapp und zog die Tür hinter sich zu. Die Gefangenen blieben allein zurück.

»Wie meinte er das?«, fragte Elyamur.

Elyami betrachtete ihren Bruder beklommen. Der Sklave bei den Räumen der Reinigung. Elyamurs Züge. Die Flut der Visionen brach wieder über sie herein. Eine Stimme hallte durch ihren Kopf: »Nehmt den! Der hat die richtige Größe.«

»Gut, du kommst mit. Ab zu den Fleischwebern!«

Plötzlich sah sie einen steinernen Tisch vor sich, auf dem ein nackter Körper mit Armen und Beinen festgeschnallt lag. Gestalten in Purpur-Roben standen über ihn gebeugt. Sie murmelten Zauberformeln und hantierten mit hauchscharfen Skalpellen aus Obsidian. Krustige Blutflecken klebten auf dem Kachelboden. Eine der Gestalten wandte sich zur Seite und gab den Blick auf ein Gesicht frei. Elyamurs Gesicht, kreuz und quer durchzogen von frischen Narben. Als hätte man es aus Einzelteilen zusammengenäht. Stöhnend sank Elyami auf die Knie.

»Was ist los?« Besorgt beugte sich Elyamur über sie. Der echte Elyamur. Sein Gesicht wurde vom Anblick seines Ebenbildes überlagert. Alle Narben waren verheilt. Er trug nun einen blutroten Umhang und war mit den Händen an eine Steinsäule gekettet, die von mächtigen Feuerschalen beleuchtet wurde. Nackte Angst lag in seinem Blick, als *etwas* seine schattenhaften Arme nach ihm ausstreckte …

»Wir werden gerade hingerichtet«, flüsterte Elyami. »Jedenfalls soll es so aussehen. Ihre Fleischweber haben Sklaven zu unseren Ebenbildern geformt.«

Elyami fragte sich, wer die Elben und Zwerge wohl waren, die dieses Schicksal erlitten hatten. Sie bereute es sofort. Elyami sah eine junge Elbenfrau mit eisernem Sklavenband vor sich, die

Rosen in einem Garten beschnitt. Maskierte Krieger packten sie an den Armen und schleppten sie fort. Ein schwarzbärtiger Zwerg wurde aus einer Glasbläserei gezerrt, ein Elbenmann aus seinem Bett in den Sklavenbaracken gezogen. Fragen, die ohne Antwort blieben, Bitten, Schreie.

»Aber warum?«, drang Galdras Stimme dumpf zu ihr. Elyami versuchte, sich auf die Gegenwart zu konzentrieren, doch in ihr drehte sich alles.

»Die Purpur-Elben hintergehen den Kettenfürsten«, hörte sie Gorin aus weiter Ferne sagen. »Sie täuschen eine Hinrichtung vor und behalten uns für sich. Das müssen sie schon länger geplant und vorbereitet haben.«

Elyami atmete schwer durch.

»Zumindest einige Purpur-Elben«, wandte Elyamur ein. »Ich glaube nicht, dass der Turmherr davon weiß. Er ist ein Kettenträger und könnte solch einen Verrat nicht vor seinem Meister verheimlichen.«

Langsam wichen die Bilder in Elyami zurück, wurden immer weiter fortgespült vom Strom ihres Atems.

»Ich nehme nicht an, dass das die Purpur-Elben zu unseren Verbündeten macht?«, fragte Gorin matt. Galdra schnaubte nur verächtlich.

»Sie haben wohl eher irgendetwas mit uns vor«, meinte Elyamur unbehaglich. »Aber zumindest verschafft uns das ein wenig Zeit.«

Mit jedem Atemzug kam Elyami mehr im Jetzt an. Doch sie spürte, dass die Flut der Bilder noch in ihr waberte. Zurückgedrängt hinter einen dünnen Damm, der jederzeit bersten konnte.

Gorin kramte mit zusammengebundenen Händen zwischen seinen Bartzöpfen herum und zog einen spitzen Metallstift hinter einem der eisernen Ringe hervor, die seinen Bart zusammenhielten. Dann machte er sich daran, mit dem Bolzen nacheinander die Schlösser an den Handfesseln der anderen zu knacken. Seine eigene Fessel musste Galdra nach seinen Anweisungen lösen, was einige Zeit dauerte.

Sobald er befreit war, wandte sich Gorin prüfend der Pforte in den Gitterstäben zu. »Das Schloss ist stabil, aber nicht besonders raffiniert«, murmelte er. »Diese Purpur-Elben scheinen mehr Wert auf Verzierungen als auf Substanz zu legen. Das müsste ich eigentlich auch aufkriegen.«

»Sehr gut!«, erwiderte Elyamur. »Draußen sind wir an einer kleinen Wachkammer vorbeigekommen. Dort gibt es Waffen.«

»Und wenn wir dann die Wachen überwältigt haben, stehen wir vor dem Abgrund, wo vorhin noch die ausfahrbare Brücke war«, dämpfte Galdra den Enthusiasmus.

»Ein wenig freie Luft ist kein Problem für mich«, erwiderte Elyamur beleidigt.

»Auch wenn du dabei von Pfeilen durchlöchert wirst?«

»Du kannst mir zusehen und lernen!«

»Nein«, unterbrach Gorin den aufkeimenden Streit. »So weit kommen wir gar nicht erst. Die Pforte ist nicht nur mechanisch gesichert. Das ist ein Schreiendes Schloss. Diese Runen sind eindeutig. Sobald es jemand aufbricht, schlägt es Alarm.«

»Na wunderbar«, seufzte Galdra. »Das Leben wäre so einfach ohne diese verfluchte Zauberei.«

»Was ist das hier?«, fragte Elyamur, der sich inzwischen umgesehen hatte. Mitten auf dem Fußboden, auf ihrer Seite der Gitterstäbe, waren einige silberne Zauberzeichen eingelassen. Elyami konnte die Glyphen nicht lesen, doch sie spürte, dass Kälte von ihnen ausging. Als hätte jemand ein Fenster in eine Welt aufgestoßen, die nur aus beißenden Winden bestand. Schmerz und Angst schlugen ihr entgegen und brandeten gegen den Damm, der ihre Visionen zurückhielt.

»Das sind Beschwörungsrunen«, sagte Gorin, der sich schon wieder weit entfernt anhörte.

Elyami sah, wie jemand panisch bis zum Gitter zurückwich und sich gegen die unnachgiebige Härte der Stäbe presste. Da war noch etwas in der Zelle. Etwas Kaltes und Grausames. Schreie und Wimmern. Verzweifeltes Flehen um Gnade.

»Das hier ist kein Kerker«, flüsterte Elyami. Die grausamen

Bilder ließen sich kaum noch zurückhalten. »Das ist ein Verhörraum.« Sie presste die Augen zu und zwang sich, tief durchzuatmen. Als sie eine Berührung an der Schulter spürte, zuckte Elyami zusammen. Dann ließ sie sich in Elyamurs Arme fallen.

Für eine Weile bestand die Welt nur aus tiefen Atemzügen und der Wärme ihres Bruders, die ganz dicht bei ihr war. Als Elyami die Augen wieder aufschlug, hockte Gorin an der Wand und starrte vor sich hin, während Galdra grimmig an den Gitterstäben auf und ab marschierte. Elyami konnte sich nicht vorstellen, wie viel Zeit vergangen war. Hatte sie geschlafen? Vorsichtig löste sie sich von Elyamur.

»Geht es wieder?«, fragte dieser etwas hilflos.

»Ja«, murmelte Elyami abwesend, während sie sich umschaute und dabei sorgfältig die Zauberzeichen auf dem Boden mied. Auf ihrer Seite der Gitterstäbe gab es nichts, womit sie etwas anfangen konnten. Auch auf der anderen Seite war der Raum leer, wenn man einmal von zwei schlichten Stühlen an der Wand neben der Tür absah. Ein einzelnes, schmales Spitzbogenfenster schaute nach draußen. Kühle Nachtluft wehte von dort herein. Sehnsüchtig blickte Elyami durch den Fensterschlitz in die Freiheit der Nacht hinaus.

Sie spürte die Weite zwischen Himmel und Meer, bis hin zum fernen Horizont – und da war noch mehr. Irgendwo dort draußen bewegte sich etwas Vertrautes, glitt auf den Schwingen der Winde durch die Luft …

Das waren Yà Myrlion und Yà Syndri! Die Fledernattern mussten sich ganz in der Nähe des Gespaltenen Turmes aufhalten. Vorsichtig tastete Elyami nach Hlu, in deren Obhut die Reittiere noch immer standen.

In diesem Moment flog die Tür auf, und zwei Purpur-Elbenkrieger kamen herein, um rechts und links im Raum Aufstellung zu nehmen. Nach ihnen folgte deutlich langsamer eine weitere Person. Es war eine Elbenfrau in golddurchwirkten Purpur-Roben, die einen langen Stab führte. Er endete in einem silbernen Schlangenkopf, zwischen dessen Fangzähnen ein prachtvoller Rubin schimmerte. Die Edelsteinaugen der Elbin leuchteten in dem gleichen glutvollen Rot. Ihr tiefschwarzes Haar trug sie zu einem langen Zopf geflochten. Elyami erinnerte sich, die Elbin im Gefolge des Turmherrn an der Hafenmauer gesehen zu haben.

Die Zauberin hob die Augenbrauen, als sie die geöffneten Handketten auf dem Boden der Zelle sah.

»Wie ich sehe, habt ihr es euch bereits bequem gemacht«, sprach sie. »Ich freue mich, euch wohlauf zu sehen, meine werten Gäste.«

Elyami betrachtete sie ausdruckslos. »Die Sklaven, die an unserer Stelle sterben mussten, sind *nicht* wohlauf«, sagte sie leise.

Die Purpur-Elbin zog beide Augenbrauen hoch. »Höchst bemerkenswert«, sprach sie. »Dann können wir uns ja weitere Erklärungen sparen und gleich zum Wesentlichen kommen.«

»Was wollt Ihr von uns?«, fragte Galdra böse.

»Ist das nicht offensichtlich?«, erwiderte die Zauberin. »Der Kettenfürst wünschte euren Tod. Er hat seinen Willen bekommen. Wir allerdings auch. Ihr lebt und seid in unserer Obhut.«

»Seid Ihr Widerständler?«, hakte Gorin nach. Die Elbin kräuselte die Lippen. »Man könnte es wohl so nennen«, sagte sie. Dann räusperte sie sich. »Der Kettenfürst sieht eine Gefahr in euch. Was genau ist die Bedrohung, die er fürchtet?«

Elyami funkelte die Purpur-Elbin wütend an. Alles in ihr sträubte sich dagegen, irgendetwas zu antworten.

»Wir sind auf einer wichtigen Mission, die den Kettenfürsten entscheidend schwächen könnte«, sagte Gorin vorsichtig. »Wenn Ihr uns gehen lasst, wird das die Befreiung der Kettenlande – und somit auch Eurer Insel – bedeutend vorantreiben.«

Die Elbin lachte in sich hinein. »Gehen lassen«, echote sie kopfschüttelnd. »Wir sind nicht daran interessiert, die Kettenlande zu befreien! Die Reiche der niederen Völker haben die Welt schon viel zu lange mit Chaos überzogen. Uns geht es vielmehr darum, die Kettenlande unter einer würdigen Führung zu vereinen. Und das ist nicht der Kettenfürst, der aus dem Nichts kam und sich seine Macht irgendwie erschlichen haben muss! Wir Purpur-Elben sind die einzig wahren Erben der alten Nephilim-Zauberfürsten. Nur der Insel Yamaaz steht es zu, die Königin der Welt zu sein. Was also ist es, das ihr gegen den selbst ernannten Kettenfürsten ins Feld führen könnt? Warum fürchtet er euch?«

»Wir werden Euren purpur-elbischen Größenwahn gewiss nicht unterstützen«, erwiderte Elyamur steif.

»Doch, das werdet ihr«, sagte die Zauberin lächelnd. »Die Frage ist nur, ob ihr es freiwillig tut. Dieser Raum hat schon stärkeren Willen gebrochen.«

Sie hob ihren Stab. Der Blutrubin im Maul der Silberschlange leuchtete auf, ebenso wie die Beschwörungszeichen auf dem Boden. Elyami wich unwillkürlich einen Schritt zurück.

»Nun sollt ihr …« Ein lautes Geräusch unterbrach die Zauberin. Es war das Läuten einer Glocke, schrill und eindringlich. Dann war das Bersten von Holz zu hören.

Irritiert ließ die Purpur-Elbin ihren Stab wieder sinken. Elyami tauschte einen fragenden Blick mit den anderen. Stimmen und Schritte näherten sich von draußen, dann ertönte eine dumpfe Detonation. Jemand schrie auf und verstummte abrupt.

Die Tür wurde aufgerissen. Kapitän Azrazur kam hereingestürmt. »Wir wurden verraten«, keuchte er auf Purpurwort. »Cysramur nähert sich dem Kerkerturm. Wir haben seine Leute vorerst zurückgedrängt und die Brücke zerstört, aber das wird ihn nicht ewig aufhalten.«

Die Elbin erbleichte. »Kommt mit!«, herrschte sie die Wachen an. Gemeinsam mit den beiden Kriegern und Azrazur rauschte sie aus dem Raum.

»Kleiner Bruder!«, rief Galdra aufgeregt, nachdem Elyamur Azrazurs Worte übersetzt hatte. »Die Gitterpforte! Rasch!«

Gorin nickte und klaubte wieder seinen Eisenbolzen aus dem Bart. Nun war es egal, dass das Schreiende Schloss Alarm schlagen würde. Der Turm war ohnehin im Aufruhr, und sie mussten ihre Chance nutzen!

Die anderen standen angespannt um ihn herum, während er in dem Schloss herumstocherte. Es gelang dem Runenschmied rasch, den Mechanismus zu umgehen. Mit einem metallischen Klacken sprang das Schloss auf.

»Ein Ausbruch! Ein Kerkerausbruch! Wachen, hierher!«, quäkte das Schloss mit entnervend schriller Stimme. Es ging im Dröhnen der Alarmglocke unter. Elyami und die anderen schlüpften durch die Gitterpforte. Vorsichtig öffnete Elyamur die einzige Tür des Raumes. Der Treppenabsatz dahinter war unbewacht. Von unten drang weiter Lärm herauf.

»Dort hinein«, zischte Elyamur und wies auf eine kleine Tür an der Treppe. Dahinter lag eine unbemannte Wachkammer, nicht mehr als ein kleiner Raum mit einem Tisch und einigen Hockern. An der Wand jedoch lockte ein Waffenständer voller purpur-elbischer Klingen.

Elyamur griff sich zwei schlanke, gekrümmte Schwerter aus Adamantglas, die offenbar als Paar geführt wurden. Elyami zog wahllos einen Dolch heraus, während Gorin sich stirnrunzelnd eine leichte Armbrust mit stählernem Bogen nahm. Galdra hingegen fluchte leise vor sich hin. Die Purpur-Elben schienen keine Streitäxte zu führen. Die Zwergin griff sich stattdessen eine Art Hellebarde, deren Klinge an ein geschwungenes Axtblatt erinnerte.

Als sie gerade ihren Dolch wegsteckte, spürte Elyami, wie weitere Visionen in ihr aufstiegen. Sie sah Kapitän Azrazur und die Purpurzauberin am hohen Eingang des Kerkerturmes stehen. Dort, wo zuvor die zerstörte Brücke zum Hauptturm geführt hatte. Der Nachtwind zerrte an ihren Gewändern. Jenseits des Abgrunds erschien gerade der Turmherr Cysramur im Torbogen, umgeben von maskierten Kriegern.

»Ich hätte nicht gedacht, dass Ihr so schnell dahinterkommt«, rief ihm die Zauberin selbstbewusst entgegen, doch Elyami spürte ihre Angst.

Cysramur lachte kalt auf. »Eure Vorbereitungen waren so stümperhaft, wie es von Euch nicht anders zu erwarten war, Ilravi«, erwiderte er. »Ihr habt nicht genau genug hingeschaut. Die kleine Grünsängerin hatte meerblaue Augen, als sie hier auf Yamaaz ankam. Euer Replikat, das im Blutgarten starb, war grünäugig. Der Rest war leicht zu erraten, Meisterin der Fleischweber.«

»Mag sein«, zischte die Zauberin. »Doch es war leichtsinnig von Euch, mit so wenig Unterstützung hier zu erscheinen. Ihr seid kein Kriegszauberer, Cysramur. Das soll Euer Verhängnis sein!« Sie senkte ihren Schlangenstab. Ein Strahl aus blutrotem Rubinfeuer fauchte auf Cysramur zu, während Azrazur zugleich eine mächtige Walze aus sirrenden Stahlsplittern auf den Turmherrn schleuderte. Cysramurs Gestalt wurde von einer gewaltigen Explosion eingehüllt. Risse breiteten sich im Gestein rund um den Torbogen aus. Zwei Krieger stürzten schreiend in die Tiefe.

Als sich der Rauch der Zauberflammen verzog, stand der Turmherr unversehrt inmitten des angeschlagenen Torbogens.

»Den guten Cysramur hättet Ihr mit dieser Attacke vermutlich aufgehalten«, sprach er mit einer Stimme, in der die Kälte der Unterwelt lag. »Aber ich bin nicht Cysramur!« Er breitete die Arme aus. Schwarzes Feuer entsprang seinen Handflächen, als er einen Schritt vortrat, hinaus in die freie Luft. Seine Augen waren plötzlich von glänzender Schwärze erfüllt, auf seiner Haut breiteten sich rostrote Kettenmuster aus. Mit wehenden Roben schwebte der Kettenfürst in Cysramurs Körper auf die beiden Purpur-Elben am Eingang des Kerkerturms zu. Elyami spürte, wie sich Ilravis Angst zu nackter Panik steigerte. Dann wurde sie von einer Woge aus schwarzen Flammen verzehrt.

»Elyami!« Plötzlich blickte sie in das besorgte Gesicht ihres Bruders. Sie war wieder in der kleinen Wachkammer. »Komm! Wir müssen fort von hier!«

Elyamur zog sie hinaus auf den Absatz, wo Gorin und Galdra schon an der Treppe nach unten warteten. Die Treppe zu dem Torbogen, an dem gerade Ilravi und Azrazur in schwarzen Flammen aufgegangen waren …

»Nein!«, rief Elyami mit sich überschlagender Stimme. »Nicht da lang! Von dort kommt der Kettenfürst …«

»Gut. Die andere Richtung!«, erwiderte Elyamur und drängte seine Gefährten zu der Treppe, die aufwärts führte. Sie hetzten die Stufen hinauf, bis sie an einer eisenbeschlagenen Luke endeten. Elyamur stemmte sie entschlossen auf. Kalte Nachtluft schlug ihnen entgegen. Die Luke führte auf die zinnenumkränzte Plattform des Kerkerturms hinaus. In ihrer Mitte stand ein mächtiger Korb aus geschwärztem Eisen, in dem Holzscheite für ein Signalfeuer aufgeschichtet waren. Elyami sah zwei Purpur-Elbenkrieger, die sich daneben über die Brüstung beugten und auf das Geschehen unter ihnen starrten.

Elyamur sprang leichtfüßig durch die Falltür auf die Plattform, wobei er mit seinen Zwillingsklingen wirbelte. Die Wächter fuhren herum und stürmten auf ihn zu. Einer der Purpur-Elben schlug nach ihm, doch Elyamur tauchte unter dem Schwert hinweg. Von unten versenkte er seine linke Klinge im Leib seines Gegners, drehte sich einmal um seine Achse und stieß dem zweiten Elben die rechte Klinge in den Hals. Die beiden Wächter kippten gleichzeitig zu Boden. Elyamur steckte seine Schwerter wieder ein.

»Das hätte ich auch so gemacht«, schnaufte Galdra, die endlich auch auf der Plattform ankam. »Jedenfalls mit einer vernünftigen Waffe …«

»Was nun?«, fragte Gorin alarmiert. »Hier kommen wir nicht weiter!«

Elyami trat an die Brüstung. Auf der Turmseite mündete der brückenartige Strebebogen direkt unterhalb der Zinnen, der den Kerkerturm mit dem Hauptgebäude verband. Er war geformt wie ein Drachenschwanz mit einem steinernen Rückenkamm. Auf der Meeresseite dümpelten tief unter ihr Kriegsgaleeren und Frachtschiffe in den Hafenanlagen des Gespaltenen Turmes vor sich hin. Dahinter erstreckte sich die schwarze Aquamarin-See, die mit dem Nachthimmel verschmolz. Leise summte Elyami einen Grüngesang, sanft, aber beständig, wie das Säuseln des Abendwindes. Sofort spürte sie eine Resonanz. Hlu war nicht weit von hier! Elyami stieß einen Ruf voll drängender Not aus.

»*Wir kommen!*«, hauchte Hlus Stimme in ihrem Geist.

»Die Fledernattern sind bald hier!«, rief Elyami den anderen zu. »Wir müssen nur durchhalten, bis sie da sind …«

»Verstanden!«, erwiderte Gorin und schlug die Falltür zur Treppe zu.

»Los, packt mit an!«, drängte Elyamur. Gemeinsam mit Galdra stemmte er sich gegen den schweren Feuerkorb und stieß ihn um. Mit einer Lawine aus Holzscheiten kippte er auf die Falltür.

»Das sollte für eine Weile reichen«, meinte Galdra zufrieden. In diesem Moment zerbarst ein Pfeil neben ihr auf der Turmplattform. Elyami schaute nach oben. Auf einer Balustrade des Hauptturmes, irgendwo über ihnen, bewegten sich mehrere Gestalten. Weitere Pfeile surrten heran. Einer zersplitterte an den Zinnen des Kerkerturmes, die anderen verschwanden in der Nacht. Die Entfernung, der Wind und die Dunkelheit machten es selbst für elbische Bogenschützen schwer. Doch auf der offenen Plattform boten Elyami und die anderen ein gutes Ziel und es war nur eine Frage der Zeit, bis eines der Geschosse traf. Gorin hob seine erbeutete Armbrust und feuerte einen Bolzen in Richtung der Schützen. Doch es war aussichtslos. Weitere Pfeile prasselten auf sie nieder.

Suchend und voller Panik schaute Elyami über das Meer. Bewegte sich dort etwas in der Ferne? Waren das schon die Fledernattern?

»Noch etwas durchhalten«, flüsterte sie.

Plötzlich überschwemmte sie ein Gefühl von Kälte und Enge, als würde etwas Mächtiges ganz dicht an sie herandrängen und ihr den Raum für ihre schiere Existenz nehmen. Noch ehe sie etwas sagen konnte, erschien eine Gestalt neben den Zinnen.

Sie erkannte Cysramur, den Turmherrn des Gespaltenen Turmes. Er schwebte außen am Kerkerturm hinauf. Seine langen

Haare wehten im Wind. Auf seinen Handflächen brannten gierige tiefschwarze Flammen. Elegant landete er auf dem steinernen Drachenschwanz, der den Kerkerturm mit dem Hauptgebäude verband.

»Ich hatte euch versprochen, dass wir uns noch einmal als Lebende begegnen«, sprach der Turmherr mit einer Stimme, die direkt aus den Tiefen der Unterwelt kam. »Und meine Versprechen pflege ich zu halten.«

Elyami zitterte. Es war schon damals auf dem Kastell des Kriegskolosses in der Phönixsteppe schwer gewesen, die unmittelbare Präsenz der Kettenfürsten zu ertragen. Nun aber, da ihre verfeinerten Sinne die Macht spürten, die aus seinem kalten Blick sprach, hatte sie das Gefühl, davon erdrückt zu werden.

»Und ich verspreche Euch«, rief Galdra trotzig, »dass Ihr Euch wünschen werdet, Ihr wäret uns nie begegnet!«

Cysramurs schmale Lippen hoben sich zur Andeutung eines Lächelns.

»Deine Drohung ist so haltlos, dass sie sich auch ohne Erwiderung der Lächerlichkeit preisgibt, Zwergin«, sagte er.

»Es gibt da einiges, was wir bereden müssen«, setzte nun Gorin mit unsicherer Stimme an. Selbst ein minderbemittelter Oger hätte bemerkt, dass er Zeit gewinnen wollte.

»Dafür wird es in der Unterwelt mehr als genug Gelegenheit geben«, erwiderte der Kettenfürst und formte die schwarzen Flammen zu einem Ball, den er mit einer verächtlichen Geste mitten auf die Turmplattform schleuderte. Das Geschoss explodierte zu einer fauchenden Walze, die den ganzen Holzhaufen auf einmal in Brand setzte. Hitze, die zugleich schneidende Kälte war, schlug Elyami entgegen. Sie stolperte an die Brüstung zurück. Elyamur war neben ihr, Gorin und Galdra jenseits der Flammen. Für einen Herzschlag hatte sie die Hoffnung, dass der Angriff des Kettenfürsten sein Ziel verfehlt hatte.

Dann bäumten sich die schwarzen Flammen brüllend auf. Ihre zuckenden Lohen verformten sich zu Klauen und Armen, die gierig nach den Lebenden griffen. Elyami prallte hart auf den Boden, als Elyamur sie beiseitestieß und mit seinem Körper beschirmte. Doch schon packte ihn ein Flammenarm von hinten. Flämmchen tanzten über seine Tunika.

Auch Gorin wurde von einer Klaue hochgerissen und wand sich verzweifelt in ihrem Griff. Elyami kämpfte sich wieder auf die Füße. Kaum stand sie, da musste sie auch schon einer weiteren Klaue ausweichen.

In der Mitte des schwarzen Feuers öffnete sich ein gähnendes Maul mit Zähnen aus flackernden Flammen. Dahinter lag bodenlose Schwärze. Eine Vision blitzte hinter Elyamis Stirn auf. Sie sah Vaktra, den Abgrund der Unterwelt. Der Flammenschlund führte direkt dorthin!

Gorin kämpfte mit aller Kraft gegen den Arm an, der ihn immer näher an das Maul heranzog. Galdra versuchte ihn festzuhalten und wurde prompt selbst von einer Flammenklaue an der Schulter gepackt.

Die nächste Vision brandete in Elyami auf: Ein geflügeltes Wesen näherte sich durch die Nacht. War das Hlu mit den Fledernattern? Sie kamen zu spät …

Brennende Kälte durchfuhr Elyami, als sich ein Flammenarm um ihre Hüfte schlang. Unaufhaltsam zog er sie auf die Schwärze des Abgrunds zu, zusammen mit ihren Gefährten, die ebenfalls vergeblich gegen den gnadenlosen Griff des Unterweltsfeuers ankämpften. Gorin hing inzwischen direkt über dem klaffenden Maul, die Flammen flackerten gierig auf – und verharrten, als eine Woge aus blauem Licht über sie hinwegflutete. Das unterweltliche Feuer erstarrte mitten in der Bewegung und leuchtete silbrig. Dann zersprang es klirrend zu unzähligen Scherben und löste sich in nichts auf. Die Zwillinge fielen zu Boden, Gorin stöhnte schmerzerfüllt.

»Cysramur war einmal dein Freund«, sagte eine raue Frauenstimme. »Wenn du solche Kräfte durch ihn kanalisierst, hast du seine Aura bald ausgebrannt, Dáman.«

Elyami erblickte die Alte mit den Schwanenfedern, die oberhalb des Kettenfürsten auf dem Strebebogen stand. Sie trug ihren pelzbesetzten Reisemantel und hatte ihren Knotenstab noch immer auf den Rußfleck gerichtet, wo ihre Saphirwoge das Unterweltsfeuer ausgelöscht hatte.

»Odrana«, erwiderte der Kettenfürst und drehte sich langsam zu ihr um. »Ich denke, du unterschätzt Cysramur – immerhin hat auch er bei der alten Kurangra gelernt. Er ist ein viel besseres Medium für meine Magie, als es dieser Narr Darquato war. Zu schade, dass Cysramur in seiner Überheblichkeit blind für die Intrigen geworden ist, die das Purpurvolk direkt vor seiner Nase gesponnen hat.«

»Er ist nicht der Einzige, den die Überheblichkeit blind macht«, sagte die Winterseherin lakonisch und feuerte eine Walze blauen Saphirfeuers auf ihren Gegner ab. Sein magischer Schild flackerte auf und brach unter der Wucht des Angriffszaubers zusammen. Der Turmherr wurde vom Strebebogen gefegt und stürzte in die Tiefe.

»Dieses Mal bin ich nicht durch Bannflüche geschwächt!«, rief ihm die Winterseherin hinterher. Dann wandte sie sich den Zwillingen zu. Ihre Augen verengten sich. »Nicht starren – fliehen!«, bellte sie – und riss den Knotenstab hoch. Ein fauchender Blitzschlag zerbarst wirkungslos an ihrer Schutzkuppel.

Cysramur kam wieder in die Höhe geschwebt. Blaue Flammen spielten über die verbrannten Reste seiner Purpur-Roben, seine Haare waren versengt. In seinen Augen glühte noch immer der wache Geist des Kettenfürsten.

»Du willst dich mit mir messen, Odrana?«, zischte er. »Dann stehe ich zu deiner Verfügung!«

Elyami wandte sich ab und schaute verzweifelt über das Meer. Dort näherten sich endlich die Umrisse der beiden Fledernattern auf den Winden! Nun konnte sie es deutlich erkennen.

»Hlu kommt mit den Schlangen!«, rief sie.

Elyamur lief zu ihr an die Brüstung. Auch die beiden Zwerge folgten, wobei Galdra den humpelnden Gorin stützte. Sein Bein musste beim Kampf gegen die Unterweltsflammen verletzt worden sein. Elyami warf einen Blick über die Schulter.

Der Kettenfürst in Cysramurs Körper und die Winterseherin standen sich auf dem Strebebogen gegenüber. Die Alte hatte den Stab erhoben, der Elb die Arme ausgestreckt. Gerade fuhr ein greller Lichtstrahl auf Cysramur nieder, den er mit einer beiläufigen Geste ins Dunkel der Nacht ablenkte. Dann richtete er gebieterisch beide Hände auf die Winterseherin. Zahllose fahle, halbdurchsichtige Umrisse lösten sich aus seinen Ärmeln und schwebten heulend auf die Alte zu. Die Geister packten ihren Mantel von allen Seiten mit weißen Händen und rissen gierig daran. Erst als die Winterseherin plötzlich in silbernen Flammen stand, ließen sie kreischend von ihr ab. Der Kettenfürst nutzte die Gelegenheit und schleuderte einen Ball aus schwarzem Feuer auf die abgelenkte Seherin. Er traf sie frontal an der Brust, und das Geschoss explodierte zu einer Feuersbrunst, die alle Silberflammen erstickte. Für einen Moment schien sich die Alte gegen die Macht des Unterweltfeuers aufzubäumen. Dann verging sie zu schwarzer Asche, die der Nachtwind davonwehte. Ihr Saphirstab stürzte ins Dunkel.

Der Kettenfürst schaute mit ausdruckslosem Gesicht dorthin, wo eben noch die Winterseherin gestanden hatte.

»Nein!«, brüllte Elyamur verzweifelt. Um Elyamis Herz schien sich eine kalte Faust zu schließen.

Die Fledernattern hatten inzwischen die Turmplattform erreicht und setzten dazu an, sich auf den Zinnen niederzulassen. »Wir müssen fort! Rasch, aufsteigen!«, rief Galdra und begann, auf die Brüstung zu klettern.

»Nicht so eilig!« Der Kettenfürst kam wie ein rächender Dämon herangerauscht. Zwischen seinen erhobenen Armen kreiste ein weiterer Ball aus schwarzem Feuer, bereit, nun auch die Zwillingsseelen endgültig zu vernichten.

Er keuchte überrascht auf, als aus dem Dunkel der Nacht ein Schwan auf ihn zugeschossen kam. Der Vogel stieß einen Schrei aus, woraufhin ein silbergleißender Sternenregen auf den Purpur-Elb niederging und ihn zur Seite schleuderte.

»*Wann lernst du das endlich?*«, hallte die Stimme der Winterseherin durch Elyamis Kopf. *»Die machtvollsten Zauber nützen nichts, wenn du sie auf das falsche Ziel richtest. Vorausschau, Dáman! Vorausschau.«*

Mit einem Gefühl unendlicher Erleichterung zog sich Elyami auf den Flugsattel, während Galdra schnaufend hinter ihr Platz nahm. Gorin stöhnte schmerzerfüllt, als ihn Elyamur zu sich auf den Sattel zog.

Yà Myrlion glitt schon in die Nacht hinaus, während Elyami noch den ledernen Gurt um ihre Hüften legte. Elyamur und Gorin schlossen auf Yà Syndri rasch zu ihnen auf.

»Da sind wir wieder!«, erklang kurz darauf die Stimme der Flügelfee wie ein fröhliches Silberglöckchen.

»Und keinen Herzschlag zu früh«, brummte Galdra von hinten. Elyami schaute sich um. Der Gespaltene Turm mit seinen zahllosen kalten Lichtern ragte in ihrem Rücken über der Küste von Yamaaz auf, wurde jedoch rasch kleiner. Sie glaubte, dort irgendwo den Widerschein von blauem Saphirfeuer zu erahnen, war sich aber nicht sicher.

»Wir sind nicht früher durchgekommen«, sagte die Flügelfee beleidigt. »Die Wachdämonen der Purpur-Elben hätten uns fast entdeckt. Wir mussten eine weite Schleife fliegen, um ihnen zu entgehen.«

»Das habt ihr gut gemacht«, erwiderte Elyami matt. Sie konnte immer noch nicht glauben, dass sie wirklich aus dem Gespaltenen Turm entkommen waren …

»Was denkt ihr, was ihr hier tut?«, fragte die Stimme der Winterseherin hinter Elyamis Stirn. Sie flog plötzlich in Schwanengestalt neben der Fledernatter her, als hätte die Nacht sie ausgespuckt.

»Wir fliehen«, erwiderte Elyami überrumpelt. »Wo ist der Kettenfürst?«

»Auf dem Rostroten Thron«, sagte die Winterseherin trocken. *»Aber nicht mehr hier. Jedenfalls nicht, bis sich Cysramur aus den mentalen Fesseln befreit hat, in die ich ihn gelegt habe. Doch nun konzentriert euch bitte! Wir fliehen nicht kopflos irgendwohin. Ihr*

müsst euch wieder westlich halten. Denkt an eure Aufgabe: Unser Ziel ist Azussra.«

Elyami erwiderte nichts und folgte wie im Traum Elyamur mit Yà Syndri durch die Nacht. Erschöpft schmiegte sie sich an Yà Myrlions Leib, während eine immer machtvollere Flut von Bildern über sie hereinbrach. Sterbende Purpur-Elben. Gorin, der nicht Gorin war, angekettet im Blutgarten. Dáman. Der Kettenfürst. Immer wieder der Kettenfürst …

»He! Aufwachen!«, rief plötzlich Galdra von hinten. Elyami schreckte hoch. Ein dunkler Umriss lag in der blaugrauen Morgendämmerung vor ihnen im Meer. Hatte sie geschlafen? Wie waren sie hierhergekommen?

»Wir sind bald am Ziel«, hörte sie die Stimme der Winterseherin. *»Das dort unten ist Pyriasi, ein unbedeutendes Eiland zwischen Yamaaz und Azussra. Dort werden wir rasten. Deine Flügelfee ist gut darin, die Fledernatter auf Kurs zu halten, aber ich hätte dich jetzt gerne wach für die Landung, Elyami. Gleich kannst du dich ausruhen.«*

»Bald am Ziel …«, murmelte Elyami irritiert. »Wurden wir verfolgt?«

»Oh, die Purpur-Elben haben es versucht. Genauer gesagt haben sie uns die Küste entlang bis in den Schatten des Dämmerturms verfolgt. Erst dann ist ihnen aufgegangen, dass sie einem Trugbild hinterhergejagt sind. Geh dort hinten runter, bei dem dichten Buschwerk landeinwärts.«

Elyami brauchte all ihre Kraft, um sich auf die Landung zu konzentrieren. Als Yà Myrlion endlich am Rande eines dornigen Gebüsches zur Ruhe gekommen war, fiel sie mehr aus dem Sattel, als dass sie herunterstieg. Elyamur empfing sie mit sicheren Armen. Vor Elyami flammte ein Bild auf. Elyamur auf der Klingentänzer-Lichtung, beim Schwertkampftraining mit Meister Lindramur. Das Bild verblasste so schnell, wie es gekommen war.

»Winterseherin«, hörte sie die Stimme ihres Bruders, noch während er sie absetzte. »Meine Schwester braucht Eure Hilfe!

Sie scheint sich immer mehr zu verlieren. Die Quelle des Wassers hat sie verändert …«

»Ich sehe«, flüsterte Elyami und schaute zu der Alten auf. Tiefblaue Augen erwiderten ihren Blick. Dann spülte der Fluss der Bilder erneut über Elyami hinweg. Sie sah zwei Zwergenkinder mit feinem blonden Bartflaum, die staunend zuschauten, wie ein älterer Zwerg mit schwarzen Bartzöpfen am Amboss arbeitete. Sie verschwammen und wichen den Blau-Elben der Wogenreiter-Sippe, die in Tücher gehüllte Körper dem Meer übergaben.

»Du musst lernen, angesichts der Visionen zu bestehen und bei dir selbst zu bleiben«, sprach die Winterseherin eindringlich. »Sonst wirst du von ihnen davongespült. Gib mir deine Hände.«

Elyami gehorchte mechanisch. Die Alte umfasste ihre Finger. Ihre Präsenz drängte die Bilder zurück. »Und jetzt schließe die Augen und öffne dein Inneres für mich. Bist du es selbst gelernt hast, werde ich dein Anker sein im Fluss der Visionen.«

Die geistige Nähe der Seherin fühlte sich warm und behütend an. Elyami ließ sich darin fallen.

»Über den Fluss der Seelen musst du sorgsam wachen«, sagte eine Stimme in ihr. »Sonst gehen zu viele von ihnen verloren und geistern ruhelos umher. Und wenn du schon unterweltliche Schrecken erheben zu müssen glaubst, tue es mit Weisheit und Augenmaß.«

Die Stimme gehörte der Winterseherin und doch auch nicht. Es war ihr jüngeres Ich, das hier sprach. Odrana, die Saphiräugige. Ihr Bild stieg in Elyami auf. Die Zauberin war nun eine reife und kraftvolle Frau. Ihr Haar leuchtete noch immer im Blond der Jugend, erste Fältchen umgaben ihre Augen.

»Ich habe nicht den Rostroten Thron erobert, um tatenlos darauf herumzusitzen und über die Toten zu wachen«, erwiderte Dáman ungnädig. »Mein Ziel ist die Veränderung.«

»Ich weiß«, sagte Odrana. »Statt die Seelen zu behüten, erhebst du sie als deine Diener, um deine Macht auszuweiten. Doch die Herrschaft über den Rostroten Thron ist mit großer

Verantwortung verbunden. Sein Meister muss die Dämonen der Unterwelt im Zaum halten, damit ihre urzeitliche Gewalt die Welt nicht zerrüttet. Und er muss die Seelen der Toten hüten, auf dass sie ihren Platz in den jenseitigen Gefilden finden und später wieder die Sonne der Sterblichen Lande erblicken können. Anderenfalls gerät der Kreislauf von Leben und Tod aus den Fugen und es gibt nichts mehr, worüber du noch herrschen kannst.«

»Für die neue Ordnung brauche ich alle Macht, die die Unterwelt aufzubringen vermag«, sprach der Kettenfürst. »Sobald ich erst gelernt habe, sie ganz zu kontrollieren, wird dieses Problem nicht mehr bestehen. Man kann der Ordnung im Leben wie im Tod dienen.«

Das Bild verschwand abrupt, als hätte jemand es fortgewischt.

»Fokussier dich!«, mahnte die Winterseherin unwirsch. Elyami sah wieder Odrana vor sich. Ihre klarblauen Augen leuchteten freudig, während sie zwei Elbenkindern gegenüberstand, die sie neugierig musterten. Elyami erkannte sich selbst und Elyamur bei ihrer ersten Begegnung mit der Alten unter den Wipfeln von Liráya.

»Sehr gut«, sagte die Seherin. »Und nun werde eins mit dir!«

Der Fokus der Vision verschob sich. Elyami verschmolz mit ihrem kindlichen Ich und spürte wieder den moosigen Waldboden unter ihren Füßen und die warme Hand ihres Bruders in ihrer eigenen. Sie war bei sich angekommen.

Elyami schlug die Augen auf. Die Winterseherin schaute ihr forschend ins Gesicht.

»Es ist gut«, sagte Elyami zögerlich. »Aber ich habe gesehen, wie Ihr beim Kettenfürsten …«

»Schatten der Vergangenheit«, brummte die Alte. »Verwirrend und vergessen. Konzentriere dich auf die Gegenwart. Morgen, wenn du wieder bei Kräften bist, werde ich dir zeigen, wie du dich leichter im Strom der Bilder bewegen kannst.« Sie wandte sich an die anderen. »Doch zuvor brauchen wir ein wenig Ruhe. Ist jemand ernstlich verletzt? Wie steht es um dein Bein, Gorin?«

»Muss gehen«, knurrte der Zwerg verbissen.

»Nein, geht nicht«, widersprach Galdra, die sein Hosenbein aufgeschnitten hatte, um den dick geschwollenen Unterschenkel zu untersuchen.

Die Winterseherin seufzte. »Dann ist das so. Ich werde ohnehin Zeit brauchen, um mit Elyami an ihren Visionen zu arbeiten. Zeit, die wir eigentlich nicht haben …«

»Wie ist es Euch denn mit Eurer Mission in Strigaza ergangen?«, erkundigte sich Elyamur.

»Ich konnte alles erledigen, wofür ich aufgebrochen war«, erwiderte die Winterseherin. »Kurangra bekommt die Zauberschüler aus Strigaza, nach denen sie giert. Wobei sie sich vielleicht etwas wundern wird, dass die Hexenbaroninnen ihr vor allem männliche Nachkommen schicken wollen. Die sind in Strigaza nämlich nicht erbberechtigt. Doch meiner Lehrmeisterin ist das Geschlecht glücklicherweise gleich.«

»Und dieser Fluch von Kurangra?«, hakte Gorin nach und stöhnte, als Galdra seinen Unterschenkel betastete.

»Ist aufgehoben.«

Elyami atmete auf. Mit Grauen erinnerte sie sich an das Gefühl von erdrückender Schwere auf ihrer Seele, als die alte Drachin die beschwörenden Worte gesprochen hatte.

»Jaaa!«, jubelte plötzlich Galdra und riss Elyami aus ihren Gedanken. »Meine Kristallaxt!«, rief die Eisenzwergin und schwenkte ihre Waffe übermütig, die sie offenbar in einem Gepäckbündel entdeckt hatte.

»Das waren die Blau-Elben«, war Hlus stolze Windstimme zu hören. »Sie haben die Schlangen mit euren Sachen und anderen nützlichen Dingen beladen. Deine Laute ist auch dabei, Grünsängerin. Und die Glasrüstung deines Bruders!«

Zum ersten Mal seit Tagen lächelte Elyami. Doch das leichte Heben der Mundwinkel schien sie ihre restliche verbleibende Kraft zu kosten.

»Gut«, sagte die Winterseherin unbeeindruckt. »Jetzt ruht euch aus. Wir haben einen weiten Weg vor uns.«

Elyami hatte das Gefühl, dass sie damit nicht nur die Reise zur Feuerquelle meinte.

FÜNFZEHNTES KAPITEL

IM SCHATTEN DER LANGEN AHNENHÜGEL AM SÜDUFER DES NÖCKSEES IM KÖNIGREICH SKOVRIK

Schneeflocken segelten durch die Abendluft und blieben zwischen den Halmen liegen. Mit sanfter Unnachgiebigkeit lagerten sie sich übereinander und bildeten eine weiße Kruste, aus der die Grasbüschel wie zahllose Inseln hervorschauten. Mit jedem Schritt trat Jha Rudra Schnee und Gras zu matschigen Kuhlen nieder. Der Winter kam früh hier im Norden. Dasselbe galt für die Nacht.

Eben noch hatte sie die bräunlichen Schilfkolben erkennen können, die sich drüben am Seeufer aus dem Schnee erhoben hatten. Nun waren dort nur noch graue Schatten zu sehen, die verbargen, wo das Land aufhörte und der kalte See begann. Auch die Langen Ahnenhügel, zwischen denen sie ihr Lager aufgeschlagen hatten, lagen nun im Dunkeln. Ihre grasbedeckten Flanken schienen bis in den Nachthimmel hinaufzureichen. Dabei wusste Jha Rudra, dass es eigentlich nur flache Hügel waren, deren Kuppen jeweils von einer großen, runenbedeckten Stele gekrönt wurden. Sie hatte es gesehen, als sie ihre Pferde in das Seitental zwischen den Hügeln geführt hatten, das Skjöldir Reifbart für ihr Nachtlager ausgewählt hatte. Es lag so geschützt, dass ihr Feuer vom Dammweg am Ufer aus nicht zu sehen war. Jenseits seines Lichtscheins aber war alles in Schatten getaucht, die Jha Rudras Blick nicht zu durchdringen vermochte.

Schritte knirschten hinter ihr durch den Schnee. Sie fuhr herum. Der Jarl löste sich aus dem Umriss eines Busches.

»Und?«, fragte er, wobei sein Atem ein Dampfwölkchen bildete.

»Nichts«, knurrte Jha Rudra unzufrieden. »Aber ich habe zweifellos etwas gehört.«

»Gewiss«, erwiderte Skjöldir. »Zwischen den Ahnenhügeln kriecht so einiges herum. Doch an unser Feuer wagt sich kein Wesen heran. Auf meiner Seite war ebenfalls alles ruhig.«

Jha Rudra warf noch einen letzten Blick in die Nacht hinaus. Dann zwang sie sich zu einem Lächeln und folgte dem Jarl mit einer kleinen Verbeugung zum Lager zurück. Es störte sie, wie begütigend Skjöldir mit ihr sprach. Die Wildnis des Nordens war nicht ihre Welt, doch ihre Sinne funktionierten überall ausgezeichnet!

Im Schein ihres Lagerfeuers konnte sie die Umrisse von Hilgrif und Gunbrecht ausmachen. Die Schwertpriesterin parierte eine Reihe von ebenso ungestümen wie ungeschickten Hieben, die Gunbrecht mit einem Übungsschwert auf sie einprasseln ließ. Obwohl man ihr ansah, dass ihr die Abwehr keinerlei Mühe bereitete, schaute sie so konzentriert, als hätte sie einen ernst zu nehmenden Gegner vor sich. Jha Rudra lächelte in sich hinein. Hilgrif tat niemals etwas halbherzig.

Während sie am Feuer Platz nahm und sich in ihre Felldecken wickelte, entwaffnete Hilgrif Gunbrecht mit einem einzigen Konterschlag und beendete so den Übungskampf. Gunbrecht rieb sich den schmerzenden Handrücken, als er sich zusammen mit Hilgrif ebenfalls ans Feuer setzte.

»Wir haben dort draußen nichts entdeckt«, brummte Skjöldir und kramte in seinem Proviantsack. Hilgrif schenkte Jha Rudra einen forschenden Seitenblick. Die Diebespriesterin setzte dazu an, etwas hinzuzufügen, doch Gunbrecht kam ihr zuvor: »Ruhen in den Langen Ahnenhügeln die Könige von Skovrik?«

»Nicht von Skovrik«, erwiderte der Jarl. »Dies ist die Ruhestätte der Könige von Brynland. Eines von vielen kleinen Königreichen, die es gab, bevor Geirolf Einhand den Norden unter der Bernstein-Krone von Skovrik vereinigt hat. Nun sind die Namen der alten Könige vergessen und der Wind heult über den Grabhügeln.«

»So, wie bald die Namen aller Könige vergessen sein werden, falls die Kettenlande sich über die ganze Welt ausdehnen«, fügte Hilgrif düster hinzu.

»Dazu wird es nicht kommen«, sagte Skjöldir Reifbart. Seine Worte klangen nicht besonders entschlossen, eher so, als würde er eine banale Tatsache aussprechen. »Morgen oder übermorgen werden wir zu meinen Leuten am Rande des Hrimwaldes stoßen. Dann geht es direkt nach Malyún gegen den Kettenfürsten.«

»Ich frage mich, ob die Grünhüter aus Liráya uns überhaupt noch einholen können«, überlegte Hilgrif.

»Sie sind Grün-Elben«, erwiderte der Jarl zuversichtlich. »Ich habe einmal …«

Er wurde von einem unruhigen Schnauben ihrer Pferde unterbrochen. Sie hatten die Tiere im Schutz eines nahen Gebüschs angebunden, wo der Lichtschein des Feuers ins Dunkel überging. Äste raschelten, als die Pferde aufgebracht an den Stricken zogen. Aus irgendeinem Grund schienen sie Angst zu haben.

Skjöldir und Hilgrif sprangen fast gleichzeitig auf die Füße und zogen ihre Schwerter.

»Du hütest das Feuer«, sagte Jha Rudra zu Gunbrecht, der sich ebenfalls halb erhoben hatte. Sichtlich dankbar blieb er zurück, während die Diebespriesterin den beiden Nordleuten in die Schatten jenseits des Lagers folgte. Irgendwo hier, wo die Nacht die Welt verschlungen hatte, schlich etwas herum. Jha Rudra horchte angestrengt. Es knirschte im Schnee. Das waren nicht die schweren Schritte ihrer Begleiter. Es klang leichter, ein wenig schleifend und irgendwie lauernd. Und es kam näher, gleich da vorne, wo Hilgrif gerade suchend die Äste einiger Büsche zur Seite bog.

»Pass auf!«, rief Jha Rudra ihrer Gefährtin zu, da löste sich auch schon ein schattenhafter Umriss aus dem Gebüsch. Hilgrif wirbelte herum und stieß den Angreifer von sich. Er glitt an der Schwertpriesterin vorbei und stürzte sich stattdessen auf Jha

Rudra, halb springend und halb fliegend. Lange, klauenartige Finger griffen gierig nach ihrer Kehle.

Jha Rudra warf sich reflexartig zur Seite. Die Knochenhände verfehlten ihren Hals, doch die Krallen zerfetzten ihren Mantel am Oberarm und rissen brennende Striemen in ihre Haut.

Das Wesen hockte vor ihr im Schnee. Es war eine Unkreatur mit fahlweiß leuchtenden Augen. Ein Totenschädel grinste Jha Rudra an, überzogen mit ledriger Haut und umkränzt von vereinzelten Haarsträhnen. Der Untote sprang behände auf die Füße. Die Überreste eines Kettenmantels rasselten an seinem skelettierten Leib. Jha Rudra zog ihre Wurfeisen.

»Hinfort mit dir!«, brüllte Skjöldir Reifbart, der plötzlich mit gezogenem Schwert aus dem Dunkeln erschien. Der Jarl versetzte dem Untoten einen mächtigen Hieb gegen die Brust, und der Angreifer wurde zurückgeschleudert. Hart prallte er gegen einen Felsen. Für einen Moment hoffte Jha Rudra, dass seine Klappergestalt einfach zu einem Haufen Knochen zerfallen würde. Doch der Untote fand sofort das Gleichgewicht wieder und duckte sich mit tückisch funkelnden Augen zum Sprung. Diesmal stürzte er sich auf Hilgrif.

Die Schwertpriesterin riss blitzschnell ihre Waffe hoch. Der Brustkorb des Untoten wurde von Hilgrifs Klinge glatt durchbohrt. Sie trat am Rücken wieder hervor. Das hinderte den Knochenmann jedoch nicht daran, Hilgrif am Hals zu packen und ihre Kehle zuzudrücken, während sein Körper auf dem Schwert hing. Jha Rudra schleuderte ihm beide Wurfeisen in den Rücken. Wirkungslos. Seine Augen leuchteten noch immer unheilvoll.

»Zurück, sage ich!« Jarl Skjöldir schlug erneut zu. Ein Arm des Unholds wurde glatt von der Schulter getrennt. Der Würgegriff seiner Klauenfinger lockerte sich aber nicht.

»Kravana!«, rief Hilgrif mit erstickter Stimme. Silberne Flammen schlugen aus ihrem Schwert. Der Untote zischte schrill auf, als sich rund um die Klinge plötzlich schwarzer Rauch bildete. Kravanas heiliges Feuer verbrannte seinen Leib.

Hilgrif trat den brennenden Körper von sich weg und zog

zugleich ihre Waffe an sich. Die Knochenfinger glitten von ihrem Hals. Der Untote wankte durch den Schnee, während das Silberfeuer ihn immer mehr verzehrte. Dann sauste Skjöldirs Klinge noch einmal vor, und der Totenschädel flog durch die Luft, um am Boden zu zerbersten, während der kopflose Leib binnen weniger Herzschläge zu Asche zerfiel.

Die Wurfeisen kehrten in Jha Rudras Hände zurück. Hilgrif und Skjöldir schauten sich schwer atmend an. Plötzlich war es wieder still um sie herum. Nur der Schnee fiel sanft. Dann nickten sie sich knapp zu und steckten ihre Schwerter weg.

»Gratulation«, sagte Jha Rudra in dem matten Versuch, unbeeindruckt zu klingen. »Was genau habt ihr da eigentlich erlegt?«

»Das war ein Draug«, antwortete Hilgrif mit rauer Stimme und betastete ihren zerschundenen Hals. »Ein ruheloser Grabhügel-Bewohner, zumeist von edler Abstammung.«

»Zäh und schwer zu vernichten«, stimmte Skjöldir ihr zu, als sie wieder am Feuer Platz nahmen. Gunbrecht starrte sie mit großen Augen an. Hilgrif versorgte unterdessen die blutigen Kratzer an Jha Rudras Arm.

»Möge die Wunde rasch und ohne Brand verheilen, mit Kravanas Segen«, murmelte sie. Sanft fuhren Hilgrifs Finger über Jha Rudras Haut. Sie verharrten lange dort, ehe sich die Schwertpriesterin um die Striemen an ihrem Hals kümmerte.

»Die alten Könige schlafen unruhig«, fuhr der Jarl fort, während er in den Flammen herumstocherte, ohne zu ihnen aufzuschauen. »Aber für gewöhnlich erheben sie sich nur, wenn Grabräuber in ihre Hügel eindringen. Es kann kein Zufall sein, dass ein mordgieriger Toter gerade jetzt um die Ahnenhügel schleicht! Ich frage mich, ob uns ein Agent des Kettenfürsten folgt, der den Draug aus dem Grab gerufen hat …«

Jha Rudra und Hilgrif schauten sich ernst an. Hilgrif sprach es schließlich aus.

»Das war vermutlich keine gezielte Beschwörung«, sagte sie. »Wenn uns ein Nekromant der Kettenheere auf den Fersen wäre, hätte er gewiss mehr Unheil als einen einzelnen Draug heraufbeschworen.«

»Die Unterwelt ist in Aufruhr geraten, seit ihr alter König endgültig tot ist«, ergänzte Jha Rudra. »Wir werden bald noch mehr Untote zu bekämpfen haben. Die Ruhe der Gräber ist nicht mehr sicher.«

Jarl Skjöldir ließ das Feuer in Ruhe und schaute mit gerunzelter Stirn zwischen den beiden Frauen hin und her.

»Ich verstehe nicht und denke aber, dass ich das dringend sollte«, sagte er. »Was hat es damit auf sich und warum habt Ihr es vor dem Rat nicht erwähnt?«

Jha Rudra holte tief Luft. Sie hatten ihrem neuen Verbündeten viel zu erklären, bevor sie Malyún erreichten.

SECHZEHNTES KAPITEL

AUF DER VULKANINSEL AZUSSRA
AN DEN HÄNGEN DER GÖTTER-ESSE
IM KÖNIGREICH KYKLOPIA

Azussra war ohne Zweifel die lieblichste der Unglückseligen Inseln. Die blauen Wogen der Aquamarin-See spülten hier an weiße Sandstrände, die landeinwärts in dunkelgrün bewachsene Hänge übergingen, über denen sich der schwarze Umriss des Zentralvulkans im Dunst erhob. An vielen Orten stürzten Wasserfälle in die tief eingeschnittenen Täler und formten Becken, Seen und Flüsschen, die zahllosen Wasservögeln eine Heimat boten. Küstenstädte mit weiß getünchten Häusern zogen sich wie ein Perlenhalsband rund um die Insel, umgeben von Feldern und Orangenhainen.

Das Inland von Azussra war deutlich dünner besiedelt, denn im Schatten des Vulkans erstreckte sich Kyklopia, das Königreich der Zyklopen. Die Bewohner der Küstenstädte zahlten den einäugigen Riesen regelmäßig Tribut und wurden im Gegenzug zumeist von ihnen in Frieden gelassen. Rund um die Götter-Esse herrschte die Königin der Zyklopen uneingeschränkt, und wer hier angetroffen wurde, war entweder ihr Untertan oder eine willkommene Jagdbeute für die stets hungrigen Einaugen.

Gorin und seinen Gefährten war dieses Schicksal bislang erspart geblieben. Der Runenschmied hockte am Eingang einer Höhle in den Felshängen der Götter-Esse und nutzte die letzten Sonnenstrahlen des Tages, um Galdras nietenbeschlagenen Lederpanzer besser anzupassen. Die zottigen Ziegen auf der Hochweide, die sich vor der Höhle erstreckte, beobachteten seine Bemühungen gleichmütig kauend. Ihre Versuche, die Riemen der Rüstung anzuknabbern, hatte Galdra so energisch abgewehrt, dass selbst die Wildziegenhirne die Botschaft verstanden hatten.

»Sitzt es so besser?«, fragte Gorin, während er an einem metallverstärkten Schulterteil herumpfriemelte.

»Hmja«, brummte Galdra ungnädig. »Aber kein Vergleich zu einem guten, ehrlichen Kettenmantel aus Tokrond!«

»Ein Eisenzwerg kann aus allem ein Werkzeug oder eine Waffe machen, hat Duroscha immer gesagt«, erwiderte Gorin und versuchte vergeblich, so unerschütterlich gut gelaunt wie Onkel Barudrin zu klingen.

»Und die Kohlenzwerge machen aus Tierhäuten Rüstungen«, sagte Galdra unzufrieden. Die Lederpanzer, die Gorin und Galdra nun trugen, hatten sie in Calor gekauft, der größten Hafenstadt an den Küsten Azussras.

Nach ihrer Ankunft auf Pyriasi hätte Gorin Tage durchschlafen können, doch die Winterseherin hatte darauf bestanden, dass sie gleich am nächsten Morgen nach Azussra weiterflogen. Die anderen hatten umgehend die Stadt aufgesucht, während Gorin mit seinem verletzten Bein in einem verlassenen Ziegenstall in der Nähe zurückgeblieben war. Galdra hatte ihm anschließend berichtet, dass hier neben Südland-Menschen auch viele schwarzbärtige Kohlenzwerge lebten, die offenbar von der Nähe ihres verlorenen Königreichs Rykrond angezogen wurden. In den Gasthäusern mit ihren weinumrankten Lauben wurde neben Azussra-Wein auch Zwergenbier ausgeschenkt. Die Zeit und das Gold hatten nicht gereicht, um sich von einem Zwergenschmied vernünftige Rüstungen anpassen zu lassen, aber zumindest hatten sie neben den Lederpanzern auch einen Köcher mit guten Stahlbolzen erworben, in die Gorin Runen ritzen konnte, wenn sich irgendwo die Gelegenheit bot.

Sobald die Gruppe mit frischen Vorräten zu Gorins Ziegenstall zurückgekehrt war, hatte die Winterseherin zum Aufbruch gedrängt.

»Azussra gehört noch nicht zu den Kettenlanden«, hatte die

Alte gesagt, »doch Yamaaz ist gefährlich nah und der Kettenfürst hat überall Spione. Wir können rasten, sobald wir die Grenzen Kyklopias hinter uns gelassen haben. Dorthin wagt sich kein vernunftbegabtes Wesen mit mehr als einem Auge.«

»Aber dem Kettenfürsten ist Euer Schwanentalisman in die Hände gefallen«, hatte Gorin besorgt eingeworfen. »Kann er uns damit nicht einfach magisch aufspüren? Ihr habt doch erzählt, dass Vylami solch ein Ritual gewirkt hat, um uns in Wâgant zu finden.«

»Der Talisman ist nicht das Einzige, was er von mir hat«, hatte die Winterseherin wegwerfend erwidert. »Gegen solche Zauber vermag ich uns zu schützen.«

So waren sie also auf den Fledernattern über das dicht bewachsene Inland der Insel bis in den Schatten der oberen Hänge der Götter-Esse geritten, wo das nackte Vulkangestein schwarz aufragte. Hier kampierten sie nun schon seit mehreren Tagen in ihrer Höhle, sammelten Kräfte und bereiteten die Expedition zur elementaren Quelle des Feuers vor.

Gorins Bein schmerzte noch immer, während er neben Galdra an der Höhlenöffnung stand und auf die nahen Felshänge des Vulkans schaute, doch er konnte inzwischen fast wieder normal auftreten. Die Kräuterumschläge, die ihnen die Rot-Elben mitgegeben hatten, bewirkten wahre Wunder.

»Essen! Boldros bringt Essen!«, hallte eine mächtige Bassstimme über die Bergweiden, als ein mächtiger Zyklop auf die Höhle zugestapft kam. Ihr Gastgeber kam zurück, wie an jedem Abend. Er war groß wie zwei hochgewachsene Menschenmänner übereinander und mehr als doppelt so breit. Auf der Stirn seines glatzköpfigen Schädels saß ein einziges, faustgroßes Auge über einer Knollennase, sein verfilzter Bart hing länger herab, als Gorin groß war. Ein Kittel aus zusammengenähten Ziegenfellen bedeckte seinen Körper, in seinem Gürtel steckten zwei schwarze Klingen, die er aus dem scharfkantigen Glasgestein des Vulkans geschlagen hatte.

Ein zufriedenes Grinsen zerteilte den Bart des Zyklopen,

denn auf seinen Schultern trug er nicht nur eine tote Ziege, sondern auch einen stattlichen Hirsch mit gebrochenem Genick.

»Boldros bringt Essen!«, dröhnte es gut gelaunt, als sich der Zyklop neben der Kochstelle auf einem mächtigen Schemel niederließ. Galdra schnaubte missbilligend. Es brauchte offenbar nicht viel, um einen Zyklopen glücklich zu machen.

»Boldros ist ein schlichter Kerl und stellt das wenige selbst her, was er braucht, wie die meisten Zyklopen«, hatte die Winterseherin am ersten Abend in der Höhle gesagt. »Lasst euch von dieser einfachen Art aber nicht täuschen! Die Schmiede am Hof der Zyklopenkönigin gehören zu den kunstfertigsten der bekannten Welt. Ihre Krieger haben hervorragende Waffen und Rüstungen. Darauf müssen wir uns einstellen, wenn wir in ihr Reich eindringen.«

»Kein Wunder«, hatte Galdra verächtlich gebrummt. »Immerhin haben sie den Basaltzwergen von Rykrond ihre Schmiedekunst gestohlen.«

Sie hatte offenbar beschlossen, den Zyklopen nicht zu mögen. Gorin konnte es ihr nicht ganz verdenken. Boldros gab sich zwar freundlich, doch wann immer er seine spitzen Zähne in gebratenes Ziegenfleisch schlug, musste Gorin daran denken, dass er genauso gut auch eine Zwergen- oder Elbenkeule in sich hineinschlingen könnte. Er hegte den Verdacht, dass der Zyklop nur deshalb so umgänglich war, weil die Winterseherin sich jeden Morgen ausgiebig mit ihm unterhielt und ihm dabei tief in sein großes Auge schaute.

Ansonsten hatten sie in den letzten Tagen nur wenig von der Alten gesehen. Sobald Boldros über die Weiden davonstapfte, um sich um seine Ziegen zu kümmern oder zu jagen, zog sich die Winterseherin zusammen mit Elyami in die Dunkelheit der Höhle zurück und kam nur zum Essen wieder zum Vorschein.

Während der Zyklop seiner Beute nun das Fell abzog, nahm Gorin die letzten Korrekturen an Galdras Rüstung vor. Seine Finger arbeiteten wie von selbst, wie damals in Onkel Barudrins

Schmiede. Und wie damals begann Gorin, bei seiner Arbeit leise auf Eisentung vor sich hin zu singen:

»In alter Zeit, Urväterzeit,
im Erdenschoß, bei Dwaldarin,
dort lebte einst in Einigkeit
das Zwergenvolk mit frohem Sinn.

Doch großen Frevel, unverzieh'n,
beging dann eine kleine Schar.
Drum musste sie ins Freie zieh'n,
wo grausam weit der Himmel war.

Die Wolkenmutter, Himmelsfrau,
nahm gnädig die Verstoß'nen auf,
bei sich im weiten Himmelsblau,
in Regen, Wind und Wolkenlauf.

Die Himmelsweite wurde dann
zum Heim für diese Frevlerschar.
Als Gunst der Mutter sie gewann
den Schnabel und ein Schwingenpaar.«

»Das Lied hat Duroscha auch gerne gesungen«, sagte Galdra, als Gorin die letzte Zeile beendet hatte. »Ziemlicher Unsinn, oder? Zwerge, die aus der Erde verbannt werden und sich in Himmelswesen verwandeln … Wer glaubt an so was?«

»*Du* solltest an so was glauben«, erwiderte Elyamur, der gerade aus der Höhle kam. »Immerhin warst du es, die vorgeschlagen hat, den Gefallenen auf der Grundlage eines Trinklieds zu suchen.«

»Das war ja wohl etwas ganz anderes«, brummte Galdra. »Götter, die einen trinken gehen – warum nicht. Geflügelte Zwerge – Unsinn, an den nur ein Elb glauben kann.«

In den letzten Tagen stritten Galdra und Elyamur wieder

häufiger. Offenbar tat es ihnen nicht gut, Zeit zusammen zu verbringen, in der sie nicht gemeinsam auf einen Gegner einschlagen konnten. »Elyami sagt, dass Lieder oft alte Wahrheiten enthalten«, insistierte Elyamur. Er schwieg für einen Moment nachdenklich. »Ich habe euer Zwergenlied leider nicht verstanden … Aber wenn diese Himmelszwerge wirklich verstoßen wurden, sind sie in gewisser Weise wie die Purpur-Elben für das Elbenvolk.«

»Ja? Inwiefern denn?«, fragte Gorin halb neugierig und halb, um weiteren Streit zu vermeiden.

»Meine Schwester könnte das viel besser erzählen«, murmelte Elyamur. »Aber ihr wisst ja, dass in einem früheren Zeitalter die Riesenvölker die Welt beherrschten und die Kleinlinge nur ihre Sklaven waren. Bis es zu Aufständen kam, die ihre Vorherrschaft in den Riesenkriegen beendeten.«

»Die Winterseherin hat erwähnt, dass unsere heutige Hochsprache auf die Sprache der Riesen zurückgeht«, warf Gorin ein.

»Die Purpur-Elben stammen jedenfalls von jenen Elben ab, die damals Sklaven der Nephilim-Schattenriesen waren«, fuhr Elyamur fort. »Ihr Los war besonders schrecklich, denn die Nephilim führten grausame magische Experimente an ihnen durch. Die Purpur-Elben konnten ihre Zwingherren nur besiegen, indem sie heimlich deren dunkle Magie studierten – und sie schließlich darin übertrafen. Sie erkämpften sich so ihre Freiheit, doch zu einem furchtbaren Preis: Sie waren selbst zu skrupellosen Meistern der dunklen Künste geworden. Dadurch entfernten sie sich von allen anderen Elbenvölkern, nach deren Wesen sie sich doch sehnen. Sie versuchen nun auf ihre verdrehte Art, elbischer zu sein als alle anderen …«

»Ich verstehe«, murmelte Gorin beklommen.

»Und ich hoffe, wir können bald weiterziehen«, brummte Galdra, die offenbar keine Lust hatte, ihre Gedanken an Purpur-Elben zu verschwenden. »Die verfluchten Orkzwillinge rasten nicht!«

Gorin hatte ein schlechtes Gewissen, weil seine Verletzung

ihr Vorankommen aufgehalten hatte. Doch letztlich hatten sie alle ein wenig Ruhe dringend nötig gehabt.

»Elyami geht es schon besser«, sagte Elyamur, der sich daranmachte, die Kochstelle vorzubereiten. »Aber wir können erst weiter, wenn sie bessere Kontrolle über ihre Visionen gewonnen hat! Ihr habt ja gesehen, wie es um sie stand, bevor die Winterseherin sich um sie gekümmert hat. Wir …«

»… werden morgen früh aufbrechen«, vollendete die Winterseherin seinen Satz, während sie aus der Höhle trat. »Galdra hat recht. Wir haben keine Zeit zu verlieren.«

Elyami war an ihrer Seite. Die Grünsängerin sah immer noch ein wenig blass aus, doch ihr Blick war klar und schien sich nicht länger in der Ferne zu verlieren. Auf Gorin wirkte sie irgendwie fremd. Er hatte sich noch immer nicht daran gewöhnt, dass ihre Augen jetzt meerblau und nicht mehr waldgrün waren.

»Heißt das, dass du die Seherkunst gemeistert hast?«, fragte er vorsichtig.

Elyami lächelte matt. »Selbst ein ganzes Elbenleben reicht dafür nicht aus«, antwortete sie. »Doch Odrana hat mir gezeigt, wie ich die Flut der Bilder eindämmen und vielleicht sogar ein wenig lenken kann. Ich werde meine Übungen auf unserer weiteren Reise fortsetzen.«

»Klingt nicht sehr konkret«, brummte Galdra.

Elyamur legte seiner Schwester besorgt eine Hand auf den Arm. »Seid Ihr Euch sicher, dass wir morgen schon aufbrechen sollten?«, fragte er die Winterseherin ernst. »Für unsere Aufgabe müssen wir alle bei vollen Kräften sein.«

Elyami streifte unwillig seinen Arm ab. »Ich brauche keinen Aufpasser, Bruder!« Gorin lächelte in sich hinein. Die Grün-Elbin fand offenbar wirklich langsam wieder zu sich selbst.

»Gleich bei Tagesanbruch machen wir uns auf den Weg«, entschied die Winterseherin. Während der Bratenduft von Boldros' Kochfeuer aufstieg, gingen sie noch einmal ihre Pläne für die weitere Reise durch. Gorin spürte, dass er angenehm hungrig war. Es tat gut, etwas Konkretes zum Planen zu haben, worüber man die dunklen Erinnerungen an Yamaaz vergessen konnte. Es tat gut, am Leben zu sein.

»Uuund los!«, jubelte Hlu, die Flügelfee, als sie sich am nächsten Morgen auf dem Rücken der Fledernattern in die Luft erhoben. Der Zyklop Boldros legte den Kopf weit in den Nacken, als er seinen Gästen verblüfft hinterherschaute. Dann wandte er sich wieder den Ziegen zu.

In weiten Spiralbögen schlängelten sich Yà Myrlion und Yà Syndri zu den Hängen der Götter-Esse empor, bis sie über dem Gipfel auf den warmen Winden glitten. Gorin beugte sich auf dem Flugsattel zur Seite, um einen Blick auf den Berg werfen zu können. Seine Kuppe war zu einem annähernd kreisförmigen Krater eingebrochen, dessen Wände gut zweihundert Meter steil abfielen. Der Boden des Kraters wurde fast komplett von einem See bedeckt. Sein Wasser schimmerte in einem intensiven Türkisgrün, wie es Gorin noch nie zuvor gesehen hatte. Aus den Spalten im schwarzen Gestein rund um den See stiegen schwefelige Dämpfe auf.

»Ich hätte mir eher Feuer als Wasser in einem Vulkan vorgestellt«, rief Elyamur auf dem vorderen Sitz des Sattels gegen den Flugwind an.

»Die Götter-Esse ist erfüllt von Erdenfeuer!«, versicherte ihm Gorin. »Ihre Magmakammern liegen tief unter dem Berg. Bald wirst du es selbst sehen. Lass uns dort vorne runtergehen!«

Gorin hörte, wie Elyamur der Fledernatter gut zuredete, bis sie es endlich wagte, sich in den Krater hineinzuschrauben und am Ufer des Sees zu landen.

Er stieg vorsichtig ab, um sein Bein zu schonen. Sobald seine Füße festen Boden berührten, beeilte er sich, vom Ufer wegzukommen. Das unergründlich-grüne Wasser verunsicherte ihn. Die Fledernattern erhoben sich eilig wieder in die Luft, als alle abgestiegen waren. Gorin konnte es ihnen nicht verdenken. Er schaute sich um, halb angespannt und halb von aufgeregter Neugier erfüllt. Seine Zwergenaugen hatten längst entdeckt, dass das

Felsgestein der Kraterwände an vielen Stellen kunstfertig bearbeitet war. Er sah mehrere Strukturen, die wie die Eingänge zu unterirdischen Gewölben aussahen, geschmückt mit Säulen und Runenornamenten. Allerdings waren zumeist nur noch Trümmer von ihnen übrig. Einige lagen halb begraben unter Geröllhaufen, andere waren übergossen von erkalteter Lava.

»Die Basaltzwerge von Rykrond müssen ihre Anlagen immer wieder neu errichtet haben, wenn der Zorn des Vulkans sie zerstört hat«, sagte Galdra leise. »Ich kann mir kaum vorstellen, wie das ist. Zu wissen, dass man nicht für die Jahrtausende baut, sondern nur bis zum nächsten Ausbruch, meine ich.«

»Sie waren das Volk des Feuers«, erwiderte Gorin. »So, wie wir Eisenzwerge das Volk des Stahls sind und die Diamantzwerge das Volk des Goldes. Sie haben gelernt, mit seiner Unberechenbarkeit zu leben. Der Eingang dort drüben scheint noch unzerstört zu sein!«

Er deutete auf einen Torbogen in der Bergflanke, der von runenverzierten Säulen gestützt wurde. Links und rechts daneben waren die überlebensgroßen Statuen zweier Zwergenkrieger als Halbreliefs aus dem Fels herausgemeißelt, die sich grimmig auf ihre Kriegshämmer stützten. Jemand hatte sie nachträglich bearbeitet, denn ihre ursprünglichen Gesichter oberhalb der Bärte waren verschwunden. Stattdessen schaute je ein einzelnes, finster starrendes Auge unter ihren Helmen hervor.

»Die Zyklopen kennen das Tor jedenfalls auch«, stellte Elyamur fest.

»Das war zu erwarten«, erwiderte die Winterseherin. »Dennoch dürfte dieser Zugang deutlich weniger gut bewacht sein als die Haupttore an den Außenseiten des Bergmassivs. Lasst uns gehen.«

Vorsichtig näherten sie sich der dunklen Toröffnung. Gorin trug seinen neu erworbenen Lederpanzer und die Armbrust, die er auf Yamaaz erbeutet hatte, dazu eine kohlenzwergische Handaxt im Gürtel. Auch Galdra war in Leder gekleidet, führte jedoch zuversichtlich ihre vertraute Kristallaxt und einige Wurfbeile, die die Wogenreiter für sie gerettet hatten. Die beiden Elben hatten sich in leichte, helle Tuchgewänder aus Calor gehüllt. Elyamur hatte zudem seine Adamantglas-Rüstung angelegt und die beiden Zwillingsklingen am Gürtel befestigt, mit denen er in den letzten Tagen vor der Höhle trainiert hatte. Elyami war mit einem schlichten Dolch bewaffnet und trug wie ihr Bruder einen Kurzbogen über der Schulter. Die Winterseherin, die in der Mitte der Gruppe ging, sah mit unerschütterlichem Gleichmut so aus, wie Gorin sie seit jeher kannte: eine ungebeugte Alte in einem Mantel mit weißem Pelzbesatz, die bei jedem Schritt ihren saphirbesetzten Knotenstab aufsetzte und jeder möglichen Bedrohung entschlossen entgegenschaute.

Sie hatten den säulenflankierten Eingang fast erreicht, als sich drinnen etwas bewegte. Eine mächtige Gestalt trat aus dem Schatten, bückte sich unter der Toröffnung hindurch und schob sich ins Freie.

Es war ein Zyklop, noch einen guten Kopf größer als Boldros. Seine breite Brust war von einem stählernen Harnisch bedeckt, Stahlschienen schützten die Arme und Beine. Der Helm war so geformt, dass Platz für ein einzelnes, misstrauisch funkelndes Auge ausgespart war. Sein schwarzer Bart, der weit über die Brust fiel, war zu Zöpfen geflochten, die Gorin an eine gröbere Variante zwergischer Bartzöpfe erinnerten. In den Fäusten trug der Zyklop eine mächtige, baumlange Doppelaxt.

Das Auge des Wächters blinzelte ungläubig, als er sah, wer sich dort vom Kratersee näherte. Er rief den Eindringlingen einige Worte in einer dumpfen, grollenden Sprache zu. Seine linke Hand wanderte dabei zu seinem Gürtel, an dem ein eisernes Signalhorn hing. Gorin umfasste die Armbrust fester und schielte zu dem stahlumkränzten Auge des Riesen hinauf.

Die Winterseherin jedoch erwiderte einige ruhige Worte, die ähnlich guttural klangen wie die Laute des Zyklopen. Sie hob grüßend die Hand – und drehte sie dann mit der Handfläche nach oben, um sanft darüber zu pusten. Eine winzige, schneeweiße Daunenfeder glitt durch die schwefelige Kraterluft auf den

Einäugigen zu. Sie zeigte große Wirkung. Der Zyklop gähnte herzhaft und streckte sich, dass die Rüstung klapperte. Dann sank er mit dem Rücken an die Felswand und glitt langsam daran herab. Als er zum Sitzen kam, war sein Auge schon geschlossen, und ein tiefes Schnarchen grollte aus seiner Brust hervor.

»Wir können hinein«, sagte die Winterseherin.

»Ihr sprecht Zyklopisch?«, fragte Elyamur beeindruckt.

»Das war Thursisch«, erklärte die Alte. »Die gemeinsame Sprache der Riesenvölker. Ich habe sie einst für gewisse Studien gelernt.« Elyami schaute die Winterseherin nachdenklich von der Seite an. Gorin aber konnte seine Neugier nicht länger bezwingen. Er trat einige Schritte auf den schlafenden Zyklopen zu und berührte vorsichtig die Schneide der Streitaxt, die der Riese noch immer umklammert hielt.

»Gute Arbeit, in der Tat«, murmelte Gorin beeindruckt. Galdra schnaubte nur abfällig.

Dann schritten sie durch den Torbogen und betraten Rykrond, das verlorene Zwergenreich, nun der Königssitz von Kyklopia. Direkt hinter dem Eingang lag eine säulengestützte Halle. Zur Linken und zur Rechten waren große Nischen in ihre Wände eingelassen. In einer Nische erhob sich ein Standbild, das Dwaldarin, den göttlichen Schmied, als arbeitenden Zwerg am Amboss zeigte. In der anderen Nische war Jvalana, die wilde Göttin des Feuers, in der Gestalt einer Zwergin mit einem Bart aus Flammen zu sehen. Vor beiden Standbildern lagen stählerne Waffen und Werkzeuge als Opfergaben auf dem Boden.

»Stammen die noch von den Basaltzwergen?«, fragte Galdra und deutete auf den Berg aus Schwertern, Äxten, Hämmern und anderen Schmiedearbeiten.

»Nein«, antwortete die Winterseherin. »Die Zyklopen haben sie dort abgelegt. Ich erwähnte ja schon, dass auch sie ein Volk von Schmieden sind.«

Nachdenklich betrachtete Gorin im Vorbeigehen die Standbilder. Man hatte darauf verzichtet, ihnen ein einzelnes Auge auf die Stirn zu meißeln.

An die Tempelhalle schloss sich ein Stiegenhaus an, das mehrere Ebenen der alten Zwergenstadt miteinander verband. Doch jemand hatte die steinernen Treppen zerstört, die einst von Absatz zu Absatz geführt hatten. Am Boden des Treppenschachtes, tief unter ihren Füßen, türmte sich ein Trümmerhaufen aus Steinbrocken, in denen noch Reste von Stufen zu erkennen waren. Stattdessen waren im Schacht nun grobe Holzleitern aufgestellt, deren Sprossen fast einen Meter auseinanderlagen. Sie führten zu jenen Ebenen, wo hohe Torbögen vom Stiegenhaus abgingen, und sparten die Absätze aus, deren Türöffnungen lediglich auf die Körpergröße von Zwergen ausgelegt waren.

»Dies ist die erste Ebene der zweiten Sohle von Rykrond«, las Gorin von einer Inschrift an der Wand ab. Es fühlte sich merkwürdig an, in einem verlorenen Bergkönigreich eines Zwergenvolks zu sein. Auf traurige Art vertraut und zugleich völlig fremd.

»Und diese Barbaren haben alles kaputt gemacht!«, schnaubte Galdra mit einem Blick auf den Treppenschacht.

»Sie haben sich auf ihre Art eingerichtet«, meinte Elyami.

»Wie dem auch sei«, sagte die Winterseherin energisch. »Es ist unser Glück, dass sich die Zyklopen auf die großen Hallen von Rykrond beschränken müssen. Nur dort können sie sich trotz ihrer riesenhaften Statur frei bewegen. Darum werden wir uns an die Passagen halten, die zu klein für sie sind. In diesen Bereichen können wir höchstens ihren Kleinling-Sklaven begegnen. Elyami, Galdra – bitte arbeitet nun so zusammen, wie wir es besprochen haben.«

Die Grün-Elbin nickte stumm und schloss die Augen. Gorin wusste, dass sie ihre verfeinerten Seher-Sinne ausschickte, um zu erspüren, wo sie die elementare Quelle des Feuers finden konnten. Der Schwanentalisman war verloren, doch als Trägerin der Essenz des Wassers schien die Elbin auch den anderen Quellen auf geheimnisvolle Art verbunden zu sein. Schließlich zeigte sie schräg nach unten zum Boden.

»Wir müssen dort entlang.« Die Winterseherin nickte zufrieden: »Galdra?«

Prüfend blickte die Höhlengängerin sich um. »Lasst uns zur dritten Ebene der zweiten Sohle hinabsteigen und schauen, ob es eine durchgehende Nordwest-Passage neben den Haupthallen gibt«, beschloss Galdra. Sie machten sich an den Abstieg über die knarrenden Holzleitern. Der große Abstand der Sprossen, die für die Füße von Zyklopen gebaut worden waren, machte es ihnen nicht einfach. Gorin hatte mit seinem angeschlagenen Bein zu kämpfen und war dankbar, als seine Schwester ihm wortlos die Hand reichte.

Schließlich betraten sie den Durchgang, den Galdra ihnen wies. Dahinter lag eine Reihe von Gängen und Passagen, Kammern und Hallen, Gemeinschaftsräumen und Werkstätten. Zuweilen konnte man noch an verstaubten Möbeln und verstreuten Gegenständen erkennen, welchem Zweck die Räume einst gedient hatten. Sie waren den Hallen von Tokrond gar nicht so unähnlich, doch hatten sie schon lange nicht mehr die Stimmen von Zwergen gehört. Gorin fühlte sich auf bedrückende Art an die verfluchte Ebene erinnert.

»Jetzt da entlang«, sagte Elyami nach einer Weile und zeigte in eine andere Richtung. »Und viel tiefer hinab.«

»Gut«, brummte Galdra. »Das Stiegenhaus dort vorne ist noch nicht zerstört.«

So drangen sie immer weiter ins verlorene Rykrond ein. Elyami erspürte die Richtung der elementaren Quelle, Galdra suchte ihnen einen Weg durch das Gewirr der Hallen und Gänge. Einmal mussten sie die Treppen wieder hinaufsteigen und einen weiten Umweg gehen, weil ihnen Stimmen entgegenschlugen. Offenbar nutzten die Herren von Kyklopia einige der alten Werkstätten nun als Sklavenquartiere.

Ein anderes Mal durchquerten sie eine weite Säulenhalle, die sich auf der Höhe der dritten Ebene der sechsten Sohle ganz durch die Bergflanke zog, als sich ihnen schwere Schritte näherten. Rasch drückten sich die Eindringlinge in den Schatten eines Tordurchgangs. Drei bullige Zyklopen stapften lachend und schwatzend durch den Saal.

»Dies sind die alten Eingangshallen, die hinter den äußeren Torfestungen am Fuße des Vulkans liegen«, erklärte Galdra, als die drei Einäugigen verschwunden waren. »Wenn wir noch weiter hinabsteigen, dringen wir in die Tiefen unterhalb des Bergkegels vor.«

»Dorthin führt unser Weg«, bestätigte Elyami mit halb geschlossenen Augen. Sie folgten abschüssigen Gängen und stiegen Treppen hinab. Gorin erkannte, dass die einzelnen Sohlen und Ebenen von Rykrond zwar weniger ausgedehnt waren als die von Tokrond, dafür aber deutlich weiter in die Tiefe hinabreichten. An jedem Treppenabsatz schien es nun ein wenig wärmer zu werden.

»Wir müssen dort entlang«, sagte Elyami, als sie die erste Ebene der zehnten Sohle erreichten, und zeigte in eine weite, dunkle Halle hinaus. An der Wand gegenüber gab es einen hohen Durchgang, aus dem greller Feuerschein flackerte. Der Klang von Metall auf Metall hallte von dort herüber, begleitet von dumpfen Stimmen. Das Tor wurde von Säulenreihen flankiert, die man kunstvoll aus natürlich gewachsenen Basalt-Pfeilern zusammengefügt hatte. Über dem Durchgang war ein großes, starrendes Auge in den Fels gemeißelt, das von einem Muster aus tanzenden Flammen umgeben war. Links und rechts vom Tor standen zwei Wächter.

Es waren Zyklopinnen, deren Stahlrüstungen kunstvoll mit goldenen Ornamenten eingelegt waren. Sie trugen Umhänge aus tiefrot gefärbter Wolle und vergoldete Helme mit bunt schillernden Federbüschen. Die einäugigen Kriegerinnen stützten sich auf lange Stabäxte, deren Blätter in zahlreiche Dornen und Spitzen ausliefen.

»Gibt es keinen anderen Weg?«, fragte Elyamur zweifelnd.

»Das scheint die alte Königshalle von Rykrond zu sein«, sagte Galdra. »Eigentlich müsste es weitere Eingänge für die Dienerschaft geben. Wartet, ich bin gleich zurück!« Die anderen verharrten am Treppenabsatz, während Galdra die Seitengänge nach Nebenpforten absuchte.

Nach einer Weile näherte sich mit stampfenden Schritten ein Zyklop durch die Halle. Er hatte einen nackten, haarigen Oberkörper und zog einen ochsenfuhrwerkgroßen Handkarren voller Eisenbarren hinter sich her. Am Tordurchgang wechselte er einige Worte mit den Wächterinnen. Dann wurde er durchgewinkt und verschwand mit seiner Fracht im Feuerschein der Halle.

»Was war das?«, fragte Gorin.

»Sie sprachen von einer Lieferung für die Königsschmiede«, erwiderte die Winterseherin. Schritte näherten sich, als Galdra von ihren Erkundungen zurückkam.

»Nichts«, knurrte sie frustriert. »Ich habe insgesamt drei Seitenpforten entdeckt, doch die Zyklopen haben alle mit Geröll versiegelt. Nun bleibt nur noch der Haupteingang.«

»Liegt die Quelle denn direkt dahinter?«, fragte Gorin, ohne den Blick vom Widerschein der Flammen jenseits des Tordurchgangs zu nehmen.

»Nein«, erwiderte Elyami. »Tiefer. Sie liegt tiefer. Aber in der Königshalle befindet sich der einzige Zugang zu den Feuerkammern, da bin ich mir sicher.«

»Könnt Ihr die beiden Wächterinnen nicht auch schlafen legen?«, wandte sich Gorin an die Winterseherin.

»Gewiss«, brummte die Alte. »Aber sie sind nicht allein. In der Halle lärmt eine ganze Horde Zyklopen. Und nicht jeder Einäugige ist tumb und leicht zu beeinflussen.«

Die Kriegerinnen traten einen Schritt zur Seite, als der halb nackte Zyklop wieder herauskam und mit seinem nun leeren Handkarren davonzog.

»Es scheint ein gewisses Kommen und Gehen zu geben«, überlegte Elyamur.

»Ja«, brummte die Winterseherin. »Eine Gruppe Zyklopen würden sie gewiss passieren lassen.«

Galdras Augen verengten sich.

»Ich lasse mich bestimmt nicht in so ein Einauge verwandeln!«, rief sie empört.

»Das vermag ich auch nicht«, erwiderte die Alte ruhig. »Aber ich kann dafür sorgen, dass wir bei flüchtiger Betrachtung wie Zyklopen erscheinen. Jedenfalls für eine Weile. Es handelt sich um ein simples Blendwerk, nicht um eine echte Verwandlung.«

»Trotzdem brauchen wir einen Grund«, warf Gorin ein. »Um einfach so in die Königshalle zu spazieren, meine ich.«

»Das überlasst nur mir«, erwiderte die Winterseherin. »Notfalls haben wir der Königin eben irgendeine wichtige Beobachtung zu melden. Vielleicht eine Drachensichtung.«

»Das wird sicher nicht lange gut gehen«, meinte Elyamur skeptisch.

»Umso wichtiger, dass Elyami schnell herausfindet, wo genau sich die Quelle befindet«, sagte die Winterseherin. Damit war es entschieden.

Galdra führte die Gruppe einen weiteren Seitengang entlang, der etwas abseits in die Vorhalle mündete. Hier waren sie durch wuchtige Säulen vor den Blicken der Wächterinnen geschützt. Die Winterseherin griff in eine ihrer Gürteltaschen und holte einen Gegenstand hervor. Es war eine winzige, stark stilisierte Maske aus gehämmertem Silber. Sie murmelte einige Zauberformeln in einer Sprache, die Gorin an das Elbisch der Grün-Elben erinnerte, aber irgendwie älter und feierlich klang. Die Seherin hob die Maske und schwenkte sie langsam über sich und die beiden Zwillingspaare. Gorin spürte ein Kribbeln auf der Haut, als die Magie zu wirken begann. Galdra verspannte sich unwillig neben ihm.

Die Umrisse der Reisegefährten verschwammen, als würde Hitze über sie hinwegwallen. Dann wurden sie von etwas Großem überlagert. Gorin sah um sich herum mehrere Zyklopen, wo eben noch die anderen gestanden hatten. Es waren keine Krieger mit Stahlrüstungen, sondern einfache Hirten-Zyklopen in Kitteln aus zusammengenähten Ziegenfellen. Auch die Winterseherin war zu einer alten, gebeugten Zyklopenfrau geworden, die ihr graues Haar zu einem langen Zopf gebündelt hatte.

Sich selbst nahm Gorin wie gewohnt als Eisenzwerg wahr, doch er konnte rund um seinen Körper einen seltsamen, halb durchsichtigen Umriss erahnen, der wohl das Trugbild darstellte, das andere nun in ihm sahen.

Die vier Jung-Zyklopen betrachteten sich staunend gegenseitig, während die einäugige Alte ungeduldig wartete.

»Hättet Ihr nicht wenigstens Krieger oder Schmiede aus uns machen können?«, grollte eine Zyklopin unzufrieden mit Galdras Stimme.

»Hätte ich«, erwiderte die greise Zyklopin. »Aber als Bauerntrampel von der anderen Seite der Insel ist die Gefahr geringer, dass wir uns durch unpassendes Verhalten verraten. Denkt daran, dass ihr nicht wirklich Zyklopen seid! Ihr sprecht noch nicht einmal Thursisch, also überlasst mir das Reden.«

Gemeinsam setzten sie sich in Bewegung: eine weise alte Zyklopin und vier grobschlächtige Begleiter, die für irgendeine dringende Angelegenheit an den Königshof von Kyklopia gekommen waren. Gorin war mehr als unbehaglich zumute. Die Kunst der Täuschung war noch nie seine Stärke gewesen.

Die beiden Wächterinnen starrten ausdruckslos vor sich hin, während sich ihnen die Neuankömmlinge näherten. Erst als die Winterseherin den Tordurchgang fast erreicht hatte, kreuzten sie ihre Stabäxte vor ihr und sprachen sie streng an. Die Alte antwortete leise und unterwürfig, wobei sie die beiden Zyklopinnen eindringlich anschaute. Die Kriegerinnen nickten verwirrt und gaben den Durchgang frei. Gemeinsam mit seinen Gefährten betrat Gorin die alte Königshalle von Rykrond.

Vor ihnen lag ein lang gestreckter Saal, dessen Wände mit zahllosen Werkzeugen behängt waren. Der flackernde Feuerschein stammte von mehreren Schmiedeöfen, die auf beiden Seiten der Halle loderten, gelegentlich unterlegt vom Schnaufen eines Blasebalgs. Bei jeder Esse war ein Zyklopenschmied mit klingendem Hammer in seine Arbeit vertieft. Es waren mehr als ein Dutzend. Sie alle schmiedeten unermüdlich an seltsamen Objekten aus Stahl, die ungefähr die Länge einer Schwertklinge hatten, aber gezackt waren wie ein Blitz. Gorin holte tief Luft, als er echte Donnerkeile darin erkannte: jene legendären Wurfwaffen der Einäugigen, die einen vernichtenden Blitzschlag über das Ziel hereinbrechen ließen.

Am Stirnende der Halle erhob sich ein stählerner Thron in Zyklopengröße. Seine Sitzfläche war leer. Vor dem Thron führten Stufen in eine Art Grube hinab, die fast den gesamten hinteren Teil des Saales einnahm. Besonders greller Feuerschein drang aus ihrer Tiefe empor.

Vorsichtig durchquerten Gorin und die anderen die Halle. Gelegentlich hoben die schmiedenden Zyklopen den Kopf und warfen ihnen fragende Seitenblicke zu, doch niemand sprach sie an.

Als sie den Rand der Grube vor dem Thron erreichten, beugte sich Gorin vorsichtig vor, um einen Blick in die Tiefe zu erhaschen. Am Boden der Grube wälzte sich ein Lavastrom dahin, dessen rot glühende Masse faszinierende schwarze Muster mit sich trug. Die aufsteigende Hitze war selbst für Gorin als geübtem Zwergenschmied schwer zu ertragen.

Direkt am Lavafluss war ein Amboss verankert, dem das Erdenfeuer offenbar als Esse diente. Dort arbeitete eine junge Zyklopenfrau, die einen Umhang aus orangefarbenen Fellen mit schwarzen Ringmustern trug. Ihr Kopf war kahl geschoren bis auf eine einzelne Strähne, geflochten zu einem fast bodenlangen Zopf. Sie trug eine goldene Krone, die offenbar aus zwölf kleineren Reifen geformt war. Empört erkannte Gorin die Obmann-Reife der Hohen Gilden von Rykrond.

Die Königin der Zyklopen arbeitete mit verbissener Hingabe an einem prachtvollen Donnerkeil. Neben ihr stand ein alter Zyklop, der tiefrote Roben und einen dünnen grauen Bart trug. Sein Gürtel war mit Taschen behängt, sein Stab mit runenbesetzten Stahlbändern verziert. Konzentriert beobachtete der Alte das Werkstück der Königin und hob immer wieder beschwörend eine schwielige Hand über das Metall, das daraufhin besonders grell aufglühte.

Noch während Gorin in die Schmiedegrube starrte, hörte er Elyami sprechen.

»Dort«, flüsterte sie und zeigte auf eine röhrenförmige Tunnelöffnung im Rücken der Königin, nahe des Lavastroms. »Dort müssen wir hin. Das Erdenfeuer kommt direkt von der elementaren Quelle.«

Obwohl sie sehr leise gesprochen hatte, schaute der graubärtige Zyklop zu ihnen auf. Die Winterseherin verbeugte sich und grunzte ihre Begleiter auffordernd an. Gorin beeilte sich, sein Knie ebenfalls vor der Königin zu beugen. Mit salbungsvoller Stimme begann die Seherin zu sprechen. Die Königin unterbrach ihre Arbeit und hörte ihr aufmerksam zu.

Plötzlich übertönten aufgeregte Rufe den Lärm der Hämmer und fauchenden Essen. Unheilahnend wandte Gorin sich um. Zwei Zyklopenkrieger kamen durch die Königshalle gelaufen. Sie waren beide in klobige Stahlrüstungen und Helme mit Aussparungen für ihr Auge gekleidet. Der Kleinere trug einen Streitkolben mit stachelbewehrtem Kopf, der Größere führte eine mächtige Doppelaxt. Mit Schrecken erkannte Gorin in ihm den Wächter, den die Winterseherin oben am Kratersee schlafen geschickt hatte.

Dann musste er zur Seite weichen, als sich die beiden Krieger direkt an den Rand der Lavagrube vordrängten. Sie verbeugten sich nur knapp und begannen sofort, atemlos zu berichten, wobei sie wütend mit ihren Waffen gestikulierten. Auch wenn Gorin kein Wort verstand, konnte er sich nur zu gut vorstellen, was der Wächter über die dreisten Kleinlinge zu sagen hatte, die plötzlich im Krater der Götter-Esse erschienen waren.

Die Zyklopenkönigin schleuderte ihren Schmiedehammer beiseite und brüllte Befehle, woraufhin hektische Aktivität in der Königshalle aufkam. Der alte Zyklop mit dem stahlbeschlagenen Stab eilte die Stufen aus der Grube hinauf, während alle Schmiede im Saal ihre Arbeit hinwarfen und nach diversen Waffen griffen, die zwischen den Werkzeugen an den Wänden hingen.

Eine Zyklopin mit einer breiten Narbe im Gesicht schob sich vor Gorin. Sie hatte ihren Schmiedehammer gegen einen gezackten Donnerkeil getauscht und sprach einige energische Worte zu ihm.

Gorin wich unwillkürlich einen Schritt zurück und nickte beflissen. Die Zyklopin redete lauter und starrte ihn herausfordernd an. Anscheinend erwartete sie eine Antwort …

Die Winterseherin-Zyklopin kam an Gorins Seite und redete beruhigend auf die aufgebrachte Schmiedin ein. Gorin wandte sich erleichtert ab.

Sein Blick blieb bei dem greisen Zyklopen in den roten Roben hängen, der inzwischen aus der Grube gekommen war. Er schaute direkt zu Gorin und hatte offenbar seine Begegnung mit der Zyklopin beobachtet. Der Alte griff an seinen Gürtel und zog einen großen, klar geschliffenen Rubin hervor, der in einen goldenen Reif gefasst war. Er setzte den Rubin wie die Linse eines gnomischen Monokels vor sein Auge. Sein Blick verfinsterte sich, als er Gorin und seine Gefährten durch den Rubin anstarrte. Sofort rief er seiner Königin eine Warnung zu.

»Und das war es dann«, seufzte die Winterseherin neben Gorin. »Macht euch bereit! Wir brechen zum Tunnel durch!«

Ein Kribbeln durchfuhr Gorins Körper. Plötzlich stand seine Schwester wieder als Galdra neben ihm und auch Elyami, Elyamur und die Seherin sahen aus wie sie selbst. Ein Haufen verlorener Kleinlinge zwischen den Beinen von Riesen.

»Los!« Die Winterseherin lief voran zu den Stufen der Lavagrube. Die Schmiedin mit der Narbe wollte nach ihr greifen, doch die Alte fegte sie mit einem saphirblauen Flammenstoß zur Seite. Als der zyklopische Zauberer ihr in den Weg trat, hob sie ihren Stab und feuerte einen gleißend hellen Lichtstrahl in seine Richtung. Er traf genau auf die Rubin-Linse in seinem Auge. Mit einem schmerzerfüllten Grunzen stolperte der alte Zyklop zurück und hielt sich das Gesicht.

Gorin hatte die Treppe zur Grube fast erreicht, als der Wächter mit der Doppelaxt auf ihn losging. Der Riese schwang seine

Waffe wie eine gewaltige Sense nach den Kleinlingen vor seinen Füßen. Gorin warf sich auf den Boden. Aus dem Augenwinkel sah er, wie Elyamur in die Luft sprang und sich von der sausenden Waffe des Zyklopen abstieß. Der Zyklopenkrieger hatte plötzlich alle Hände voll damit zu tun, den Wolkentänzer abzuwehren, der seine Schultern wie ein wütendes Insekt umkreiste.

Sein Gefährte mit dem Streitkolben versuchte nun ebenfalls, Elyamur zu erwischen. Dieser wich der plumpen Waffe aus, hielt sich aber in Reichweite, sodass sich nun beide Zyklopen schnaufend bemühten, den Elb aus der Luft zu holen.

»Komm, weiter!« Elyami half Gorin auf die Beine. Er kam keine zwei Schritte weit, als ihn auch schon die Pranke eines Zyklopen von hinten packte. Die Schmiede rückten als bewaffneter Pulk heran, eine Horde muskelbepackter Riesen … Der Zyklop, der Gorins Schulter umklammert hielt, holte mit seinem Hammer zum Schlag aus – und schrie auf, als Galdras Kristallaxt ihm gegen das Schienbein krachte. Gorin kam frei und stolperte hinter Elyami die Stufen zum Lavastrom hinab, dicht gefolgt von seiner Schwester.

Das halbfertige Werkstück der Königin lag noch immer auf dem Amboss. Schnaubend stampften die ersten Schmiede hinter ihnen die Treppen herunter, andere standen gegenüber am Rand der Grube und brüllten ihnen thursische Drohungen zu. Gorin hetzte weiter hinter Elyami in Richtung des Tunnels, der zur Feuerquelle führen sollte.

Eine mächtige Gestalt trat ihnen entgegen. Es war die Königin von Kyklopia. Sie hatte den Schmiedehammer inzwischen gegen ein Schwert von doppelter Zwergenlänge getauscht, auf das kunstvolle Runenbänder graviert waren. Ihr rötliches Auge glühte von innerem Feuer, als sie ihre Klinge hob.

»Kleinlinge!«, brüllte sie in der Hochsprache. »Werft eure Waffen weg und beugt euch vor der Herrin von Kyklopia!«

»Das heißt Rykrond!«, erwiderte Galdra trotzig.

»Wir sind nicht Eure Feinde«, rief die Winterseherin rasch,

die inzwischen auch in der Grube angekommen war. »Wir bitten um freien Durchgang zu den Feuerkammern, im Namen von Jvalana, der Herrin aller Flammen.«

Die Königin lachte nur verächtlich und ließ ihr Runenschwert auf Elyami niederfahren. Elyamur kam durch die Luft auf sie zugestürmt und trat gegen ihren Arm. Die Klinge verfehlte ihr Ziel, doch die Königin riss ihre Waffe herum und traf stattdessen den Wolkentänzer frontal am Brustharnisch. Hilflos stolperte er durch die Luft und drohte, direkt in den Lavastrom zu fallen. Dann fing er sich wieder, hechtete mit einer Luftrolle nach vorne und kam neben dem Amboss auf.

»Man wird nicht Königin von Kyklopia, indem man schlecht kämpft«, höhnte die Einäugige. Gorin warf einen verzweifelten Blick über die Schulter. Immer mehr Zyklopen drängten sich auf der Treppe. Die Schmiedin, die von der Winterseherin zurückgestoßen worden war, stand inzwischen wieder auf den Beinen und hob ihren Donnerkeil hoch über den Kopf. Sie schleuderte die Waffe in die Grube hinab. Mit einem infernalischen Krachen peitschten blaue Blitze auf die Fliehenden zu – und brachen sich an einem magischen Kraftfeld, das die Winterseherin errichtet hatte. Entschlossen streckte sie den Zyklopen ihren Saphirstab entgegen. Gleißendes Sternenfeuer flutete über die Treppe. Die Zyklopen stolperten zurück und bedeckten die empfindlichen Augen mit den Händen, doch von hinten rückten weitere Riesen vor und schoben sie vorwärts.

Gorin trat an den Amboss heran, auf dem der halb fertige, besonders kunstvoll geformte Donnerkeil der Königin ruhte. Seine Klinge spaltete sich in zahllose feinere Blitze auf – zweifelsohne eine künftige Meisterwaffe. Entschlossen griff er sich eine überschwere Schmiedezange und packte das Werkstück.

»Was tust du?«, donnerte die Königin und wandte sich ihm drohend zu.

»Ich sehe, dass Ihr eine hingebungsvolle Schmiedin seid«, erwiderte Gorin ruhig. »Und darum tut es mir auch besonders leid … Aber wir müssen wirklich zur Quelle!« Damit warf er den Donnerkeil in Richtung des Lavastromes. Er schlitterte über den Boden und kam kurz vor der glühenden Masse zum Liegen.

Die Königin riss entsetzt ihr Auge auf. »Nein!«, keuchte sie und stürzte darauf zu, um ihre Arbeit zu retten.

»Jetzt!« Gorin stürmte zusammen mit seinen Gefährten zum Tunnel, vorbei an der abgelenkten Zyklopin.

Als sie den Tunneleingang erreichten, warf er einen schnellen Blick über die Schulter und sah, wie sich die Königin wütend aufrappelte. Die Winterseherin schleuderte einen blendenden Lichtstrahl auf die Einäugige, doch er veränderte plötzlich seine Bahn und wurde von ihrer Krone absorbiert.

»Ihr könnt nicht entkommen!«, schnaubte die Königin, als sie hinter ihnen in die Tunnelröhre gestapft kam. Ihre Zyklopen – Schmiede, Krieger und der alte Zauberer – folgten ihr Schulter an Schulter mit dröhnenden Schritten, ein lebendig gewordenes Erdbeben. Der Gang war uneben geformt und dabei so niedrig, dass die Einäugigen geduckt laufen mussten.

»Weiter!«, rief die Winterseherin. »Ich halte sie für eine Weile auf und komme dann nach.«

Gorin hetzte an Galdras Seite den Tunnel entlang, dicht gefolgt von den beiden Elben. Sein Bein pochte schmerzhaft. In ihrem Rücken brüllten wütend die Zyklopen, während die Winterseherin beschwörende Worte rief. Der Widerschein kaltblauer Blitze zuckte durch den Gang.

»Ich hasse es, sie allein kämpfen zu lassen«, maulte Galdra im Laufen. »Das letzte Mal wurde sie hinterher als Gefangene vor den Rostroten Thron geschleppt.«

»Diesmal sind es aber nur Zyklopen«, erwiderte Gorin und kam sich dabei albern vor.

Der Tunnel wand sich in unregelmäßigen Bögen durch den Fels und war offenbar einst durch die Lavaströme der Götter-Esse entstanden. Nur gelegentlich waren Stufen ins Gestein geschlagen. Gorin musste aufpassen, um auf dem unregelmäßigen Untergrund nicht zu straucheln.

»Da liegt etwas auf dem Gang«, rief er, als er einen Haufen seltsamer Umrisse vor sich entdeckte.

»Das sind Knochen«, stellte Galdra fest. »Zyklopenknochen. Jede Menge davon.«

Gorin erkannte es jetzt auch. Skelettierte Brustkörbe, bauchig wie mächtige Fässer, lagen neben überzwerggroßen Schenkelknochen, Rippen und sonstigen Überresten. Dazwischen waren immer wieder Schädel mit einer einzelnen Augenhöhle zu sehen, die jeden Zweifel ausschlossen. Hier war eine ganze Gruppe Zyklopen gestorben. Den Rüstungsteilen nach zu schließen, die zwischen den Knochen verstreut lagen, waren es Krieger gewesen. Und der Zustand der Knochen sagte überdeutlich, dass sie im Kampf gefallen waren: Mal war ein Schädel zerschmettert, mal ein Rippenbogen eingeknickt oder ein Armknochen in zwei Teile zerschlagen.

»Ein Schlachtfeld«, sagte Elyamur beklommen.

»Hier mag jemand keine Zyklopen«, brummte Galdra.

»Und er hat die Kraft, ihnen die Knochen zu brechen«, ergänzte Gorin.

»Ob es doch noch Zwerge in Rykrond gibt?«, überlegte Galdra. Elyamur schnaubte belustigt. »Zwerge, die Riesen auf den Kopf hauen?«, fragte er und deutete auf einen eingeschlagenen Zyklopenschädel. Galdra setzte dazu an, etwas zu erwidern, doch sie wurde von Elyami unterbrochen.

»Sie kommen«, sagte die Grünsängerin leise.

»Die Zyklopen?«, fragte Galdra und warf einen Blick über die Schulter.

»Nein«, flüsterte Elyami. »Diejenigen, die das hier getan haben.«

Sie zeigte in den Tunnel vor ihnen. Ein Lichtschein näherte sich. Er wurde zunehmend heller und schließlich so grell, als würde man direkt ins Feuer starren. Zugleich wallte ihnen erstickende Hitze entgegen.

Mehrere Gestalten zeichneten sich im Flammenschein ab. Sie waren kleiner als Zyklopen, aber immer noch größer als jeder Mensch und breitschultrig wie mächtige Ochsen. Die Körper der bulligen Geschöpfe schienen ganz aus dickflüssiger Lava zu bestehen, die jemand in eine grob menschenartige Form gegossen hatte. Unter einer schwarzen Kruste schimmerte überall rotflüssige Masse hervor, die sich träge bewegte und dabei beständig neue Muster bildete. Ihre Arme hingen lang von ihren Schultern herab, ihre Köpfe waren erstaunlich klein und hatten fliehende Stirnen. Das einzige Merkmal ihrer flachen Gesichter waren zwei tiefrot leuchtende Augen.

Ein gutes Dutzend der Lavageschöpfe rückte durch den Gang heran, und sie alle trugen mächtige Hämmer in den Fäusten, die vom Schaft bis zum Kopf aus glühendem Stahl zu bestehen schienen.

Ein halb vergessenes Bild schoss durch Gorins Kopf: wuchtige Gestalten, die am Ufer eines Flammensees Eisen mit der bloßen Hand formten. Er hatte sie vor einer Ewigkeit in Swertenburg gesehen, als er Ralyazurs Ritualdolch mit Catur tauschiert hatte. Nun standen sie vor ihm. Und sie kamen näher.

»Warum fühle ich mich nur wie zwischen Hammer und Amboss?«, knurrte Galdra, die nun ihrerseits drohend die Kristallaxt zückte. Gorin wich an die Seite seiner Schwester zurück und legte ein wenig mutlos seine Armbrust an. Er bezweifelte, dass seine Bolzen gegen Wesen aus glutflüssigem Gestein etwas ausrichten konnten.

Plötzlich blieb das Vorderste der Glutgeschöpfe stehen und hob eine Hand, woraufhin auch alle anderen verharrten.

»Das sind sie«, grollte das Lava-Wesen mit einer Stimme, die wie das Knacken und Brüllen von Flammen klang. Gorin konnte es auf merkwürdige Art verstehen, obwohl es nicht die Hochsprache zu sprechen schien. »Vier kleine Kaltlinge: zwei Zwerge und zwei Kinder der Träumenden.«

»Wie bitte?«, fragte Gorin. Der Lava-Riese starrte direkt auf ihn herab. »Seid ihr gekommen, um die anderen Kaltlinge zu bekämpfen?«, fragte er. »Die Kaltlinge, die die Feuer-Essenz gestohlen haben und dem Meister der Ketten dienen?«

»Ja, das sind wir!«, erwiderte Gorin irritiert. »Aber woher wisst ihr das?«

Das Feuerwesen zeigte mit seinem langen Arm in den Gang hinter ihm. »Sie hat es uns gesagt. Als sie im Traum zu mir kam.«

Gorin fuhr herum. Die Winterseherin näherte sich ihnen langsam. Sie stützte sich bei jedem Schritt erschöpft auf ihren Stab, doch ein schmales, selbstzufriedenes Lächeln lag auf ihren Lippen.

»Der Zyklopen-Zauberer wird eine Weile brauchen, meine Barriere zu durchbrechen«, sagte sie. »Bis dahin sind wir schon lange bei der Quelle des Feuers. Ich habe mir die Freiheit genommen, unser Kommen anzukündigen. Die Magmôniten haben mir zugesagt, uns zur Quelle zu geleiten.«

»Das werden wir!«, grollte der Sprecher der Lava-Wesen. »Wenn ihr Feinde der Essenz-Räuber seid, dann seid ihr Freunde der Magmôniten. Kommt jetzt. Wir bringen euch zur Höhle des Flammenhüters.«

»Gut«, sagte die Winterseherin und ihr Lächeln wurde breiter.

SIEBZEHNTES KAPITEL

DIE ELEMENTARE QUELLE DES FEUERS
TIEF IM VULKANGESTEIN DER GÖTTER-ESSE

Mit jedem Schritt wurde die Hitze größer. Sie ging nicht nur von den bulligen Körpern der Magmôniten aus, sondern schien auch aus dem Gestein selbst zu kommen. Die beiden Zwerge ertrugen sie mit stoischer Gelassenheit, doch Elyami tat schon bald jeder Atemzug weh. Sie war dankbar, als die Winterseherin endlich die Hand hob und die Schar zum Stehen kam.

Die Alte griff in eine ihrer Gürteltaschen und gab jedem ihrer Reisegefährten einen Rubinsplitter in die Hand.

»Gebt gut auf die Steine Acht«, sagte sie. »Der Zauber, der euch vor der Hitze des Erdenfeuers beschirmt, wirkt nur, wenn ihr den Rubin direkt bei euch tragt.«

Elyami nahm ihren Splitter entgegen und befestigte ihn sorgfältig an einem der Bänder, die ihren Schläfenzopf zusammenhielten. Dann setzten sie ihren Weg zur Quelle fort. Die Magmôniten stapften mit ihren breiten, von Glut durchzogenen Rücken vor ihnen her. Elyami ließ sich ein wenig zurückfallen, sodass sie neben der Winterseherin ging.

»Ihr habt den Magmôniten also unsere Ankunft im Traum angekündigt, Odrana?«, fragte sie.

»Ja«, bestätigte die Seherin gleichmütig. »Das erschien mir ratsam. Feuerwesen sind nicht sehr kompromissbereit. Wenn wir als Eindringlinge gekommen wären, hätten sie uns mit aller Macht bekämpft. So sehen sie uns als Verbündete und sind entschlossen, uns zu unterstützen, um die Orkzwillinge zu bekämpfen. Sie werden ihnen nie verzeihen, dass sie Essenz aus der Quelle gestohlen haben, die sie bewachen.«

»Ich verstehe«, erwiderte Elyami ein wenig kühl. »Aber warum habt Ihr uns das vorher nicht gesagt? Wir wussten noch nicht einmal, dass es hier unten Magmôniten gibt!«

Die Winterseherin schaute sie mit einer hochgezogenen Augenbraue von der Seite an. Elyami erwiderte fest ihren Blick. Die Alte seufzte.

»Ich wusste nicht genau, wie wir zur Quelle kommen würden«, sagte sie. »Darum habe ich mir verschiedene Möglichkeiten offengehalten. Wenn ich euch vorher alle Optionen erklärt hätte, wäre es kompliziert geworden.«

»Ihr verheimlicht uns immer noch Eure Gedanken und trefft Entscheidungen über unsere Köpfe hinweg!«, rief Elyami ärgerlich.

Die Winterseherin setzte zu einer Erwiderung an, als die Magmôniten plötzlich stehen blieben. Langsam traten die Lava-Geschöpfe beiseite und gaben den Blick auf eine riesige Höhle mit hoher Decke frei, in die der Tunnel mündete. Sie war erfüllt von tiefrotem flackerndem Licht. Es war der Feuerschein eines Meeres aus flüssiger Lava, das den Höhlenboden bedeckte und sich in der Ferne verlor. Die Lava glühte in tiefem Orange und wälzte schwarze Krusten aus erkaltetem Gestein mit sich. Das Lava-Meer wurde entlang der Höhlenwände von Ufern mit scharfkantigen Klippen begrenzt. Gelegentlich erhoben sich Felssäulen und Inseln aus dem feurigen Ozean.

Kleine Flammen tanzten über die Lava und schienen sich gegenseitig zu jagen. Elyami konnte das übermütige Kichern wilder Feuergeister aus dem Brodeln der Glut heraushören. Flammenbälle sausten gelegentlich durch die Höhle und zerplatzten in einem Funkenregen. Das allgegenwärtige Knistern, Rauschen und Fauchen ergab eine wilde, urtümliche Melodie, die Elyami gleichermaßen faszinierte und ängstigte. Entlang des Ufers wuchsen vereinzelt schwarze dornige Büsche, deren Wurzeln sich direkt ins nackte Gestein bohrten. Sie trugen feuerrote Blüten, auf denen winzige Flämmchen spielten, ohne sie zu verbrennen.

»Dies ist die wahre Götter-Esse«, dröhnte der Sprecher der Magmôniten und deutete mit einer ausladenden Armbewegung auf das Feuermeer hinaus. »Der Berg, den ihr Kaltlinge so nennt, ist nicht mehr als ein Auswurfhügel. Hier steht ihr am schlagenden Herzen des Feuers.«

Als ein polternder Erdstoß den Höhlenboden erzittern ließ, hatte Elyami das Gefühl, dass ihre Beine nachgaben. Und das nicht nur wegen des Bebens und der infernalischen Hitze, die ihr trotz des schützenden Rubins entgegenschlug. Sie spürte, dass der Fels unter ihren Füßen nur eine trügerisch dünne Schicht über der ewigen Urgewalt des Feuers war. Die Nähe zur elementaren Quelle erschütterte ihre Seele und bedrohte den empfindlichen Damm, den sie gerade erst gegen die Flut der Bilder errichtet hatte. Visionen über die Macht der Flammen stiegen in ihr auf. Elyami wehrte sich mit aller Kraft dagegen, von Bildern aus der Frühzeit der Welt, als noch alles von ewigem Feuer erfüllt war, fortgerissen zu werden. Bilder von schmiedenden Göttinnen, die die Dinge der Schöpfung aus der Glut formten. Und Bilder jenes Weltenbrandes, der vielleicht eines fernen Tages über die Lande fegen würde.

Elyami hatte Angst davor, die Kontrolle zu verlieren. Aber da war noch mehr. Sie spürte Neugier, fast Sehnsucht nach all den alten Dingen und urgewaltigen Liedern, die es hier zu entdecken gab …

»Dies ist auch im wortwörtlichen Sinn eine Esse, oder?«, hörte sie Gorin aus der Ferne fragen. Elyami ließ sich vom Klang seiner Stimme in die Gegenwart zurückführen. Der Ansturm der Bilder wurde schwächer, versiegte aber nicht ganz. Der Runenschmied zeigte auf einige Ambosse, die an den Ufern des Lavameers aus dem Gestein gehauen waren.

»Das ist es«, erwiderte der Magmônit. »Hier formt mein Volk glühenden Stahl, und wir brauchen dafür weder Zange noch Hammer. Für die besten Schmiede der Basaltzwerge von Rykrond war es einst eine besondere Ehre, die Götter-Esse für ihre Meisterwerke zu nutzen, direkt vor den Toren der heiligen

Feuerstadt, unserer Heimat.« Er deutete auf breite Stufen, die nahe bei den Ambossen ins Lavameer hinabführten. Elyami begriff, dass die Stadt der Magmôniten mitten in der glutflüssigen Masse lag. »Die Zyklopen wollten sich dieses Vorrecht mit Gewalt erkämpfen. Nun verrotten ihre Knochen in den äußeren Gängen, und sie wagen es nicht mehr, in unser Reich hinabzusteigen.«

»Und hier werden wir die Quelle des Feuers finden?«, fragte Elyamur ehrfürchtig.

»Kommt mit«, erwiderte der Magmônit und führte sie tiefer in die Höhle hinein, hinunter ans Felsenufer des Lavameeres. Am liebsten hätte Elyami tief durchgeatmet, um den Strom ihrer inneren Bilder zu besänftigen. Doch die Luft war so erfüllt von Hitze, dass sie sich in der Kehle nahezu dickflüssig anfühlte.

Als sie die Uferklippen fast erreicht hatten, peitschte die Lava in einiger Entfernung zu einer feurigen Fontäne auf. Zwei Umrisse lösten sich aus der Glut und glitten mit wütendem Zischen auf das Ufer zu. Elyami erkannte schlangenhafte Wesen, deren länglicher Leib in einen menschlichen Oberkörper mit zwei muskelbepackten Armen auslief. Ihr schmaler Kopf war reptilienartig zugespitzt und ebenso wie der Rest des Körpers von schwarz-gelben Schuppen bedeckt, über die bläuliche Flammen tanzten. In den Klauenhänden führten die Echsenwesen lange Dreizacke, die ebenfalls von Feuer umspielt wurden.

Die Magmôniten riefen den Geschuppten etwas in ihrer brodelnden Sprache zu.

Diese verharrten kurz auf der Stelle, die Dreizacke drohend erhoben. Dann zogen sie sich zischend in die Lava zurück.

»Was sollte das?«, schnaubte Galdra misstrauisch, während sie hinter den Magmôniten am Ufer des flammenden Meeres entlanggingen.

»Die Quelle wurde vor Kurzem zum zweiten Mal von Kaltlingen bestohlen«, erwiderte der Magmônitensprecher. »Ihre Reinheit ist beschmutzt, die Verbindung zu jenen Unsterblichen, die einst die Welt schmiedeten, ausgedünnt. Die Kinder des Feuers sind aufgebracht, und diese Salamander-Krieger hätten euch am liebsten vernichtet. Doch sie respektieren mein Volk, und wir werden dafür sorgen, dass ihr eure Aufgabe an der Quelle erfüllen könnt.«

Plötzlich stürzte ein flammender Umriss wütend von der Höhlendecke auf sie nieder. Es war ein Phönixgryph, eingehüllt in eine stolze Feueraura. Als die Magmôniten ihn fortschickten, drehte er noch eine trotzige Runde über ihren Köpfen, ehe er verschwand. Kurz darauf erhob sich ein brüllender Flammenschlund aus der Lava und schnappte nach den Eindringlingen. Die Magmôniten mussten ihn mit ihren glühenden Hämmern zurückdrängen, damit er sie endlich in Ruhe ließ.

Dann umschwirrten mit einem Mal Dutzende von kleinen grellroten Funkenfeen die Kaltlinge. Sie riefen ihnen knisternde Beleidigungen zu, fraßen Brandlöcher in ihre Kleidung und versuchten immer wieder, auf ihre empfindliche, nackte Haut niederzustoßen. Ein Magmônit klatschte energisch in die Hände und zerquetschte dabei fast die dreisteste der Feen. Mit übermütigem Gekicher verschwand der Schwarm in einem brennenden Busch.

Die Macht der Flamme war hier in tausend Formen lebendig geworden, jede einzelne wild und aufbrausend – und feindlich gesonnen. Elyami schaute den Funkenfeen beklommen hinterher und fragte sich, welches Flammengeschöpf sich als Nächstes auf sie stürzen würde.

»Gewiss gibt es auch ruhige Geister des Schmiedens, des Herdfeuers und der Wärme«, erklärte der Sprecher der Magmôniten, als hätte er ihre Gedanken gelesen. »Doch sie halten sich vor euch verborgen, denn sie fürchten die Kaltlinge seit dem Frevel an ihrer Quelle.«

Elyami erwiderte nichts und ging beklommen neben den Lavageschöpfen her.

»Doch ihr werdet den Frevel rächen«, fuhr der Sprecher gleichmütig fort. »Der Hüter der Quelle erwartet euch schon.«

Der Magmônit zeigte hinüber zu einer Felseninsel, die sich

in einiger Entfernung im brodelnden Lavameer erhob. Auf den ersten Blick unterschied sie sich nicht von den zahllosen weiteren Felsen der Höhle. Doch Elyami spürte, dass von ihr eine alte, urgewaltige Kraft ausging.

Auf der Insel bewegte sich etwas. Ein langer, stachelbewehrter Schweif peitschte unruhig über den Boden. Er verschwand um eine Ecke des Felsens, wo nun ein tiefes Grollen zu hören war. Plötzlich tauchte ein mächtiger Umriss hinter der Insel auf, der fast bis an die Höhlendecke reichte. Ein Drache.

Rote Schuppen bedeckten seinen Körper, über die sich schwarze Muster wie geheimnisvolle Schriftzeichen zogen. Sein Reptilienkopf war größer als ein Fuhrwerk und lief in eine Krone aus kühn gebogenen Hörnern aus. In seinen Augen brannte gleißende Glut, die auch aus seinem Rachen strahlte und aus jeder einzelnen Ritze zwischen seinen Schuppen leuchtete. Ganz so, als wäre sein Körper von Lava erfüllt. Die ledrigen Schwingen des Drachen waren wie Segel ausgebreitet, sein peitschenartiger Schwanz war mehrmals um die Insel geschlungen. Elyami hatte zunächst lediglich seine äußerste Spitze bemerkt.

Der Wächter der Feuerquelle hatte das Haupt schief gelegt und erwiderte misstrauisch ihren Blick.

»Ich bin Agniraksha, der Hüter der Flamme«, sprach er mit einer machtvollen Donnerstimme zu ihnen. »Ihr Kaltlinge begehrt die Essenz des Feuers. Doch ich werde dafür sorgen, dass seine Reinheit nicht noch mehr durch Frevlerhände beschmutzt wird!« Ein wütendes Grollen stieg aus dem gepanzerten Leib des Drachen auf. »Mein Zorn brennt heiß, und jeder, der sich der Quelle nähern will, muss sich meinem Feuer stellen!« Er stieß herausfordernd einen Flammenstrahl aus.

Die Winterseherin trat einen Schritt vor und verbeugte sich. »Meister Agniraksha, Quellenhüter im Auftrag der Götter«, sprach sie. »Nicht als Feinde kommen wir zu Euch, sondern um jenen Frevel zu sühnen, der Euren Zorn erregte …«

Die Stimme der Winterseherin ging im wütenden Brüllen des Drachen unter.

»Lauwarme Worte lullen ein Kind der Flamme nicht ein!«, dröhnte er, breitete seine Schwingen voll aus und stieß sich von der Insel ab. Wie ein feuriger Komet kam er auf das Felsenufer zugeschossen.

Elyami prallte hart gegen einen Felsen, als Elyamur sie zur Seite stieß. Er beschirmte sie mit seinem Körper, während die Hitzewoge des Drachen über sie hinwegzog.

»Wo ist nun eure Dreistigkeit, die ihr Kühnheit nennt, ihr Flammendiebe?«, höhnte Agniraksha und beschrieb einen Bogen in der Luft, um sich erneut auf die Eindringlinge stürzen zu können. Sein Schweif sauste wie eine flammende Peitsche hinter ihm her. »Wo ist eure Frechheit, die ihr für Mut haltet?« Der Drache riss mit geblähten Nüstern sein Maul auf. Elyami sah, wie die Magmôniten stoisch auf der Stelle verharrten, während die beiden Zwerge in einer Felsspalte Deckung gesucht hatten. Die Winterseherin hielt ihren Stab umklammert und streckte ihn dem Drachen entgegen. Ihr schützendes Kraftfeld flackerte auf und brach in sich zusammen, als Agnirakshas glühende Klauen es streiften. Sie stolperte zurück und stürzte.

»Ich dachte, er erwartet uns«, rief Galdra empört. »Wieso greift er uns dann an?«

Elyami kauerte noch immer hinter Elyamur, der den Flug des Drachen gebannt verfolgte. Als er sich zu Elyami umwandte, spiegelte sich das Feuer der Götter-Esse in seinen Augen. Ein seltsames Lächeln umspielte seine Lippen. Er erhob sich und ging entschlossen voran – dem Drachen entgegen, aus dessen Maul gierige Flammen fauchten.

»Elyamur!«, rief ihm Elyami verzweifelt aus der Deckung des Felsens nach. »Nicht!« Sie kannte diesen seltsam weggetretenen Blick ihres Bruder. Er hatte ihn stets, wenn er den Liedern über die Helden der Vergangenheit lauschte. Doch diesmal war er begleitet von einer beängstigenden, schicksalsergebenen Entschlossenheit, deren Stärke Elyami zum ersten Mal spürte.

Die Winterseherin kämpfte sich verbissen auf die Füße. »Komm sofort zurück, Elyamur Birkensohn!«, sagte sie streng.

»Einem Drachen bist du nicht gewachsen!« Elyamur ignorierte sie. Nun stand er direkt an der Bruchkante der Klippen, nur einen Schritt von der glühenden Masse unter sich entfernt. Stolz schaute er dem Drachen entgegen, der mit langsamen Flügelschlägen über ihm in der Luft hing.

»Da bin ich und verstecke mich nicht!«, rief Elyamur dem Quellenhüter entgegen. »Vernichte mich nun, wenn du es vermagst, Drache mit der flammenden Seele.«

Agniraksha fixierte ihn. Seine kleinen, glühenden Reptilienaugen verengten sich. Dann spie er einen alles verzehrenden Flammenstoß auf Elyamur. Elyami schrie auf.

Die Flammen verebbten. Elyamur stand nicht länger an der Lavaküste. Er balancierte vor den Augen des Drachen auf einer dünnen Felsnadel.

»Wo ist der brennende Zorn, mit dem du die Kaltlinge strafst, Flammenhüter?«, höhnte Elyamur. »Gilt deine Wut dem Boden unter meinen Füßen?«

Ein Knurren stieg aus der gepanzerten Brust des Feuerdrachen auf. Mit einem kräftigen Flügelschlag schoss Agniraksha auf Elyamur zu. Sein Maul schnappte nach ihm, um ihn zu verschlingen, doch Elyamur warf sich mit einer Luftrolle zur Seite und suchte Schutz hinter den Felssäulen, die die Höhlendecke stützten. Der Drache setzte ihm nach.

Mit atemlosem Entsetzen verfolgte Elyami die wilde Jagd. Sie bemerkte kaum, dass Gorin und Galdra nun neben ihr standen und ebenfalls auf das Feuermeer hinausstarrten, wo Elyamur von einer Deckung in die andere sprang, dicht gefolgt von den schnappenden Drachenzähnen. Die Winterseherin hob beschwörend ihren Stab. Die schwere Pranke eines Magmôniten senkte ihn wieder.

»Wir mischen uns nicht in das Wirken des Hüters ein«, sagte der Sprecher ruhig. Unwillig funkelte die Winterseherin ihn an.

»Bist du ein Krieger, Elb?«, dröhnte Agnirakshas Stimme durch die Höhle. »Oder bist du ein Meister in der Kunst des Weglaufens und Versteckens?«

»Ich laufe nicht weg!«, erwiderte Elyamur. »Ich warte auf eine Gelegenheit!«

Und er stieß sich hart von einer Felsensäule ab und stürmte direkt auf Agniraksha zu. Der Drache spie ihm brüllende Flammen entgegen, doch Elyamur sprang über sie hinweg, überschlug sich einmal in der Luft – und landete auf Agnirakshas Kopf, inmitten seiner Hörnerkrone. Jedes einzelne Horn war so groß wie Elyamur selbst. Entschlossen packte er zwei von ihnen mit seinen Händen und klammerte sich daran fest.

»Nun spei dein Feuer gegen mich, wenn du es vermagst, Drache!«, rief Elyamur. Agnirakshas zähnestarrendes Maul verzog sich. War das ein Grinsen? Der Drache stieß mit mächtigen Flügelschlägen vorwärts und schleuderte den langen Hals herum. Elyamur stand noch immer aufrecht zwischen seinen Hörnern und hielt verbissen die Balance. Agniraksha warf den Kopf hoch, dass seine Hörner an die Höhlendecke stießen. Elyamur duckte sich, aber er ließ nicht los. Dann wirbelte der Drache herum und drehte seinen mächtigen Körper in der Luft auf den Rücken. Elyami klammerte sich an den Hörnern fest, während in der Tiefe unter ihm die Lava brodelte. Ein dumpfes Grollen stieg aus Agnirakshas Rachen auf, als er sich wieder herumwälzte. Ungläubig erkannte Elyami ein dröhnendes Lachen.

»Nicht nur ein Krieger, sondern auch ein Drachenreiter, Elb?«, fragte der Drache. »Dann lass uns reiten!«

Er flog eine enge Kurve mit peitschendem Schwanz, legte die Flügel an und stieß abrupt hinab. Mit dem Kopf voran tauchte er in die Lava ein. Keine drei Herzschläge später war der Drachenkörper bis zur stachelbewehrten Schwanzspitze in der glutflüssigen Masse verschwunden. Und mit ihm Elyamur.

»Nein!«, keuchte Galdra und stolperte einen Schritt vorwärts, als wollte sie den Feuerdrachen persönlich wieder aus der Lava ziehen. Elyami sank auf die Knie. Sie atmete schwer. Zugleich spürte sie eine absurde Zuversicht in sich.

»Das ist nicht das Ende«, flüsterte sie gepresst. »Elyamur ist in die Essenz der Flamme eingegangen.«

»So ist es«, bestätigte der Sprecher der Magmôniten gelassen.

Elyami wusste aus eigener Erfahrung, dass die eigentliche Prüfung für ihren Bruder gerade erst begonnen hatte. Er musste sich der Macht der Flamme stellen, ihr Wesen irgendwie in sich aufnehmen. Vielleicht würde er Erfolg haben. Vielleicht wurde er dabei zu Asche verbrannt. Aber auf jeden Fall würde es ihn verändern.

Elyami erinnerte sich, wie sie auf die spiegelnde Wasserfläche im Tempel der Tiefen Götter geblickt hatte. Meerblaue Augen hatten ihr aus einem seltsam fremden Gesicht entgegengeschaut. Sie wusste, dass sie ihren Bruder gerade zum letzten Mal so gesehen hatte, wie er zusammen mit ihr in Liráya herangewachsen war. Wenn er die Prüfung bestand, würde ein anderer Elyamur Birkensohn aus der Flamme hervorgehen.

Elyamis Gefühle übermannten sie. Sie kauerte sich auf dem nackten Felsboden zusammen und schlug die Hände vors Gesicht, während heiße Tränen aus ihren Augen quollen. Sie wusste nicht, ob sie um Elyamur weinte, um sich selbst oder um all die Dinge, die dazu geführt hatten, dass sie nicht einfach ihren eigenen Weg gehen konnten – ohne den Orakelspruch. Gorin trat an sie heran und stand nun hilflos neben ihr. Doch sie konnte nicht zu ihm aufblicken. Ihre Tränen spülten die letzten Reste des Walls hinweg, der den Strom ihrer inneren Bilder zurückgehalten hatte. Nun riss er Elyami mit sich.

Sie sah eine Insel in einem Meer aus lebenden, tanzenden Flammen unter einem sonnenlosen Himmel, der zuweilen von Feuerbällen durchzuckt wurde. Auf der Insel stand eine Elbin in einem roten Tunika-Kleid, das eine ihrer Schultern freiließ. Sie hatte dunkle Haut wie eine Tochter des Rotvolks und falkenhafte Gesichtszüge. Statt Haaren umkränzte eine Art Turmfrisur aus bläulich züngelnden Flammen ihren Kopf. Sie kam Elyami auf seltsame Art bekannt vor. Das war Chasri, die wilde Kriegerin der Phönixkinder, mit der ihr Bruder das Zelt geteilt hatte! Abgesehen davon, dass Chasri keine Flammenhaare hatte und wohl auch niemals solch ein Kleid getragen hätte …

Neben der Feuer-Elbin war auch Elyamur auf der Insel. Er beschirmte die Maid mit seinem Körper vor einem Angreifer: Agniraksha, der Feuerdrache, stieß mit triumphierendem Brüllen auf sie herab. Diesmal wich Elyamur ihm nicht aus. Er wehrte den Flammenstrahl des Drachen mit einem prunkvollen Schild aus glühendem Stahl ab, der selbst dem wütenden Drachenfeuer standhielt. Dann schlug er mit einem Schwert nach dem Drachen, dessen Klinge aus züngelnden, kaltblau leuchtenden Flammen bestand. Agniraksha wich vor Elyamurs Attacken zurück. Der Wolkentänzer war zu einem jener Helden geworden, deren Geschichten er schon als Junge so gerne gehört hatte: ein ungebeugter Krieger, der eine gefangene Maid vor der Gier eines Drachen beschützte.

Die Feuer-Elbin wandte den Blick. Plötzlich schaute sie Elyami direkt an. Ein belustigtes Lächeln kräuselte ihre Lippen.

»Glaubst du wirklich, dass der Drache mich gefangen hält?«, fragte sie mit melodischer Stimme.

»Ich … ich weiß nicht«, erwiderte Elyami verdattert. Noch nie zuvor hatte eine Vision mit ihr gesprochen. »Wer bist du?«

»Ich bin die Quelle des Feuers«, sagte die Elbin mit Chasris Stimme leichthin. »Agniraksha behütet mich und ich ihn. Wir gehören zusammen.« Sie kicherte. »All die niederen Drachen, die Schätze horten, Jungfrauen und Jünglinge entführen und dergleichen Unsinn tun – sie ahmen damit nur den Dienst der Hohen Drachen nach, die von den Göttern zu Wächtern der kosmischen Geheimnisse bestimmt wurden. Wusstest du das nicht?«

»Nein«, gab Elyami zu. »Aber mein Bruder, Elyamur … Was tut er hier?«

»Na was wohl? Er kämpft mit Agniraksha um mich«, sagte die Flammen-Elbin. »Genauer gesagt kämpft er um die Vereinigung mit seiner wahren Feuernatur. Tollkühnheit, unbeugsamer Stolz, bedingungslose Hingabe, eine niemals verlöschende Seelenflamme – all das, was er in der Elbin sieht, deren Gestalt ich geborgt habe.«

Ein wütendes Brüllen hallte über die Insel. Elyamurs Flammenklinge hatte sich tief in Agnirakshas Brust gegraben. Der Feuerdrache bäumte sich trotzig auf. Dann sank er zurück, und sein massiger Körper wurde langsam vom Meer der Flammen verschlungen.

»Hat Elyamur gesiegt?«, fragte Elyami hoffnungsvoll.

»Er ist würdig, die Feueressenz zu tragen«, erwiderte die Flammen-Elbin mit amüsiertem Interesse. »Überaus erstaunlich. Dass ein geraubter Orakelspruch wirklich solche Auserwählten zu finden vermag …«

»Wie meinst du das?«, fragte Elyami irritiert.

Doch die Feuer-Elbin wandte sich von ihr ab. Elyamur kam auf sie zu, schwer atmend und erhitzt vom Kampf. Die Elbin schlang die Arme um seinen Hals und küsste ihn auf die Wange. Elyamur legte die linke Hand zwischen ihre Schulterblätter und drückte sie an sich, während er in der rechten noch das Schwert trug. Ihre Lippen fanden sich in einer innigen Vereinigung. Die Fingernägel der Flammen-Elbin fuhren über Elyamurs Haut und zeichneten rote Striemen auf seinen Nacken. Die Vision verblasste, als Elyamur mit der Elbin auf den Felsboden sank. Elyami spürte noch eine Weile die kraftvolle Hitze des Feuers. Dann trieb sie durch die Dunkelheit und schlug schließlich die Augen auf.

»Sie ist wach!«, rief Gorin, der neben ihr kniete.

Stöhnend richtete Elyami sich auf. Ihr Rücken tat weh. Sie befanden sich immer noch am Rande des Lavameers tief unter Azussra.

Von Elyamur oder Agniraksha war nichts zu sehen. Die Magmôniten standen regungslos beieinander wie Statuen aus glühendem Gestein. Galdra aber hockte in einer Haltung auf dem Boden, als würde sie schon länger tatenlos herumsitzen. Nun trat auch die Winterseherin vom Ufer des Flammenmeers heran.

»Elyami«, sagte sie. »Du warst lange fort. Diese Vision muss dich mit aller Macht mitgerissen haben. Wir sollten noch einmal die Übungen zur Klärung des Geistes wiederholen! Für eine

Seherin kann es fatal sein, von ihren Gefühlen davongespült zu werden …«

Elyami hörte der Alten nur halb zu. Ihr gingen noch immer die Bilder im Kopf herum, wie ihr Bruder gegen einen leibhaftigen Drachen kämpfte. Und diese Flammen-Elbin auf der Insel hatte von einem geraubten Orakelspruch gesprochen …

»Odrana«, setzte sie an. »Ich muss Euch etwas fragen. Ich …«

Ein dumpfes Brodeln unterbrach sie. Die zähflüssige Lava-Masse teilte sich, und Agniraksha reckte seinen gepanzerten Kopf empor. Elyamur stand aufrecht und unversehrt zwischen den Hörnern des Feuerdrachen. Der Flammenhüter bog seinen langen Hals vor, sodass sein Haupt fast das Ufer berührte. Elyami wich unwillkürlich einen Schritt zurück. Ihr Bruder aber sprang leichtfüßig vom Haupt des Drachen herab, wandte sich um und verbeugte sich tief vor Agniraksha.

»Es war mir eine Ehre, Drache mit der Flammenseele«, sagte er schlicht. »Ich habe viel gelernt.«

Der Drache antwortete nicht. Er verzog nur sein gewaltiges Maul zu einem zufriedenen Grinsen, dann ließ er sich wieder in die Lava sinken. Es dröhnte donnernd, als sich die Magmôniten alle zugleich mit ihrer rechten Faust auf die Brust schlugen, um ihm Respekt zu erweisen.

Elyami konnte nicht mehr an sich halten und lief erleichtert auf ihren Bruder zu. Einige Schritte vor ihm stoppte sie unsicher ab. Elyamur drehte sich zu ihr um. Sie erwartete halb, in glutrote Augen zu blicken, doch Elyamurs Augen waren waldgrün, so wie immer. Stattdessen leuchtete auf seiner linken Wange ein tiefrotes Feuermal. Dort, wo die Flammen-Elbin ihn zuerst geküsst hatte. Es hatte die Form einer stilisierten Flamme, die über sein Gesicht züngelte. Elyami lächelte matt. Sie würde sich an den neuen Anblick gewöhnen müssen. Aber Elyamur war noch immer Elyamur.

»Ich habe es tatsächlich geschafft«, sagte er erschöpft und verbeugte sich. »Wir haben die elementare Essenz des Feuers!«

Elyami lief in seine ausgebreiteten Arme. In diesem Moment

ging ihr Bruder in Flammen auf – Feuer brach knisternd aus seinem Körper! Entsetzt stolperte Elyami zurück. Elyamur ließ die Arme sinken, und die Flammen erloschen.

»Es tut mir leid«, sagte er betreten. »Sie … die Quelle hat mir gezeigt, wie ich im Kampf die Macht der Flamme rufen kann. Allerdings speist sie sich aus meinen Gefühlen. Wahrscheinlich brauche ich noch etwas Übung und mehr Selbstbeherrschung …«

Die Winterseherin seufzte tief. »Ein Grund mehr für euch alle, endlich erwachsen zu werden und euch ein bisschen zusammenzureißen«, murmelte sie.

»Sagt das dem Elb«, brummte Galdra. »Anständige Zwerge brennen nicht.« Doch ihr war die Erleichterung anzusehen. Gorin trat an ihre Seite.

»Ich bin froh, dass du wieder da bist, Elyamur«, sagte er. Dann wandte er sich an die Winterseherin: »Wir sollten uns langsam überlegen, wie wir aus diesen Höhlen wieder herauskommen, um die Reise zur nächsten Quelle anzugehen. Ich befürchte, dass die Orkzwillinge uns weit voraus sind …« Elyami lächelte ihn an. Gorins bedächtige, stets leicht besorgte Art tat ihr gut.

»Allerdings«, stimmte die Winterseherin ihm zu. »Zumal wir noch einmal das Zyklopenreich durchqueren müssen …«

»Müsst ihr nicht«, sagte der Sprecher der Magmôniten. »Wir werden euch zu einem Nebenschlot führen, der auf einer kleinen Vulkaninsel vor der Küste von Azussra mündet. Ein Träger der Flamme ist würdig, dieses Geheimnis zu erfahren.«

»Wunderbar«, erwiderte die Winterseherin zufrieden. »Dann lasst uns aufbrechen.«

Als Elyami rasch ein schwarzes Zweiglein von einem der Flammenbüsche vom Boden aufnahm und als Erinnerung in ihren Zopf einband, trat Elyamur an sie heran. »Kommst du, Schwester?«, fragte er und streckte die Hand aus. Elyami zögerte kurz. Dann lächelte sie ihn an und legte ihre Hand in seine. Diesmal brachen keine Flammen aus ihm hervor. Gemeinsam verließen sie die Feuerhöhle.

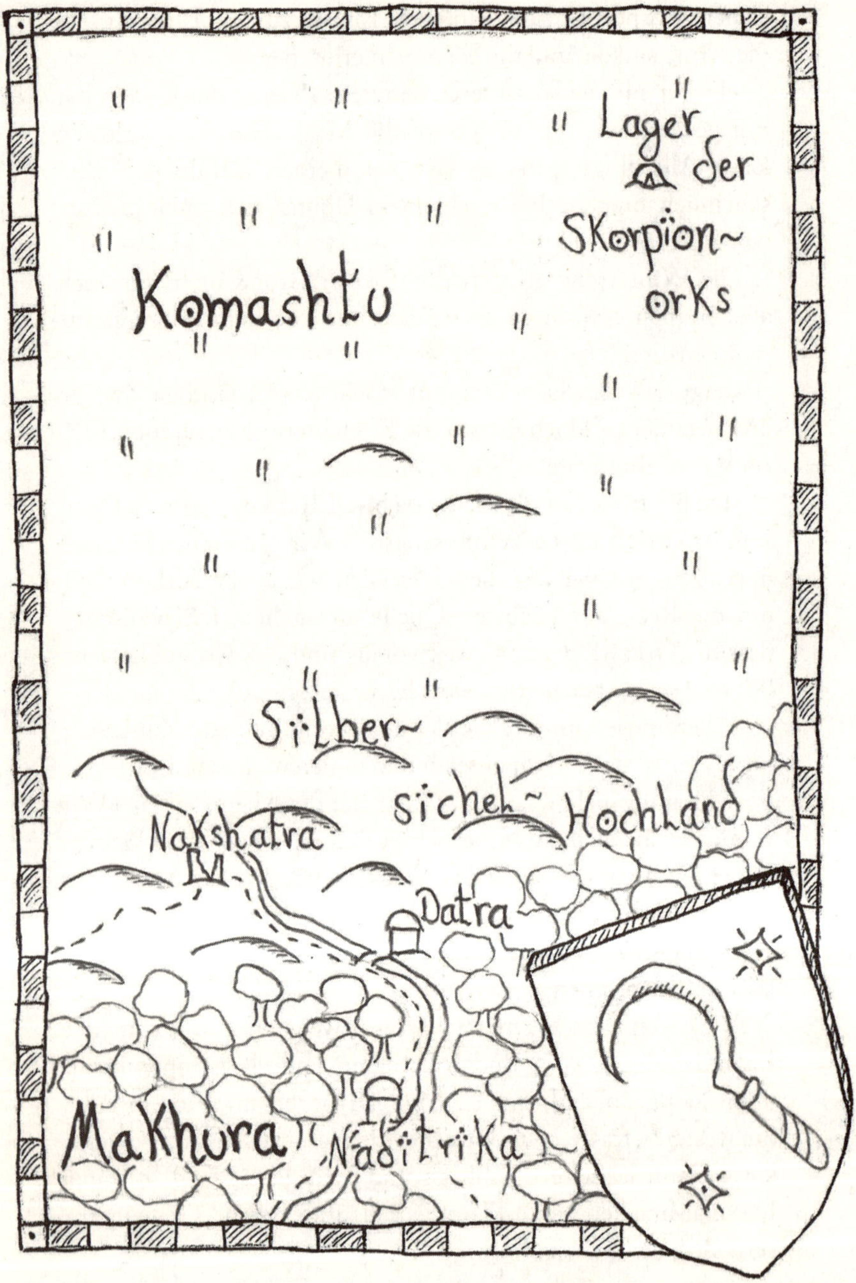
Lager der Skorpion-orks
Komashtu
Silber-sichel-Hochland
Nakshatra
Datra
Makhura
Naditrika

ACHTZEHNTES KAPITEL

IN DEN RUINEN VON NAKSHATRA
SILBERSICHEL-HOCHLAND, IM NORDEN VON MAKHURA

SICHELSTAUB WAR EINE der kostbarsten Zutaten für Alchemisten: ein silbrig glänzendes Pulver, das so leicht und fein in der Hand lag, als wäre es zu Staub erstarrtes Mondlicht. Tatsächlich war es nichts anderes.

Man fand Sichelstaub ausschließlich im Silbersichel-Hochland. Über seine Hügelkuppen zogen sich Wellenmuster aus terrassenförmigen Teeplantagen, während in seinen Tälern Haine von Mondbäumen wuchsen. Die gedrungenen Gewächse mit der tiefschwarzen Borke kamen an keinem anderen bekannten Ort vor. In der Nacht lagerte sich das Mondlicht als dünner Film auf den pergamentartigen Blättern der Bäume ab. Im Morgengrauen wurde es von den Einheimischen mit feinen Pinseln abgesammelt, ehe es im Tageslicht vergehen konnte. Der Monatsertrag eines ganzen Hains belief sich auf etwa eine Unze hochmagischen Sichelstaubs, den die Alchemisten mit schwerem Gold bezahlten.

Der Raja der Silbersichel hatte so einst über einen wohlhabenden Landstrich regiert. Als der Kettenfürst die Silbersichel als Teil seines Reiches gefordert hatte, war der Sichel-Raja unbeeindruckt geblieben. Mit seinem Gold hatte er zahlreiche Söldner angeworben, um seine Herrschaft zu verteidigen. Nach blutigen Schlachten gegen die Wolfsreiter und sonstige Diener des Kettenfürsten war das Söldnerheer jedoch in alle Winde verstreut, und das rostrote Banner wehte über den Städten und Dörfern des Hochlands. Der Sichelstaub wurde von nun an ausschließlich zu den Hexenküchen der Kettenlande geliefert.

Nakshatra, die stolze silberstrahlende Palaststadt des Rajas, war zusammen mit dem letzten freien Herrscher der Sichel niedergebrannt. Das war nun viele Jahre her, doch die Ruinen von Nakshatra galten noch immer als verrufener Ort. Es hieß, dass sich hier die heulenden Geister der Erschlagenen herumtrieben. Ihre rußgeschwärzten Mauern boten daher einen idealen Lagerplatz für Reisende, die neugierige Blicke meiden wollten.

Im Schutz der Ruine brannte ein kleines Feuer. Gorin legte ein wenig Holz nach und wandte sich dann wieder seiner Armbrust zu. Das Beutestück aus dem Gespaltenen Turm war mit seiner guten Tokrond-Armbrust nicht zu vergleichen. Schon seit Tagen grübelte er darüber nach, wie der Mechanismus zu verbessern war, aber ohne eine vernünftige Werkstatt war da nichts zu machen. Galdra hockte neben ihm und starrte in die Flammen. Elyami hatte sich mit der Winterseherin in ein Nebengemach des zerstörten Palastes zurückgezogen, wo sie ihren geheimnisvollen Übungen nachgingen. Auch Elyamur trainierte. Hinter einer Säulenreihe am Ende des eingebrochenen Saales sah man immer wieder einen Feuerschein aufflackern, wenn er Flammen aus seinen Handflächen schlagen ließ oder gar seine Klingen zu Flammenschwertern entfachte. So war jeder ihrer Abende an verschiedenen Rastplätzen verlaufen, seit sie die Quelle des Feuers hinter sich gelassen hatten.

Die Magmôniten hatten ihr Wort gehalten und ihnen einen geheimen Ausweg über einen Nebenkrater gewiesen. Gleich am nächsten Morgen hatten sie auf ihren Fledernattern die Aquamarin-See bis zur lorvischen Küste überquert, um das gefährliche Gebiet um die Insel Yamaaz zu meiden. Sie waren der Küstenlinie nach Osten gefolgt, hatten wieder die großen Hafenstädte Lorvias auf See umflogen und auch einen weiten Bogen um die Dreikopf-Akademie an der Plankenbrecherküste gemacht. Das Steppenreich Tar Uzar mit seinen gelb-trockenen Grasländern und weißen Städten war unter ihnen hinweggezogen, ebenso das Ödland von Komashtu, wo sie zuweilen die zusammengekauerten Fellzelte der Ork-Clans in der Ferne gesehen hatten. Die Berge des Candrama-Massivs mit ihren fratzenhaften Steingesichtern hatten sie auf den dringenden Rat der Winterseherin gemieden und waren erst nach Süden abgebogen, als das grüne Silbersichel-Hochland verheißungsvoll vor ihnen erschienen war, der nördlichste Teil der Reiche von Makhura.

Und hier waren sie nun, eine Handvoll Reisende in den Ruinen von Nakshatra, erschöpft und wortkarg nach sechs langen Flugtagen und einer Reisestrecke, für die sie auf dem Landweg viele Wochen gebraucht hätten. Sie kamen auf den Fledernattern so schnell voran, wie es sonst nur die privilegiertesten Kettendiener vermochten, und waren doch zu langsam. Der immense Vorsprung, den die Orkzwillinge vermutlich hatten, lastete wie ein unsichtbarer Fluch auf ihnen, nicht greifbar und doch immer präsent. Er bestimmte ihre wenigen Gespräche, neben der Entscheidung, die sie bald treffen mussten.

»Wir sollten uns trennen«, sagte Galdra unvermittelt, als hätte sie Gorins Gedanken gelesen. Er legte seine Armbrust beiseite und schaute seine Schwester an.

»Ich weiß, dass uns die Zeit davonläuft«, antwortete er bedächtig. »Aber die verbleibenden zwei Quellen getrennt anzugehen, wäre ein zu großes Wagnis.«

Galdra schnaubte halb verächtlich und halb belustigt. »Wir wollen den Kettenfürsten stürzen, kleiner Bruder!«, brummte sie. »Ein größeres Wagnis ist wohl kaum denkbar.«

»Aber das schaffen wir nicht, wenn auch nur einer von uns bei einer der Quellen den Tod findet«, beharrte Gorin. »Denk an den Schlund des Meeres! An Yamaaz! An die Zyklopen in Rykrond! Wir haben es immer nur überstanden, weil wir zusammenhielten.«

»Ich sage es nicht gerne, aber Galdra hat recht«, war Elyamurs Stimme aus den Schatten der Ruine zu hören. Mit katzenhafter Lautlosigkeit erschien der Grün-Elb im Lichtschein des Lagerfeuers. Das Flammenmal glänzte rot auf seiner Wange.

»Wir haben uns einfach zu lange aufgehalten. Es ist sehr wahrscheinlich, dass uns die Orks weit voraus sind«, fuhr er fort, während er sich zu ihnen setzte. »Und die Macht des Feuers hat mich gelehrt, dass man nicht zögerlich zurückweichen darf, wenn man mutig voranschreiten sollte.«

»Da muss ich dir ausnahmsweise zustimmen, Elb«, knurrte Galdra. »Auch wenn es nervt, dass seit einigen Tagen jedes zweite Wort, das du sprichst, *Feuer* lautet.«

Elyamur ignorierte die Spitze. Nach kurzem Schweigen sprach er weiter: »Da ja nun Elyami und ich die elementare Essenz von Wasser und Feuer in uns aufgenommen haben, ist es wohl nicht schwer zu erraten, wie es weitergeht: Auf euch beide warten Erde und Luft.« Gorin und Galdra sagten nichts dazu. Sie alle hatten sich in den letzten Tagen ähnliche Gedanken gemacht.

»Aber ist euch eigentlich klar, was das bedeutet?«, fuhr Elyamur fort.

»Was meinst du?«, erwiderte Gorin.

»Dass wir alle vier gebraucht werden!«, rief Elyamur. »Wie sollte ein Zwillingspaar alleine Essenz aus jeder der vier Quellen holen? Vielleicht haben wir uns die ganze Zeit umsonst gestritten, wer nun wirklich auserwählt ist.«

»Der Orakelspruch sagt jedenfalls nichts darüber aus, wie viele Zwillingsseelen genau gemeint sind«, überlegte Gorin.

Galdra runzelte misstrauisch die Stirn. »Aber wie machen das dann die Orks? Die sind doch nur zu zweit.«

»Zusammen mit Althros und Anthrite wären sie zu viert gewesen«, sprach da die Winterseherin, und ihre dunkle Stimme klang belegt. Mit Elyami an ihrer Seite war sie aus dem Nebengemach gekommen. »Es ist natürlich nur Spekulation«, fuhr die Seherin gefasster fort. »Doch ich vermute, dass die Zwillingsseelen der Steppe gemeinsam das Potenzial gehabt hätten, die Essenz aller vier Elemente zu tragen.« Sie setzte sich und schnaubte bitter. »Aber da Rekut und Rezkai die beiden Zentauren ermordet haben, sind sie nun auf die dunkle Zauberei des Kettenfürsten angewiesen, um die elementare Essenz zu bergen. Vermutlich verwenden sie dasselbe magische Mittel, mit dem er einst das Material für seine Ketten gesammelt hat. Das Ergebnis kennen wir nur zu gut: Die Harmonie der Quellen wird durch den brachialen Raub gestört, die Verbindung zur Welt des Göttlichen reißt immer mehr ab – für Dáman gewiss ein angenehmer Nebeneffekt.«

»In gewisser Weise sind sie nach wie vor zu viert«, ergänzte Elyami leise. Sie alle wussten, dass die Geister von Althros und Anthrite von Rekut versklavt worden waren und die Orkzwillinge nun begleiteten. Beklommenes Schweigen lastete für einen Moment über der Runde.

»Alte mit den Schwanenfedern«, sprach Elyamur schließlich. »Wir sprachen gerade über das weitere Vorgehen und unsere Reiseroute.«

»Gut. Das sollten wir auch tun«, erwiderte die Winterseherin. Sie breitete die Landkarte aus der Bibliothek ihrer Lehrmeisterin im Lichtschein des Feuers aus.

»Wir haben jetzt den Punkt erreicht, an dem wir uns entscheiden müssen«, sagte sie und zeigte auf die Silbersichel-Hügel. »Wenn wir gemeinsam weiterreisen, wie wir es ursprünglich geplant haben, dann wenden wir uns von hier weiter nach Süden und suchen den Weltenbaum in den Dschungeln von Makhura, um zur Quelle der Erde zu gelangen.« Sie fuhr mit dem Finger über die makhurische Halbinsel, deren Landmasse die Aquamarin-See vom Rubinroten Ozean trennte.

»Wenn jedoch einige von uns zeitgleich zur Luftquelle aufbrechen wollen, wie wir es in den letzten Tagen angedacht haben, müssten sie sich von hier nach Norden wenden.« Ihr Finger sprang zu einem Punkt auf der Karte, der erschreckend weit von ihrer Position entfernt lag, noch nördlich des Grauen Meeres: der Gipfel des Himmelskaisers in den Abendbergen, die das Kaiserreich Kta Lun nach Westen hin beschirmten. »Wie auch immer wir uns entscheiden – wir müssen es noch heute tun. Wir können uns keine weitere Verzögerung morgen beim Aufbruch leisten.«

Die Alte blickte von der Landkarte auf und schaute auffordernd in die Runde. Gorin spielte nachdenklich mit seinen Bartzöpfen.

»Ich verstehe, dass die Zeit drängt«, sagte er. »Aber ich fürchte, dass wir den Gefahren der Quellen getrennt nicht gewachsen sind.«

»Und ich glaube, dass wir uns keine Furcht leisten können«, setzte Galdra rasch nach. »Ich bin dafür, die Orks einzuholen, indem wir uns aufteilen.«

»Dem stimme ich zu«, sagte Elyamur. »Der Weg der Flamme führt ohne Zaudern voran.«

»Er hat es schon wieder gesagt«, murmelte Galdra.

»Ich denke, wir haben bei der Quelle des Wassers und der Quelle des Feuers viel gelernt«, sagte Elyami und starrte nachdenklich auf ihre Finger. »Nur unsere Seelen taugen als Gefäße für ihre Essenz. Elyamur und ich haben bereits die Macht eines Elements in uns aufgenommen. Zwei Zwillingsseelen haben diesen Schritt noch vor sich. Und wer sich würdig erweisen will, muss sich der Prüfung alleine stellen. Ich glaube nicht, dass gebündelte Kräfte im Angesicht der Quellen etwas ausrichten können.« Sie schaute Gorin mit einem entschuldigenden Lächeln in die Augen. »Darum bin ich dafür, dass wir uns trennen, um wertvolle Zeit zu sparen.«

Gorin nickte unglücklich. Er hatte so etwas befürchtet. Die Winterseherin hingegen packte die Landkarte wieder ein.

»Ich sehe das genauso«, sagte sie. »Auch wenn ich mir gelegentlich wünschen würde, an zwei Orten zugleich sein zu können. Da Gorin und Galdra noch keine elementare Essenz in sich tragen, müssen wir uns so aufteilen, dass die beiden Zwerge jeweils eine der Quellen erreichen.«

Ein klammes Gefühl machte sich in Gorins Bauch breit. Obgleich er in den letzten Tagen ähnliche Gedanken gehabt hatte, war es etwas anderes, es aus dem Munde der Winterseherin zu hören. Das machte die Sache so endgültig. Und alles in ihm sträubte sich dagegen, sich von seiner Schwester zu trennen. Sie war sein Fundament, seit die beiden Tokrond verlassen hatten.

»Diese Sache mit der Essenz gefällt mir nicht«, brummte Galdra. »Sich einlassen, in dem Element aufgehen, zu seinem Gefäß werden – das ist alles so verflucht *elbisch!* Wenn ein Zwerg ein Gefäß braucht, schmiedet er einen Kessel.«

»Wer sagt denn immer, dass sie alles für ihre Aufgabe tun würde?«, fragte Elyamur. »Manchmal gehört eben mehr dazu, als Orks niederzustrecken.«

Galdras flaumbedeckte Wangen glühten gefährlich rot. Gorin ergriff rasch das Wort, ehe sie etwas sagen konnte: »Außerdem bleibt die Frage, wer von uns zu welcher Quelle aufbrechen sollte.« Er räusperte sich verlegen. »Eigentlich war ich mir ziemlich sicher, dass ich aus der Quelle des Feuers schöpfen würde. Immerhin ist sie auch eine Schmiede. Und Elyamur … Nun ja, als Wolkentänzer hätte ich ihn eher bei der Luft verortet.«

Er schaute fragend in die Runde. Die Winterseherin lächelte leicht.

»Bei den Elementen geht es nicht nur darum, ob du Wasser magst oder gerne in der Erde wühlst«, erklärte sie. »Sie stehen vor allem dafür, wie deine Seele beschaffen ist. Das Wasser steht für die Intuition, die Fähigkeit, auf seine Gefühle zu hören und sie für seine Entscheidungen zu nutzen. Zu wem passt das besser als zu unserer Grünsängerin? Und Feuer steht für Mut und ungebrochene, leidenschaftliche Seelenkraft. Die Eigenschaften eines Elbenkriegers.« Gorin sah Elyamur an, dass ihn die Worte der Winterseherin mit Stolz erfüllten.

»Und was ist dann mit Luft und Erde?«, fragte Galdra ungeduldig.

»Luft steht für die Klarheit der Gedanken«, sagte die Winterseherin. »Für die Schärfe des Geistes und die planende Vorausschau. Erde hingegen ist bodenständig und körperlich. Sie steht für Beständigkeit und Treue und für die Dinge, die man anfassen kann.«

»Sieht nach einer schwierigen Wahl aus«, bemerkte Elyamur trocken. Elyami kicherte.

»Also mache ich mich morgen zum Himmelskaiser auf und Galdra zur Quelle der Erde«, murmelte Gorin.

Das Lächeln der Winterseherin wurde breiter. »Dann ist das geklärt«, fuhr sie fort. »Da nur die Elben die Fledernattern zu lenken verstehen, wird jeweils einer vom Grünvolk einen Eisenzwerg begleiten. Elyamur, ich vertraue darauf, dass du mit Gorin den zweithöchsten Berg der bekannten Welt auch ohne meine Anleitung erreichen wirst. Elyami, es wird etwas schwieriger werden, einen bestimmten Baum in einem Urwald zu finden. Galdra wird auf deine Gabe des Sehens angewiesen sein. Da du noch einiges lernen musst, werde ich euch begleiten. Und jetzt sollten wir schlafen, damit wir morgen erholt sind.«

Die Winterseherin wirkte zufrieden. Gorin beobachtete sie nachdenklich. Er fragte sich, ob sie gerade wirklich eine Entscheidung getroffen hatten oder nur taten, was die Alte ohnehin geplant hatte. Auch Elyami runzelte die Stirn. Dann wandte sie sich der Seherin zu, die sich gerade mithilfe ihres Knotenstabs erhob. »Verzeiht, Odrana … Da ist etwas, das ich Euch schon lange fragen wollte.«

»Ja, Elyami?«, erwiderte die Winterseherin verhalten, ohne sich wieder hinzusetzen.

»Ich habe einiges gesehen, als ich mit meinen Visionen gerungen habe«, sagte Elyami. »Unter anderem auch Euch, immer wieder. Ich sah Euch zusammen mit Dáman, als er schon der Kettenfürst war. Ihr standet neben seinem Thron und gabt ihm Ratschläge. Wieso wart Ihr an der Seite Eures Feindes?«

»Das alles ist lange her«, brummte die Winterseherin unwillig. »Ich war jung und hegte darum noch die Hoffnung, dass mit Dáman zu reden sei. Immerhin war er der Herr des Rostroten Throns und ich eine Priesterin der Unterwelt. Also habe ich seine Nähe gesucht, um ihn auf seine neue Aufgabe einzustimmen. Vergeblich. Er hat mich angehört, doch letztlich ging es ihm nur um seine Macht. Ich habe meine Besuche eingestellt und mich darauf konzentriert, ihn vom Thron zu stürzen. Und damit bin ich noch immer beschäftigt. Das ist alles.«

Sie wandte sich ab.

»Wartet«, sagte Elyami rasch. »Da ist noch etwas. Der Orakelspruch über die Zwillingsseelen … Habt Ihr ihn wirklich von der göttlichen Weberin Iyanuri empfangen? An den elementaren Quellen sagte man mir, dass er geraubt worden sei.«

»Der Orakelspruch stammt direkt vom göttlichen Webstuhl«, erwiderte die Winterseherin schroff. »Und nun verschone mich bitte mit weiteren Fragen. Eine alte Frau braucht ihre Ruhe.«

Schweigend breiteten sie ihre Decken aus und legten sich schlafen. Gorin lag noch lange wach. Er spürte eine seltsame Unruhe in sich, wie er sie nicht mehr erlebt hatte, seit sie aus Tokrond geflohen waren. Morgen würde er zur Quelle der Luft aufbrechen. Ohne Galdra. Niemand würde ihn dann noch »kleiner Bruder« nennen.

Kalt glitzerten die Sterne auf ihn herab. Irgendwo in den Tälern ringsum sammelte sich jetzt das Mondlicht auf den Blättern der Bäume. Tokrond lag ein ganzes Leben weit entfernt. Gorin fühlte sich einsam.

Neunzehntes Kapitel

Auf dem alten Elbenpass in den Gletscherbergen von Skovrik

Das klirren von metall und das Klappern von Hufen hallten durch die klare Luft der Gletscherberge. Dazu mischten sich ein gelegentliches Pferdeschnauben und gedämpfte Stimmen, das Knarren von Leder und zahlreiche andere Geräusche. Der frisch gefallene Schnee dämpfte den Lärm nur geringfügig.

Jha Rudra gefiel es nicht, sich derart auffällig voranzubewegen. Schließlich war sie eine Dienerin der nächtlichen Zelja, keine Kriegerin. Und doch zog sie nun mit einem Heer durch die Tannenwälder an den Berghängen von Skovrik. Im Hrimwald waren sie wie geplant auf das Lager von Skjöldir Reifbarts Gefolgsleuten gestoßen. Seitdem ritt Jha Rudra zwischen Hilgrif und dem Jarl an der Spitze ihrer kleinen Streitmacht, umgeben von Skovrik-Kriegern in Kettenpanzern und Fellmänteln.

Es waren erfahrene Männer und Frauen mit dem rotblonden Haar des Nordens, die dem Jarl mit gelassener Selbstverständlichkeit folgten. Sie trugen Streitäxte und Speere, Breitschwerter und Rundschilde. Und vor allem Skjöldirs Feldzeichen, den weißen Eisbären auf blauem Feld: Er war auf ihre Schilde gemalt und hing als Wimpel an Speerschäften, war auf ihre Köcher gestickt oder wurde als kunstvolle Fibel am Mantel getragen.

Jha Rudra war es gewohnt, auf Reisen außerhalb der Maskenviertel als Jhalai immer ein wenig herauszustechen. Dennoch kam sie sich fremd vor, wenn Skjöldirs Leute abends am Feuer von den Fahrten nach Thursengard oder Kta Lun erzählten, die sie mit dem Jarl schon unternommen hatten. Hilgrif hatte sich zunächst wie gewohnt zurückgehalten, war dann aber aufgetaut und hatte von den großen Schwertpriesterinnen der Vergangenheit berichtet. Die Nordleute liebten Geschichten. Jha Rudra hatte auf ihre alte Taktik zurückgegriffen und breit gelächelt, wann immer Hilgrif sie forschend angeschaut hatte. Doch Skovrik war ihr zu kalt, der Himmel zu grau. Das Gelächter der Nordleute war zu laut, ihre Rede zu direkt. Die Wälder und Berge waren zu weit und einförmig, ohne den Schutz der vertrauten Gassen. Jha Rudra gehörte nicht hierher.

Sie war dankbar, dass es in ihrem Heer nicht nur Skjöldirs eingeschworene Gefolgsleute gab. Neben dem Jarl ritt Kriegsmeister Algrin von Kurrond auf einem zottigen Bergpony. Der Höhlengänger mit den weiß-blauen Bartzöpfen trug eine Plattenrüstung aus schimmerndem Aidios-Kristall und kommandierte die Abteilung der Axtträger, die hinter Skjöldirs Kriegern über den Pass marschierte. Die rund hundert Zwergenkämpfer waren alle Hilfe, die Obmann Olbarin ihnen zur Verfügung stellen konnte.

Der Minotauren-Hauptmann Turr aus dem Hause Muldran ritt neben Algrin auf einem schnaubenden Harnischhorn. Der junge Gehörnte mit dem dicken goldenen Nasenring befehligte sogar nur fünfzig Krieger, wurde aber nicht müde zu betonen, dass sie die bevorstehenden Kämpfe mit ihren Labrys-Doppeläxten mehr oder weniger im Alleingang entscheiden würden.

Flagda Schwarzzahn war die älteste der zwei Dutzend Waldtrolle. Sie hatte kein Reittier, lief aber stolz und unermüdlich mit ihren langen, knotigen Beinen neben den anderen Anführern her, während ihre Trollkrieger hinten bei den Zwergen marschierten. Zahllose Knochentalismane klapperten in ihrem grauen strähnigen Haar. Hilgrif hatte Jha Rudra erzählt, dass die Trollfrauen für eine gefährliche Mischung aus Kampfkunst und dunkler Hexerei berüchtigt waren.

Mit gut fünfhundert Kriegern zogen sie den Alten Elbenpass hinauf, der den einzigen Landzugang zum Silberkloster Malyún darstellte.

»Es mögen nicht viele sein, aber sie sind schlagkräftig und entschlossen!«, hatte Jarl Skjöldir wiederholt erklärt.

»Dann lasst uns nur hoffen, dass sie ihre Schlagkraft für die Orks des Kettenfürsten aufsparen«, hatte Jha Rudra nach zwei Tagen resigniert erwidert. Bei jeder Abendrast mussten sie Streitende trennen, die sich nicht einig wurden, ob nun Trolle oder Minotauren die härteren Kämpfer waren oder ob die Skovrik-Menschen oder die Kristallzwerge den Grenzkonflikt um irgendwelche Hochweiden angefangen hatten.

Hinzu kam, dass Flagda, die Trollhexe, stets bei Anbruch der Nacht durch das Lager schlich, ihre mit Gnomenhaut bespannte Trommel schlug und übel riechende Dinge in einem Ogerschädel verbrannte, den sie zur Räucherschale umfunktioniert hatte. Angeblich wurde ihre Schar dadurch vor Geistern, Dämonen und anderen nächtlichen Schrecken beschützt. Der Gestank stachelte den Unmut der Krieger zusätzlich an, doch Skjöldir stellte sich stets schützend vor die Trollfrau.

»Ich kenne Flagda schon eine ganze Weile«, sagte er. »Ihre Manieren sind grauenhaft, aber ihr Zauber ist stark. Und wir können jeden Schutz gebrauchen, wenn wir Erfolg haben wollen!«

Alle respektierten die Worte des Jarls, doch die Stimmung wurde von Abend zu Abend gereizter. Es war dringend Zeit, dass sie ihr Ziel erreichten!

Auf der rechten Seite des Passes wurde der Tannenbewuchs lichter und gab den Blick auf eine tiefe Schlucht frei, an deren Rand der Weg nun entlangführte. Jha Rudra konnte die spärlich bewachsenen Bergflanken jenseits des Abgrundes und die dahinterliegenden Gipfel sehen, die sich im grauen Dunst verloren. Kalter Wind ließ die Tannenwipfel schwanken und zerrte an ihrem Haar. Es roch nach Schnee und Klarheit.

»Die südlichen Gletscherberge sind ein gutes Gebiet für die Lindwurm-Jagd«, sagte Skjöldir Reifbart im Plauderton. »Die Jarle von Grandal beanspruchen die Berge einzig zu diesem Zweck für sich. Aber heutzutage jagt ja kaum noch jemand nach

Lindwürmern. Vermutlich sind die Priester von Malyún inzwischen die wahren Oberherren der verstreuten Bergbauern.«

»Ich nehme an, Ihr bedauert, dass man nur noch selten Leib und Leben dabei riskieren kann, einer gepanzerten Bestie im Hochgebirge nachzustellen?«, antwortete Jha Rudra mit einem feinen Lächeln.

Noch ehe Skjöldir etwas erwidern konnte, lösten sich einige schattenhafte Gestalten aus dem Wald westlich vom Pfad. Turr Muldran riss alarmiert seine Doppelaxt hoch – und ließ sie wieder sinken.

»Elben«, schnaubte der Minotaur abfällig. »Schleichen herum wie Ratten in der Nacht.«

Halyamur Eichensohn, der Anführer ihrer Verbündeten aus Liráya, ignorierte ihn. Der Grün-Elb mit den goldblonden Kriegerzöpfen war zusammen mit zwanzig weiteren Grünhütern im Hrimwald zu ihnen gestoßen. Seitdem bildeten sie die Vorhut ihrer Streitmacht und streiften unermüdlich als Kundschafter durch die Umgebung, um den Weg des Heeres zu sichern. Mit ihren grauen Kapuzenmänteln und ihren lautlosen Schritten erinnerten die Elben an dunstige Geister.

»Nun, wie ist die Lage?«, fragte Jarl Skjöldir, als würde er sich nach dem werten Befinden erkundigen, und verlangsamte sein Pferd.

»In nur zwei Meilen Entfernung trefft Ihr auf die Hochtäler mit den Höfen, die das Silberkloster versorgen«, berichtete Halyamur. »Ylindri und Iryamur sind dort auf eine Patrouille von Wolfschädel-Orks gestoßen. Sie werden ihrem Khurdran keinen Bericht mehr erstatten.«

»Aber natürlich wird man ihr Fehlen bemerken«, warf Jha Rudra ein.

»Trotzdem ein paar Orkkrieger weniger«, brummte Kriegsmeister Algrin. »Früher oder später werden sie uns eh entdecken. Das verfluchte Elbenkloster ist so angelegt, dass man sich nicht unbemerkt nähern kann.«

»Und da ist noch etwas«, fuhr Halyamur ein wenig unbehaglich fort. »Syndramur hat weiter oben im Wald etwas entdeckt. Eine Art Ritualplatz auf einer Lichtung. Ich habe es mir angesehen, auch wenn ich nicht viel von magischen Dingen verstehe. Es gibt dort frische Überreste eines Feuers und … andere Spuren.«

»Könnt ihr mich dorthin führen?«, fragte Hilgrif sofort. »Falls die Kettendiener hier dunkle Magie gewirkt haben, sollten wir wissen, womit wir es zu tun haben.«

»Hilgrif hat recht«, fügte Jha Rudra hinzu. »Ich komme auch mit.«

»Und ich auch!«, rief Skjöldir Reifbart. »Gunbrecht, kümmere dich doch um unsere Pferde. Übernehmt Ihr solange das Kommando, Meister Algrin?«

»Natürlich«, erwiderte der Kristallzwerg. »Aber bitte keine ausgedehnten Erkundungen von irgendwelchen alten Geheimnissen, Reifbart! Dies ist keine von Euren Abenteuerfahrten.«

Sie stiegen ab und gaben ihre Pferde in Obhut, während Halyamur geduldig am Waldrand wartete. Dann führte er sie zusammen mit dreien seiner Grünhüter ins Tannendickicht. Es ging beständig bergauf, über Wurzeln und durch hohe Schneeverwehungen. Jha Rudra war dankbar, dass sie sich für schweres Silber vernünftige Winterstiefel besorgt hatte. Trotzdem musste sie sich immer wieder an nadeligen Ästen festklammern, um nicht den Anschluss an die Elben zu verlieren, die scheinbar mühelos vor ihr durch den Wald glitten. Hilgrif und Skjöldir kämpften sich schwer atmend an ihrer Seite voran.

Dann ließ ein Geräusch Jha Rudra alarmiert herumfahren – das Knacken von Ästen und das Scharren von krallenbewehrten Füßen über den gefrorenen Boden, begleitet von einem Schnaufen. Hilgrif und Skjöldir zogen gleichzeitig ihre Schwerter. Doch dann erkannten sie Flagda, die Trollfrau, die rasch zu ihnen aufschloss. Ihre kleinen Augen glühten hinter dem strähnigen, mit Knöchelchen behangenen Haar, während ihr borstiger Schwanz beim Laufen umherpeitschte. Ein Grinsen zerteilte ihr Gesicht und entblößte die zugespitzten Zähne.

»Kenne dieses Land und den Geruch seiner Magie«, keuchte sie beim Laufen. »Ihr braucht Flagdas Nase.«

»Gut«, sagte Jarl Skjöldir. »Halyamur, führt uns bitte weiter.«

Der Grünhüter warf der Trollfrau einen abschätzigen Blick zu, ehe er sich umwandte und voranging. Nach einiger Zeit erreichten sie eine Stelle, wo der Hang in eine flache Bergschulter überging. Hier standen die Nadelbäume weniger dicht und gaben den Blick auf ein lang gestrecktes Seitental frei. An seinem Ende, vor dem dunstig-grauen Hintergrund der Berge, glitzerte ein erstarrter Wasserfall. Über dessen Eis konnte Jha Rudra weiße Türme und Kuppeln aufragen sehen, die auf einem weiten Brückenbogen über einem Abgrund schwebten.

»Das Silberkloster Malyún«, sagte Skjöldir Reifbart, der neben ihr stehen geblieben war. »Bald werden wir es erreicht haben.«

»Es ist schön«, murmelte Hilgrif halb für sich. »Aber auf eine einsame, traurige Art.«

»Das war es nicht immer«, erwiderte Halyamur. »In den alten Tagen der Silber-Elben war es ein belebtes Zentrum des Lernens. Nun träumt es vor sich hin.«

»Kommt, weiter!«, drängelte die Trollfrau. »Flagda riecht schon die Magie! Es ist ganz in der Nähe.«

Sie drangen tiefer in den Wald ein und stiegen schließlich in eine geschützte Mulde hinab. An ihrem Grund gab es eine annähernd kreisförmige Lichtung. Sie erstreckte sich rund um einen Felsen, in den Knotenmuster und Runenbänder im Stil von Skovrik eingraviert waren. Der Wald schien davor zurückzuscheuen, die unmittelbare Umgebung des Runensteins in Besitz zu nehmen. Auf der Lichtung vor dem Felsen war ein großer schwarzer Fleck zu erkennen, wo vor Kurzem noch ein Feuer gebrannt haben musste. Ringsum bedeckten Zeichen den Boden, die man offenbar mit Holzkohle in den Schnee gefurcht hatte. Auch die Runen auf dem Felsen hatte man mit Zeichen übermalt. Diese waren allerdings nicht schwarz, sondern rostig-braun.

»Das ist es«, sagte ein dunkelhaariger Grün-Elb neben Halyamur. »Was immer hier geschehen ist – es kann noch nicht lange her sein.«

»Könnt Ihr anhand der Spuren erkennen, wer das war?«, fragte Hilgrif.

»Jemand, der sich nicht besonders gut auf die Wege der Wälder versteht«, erwiderte Halyamur. »Er hat sich mit einem Flugtier genähert, das etwas abseits Furchen in den Schnee gezogen hat.«

»Gut, dass Ihr uns hergeführt habt«, sagte Jha Rudra, während sie zusammen mit den anderen auf die Lichtung hinaustrat, um sich die Sache näher anzusehen.

Flagda lief sofort auf den Runenstein zu und beschnüffelte ihn ausgiebig. Dann fuhr sie mit einer Kralle über die bräunlichen Zeichen und steckte sich den Finger anschließend in den Mund.

»Menschenblut«, schmatzte sie. »Männer und Frauen. Es ist noch nicht alt.«

Jha Rudra wandte sich den Zeichen auf dem Boden zu. Sie war keine Zauberin, doch alle Diener der Götter wurden gründlich in der Kunde der magischen Runen und Zauberzeichen ausgebildet.

»Das sind elbische Beschwörungsglyphen, oder?«, fragte sie Hilgrif, die sich ebenfalls über den Schnee gebeugt hatte.

»Ja«, erwiderte die Kravana-Priesterin. »Ihr Stil erinnert mich an die Zeichen, die Ralyazur in Swertenburg verwendet hat.«

»Könnt Ihr erkennen, was für ein Wesen hier beschworen wurde?«, fragte Skjöldir. Er hatte sein Schwert *Frostbiss* gezogen und schaute sich misstrauisch um.

»Kinder der Unterwelt«, krähte Flagda, die inzwischen den Runenstein einmal umrundet hatte. »Flagda kennt solche Felsen. Gehören dem alten Nidhanas. Hier brannten früher die Toten, noch bevor die Nordland-Menschen kamen.«

Jha Rudra und Hilgrif schauten sich an. Das klang gar nicht gut …

»Geht das auch genauer?«, fragte Halyamur unwillig in Flagdas Richtung. Die Trollfrau kaute sich nachdenklich auf der wulstigen Lippe herum.

»Nicht einfach«, murmelte sie. »Sie wurden gerufen – aber sie sind noch nicht gekommen.«

Jha Rudra ließ ihren Blick noch einmal über die Glyphen im Schnee schweifen. Flagda hatte recht. Irgendetwas stimmte hier nicht. Dann bemerkte sie es: Ein Zeichen fehlte! Die Glyphen waren nicht vollständig, der Zirkel noch nicht vollendet.

»Vorsicht!«, rief sie den anderen zu. »Weg von der Lichtung! Das ist …«

Noch ehe sie ihren Satz beenden konnte, zischte ein Flammengeschoss heran. Doch der Zauber traf weder Jha Rudra noch einen ihrer Gefährten – er schlug zwischen den Zeichen des Beschwörungskreises ein. Dampf stieg zischend auf, als sich die Flammen in den Schnee fraßen. Als er sich verzog, konnte Jha Rudra eine neue, mit Feuer eingebrannte Glyphe erkennen. Sie leuchtete zusammen mit den anderen Zeichen in fahlem Licht auf, als der Beschwörungskreis geschlossen wurde und der kalte Hauch der Unterwelt über die Lichtung wehte.

Von einem Herzschlag zum anderen waren sie nicht mehr allein. Ein Ring von Kriegerinnen wuchs rund um den Ritualplatz aus der Erde. Sie trugen Schienenpanzer von einer glänzenden Schwärze, die alles Licht zu schlucken schien. Die Rüstungen standen im Kontrast zum fahlen Weiß ihrer Gesichter, in denen rote Augen leuchteten. Lange Reißzähne ragten aus ihren Mundwinkeln, ihre Ohren waren zugespitzt und zerfleddert wie die von Fledermäusen. Manche von ihnen trugen ihr Haar als Flut von schwarzen Locken, andere hatten es mit Lederbändern zu Zopfen geflochten. Auf ihren Rücken waren ledrige Schwingen gefaltet, die nervös zuckten. In den Händen trugen sie Schwerter mit grausam gezackten Klingen und brennende Fackeln, wütend zischende Schlangen und Peitschen mit dornenbesetzten Lederschnüren. Furien.

Die Amazonen der Unterwelt fixierten ihre Opfer gierig. Einige duckten sich zum Sprung, andere leckten sich die Raubtierzähne oder breiteten drohend die Flügel aus. Doch keine von ihnen griff an, als würden sie auf einen Befehl warten. Jha Rudra wusste, wessen Befehl das sein würde. Dort am Waldrand, von wo der Flammenpfeil gekommen war, stand eine Elbenfrau.

Sie trug eine schwarze Lederrüstung, die mit Silbernieten beschlagen war. Zauberglyphen bedeckten ihren purpurfarbenen Umhang. Ihr brünettes Haar wurde nur von einem dünnen Silberreif gebändigt, um ihren Hals hing ein wuchtiger Anhänger mit dem Wappen der Kettenlande. Große amethystfarbene Augen funkelten schadenfroh in ihrem schmalen Gesicht.

»Ich hoffe, ihr habt nicht geglaubt, dass mir euer kleiner Heerzug entgehen würde«, sprach die Elbin mit giftiger Freundlichkeit. »Es ehrt mich, dass so viele Anführer eurer traurigen Schar meiner Einladung gefolgt sind.«

»Kriegszauberin Vylami«, zischte Jha Rudra wütend. Mehr noch als dieser Hinterhalt wurmte sie, dass sie die Falle nicht eher gerochen hatte.

»*Statthalterin* Vylami, bitte«, entgegnete die Purpur-Elbin mit einem katzenhaften Lächeln. Ein Grün-Elbenpfeil kam auf sie zugesaust – und zerbarst an einer unsichtbaren Barriere. Die Purpurzauberin nahm nicht weiter Notiz davon.

»Statthalterin!«, rief Skjöldir Reifbart, ohne die unruhig fauchenden Furien aus den Augen zu lassen. »Es nützt Euch gar nichts, wenn Ihr Eure unterweltlichen Kettenhunde auf uns hetzt. Selbst wenn sie uns besiegen sollten – viele Hundert tapfere Männer und Frauen werden an unsere Stelle nachrücken. Wir sollten dieses Treffen vielmehr für Verhandlungen nutzen.«

»Verhandlungen?«, fragte Statthalterin Vylami belustigt. Auch Jha Rudra war sich nicht sicher, worauf der Jarl hinauswollte.

»Jawohl!«, rief Skjöldir. »Über Euren Abzug aus Malyún, bevor sich unsere Belagerung um Euch geschlossen hat. Ihr werdet das Kloster nicht gegen die freien Völker des Nordens halten können!«

Vylami schüttelte amüsiert den Kopf. »Ihr seid tatsächlich so töricht-edelmütig wie in den lächerlichen Heldenliedern, die man über Euch singt, Reifbart«, sagte sie. »Ich frage mich, ob Ihr auch so gut kämpfen könnt.«

Sie klatschte in die Hände. »Greift zu, ihr Töchter der Unterwelt! Sie gehören euch!«

»Das war Eure letzte Chance!«, rief Skjöldir der Statthalterin zu, als die Furien fauchend und kreischend über sie herfielen. Einige liefen, andere sprangen wie Raubtiere oder erhoben sich mit ihren Schwingen in die Luft.

Eine Furie mit wehender Lockenmähne schoss direkt auf Jha Rudra zu. In ihren Augen brannte eine wahnsinnige Lust zu töten. Sie schwang eine lebendige Schlange wie eine Peitsche, der Schlangenkopf schnappte mit gifttriefenden Fangzähnen nach Jha Rudras Arm. Die Priesterin sprang zur Seite und schleuderte aus der Drehung heraus ein Wurfeisen nach der Angreiferin. Die Furie blockte es mit ihrem gepanzerten Unterarm ab. Das Eisen surrte in Jha Rudras Hand zurück.

Wild stürzte sich die Furie auf sie, den zähnestarrenden Rachen weit aufgerissen. Die Diebespriesterin schleuderte beide Wurfeisen zugleich, doch sie prallten an der schwarz glänzenden Brünne ab. Die Reißzähne kamen näher und näher. Jha Rudra wich zurück, stolperte über eine Wurzel ... Der gierige Rachen verzog sich zu einem triumphierenden Grinsen. Dann schlug ein Elbenpfeil in den Hals der Furie ein, und mit einem wütenden Kreischen löste sie sich in eine Schattenwolke auf.

Dankbar nickte Jha Rudra dem dunkelhaarigen Elb zu, während die Wurfeisen in ihre Hände zurückkehrten. Der Grünhüter legte mit einem stolzen Lächeln flink einen neuen Pfeil auf. Eine Furie sprang von hinten an ihn heran. Sie schwang eine Höllenfackel, die einen feurigen Schweif hinter sich herzog. Jha Rudra schleuderte ihr Wurfeisen. Es drang in den ungeschützten Hals der Furie ein. Sie zerfiel zu Schatten, ehe die Fackel den Elb berührt hatte.

Schwer atmend wandte Jha Rudra sich ab und verschaffte sich einen Überblick. Skjöldir, Hilgrif und Halyamur kämpften

Seite an Seite gegen eine Horde fauchender Furien und versuchten offenbar, in Vylamis Richtung vorzudringen. Gerade zerschlug Hilgrifs Silberflammenschwert den Speer einer Furie und streckte sie nieder.

Weiter hinten stürzten sich einige Furien wie ein Rudel Raubtiere von allen Seiten auf Flagda, die Trollhexe. Jha Rudra lief in ihre Richtung, die Eisen wurfbereit. Ein Schatten senkte sich auf sie, als eine Furie auf ihren Lederschwingen herangesaust kam und mit einem schwarzen Dreizack nach ihr stieß. Jha Rudra duckte sich und schleuderte beide Wurfeisen. Ein Geschoss blieb in den Fledermausschwingen stecken, das andere surrte vorbei.

Die Furie ließ ihren Dreizack fallen, trudelte durch die Luft – und stürzte direkt auf Jha Rudra. Das Gewicht der Unterweltlichen drückte sie zu Boden. Stechender Schwefelgeruch stieg in Jha Rudras Nase, als das Gesicht der Furie plötzlich direkt über ihr war. Man hätte sie durchaus *schön* nennen können, selbst mit den spitzen Reißzähnen, wenn da nicht der mordlustige Wahnsinn in ihren Katzenaugen gewesen wäre.

»Ich hole dich in den Abgrund«, flüsterte sie und schloss ihre Hände mit den Eisenkrallen um Jha Rudras Hals. Panik stieg in der Diebespriesterin auf, als sie den unbarmherzigen Druck der schlanken Finger spürte. Sie ließ sich nicht von ihr übermannen. Ruckartig stieß sie die Knie vor und warf sich herum – nun hockte sie auf der Brust der Furie. Jha Rudra hob einen Arm. Ihr verirrtes Wurfeisen kehrte zielsicher in ihre Hand zurück. Ohne innezuhalten stieß sie der Furie die Waffe in den Hals. Die Augen der Unterweltlichen weiteten sich überrascht, ehe sie zu Dunkelheit verging.

Eilig schnappte sich Jha Rudra die beiden Wurfeisen und sprang wieder auf die Füße. Der dunkelhaarige Elb hatte inzwischen sein gebogenes Schwert gezogen und umschlich eine Furie mit langen schwarzen Locken, die sich mit einer zuckenden Schlange auf ihn stürzte. Entschlossen schlug der Grünhüter das Reptil zur Seite, stieß nach seiner Gegnerin – und brach zusammen, als die gezackte Klinge einer weiteren Furie von hinten seinen Brustkorb durchbohrte. Wild kreischend drückte sie den sterbenden Elb zu Boden und schlug ihre Zähne in seinen Leib. Jha Rudra schleuderte wütend ein Wurfeisen. Es traf die bleiche Stirn der Furie, und sie zerbarst zu einer Schattenwolke.

Die Schlangenträgerin schaute kurz zwischen Jha Rudra und Flagda hin und her, als müsste sie sich entscheiden. Dann sprang sie kreischend von ihr weg und stürzte sich auf die Trollin.

Flagda stand aufrecht und stapfte mit festen Schritten über den Kampfplatz, doch an ihrem massigen Körper hatten sich mehrere Furien festgekrallt. Sie bedrängten sie wütend mit Zähnen und Waffen, stachen immer wieder auf sie ein. Vergeblich – die grauen, wulstigen Platten eines Schutzzaubers bedeckten Flagdas Haut.

Jha Rudra hob gerade ihren Arm zum Wurf, als die Trollin mitsamt den Furien im Boden versank. Sie verschwand einfach, als wäre die feste Erde ein Gewässer, in das man eintauchen kann. Entsetzt blickte Jha Rudra auf die Stelle, an der Flagda eben noch gekämpft hatte.

Dann sah sie, wie sich direkt hinter Skjöldir der Boden anhob und die Trollfrau wie ein grotesker Baum daraus hervorwuchs. Von den Furien, die an ihr gehangen hatten, war nichts mehr zu sehen. Sie waren im unerbittlichen Griff der Erde zurückgeblieben.

Flagda stieß einen Kriegsschrei aus und spuckte einer Furie ins Gesicht, die sich dem Jarl näherte. Jaulend brach die Unterweltliche auf die Knie. Zischender Rauch stieg auf, wo der Speichel der Trollfrau sie getroffen hatte. Der Jarl trieb inzwischen eine weitere Furie zurück und durchstieß ihre Schattenrüstung mühelos mit *Frostbiss*.

Jha Rudra beeilte sich, an die Seite der anderen zu kommen, und schleuderte ihre Wurfeisen nach einer fackelschwingenden Kriegerin, die gerade auf Hilgrif losging. Sie zerfloss zu Schatten, als beide Eisen sich in ihren Hals fraßen. Das Blatt hatte sich gewendet. Die Furien kämpften nun in der Unterzahl und wüteten umso verbissener, doch Skjöldir und Hilgrif drangen unnachgiebig auf sie ein, unterstützt von den verbleibenden Grün-Elben, die überall zugleich zu sein schienen. Es dauerte nicht lange, bis sich die letzte Furie in Schwärze aufgelöst hatte.

»Wo ist die Statthalterin?«, brüllte Skjöldir.

»Verschwunden«, antwortete Halyamur finster und zeigte hinauf in den Himmel über den Tannenwipfeln. Ein schlangenartiger Umriss mit ausgebreiteten Flügeln glitt dort windgeschwind in Richtung des Klosters davon.

Jha Rudra ließ ihre Wurfeisen sinken und schaute sich um. Zwei der Grün-Elben lagen im Schnee ausgestreckt, umgeben von roten Flecken. Einer von ihnen regte sich nicht mehr, der Brustkorb des anderen hob und senkte sich stoßweise. Halyamur kümmerte sich sofort um den Verwundeten. Ohne große Hoffnung näherte sich Jha Rudra dem anderen Elb, der von der Furien-Klinge durchbohrt worden war. Seine Augen blickten ins Leere. Sie hatte nicht einmal seinen Namen gekannt. Noch während sie in sein erstarrtes Gesicht schaute, hörte sie hinter sich einen dumpfen Schlag. Sie fuhr herum. Flagda war in den Schnee gefallen. Eben hatte die Trollfrau noch stolz aufrecht gestanden und ihren Sieg herausgebrüllt. Nun lag sie mit zitternden Gliedern auf dem Rücken.

»Die Schlange!«, rief sie mit erstickter Stimme.

»Was ist?«, fragte Hilgrif alarmiert, die zusammen mit Skjöldir neben Flagda kniete. Jha Rudra lief rasch zu ihnen.

»Die Schlange hat Flagda gebissen«, stöhnte die Trollfrau und zeigte auf ihren Unterarm. Ihre Haut hatte inzwischen den Schutzpanzer verloren und war wieder knorrig-braun. Nahe am Handgelenk war eine winzige Wunde zu erkennen: zwei Einstiche nebeneinander, wie von nadelspitzen Fangzähnen. Tröpfchen einer pechschwarzen Substanz klebten daran. Eine der Schlangenpeitschen musste die Zwischenräume der Panzerplatten erwischt haben.

»Wir brauchen ein alchemistisches Antidot!«, rief Jha Rudra

hilflos. Doch Flagda schüttelte den Kopf und verzog den breiten Mund zu einem schmerzerfüllten Lächeln.

»Flagda hört den Gesang der Ahnen«, flüsterte sie. »Ihr Kampf ist aus. Ihr müsst weiterkämpfen. Flagdas Trolle folgen dir, Reifbart. Siege mit ihnen.«

Die Trollfrau zuckte krampfartig. Eine schreckliche Veränderung ging mit ihr vor – ihr Körper schien zusehends zu vertrocknen. Die Haut wurde erst blass, dann grau, dann spannte sie sich wie Pergament über die hervortretenden Knochen. Die Augen wichen in die Höhlen zurück, der Kopf verzerrte sich zu einem hohlwangigen Schädel. Die Zähne wurden stiftartig lang, Arme und Beine verkrümmten sich.

Die Trollfrau glich nun einem Skelett, das nur dünn mit Lederhaut überzogen war. Wie eine jahrhundertealte Mumie, deren Grab man gerade frisch aufgebrochen hatte. Das Grinsen ihres Schädels erschien Jha Rudra wie eine böse Parodie des Lächelns, das eben noch ihre wulstigen Troll-Lippen geteilt hatte.

»Visha«, stieß Skjöldir zornig hervor und rammte sein Schwert in den Boden.

»Wie?«, fragte Jha Rudra, die beklommen auf die Tote starrte.

»Visha. Das Gift der Unterwelt«, knurrte der Jarl ohne aufzublicken. »Ich hatte in Kta Lun damit zu tun. Dort verwendet es ein Orden von wahnsinnigen Meuchelmördern. Es mumifiziert ein lebendes Wesen binnen weniger Herzschläge.«

»Wie feige und unwürdig«, murmelte Hilgrif.

»Flagda starb würdig inmitten ihrer bezwungenen Feinde«, erwiderte der Jarl. »Ihren Trollen wird das gefallen.«

»Jarl Skjöldir«, sagte Halyamur ernst, der an sie herangetreten war. »Wir sollten rasch zum Hauptheer zurückkehren. Hier ist es nicht sicher.«

»Gut«, erwiderte Skjöldir kurz angebunden. »Ruft Ihr Eure Leute zusammen, damit wir unsere Toten bergen können?«

»Wir werden den Segen der Götter für sie erbitten und sie in Ehren bestatten«, ergänzte Hilgrif.

Halyamur nickte stumm und verschwand. Skjöldir wandte

sich mit finsterer Miene von Flagdas Körper ab. »Damit hat diese Purpur-Elbin meine besondere Feindschaft verdient«, sagte er leise. »Aber ihr Plan ist nicht aufgegangen. Ihre Furien sind besiegt, so wie sie selber bald bezwungen sein wird.«

Jha Rudra seufzte unbehaglich. »Da bin ich mir nicht so sicher«, sagte sie. Skjöldir schaute sie unwillig an. »Die Furien sind vernichtet«, fuhr sie fort, »aber Flagda ist tot. Die Unterweltlichen haben ihre Angriffe auf sie konzentriert. Eine von ihnen stand nah bei mir und hat doch Flagda angesprungen, die bereits von Furien umzingelt war.«

»Was wollt Ihr damit sagen?«

»Die Statthalterin hatte es auf unsere Zauberin abgesehen«, sagte Jha Rudra. Je mehr sie darüber nachdachte, umso sicherer war sie sich. »Dieser Ritualkreis war eine Falle. Vylami konnte sich denken, dass unsere Priester und Zauberer diesen Ort untersuchen würden, sobald die Späher ihn entdecken. Die Furien haben ihren Zweck erfüllt, fürchte ich.«

»Verstehe«, knurrte der Jarl. »Damit fehlt es uns beim Angriff auf Malyún an magischer Unterstützung.«

»Wenn es nur das wäre«, sagte nun Hilgrif. »Denkt an Flagdas abendliche Räucherrituale. Das war ein wirksamer Schutz gegen Geister und Dämonen, der uns nun nicht länger beschirmt.«

Jha Rudra nickte finster. »Und die Kriegszauberin hat heute gezeigt, dass sie eine Unzahl Unterweltlicher auf einmal rufen und kontrollieren kann«, ergänzte sie. »Wir müssen damit rechnen, dass unsere Nächte ungemütlich werden.«

»Könnt Ihr beide das Lager nicht mit dem Segen der Götter schützen?«, fragte der Jarl ratlos. »Immerhin habt Ihr Kravana und Zelja auf Eurer Seite.«

Hilgrif zuckte mit den Schultern. »Nicht so wirksam, wie es nötig wäre.«

»Was sollen wir dann tun?«, rief Skjöldir wütend. »Meine Leute sind tapfere Krieger und können gegen vieles bestehen. Aber wenn uns Horden von Geistern und Dämonen angreifen, reicht scharfer Stahl in der Faust nicht aus.«

Jha Rudra seufzte tief. Furien waren schreckliche Gegner, doch man konnte sie zumindest mit gewöhnlichen Waffen bezwingen. Sie mochte nicht daran denken, was körperlose Kinder der Unterwelt gegen ihre Schar anrichten würden. Dann traf sie eine Entscheidung. »Wir brauchen machtvolle Magie, um gegen die Statthalterin vorzugehen«, sagte sie. »Ich werde eine alte Freundin um Unterstützung bitten.« Sie zog einen kleinen Gegenstand aus einer ihrer Taschen hervor. Es war ein Anhänger in der Form eines silbernen Schwans.

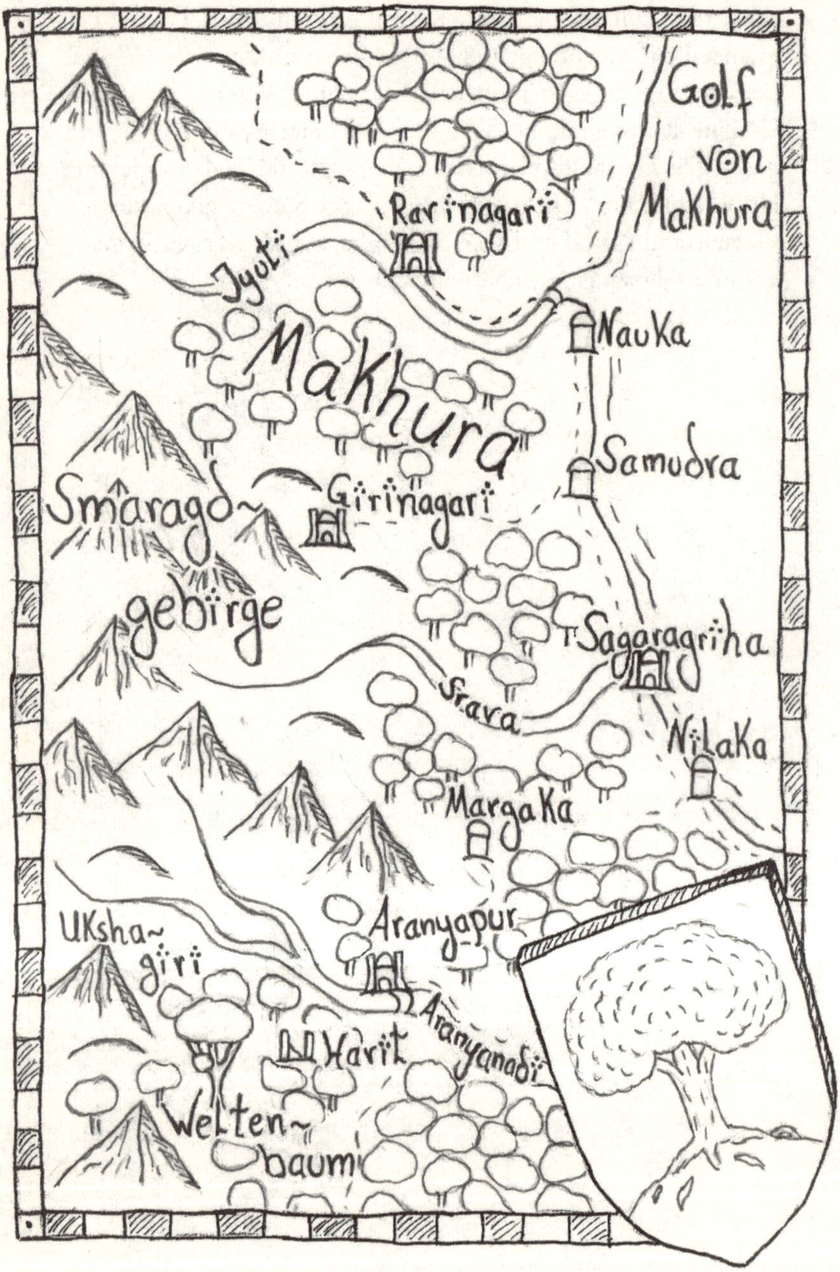

Golf von Makhura
Ravinagari
Jyuti
Makhura
Nauka
Samudra
Smaragd-gebirge
Girinagari
Sagaragriha
Srava
Nilaka
Margaka
Aranyapur
Uksha-giri
Aranyanadi
Harit
Welten-baum

Zwanzigstes Kapitel

Der Palast des Maharajas von Ravinagari im zentralen Makhura

Als die Winterseherin erwähnt hatte, dass sie in Makhura im bescheidenen Heim eines alten Freundes unterkommen würden, hatte Elyami sich auf ein wenig Erholung gefreut. Die Steinhäuser der Menschen bargen inzwischen keinen Schrecken mehr für sie. Als sich dann jedoch herausgestellt hatte, dass es sich bei diesem alten Freund um den Maharaja der Sonnenstadt Ravinagari handelte, war Elyami doch wieder mulmig geworden.

»Bescheidenes Heim?«, hatte Galdra ungläubig gefragt, während ihre Fledernatter sich zwei Tage nach ihrer Trennung von Elyamur und Gorin auf die vergoldeten Kuppeln des Palastes hatte herabsinken lassen.

»Ich habe nur seine Worte zitiert«, hatte die Winterseherin trocken geantwortet. »Der Maharaja ist ein ehrenvoller Mann. Ich habe meinem Freund einmal bei einem wichtigen Familienproblem geholfen«, hatte sie erklärt. »Darum wird er uns gewiss dabei unterstützen, den Weltenbaum mit der Erdenquelle in den Dschungeln zu lokalisieren. Er ist nicht unerfahren in der Zauberkunst und kennt sich aus in Makhura.«

Die Reisenden waren mit allen Ehren willkommen geheißen worden: Man hatte Elyami in einem bunt gekachelten Saal gebadet, mit Duftölen gesalbt, in Hofgewänder aus grüner Seide gekleidet und mit süßen Früchten bewirtet. Zunächst war ihr das gar nicht recht gewesen. Das alles hatte sie zu sehr an die dekadente Üppigkeit des Gespaltenen Turmes erinnert. Doch statt Zwang und Herablassung begegnete sie hier überall einer

Verbeugung und einem zurückhaltenden Lächeln, sodass sie sich darauf eingelassen hatte. Dem Schimpfen nach zu urteilen, das aus dem Baderaum nebenan gekommen war, fiel Galdra das nicht ganz so leicht.

Schließlich waren sie vom Maharaja persönlich begrüßt worden, einem korpulenten Mann in sonnengelben Gewändern. Die kleinen Augen über seinem Schnauzbart funkelten schalkhaft. Er hatte sich sofort mit der Winterseherin in die Bibliothek seines Palastes zurückgezogen. Die silberbeschlagenen Türen der Bibliothek hatten sich hinter ihnen geschlossen. Seither waren ein Tag und eine Nacht vergangen, und sie hatten sich noch nicht wieder sehen lassen.

Ein alter Hofmeister hatte sich um Elyami und Galdra gekümmert, sie durch das Labyrinth des Palastes und seine Gärten geführt und nach ihren Wünschen gefragt, bis Elyami völlig trunken von Eindrücken auf die Seidenlaken ihres Gästezimmers gefallen war.

Alles hier war weich, sauber und fein duftend. Und doch schlief sie in der Nacht unruhig.

Als die ersten Strahlen der Morgensonne über Ravinagari schienen, setzte sich Elyami mit überschlagenen Beinen auf ihr Bett und löste ihren Schläfenzopf. Sorgfältig drapierte sie die kleinen Schätze, die darin eingebunden waren, auf der Decke. Eine trockene Kornähre, die sie einst in Swertengund gepflückt hatte, tauschte sie gegen eine rosafarbene Blüte aus dem Palastgarten des Maharajas aus. Dann flocht sie ihren Zopf neu und band dabei nach und nach ihre Fundstücke wieder ein: ein Dorn aus der Phönixsteppe, die goldene Schuppe einer Drachenkröte, eine geschnitzte Haarnadel aus dem Maskenviertel von Swertenburg …

Als ein kleiner weiß schimmernder Gesteinssplitter in ihre Hände fiel, hielt sie nachdenklich inne. Er stammte aus dem Schloss der Träumenden Königin im fernen Liráya. Sorgfältig band sie auch ihn in den Zopf.

Nachdem sie alles gerichtet hatte, sprang sie von ihrem Kissenlager und schulterte die Hülle mit ihrer Inyura. Dann trat sie an das Fenster, schob die kunstvoll geschnitzten Holzblenden beiseite und kletterte hinaus.

Die Fassade des Palastes war mit Prozessionen von steinernen Tänzerinnen im Halbrelief übersät – hübsch anzusehen und zum Klettern äußerst nützlich. Elyami schwang sich auf einen der zahlreichen kuppelgekrönten Erker, die überall die Giebel der Palastgebäude zierten, und nahm rittlings darauf Platz. Sie packte ihre Inyura aus, setzte den Bogen an und atmete die Melodien der Sonnenstadt Ravinagari ein, die unter ihr erwachte.

Der Palast des Maharajas thronte auf einer roten Klippe über dem Fluss Jyuti, an dessen Ufern sich die Stadt erstreckte. Elyami blickte auf ein Meer von scheinbar planlos dahingegossenen Lehmgebäuden, zwischen denen sich verzweigte Gassen und Märkte öffneten. Fast glaubte sie, das Gewirr der Stimmen bis hier herauf zu hören und die fremden Gewürze der zahlreichen Kochstellen zu riechen. Etwas abseits lagen die weißen Häuser der Reichen und Edlen, von Gärten umgeben und durch hohe Mauern beschirmt, jedes eine bescheidene Miniatur des Palastes. Unten am Fluss wurden gerade Stoffballen auf Barken verladen, das Prunkschiff des Maharajas lag stolz an seinem Kai. Bunt getünchte Türme ragten aus dem Meer der Häuser auf und zeigten, wo die Tempel der vielgestaltigen Götter Makhuras lagen. Weiter hinten konnte Elyami die Stadtmauern erkennen, die mit gelb glasierten Kacheln überzogen waren. Dann folgte ein Gürtel aus Feldern und schließlich, in der Ferne, dunkelgrüne Hügel, bewachsen von dem allgegenwärtigen Urwald, der den größten Teil der makhurischen Halbinsel bedeckte.

Irgendwo dort draußen lag der Weltenbaum, das Ziel ihrer Reise. Der Gedanke streifte Elyami nur kurz und wurde gleich wieder vom Wind davongetragen. Sie war hier oben, um frei zu sein und die Melodien des fremden Landes in sich aufzunehmen. Um nach Wochen der gehetzten Abenteuer, voller Visionen, um die sie nicht gebeten hatte, einfach nur zu atmen, ganz bei sich zu sein, ohne jeden Auftrag.

Elyami warf ihren frisch gebundenen Schläfenzopf zurück, schloss die Augen und ließ ihren Bogen sanft über die Saiten streichen. Sie improvisierte einige leise, selbstvergessene Motive aus der Melodie von Ravinagari. Eine junge Elbin, die den Tag begrüßte, nicht mehr und nicht weniger.

Als sie die Augen wieder aufschlug, sah sie, wie sich ihr ein Höfling des Maharajas über die Palastdächer näherte. Er trug rot-goldene Seidengewänder mit einer breiten Schärpe. Hellgraues Fell bedeckte seine nackten Arme wie auch den ganzen Körper. Sein schwarzes Gesicht war von einem Kranz aus schneeweißem Pelz umgeben, in seinem Gürtel steckten zwei juwelenbesetzte Kurzschwerter. Er hielt mit einem langen grauen Schwanz die Balance, während er geschickt von Kuppel zu Kuppel sprang.

Der Höfling war ein Bandari, ein Affenblütiger. Eines der zahlreichen Völker, die neben den Südland-Menschen die Städte Makhuras bewohnten. Elyami hatte schon gestern bemerkt, dass die Palastgarde ausschließlich aus den grau bepelzten Kriegern bestand. Staunend hatte sie zusammen mit Galdra das Schwertspiel der Wachen auf dem Ehrenhof bewundert. Sie wussten ihre Klingen mit Händen und Greiffüßen gleichermaßen zu führen und wirbelten bis zu vier Säbel zugleich herum, während sie sich mit dem Schwanz irgendwo festklammerten.

»Dame Elyami«, keuchte der Höfling in der Hochsprache, als er sich auf den Kuppelerker neben Elyami schwang. Seine Aussprache war tadellos. Der Hofmeister hatte erwähnt, dass die Bandari neben der Kriegskunst für ihre Gelehrsamkeit bekannt waren. »Dame Elyami. Die Seherin des Winters erbittet Eure Anwesenheit in der Bibliothek des sonnengleichen Herrschers.« Er brachte es fertig, auf der Kuppel balancierend eine elegante Verbeugung zu vollführen.

Elyami fühlte sich plötzlich an einen anderen Morgen in einem anderen Leben erinnert. Wie sie vor dem Fechtunterricht auf eine Ulme geflohen war, um sich in das Lied der Wälder einzufühlen, geborgen und ganz bei sich. Bis ihr Bruder erschienen war, um die Ankunft der Winterseherin zu verkünden. Damals hatte sie sich gesträubt, hatte Elyamur sogar vom Baum geschubst. Etwas in ihr drängte sie dazu, es mit dem Höfling genauso zu machen und einfach weiterzuspielen.

Doch sie war nicht mehr die Elyami von damals. Und dies war nicht Liráya, es war ein fremdes Land mit fremden Liedern, viele Hundert Meilen entfernt.

»Ich komme«, seufzte sie und packte ihre Inyura ein, während der Bandari höflich wartete. Dann runzelte sie die Stirn. »Wie habt Ihr mich hier eigentlich gefunden? Hat mich die Winterseherin verraten?«

Der Bandari lächelte bescheiden. »Sie hat lediglich nach Euch geschickt. Meine Brüder und ich wachen über alles, was im Palast geschieht, Dame Elyami, auch über Eure Person.«

»Wie wunderbar«, brummte Elyami ernüchtert. Ihr Gefühl der rebellischen Freiheit hatte sich soeben in nichts aufgelöst. Sie folgte dem Höfling, der sie zu einer kleinen Dachterrasse und über eine Treppe ins Innere des Palastes geleitete. Ein rundes Dutzend Gänge und Säle später standen sie vor den Türen der Bibliothek. Zwei Bandari-Wachen öffneten sie schwungvoll und ließen sie hinter Elyami wieder zugleiten.

Die Winterseherin erwartete sie an einem Tisch, der von Landkarten bedeckt war. An den Wänden zogen sich Gestelle entlang, in denen zahllose, seltsam schmale Bücher lagerten. Sie bestanden aus getrockneten Palmblättern, hoch aufgeschichtet zwischen hölzernen Deckeln.

Galdra war bereits hier und hatte es sich auf einem Hocker am Kartentisch bequem gemacht. Sie weigerte sich offenbar noch immer, ihre Reisekleidung gegen höfische Roben einzutauschen.

»Gut, dass du endlich kommst«, brummte sie, als Elyami an den Tisch herantrat.

»Was gibt es denn?«, fragte die Elbin, ohne auf Galdras ungeduldigen Unterton einzugehen.

Die Winterseherin deutete auf die größte Landkarte, die auf

der Mitte des Tisches ausgebreitet lag. Sie bildete die makhurische Halbinsel in ihrer Gänze ab. Die Grenzen der rund zwanzig unabhängigen Fürstentümer, aus denen sich das Land wie eine Flickendecke zusammensetzte, waren als gepunktete Linien dargestellt. Im Norden hatte man nachträglich einen dicken roten Strich quer über die Karte gezogen. Er trennte jene vier Reiche vom Rest Makhuras, die inzwischen an die Kettenlande gefallen waren, darunter auch das Hochland der Silbersichel.

Viel interessanter war jedoch ein bläulicher Kreis, dessen Tinte noch nass schimmerte. Er umschloss ein Gebiet nahe bei den Smaragdbergen, die das Rückgrat der Halbinsel bildeten.

»Ich habe mithilfe meines Freundes und seiner Bibliothekare die makhurischen Berichte über den Weltenbaum durchforstet«, erklärte die Winterseherin. »Und wir konnten den Ort, wo der Baum zu finden ist, auf das Gebiet eingrenzen, das hier eingezeichnet ist. Für weitere Studien reicht die Zeit nicht aus, doch vermutlich genügt das auch schon.«

Sie griff nach einer Schale aus poliertem Edelholz, die neben der Karte auf dem Tisch stand, und reichte sie Elyami.

»Dieser Gegenstand wurde im Königreich Aranyakam hergestellt, vermutlich innerhalb des besagten Gebiets«, fuhr sie geschäftsmäßig fort. »Fokussiere dich auf ihn, wie wir es geübt haben, und setze deine Gabe so wie in Kyklopia ein, Elyami. Dann wirst du hoffentlich erspüren, wo wir die Quelle finden.«

Elyami antwortete nicht und betrachtete nachdenklich die Schüssel, die einfach, aber überaus elegant gearbeitet war. »Dann bin ich wohl der Ersatz für unseren verlorenen Talisman«, sagte sie und dachte an die flüchtige Freiheit auf dem Kuppeldach. »Ich werde es versuchen, Odrana.«

Die Winterseherin verzog das Gesicht. »Musst du mich immer so nennen, Elyami?«, fragte sie unleidlich.

»Das ist Euer Name«, erwiderte die Grünsängerin.

»Ich verwende ihn schon lange nicht mehr.«

»Aber seid Ihr denn nicht mehr dieselbe?«, setzte Elyami trotzig nach.

»Du hast in deinen Visionen Dinge gesehen, die lange her sind«, knurrte die Winterseherin mit einem verärgerten Stirnrunzeln.

»Und doch bestimmen sie, wer Ihr seid und was Ihr tut«, erwiderte Elyami. »So wie Ihr bestimmt habt, wer ich bin und was ich tue. Ich und Elyamur.«

Die Winterseherin holte scharf Luft. Ehe sie etwas sagen konnte, brummte Galdra: »Ich erinnere mich dunkel, dass wir nicht viel Zeit haben. Wollt ihr mit eurer Seherei heute noch anfangen?«

Elyami griff sich einen Stuhl und schob ihn so zurecht, dass sie hinter einem Regal ungestört war. Dann setzte sie sich, presste die Holzschale mit beiden Armen an sich und schloss die Augen. Sie atmete tief und gleichmäßig, machte ihren Kopf frei, als wollte sie einen Grüngesang weben. Stattdessen verband sie sich mit der Schale und tastete zugleich nach jener Schatzkammer ihrer Seele, in der die Essenz des Wassers verborgen war. Sie öffnete den Damm und ließ die Flut der Bilder herausfließen. Sanft und allmählich. Die Unterweisungen der Winterseherin waren gut. Trotzdem hatte Elyami für einen Moment das Gefühl, von einem machtvollen Strom davongetragen zu werden, als sich ihre Gabe entfaltete.

Sie sah Männer mit schweißnassem Oberkörper, die in einem immergrünen Wald Holz schlugen. Dann einen alten, gebeugten Handwerker im gedämpften Licht einer Werkstatt voller schwirrender Fliegen. Sorgfältig formten seine Finger die Wölbung einer hölzernen Schale heraus. Der Hofmeister des Rajas von Aranyakam kaufte sie nach einem anerkennenden Blick und vergaß sie gleich wieder. Gefüllt mit Konfekt gelangte sie bei irgendeinem fürstlichen Anlass an den Hof von Ravinagari, zusammen mit Dutzenden von anderen unbeachteten Geschenken.

Elyami fokussierte sich, um dem Fluss der Bilder eine andere Richtung zu geben. Sanft, aber energisch. Es ging nicht um die Schale. Es ging um ihre Heimat. Sie sah bewaldete Berghänge vor sich, so grün bewachsen, dass sie wie smaragdene Pyramiden aufragten. Nebelschwaden hingen über geheimnisvollen Tälern. Bunte Vögel tanzten über den Wipfeln und jagten Schmetterlinge, groß wie Trollhände. Ein einzelner Baum durchstieß das Blätterdach und ragte stolz den Bergen entgegen, eine mahagonifarbene Himmelssäule. Dann war da plötzlich ein anderes Bild. Eine Art Bulle mit buckligem Nacken, der trotzig die Hörner hob. Er verschwand so schnell, wie er erschienen war. Die Flut der Bilder verebbte und ließ pochende Kopfschmerzen hinter Elyamis Stirn zurück. Sie schlug die Augen auf.

Elyami saß noch immer in der Bibliothek des Maharajas, umgeben von hohen Bücherregalen. Staub schwebte im Sonnenlicht, das durch ein hohes Bogenfenster fiel. Sie hatte keine Vorstellung, wie viel Zeit vergangen war. Manchmal zuckte eine Vision nur für wenige Herzschläge hinter ihren Lidern auf, bei anderen Gelegenheiten hatte sie feststellen müssen, dass in der Außenwelt Stunden vergangen waren, während sie innerlich nur Augenblicke erlebt zu haben glaubte. Elyami ging zurück zum Kartentisch.

Galdra hockte noch immer dort, das behaarte Kinn auf die Hand gestützt, und verfolgte gelangweilt die Linien auf der Karte von Makhura. Die Winterseherin war fort.

»Wo ist sie hin?«, fragte Elyami irritiert und setzte sich ebenfalls an den Tisch. Galdra schaute auf.

»Eben war sie noch da«, erklärte die Zwergin. »Dann hat sie selber eine Vision ereilt oder etwas in der Art. Jedenfalls hat sie sich zurückgezogen.«

»Nein. Keine Vision«, sprach die Winterseherin, die durch einen Perlenvorhang aus einem Nebengemach der Bibliothek kam. »Ein Hilferuf.«

Sie trat an den Tisch heran. Elyami schob ihr einen Hocker hin, doch die Alte winkte unwirsch ab. »Unsere Freundin Jha Rudra hat ihren Schwanentalisman verwendet, um Kontakt mit mir aufzunehmen«, sagte sie. »Sie hat Malyún inzwischen fast erreicht. Doch ein Expeditionsheer des Kettenfürsten hält das

Kloster besetzt, sodass sie nicht zum heiligen Silberwebstuhl durchdringen kann.«

»Wäre ja auch zu viel verlangt, wenn mal etwas funktionieren würde, wie es soll«, knurrte Galdra.

»Das Kettenheer wird von Vylami angeführt, der Kriegszauberin, deren Bekanntschaft wir schon machen durften«, fuhr die Winterseherin fort. »Sie gebietet über Scharen von Untoten und Dämonen der Unterwelt. Die Macht des Kettenfürsten wächst, seit Nidhanas tot ist. Ohne magische Unterstützung wird es Jha Rudras Streitmacht nicht gelingen, Malyún zu befreien.«

»Jha Rudra hat eine Streitmacht?«, fragte Elyami verdattert.

»Jetzt offenbar schon«, erwiderte die Seherin. »Ich muss so schnell wie möglich aufbrechen, um ihr beizustehen. Die Essenz der vier Elemente nützt uns nichts, wenn wir den Vierzack nicht am Webstuhl im Namen der kosmischen Ordnung weihen können. Hast du etwas herausgefunden, was uns weiterhilft?«

Elyami zuckte hilflos mit den Schultern, während sie die Neuigkeiten zu verdauen versuchte.

»Ich habe gesehen, wie diese Holzschale gemacht wurde«, sagte sie. »Und den Wald, aus dem ihr Holz stammt. Dort war ein gewaltiger Baum, höher als alle anderen. Das muss unser Ziel sein. Aber ich wüsste nicht, woran man diese Gegend erkennen könnte.«

»Sonst nichts?«, fragte die Winterseherin müde.

»Nur etwas, das ich nicht verstehe«, entgegnete Elyami. »Ein Rind, wie die Leute sie hier in Makhura halten. *Wasserbüffel* sagen die Menschen wohl dazu.«

»Ukshagiri!«, rief die Winterseherin und beugte sich über die Karte.

»Wie?«, fragten Galdra und Elyami fast gleichzeitig.

»Ukshagiri«, wiederholte die Alte. »Der Berg der Wasserbüffel. Hier, in den Vorhügeln der Smaragdberge.«

Sie zeigte auf einen Punkt der Karte, der mitten in dem blauen Tintenkreis lag. »In den bewaldeten Tälern um den Ukshagiri werdet ihr den Weltenbaum finden. Ich mache mich noch heute auf den Weg, um Jha Rudra zu helfen. Vorher sorge ich dafür, dass der Maharaja euch alles für den Weg zum Weltenbaum zur Verfügung stellt, am besten auch einen Führer. Heute Abend werdet ihr noch mit ihm essen und seinen lustigen Geschichten über misslungene Beschwörungen lauschen müssen. Morgen brecht ihr dann in aller Frühe auf. Es ist nur ein knapper Flugtag von hier. Ich bin mir sicher, dass ihr Erfolg haben werdet – wenn ihr zusammenarbeitet. Wir sehen uns dann am Webstuhl von Malyún, sobald ihr die Essenz der Erde geborgen habt.«

Sie wandte sich vom Kartentisch ab. Elyami stand auf und hielt sie am Arm zurück.

»Odrana?«, fragte sie mit zögerlicher Entschlossenheit.

Die Winterseherin drehte sich unwillig um. »Was ist denn noch?«

»Was hat es mit diesem geraubten Orakelspruch auf sich?« Während der letzten Tage hatte Elyami die Sache in Gedanken hin und her gewälzt. Jetzt, da die Winterseherin fast wieder fort war, musste sie einfach noch einmal nachhaken!

Die Winterseherin verzog das Gesicht. »Wir reden auf Malyún darüber«, sagte sie und rauschte aus der Bibliothek.

»Du hast nicht wirklich eine Antwort erwartet, oder?«, brummte Galdra und schob ihren Hocker zurück. Elyami schaute stumm auf die Türen, die sich hinter der Seherin geschlossen hatten. Galdra trat an sie heran.

»Weißt du, Elyami«, sagte die Zwergin, »am Anfang habe ich dich und deinen Bruder beneidet. Ich war regelrecht wütend darüber, dass sich die Winterseherin um euch gekümmert hat, als ihr Kinder wart. Gorin und ich standen mit dem Wissen um unsere Aufgabe mehr oder weniger allein da.« Sie zwirbelte sich nachdenklich die Bartzöpfchen. »Das sehe ich mittlerweile anders. Die ewigen Nicht-Antworten hätten mich so aufgeregt, dass ich wahrscheinlich alles hingeschmissen hätte.«

Galdra stupste Elyami freundschaftlich an, was immer noch ein veritabler Stoß war. Trotz ihrer schmerzenden Rippen musste Elyami lächeln.

Den Rest des Tages verbrachten sie damit, sich vom Hofmeister durch Waffenkammern und Lagerräume führen zu lassen, um die Ausrüstung für ihre Expedition zum Weltenbaum zusammenzustellen. Nur mit Mühe konnten sie den Maharaja davon abhalten, eine standesgemäße Reisekarawane mit Gefolge für sie zu organisieren, die Wochen bis zum Ziel gebraucht hätte. Widerwillig ließ sich der alte Freund der Winterseherin davon überzeugen, ihnen lediglich einen Führer mitzugeben, der in den Dschungeln von Makhura zu überleben verstand. Im Gegenzug bestand er darauf, sie vor ihrem Aufbruch zumindest großzügig zu bewirten. Sie hatten keine andere Wahl als anzunehmen.

So fand sich Elyami am späten Nachmittag auf ihrem Zimmer wieder, ausgestreckt zwischen üppigen Kissen. Ein golddurchwirktes Seidenkleid, das sie an der Festtafel des Maharajas tragen sollte, hing schon für sie bereit. Im Badesaal warteten Dienerinnen darauf, sie zurechtzumachen. Doch Elyami hatte keine Lust auf noch mehr Duftöl und Wangenrot. Sie brauchte ein wenig Zeit für sich. Nachdenklich schaute sie an die weiße Zimmerdecke, über die irgendein grellgrünes Insekt krabbelte. Dann setzte sie sich in den Schneidersitz und schloss die Augen. Die Sache ließ ihr keine Ruhe. Wenn die Winterseherin ihr keine Antworten gab, würde sie selber Nachforschungen vornehmen.

Diesmal fiel es ihr nicht leicht, wieder in den Fluss der Bilder zu finden. Sie hatte ihre Gabe heute schon einmal bemüht, und es war anstrengend, den Strom in eine bestimmte Richtung zu kanalisieren. Doch Elyami blieb hartnäckig.

Schon bald sah sie eine Stadt vor sich.

Sie lag inmitten von dichten Wäldern, deren Wuchern nur mühsam von einer schwarzen schmucklosen Mauer aufgehalten wurde. Auch die Häuser im Inneren der Mauer waren schwarz, errichtet aus dunkel glänzendem Edelholz. Jedes ihrer zahlreichen, von kleinen Zwischendächern gestaffelten Stockwerke war reich beschnitzt mit Dämonenfratzen und Totenschädeln.

Schwaden von süßlichem Räucherwerk krochen wie Nebel durch die Gassen. Gelegentlich durchbrach der dicke Leib eines roten Lampions ihren Dunst. Von irgendwoher ertönte der Gesang vieler leiernder Stimmen. Elyami schaute auf Bhutapur, die Hauptstadt der Geister-Mogule von Vetaladesha, dem Reich der lebenden Schatten.

Ihr Blick fokussierte sich auf ein mächtiges Gebäude, dessen Fassade von geheimnisvollen Symbolen übersät war. Die Schweigende Bibliothek von Bhutapur. In einer kleinen Studierstube im Dachgeschoss saß eine Gestalt an einem Lesepult und war in ein Buch vertieft. Es war in ein merkwürdiges grünschuppiges Leder eingebunden, wie es Elyami noch nie zuvor gesehen hatte. Scharfkantige Schriftzeichen krochen rastlos über seine Seiten und schienen sich dabei beständig zu verändern.

Elyami erkannte die Gestalt. Odrana, die Saphiräugige. Sie hatte ihr blondes Haar mit Silbernadeln hochgesteckt und trug schlichte graue Gewänder. Beim Lesen machte sie verbissen Notizen auf einem Bogen Pergament, der mit Diagrammen und Zauberglyphen bedeckt war. Daneben lagen weitere Bögen dieser Art, auf einem Beistelltisch stapelten sich Bücher, Schriftrollen und selbst gravierte Steintafeln. Es klopfte schwer an der Tür der Studierstube.

»Jetzt nicht!«, knurrte Odrana, ohne aufzublicken. Der Türgriff klapperte, doch die Tür blieb geschlossen.

»Aufmachen, im Namen des Kettenfürsten!«

Das Klopfen wiederholte sich, wuchtig und ungeduldig.

»Ich wünsche nicht gestört zu werden!«, rief die Zauberin grimmig. »Und ich trage das Siegel der Geister-Mogule. Wer die Ruhe der Schweigenden Bibliothek verletzt, hat sich vor ihnen zu verantworten.«

Mit einem splitternden Krachen flog die Tür in den Raum. Drei Orks drängten sich in die Studierstube. Sie trugen schwarz-silbern lackierte Rüstungen mit dem Zeichen eines Vollmonds, der grinsend spitze Fangzähne zeigte – Krieger des Nachtgreifer-Clans.

»Wir sind Gefolgsleute des Kettenfürsten!«, keifte ein hagerer Ork, dessen Schädel bis auf einen langen Zopf kahl rasiert war. »Wer sich gegen uns stellt, stellt sich gegen ihn, Menschenweib!«

Odrana erhob sich gelassen von ihrem Pult. »Und über diese Bibliothek gebieten die Geister-Mogule von Vetaladesha«, sagte sie ruhig. »Wenn du mir Ärger machst, machen sie dir Ärger, Kettenknecht.«

»Genug!«, bellte der Ork. »Schnappt euch die Bücher und dann raus hier!« Weitere Krieger drängten in den Raum. Odrana ging hochaufgerichtet um das Pult herum, während die Orks ihre Knochensäbel zogen.

»Meutenführer Ogdhai! Haltet Euch zurück!«, rief eine tiefe Stimme von draußen. Die Orks senkten widerwillig ihre Waffen und wichen zur Seite. Eine massige Gestalt duckte sich durch die Türöffnung. Es war ein Zentaur mit dem Unterleib eines gescheckten Pferdes. Über seinen menschlichen Oberkörper fiel ein schwarzer Lockenbart, der von grauen Strähnen durchsetzt war. Er trug die roten Roben eines Elementaristen, die wie eine Decke über seinen Pferdeleib gebreitet waren.

»Lasst uns allein«, befahl der Zentaur dem Ork-Anführer. Knurrend zogen sich die Orks zurück, wobei der Meutenführer Odrana einen giftigen Blick zuwarf. Sie bemerkte ihn gar nicht.

»Kaltos«, sagte sie in einem Tonfall, der in kalter Förmlichkeit geradezu ertrank.

»Odrana«, erwiderte der Zentaur und nickte ihr ernst zu. »Ich hatte nicht erwartet, dich an diesem Ort anzutreffen.«

»Studien«, antwortete die Zauberin vage.

»So dringende Studien, dass du dich um die Gunst der Geister-Mogule bemüht hast?«, fragte Kaltos mit einer gehobenen Augenbraue. »Welche Dienste musstest du ihnen dafür leisten?«

»Und welche Dienste leistest du neuerdings dem Kettenfürsten, Kaltos?«, fragte Odrana zurück.

Der Zentaur scharrte unbehaglich mit dem Vorderhuf. »Dáman ist dabei, seine eigene Zauberschule aufzubauen«, sagte er. »Es wird ein Zentrum des magischen Lernens werden, wie es die Welt noch nicht gesehen hat. Dafür lässt er seltene Schriften und machtvolle Zauberbücher aus allen Reichen zusammentragen. Ich werde zu den Vorstehern dieser Schule gehören und bin nach Bhutapur gekommen, um die passenden Bücher auszuwählen. Die Geister-Mogule haben unlängst ein Bündnis mit dem Kettenfürsten geschlossen, das ihm freien Zugriff auf die Schweigende Bibliothek gewährt.«

»Verstehe«, erwiderte Odrana. »Die Herren von Vetaladesha haben erkannt, dass Dáman der neue Fürst der Unterwelt ist, und biedern sich an, um an seiner Macht teilzuhaben. Immerhin zeigt er sich seinen treuen Gefolgsleuten gegenüber sehr großzügig, nicht wahr?«

Der Zentaur schnaubte verletzt. »Du stehst Dáman doch auch zur Seite«, sagte er. »Immerhin bist du seine vertrauteste Ratgeberin, seine Gefolgsleute buhlen um deine Gunst. Eigentlich hatte ich dich am Rostroten Thron erwartet. Stattdessen bist du hier und erforschst verbotene Schriften. Was für ein Spiel spielst du, Odrana?«

»Das ist kein Spiel, Kaltos«, sagte Odrana bitter. »Wir sind keine Zauberschüler mehr, die sich um den besten Abschluss streiten. Dáman konzentriert all seine Energie darauf, die Welt in Ketten zu zwingen. Wie ich sehe, dienen ihm nun auch die Nachtgreifer-Orks. Bald wird es ganz Komashtu sein. Im Norden von Makhura sind bereits erste Städte niedergebrannt, die es wagten, sich ihm zu widersetzen.« Sie seufzte tief. »Seine Machtgier macht Dáman blind für die Aufgaben, die er als Herr des Rostroten Throns zu tragen hat. Wenn er sich nicht bald auf seine Pflichten besinnt, muss ich ihn aufhalten. Wie kannst du ihn in seinem Größenwahn unterstützen?«

»Es wird eine neue Ordnung geben«, antwortete Kaltos, »ob es uns gefällt oder nicht. Weil Dáman es so will und die Macht dazu hat. Das kann ich nicht ignorieren. Ich werde diese neue Ordnung mitgestalten und dafür Sorge tragen, dass etwas Gutes dabei herauskommt. Mir gefällt auch nicht, wie manche der machtgierigen Schlächter in seinen Diensten wüten. Aber das wird vorbeigehen. Ich verhindere das Schlimmste. Nicht anders, als du es auch tust, Odrana. Du bannst all jene Dämonen und Untoten, die der Unterwelt entkommen, und erinnerst Dáman an die Pflichten, die mit dem Rostroten Thron verbunden sind. Ich halte seine Orks und sonstigen Gefolgsleute im Zaum und sorge außerdem dafür, dass ein unvergleichliches Zentrum des Lernens entsteht.«

»Das ist doch naiv!«, schnaubte Odrana. »Ich weiß, wie Dáman zu dem geworden ist, der er nun ist. Er kennt keine Mäßigung und kein Gesetz außer seinem eigenen Willen. Er ist zerfressen von krankhaftem Ehrgeiz und … anderen Beweggründen. Dabei stürzt er sich letztlich selbst ins Verderben – und mit sich die ganze Welt.«

»Und du forschst an einer Möglichkeit, das zu verhindern?«, fragte Kaltos und näherte sich dem Lesepult. Odrana räumte hastig ihre Aufzeichnungen zur Seite.

»Ich forsche daran, wie ich ihn und seine neue Ordnung stürzen kann, sollte dies notwendig werden!«, entgegnete sie. Kaltos räusperte sich und zog eine Liste aus einer Tasche seiner Robe hervor.

»Wenn ich mir deine Bücher hier so ansehe, scheinst du dafür ziemlich alte Magie zu benötigen«, sagte er. »*Die Zauberrunen der Nephilim*, *Das Gewebe der Schicksalsfäden*, *Geheimnisse von Gruun*, *Die Legende von Zûn, der auf der Schwelle wandert* … Dieser Name kommt ziemlich oft vor. War das ein Mentalist der Nephilim?«

»Ein Seher«, sagte Odrana kurz angebunden. Kaltos schaute sie fragend an.

»Er hat einen Weg gefunden, die Schicksalsfäden mit machtvollen Zaubern nach seinem Willen zu weben«, ergänzte Odrana widerwillig. »Seine Schriften sind nahezu verschollen, doch nichts geht jemals ganz verloren. Man muss nur tief genug danach graben.«

Der Zentaur pfiff durch die Zähne. »Ich hoffe du weißt, was du tust«, sagte er. »Aber wie dem auch sei. Ich kann dir nur raten, dich nicht offen gegen Dáman zu stellen. Ich habe kein Interesse daran, eine alte Freundin zu verlieren.«

»Ich fürchte, das ist schon geschehen, Kaltos. Du treibst die Machtfantasien des Kettenfürsten für einen Posten an seiner Zauberschule voran …«, erwiderte Odrana leise. Der Zentaur schwieg für einen Moment.

»Fast alle Bücher, die du verwendest, stehen auf meiner Liste für Dámans Bibliothek«, setzte er schließlich wieder an.

»Gib mir noch drei Tage und Nächte«, sagte Odrana. Es klang nicht wirklich wie eine Bitte.

»Drei Tage«, nickte Kaltos. »Bis dahin werde ich zunächst die anderen Abteilungen durchforsten lassen. Und Dáman muss natürlich nicht unbedingt wissen, dass wir hier miteinander gesprochen haben.«

»Danke«, entgegnete Odrana schlicht.

»Nun gut. Ich habe noch zu tun«, brummte der Zentaur und wandte sich ab.

»Kaltos!«, rief ihm die Zauberin nach. Er wandte sich zu ihr um. »Du wirst deine Meinung noch ändern«, sagte sie. »Vielleicht nicht heute oder morgen. Aber wenn Dáman seine Eroberungskriege fortführt, werden irgendwann bei der Ausbreitung der Kettenlande auch Zentauren sterben und andere, die dir lieb sind. Dann wird dir klar werden, was es wirklich heißt, dem Kettenfürsten zu dienen.«

»Mir scheint, du bist auch unter die Seher gegangen, Odrana«, sagte Kaltos unbehaglich.

»Unsinn«, brummte Odrana und wandte sich wieder ihrem Buch zu. Kaltos seufzte tief.

»Sollte es wirklich jemals so schlimm kommen, wie du befürchtest«, sagte er leise, »dann werde auch ich das Notwendige tun. Auf meine Weise.« Er trabte aus der Studierstube.

Odrana ignorierte den Umstand, dass die Tür nun nutzlos im Raum herumlag, und stürzte sich wieder in ihre Studien. Sie blätterte eilig durch das Buch auf dem Pult und schlug eine Doppelseite mit einer Landkarte auf, die offenbar eine Inselgruppe zeigte. Odrana begann, die Karte abzuzeichnen, und übersetzte dabei ihre Beschriftungen. Neben eine Ruinenstadt, die auf einer der Inseln abgebildet war, schrieb sie das Wort »Himmelstreppe«.

Die Vision verblasste.

»Dame Elyami! Es ist nun wirklich an der Zeit für die Waschungen …«

Jemand klopfte an die Tür des Gästezimmers.

Benommen erhob sich Elyami von ihrem Lager. Das Festbankett beim Maharaja stand ihr bevor. Und sie hatte über vieles nachzudenken.

Kta Lun
Ri
Abend~
berge
Resha~
varien
Hohe
Stadt
Himmels~
Kaiser
Graves Meer

Einundzwanzigstes Kapitel

Über der Nordküste des Grauen Meeres auf den Schwingen des Windes

Gorin und Elyamur flogen zügig voran, an der hafenlosen Nordküste des Grauen Meeres entlang. Zur Linken zog die Wildnis von Reshavarien dahin, zur Rechten erstreckten sich die endlosen Wogen. Vor ihnen ragten weiße Gipfel in den Himmel, eine mächtige Bergkette, die die Welt zu zerteilen schien: die Abendberge, wo irgendwo die elementare Quelle der Luft auf sie wartete. Gorin versuchte, aus dem Anblick der Berge frische Hoffnung zu schöpfen. Doch sein Herz fühlte sich seltsam schwer an, seit sie in den Dunstkreis des Grauen Meeres eingeflogen waren.

Er hatte die blauen Wellen der Aquamarin-See gesehen und die melancholische Weite des Singenden Ozeans befahren. Das Wasser dieses Meeres aber war von solch einem tiefen Grau, wie er es sich nicht hätte vorstellen können. Es schien die Helligkeit des Sonnenlichts regelrecht zu verschlucken, sodass es hier stets trüb und diesig war. Als gäbe es an diesem Ort keine anderen Farben und als wäre die Vielgestaltigkeit der restlichen Welt nur eine hübsche Geschichte, an deren Wahrheit man hier nicht glauben konnte. Das Graue Meer trug seinen Namen zu Recht.

Man spürte, dass das tiefe, kalte Wasser Geheimnisse bedeckte, die nicht für sterbliche Augen bestimmt waren. Seine triste Farbe legte sich wie ein Schatten auf Gorins Gemüt und erfüllte ihn mit einer seltsamen Traurigkeit.

Elyamur schien es ähnlich zu gehen. Schweigsam saß der Grün-Elb auf dem vorderen Sitz des Flugsattels und war ganz auf den Weg vor ihnen konzentriert.

Fünf Tage waren sie schon unterwegs, seit sie sich in den Ruinen von Nakshatra von den anderen getrennt hatten. Sie hatten die endlosen Komashtu-Steppen überflogen und verborgen zwischen Felsen und ohne Feuer übernachtet, um die Späher der Orks nicht auf sich aufmerksam zu machen. Dann hatte ihr Weg weitergeführt in die Ödnis von Drumagdhu, dem Land der Bestien. Hier hatten sie am Abend Schutz gesucht in einem skelettierten Brustkorb, der so groß gewesen war wie eine Scheune der Menschen. In der Nacht war eine Horde kleiner, keckernder Kreaturen, die nur aus Fell und riesigen Säbelzähnen zu bestehen schienen, über sie hergefallen, um ihnen das Fleisch von den Knochen zu fressen. Doch Elyamur hatte die Säbelzahnschnapper mit einigen Händen voll Feuer vertrieben.

Am nächsten Tag dann hatten sie das Graue Meer erreicht und es im raschen Flug in nördlicher Richtung überquert. Die südliche Küste verbot sich als Reiseroute, weil sie sonst der verbotenen Hochebene Garhita zu nahe gekommen wären, wo der Kettenfürst seinen Rostroten Palast errichtet hatte. Sobald sie über dem Meer gewesen waren, hatte die niederdrückende Schwermut der grauen Wellen von Gorin Besitz ergriffen und ihn auch nicht losgelassen, als sie schließlich die Nordküste erreicht hatten, der sie seither gefolgt waren. Nach einer Übernachtung an den kahlen Hängen des Geistergebirges war die endlose reshavarische Wildnis aus Wäldern und Tundra an ihnen vorübergezogen, unberührt von Straßen und Wegen.

»Onkel Barudrin hat erzählt, dass niemand Reshavarien für sich beansprucht«, hatte Gorin erwähnt, um überhaupt mal wieder eine Stimme zu hören. »Nur kriegerische Stämme von Gestaltwandlern, die halb als Menschen und halb als wilde Tiere kämpfen. Weder der König von Wâgant im Westen noch der Kaiser von Kta Lun im Osten haben es bisher geschafft, ihr Reich nach Reshavarien auszudehnen.«

Elyamur hatte nicht viel dazu gesagt. Er war auch schweigsam geblieben, als sie ein weiteres Nachtlager mitten im reshavarischen Nirgendwo aufgeschlagen hatten, schon im Schatten der weißen Abendberge. In der Nacht hatte sie fernes Wolfsgeheul wachgehalten, das irritierenderweise von einer Trommel begleitet wurde.

Nun jedoch, während die Abendberge immer größer wurden und im Sonnenlicht funkelten, fühlte Gorin zögerlich aufkeimende Hoffnung in sich. Sie nahm immer mehr zu, je näher sie den Bergen kamen, und wandelte sich schließlich in Erleichterung, als sie sich landeinwärts wandten und das Meer hinter sich ließen, um in die Täler zwischen den Felsmassiven einzutauchen.

Kälte und wilde Windböen schlugen ihnen von den Hängen entgegen. Yà Syndri kämpfte sich auf den unberechenbaren Luftströmen voran. Das Auf und Ab war grauenhaft, und doch war Gorin dankbar, die bedrückende Weite des Grauen Meers endlich hinter sich zu lassen.

»Als wäre die Seele plötzlich wieder frei, nicht wahr?«, sagte Elyamur plötzlich.

»Ja, allerdings«, erwiderte Gorin überrascht. In den letzten Tagen hatten Elyamur und er nicht so recht ins Gespräch gefunden und beim Lagern oft verlegen geschwiegen. Doch Elyamur schien sich ähnlich erleichtert zu fühlen wie Gorin.

»Ist es wie Tokrond?«, fragte der Grün-Elb gegen den Flugwind an. »Diese Berge, meine ich.«

Gorin schaute sich um, während sie durch ein tief eingeschnittenes Tal glitten, vorbei an windgebeugten Kiefern.

»Die Abendberge sind mächtiger als die Gipfel von Tokrond«, erwiderte er. »Viele von ihnen sind über fünf Meilen hoch, die gewaltigsten sogar noch mehr. Aber das ist nicht der wirkliche Unterschied. Sie … fühlen sich einfach anders an. Anderes Gestein, andere Luft. Vermutlich auch andere Höhlen, wenn man ihre Tiefen erforschen könnte … Anders eben.« Er ordnete seine Bartzöpfe. »Zwerge sind nicht sehr gut darin, so etwas auszudrücken, fürchte ich.«

»Dafür hätte ich nicht abschätzen können, wie hoch die Berge sind«, sagte Elyamur. »Und ich verstehe, was du meinst. Ich bin auf unserer Reise durch keinen Wald gekommen, der sich auch nur annähernd wie Liráya angefühlt hätte.«

»Wirst du dorthin zurückkehren?«, fragte Gorin und musste an das Gespräch denken, das er vor einer gefühlten Ewigkeit mit Elyami auf der *Wogenreiter* geführt hatte. »Nach unserer Aufgabe, meine ich.«

»Ja!«, antwortete Elyamur sofort überzeugt. »Aber ich würde mich auch gerne noch länger in der Phönixsteppe umschauen«, fügte er etwas verschämt hinzu.

»Verstehe«, antwortete Gorin grinsend.

»Wartet auf dich jemand in Tokrond? Außer deiner Schwester, meine ich?«, setzte Elyamur rasch nach.

»Nein«, sagte Gorin, und sein Grinsen verblasste. »Onkel Barudrin ist tot, ermordet vom Kettenfürsten. Und sonst haben wir dort keine Verwandtschaft mehr, außer unseren Gildengeschwistern bei den Runenschmieden und Höhlengängern. Aber wir sind ja ohnehin verbannt und können nicht mehr zurückkehren.«

»Natürlich. Tut mir leid«, murmelte Elyamur kleinlaut. Für einen Moment war nur das Heulen des Flugwindes zu hören.

»Gorin«, setzte der Elb dann zögerlich an. »Wenn ich nicht wüsste, dass das für Eisenzwerge wohl kaum das Richtige ist, würde ich euch die Gastfreundschaft von Liráya anbieten. Sogar deiner Schwester. Schließlich seid ihr Reise- und Kampfgefährten. Ich hätte nie gedacht, dass ich das einmal zu Zwergen sagen würde …«

Gorin wusste nicht recht, was er antworten wollte. Der weite Kessel, zu dem sich das Tal plötzlich öffnete, entband ihn von dieser Verlegenheit. Ein gewaltiger, eisverkrusteter Bergkegel erhob sich direkt vor ihnen in der klaren Luft. Die umliegenden Gipfel mit ihren stolzen fünf oder sechs Meilen Höhe schienen nur dazu da zu sein, wie steinerne Diener vor diesem Kaiser der Berge demütig das gletscherbedeckte Haupt zu neigen.

»Der Himmelskaiser!«, rief Elyamur. »Wir erreichen ihn noch heute!«

Gorins Herz machte einen hoffnungsvollen Sprung. Es tat gut, ein Ziel vor Augen zu sehen! Dann wurde er wieder ernst.

»Ja«, erwiderte er. »Aber das wird nicht einfach. Bis zu den Gipfelregionen müssen wir sehr hoch aufsteigen.«

Da erfasste eine heftige Windböe die Fledernatter und schleuderte sie zur Seite. Gorin klammerte sich mit aller Kraft am Flugsattel fest und war froh, mit diversen Lederriemen gesichert zu sein. Elyamur zog verbissen an den Zügeln, und Yà Syndri warf sich herum, auf den Himmelskaiser zu. Die Flanken des Berges schienen sich immer breiter auszudehnen, bis sie bald den ganzen Himmel einnahmen. Immer wieder griffen gierige Winde nach den Reisenden, doch die Fledernatter preschte voran, auf den höchsten Berg der östlichen Lande zu.

Schon bald flogen sie direkt über seine felsigen Hänge. Elyamur war sorgfältig auf Abstand bedacht, damit sie nicht gegen eine Felswand geworfen wurden. Es ging über scharfe Grate hinweg und durch Klüfte, an steilen Bergflanken entlang und über Gletscherfelder. Die dichten Wolken der Gipfelregionen kamen immer näher, eine schimmernd weiße Krone, bestreut mit funkelndem Sonnenlicht.

Gorin legte gerade den Kopf in den Nacken, um zur Wolkenfront aufzublicken, als er einen metallischen Schrei durch die Luft hallen hörte. Er fuhr herum. Ein geflügeltes Wesen hatte sich von einem Felsvorsprung fallen lassen und näherte sich der Fledernatter mit kraftvollen Flügelschlägen. Es hatte den Körper eines Löwen mit goldglänzendem Fell, der vorne in den Kopf und die Schwingen eines riesigen, graubraun gefiederten Adlers überging. Auch die Vorderbeine waren lange, säbelartige Vogelklauen. Sie öffneten sich erwartungsvoll, als sich der Greif von hinten auf die Fledernatter stürzte.

»Vorsicht!«, brüllte Gorin. Elyamur reagierte sofort und ließ ihr Reittier einige Meter absacken. Keinen Moment zu früh. Die Klauen des gefiederten Jägers schlossen sich knapp über ihnen in der Luft.

»Mach die Armbrust bereit!«, rief Elyamur, während er Yà

Syndri zur Eile antrieb. Wenig überzeugt legte Gorin einen Bolzen ein. Mit seiner guten Tokrond-Armbrust hätte er vielleicht noch die Spur einer Chance gehabt. Aber er bezweifelte, dass ihm die kunstlose purpur-elbische Konstruktion auf dem unruhigen Rücken einer Fledernatter viel nützen würde.

Sie bogen scharf um eine Felsnase, der Greif folgte ihnen dichtauf. Gorin hob die Armbrust und schoss. Der Bolzen verschwand irgendwo in der Weite zwischen Eis, Wind und Felsen.

»Schneller!«, drängte er unnötigerweise. Dann fiel ein Schatten auf sie, und ein zweiter Greif kam mit angelegten Flügeln von vorne auf sie zugeschossen. Gorin und Elyamur pressten sich eng an den Schlangenkörper, als die Adlerklauen nach ihnen griffen. Der Elb ließ ihr Reittier seitlich wegkippen, um aus der Reichweite der Krallen zu kommen. Mit angelegten Flügeln glitt die Fledernatter auf eine enge Kerbe im Gestein des Berges zu. Die fliegenden Raubtiere setzten ihnen gierig nach.

Drei Adlerschreie hallten durch die Luft, als sie in die Kluft einbogen Gorin fuhr herum. Inzwischen war noch ein weiterer Greif dazugekommen! Er hatte silbergraues Gefieder und wirkte etwas kleiner als die anderen beiden, jedoch nicht weniger hungrig.

»Die jagen im Rudel!«, knurrte Gorin, während er einen weiteren Bolzen einlegte. Elyamur sagte nichts, er war ganz darauf konzentriert, ihr Reittier durch die enge Schlucht zu lenken. Mit ein bisschen Glück konnten ihnen die Löwenwesen mit ihren ausladenden Schwingen nicht hierher folgen. Mit Pech wurden sie am Felsen zerschmettert. Ob Greife auch Aas fraßen?

»Da vorne!«, brüllte Elyamur. Ein stattlicher Greif mit rötlichem Gefieder erwartete sie am Ende der Schlucht und streckte ihnen die Klauen entgegen. An Ausweichen war hier nicht zu denken. Yà Syndri zischte wütend, doch es klang mehr ängstlich als gefährlich.

Dann war der Angreifer auch schon über ihnen. Seine stolzen Augen funkelten wie kleine Sonnen, seine Adlerklauen griffen nach dem Nacken der Fledernatter. Gorin schoss, diesmal aus nächster Nähe. Sein Stahlbolzen schlug im gefleckten Gefieder am Hals des Greifes ein. Er bäumte sich in der Luft auf und kreischte schmerzerfüllt. Elyamur nutzte die Gelegenheit und ließ die Fledernatter dicht unter ihm hindurchgleiten.

Gorin atmete erleichtert aus – da fiel schon wieder ein Schatten auf sie. Über ihnen kreisten die Umrisse von fünf oder sechs Greifen wie ein Schwarm übergroßer Vögel. Yà Syndri krümmte sich nervös, als würde die riesige Flugschlange ein Loch zum Verkriechen suchen. Vergeblich. Hier gab es keine Deckung. Die Verfolger stießen triumphierende Adlerschreie aus.

Dann durchfurchten bunte Kometen die Luft. Sie zogen lange Schweife aus rotem, grünem oder blauem Rauch hinter sich her und heulten fürchterlich. Panisch stoben die Greife auseinander, als die seltsamen Flammen mitten durch ihren Schwarm sausten. Immer neue bunte Geschosse surrten heran. Sie zischten dicht an den Löwenwesen vorbei, schienen sie aber nie direkt zu treffen. Ein roter Rauchstriemen rauschte über Yà Syndri hinweg. Die Fledernatter warf sich verschreckt herum. Gorin konnte einen flüchtigen Blick auf den bunten Kometen erhaschen und glaubte, einen Pfeil zu erkennen, dessen Spitze grellrot glühte. Wahrscheinlich irgendein alchemistisches Feuer …

Er schaute nach oben, um die Flugbahn des Pfeils zurückzuverfolgen. Aus der Wolkenhülle der Gipfelregionen hatten sich mehrere kleine Gestalten gelöst, die mit ausgebreiteten Flügeln herabgeglitten kamen. Ihre Umrisse waren gedrungen, wie die von Zwergen, doch ihren Schultern schienen Vogelschwingen zu entwachsen. Sie trugen Bögen in den kurzen Armen und zogen immer wieder Pfeile aus ihren Köchern, die sie lärmend mit buntem Feuer durch die Luft zischen ließen. Voll wilder Freude trieben sie die Greife in alle Richtungen auseinander, ohne dass ihre Pfeile die mächtigen Himmelsraubtiere jemals trafen. Glucksendes Gelächter lag in der Luft, begleitet vom feinen Klang zahlloser Glöckchen.

»Achtung, ihr Schlangenreiter!«, rief es dicht bei den Reisenden. Ein grünlich brennender Pfeil zischte direkt zwischen

Elyamur und Gorin hindurch und hätte fast ihren Flugsattel gestreift. Gorin musste husten, als er in den schweflig stinkenden Rauchschweif geriet.

»Was soll das denn?«, rief er ärgerlich.

»Nur ein kleiner Gruß!«, sagte jemand direkt hinter ihm.

Gorin wandte sich um. Einer der Geflügelten hockte auf der Gepäck-Plattform des Flugsattels. Er hatte vogelartige Beine, deren Klauen ihm sicheren Halt auf den Proviantsäcken gaben. Sein stämmiger Zwergenkörper war in eine Rüstung aus seltsam geformten Plattenteilen gekleidet, die mit Wolkenmustern graviert waren. Sie glänzten weißlich-grell, wie Gorin es bislang bei keinem ihm bekannten Metall gesehen hatte. Zahllose Glöckchen waren daran befestigt.

Die rot-golden gemusterten Schwingen waren auf dem Rücken des Fremden zusammengelegt. Am merkwürdigsten aber war der Anblick seines Kopfes: Statt Nase und Mund ragte ein stolz gekrümmter Schnabel aus einem Gesicht, das ansonsten den Zügen eines Zwergs mit tiefblauen Augen glich. Ein schwarzer Bart hing, zu langen Zöpfen gebunden, links und rechts vom Schnabel herab.

Ein halb vergessenes Bild flammte vor Gorins innerem Auge auf: ein Zwerg mit spitzer Nase und Flügeln auf dem Rücken. Er hatte ihn kurz vor sich gesehen, als er in Werodrins Schmiede mit dem hochmagischen Metall Catur gearbeitet hatte. Nun realisierte er, dass die spitze Nase in Wahrheit ein Schnabel war!

»Was ist?«, fragte der Flügelzwerg und legte den Kopf schief. »Hat es dir die Sprache verschlagen, Schlangenreiter, hm?«

»Nein, nein«, sagte Gorin überrumpelt. »Wir begegnen uns nur ein wenig, öhm, plötzlich. Ich war gerade noch darauf eingestellt, von Greifenklauen zerrissen zu werden.«

»Gorin!«, rief Elyamur nach hinten. »Was ist los? Du kannst dieses Wesen verstehen? Worüber sprecht ihr?«

Erst jetzt fiel Gorin auf, dass er gar nicht in der Hochsprache mit dem Flügelzwerg geredet hatte. Er war ohne nachzudenken ins Eisentung verfallen, als ihn der Geflügelte mit zwergischen

Worten angesprochen hatte. Allerdings benutzte er nicht die Sprache von Tokrond. Es klang eher wie der Dialekt eines anderes Zwergenvolks, fremd, aber verständlich.

»Das ist Wolkentung!«, entfuhr es Gorin. »Elyamur, die Fremden sind Wolkenzwerge vom Himmelsvolk! Ich dachte immer, das wären nur Geschichten.«

Der Geflügelte lachte, dass sein Schnabel klapperte. »Wir bevorzugen die Bezeichnung *Tengu*«, sagte er mit krächzendem Akzent in der Hochsprache. »Aber wer ist hier vergessen? Wir, die wir in der Freiheit der Wolken leben? Oder die anderen Zwerge, die sich im dunklen Bauch der Erde verstecken?«

Es rauschte in der Luft, als eine Handvoll weiterer Tengu herabgeschwebt kam und mühelos neben der Fledernatter herflog.

»Keine Greife mehr da!«, rief einer von ihnen und vollführte eine Luftrolle.

»Aber ich habe noch so viele Pfeile!«, kreischte ein anderer übermütig. »Wollen wir auf die Flügelschlange schießen?«

»Sei nicht gemein!«, krächzte ein Dritter. »Schieß nur auf die Reiter!«

»Was sagen sie?«, fragte Elyamur.

»Sie wollen auf uns schießen …«, erwiderte Gorin verwirrt.

Der Tengu auf dem Flugsattel grinste. »Nehmt meine Brüder nicht zu ernst«, sagte er beiläufig. »Sie sind manchmal etwas übermütig.«

»Sicher, dass das Zwerge sind?«, brummte Elyamur.

»Aber ja«, sagte Gorin sofort. »Das vergessene Volk aus dem Lied! Sie wurden vom göttlichen Schmied Dwaldarin aus den Hallen der Erde verbannt und von Abhra, der einsamen Wolkenmutter, als ihre Kinder aufgenommen und … He!«

Ein Pfeil war dicht über Gorin hinweggezischt.

»Keine Lügen, bitte!«, sagte der Tengu auf dem Sattel mit erhobenem Zeigefinger. »Du erzählst die Geschichte ganz verdreht, Eisenvetter. Die Himmelsweite ist die Urheimat des Zwergenvolks. Die anderen Zwerge wurden von Mutter Abhra daraus verbannt und anschließend von Dwaldarin unter der

Erde aufgenommen. Nur wir Tengu blieben ihr treu und durften bleiben. Sei froh, dass du mit einem Flammenträger reist, Höhlenbewohner. Sonst wäre der Pfeil etwas tiefer geflogen.«

»Und wenn ich nur auf den Zwerg schieße?«, rief einer der Geflügelten. »Müssen wir wirklich beide abliefern?«

»Ja, das müssen wir!«, entgegnete der Tengu auf der Fledernatter streng. »Der Daitengu will jeden Eindringling persönlich sehen. Vielleicht bekommt ihr sie danach zum Spielen. Und jetzt: in Kranich-Formation vorwärts!«

Das wilde, flatternde Durcheinander verwandelte sich von einem Herzschlag zum nächsten in zwei Reihen disziplinierter Krieger, die als exaktes »V« die Fledernatter flankierten. Selbst ihre Flügel bewegten sich im Gleichtakt, während die Glöckchen an ihren Rüstungen eine gemeinsame Melodie zu singen schienen.

»Was habt ihr mit uns vor?«, fragte Gorin besorgt.

»Sagte ich doch schon«, erwiderte der Tengu hinter ihm leichthin. »Wir bringen euch zum Daitengu, dem Meister des Wolkenstahls, unserem Oberhaupt. Er wird entscheiden, was mit euch geschieht.«

»Das ist gut«, sagte Gorin so zuversichtlich wie möglich. »Wir kommen nämlich in einer dringenden Angelegenheit zu euch und …«

»Der Daitengu wird entscheiden«, schnitt ihm der Geflügelte das Wort ab. »Er weiß, was er wissen muss.« Dann schwang er sich in die Luft, um sich an die Spitze der Schar zu setzen.

Im kühnen Steigflug ging es an den Bergflanken hinauf. Es war, als hätte sich eine unsichtbare Hand aus Wind unter die Fledernatter geschoben, seit sie von den Tengu begleitet wurden – eine Hand, die sie sicher und kraftvoll der Wolkenhülle rund um den Gipfel entgegentrug.

»Können wir ihnen trauen?«, fragte Elyamur leise, während sie in das neblige Weiß eintauchten.

»Ich habe keine Ahnung«, erwiderte Gorin, der immer noch ziemlich überrumpelt war. »Bis eben hielt ich die Wolkenzwerge, ich meine die Tengu, noch für eine Legende … Aber sie hätten uns ja auch einfach den Greifen überlassen können.«

Dichte Wolken umfingen sie von allen Seiten. Die Glöckchen an den Rüstungen der Tengu klangen nun gedämpft. Gorin hatte ein klammes Gefühl im Bauch und einen merkwürdigen Druck im Kopf. Er spürte, dass sein Zwergenkörper für diese Höhe nicht geschaffen war. Und er hatte den Verdacht, es nur der beschirmenden Nähe der Tengu zu verdanken, dass er es hier oben überhaupt aushielt.

Sonnenstrahlen griffen durch die Wolkendecke und ließen Gorin blinzeln. Es wurde immer heller. Dann waren die Wolken plötzlich fort, als hätte jemand einen Vorhang aufgezogen. Vor ihnen lag der eisbekrönte Gipfel des Himmelskaisers, einsam und sonnenbeschienen vor dem klarblauen Himmel.

Gorins Blick jedoch wanderte nach unten, wo die Wolken als ebenmäßiger Ring um den Gipfel lagerten. Auf ihrer flockigen Oberseite erhob sich eine Stadt. Gorin sah schlanke Türme, die direkt aus der Wolkenmasse gebildet waren, zwischen Hallen mit ausladenden Giebeln, filigranen Brücken, geschwungenen Mauern und zahllosen kleineren Gebäuden. Sie alle waren strahlend weiß. Steingewordene Wolken. Zwischen den Türmen, Giebeln und Balkonen flogen Tengu. Manche waren zielstrebig unterwegs, andere jagten sich gegenseitig und tollten durch die Luft.

»Willkommen in der Hohen Stadt!«, rief der Anführer der Tengu-Krieger stolz. »Gleich werdet ihr vor dem Daitengu stehen.«

Sie hielten auf eine besonders große Halle zu, deren geschwungene Giebel siebenfach gestaffelt waren. Die Tengu landeten auf einem freien, glänzend glatten Platz vor ihren Stufen. Auch Elyamur ließ Yà Syndri vorsichtig landen. Die weiße Wolkenmasse schien das Gewicht der Fledernatter tatsächlich zu tragen. Gorin und Elyamur wechselten einen unbehaglichen Blick. Dann schnallten sie sich ab, während die Tengu im Spalier warteten. Elyamur schwang sich als Erster vom Rücken der

Schlange und betrat vorsichtig den weißen Platz. Der Boden hielt sein Gewicht tatsächlich aus. Dann war es an Gorin, ihm zu folgen. Er zog eine Grimasse, als er vom Sattel hinunterglitt. Immerhin konnte er *nicht* zur Not in der Luft umherlaufen!

Für einen Moment befürchtete er, einfach im freien Fall in den Wolken zu verschwinden. Doch er stand trotz seiner weichen Knie wie auf fester Erde. Die Tengu grinsten. Sie nahmen die beiden Reisenden in die Mitte und führten sie die Stufen zur Halle hinauf.

Aus der Nähe bemerkte Gorin, dass die Wände und Säulen des Gebäudes über und über mit feinen Ornamenten bedeckt waren. Sie formten Spiralwirbel und Wolkenmuster, kunstvoll durchbrochenes Rankenwerk und hauchfeine Gitterstrukturen. Hinter jedem Detail schien sich ein noch feineres Ornament zu verbergen, wenn man nur genau hinschaute. Gorin wäre zu gerne stehen geblieben, um diese Handwerkskunst zu bewundern. Er fragte sich, mit was für Werkzeugen man verdichtete Wolken wohl bearbeitete. Doch die Tengu führten sie weiter voran, hinein in die große Halle.

Hier waren Dutzende der Flügelzwerge versammelt. Einige trugen weiß glänzende Rüstungen, andere farbenfrohe Seidengewänder mit weiten Ärmeln. Es waren Männer und Frauen, Alte und Kinder. Ihre Flügel schimmerten bräunlich und rotgelb, silbergrau und metallisch-blau, pfauengrün und schneeweiß und in zahllosen anderen Farben. Und sie alle trugen Schnäbel im Gesicht.

Die Tengu standen zur Rechten und Linken eines erhöhten Thronsitzes, der ebenfalls aus weißen Wolken geschnitzt zu sein schien. Der Thron erhob sich zu Füßen einer Statue, die eine Tengu-Frau mit gütigem Blick darstellte. Auf dem Thron saß ein besonders stattlicher Tengu in hellblauen Gewändern. Seine Schwingen waren rabenschwarz, sein Haar stahlgrau. Wie ein glänzender Gletscher fiel ihm der Bart über die Brust. Die himmelblauen Augen waren umkränzt von Altersfalten und hellwach.

Mit gelangweilter Würde verfolgte der alte Tengu das Schwertspiel zweier Krieger, die zur Erbauung der Hofgesellschaft miteinander fochten. Einer führte einen Säbel mit hakenförmiger Klinge als Waffe, der andere eine glöckchenbesetzte Schwertlanze. Sie wirbelten tollkühn umeinander herum, tauschten in rasender Abfolge Hiebe aus und erhoben sich immer wieder flatternd in die Luft, um den Gegner von oben zu attackieren. Auch ihre Waffen bestanden aus jenem weiß glänzendem Metall, das Gorin nicht kannte. Seine Beschaffenheit faszinierte ihn mehr als die Klingenwirbel und Luftrollen der kämpfenden Tengu. Er fragte sich, wo es hier oben, in der Hohen Stadt, Schmieden geben mochte. Als plötzlich der Säbelkämpfer auf dem Rücken lag und der Lanzenkämpfer ihm die Klinge an den Hals setzte, schreckte Gorin regelrecht auf.

Der Besiegte sprang auf die Füße und nahm seine Waffe wieder an sich. Beide Kämpfer verbeugten sich vor dem graubärtigen Tengu auf dem Thron und verschwanden eilig aus der Halle.

Nun trat der Anführer der Krieger vor, die Gorin und Elyamur eskortiert hatten, und vollführte ebenfalls eine Verbeugung, wobei er seine Flügel elegant ausbreitete.

»Meister des Wolkenstahls«, sprach er mit gesenktem Blick. »Hier bringen wir Euch die beiden Schlangenreiter, die Ihr vor Euren Thron zitiert habt.«

»Gut, gut«, brummte der Daitengu unbeeindruckt in der Hochsprache. »Lasst sie vortreten.«

Der Tengu-Krieger gab Gorin und Elyamur ein Zeichen. Sie näherten sich dem Thron einige Schritte. Elyamur verbeugte sich elegant auf Elbenart, während Gorin sich daran versuchte, die Verbeugung des Geflügelten zu imitieren. Dem Kichern der Höflinge nach zu urteilen, gelang ihm das bestenfalls mäßig.

»Meister des Wolkenstahls«, setzte Gorin unsicher zu sprechen an, »ich bin Gorin von den Runenschmieden aus Tokrond und dies ist Elyamur Birkensohn aus Liráya. Wir sind …«

»Ihr seid Pilger«, unterbrach ihn der Daitengu, »auf dem Weg zur Quelle der Luft. Der Elb wurde bereits von der Quelle des

Feuers berührt und ist nun unterwegs, um auch den anderen Quellen zum Dank seine Referenz zu erweisen. Ein fast vergessener Brauch und ein ehrenwertes Unterfangen. Meine Tengu werden euch morgen zur Quelle geleiten.«

Gorin ordnete sich verlegen die Bartzöpfe. »Es ist richtig, dass mein Begleiter die Essenz der Flamme in sich trägt«, sagte er vorsichtig. »Aber unsere Mission ist mehr als eine Pilgerreise. Wir sind unterwegs, um elementare Essenz aus allen vier Quellen zu sammeln. Es geht darum, den Kettenfürsten zu bezwingen, der nach und nach die Länder der Welt unter sein Joch zwingt.«

»Die Windgeister haben mir vom Kettenfürsten berichtet«, erwiderte der Daitengu, der noch immer nicht besonders interessiert aussah. »Doch euer Anliegen ist töricht und unmöglich. Niemand kann die reine Essenz von mehr als einem Element in seiner Seele tragen. Du solltest damit zufrieden sein, Elb, dass das Feuer dich geküsst hat. Nach mehr zu streben, ist elbischer Stolz und unangemessen.«

Die Tengu rings um den Thron tuschelten untereinander, wobei sie immer wieder auf Elyamur schauten. Gorin bemerkte, wie der Grün-Elb rot wurde.

»Es geht nicht um mich, Meister des Wolkenstahls«, ergriff Elyamur nun zum ersten Mal das Wort. »Mein Begleiter und Kampfgefährte Gorin wünscht, sich dem Hüter der Luftquelle zu stellen.«

Das Getuschel wurde lauter und erregter. Der Daitengu hob eine Hand und klapperte missbilligend mit dem Schnabel. Sofort wurde es wieder still in der Thronhalle.

»Ein Zwerg vom Eisenvolk kann nicht nach der Erleuchtung der Luftquelle streben«, sagte der Daitengu streng. »Mutter Abhra hat dein Volk und die anderen Zwerge der Erdentiefe einst aus der Himmelsweite verbannt, Eisenvetter.« Er schaute zu der Statue hinter seinem Thron auf. »Deine Anwesenheit bei der Luftquelle käme einer Beleidigung gleich. Die Tengu werden das nicht dulden. Wir sind unserer Mutter treu geblieben.«

Beifälliges Schnabelgeklapper ertönte von allen Seiten. Gorins Herz pochte aufgeregt, während sich sein Hals wie zugeschnürt anfühlte. Das durfte nicht sein! Sie waren nicht über Tausende von Meilen durch die halbe Welt hierhergereist, um sich abweisen zu lassen.

»Meister des Wolkenstahls«, sagte Gorin und bemühte sich, seine Stimme nicht zu verzweifelt klingen zu lassen. »Ich respektiere Eure Bedenken. Doch Ihr müsst wissen, dass ein Orakelspruch der Götter selbst uns auf unsere Mission geschickt hat. Darum ersuche ich Euch …«

»Mutter Abhra lässt den Tengu Orakel durch ihre Tempeltänzerinnen zukommen«, unterbrach ihn der Daitengu erneut. »Sie hat zu uns nicht über euch gesprochen. Für diese Nacht sollt ihr die Gastfreundschaft der Hohen Stadt genießen. Morgen werden euch meine Tengu in die Berge hinabgeleiten. Und nun geht!«

Gorins Ratlosigkeit wandelte sich langsam in Ärger.

»Bitte hört mich doch erst einmal an!«, rief er dem Daitengu zu. »Unsere Mission ist auch für Euch von größter Wichtigkeit! Der Kettenfürst hat …«

»… die elementaren Quellen verunreinigt«, beendete der Daitengu den Satz unbeeindruckt. »Und die Tengu werden nicht zulassen, dass dies noch einmal geschieht.«

Gorin überlegte. Demnach waren die Orkzwillinge noch nicht hier gewesen …

»Aber genau das könnte bald der Fall sein!«, erwiderte er dann. »Die Orks Rezkai und Rekut, machtvolle Vorkämpfer des Kettenfürsten, sind unterwegs, um die Essenz zu rauben! Ihr müsst …« Der Daitengu hob einen Arm. Plötzlich hatten alle Tengu-Krieger rings um Gorin und Elyamur schimmernde Krummschwerter in der Hand.

»Die Essenz ist sicher. Dafür tragen wir Sorge«, sprach der Daitengu und wandte sich von ihnen ab.

»Ihr begeht einen Fehler!«, rief Elyamur, als die Krieger sie zum Ausgang drängten. Gorin sagte nichts. Mit hängendem

Kopf ließ er sich unter den Blicken der Höflinge aus der Halle eskortieren. Er war auf höchst banale Weise an seiner Aufgabe gescheitert.

Draußen auf dem Platz war von Yà Syndri nichts zu sehen.

»Unsere Windgeister kümmern sich um eure Schlange«, erklärte der Anführer der Tengu-Krieger, als wäre drinnen nichts geschehen. »Der Daitengu erweist euch die Ehre, in seinen Gästekammern zu übernachten. Man wird euch nun dorthin bringen.«

»Darf ich jetzt endlich auf den Zwerg schießen?«, fragte einer der Krieger ungeduldig dazwischen.

»Wartet«, sagte Elyamur rasch. »Gibt es nicht irgendeinen Weisen in der Hohen Stadt, mit dem wir sprechen könnten? Vielleicht eine alte Priesterin? Jemand, der bei Eurem Oberhaupt ein Wort für uns einlegen könnte?«

Der Tengu betrachtete den Grün-Elb belustigt. »Dafür, dass du Elbenohren hast, hörst du nicht besonders gut«, grinste er. »Der Daitengu hat sich entschieden. Morgen geht es hinab ins Tal.«

»Oder kann ich mich irgendwie würdig erweisen?«, setzte Gorin ohne viel Hoffnung nach. »Irgendein Brauch, eine Prüfung? Meinetwegen auch ein Kampf?«

Die Krieger brachen in krächzendes Gelächter aus. »Als wenn ein Höhlenkriecher gegen die flinken Kinder des Himmels bestehen könnte«, prustete einer von ihnen.

»Leider nicht«, stellte ihr Anführer klar. »Dieser Spaß entgeht uns. Und jetzt kommt!«

Man führte Elyamur und Gorin in ein Nebengebäude der großen Halle. Hier wies man ihnen eine kleine Zimmerflucht in einem der Türme zu. Die Räume waren karg eingerichtet: Schlafmatten, Kleidertruhen, ein Lesepult und ein niedriger Tisch, dazu jede Menge freie Bodenfläche. Dafür war jedes einzelne der hölzernen Möbelstücke von erlesener Qualität. Wenn er besserer Laune gewesen wäre, hätte Gorin sich die feinen Intarsien näher angeschaut. Doch der Misserfolg vor dem Thron des Daitengu setzte ihm so zu, dass er selbst dann kaum aufblickte, als mehrere Flügelfeen hereingesurrt kamen, um eine Mahlzeit aus fremdländischen Früchten aufzutischen. Das dauerte eine ganze Weile, denn jede Fee konnte immer nur ein Stück Obst oder Besteck auf einmal tragen.

»Ich kann nicht glauben, dass wir abgewiesen wurden«, sagte er schließlich ratlos. »Dass unsere Suche solch ein Ende findet …«

Gorin fühlte sich plötzlich völlig fehl am Platze. Er hatte die Verbannung aus Tokrond in Kauf genommen, um seiner Mission folgen zu können. Doch nun war er auch hier, an der Quelle der Luft, nicht willkommen, wodurch die Mission unerfüllbar wurde. Und ohne seine Aufgabe hatte er eigentlich keinen Grund, überhaupt irgendwo zu sein.

»Natürlich ist das nicht das Ende!«, erwiderte Elyamur ein wenig ärgerlich. »Oder willst du etwa schon aufgeben?«

»Was sollen wir denn machen?«, fragte Gorin. »Wir werden hier von Hunderten Tengu und Windgeistern bewacht.«

Elyamur schob energisch seinen Stuhl zurück und ging im Zimmer auf und ab. »Gorin, was würde deine Schwester jetzt sagen?«

Gorin starrte vor sich hin. Er brauchte nicht lange zu überlegen. »Sie würde zunächst gar nichts sagen, sondern mir einen kräftigen Tritt verpassen«, gab er zu. »Und dann käme: Nun kämpfe endlich, kleiner Bruder, bei Dwaldarins haarigem Hinterteil! Dafür sind Eisenzwerge da!« Wieder einmal bemerkte er, wie sehr Galdra ihm fehlte.

»Na also«, grinste Elyamur.

»Ja«, fuhr Gorin trocken fort. »Und dann würde sie beginnen, die Tengu einen nach dem anderen zu rupfen. So lange, bis sie entweder ihren Willen hätte oder mit Pfeilen gespickt wäre.«

»Das müssen wir ja nicht nachmachen«, sagte Elyamur rasch.

»Nein«, stimmte Gorin zu. »Aber welche Möglichkeiten haben wir denn?«

Elyamur erwiderte nichts und schaute bedeutungsvoll auf die

Flügelfeen, die gerade noch zwei Döschen mit Gewürzen hereinflogen. Erst als die schimmernden Luftgestalten verschwunden waren, gab er eine Antwort: »Wir suchen die Luftquelle einfach ohne die Zustimmung der Tengu auf. Schließlich wissen wir, dass sie irgendwo auf dem Gipfel des Himmelskaisers liegt.«

Gorin blieb skeptisch. »Wir werden kaum mit unserer Fledernatter ungesehen dort hochfliegen können.«

»Dann müssen wir uns eben etwas ausdenken«, gab Elyamur ein wenig ratlos zurück. »Vielleicht fliegen wir im Schutz der Nacht oder wir starten irgendeine Ablenkung. Oder beides. Ich bin nicht Jha Rudra. Aber das kann doch nicht so schwierig sein …«

»Für mich sprechen zwei Punkte dagegen«, seufzte Gorin. »Erstens: Immer, wenn wir bislang heimlich irgendwo eindringen wollten, endete es mit viel Geschrei, Waffengeklirr und Blut.«

»Nun ja, wir sind trotzdem noch am Leben …«

»Und zweitens: Dort oben wacht irgendwo ein Drache. Was ist, wenn er einfach jeden verschlingt, der sich der Quelle gegen den Willen der Tengu nähert? Wir brauchen einfach mehr Informationen.«

»Der Daitengu ist nicht der Meister des Drachen«, sagte plötzlich eine helle Glockenstimme. »Auch wenn er es gerne so hätte. Es ist eher andersherum.«

Gorin fuhr herum. Elyamur griff alarmiert nach seinen Schwertern. Eine einzelne Flügelfee kam in den Raum geschwirrt.

»Es war ein wenig töricht von euch, zu glauben, dass niemand euch belauscht«, trällerte sie, »nur weil ihr niemanden seht. Wisst ihr nicht, dass Windgeister gerne unsichtbar sind? Das müsstet ihr doch in Swertenburg gelernt haben!«

»Wer bist du, und was willst du von uns?«, fragte Elyamur streng.

»Und woher weißt du von Swertenburg?«, fügte Gorin irritiert hinzu. Die Flügelfee lachte zirpend.

»Oh, macht euch keine Sorgen«, sagte sie. »Ich spioniere euch nicht aus. Diesmal nicht. Und ich habe sogar dafür gesorgt, dass meine Schwestern es auch nicht tun. Immerhin schulde ich euch noch etwas.«

»Aber du bist nicht Hlu, oder?«, fragte Elyamur misstrauisch.

»Nicht doch«, kicherte der Luftgeist. »Mein Name ist Lirdri. Wir sind uns vor einer ganzen Weile begegnet. Bevor ich von diesem Maskenpriester vertrieben wurde.«

»Dann bist du die Fee, die uns nach dem Einbruch in der Zitadelle von Swertenburg verfolgt hat!«, sagte Gorin, und seine Miene verfinsterte sich. »Und die Jha Rudras Rätsel-Spielhaus und die Graue Ratte an den Statthalter verraten hat.«

»Mooooment!«, rief Lirdri, als Elyamur grimmig auf sie zuging. »Das tat ich nicht aus eigenem Willen! Statthalter Darquato, dieses blutgierige Scheusal, hat mich dazu gezwungen. Er hielt mich in einem Käfig mit Bannrunen gefangen. Ich musste seinen Befehlen gehorchen. Als der Jhali-Diener den Zauber gebannt hat, war das eine Erleichterung! Sobald ich mich wieder manifestiert hatte, bin ich zur Quelle der Luft zurückgekehrt. Seitdem bin ich hier. Mit irgendwelchen machthungrigen Sterblichen habe ich nichts mehr zu tun.«

»Und was willst du dann von uns?«, fragte Gorin. Er glaubte Lirdris Ausführungen. Es war eine übliche Praxis unter Beschwörern und Elementaristen, auf die Dienste gebundener Geister zurückzugreifen – und nicht alle nahmen dabei Rücksicht auf deren Befinden.

»Ihr seid doch hier, weil ihr immer noch gegen Darquato kämpft, oder?«, erwiderte Lirdri eifrig. »Dann will ich euch helfen! Der Kerl soll sehen, was es heißt, den Zorn einer Flügelfee zu wecken!«

»Darquato ist tot«, sagte Elyamur. »Aber wir sind hier, um seinen Meister zu besiegen: den Kettenfürsten mit seinen endlosen Heeren.«

»Umso besser«, zwitscherte Lirdri. »Dem Kettenfürsten habe ich zu verdanken, dass ich überhaupt in Darquatos Diensten war! Mein früherer Meister war Queldrikruk, der Hofzauberer des Herzogs von Fänggenberg. Ein netter, wenn auch ziemlich verrückter alter Zausel. Er ist umgekommen, als die Kettenheere Fänggenberg eingenommen haben. Darquato hat mich als Kriegsbeute beansprucht. Den Rest kennt ihr. Wie kann ich euch dabei helfen, den Kettenfürsten zu ärgern?«

»Vermagst du uns zur elementaren Quelle der Luft zu bringen?«, fragte Gorin mit banger Hoffnung.

»Ich fürchte nein«, antwortete die Flügelfee kleinlaut. Gorin seufzte resigniert.

»Ihr seid zu schwer für mich. Aber ich kann euch den Weg dorthin zeigen«, fuhr Lirdri rasch fort. »Und ich kann dafür sorgen, dass die anderen Windgeister weggucken, wenn ihr hinauffliegt. Ihr müsst in der Stunde der Flügeltänze aufbrechen, sobald sich die Tengu im Tempel von Abhra versammelt haben. Dann könnt ihr ungesehen durchkommen. Sie verlassen sich gerne auf die Augen der Windkinder.« Sie hielt kurz nachdenklich inne.

»Und natürlich könnte ich zwei Luftsaphire für euch stehlen. Ausleihen, meine ich. Sie ermöglichen es euch, mit sterblichen Lungen auf dem höchsten Gipfel des Himmelskaisers zu überleben. Mehr kann ich leider nicht tun.« Sie zuckte bedauernd die durchscheinenden Schultern.

»Lirdri«, sagte Gorin aufgeregt. »Das ist mehr als genug!«

»Wann ist diese Stunde der Flügeltänze?«, fragte Elyamur.

Lirdri überlegte. »Sie hat vor einer halben Stunde begonnen!«, rief sie plötzlich. »Wir müssen uns beeilen! Gebt mir kurz Zeit, um mit meinen Windgeschwistern zu reden, damit sie euch passieren lassen. Dann lauft hinunter in die Ostwind-Halle und holt eure Schlange. Ich besorge die Luftsaphire. Wir treffen uns vor dem Turm!«

Gorin und Elyamur schauten sich an. Dann griffen sie ihre wenigen Habseligkeiten und liefen aus dem Zimmer.

»Wie hast du es geschafft, dass deine Windschwestern und -brüder bereit sind, uns nicht den Tengu zu melden?«, fragte Gorin, als sich wenig später Yà Syndri mit ihm und Elyamur auf dem Rücken in die Luft erhob. Sie hielten beide die prachtvoll eingefassten klarblauen Edelsteine umklammert, die Lirdri ihnen gebracht hatte.

»Ich habe ihnen erzählt, dass die Tengu zwei Luft-Pilger aufhalten wollen«, zwitscherte Lirdri, die neben der Fledernatter herflog. »Sie waren ziemlich empört. Die Geflügelten sind die Herren der Hohen Stadt und Abhras geliebte Kinder. Aber sie sind nicht die Meister der Lüfte. Manchmal muss man sie daran erinnern.«

Mit einem übermütigen Kichern überholte sie die Flügelschlange und flog voran, während die Türme und Dächer der weißen Wolkenstadt unter ihnen zurückblieben. Es ging direkt auf den eisglänzenden Gipfel des Himmelskaisers zu, der wie ein gewaltiger Edelstein unter der Abendsonne funkelte.

Gorin klammerte sich am Sattel fest, als wilde Höhenwinde nach Yà Syndri griffen und die Fledernatter aus der Bahn warfen. Elyamur rief der Flugschlange beruhigende Worte auf Elbisch zu und versuchte verbissen, den Kurs zu halten. Doch heftige Böen wirbelten Yà Syndri ungestüm umher.

»Hee!«, keifte Lirdri. »Lasst das gefälligst bleiben!«

Und sie stürzte sich wortreich schimpfend mitten in die Winde. Zu Gorins Erstaunen schien sie damit tatsächlich Erfolg zu haben. Die Sturmböen ließen ebenso abrupt nach, wie sie aufgekommen waren, und die Fledernatter konnte ihren Flug stabilisieren.

Immer näher kamen sie an die Gipfelregionen des Himmelskaisers heran. Die schneeverkrusteten Hänge waren so steil, dass Gorin sich nicht vorstellen konnte, wie man einen Aufstieg ohne Flügel schaffen sollte.

Statt von heulenden Winden waren sie nun von ernster, majestätischer Stille umgeben. Die Atmosphäre hier oben erfüllte Gorin mit Ehrfurcht. Alles war kristallklar, schneidend kalt und weit. Nur in großer Ferne, irgendwo im ewigen Blau über ihnen, glaubte Gorin so etwas wie einen feinen, glockenhellen Gesang zu vernehmen.

»Das Lied der Himmelsgeister«, flüsterte Elyamur. »Meine Schwester hat mir davon erzählt. Schade, dass sie es nicht selbst hören kann …«

»Schaut mal! Da vorne solltet ihr landen«, rief Lirdri, die inzwischen wieder neben ihnen herflog.

Elyamur ließ die Fledernatter nach Lirdris Anweisungen auf dem Gestein des Berges niedergehen. Gorin und Elyamur stiegen steifbeinig ab, und Yà Syndri schlang sofort ihren Körper um einen Felsen. Die Flugschlange zitterte unbehaglich. Lange würde sie es in dieser Kälte nicht aushalten.

»Du musst alleine dort rüber, Zwerg«, erklärte Lirdri und zeigte auf die höchste Erhebung des Gipfels, die nicht mehr weit entfernt lag. »Wir werden hier auf dich warten.«

»Du wirst das schaffen«, sagte Elyamur und legte Gorin die Hand auf den Arm. Dieser nickte stumm und machte sich auf den Weg.

Entschlossen kämpfte sich Gorin den Gipfelgrat des Himmelskaisers entlang. Nun musste er den restlichen Weg tatsächlich ohne Flügel schaffen … Der Wind riss an seinen Bartzöpfen. Zu beiden Seiten gähnten Abgründe, deren Steilwände bis zum Wolkenring und tiefer hinabreichten. Nach einer gefühlten Ewigkeit erreichte er endlich den höchsten Punkt.

Eine Art grober Thronsitz war hier direkt aus dem Gestein des Berges geschlagen. Er war über und über mit Wolken- und Spiralmustern verziert und blickte nach Osten, wohin die tiefstehende Abendsonne in seinem Rücken lange Schatten warf. Gorin überlegte kurz, was von ihm erwartet wurde. Dann tat er einen letzten Schritt und nahm entschlossen auf dem steinernen Thronsitz Platz.

Sobald er die Kälte der vereisten Sitzfläche unter sich spürte, erweiterte sich sein Blick auf seltsame Weise. Plötzlich konnte er über den Wolkenring des Himmelskaisers hinaus und weit nach Osten schauen. Er blickte über die Gipfel der Abendberge und auf die Ebenen, Wälder und Seen des weiten, mächtigen Reiches Kta Lun. Ein dichtes Netz von Straßen und Kanälen überzog sein Tiefland. An ihren Knotenpunkten konnte er die Mauern und gedrängten Häuser volkreicher Städte erahnen. Weit hinten, mitten auf einem großen See, schimmerten die goldenen Dächer eines gewaltigen Palastes.

Noch während Gorin vom Thron des Himmelskaisers auf das alte und ewige Kta Lun hinabblickte, hörte er ein Brausen im Wind. Er schaute auf. Der Hüter der Luft näherte sich ihm. Seine Prüfung hatte begonnen.

ZWEIUNDZWANZIGSTES KAPITEL

DAS LAGER DES SKORPION-CLANS IN DER ÖSTLICHEN KOMASHTU-STEPPE

REKUT WAR VERWUNDET. Rezkai hatte seine Schwester noch nie so schwach gesehen. Der Schnitt mit der Sensenklinge in den Dschungeln von Makhura hatte die Haut und das Fleisch ihres Oberarms gespalten. Über solche Wunden lachten Orks eigentlich nur verächtlich, doch in Rekuts Blut war ein tückisches Gift gelangt, das sie von innen heraus auffraß.

»Ein guter Tausch«, hatte sie geknurrt, als sie aus den Dschungeln geflohen waren. Sie hielt dabei die stahlbeschlagene Schatulle mit dem schwarzen Kelch umklammert, der inzwischen die Essenz aus drei elementaren Quellen enthielt.

»Aber du musst leben«, hatte Rezkai erwidert, während er seine Schwester auf die Plattform des Donnerwagens gezogen hatte. »Die Zwillingsseelen müssen den Meister zusammen befreien. Der Orakelspruch will es so.« Das war nicht der einzige Grund. Rezkai konnte sich ein Leben ohne Rekut nicht vorstellen. Aber natürlich hatte er das nicht ausgesprochen. Sie hätte ihn für seine Schwäche angespuckt.

Der Donnerwagen war eilig gen Norden geprescht, gezogen vom grimmigen Pazuzu-Dämon, der letzten Quelle entgegen. Sie hatten in Makhura zu viel Zeit verloren. Die Erdengeschöpfe des Dschungels waren in Aufruhr gewesen und hatten die elementare Quelle in einem tagelangen, heimtückischen Versteckspiel in der schwülen Hitze abgeschirmt und verteidigt.

Die Orkzwillinge konnten sich keine weiteren Verzögerungen leisten. Doch Rekut war verwundet. Kaltos hatte sich daran versucht, sie bei voller Fahrt zu behandeln, während Rezkai die

Zügel führte. Aber schließlich hatten sie im Silbersichel-Hochland niedergehen müssen, um im Schutz einer Palastruine zu rasten, wo sie die erkalteten Reste eines Lagerfeuers vorgefunden hatten.

»Meine Kraft reicht nicht aus für dieses Gift«, hatte der Zentaur erklärt, nachdem er es mit diversen Zaubern, Kräutern und Tinkturen versucht hatte. »Rekut stirbt.«

»Man kann im Leben wie im Tod dienen«, war ihre trotzige Antwort gewesen.

»Aber ich werde dich nicht sterben lassen!«, hatte Rezkai sie angebrüllt. »Und wenn ich den Thron der Unterwelt dafür selbst erobern müsste.«

Sie hatte ihn angestarrt, als ob sie ihm für diese lästerliche Rede das Gesicht abbeißen wollte. Dann hatte sie zur Seite geblickt und gezischt: »Zum Skorpion-Clan. Ihre Geisterbeschwörerinnen sammeln Giftpilze in den Sümpfen der Unterwelt. Sie kennen jede tödliche Substanz – und ihr Gegenmittel.«

Zwei Tage später hatten sie die Zelte der Skorpion-Orks an einem Wasserloch im Osten der endlosen Komashtu-Steppen ausfindig gemacht. Die Krieger des Clans hatten sie bereits am Rande des Lagers erwartet, als sie vom Donnerwagen abgestiegen waren. Es waren nicht sehr viele gewesen. Die meisten Skorpion-Orks dienten in fernen Ländern in den Kettenheeren.

Rezkai war den verbliebenen Kriegern in ihren gelb-schwarz lackierten Rüstungen als Khurdran der Blutketten entgegengetreten und hatte ihre Hilfe eingefordert. Auf die orkische Art.

Er wich geschickt aus, als die Knochenklinge des Hordenführers neben ihm im Steppengras einschlug. Der Skorpion-Ork kämpfte mit einer Waffe, die sein Clan den *Stachel* nannte: zwei gekrümmte Knochenklingen, verbunden mit einem Seil, an dem sie herumgewirbelt wurden. Natürlich beide mit tödlichem Gift versehen.

Der Skorpion-Krieger drang entschlossen auf Rezkai ein. Mit *Zwillingsblut* wehrte der Khurdran der Blutketten den Angriff ab und sprang vorwärts. Sein Gegner rammte ihm eine seiner Giftklingen entgegen, doch Rezkai wich zur Seite aus und parierte zugleich die zweite Klinge, die aus der Flanke herangesaust kam, mit seinem Säbel. Noch in der Bewegung spannte er den linken Arm an. Er fühlte wilden Schmerz, als eine Klinge von innen seine Handfläche durchbrach, geformt aus seinen eigenen Knochen. Er stieß mit ihr zu. Tief drang die Spitze dem Hordenführer in den Hals. Er spuckte einen Schwall dunkles Blut aus. Dann sank der Skorpion-Krieger auf die Knie und brach mit dem Gesicht voran auf dem harten Boden von Komashtu zusammen. Er war ein guter Kämpfer gewesen. Doch kein Gegner für den stärksten Khugasha-Meister der Steppen.

Rezkai brüllte triumphierend und riss beide Arme hoch, um seinen Säbel und die Knochenklinge den Skorpion-Orks zu präsentieren, die den Kampf verfolgt hatten.

»Ich, Rezkai, Khurdran der Blutketten«, rief er ihnen entgegen, »habe Azkai, Hordenführer aus den Reihen der Skorpione, ehrenvoll im Beutekampf besiegt!«

Die Skorpion-Orks – Männer, Frauen und Kinder – schauten ihn mit harten, ausdruckslosen Mienen an. Niemand leugnete seinen Sieg.

»Als Beute fordere ich mit dem Recht des Siegers«, fuhr Rezkai fort, »dass eure Geisterbeschwörerinnen das Gift bezwingen, das im Körper meiner Schwester Rekut, Khurdran der Blutketten, wütet.«

Gemurmel kam unter den Skorpion-Orks auf. Es war üblich, dass der Sieger eine gute Waffe oder Rüstungsteile des Getöteten für sich forderte, vielleicht auch Schätze aus den Plünderzügen des Clans oder einen Wurf vielversprechender Wolfswelpen. Heilkunst gehörte nicht zu den Gepflogenheiten. Rezkai war das egal. Rekut würde leben. Dafür würde er sorgen.

»Bringt sie her!«, rief eine Stimme aus Richtung der Frauenzelte. Dort war eine alte Orkin erschienen, deren verfilzte Haare zu langen, schlangenartigen Zöpfen geflochten waren. Dutzende von Knochentalismanen baumelten an ihrer Lederkleidung. Ungeduldig klatschte sie in die Hände. Einige junge Orkinnen liefen vor, um Rekut in Empfang zu nehmen. Sie stützten Rezkais Schwester von beiden Seiten und schafften sie in das Fellzelt der Skorpion-Geisterbeschwörerin. Der leere Panzer eines wolfsgroßen Riesenskorpions war wie eine Standarte davor an einer Stange aufgehängt.

Die anderen Skorpion-Orks wandten sich betont gleichgültig von Rezkai ab und gingen wieder ihrem Tagewerk nach. Manche übten sich mit den Waffen, andere räucherten Fleisch, schmiedeten Knochen oder vernähten Leder zu Proviantsäcken. Niemand kümmerte sich um den Körper des toten Hordenführers auf dem rissigen Steppenboden, nachdem ihm seine Brüder die Waffen und Rüstungsteile abgenommen hatten. Den Rest würden die Plünderwölfe später erledigen. In einem Ork-Clan gab es keinen Platz für Schwäche.

Rezkai jedoch, Khugasha-Meister und Khurdran der Blutketten, blieb stehen, wo er war, und beobachtete das Zelt, in das man Rekut gebracht hatte. Schwarzer Rauch stieg aus einer Öffnung in den Zelthäuten auf.

»Du weißt, dass dieser Kampf vermeidbar gewesen wäre?«, sagte Kaltos' ruhige Stimme. Der Zentaur hatte sich Rezkai von der Seite genähert. »Auch der Skorpion-Clan dient dem Kettenfürsten. Wenn du dich als sein Gesandter offenbart hättest, wäre dir alle erdenkliche Hilfe zuteilgeworden.«

»Das wäre nicht orkisch gewesen«, knurrte Rezkai, ohne den Blick von dem Zelt mit dem Skorpion-Panzer zu lassen. »Ich bin kein Dieb, der sich einfach nimmt, was ihm gefällt. Ich lasse meinen Gegnern die Gelegenheit, zu kämpfen. Hordenführer Azkai hat sein Blut über der Steppe vergossen. Aber er hat die Ehre seines Clans verteidigt. Nun können sie mir geben, was ich fordere, ohne ihre Ahnen zu verärgern.«

»Ich verstehe«, sagte Kaltos. Aus dem Zelt war nun das leise Dröhnen einer fellbespannten Trommel zu hören. Mehrere Frauenstimmen sangen kraftvoll dazu.

»Azkai war ein guter Krieger, soweit ich das beurteilen kann«, fuhr der Zentaur nachdenklich fort. »Schon dass er sich mit diesen seltsamen Stachel-Klingen nicht längst selbst aufgespießt hat … Ein kritischer Geist könnte sagen, dass du dem Kettenfürsten heute geschadet hast. Einer seiner treuen Diener ist ohne Grund gefallen. Weil du ihn bekämpft hast, statt ihm einen Befehl zu geben.«

»Azkai hätte es auch nicht anders gewollt«, erwiderte Rezkai ungeduldig. Es war müßig, über die Toten zu reden, solange es nicht die geehrten Ahnen des eigenen Clans waren.

»Mag sein«, sagte Kaltos. »Aber was hätte der Kettenfürst gewollt? Und seine Statthalter, Kettenträger und Kriegszauberer?«

»Sie sind keine Orks«, entgegnete Rezkai. »Sie verstehen das nicht.«

Kaltos schwieg. Rezkai beobachtete, wie sich ein Schwarm krächzender Aaskrähen über dem Zelt versammelte. Der dunkle, unterweltliche Gesang der Frauen schien die Vögel anzuziehen.

»Was bedeutet es, ein Ork zu sein?«, fragte der Zentaur unvermittelt ins Schweigen hinein.

»Ehre«, erwiderte Rezkai, ohne nachzudenken. »Ein Ork rammt dir seine Knochenklinge in den Wanst und dreht sie dreimal herum. Aber er blickt dir dabei in die Augen und trinkt deinen Schmerz. Er sieht seinen Gegner. Wir sind keine feigen Meuchler oder seelenlosen Söldner.«

»Dann ist der Dienst am Kettenfürsten gewiss ehrenvoll«, sagte Kaltos. »Ihr kämpft vielleicht nicht mehr für euren Clan, aber ihr habt mehr als genug Gelegenheit, Knochenklingen in den Wänsten seiner Feinde umzudrehen. Nicht zuletzt *Zwillingsblut*.«

Rezkai antwortete nicht. Der Wind heulte über die Steppe, Rekut lag verborgen im Zelt. Der Khurdran musste an die Dinge denken, die er auf vielen Schlachtfeldern an den Fronten der Kettenlande gesehen hatte. Orks, die Leichen fledderten, die sie nicht selbst erschlagen hatten. Krieger, die Weinschenken plünderten und im Suff die Bevölkerung schikanierten, ohne ihnen Gelegenheit zu geben, um ihre Ehre zu kämpfen. Clan-Brüder, die sich gegenseitig Dolche in die Rippen jagten, wenn sie um eine Beute stritten. Er hatte gelernt, das alles als Gesichter des Krieges zu akzeptieren. Aber war es orkisch, war es ehrenvoll?

Plötzlich ertönte ein schriller Schrei aus dem Zelt der Geisterbeschwörerin. Die Krähen flogen hektisch auf. Die Trommel war verstummt. Rezkai griff nach seinem Säbel, bereit, seiner Schwester zu Hilfe zu eilen.

Da wurde die lederne Zeltklappe auch schon zurückgeschlagen, und Rekut kam heraus. Sie ging aufrecht und stützte sich auf niemanden. Mit sicheren Schritten näherte sie sich Rezkai und Kaltos. Ihre Knochensense balancierte sie beiläufig in der Armbeuge. Die Klinge war blutig-rot verschmiert, ebenso wie Rekuts Hauer und ihre Lippen.

»Was hast du getan?«, fragte Rezkai seine Schwester eindringlich. Rekut grinste zufrieden. Ihre Augen glühten lebendig.

»Die Künste der Skorpion-Frau waren gut«, sagte sie. »Sie hat mir das Gift aus dem Körper gezogen. In ein paar Wochen hätte ich mich gewiss wieder erholt. Doch so lange darf die Mission des Meisters nicht warten. Also habe ich mir ihre Lebenskraft genommen. Für ihr Alter war sie erstaunlich stark.«

Rekut leckte sich das Blut von den Hauern. Vor dem Zelt mit dem Skorpionpanzer liefen Orkfrauen zusammen. Wütende Rufe hallten durch das Lager.

»Ich habe ihre Heilkunst für dich erkämpft, Schwester«, sagte Rezkai streng. »Nicht das Leben ihrer stärksten Geisterbeschwörerin.«

»Ich habe es mir im Namen des Meisters genommen«, sagte Rekut leichthin. »Kommt, Kaltos. Wir müssen aufbrechen. Zur Quelle der Luft ist es noch weit.«

Nun liefen die Krieger des Clans mit gezogenen Knochenwaffen zwischen den Zelten zusammen.

»Gut«, knurrte Rezkai. »Ich werde gegen jeden antreten, der Rache fordert. Dann bleiben wir ihnen nichts schuldig.«

»Du darfst keine Wunden riskieren, indem du den halben Clan bekämpfst. Komm, Bruder!«

»Der Khurdran der Blutketten flieht nicht«, gab Rezkai wütend zurück. »Und er lässt keine Schulden offen.«

»Denk an die Elben- und Zwergenzwillinge«, sagte Rekut streng. »Sie warten darauf, unter unseren Klingen zu fallen! Wir haben keine Zeit zu verlieren.«

Rezkai grollte in sich hinein. Dann zog er einen Knochendolch aus dem Gürtel und rammte ihn in den trockenen Boden.

»Diese Klinge gehört Rezkai von den Blutketten!«, brüllte er den Skorpion-Orks entgegen. »Ich stelle mich jedem zum Rachekampf, der bereit ist, sie an sich zu nehmen! Ich werde wiederkommen.«

Mit diesen Worten schwang er sich zu Rekut und Kaltos auf den Donnerwagen. Als die Skorpion-Krieger sich um Rezkais Dolch sammelten, erhoben sie sich bereits in die Luft. Mit einem wilden Lachen stand Rekut an der Brüstung des Streitwagens und ließ ihre zahllosen schwarzen Zöpfe im Wind wehen. Seine Schwester lebte. Das war es wert gewesen. Trotzdem spürte Rezkai Enge in seiner Brust, als die Steppe unter ihnen hinwegzog. Komashtu war die Urheimat der Orks, das Land der Freiheit. Warum fühlte er sich nicht frei?

Dreiundzwanzigstes Kapitel

In den Dschungeln von Makhura westlich von Aranyapur

Elyami war eine Grünsängerin, aufgewachsen mit den Liedern der Wälder von Liráya. Sie kannte mehr als zwei Dutzend Wörter für das, was man in der Hochsprache »grün« oder bestenfalls noch »waldgrün« nannte. Die Farbe feuchten Mooses war etwas völlig anderes als die Farbe der ersten, zarten Frühlingstriebe oder die stille, ernste Farbe von Tannennadeln im Winter. Dennoch stieß Elyami in den Dschungeln von Makhura auf Grüntöne, die sie nicht benennen konnte, und sie entdeckte Tag für Tag neue.

Selbst das Sonnenlicht war hier grün, denn es fiel durch mehrere Schichten dichter Laubdächer, ehe es endlich den Waldboden zwischen den ausladenden Wurzeln der Baumriesen erreichte. Grün waren auch die fleischigen Blätter von der Größe eines Rundschilds, die von manchen Bäumen herunterhingen, ebenso wie die meterlangen Farnwedel, das dichte Lianengeflecht oder die stacheligen Ranken am Boden. Dazwischen blitzten immer wieder andere Farbtöne auf: blutrote Blüten, die wie Kelche geformt waren. Winzige Vögel mit metallisch-blauen Flatterflügeln, die Nektar aus den Kelchblüten tranken. Teppiche aus violetten Dolden, die sich wie Wasserfälle von den Luftwurzeln ergossen. Immer wieder wäre Elyami am liebsten stehen geblieben, um zu staunen und die fremdartigen Lieder dieser Wälder in sich aufzunehmen.

Galdra, die neben ihr durch den Matsch stapfte, unterband das stets mit einem ungeduldigen Grunzen. Es war nicht zu übersehen, wie sehr die Zwergin mit der schwülwarmen Hitze zu kämpfen hatte. Doch im Gegensatz zu ihr wurde sie nicht von Begeisterung über die wuchernde Pflanzenwelt vorangetrieben. Stattdessen beschwerte sie sich lautstark über die allgegenwärtigen Stechinsekten, von denen einige so dick gepanzert waren, dass ein Schlag mit der flachen Hand nicht ausreichte, um sie zu zerquetschen. Elyami hörte sie immer wieder Verwünschungen knurren, wenn sie wieder einmal eine jener gelblichen Ranken streifte, die juckende Pusteln auf der Haut erzeugten. Und sie hackte fluchend mit ihrer Kristallaxt um sich, wenn sich blutgierige Kriechgewächse mit schnappenden Blütenmäulern über den Boden näherten, sobald die Reisenden einmal irgendwo zur Ruhe kamen.

»Ich hätte nicht gedacht, dass ich mir jemals diese stinkende Morchelsalbe aus den Sümpfen von Quolûr zurückwünschen würde«, brummte die Zwergin wiederholt.

Elyami und Galdra hatten eine Art wortlose Übereinkunft getroffen: Elyami ignorierte Galdras Wüten und Toben, Galdra verzichtete darauf, Elyami für ihre Begeisterung zu erwürgen.

Krura, der Waldführer, den der Maharaja ihnen mit auf den Weg gegeben hatte, hielt sie vermutlich trotzdem beide für nicht ganz richtig im Kopf. Seine massige Gestalt schob sich gleichmütig vor ihnen her und ging nur gelegentlich auf die Knie, um nach Gefahren zu wittern. Krura war ein Rakshasa mit dem Kopf eines Tigers. Gestreiftes Fell bedeckte seinen nackten Oberkörper, an seiner Schärpe klapperten gleich vier kurze Krummsäbel, die Krura mit seinen vier muskulösen Armen gleichzeitig zu führen verstand. Elyami erinnerte sich, eine ähnliche Gestalt, wenn auch viel schmächtiger, unter Kurangras Zauberschülern gesehen zu haben. Nun wusste sie, welchem Volk sie entstammte.

Plötzlich sprang Krura knurrend vor, griff in einen Busch und zog einen rot-gelb schillernden Schlangenkörper hervor. Er tötete die Schlange, indem er ihren Kopf gegen einen Baumstamm schlug, und verschlang sie in einem Stück. Das war seine übliche Art, mit Gefahren umzugehen.

Rakshasas waren furchtlose Krieger und das einzige Volk, das es wagte, tief in den Wäldern von Makhura zu siedeln, denn selbst die Dschungelbestien fürchteten ihre Wildheit. Sie hatten verschiedenartige Tierköpfe, vom Wasserbüffel bis zur Kobra, doch die Tigerköpfigen galten als die Edlen ihres Volkes. Elyami war ein wenig unheimlich zumute gewesen, als Krura hinter ihr und Galdra auf der Gepäckplattform ihrer Fledernatter Platz genommen hatte.

Fast einen Tag lang waren sie von Ravinagari aus nach Süden geflogen, über Urwälder und dicht besiedelte Flusstäler hinweg, bis sie Aranyapur erreicht hatten, die Hauptstadt von Aranyakam im Schatten des Smaragdgebirges. Krura hatte sich dort um die Unterkunft in einer Herberge gekümmert.

Am nächsten Morgen waren sie früh aufgebrochen und in weiten Kreisen über die Wälder an den Berghängen geflogen, um nach dem Weltenbaum zu suchen. Es erwies sich als einfach, den Bergrücken des Ukshagiri auszumachen, der in der Tat an den Buckel eines Wasserbüffels erinnerte. Doch der Weltenbaum war nicht zu entdecken, sooft sie auch über die umliegenden Hänge und Täler glitten.

»In meiner Vision überragte er das Blätterdach turmhoch, als würde er den Himmel selbst stützen!«, hatte Elyami im Flugwind gerufen. »Ich kann mir nicht vorstellen, dass wir ihn übersehen …«

Aber am Abend waren sie erfolglos nach Aranyapur zurückgekehrt.

»Es ist dumm, die Luft zu durchstreifen, wenn du die Erde finden willst«, hatte Krura beim Essen gebrummt und seine Schale ausgeleckt. »Ich zeige euch, wie ihr suchen müsst.«

Im ersten Abenddunkel hatte er sie zu einem kleinen Tempel der Erdengöttin Dharana am Stadtrand geführt, wo Elyami ihre Suche einer alten Priesterin erklärt hatte. Die Rakshasi hatte bedächtig den Geierkopf hin und her gewiegt, ehe sie ihr antwortete: »Der Weltenbaum ist nur für Pilger erreichbar, die sich zuvor der Reinigung unterzogen haben. Sucht die Tempel von Harit auf und badet in ihren heiligen Becken. Dann durchschreitet den Schoß der Mutter, und nähert euch dem Baum mit Demut.«

Elyami hatte sich bedankt und auf Kruras Knurren hin ein großzügiges Opfer zurückgelassen.

Am nächsten Morgen hatten sie wieder den Dschungel überflogen und die Tempelstadt Harit noch am Vormittag erreicht. Die Steinkuppeln ihrer Heiligtümer waren nur noch überwucherte Ruinen, bedeckt mit den moosbewachsenen, geheimnisvoll lächelnden Gesichtern halbvergessener Götter. Algen und Wasserpflanzen schwammen auf den Tümpeln, die einst die Becken der Reinigung gewesen waren. Die Reisenden hatten sich dennoch mit dem glitschig-grünen Wasser gewaschen, so gut es eben ging. Elyami hatte die prachtvollen Seerosenblüten bewundert, Galdra über Egel und Stechmücken geschimpft. »Warum muss ich eigentlich ständig baden«, hatte sie in ihren Bart gebrummt.

Danach hatte Krura sie zu einem schmalen Durchlass zwischen zwei Tempelgebäuden geführt. Er war als senkrechte, spitz zulaufende Ellipse geformt. Dahinter erstreckte sich dichter Urwald. »Der Schoß der Mutter«, hatte der Rakshasa geknurrt. Lag da ein Hauch von Ehrfurcht in seiner Stimme?

Elyami hatte Hlu herbeigerufen und die Flügelfee gebeten, auf Yà Myrlion achtzugeben. Dann hatten sie den Schoß der Mutter durchschritten und waren zu Fuß in das Waldlandreich des Weltenbaumes eingedrungen.

Hier waren sie nun schon seit drei anstrengenden Marschtagen unterwegs. Elyami war sich nicht sicher, was sie mehr faszinierte: Die Vielzahl der Formen, die das Leben in diesen Wäldern annehmen konnte – oder die Vielzahl der Methoden, mit denen es versuchte, sie zu töten.

Strahlend bunte Riesenblüten luden dazu ein, in ihrem süßen Duft zu schwelgen, und stießen dabei hochgiftige Pollen aus, vor denen Krura sie eindringlich gewarnt hatte. Gewaltige Fangnetze hingen unsichtbar zwischen den Baumstämmen, nicht mehr als ein Schimmer im Sonnenlicht, während fassgroße Spinnen in den Ästen lauerten. Henker-Lianen flochten sich von selbst zu Schlingen und legten sich unvorsichtigen Reisenden um den Hals. Einmal fiel von allen Seiten ein Schwarm winziger, blutrot gefiederter Vögel über sie her, der mit stahlharten Schnäbeln Stücke aus ihrer Haut zu hacken versuchte. Erst als Krura mit seinen Säbeln einen besonders großen Fleischervogel zerteilt hatte, war der Schwarm davongeflattert.

»Versucht hier eigentlich alles, mich umzubringen?«, fragte Galdra empört, die gerade ihren Wasserschlauch entkorkt hatte. Aus der Öffnung des Behälters tastete ein glitschiger Tentakel nach ihr.

»Hier versucht alles, zu überleben«, knurrte Krura, ohne sich nach ihr umzublicken.

Galdra öffnete den Mund für eine Erwiderung, hielt aber inne, als der Rakshasa plötzlich stehen blieb und warnend eine seiner vier Hände hob. Elyami und Galdra hatten in den letzten Tagen gelernt, die Signale ihres Führers ernst zu nehmen. Nervös tastete Elyami nach ihrem Dolch, während Galdra die Kristallaxt lockerte. Nun bemerkten Elyamis feine Elbenohren ein Rascheln und Knacken im Geäst. Irgendetwas kroch mehr oder weniger leise durch den Wald. Vorsichtig spähte sie in die Richtung des Geräusches.

Eine gebeugte Gestalt bewegte sich dort in den Schatten des Dickichts. Ihre Umrisse waren annähernd menschlich, doch merkwürdig proportioniert. Der graue Leib war so dürr, dass sich die einzelnen Rippen deutlich unter der Haut abzeichneten. Einzig ihr Bauch war unförmig dick und hervorgewölbt. Ihr knöchriger Hals war grotesk verlängert, sodass der Kopf knapp einen Meter vor dem Körper in der Luft pendelte. Borstige Haare standen wirr von ihm ab. Die Gesichtszüge der Kreatur waren ebenfalls menschenähnlich, doch verzerrt wie unter großen Schmerzen. Ihr Mund war winzig klein, kaum mehr als eine punktförmige Öffnung. Die großen Augen wirkten verschleiert und schienen ins Leere zu blicken, die Nüstern zuckten gierig schnüffelnd, während sich die Kreatur halb gehend und halb auf allen vieren kriechend durch die Schatten schob.

»Was ist das?«, fragte Galdra, die das Wesen inzwischen auch entdeckt hatte, mit Abscheu in der Stimme.

»Ein Preta«, knurrte Krura. »Ein ruheloser Hungergeist auf der Suche nach Nahrung. Gierig, aber feige.«

»Ist er eine Gefahr?«, flüsterte Elyami, ohne den Blick von dem merkwürdigen Geschöpf zu lassen.

»Pretas fallen selten über die Lebenden her«, sagte der Rakshasa. »Nur, wenn ihr reißender Hunger und eine große Übermacht zusammenkommen. Für gewöhnlich nagen sie an den Knochen der Toten.«

Sie umgingen den Preta vorsichtig, der sich schnüffelnd voranbewegte und die Reisenden komplett zu ignorieren schien. Wenig später stieg Elyami der schwere, süßliche Geruch von Räucherwerk in die Nase. Der Rauch trieb in trägen Schwaden durch die Wälder und schien seinen Ursprung irgendwo vor ihnen zu haben, wo die Bäume weniger dicht standen.

Sie kamen an den Rand einer großen Lichtung, auf der sich eine etwa schulterhohe Holzplattform erhob. Zahlreiche längliche Umrisse lagen auf der Plattform unter geflochtenen Grasmatten ausgestreckt. Waren das zugedeckte Körper? Mitten dazwischen stand ein Dreifuß, aus dem die Kräuterdämpfe herausquollen. Eine dürre Gestalt wuselte um ihn herum.

Für Elyami sah sie aus wie eine Art menschengroßes Insekt mit länglichen Gliedmaßen, einer Fangschrecke ähnlich. Zunächst musste sie an einen Rakshasa denken, doch sie hatte noch nie einen der Tiermenschen mit Insektenzügen gesehen; auch war das Wesen auf der Plattform zu zierlich dafür. Gerade hob die Gestalt einen Stab, der in eine Astgabel mit einem eingebetteten, tiefgrünen Stein endete. Ein ebenso grüner Blitz fauchte über die Lichtung und schlug in den Körper einer Kreatur ein, die das Gerüst zu erklettern versuchte. Es war ein Preta. Sein ausgemergelter Leib fiel auf den Rücken. Der überlange Hals zuckte noch einmal, dann regte sich der Hungergeist nicht mehr.

Doch von allen Seiten strömten weitere Pretas auf die Lichtung, ein Dutzend oder mehr. Sie bewegten sich mit irritierender Lautlosigkeit auf die Plattform zu, die von dem Insektenwesen verbissen verteidigt wurde.

»Hier scheint die Gier die Feigheit besiegt zu haben«, knurrte Galdra.

Krura sagte nichts und wandte sich gleichmütig von der Lichtung ab, wo man die Neuankömmlinge noch nicht bemerkt zu haben schien. Plötzlich ging ein Preta gurgelnd zu Boden, gefällt von einem Wurfbeil. Drei Hungergeister wandten ruckartig die Köpfe in ihre Richtung. Dann schoben sie sich mit leeren Blicken auf Elyami und ihre Gefährten zu.

»Na kommt, traut euch!«, rief Galdra und schwang erwartungsvoll ihre Kristallaxt. Krura seufzte entnervt und zog mit allen vier Armen zugleich seine Säbel. Das Insekt auf der Plattform feuerte einen weiteren Blitz ab. Wieder brach ein Preta zusammen.

Elyami griff nach ihrem Dolch. Zur Rechten stürmte Galdra auf die Pretas los, zur Linken ließ Krura seine Säbel kreisen. Die Hungergeister bewegten sich langsam und tastend, als wären ihnen die eigenen Körper fremd. Elyami war zuversichtlich. Die Pretas hatten keine Chance gegen die wirbelnden Waffen der Zwergin und des Rakshasas.

Plötzlich spürte Elyami eine nagende Leere in sich, so quälend, dass sie die ganze Welt einzunehmen schien. Und sie hatte Hunger. Unstillbaren, alles verschlingenden Hunger.

Die Pretas krochen heran, die knotigen Finger ausgestreckt. Der Hunger wurde beißender, je näher die ausgemergelten Gestalten kamen. Krura fuhr herum. In seinen Tigeraugen stand die nackte Gier, als der Rakshasa mit gebleckten Zähnen auf Galdra losging.

Elyami wusste, dass sie etwas tun musste! Doch der Hunger war so grausam, dass sie kaum denken konnte. Mit großer Anstrengung hob sie die Hand, um sich die Augen zu bedecken und das lebendige, blutdurchpulste Fleisch ihrer Gefährten nicht sehen zu müssen. Doch als sie ihre Finger vor sich sah, hätte sie am liebsten die Zähne hineingeschlagen.

Es klirrte metallisch, als Galdras Axt brachial auf Kruras Säbel traf. Das dissonante Geräusch riss Elyami zurück zu sich selbst. Sie stieß einen schrillen, lang gezogenen Schrei aus. Er hallte so grell durch die Wälder, dass die Vögel aus den umliegenden Baumwipfeln aufflatterten. Galdra und Krura fuhren zusammen und selbst die Pretas hielten in der Bewegung inne. Elyami ließ den Schrei direkt in einen Grüngesang übergehen. Es war ein trotziges Lied über den niemals endenden Kreislauf des Lebens. Sie webte es spontan aus ihren Erinnerungen an Liráya und den neuen Eindrücken aus den Dschungeln Makhuras zusammen. Es wurde zu einem kraftvollen Banngesang, der die unheilvolle Hunger-Aura der Pretas vergehen ließ wie einen bösen Traum im Morgenlicht.

Galdra und Krura schauten sich irritiert an. Dann wandte die Zwergin sich um und ging mit ihrer Kristallaxt auf die Pretas los, während der Rakshasa brüllend seine Säbel kreisen ließ.

Elyamis Lied wurde zu einem erleichterten Triumphgesang, als die grotesken Angreifer unter den Klingen ihrer Gefährten zu Boden gingen. Das Insektenwesen auf der Plattform ließ einen weiteren grünen Blitz quer über die Lichtung fauchen. Dann war der Kampf auch schon vorbei, und die verrenkten Körper der gefallenen Hungergeister bedeckten ringsum den Boden. Schnaufend ließ Galdra ihre Waffe sinken. Krura steckte seine Säbel gleichmütig in die Schärpe zurück.

Das Insektenwesen eilte mit flinken Beinen von der Plattform herab und näherte sich ihnen. Als es direkt vor ihnen stand, begann es zirpende und klickernde Laute auszustoßen. Obwohl Elyami nur erahnen konnte, dass diese Geräusche wohl eine Art Sprache waren, formten sich klare Worte in ihrem Geist.

»Die Kre Tak danken euch für die Hilfe«, sprach eine trockene, raspelnde Stimme in Elyamis Kopf. »Ohne euch hätte dieser Kre Tak seine Aufgabe nicht erfüllt. Er muss die Stätte des Übergangs vor den Immerhungrigen beschützen.«

Galdras erstauntem Blick nach zu schließen, konnte sie das Wesen ebenfalls verstehen. Krura schaute gleichmütig vor sich hin.

»Wir haben gerne geholfen«, erwiderte Elyami überrumpelt. »Aber wer bist du, und was ist das hier für ein Ort?«

Beim Sprechen musterte sie ihr Gegenüber neugierig. Das Wesen glich in der Tat einer braun-gelb gepanzerten Fangschrecke von Menschengröße. Es ging auf vier eingeknickten Hinterbeinen, während seine Vorderglieder zu Greifarmen geformt waren. Sein kleiner Kopf wurde von zwei faustgroßen Facettenaugen dominiert. Die klackernden Geräusche erzeugte es offenbar mit den zangenartigen Beißkiefern, die seinen Mund bildeten. Sein Chitinpanzer war über und über mit komplexen tiefgrünen Ornamenten bedeckt, die man anscheinend mit einer Art Lack aufgetragen hatte.

»Wir sind die Kre Tak«, beantwortete das Wesen Elyamis Frage. »Und dies ist ein Ort, an dem wir unsere Toten dafür vorbereiten, wieder in den großen Kreislauf einzugehen.«

Es deutete mit seinem edelsteinbekrönten Stab auf die Umrisse, die unter den Tüchern auf der Plattform ausgebreitet lagen. Erst jetzt erkannte Elyami, dass der Stab der rechte Arm der Kreatur war. Er war offenbar von Natur aus stabförmig und lief in eine Art Fassung für den Stein aus. Der linke Arm endete in einer insektenartigen Greifklaue.

»Es sind viele Tote«, fuhr das Wesen fort, »denn die Kre Tak haben schwere Kämpfe hinter sich. Dieser Kre Tak ist ein Diener der Erdenmutter und wacht über die Toten. Ihre Körper sind für den Kreislauf der Erde bestimmt, nicht für die Ruhelosen. Doch es kamen mehr Pretas, als dieser Kre Tak zu vertreiben vermochte. Die Tore der Unterwelt stehen weit offen.«

Elyami nickte grimmig. Sie wusste nur zu gut, woran das lag. Die Kräfte im Totenreich gerieten immer mehr aus dem Gleichgewicht, seit Patitas, die sterbliche Verkörperung des Nidhanas, gefallen war. Auf merkwürdige Art fühlte sie sich schuldig an dem, was den Kre Tak widerfahren war.

»Ich fürchte, das alles hängt mit dem Grund zusammen, aus dem wir hier sind«, sagte sie ehrlich. »Wir bekämpfen den Kettenfürsten, der die Herrschaft über die Unterwelt an sich gerissen hat. Dafür suchen wir nach der elementaren Quelle der Erde unter den Wurzeln des Weltenbaums. Es geht um die Macht ihrer Essenz.«

Das Insektenwesen legte den Kopf schief und tastete mit zwei dünnen Fühlern in Elyamis Richtung.

»Erdenessenz haben auch die Fremden gewollt, die die Kre Tak angegriffen haben«, sprach es. »Viele Kre Tak sind nun tot.«

»Und die Fremden?«, fragte Galdra.

»Sind mit der geraubten Essenz geflohen«, antwortete der Kre Tak und sprach damit aus, was auch Elyami befürchtet hatte.

»Das war die verfluchte Orkbrut!«, schnaubte Galdra.

Elyami schloss kurz die Augen und atmete durch. Die Orkzwillinge waren einfach zu schnell. Ihnen lief die Zeit davon. Sie zwang sich zur nächsten Frage: »Was ist geschehen?«

»Drei Kinder der Steppen kamen durch den Schoß der Mutter von Harit in diese Wälder«, berichtete der Kre Tak. »Eines von ihnen, ein Pferdemann, webte einen sehr mächtigen Zauber. Er sollte ihr Eindringen vor den Blicken aller Elementargeschöpfe verschleiern, die rund um die Quelle leben, und sogar den Hüter selbst täuschen. Aber Magie ist gegen die Kre Tak wirkungslos. Der Zauber war nicht erfolgreich, also haben sich die Fremden den Weg freigekämpft. Die Kre Tak waren unterlegen, doch sie haben die Fremden lange aufgehalten und ihnen Gift aus der Tiefe der Wälder mit auf den Weg gegeben.«

»Was soll das heißen: Magie ist gegen euch wirkungslos?«, hakte Galdra nach.

»Die Kre Tak sind Kinder der Erde«, erklärte das Insektenwesen. »Ihre Aura ist gepanzert wie ihr Körper, denn sie trennen nicht zwischen Geist und Materie. Sie sind gegen Magie gefeit.«

»Zauberei kann euch nichts anhaben?«

»So ist es. Aus diesem Grund hatte auch der ansteckende Hunger der Pretas keine Auswirkungen auf diesen Kre Tak.«

»Praktisch«, gab Galdra anerkennend zu.

»Werdet ihr uns helfen?«, fragte Elyami besorgt. »Wir sind Feinde der Fremden, die euch bestohlen haben. Doch ohne die Essenz der Erde können wir sie nicht bezwingen.«

»Das wird dieser Kre Tak nicht entscheiden«, war die Antwort. »Dieser Kre Tak wird euch in die Stadt unter den Wurzeln bringen, sobald ein anderer Wächter seinem Ruf gefolgt ist, um die Toten zu beschützen.«

»Das ist gut«, brummte Galdra halb überzeugt.

Der Kre Tak bestieg wieder die Plattform mit den Toten, um neues Räucherwerk im Dreifuß zu entzünden. Elyami und ihre Begleiter warteten beklommen am Rand der Lichtung.

»Bist du solchen Wesen schon einmal begegnet?«, wandte sich Galdra an Krura.

»Nein«, gab der Rakshasa knapp zurück. »Aber es gibt Geschichten.«

»Was für Geschichten?«, fragte die Zwergin misstrauisch.

»Geschichten von riesigen Insektenmonstern, die Schatzsucher in Stücke schneiden, wenn sie die Geheimnisse ihrer verborgenen Stadt zu ergründen versuchen«, knurrte der Rakshasa. »Eine von vielen Gefahren in den Wäldern von Makhura.«

»Warum habe ich auch gefragt«, murmelte Galdra. Kruras Blick stimmte ihr zu.

Wenig später bemerkte Elyami eine Bewegung am gegenüberliegenden Rand der Lichtung. Eine Gestalt huschte auf langen Beinen über die freie Fläche und kletterte mühelos auf die Plattform. Sie glich dem Kre Tak, dem sie gegen die Pretas beigestanden hatten, bis hin zum stabförmigen Arm. Elyami hatte allerdings den Eindruck, dass die komplexen Muster auf den Rücken der beiden Wesen nicht identisch waren. Die Kre Tak tauschten einige klickende Laute aus, die Elyami nicht verstand. Dann verließ der erste Wächter die Plattform und winkte die Reisenden herbei.

»Dieser Kre Tak bringt euch nun zur Stadt unter den Wurzeln«, sprach es hinter Elyamis Stirn. Sie nickte fasziniert. Wie mochte der Totenwächter seinen Gefährten gerufen haben? Die seltsamen Wesen schienen perfekt aufeinander eingespielt zu sein.

Sie ließen die Lichtung hinter sich und folgten dem Kre Tak in den Dschungel. Dabei mussten sie sich anstrengen, um mit ihrem neuen Führer Schritt zu halten, der mühelos durch das Dickicht vorankrabbelte, an Baumstämmen entlanglief und einmal sogar kopfüber einer Luftwurzel folgte. Nach einer guten Stunde wich das Buschwerk zurück und öffnete sich zu einer weiteren Lichtung. Elyami blieb stehen und staunte.

Vor ihnen erhob sich ein Baum, der die umliegenden Wipfel so hoch überragte, dass sie seine Spitze nicht einmal erahnen konnte. Sein Stamm war dicker als die mächtigsten Türme der Menschenburgen, die Borke so dicht mit Moos und Teppichen aus Kletterpflanzen bedeckt, dass sie eher grün als braun war. Seine Wurzeln erstreckten sich wie lange Mauern in alle Richtungen, jede höher aufragend als ein Waldtroll, ehe sie im Boden verschwanden.

Weiter oben breiteten sich mächtige Äste über die Lichtung und die Wipfel der Umgebung aus. Sie waren über und über bewachsen mit Büschen, Ranken und kleineren Bäumen, die sich in den Ritzen und Löchern der Borke festgesetzt hatten. Elyami stellte fasziniert fest, dass dieser Baum einen eigenen Wald auf seinem Astwerk trug, üppig wuchernd und schwer herunterhängend. Und er war erfüllt von Leben: Vogelschwärme umflatterten die Äste, Affen schwangen sich an den Ranken umher, Legionen von Insekten erfüllten die Luft mit ihrem Zirpen. Elyami konnte sogar einen Lindwurm erkennen, der weiter oben zwischen den Ästen jagte. Sie schloss die Augen und versuchte, die Melodie des Baumes zu erfassen. Doch sie hörte nur einen tiefen, vibrierenden Brummton, so lang gestreckt und gemächlich, dass sie sich nicht vorstellen konnte, in welchen zeitlichen Dimensionen dieses Wesen existieren mochte.

»Der Weltenbaum, nehme ich an«, brummte Galdra beiläufig. Doch selbst ihr war anzuhören, dass sie nicht unbeeindruckt war.

»Ja«, knurrte Krura. »Und wir sind nicht allein.«

Elyami riss sich vom Anblick des himmelsumspannenden Astwerks los. Erst jetzt bemerkte sie, dass sich ihnen über die Wurzeln mehrere Wesen genähert hatten. Es schienen ebenfalls Kre Tak zu sein, doch jeder einzelne von ihnen war doppelt so groß wie ihr Begleiter und hatte eher die Körpermaße eines Ogers. Ihre massigen Leiber waren schwer gepanzert und mit zahllosen Dornen bedeckt. Die Vorderarme endeten in Sensenklingen, die aussahen, als ob sie einen Elb problemlos halbieren könnten. Es waren sechs oder sieben der riesenhaften Insekten, und sie kamen zielstrebig heran. Krura knurrte und zeigte nach oben.

Auf den Ästen über ihnen hatten sich ebenfalls Dutzende Kre Tak versammelt. Sie waren kleiner als die Sensenträger und feingliedrig gebaut. Einer ihrer Vordergreifer war jeweils zu einer Art Bogen geformt, auf den eine Sehne gespannt war. Mit dem anderen Greifer hielten sie drohend Pfeile in Stellung. Elyami berührte Galdras Schulter, als sie bemerkte, dass die Zwergin ihre Hand misstrauisch zu ihrer Axt wandern ließ. Sie standen einer erdrückenden Übermacht gegenüber. Wenn es der Totenwächter darauf angelegt hatte, sie in eine Falle zu führen, dann war diese jetzt zugeschnappt.

»Sind das alles Eure Leute?«, fragte Elyami ihn so gelassen wie möglich.

»So ist es«, gab er zurück. »Diese Kre Tak bewachen die Tore der Stadt. Früher waren es mehr.«

»Sie sehen anders aus als du«, stellte Galdra mit einem Blick auf seinen stabförmigen Arm fest.

»Wir sind Kre Tak«, sprach er. »Alle Kre Tak erfüllen eine Aufgabe im größeren Ganzen. Sie werden mit den Werkzeugen geboren, die sie für ihre Aufgabe benötigen. Dieser Kre Tak ist ein Diener der Erdengöttin und trägt ihren Stab. Jene Kre Tak dort sind Wächter und tragen Waffen.«

»Ihr betreibt also organisierte Arbeitsteilung und habt angewachsene Werkzeuge für eure jeweiligen Aufgaben?«, fasste die Zwergin zusammen.

»So ist es.«

»Überaus praktisch«, gab sie zu. »Den Obleuten der Hohen Gilden von Tokrond würde das gefallen.«

Inzwischen hatten die Kre Tak mit den Sensenarmen sie umringt. Krura gab sich noch immer ruhig, doch seine vier Hände lagen unmissverständlich auf den Griffen seiner Säbel. Die Insektenleute tauschten untereinander komplexe Muster aus Klickgeräuschen aus. Dann wandte sich der Stabträger wieder an Elyami und ihre Begleiter: »Wir werden nun eintreten.«

Umringt von den Wächtern folgten sie der hochaufragenden Wand einer Wurzel bis zum Stamm. Direkt vor ihnen gab es eine Öffnung im Wurzelwerk, geformt wie ein breiter Torbogen. Eine mächtige braune Platte, die mit grünen Ornamenten überzogen war, bedeckte den Eingang. Als sie sich näherten, schob sich die Platte langsam nach oben. Elyami erkannte staunend, dass es der enorm verbreiterte Hinterleib eines schwer gepanzerten Kre Tak war, der nun hinaufkletterte, um das Tor freizugeben.

Sie traten ein. Hinter dem Torbogen lag ein Gang mit borkigen Wänden, der zwischen den Wurzeln hindurch in die Tiefe führte. Die Wächter blieben auch hier an ihrer Seite. Elyami fragte sich, ob sie Gäste oder Gefangene waren. Es irritierte sie, dass sie in den gleichmütigen Facettenaugen der Kre Tak nicht lesen konnte. Galdra blickte sich beständig um, als erwartete sie einen Hinterhalt.

Obwohl die Toröffnung schon viele Biegungen hinter ihnen lag, war es in dem Gang nicht dunkel. Seine Wände waren mit Flechten bewachsen, die gelbgrünlich leuchteten. Elyamis Elbenaugen gewöhnten sich schnell an das Dämmerlicht. Der Tunnel beschrieb eine weite Kurve um eine Wurzel herum. Dann öffnete er sich unvermittelt in eine riesige Höhle. Elyami blieb stehen und schaute sich staunend um.

Die Höhle schien direkt unter dem Weltenbaum zu liegen, denn sie war mit Wurzelwerk durchzogen. Die mächtigsten Wurzeln waren breit wie Straßen, und überall huschten zahllose

Kre Tak auf ihnen entlang. An vielen Stellen waren die Wurzeln durch künstliche Brücken und Stege miteinander verbunden.

An ihrem Holz wucherten allerorts Pilze und Flechten verschiedener Größen, manche winzig wie ein Daumennagel, andere bauchig wie Fässer und hoch wie kleine Bäume. Sie alle schimmerten matt und tauchten den Höhlenraum in ihr grünliches Licht. Elyami erkannte, dass sie nicht wild wuchsen, sondern zu Mustern angeordnet waren.

Zwischen den Wurzeln hingen immer wieder kugelförmige Gebilde von der Größe kleiner Häuser. Sie waren aus Ästen zusammengesteckt, die man mit einer merkwürdigen, papierartigen Substanz überzogen hatte. Die Konstruktionen hatten runde Öffnungen, durch die man immer wieder die Leiber der Insektenleute schlüpfen sah. Offenbar waren es Behausungen.

Die Größe der Höhle konnte Elyami nicht ermessen. Vor ihren Füßen fiel sie ins Bodenlose ab und verlor sich im Dämmerlicht zwischen den Wurzeln. Ein besonders breiter Wurzelstrang führte von der Gangmündung in die Höhle hinein.

»Dies ist die Stadt unter den Wurzeln«, erklärte ihr Kre-Tak-Begleiter unnötigerweise. »Kommt nun.« Elyami und die anderen folgten ihm, wobei sie auf der moosigen Oberfläche vorsichtig gehen mussten.

Kre Tak in allen denkbaren Formen und Größen kamen ihnen auf den Wurzelstraßen entgegen. Sie bewegten sich mit leichtfüßiger Sicherheit und wichen den Reisenden mühelos aus. Manche von ihnen waren riesig und schienen als Lastenträger zu arbeiten. Ihre Hinterleiber waren zu einer Ladefläche verbreitert. Andere waren klein und feingliedrig und hatten Arm-Werkzeuge, deren Zweck Elyami nicht einmal erahnen konnte. Einmal begegneten sie auch einem Kre Tak, an dessen länglichem Leib zahllose blasse, larvenartige Wesen klebten, nicht größer als Elyamis Unterarm. Er verschwand im Gewimmel, ehe die Elbin ihn näher anschauen konnte.

Doch so verschiedenartig die Kre Tak äußerlich auch waren, hatten sie doch eine Gemeinsamkeit: Ihre Insektenpanzer schimmerten kristallartig, als wären es kostbare Edelsteine auf langen Beinen. Zunächst glaubte Elyami, dass ihr die merkwürdigen Lichtverhältnisse in der Höhle einen Streich spielten. Doch dann wurde es immer deutlicher: Je tiefer sie in das Reich unter den Wurzeln vordrangen, umso heller leuchteten die Kre Tak. Was unter der Sonne ein mattes Braungelb war, erstrahlte im Herzen der Erde im warmen Glanz.

»Wohin bringt ihr uns?«, fragte Galdra unvermittelt, nachdem sie schon eine ganze Weile über Wurzeln und Stege in die Tiefe der Höhle vorgedrungen waren.

»Zur Königin«, erwiderte der Stabträger, ohne innezuhalten.

»Ihr habt eine Königin, natürlich«, sagte Elyami wissend und musste an die Ameisen und Bienen der Wälder denken.

»So ist es«, bestätigte ihr Begleiter. »Doch sie ist nicht Kre Tak.«

Galdra warf Elyami mit gerunzelter Stirn einen Seitenblick zu, die nur mit den Schultern zucken konnte. Sie verstand die Antwort genauso wenig.

»Lasst euch nicht verwirren«, grollte Krura hinter ihnen. »Haltet eure Klingen bereit und die Augen offen.«

Sie folgten der Wurzelstraße, bis sich diese auf eine Plattform öffnete. Sie hing mitten über einem Abgrund, der in bodenlose Tiefe abzufallen schien. Hier liefen viele mächtige Wurzelstränge sternförmig zusammen. Zahllose Kre Tak hatten sich auf der Plattform versammelt und wuselten durcheinander. Die Luft war erfüllt vom Klirren und Klickern der Kieferzangen. Elyami erblickte viele Insektenleute unter ihnen, die wie ihr Begleiter einen stabförmigen Arm mit einem tiefgrünen Stein trugen.

Als sie die Plattform betraten, wichen die Kre Tak zurück, um ihnen Platz zu machen. Unter den Blicken unzähliger Facettenaugen durchschritten die Reisenden die Menge. Sie näherten sich nun einer Art Podest, das sich am anderen Ende der Plattform erhob. Die massigen Körper von Sensenträgern schirmten es ab. Erst als Elyami und ihre Begleiter das Podest fast erreicht hatten, traten sie zur Seite und gaben den Blick darauf frei.

Auf dem Podest erhob sich ein geflochtener Thronsitz, der mit hell strahlenden Leuchtflechten überzogen war. Dort saß eine Zwergenfrau und schaute den Reisenden entgegen.

Sie schien sehr alt zu sein, denn ihr langes Haar und die kunstvoll geflochtenen Bartzöpfe waren grau, ihr dunkles Gesicht von Falten zerfurcht. Ihre tiefgrünen Augen jedoch strahlten klar und lebendig unter den buschigen Brauen hervor. Grün waren auch die Muster, mit denen die Haut der Zwergin nach Art der Kre Tak bemalt war. Auf ihrer Stirn prangte ein großes Achteck. Die Zwergin trug schlichte Lederkleidung, die aus seltsamen bräunlichen Schuppen zu bestehen schien. An ihrem Gürtel hing eine leichte Handaxt, die wohl eher der zwergischen Schicklichkeit diente, als dass sie zur Verteidigung getaugt hätte.

»Nun steht ihr vor der Königin«, verkündete der Kre Tak, der sie hergeführt hatte, und trat zurück, um mit der Menge zu verschmelzen. Er hatte seine Aufgabe erfüllt. Die Zwergenfrau nickte ihnen vom Thron herab zu. Ihr Gesichtsausdruck war unergründlich.

»*Das* ist die Königin der Kre Tak?«, fragte Galdra ungläubig. Elyami konnte es ihr nachfühlen. Sie war mindestens genauso überrascht.

»*Das* bin ich«, sagte die Königin in der Hochsprache, wobei sie Galdras Tonfall abfällig imitierte. Ihre Stimme war fest wie Felsgestein. Ein Hauch von Macht wehte Elyami entgegen, sobald die Zwergenfrau sprach. Macht, die sie nicht zum ersten Mal spürte.

»Ich frage euch nicht, wer ihr seid«, fuhr die Königin fort, »denn die Kre Tak haben mir schon zugetragen, dass sich Suchende dem Weltenbaum näherten. Was aber wollt ihr im tiefen Herzen der Erde? Begehrt ihr Ruhm oder Macht?«

Galdra trat einen Schritt vor. Elyami hielt sich zurück. Es war mehr als deutlich, dass dies die Angelegenheit ihrer zwergischen Gefährtin war.

»Wir suchen nach reiner Essenz aus der Erdenquelle«, sagte Galdra. »Wir wollen eine Waffe schmieden, um den Kettenfürsten und seine Schergen zu bezwingen. Die verfluchten Orks, die euch beraubt haben, dienen ihm! Mit denen habe ich eine besondere Rechnung offen, die ich nur zu gerne bald begleichen würde.« Sie schnaubte grimmig.

Die Königin musterte sie unverwandt.

»Jedenfalls können wir den Kettenfürsten besiegen, wenn es uns gelingt, diese Waffe zu schmieden«, fasste Galdra zusammen. »Und dafür brauchen wir eben Erdenessenz. Lasst ihr uns zur Quelle durch, damit wir sie schöpfen können?«

Die Zwergenfrau auf dem Thron brummte nachdenklich vor sich hin. Dann sprang sie plötzlich auf die Füße und eilte die Stufen des Podestes hinab, bis sie Galdra direkt gegenüberstand. Die Wächter senkten respektvoll ihre Sensenarme.

»Warum glaubst du, dass du würdig bist, dich der Erdenquelle zu nähern?«, fragte die Königin streng.

Elyami hatte das Gefühl, dass der Klang ihrer Worte wie ein Hammerschlag durch den Boden hallte. »Die Letzten, die das versucht haben, waren gemeine Räuber, die der Harmonie der Quelle geschadet haben. Was bist du?«

Galdra straffte sich. »Ich bin Galdra von den Höhlengängern aus Tokrond«, sagte sie mit fester Stimme. »Ich habe ein Zwergenleben damit verbracht, die tiefsten Höhlen und Klüfte im Leib der Erde zu erkunden. Ich kenne die Pracht von Dwaldarins Kristallwäldern und die Geheimnisse seiner verborgenen Erzadern. Die Tiefen der Erde sind mein Zuhause. Lasst Ihr mich passieren?«

»Ich glaube dir, dass du die Wege der Felsenberge kennst«, sagte die Königin. »Doch was ist mit den anderen Gesichtern der Erde? Die dunkle Muttererde, das wuchernde Pflanzenleben, der alles durchdringende Segen der Fruchtbarkeit?«

»Davon verstehe ich nicht viel«, gab Galdra überrumpelt zu. »Aber ich habe jedenfalls nichts gegen Bäume. Das heißt, solange sie mich nicht zu fressen oder zu vergiften versuchen …«

»Und das macht dich würdig?«

Galdra hob hilflos die Arme. »Das weiß ich nicht! Aber es gibt da einen Orakelspruch von den Göttern. Mein Bruder und ich gehören zu den Zwillingsseelen, die dazu ausersehen sind, den Kettenfürsten zu stürzen. Doch dazu müssen wir diese besondere Waffe schmieden, und dafür brauchen wir eben die Essenzen der Elementquellen.«

»Der Spruch mag das besagen«, sprach die Königin, »und du magst eine erfahrene Höhlengängerin sein. Doch im Reich der Erde zählt nicht, was du sagst oder bist. Hier zählt, was du tust!«

»Das gefällt mir!«, rief Galdra. »Und was muss ich tun, um Erdenessenz mitnehmen zu können? Uns läuft langsam die Zeit davon.«

»Du musst ins tiefe Herz der Erde vordringen«, sagte die Königin, »und wieder zurückkehren. Wagst du das?«

Galdra verschränkte die Arme. »Ich habe schon Höhlen erkundet, die viel tiefer waren als diese Wurzelstadt. Wo geht es lang?«

»Du glaubst, dass du die Tiefe nicht fürchtest?«, fragte die Königin. »Dann sei das dein Weg!«

Sie packte Galdra am Kragen und hob die voll bepackte Zwergenkriegerin mühelos empor, bis ihre Stiefel den Boden nicht mehr berührten.

»Was soll das?!«, protestierte Galdra.

»Dein Weg in die Tiefe beginnt«, rief die Königin. Mit Galdra fest im Griff ihres Arms trat sie an den Rand der Plattform. Dann schleuderte sie die Zwergin in die Tiefe.

Galdras empörter Schrei verhallte irgendwo unter ihnen.

Elyami wollte vorstürzen, doch plötzlich lagen zwei scharfe Sensenklingen an ihrem Hals. Auch Krura musste seine Säbel senken, als sich ein Ring aus Chitin-Waffen auf ihn richtete.

»Ihr wartet hier als Gäste der Kre Tak!«, rief die Königin Elyami und Krura über die Schulter zu. »Bis eure Gefährtin zurückkommt – oder auch nicht.« Dann sprang die Zwergenfrau hinter Galdra her in die Tiefe. Eine Woge der Macht peitschte zu Elyami herauf, als würde ein Erdstoß den Boden unter ihr erschüttern. Ihre Beine zitterten. Sie musste tief durchatmen, um den Strom der inneren Bilder zu kontrollieren. Galdra hatte ihre Prüfung angetreten.

Vierundzwanzigstes Kapitel

AM SILBERKLOSTER MALYÚN IN DEN GLETSCHERBERGEN VON SKOVRIK

Jha Rudra schaute auf die weißen Türme von Malyún, die stolz vor den Gletschergipfeln aufragten. Schneeflocken tanzten in der klaren Luft. Wenn nicht das rostrote Kettenbanner an einer Turmspitze geweht hätte, wäre es so erschienen, als sei das Silberkloster allem Weltlichen entrückt.

Vor zwei Tagen hatte ihre Schar Malyún endlich erreicht und das Lager auf dem schmalen Zugangspfad aufgeschlagen. Der Marsch über den Alten Elbenpass hierher war eine einzige Tortur gewesen, und das nicht nur wegen der unwegsamen Strecke …

Jha Rudra wandte sich ab, um ihren Rundgang durch das abendliche Heerlager fortzusetzen. In ihrer Blendlaterne brannte eine geweihte Kerze, ihre Lippen murmelten unablässig Schutzgebete, die Fingerspitzen beschrieben eine Segensgeste nach der anderen. Sie durfte nicht nachlassen! Seit Flagdas Tod war Jha Rudra gemeinsam mit Hilgrif dafür verantwortlich, dass das Lager vor den nächtlichen Schrecken der Unterwelt geschützt war.

Die Priesterinnen und Priester aller Orden wurden darin ausgebildet, die Macht ihrer Gottheit zu kanalisieren: So konnten die Schwertmaiden Kravanas etwa ihre Klingen in heiligem Silberfeuer erstrahlen lassen, die Askos-Priester den Segen der göttlichen Ekstase auf den Wein herabrufen oder die Diener und Dienerinnen Zeljas ihre Verfolger in heillose Verwirrung stürzen. Doch gewisse Grundfähigkeiten des Segnens und Beschützens waren ihnen allen gemein, ganz gleich, welcher Gottheit sie folgten. Die Abwehr dämonischer Wesenheiten gehörte glücklicherweise dazu. Unglücklicherweise war Jha Rudra nicht besonders gut darin.

Die Männer und Frauen ihrer Heerschar hockten in kleinen Gruppen an den Feuern – Zwerge bei den Zwergen, Menschen bei den Menschen, Trolle bei den Trollen. Die Stimmung war angespannt. Immer wieder spürte Jha Rudra düstere Seitenblicke. Vielleicht sprach nur Sorge und Erschöpfung aus ihnen. Vielleicht aber auch ein stummer Vorwurf. Denn der Schutz, den sie webte, war alles andere als perfekt. Immer wieder kam es zu Zwischenfällen.

Die Nacht war erfüllt von schleichenden Schrecken, die trotz aller Schutzgebete ins Lager eindrangen. Noch nie zuvor war es Jha Rudra so schmerzlich bewusst gewesen, wie schwierig es inzwischen geworden war, die Macht der Göttinnen und Götter anzurufen.

Einmal wurde ein Minotaur halb tot in seinem Zelt gefunden. Er stöhnte etwas von einem schwarzen Ding, das auf seiner Brust gehockt hatte. Ein anderes Mal blieb von einer menschlichen Wache am Rande des Lagers nichts als eine blutleere Leiche mit angstverzerrtem Gesicht zurück.

Am verstörendsten war die Begegnung mit einem Lautlosen Würger gewesen. Der Dämon hockte eines Abends hinter den Zelten auf dem Körper eines erdrosselten Kristallzwergs. Die Eisenwaffen der Krieger hatten ihm genauso wenig anhaben können wie Jha Rudras magische Wurfeisen oder Skjöldirs Eisschwert. Er wütete unter ihren Leuten und erwürgte noch zwei weitere Opfer im Kampf, bis endlich jemand Hilgrif herbeigeholt hatte, die ihn mit dem heiligen Silberfeuer ihrer Klinge niederstreckte. Die Nerven ihrer Leute waren angespannt, und ständig kam es zu Streitereien, die Jarl Skjöldir nur mit Mühe eindämmen konnte. Die dauerhafte Bedrohung hatte sie Nacht für Nacht immer mehr zermürbt.

Jha Rudra hatte inzwischen ihren Rundgang fast beendet und konnte nun wieder direkt zum Kloster schauen. Auf ihrer Seite des Abgrunds lag das Haupttor, beschirmt von zwei massiven

Rundtürmen, auf deren Wehrgängen immer wieder die rotschwarz lackierten Rüstungen von Wolfsschädel-Orks aufblitzten. Dort, wo die Klosterbrücke auf der anderen Seite an den Fels stieß, führte eine Seitenpforte zu abgelegenen Hochtälern mit verstreuten Bergbauernhöfen. Der größte Teil ihrer Streitmacht lagerte vor dem Haupttor und schnitt Malyún so vom Alten Elbenpass ab.

Halyamur, der Grünhüter, hatte eine kleine Truppe aus Elben, kristallzwergischen Höhlengängern und Nordmenschen über gefährliche Bergpfade auf die andere Seite geführt, um auch die Nebenpforte zu überwachen. Sie konnten dort nicht offen lagern, weil sie zu wenige waren, um einem Angriff der Orkkrieger standzuhalten. Doch sie hatten sich oberhalb eines steilen Abhangs eingerichtet und hielten sich bereit, jeden mit Pfeilen und Armbrustbolzen zu empfangen, der es wagen sollte, Malyún durch die Seitenpforte zu verlassen. Einzelne Grünhüter wechselten regelmäßig zwischen ihrer Schar und dem Hauptheer hin und her und erstatteten Bericht.

Plötzlich hörte Jha Rudra hinter sich ein Geräusch. Sie fuhr herum, als sich auch schon eine Gestalt aus dem Dunkeln schälte.

»Rudra«, sagte Hilgrif sanft, »leg dich doch ein wenig hin. Ich übernehme den Rest der Schutzformeln.«

»Du bist es, die schlafen sollte«, erwiderte Jha Rudra mit einem müden Lächeln und entspannte sich wieder. »Immerhin hast du schon den letzten Rundgang gemacht.«

»Das bin ich gewohnt«, erwiderte Hilgrif gleichmütig.

»Ich auch. Nicht nur die Dienerinnen Kravanas kennen Disziplin.«

»Du hättest fast nicht bemerkt, dass sich dir jemand von hinten nähert. Das sagt alles über deinen Zustand aus, Rudra.«

Jha Rudra musste sich eingestehen, dass Hilgrif recht hatte. Beide waren sie am Ende ihrer Kräfte, doch die Schwertpriesterin war tatsächlich deutlich erfahrener darin, über ihre Grenzen zu gehen.

»Na gut. Du beherrschst die Segensformeln gegen die Mächte der Unterwelt eh viel besser«, seufzte Jha Rudra.

»Das stimmt nicht«, erwiderte Hilgrif ernst. »Mit Zeljas Hilfe kannst du Dämonen genauso gut zurücktreiben wie ich.«

»Und warum schlüpfen dann immer irgendwelche Schrecken durch, wenn ich Wache habe?«, fragte Jha Rudra ungnädig und merkte immer mehr, wie müde sie eigentlich war.

»Da kommen Algrins Kundschafter zurück!«, rief Hilgrif statt einer Antwort und deutete auf einige eisbärtige Kristallzwerge in Fellmänteln, die auf das Zelt von Jarl Skjöldir zusteuerten. »Lass uns rasch hören, was sie herausgefunden haben.«

Jha Rudra nickte stumm. Gemeinsam verstärkten sie den Schutzsegen, sodass er hoffentlich für eine Weile halten mochte, und eilten hinüber zu Skjöldirs Mammutfell-Zelt. Ihnen blieb nicht viel Zeit, ehe sie sich wieder um die Abschirmung des Lagers kümmern mussten. Auf dem Zeltvorplatz wurde gerade unter zwergischer Aufsicht ein Belagerungsgerät aus dem Holz zusammengebaut, das die Trolle in den Bergwäldern geschlagen hatten. Es war eine mächtige Ramme, die für das Haupttor von Malyún bestimmt war. Die stählernen Bauteile hatten die Kristallzwerge auf ihren Rücken mit sich geführt.

Skjöldirs Zelt war geräumig genug, um den Anführern ihrer Schar ausreichend Platz für Besprechungen zu bieten. Der Jarl erhob sich von seinem zusammenklappbaren Feldstuhl, als Jha Rudra und Hilgrif hereinkamen, und wies ihnen Plätze zu. Kriegsmeister Algrin von Kurrond besprach sich gerade mit seinen frisch zurückgekehrten Spähern. Leider verstand Jha Rudra die brummelnden Laute des Kristalltung nicht. Neben ihm hockte Röxud, ein vierschrötiger Trollkrieger mit Augenklappe und weißen Bartsträhnen, der nach Flagdas Tod das Kommando über ihre Waldtrolle übernommen hatte. Er musste sich zusammenkauern, um in dem Menschenzelt Platz zu finden, und vertrieb sich die Zeit damit, dicke Käfer aus seinem Bart zu pflücken und knackend zu zerkauen.

Turr Muldran, der Minotauren-Hauptmann, starrte schweigend vor sich hin, die Labrys-Doppelaxt auf den Knien. Die Grün-Elben vertrat eine dunkelblonde Elbin namens Ylindri, die eine Adamantglas-Rüstung mit kunstvollem Efeu-Muster trug.

Als die Zwergenkundschafter ihren Bericht beendet hatten und sich zurückzogen, wandte sich Jarl Skjöldir an Algrin: »Nun, Kriegsmeister? Was haben Eure Leute über das Kloster herausgefunden?«

Algrin legte eine Wachstafel auf den niedrigen Tisch in der Mitte des Zeltes. Darauf war ein grober Plan der Klosteranlage mit Beschriftung in Zwergenrunen geritzt.

»Meine Höhlengänger haben die umliegenden Hänge und Grate bestiegen, um sich aus verschiedenen Richtungen eine Übersicht über unser Ziel zu verschaffen. Dieser Plan ist ihr Ergebnis.«

»Sie haben wohl keine Bergziegen mitgebracht?«, fragte Röxud, dem die Linien nichts zu sagen schienen, und stocherte sich zwischen den spitzen Zähnen herum. Algrin ignorierte ihn.

»Das Kloster Malyún ist vom Aufbau her dreigeteilt«, erklärte er. »Es gibt zwei äußere Bereiche, die jeweils der Steigung des Brückenbogens vom Rand des Abgrunds bis kurz vorm Scheitelpunkt entsprechen. Und einen inneren Bereich rings um die große Kuppel in der Mitte der Klosterbrücke. Die Türme sind ohne erkennbare Ordnung über die Bereiche verteilt, was auf eine erschreckende Planlosigkeit der Anlage schließen lässt.«

»Oder auf einen elementaren Sinn für Ästhetik«, murmelte Ylindri.

»Meine Leute haben dennoch eine gewisse Struktur entdeckt«, fuhr Algrin unbeirrt fort. »Ein Ring aus besonders mächtigem Mauerwerk zieht sich rund um den inneren Bereich. Dieser scheint sich unabhängig vom Rest des Klosters verteidigen zu lassen. Vermutlich gibt es in jedem der beiden Außenbereiche jeweils nur einen Zugang zur Kuppel, der eng und gut zu bewachen sein dürfte.«

»Dann finden wir den Silberwebstuhl also in der zentralen Kuppel«, fasste Skjöldir zusammen.

»Da hätte ich auch gesucht«, brummte Röxud unbeeindruckt. Algrin warf ihm einen missbilligenden Seitenblick zu.

»Euch wäre dabei aber etwas entgangen«, sagte der Kristallzwerg, »was meine Leute entdeckten, als sie das Kloster von den Steilhängen der Schlucht aus begutachtet haben. Ganz unten in der Brückenstruktur finden sich gelegentlich unscheinbare Beleuchtungsschlitze. An einer Stelle führt auch eine Art Luke ins nichts, vielleicht für eine Kranwinde. Dort scheinen Gänge zu verlaufen, vermutlich für die Kloster-Diener, damit sie bei Bedarf jederzeit unauffällig erscheinen können. Wahrscheinlich münden diese Gänge nicht direkt in den inneren Bereich, um ihn zu schützen. Aber ich verwette meinen eisblauen Bart darauf, dass ein geheimer Fluchttunnel von der Kuppel ins untere Gangsystem existiert! Der ganze Aufbau schreit einfach danach.«

»Klingt plausibel«, sagte Jha Rudra, die aus Erfahrung sprach. Die Häuser der Mächtigen, in die sie ihre Diebeszüge bislang geführt hatten, verzichteten selten auf die Sicherheit eines Fluchtwegs.

»Verbindet dieser Fluchttunnel nur den inneren Bereich mit den äußeren?«, fragte Hilgrif nachdenklich. »Oder führt er möglicherweise sogar ganz aus dem Kloster heraus, als dritter Zugang?«

»Schwer zu sagen«, murmelte Algrin und fuhr sich durch den Bart. »Meine Leute haben natürlich an einigen geeigneten Stellen gesucht, aber keinen Einstieg gefunden. Er könnte überall in der Gegend verborgen sein.«

»Das alte Silbervolk hat sich bei seinen Bauwerken zuweilen von Euren Vorfahren unterstützen lassen, Meister Algrin«, sagte Ylindri leise.

»Dann ist der Einstieg von außen nicht zu finden«, stellte der Zwerg mit Bestimmtheit fest. »Wenn es ihn überhaupt gibt.«

»Diese Möglichkeit fällt also weg«, sagte Jarl Skjöldir enttäuscht, »und wir bleiben bei unseren alten Optionen. Wie kommen Eure Leute mit der Ramme voran, Kriegsmeister?«

»Sie könnte in zwei Tagen einsatzbereit sein«, erwiderte Algrin. »Die Überdachung muss noch verstärkt und mit wassergefüllten Lederschläuchen gegen Brandgeschosse gesichert werden.«

»Ich bleibe dabei, dass eine Erstürmung des Tores zu verlustreich wäre«, sagte Hilgrif ernst. »Die Ramm-Mannschaft wäre dem Beschuss aus beiden Tortürmen voll ausgesetzt. Und wir wissen nicht, welche weiteren Verteidigungsanlagen hinter dem Haupttor kommen. Einen solchen direkten Angriff können wir uns mit unseren Kräften nicht leisten.«

»Ich würde es auch vorziehen, die Mauern nach Zwergenart zu untertunneln und zum Einsturz zu bringen«, brummte Algrin ungehalten. »Aber das Kloster ruht nur an den Toren auf dem Fels und wird ansonsten durch merkwürdige Elbenmagie in der Schwebe gehalten. Man kann noch nicht einmal irgendwo Sturmleitern anlegen. Ganz davon zu schweigen, dass der Zugangspfad am Tor zu schmal ist, um einen vernünftigen Belagerungsturm einzusetzen.«

»Schickt die Trolle und Minotauren nach vorne, wenn das Tor aufgebrochen wird!«, ereiferte sich Röxud. »Wir halten mehr aus als die kleinen Völker.« Er schaute Turr Muldran beifallheischend an, doch der Minotaur starrte weiter stumm vor sich hin. Jha Rudra musterte ihn mit gerunzelter Stirn. Auf ihrem Weg durchs Gebirge hatte der Hauptmann der Gehörnten eigentlich nie eine Möglichkeit ausgelassen, mit der Kampfkraft seiner Leute zu prahlen.

»Ich werde es mir überlegen«, sagte Skjöldir Reifbart skeptisch. »Aber ich hoffe sehr, dass uns zuvor ein aussichtsreicherer Plan einfällt.« Er schaute in Jha Rudras Richtung. Halb schmeichelte es ihr, dass der Jarl dabei an sie dachte, halb ärgerte sie sich darüber.

»Auf jeden Fall sollten wir über mögliche Ablenkungen

nachdenken«, sagte Jha Rudra. »Die Orks im Kloster mögen die überlegene Stellung haben. Aber vielleicht können wir dafür sorgen, dass sie im richtigen Moment am falschen Ort sind.«

»Feuer!«, rief Röxud und sein verbleibendes Auge leuchtete. »Lasst uns Katapulte bauen und sie mit Feuer beschießen. Dann sind sie abgelenkt.«

»Wir wollen Malyún befreien und nicht zerstören!«, rief Ylandri empört.

»Zudem werden euch Flammen nichts nützen«, sagte eine raue Frauenstimme. »Die Wut des Feuers gehört zu den Dingen, gegen die das Silberkloster durch Schutzglyphen abgeschirmt ist.«

Die Zeltplanen wurden zurückgeschlagen, und ein weiterer Gast trat herein. Mehrere graue Strähnen hatten sich aus dem Dutt der Winterseherin gelöst. Sie sah aus, als würde sie mitten aus einem Sturm kommen, und stützte sich schwer auf den Saphirstab. Ihre blauen Augen wirkten müde, schauten aber aufmerksam in die Runde. Jha Rudra sprang auf.

»Ich bin so froh, dass Ihr wirklich gekommen seid!«, rief sie und rückte aufgeregt ihre Halbmaske zurecht. Wie hatte die Alte es bloß geschafft, in so kurzer Zeit von Makhura nach Malyún zu kommen? Selbst für einen fliegenden Schwan war die Strecke weit … Die Seherin nickte ihr zu und sagte mit dem Blick, dass sie später reden würden. Auch Skjöldir hatte sich erhoben und verbeugte sich.

»Wir sind geehrt durch Euren Besuch«, sprach er. »Ich bin Skjöldir Reifbart, Jarl von Drekafjäll. Vor vielen Jahren sind wir uns schon einmal begegnet …«

»Damals war Euer Bart noch nicht so weiß, Jarl«, erwiderte die Winterseherin mit dem Anflug eines Lächelns. »Denn Ihr hattet noch gar keinen und wart gerade zum ersten Mal am Königshof von Skovrik.«

»Ihr erinnert Euch an einen staunenden Jungen?«, fragte der Jarl überrascht.

»Das Erinnern gehört zu meinen Aufgaben«, antwortete die Winterseherin. Dann senkte sie unvermittelt ihren Knotenstab und feuerte eine Woge verzehrenden Saphirfeuers auf Hauptmann Turr Muldran ab. Von einem Herzschlag auf den anderen stand der Minotaur in Flammen. Jha Rudra zog reflexartig ihre Wurfeisen – und erstarrte überrumpelt in der Bewegung.

Turr Muldran sprang auf die Füße. Doch er war nicht mehr er selbst. Seine Haut verging in den blauen Flammen und zerschmolz wie heißes Wachs. Darunter kam ein Wesen zum Vorschein, das an eine riesige, bleiche Made mit aufgequollenem Leib und winzigen Stummelgliedmaßen erinnerte. Die Made wand sich lautlos in den Flammen. Plötzlich öffnete sich ein schwarzes Loch in ihrem augenlosen Kopf, und eine lange Stachelzunge schnellte auf die Winterseherin zu. Sie wurde mitten in der Luft von Hilgrifs Schwertklinge durchteilt und klatschte auf den Boden. Mit einem pfeifenden Laut, der Jha Rudra bis in die Seele drang, zerfiel das grässliche Madenwesen endlich zu Asche. Zurück blieb nur ein beißender Gestank.

Hilgrif steckte ihr Schwert wieder ein. Skjöldir, der seine Klinge ebenfalls gezogen hatte, brummte anerkennend und tat das Gleiche.

Der Troll Röxud aber stürzte sich auf die Winterseherin. »Du Hexenbrut!«, brüllte er außer sich. »Was hast du mit Turr Muldran gemacht?« Eine winzige Daunenfeder segelte gegen seine krumme Nase. Schnarchend sackte er auf den Boden.

Mit einem tiefen Seufzer ließ die Winterseherin sich auf einen Feldstuhl sinken.

»Was war das?«, fragte Jha Rudra, die ihre Wurfeisen noch immer umklammert hielt.

»Ein Hautdieb«, sagte die Winterseherin finster. »Ein besonders unangenehmer Dämon. Als fingerlange Made bohrt er sich in einen lebendigen Körper. Dann frisst er ihn nach und nach von innen auf und wird dabei immer feister, bis er seinen Wirtskörper ganz ausfüllt, von dem nicht mehr als eine dünne Hautschicht übrig bleibt. Dieser Minotaur war bereits tot. Wahrscheinlich hat der Hautdieb in seiner Gestalt für die Statthalterin spioniert. Vielleicht hat er sich auch für den einen oder anderen Meuchelmord bereitgehalten. Diese Gefahr besteht nun nicht mehr.«

»Das hätte nicht passieren dürfen«, murmelte Hilgrif frustriert. »Rudra und ich haben jede Nacht unser Bestes getan, die unterweltlichen Schrecken vom Lager abzuhalten. Doch der Hautdieb gehört zu jenen, die uns entgangen sind.«

»Ihr habt getan, was in eurer Macht stand«, erwiderte die Winterseherin. »Bedenkt, dass ihr keine Priesterinnen des Nidhanas seid. Die Wege der Unterwelt fallen nicht in eure Domäne. Und Vylamis Macht über die Unterweltlichen scheint in der letzten Zeit erschreckend zugenommen zu haben. Ich werde mich umgehend daranmachen, einen Schutzkreis um das Lager zu weben, der weitere Dämonenattacken verhindert.«

»Es ist gut, dass Ihr da seid, Alte mit den Schwanenfedern«, sagte Ylindri beklommen.

»Schwanenfedern …«, murmelte Skjöldir nachdenklich. Dann hellte sich sein Gesicht plötzlich auf.

»Sagt, Winterseherin – ist es wahr, was die Geschichtenerzähler über Euch sagen? Dass Ihr in der Gestalt eines Schwans durch die Lande fliegt?«

Die Alte schaute ihn wortlos an.

»Könntet Ihr dann vielleicht durch eines der Klosterfenster fliegen und Euch nach Malyún einschleichen?«, fragte Skjölidr eifrig. »Das würde die Eroberung sehr erleichtern …«

Doch die Winterseherin schüttelte den Kopf. »Dagegen sprechen gleich zwei Dinge: Das Kloster ist durch Bannsiegel gegen magisches Eindringen abgeschirmt, und außerdem schützen gebundene Windgeister seine Türme vor geflügelten Feinden. Ich habe Malyún auf dem Weg hierher von außen studiert. Vylami muss einige seiner Zauber gebrochen haben, als das Kloster eingenommen wurde, doch inzwischen hat sie den Schutz offenbar notdürftig wiederhergestellt. Dieser Weg steht uns nicht offen.«

»Dann muss es eben anders gehen«, sprach Skjöldir grimmig. »Wenn Ihr Euch um die magischen Bedrohungen kümmert, werden wir mit den Kriegern der Statthalterin schon fertig.«

»Sobald ich das Lager abgeschirmt habe, bereite ich einen großen Bannzauber vor, der Eure Krieger bei dem Sturm auf Malyún vor den Schrecken der Unterwelt schützen soll«, erwiderte die Winterseherin. »Es gibt viel zu tun.«

Kriegsmeister Algrin nickte entschlossen. »Dann sollten wir nun die Minotauren über das Geschehene informieren und ihnen Zeit für ihre Totenriten geben«, sagte er. »Und jemand muss dem Troll erklären, was passiert ist.«

»Hat dieser Hautdieb alles belauscht und weitergegeben, was wir untereinander beredet haben?«, fragte Jha Rudra nachdenklich.

»Vermutlich«, erwiderte die Winterseherin.

»Auch unsere Besprechung von eben?«

Die Alte runzelte die Stirn. »Ich glaube nicht, dass Vylami beständig durch seine Augen gesehen hat«, sagte sie. »Wahrscheinlich hat der Hautdieb ihr gelegentlich durch eine mentale Verbindung Bericht erstattet. Es ist unwahrscheinlich, dass er dazu Gelegenheit hatte, bevor er vernichtet wurde.«

»Dann weiß die Statthalterin noch nichts von der Entdeckung Eurer Kundschafter«, sagte Jha Rudra erleichtert und nickte Algrin zu.

»Was spielt das für eine Rolle?«, fragte der Kristallzwerg irritiert.

»Vielleicht können wir über die Gänge in den Fundamenten eindringen«, erwiderte Jha Rudra.

»Aber wir haben nun einmal keinen Einstieg gefunden.«

»Das meine ich auch nicht«, sagte die Diebespriesterin. »Ihr habt eine Verladeluke erwähnt. Das ist eine Schwachstelle, die sich nutzen lässt.«

»Die Luke öffnet sich mitten über dem Abgrund!«, rief Algrin kopfschüttelnd und zeigte auf einen bestimmten Punkt der

Planskizze. »Es würde an Wahnsinn grenzende Tollkühnheit erfordern, dort ohne Flügel oder Hexerei einzudringen!«

»Gut, dass du dabei bist, Jha Rudra«, sagte die Winterseherin und lächelte.

FÜNFUNDZWANZIGSTES KAPITEL

DIE ELEMENTARE QUELLE DER LUFT AUF DEM GIPFEL DES HIMMELSKAISERS

Mächtiger Sturmwind fuhr Gorin entgegen und drückte ihn auf den steinernen Gipfelthron, als ein gleißender Umriss in sein Gesichtsfeld schoss. Ein Drache. Er tanzte ohne Flügel auf den Winden, wobei sein langer, schlanker Körper wie ein fleischgewordener Blitz über den Himmel zuckte. Seine Panzerschuppen glänzten weiß und hellblau, sein Haupt erinnerte Gorin an eine merkwürdige Mischung aus Löwe und Schlange, mit einer wehenden weißen Mähne und Barteln am Maul. Spitze Zahnreihen waren zu einem wilden Grinsen entblößt, und in den Augen knisterte blaues Wetterleuchten.

Gorin fuhr zusammen, als der Himmelsdrache mit Gelächter wie Donnergrollen über dem Thron dahinrauschte und seinen Leib schlangenartig um den Gipfel legte. Das mächtige Haupt schaute direkt auf Gorin herab, gestützt auf eine seiner klauenbewehrten Vordertatzen. Der Drache hätte den Zwerg ohne Umstände mit einem Biss verschlingen können.

Gorin zwang sich, dennoch in seine blitzenden Augen zu schauen. Alles in ihm sehnte sich danach, sich irgendwo vor der ungehemmten Urgewalt des Himmels zu verkriechen, die jederzeit wie ein Gewittersturm über ihn hereinbrechen konnte. Erst jetzt wurde ihm wirklich klar, mit welcher Macht die beiden Elben konfrontiert gewesen waren, als sie sich den Hohen Drachen an den Quellen von Wasser und Feuer gestellt hatten. Doch Gorin hielt stand. Mit ruhigen, leicht zitternden Atemzügen schaute er zu dem Himmelsdrachen auf.

»Ich bin Vayuraksha, der Hüter der Lüfte!«, dröhnte der Drache. »Wer fordert mich heraus, indem er den Thron des Himmelskaisers besteigt?«

»Gorin von den Runenschmieden aus Tokrond«, erklärte Gorin so sachlich wie möglich. »Ich bin gekommen, um elementare Essenz aus der Quelle der Luft zu erbitten.«

»Die Winde haben mir von eurem Unterfangen berichtet«, erwiderte der Drache. »Man könnte es als anmaßend betrachten, solch eine Forderung zu stellen, nachdem die Quelle vor Kurzem erst durch einen dreisten Sterblichen entweiht wurde!«

»Waren die Orkzwillinge etwa doch schon hier?«, fragte Gorin mit Schrecken. Der Himmelsdrache lachte donnernd.

»Ich werde gewiss keinen zweiten Raub zulassen!«, rief er. »Der sterbliche Räuber, den ich meine, wird von euch der Kettenfürst genannt. Du bist mutig, dass du in seine Fußstapfen trittst, Zwerg.«

»Mich bringt nicht Mut an diesen Ort, sondern die Notwendigkeit, eine Aufgabe zu erfüllen«, sagte Gorin ehrlich und mit fester Stimme. »Wir müssen den Kettenfürsten bezwingen, der nach und nach die ganze Welt in Ketten schlägt. Aber ich plane keinen Raub – ich hoffe auf eine Gabe.«

»Und du glaubst, dass du würdig bist, den Segen der Luft zu empfangen, Gorin von den Runenschmieden?«, bohrte Vayuraksha nach. »Die Essenz des Elements, das für die Klarheit des Geistes steht? Ich sehe viel von meinen hohen Himmelsbahnen aus. Die Zwerge, auf die ich hinabblicke, sind Krieger und Handwerker, keine Gelehrten und Philosophen.«

»Ob ich würdig bin, ist nicht an mir zu entscheiden«, erwiderte Gorin vorsichtig. Er hatte das Gefühl, dass der Drache jedes seiner Wort genau prüfte. »Aber bedenke, Vayuraksha, dass auch der weiteste und schärfste Blick nur auf das Äußere trifft. Du schaust auf unsere Kettenmäntel und auf die Bergflanken unserer Festungsreiche. Doch in unsere Herzen und Seelen blickst du nicht. Sie sind verschieden und einzigartig wie die Edelsteine in einem Schatzhort. Vielleicht mag darunter auch in der Fassung eines Zwergs die Seele eines Philosophen sein.«

»Wohlgesprochen«, grollte der Drache. »Wenn du dich auch irrst, Gorin: Mein Blick dringt tiefer, als du glaubst. In eben diesem Moment ist er ganz auf dich gerichtet.«

Gorin hatte plötzlich das Gefühl, dass all seine Fehler, Ängste und Schwächen mit schmerzhafter Klarheit in der kalten Luft vor Vayurakshas Blick ausgebreitet waren. Doch er spürte auch, dass da noch mehr war. Dinge, die stark waren.

»Wenn du die Essenz der Luft gewinnen willst«, fuhr Vayuraksha nach Herzschlägen, die Gorin wie Ewigkeiten vorkamen, fort, »musst du deine Geisteskräfte wie eine Klinge beständig schärfen. Es ist ein langer Pfad des Lernens, keine Offenbarung. Bist du dazu bereit?«

»Sofern ich es vermag«, erwiderte Gorin.

»Das wird die Prüfung herausstellen«, dröhnte der Drache. »Du musst mich nach alter Tradition im Kampf besiegen, Gorin von den Runenschmieden.« Das Drachengrinsen wurde breiter, als Gorins Augen sich ungläubig weiteten. »Bestehe gegen mich im Rätselwettstreit«, fügte Vayuraksha hinzu. »Drei Fragen werde ich dir stellen. Drei wahre Antworten sollst du mir geben. Doch wisse, dass die eigentliche Prüfung erst danach beginnt.«

»Gut«, erwiderte Gorin halb erleichtert und halb nervös. »Ich nehme deine Bedingungen an, Vayuraksha.« Er musste unwillkürlich an Jha Rudras Rätsel-Spielhaus in Swertenburg denken, wo er so manche Stunde mit Rätselspielen und verzwickten Trickschlössern verbracht hatte. Gorin mochte Rätsel. Aber er konnte sich nicht vorstellen, welche Fragen wohl im ewigen Geist eines Hohen Drachen schlummern mochten.

»Dann höre mein erstes Rätsel«, sprach Vayuraksha und begann mit einer klaren, überraschend sanften Stimme zu singen:

»Wer wandelt still im Sternenlicht
und streift durch dichte Wälder?
Wer fürchtet Sturm und Wogen nicht,
irrt über weiße Felder?

Wer reitet kühn im Sonnenglanz,
hat Pracht aus Schmerz errichtet?
Wer bleibt in seinem Lebenstanz
dem Nidhanas verpflichtet?«

Erwartungsvoll ruhte der Blick des Drachen auf Gorin. Dieser versuchte sich an die vielen Lieder und Geschichten zu erinnern, die er gehört hatte. Kannte er einen Helden, der all dies getan hatte? Wälder, Meere und ferne Länder bereist hatten viele. Aber was war das mit der Pracht und dem Schmerz?

Nein, er musste anders denken. Dass Vayuraksha den unterweltlichen Gott Nidhanas erwähnt hatte, konnte kein Zufall sein. Das Rätsel musste mit den Dingen zusammenhängen, die Gorin auf den Reisen für seine Aufgabe erlebt und gesehen hatte. Dann glaubte er es zu wissen. Doch er zögerte.

»Nun?«, fragte Vayuraksha nicht unfreundlich.

Gorin schwieg und schaute auf seine Hände. Nervös knetete er auf seinen Fingern herum. Schließlich stopfte er sorgfältig seine Bartzöpfe in den Gürtel, ehe er tief durchatmete und es sagte: »Die Antwort lautet *das Elbenvolk*. Die Silber-Elben lieben das Sternenlicht, die Grün-Elben leben in den Wäldern, und die Blau-Elben befahren die Meere. Das mit den Feldern muss sich auf die Weiß-Elben des äußersten Nordens beziehen. Aber über die weiß ich fast nichts.«

»Und weiter?«

»Die Rot-Elben sind kühne Krieger und reiten unter der Steppensonne. Die Purpur-Elben haben die Zaubermacht, mit der sie ihre stolzen Turmstädte errichten, mit den Schmerzen bezahlt, die sie einst als Sklaven der Nephilim erlitten haben. Und alle Elben, gleich von welchem Volk, schulden dem Gott der Unterwelt etwas: ihren eigenen Tod. Denn sie sterben nicht auf natürlichem Wege, solange ihre Träumende Königin nicht aus dem Zauberschlaf erwacht. Meine Freundin Elyami hat mir davon erzählt.«

»Ich akzeptiere deine Antwort«, sprach Vayuraksha. »Sie

zeugt von deinem Wissen. Aber warum hast du gezögert, Gorin von den Runenschmieden?«

»Ich war mir nicht sicher«, gab Gorin verlegen zu. »Es erschien mir zu einfach.«

Der Himmelsdrache lachte. »Es dürfte kaum einen weiteren Zwerg auf der Welt geben, der mir diese Frage beantworten könnte! Dass du mit Elben gereist bist und sogar einige ihrer Geheimnisse erfahren hast, zeigt die Offenheit deines Geistes. Doch nun höre mein zweites Rätsel.«

Gorin konzentrierte sich.

»Einst trafen in den weiten Steppen von Komashtu zwei Ork-Clans an einem Wasserloch aufeinander: die Sandkrähen und die Adlerklauen. Die beiden Clans waren nicht verfeindet, doch sie waren auch nicht bereit, dem jeweils anderen den besseren Rastplatz direkt am Wasser zu überlassen. Zunächst stritten sie eine Weile herum und versuchten dann, das Problem auf die orkische Art durch Zweikämpfe zu lösen – doch ihre Krieger erwiesen sich als vollkommen gleich stark.

Daraufhin zogen sich die Geisterbeschwörerinnen der beiden Clans zurück und berieten miteinander. Sie kamen schließlich zu der Übereinkunft, dass das Schicksal entscheiden sollte: Der Khurdran der Sandkrähen und der Khurdran der Adlerklauen sollte je ein Zeichen auf einen Knochen ritzen und diesen in einen Lederbeutel legen. Derjenige, dessen Zeichen blind gezogen wurde, sollte das Recht erhalten, mit seinen Leuten direkt am Wasser zu rasten.

Die Khurdrane waren damit einverstanden und einigten sich nach einigem Hin und Her darauf, dass dem Anführer der Adlerklauen die Ehre zukäme, als Erster seinen Knochen in den Beutel zu legen. Der Sandkrähen-Khurdran jedoch würde das Los ziehen, wenn sie sich am Ufer des Wasserloches unter den wachsamen Augen der Clans trafen.

Er hatte dabei jedoch Hintergedanken, denn die Sandkrähen zeichnen sich durch ihre besondere Heimtücke aus. Sage mir, Gorin: Wie konnte der Khurdran der Sandkrähen dafür sorgen, dass sein Clan die Auslosung auf jeden Fall gewinnen würde? Bedenke, dass die Knochen zu glatt sind, um den richtigen einfach zu ertasten, und dass er auch keine Möglichkeit hat, beim Ziehen heimlich in den Beutel zu schauen.«

Nachdenklich strich sich Gorin den frisch geordneten Bart glatt. Er kannte Rätsel solcher Art. Onkel Barudrin hatte ihm gerne verzwickte Fragen gestellt, wenn sie gemeinsam in der Runenschmiede gearbeitet hatten. Und Gorin hatte sie ebenso gerne beantwortet …

Ein Grinsen zog über seine Lippen, als ihm ein Gedanke kam. Wenn der Khurdran der Adlerklauen nicht der hellste war, konnte das vielleicht funktionieren.

»Also«, sagte Gorin gedehnt. »Zunächst einmal fragt der Khurdran der Sandkrähen den Khurdran der Adlerklauen, ob er das Zeichen einmal sehen darf, das dieser in den Knochen ritzt.«

»Warum sollte der Khurdran der Adlerklauen das gewähren?«, erwiderte Vayuraksha mit einem amüsierten Funkeln in den Augen.

»Damit der Khurdran der Sandkrähen nicht aus Versehen das gleiche Zeichen ritzt«, erwiderte Gorin spontan.

»Na gut. Und wenn der Khurdran der Adlerklauen ihm das Zeichen zeigt?«

»Dann bedankt sich der Khurdran der Sandkrähen – das heißt, falls Orks das überhaupt tun – und ritzt heimlich exakt das gleiche Zeichen auf seinen Knochen. Wenn dann die Knochen in den Beutel getan werden, achtet er natürlich darauf, dass niemand sein Zeichen sieht.«

»Und dann?«, fragte Vayuraksha und legte den mächtigen Kopf schief.

»Dann zieht er, wie vereinbart, eines der Lose aus dem Beutel, blind und völlig ordnungsgemäß, auf dass niemand etwas dagegen sagen kann.«

»Somit hat also auf jeden Fall der Khurdran der Adlerklauen gewonnen, wenn beide Knochen sein Zeichen tragen«, erwiderte der Drache zweifelnd.

»Nicht unbedingt!«, rief Gorin, dem sein Ansatz immer besser gefiel. »Bevor der Khurdran der Sandkrähen den gezogenen Knochen zeigen kann, fällt er ihm leider aus der Hand – und landet im tiefen Wasserloch. Natürlich rein zufällig.«

»Natürlich.«

»Aber damit sie die ganze Sache nicht wiederholen müssen«, fuhr Gorin fort, »greift der Khurdran der Sandkrähen noch einmal in den Beutel und zeigt den versammelten Orks, dass der Knochen mit dem Zeichen des Adlerklauen-Khurdrans darin war. Folglich muss das Zeichen, das er gerade gezogen und verloren hat, sein eigenes Zeichen gewesen sein. Der Sandkrähen-Clan hat demnach das Recht, nah am Wasser zu rasten. Die Sandkrähen gewinnen so die Auslosung auf jeden Fall, unabhängig davon, welchen Knochen ihr Khurdran nun zieht.«

Vayuraksha schaute Gorin für einen Moment schweigend aus großen Drachenaugen an. Dann nickte er langsam.

»Ich akzeptiere deine Antwort«, sprach er. »Sie zeugt von deiner Geistesschärfe – wenn auch nicht gerade für die des Adlerklauen-Khudrans.«

Gorin atmete erleichtert aus.

»Mal schauen, was du zu meinem dritten Rätsel sagst«, schnaubte der Himmelsdrache und musterte ihn eindringlich. »Einst lebten alle Zwerge friedlich und vereint im Schoß der Erde, beschirmt von ihrem Vater Dwaldarin, dem göttlichen Schmied. Doch einige aus ihren Reihen begingen einen großen Frevel, der zu Recht vergessen ist. Sie wurden ausgestoßen und gezwungen, unter der ungeschützten, grausamen Weite des Himmels zu leben. Mutter Abhra, die Göttin der Himmelsweite, nahm sie schließlich gnädig bei sich auf. Durch ihren Segen wurden sie zum Volk der Tengu. So berichten es die Lieder der Zwerge des Westens.«

Gorin nickte. Diese Überlieferung kannte er gut.

Der Drache fuhr fort: »Einst lebten alle Tengu friedlich und vereint in der Freiheit des Himmels, beschirmt von ihrer Mutter Abhra, der Göttin der Himmelsweite. Doch einige aus ihren

Reihen begingen einen großen Frevel, der zu Recht vergessen ist. Sie wurden ausgestoßen und gezwungen, in den schrecklichen, dunklen Tiefen der Erde zu leben. Vater Dwaldarin, der göttliche Schmied, nahm sie schließlich gnädig bei sich auf. Durch seinen Segen wurden sie zum Volk der Zwerge. So berichten es die Lieder der Tengu des Ostens.«

Unbehaglich runzelte Gorin die Stirn. Diese merkwürdige Überlieferung hatte er erst heute kennengelernt, als die Flügelzwerge sie vor den Greifen gerettet hatten. Was war davon zu halten?

»Sage mir, Gorin von den Runenschmieden«, sprach Vayuraksha lauernd, »wer hat recht? Wessen Lieder stimmen? Was ist damals wirklich geschehen?«

Gorins wachsende Selbstsicherheit wurde vom Wind davongefegt. Noch vor wenigen Monaten hätte er voller Überzeugung geantwortet, dass selbstverständlich die alten Lieder der Eisenzwerge die Vorzeitkunde am besten bewahrten. Doch seither war er viel herumgekommen und in vielen Dingen nicht mehr so sicher. Wo kamen dann die Lieder der Tengu her? Hatten sie die Überlieferung aus Scham über ihren Frevel verfälscht? Aber woher sollte er das wissen? Er war nicht dabei gewesen und konnte auch niemanden fragen. Die Lieder waren die einzige Quelle seines Wissens.

»Nun?«, fragte Vayuraksha wieder mit undurchschaubarem Tonfall.

»Die Tengu und die übrigen Zwergenvölker halten beide ihre eigenen Lieder für wahr«, sprach Gorin, um überhaupt etwas zu sagen. »Sie sehen die Welt jeweils auf ihre Art: Für mein Volk ist die Erde eine sichere Heimstatt und der weite Himmel voller Schrecken. Für die Tengu ist es umgekehrt.«

»Das mag sein«, grollte der Drache. »Aber können sie beide mit ihrer Überlieferung recht haben? Ihre Lieder erzählen verschiedene Geschichten. Welche Geschichte stimmt?«

Gorin öffnete den Mund zum Sprechen. Und schloss ihn wieder. Er wusste nicht, was er sagen sollte. Er wusste die Antwort nicht. Wusste nicht, wie er sie herleiten könnte. Das Rätsel des Drachen ging über seinen Verstand hinaus. Vayuraksha bewegte ungeduldig die Vorderklauen. Gorin musste sich eingestehen, dass er versagt hatte. Seine Lippen zitterten, als er leise sprach: »Ich weiß es nicht.«

»Was sagst du?«, donnerte der Himmelsdrache.

»Ich weiß es nicht!«, wiederholte Gorin lauter. Jetzt war es heraus. »Und ich glaube auch, dass es egal ist«, fügte er hinzu. »Die Tengu und die Zwerge der Tiefe sind, wie sie sind. Sie leben jetzt, nicht vor Tausenden von Jahren.«

Resigniert ließ er sich auf den kalten Steinthron zurücksinken. Vayuraksha betrachtete ihn aufmerksam.

»Ich akzeptiere deine Antwort«, sprach der Himmelsdrache feierlich. »Sie zeugt von deiner Weisheit.«

»Wie?«, fragte Gorin und richtete sich auf. Vayuraksha grinste breit und entblößte Reihen wolkenweißer Reißzähne.

»Der Weise kennt seine Grenzen«, sagte er. »Und er ist sich bewusst, welches Wissen nützlich oder unnütz ist. Du hast meine Rätsel gelöst, Gorin von den Runenschmieden.«

Gorin konnte kaum glauben, was er hörte.

»Dann … wirst du mir Zugang zur Essenz der Luft gewähren?«, fragte er unsicher.

»Denkst du, dass die Essenz nun aus dem Nichts über dich kommen wird?«, erwiderte Vayuraksha.

Gorin senkte den Blick. »Du hast gesagt, dass man sie sich lernend erarbeiten muss – und dass die eigentliche Prüfung erst jetzt beginnt.«

»In der Tat!«, dröhnte der Drache fröhlich. »Und dazu wirst du jetzt Gelegenheit haben.«

Ehe Gorin auch nur einen Finger rühren konnte, hatte Vayuraksha ihn schon mit einer seiner geschuppten Klauen gepackt. Er wurde aus dem Thron gerissen und emporgehoben. Der Himmelsdrache trug ihn windgeschwind durch die Lüfte! Vayuraksha glitt dicht über den Gipfel dahin und packte eine Gestalt mit seiner zweiten Vorderpranke.

»Was soll das?«, rief der überraschte Elyamur.

»Alles in Ordnung!«, erwiderte Gorin, dessen Erleichterung sich langsam in Übermut wandelte. »Es ist geschafft!«

Mit Brausen und Rauschen tanzte Vayuraksha auf den Winden. Staunend blickte Gorin auf den abendlichen Berggipfel und die weißen Türme der Hohen Stadt hinab. Zu seiner größten Verwunderung bemerkte er, dass er die Klarheit und Weite des Himmels in diesem Moment ehrlich genoss.

»Wo ist die Fledernatter?«, fragte er Elyamur mit erhobener Stimme.

»Verschwunden, als der Drache auftauchte!«, rief Elyamur zurück. »Lirdri ist bei ihr. Wie hast du …«

Er wurde jäh unterbrochen – Vayuraksha stieß steil in die Tiefe hinab. Gorin hatte das Gefühl, dass sein Magen sich im Bauch überschlug. Die Dächer der Hohen Stadt sausten rasend schnell heran. Dann drehte der Drache ab, beschrieb einen eleganten Bogen durch die Luft und landete mitten auf dem freien Platz vor der Halle des Daitengu.

Die Flügelzwerge, die sich hier aufhielten, flatterten aufgescheucht hoch. Als sie die Ankunft des Drachen realisierten, verbeugten sie sich hastig. Zwei Tengu-Krieger mit Schwertlanzen und singenden Glöckchen an der Rüstung eilten ins Innere der Halle, um dem Meister des Wolkenstahls Meldung zu erstatten. Doch Vayuraksha beugte einfach seinen länglichen Leib und schob seinen vorderen Teil durch das mächtige Portal ins Gebäude. Gorin und Elyamur trug er noch immer in seinen Klauen und setzte sie erst direkt vor dem Thron des Daitengu ab, der sich gerade mit einigen Würdenträgern in Seidenroben beriet. Seine alten himmelblauen Augen weiteten sich.

»Meister Vayuraksha«, sprach er und erhob sich, wobei er seine rabenschwarzen Schwingen entfaltete. »Was verschafft uns die Ehre …«

»Dies ist Gorin von den Runenschmieden aus Tokrond!«, dröhnte der Himmelsdrache, dass es ohrenbetäubend im Saal widerhallte. »Ich habe ihn geprüft, so wie es das Anrecht eines jeden Pilgers ist, der es wagt, zum Thron des Himmelskaisers hinaufzusteigen.«

»Verzeiht die Unbill«, sprach der Daitengu. »Er muss sich davongeschlichen haben. Wir hatten ihm den Weg zur Quelle untersagt, damit ihre Reinheit nicht weiter beschmutzt wird.«

»Er hat meine Rätsel gelöst und sich als würdig erwiesen!«, rief Vayuraksha. »Ihr werdet ihn nun die Künste der Himmelsweiten lehren. Da er ein Schmied ist, sollt ihr ihn in das Geheimnis des Wolkenstahls einweihen.«

»Aber …«, setzte der Daitengu an.

»Ja, er ist ein Eisenzwerg«, fuhr der Drache unbeirrt fort. »Es gibt Wichtigeres zu bedenken als eure kleinlichen Differenzen. Die Unterweisungen beginnen morgen mit dem ersten Sonnenstrahl. Das Volk der Hohen Stadt wird nicht noch einmal einen Pilger zurückhalten. Es liegt allein an mir, sie zu befragen, zu prüfen und zu verschlingen.« Er wandte sich an Gorin. »Du wirst hier gute Lehrmeister finden. Erweise dich ihrer würdig.«

Vayuraksha zog sein mächtiges Haupt aus der Halle zurück. Es brauste und donnerte draußen, als er sich in die Luft erhob und rauschend verschwand. Die Tengu blieben verwirrt zurück. Gorin und Elyamur standen mitten zwischen ihnen.

»Soll ich also den Meister der Schmieden kommen lassen?«, fragte eine Tengu-Frau mit Höflingsroben und schillernd grünen Flügeln, die als Erste die Fassung wiedergewonnen hatte.

»Nein«, erwiderte der Daitengu, ohne den Blick von Gorin zu nehmen. »Meister Vayuraksha sprach die Wahrheit. Wir haben vorschnell gehandelt.« Er glitt auf seinen Schwingen vom Thronpodest hinab und auf Gorin zu. Der Daitengu kam direkt vor ihm zu stehen und verbeugte sich, dass sein langer, grauer Bart den Boden berührte.

»Gorin von den Eisenzwergen«, sprach er, »ich werde dich selbst unterrichten.«

»Habt Dank«, erwiderte Gorin überrumpelt. »Ich wäre sehr geehrt, von Euch zu lernen, Meister des Wolkenstahls. In den Waffen und Rüstungen der Tengu glänzt ein einzigartiges Himmelsfeuer. Nie habe ich Vergleichbares gesehen. Doch wir sind auf einer Mission, die keinen Aufschub duldet, und haben nur wenig Zeit. Lassen sich die Unterweisungen vielleicht verkürzen?«

Getuschel kam ringsum unter den Geflügelten auf. Der Daitengu klapperte belustigt mit seinem Schnabel.

»Du verstehst nicht, Eisenvetter«, sprach er. »Dies ist die eigentliche Prüfung. Der Unterricht ist deine einzige Möglichkeit, die Essenz der Luft zu erlangen. Sie wird dich nur erfüllen, wenn du deinen Geist im Lernen für sie öffnest.«

»Aber wir haben wirklich keine Zeit«, stammelte Gorin hilflos.

»Du wirst alle Zeit haben, die du benötigst«, sagte der Daitengu selbstzufrieden. »Das wirst du schon sehen. Doch nun zieht euch zur Nachtruhe zurück, du und dein elbischer Freund. Wir beginnen morgen früh mit den Unterweisungen.«

Gorin nickte benommen. Ihm blieb nichts anderes übrig, als sich auf die Worte des Geflügelten zu verlassen.

Das Feuer brannte heiß in den Schmieden der Hohen Stadt. Mit Bewunderung erkannte Gorin, dass es direkt durch die Kraft der Sonne entzündet wurde, deren Strahlen die Tengu mit großen Linsen bündelten. Sobald es einmal knisterte, war die Luft erfüllt von geheimnisvollen Gerüchen.

»Wir mischen der Kohle die zermahlene Rinde des Eisenbaumes bei«, erklärte der Daitengu, der an Gorins Seite stand. Er hatte seine Seidenroben gegen lederne Arbeitskleidung getauscht. »Auch geben wir Alraunenpulver und Antimon-Späne hinzu und Splitter von einem alten Baum, den der Blitz gespalten hat. Wenn wir ein Feuer von besonderer Hitze entfachen wollen, mischen wir die zermahlenen Schuppen eines Salamanders und erstarrtes Wetterleuchten darunter. Ein solches Schmiedefeuer, erweckt durch die Kunst der Tengu, ist so mächtig, dass es jedes Material zu schmelzen vermag.«

Gorin hörte aufmerksam zu. Sein Arbeitsplatz war eine Werkstatt, die sich als stolze Kuppel über den weißen Dächern erhob. Nur die vorzüglichsten Werkzeuge luden hier dazu ein, Wunderdinge mit ihnen zu vollbringen. Eine Handvoll Schmiede und Schmiedinnen des Tengu-Volks hielt sich im Hintergrund bereit, um auf einen Wink des Daitengu hin zu assistieren.

»Zuerst wirst du lernen, wie man die ziehenden Wolken zu Erz verdichtet und formt«, sprach der Daitengu. »Dadurch gewinnt unser Wolkenstahl seine Leichtigkeit und Biegsamkeit.«

Und so lernte Gorin, wie man zunächst die Zauberzeichen auf die feinen Kettenglieder der Netze gravierte, mit denen man die Wolkennebel fing. Er lernte, mit welchen Gesängen die Wolken geschmiedet wurden und welche Handgriffe ihnen Festigkeit verliehen. Lernte schließlich, wie man sie wieder schmelzen konnte, um sie mit den Erzen der Berge zu einer Legierung zu verbinden, die ein großes Geheimnis der Tengu war.

»Du arbeitest gut, Runenschmied«, sprach der Daitengu, »aber nicht fein genug für die Leichtigkeit des Wolkenstahls.«

Daraufhin arbeitete Gorin feiner.

»Dein Wolken-Erz ist fein«, sprach der Daitengu. »Aber zu dünn. So wird der Stahl nicht stark. Du musst es dichter weben.«

Gorin nahm sich die Worte zu Herzen und verdichtete sein Wolken-Erz.

»Dein Wolkenstahl ist kraftvoll«, sprach der Daitengu. »Geeignet für eine gute Waffe. Doch in den Schmieden der Tengu werden nur Meisterwaffen zum Leben erweckt. Du musst die Gesänge des Legierens lernen, damit sie den Rhythmus deiner Arbeit vorgeben.«

Gorin tat auch das. Er lernte und arbeitete. Seine Welt bestand aus dem Entfachen des Feuers, dem Formen der Wolken und der Arbeit in der Schmiede, gelegentlich unterbrochen von Pausen des Essens und Trinkens und kurzen Ruhephasen auf einer Schlafmatte, die in einem kahlen Nebenraum der Schmiede lag. Schon bald hatte er kein Gefühl mehr für das Verrinnen der Zeit. Sein ganzer Geist war auf das Geheimnis des Wolkenstahls gerichtet.

»Ein guter Wolkenschmied wird von den Jahren geschmiedet«, sagte der Daitengu. »Ein Meisterschmied von den Jahrhunderten.«

Gorin wusste nicht, ob er Jahre oder Jahrhunderte in der Schmiede der Hohen Stadt gearbeitet hatte. Aber er wusste, dass er neben tiefem Stolz auch Demut empfand, als der Daitengu schließlich seine Legierung musterte und nur leicht nickte. Es waren keine Worte mehr nötig. Gorin erkannte selbst, wie weit sein Werk noch von echter Perfektion entfernt war. Doch er erkannte auch, was er vollbracht hatte. Er hatte Wolkenstahl geschaffen, der zu einer Meisterwaffe taugte. Zum ersten Mal seit langer Zeit erlaubte er sich, durchzuatmen. Gedanken und Erinnerungen stiegen in ihm auf. Ein Grün-Elb namens Elyamur und Yà Syndri, die Fledernatter. Seine Schwester Galdra und die große Aufgabe, der Kampf gegen den Kettenfürsten. Wie aus einem tiefen Traum erwachend, blickte er den Daitengu an.

»Du hast nun gelernt, den Wolkenstahl in die Welt zu bringen«, sprach dieser ruhig. »Nun musst du lernen, ihn zu schmieden und zu Kunstwerken zu formen, die seiner Macht würdig sind.«

Und Gorin machte sich wieder an die Arbeit. Seine Gedanken verschwanden wie Dunst, den der Wind vertrieben hatte. Er lebte ganz im Rhythmus des brausenden Blasebalgs zwischen Amboss und Esse.

»Ich zeige dir, wie du atmen musst, damit der Wind den Schmerz deiner Arme mit sich fortträgt«, sprach der Daitengu. »Ein Meisterwerk braucht Zeit. Die Gebrechlichkeit deines Körpers darf ihm diese Zeit nicht rauben.«

Gorin war ein Zwergenschmied, gestählt in den Schmieden von Tokrond. Doch hier, in der Wolkenschmiede der Tengu, lernte er, aus der Himmelsweite eine Kraft zu ziehen, die über die Stärke seiner Muskeln hinausging. Er formte den Wolkenstahl zu Klingen und zu Bolzenspitzen, zu Panzerplatten und zu Kettengliedern.

»Gut«, sprach der Daitengu und meinte damit: »Nicht meisterlich.« Gorin strengte sich an. »Wunderschön«, sprach der Daitengu und meinte damit: »Kein Kunstwerk von unvergänglichem Glanz.« Gorin lernte. »Eine Klinge für einen König«, sprach der Daitengu und meinte damit: »Eines Kaisers nicht würdig.« Gorin arbeitete.

Die Worte des Daitengu wurden weniger. Es war nicht mehr nötig. Gorin erkannte selbst die Stärken und Makel seiner Werke. Er schuf aus eigenem Antrieb und eigener Kraft heraus, spornte sich selber an, während sein Lehrmeister schweigend danebenstand.

»Galdra«, ging es ihm plötzlich durch den Kopf, als er die schillernden Glieder eines Kettenpanzers prüfte. »Sie wartet. Wo wartet sie? Wie lange wartet sie schon?«

»Du hast nun gelernt, den Wolkenstahl zu schmieden«, sprach der Daitengu hinter ihm. »Nun musst du lernen, mit Symbolen der Macht seine besonderen Kräfte zu wecken.«

Gorins Gedanken verflogen. Er ging ganz in seiner Arbeit auf, lernte die Zauberzeichen der Tengu. Er war ein Runenschmied von Tokrond, und doch waren Zeichen von großer Magie darunter, die er noch nie zuvor gesehen hatte. Manche waren kunstvoller als die Runen von Tokrond. Andere waren ihnen unterlegen. Gorin erkannte es und traf eine Auswahl.

»Das ist neu«, sprach der Daitengu und musterte anerkennend die verschlungenen Symbole, die Gorin auf ein Axtblatt graviert hatte. »Nie sah ich ähnliche Zeichen.«

Gorin hörte ihm höflich zu, doch das Lob des Meisters berührte ihn nicht mehr. Er war sein eigener Meister geworden. Der Daitengu sprach kein weiteres Wort. Stumm beobachtete er Gorins Schaffen.

Als Gorin den Hammer beiseitelegte und die Lederschürze abnahm, verbeugte sich der Daitengu.

»Nun hast du gelernt«, sagte er schlicht. Er winkte eine junge Schmiedin mit rot-braunen Flügeln herbei, die eine wassergefüllte Schüssel trug. Auf ein Zeichen des Daitengu hin wusch sich Gorin damit den Ruß von den Händen. Als er sie aus dem

Wasser zog, leuchteten seine Handflächen silbrig-weiß, wie der Glanz von Wolkenstahl unter der Sonne. Irritiert wischte er die Hände an seiner Kleidung ab. Der metallische Glanz seiner Handflächen blieb.

»Du bist nun eins mit der Essenz der Luft«, sprach der Daitengu zufrieden.

Schritte näherten sich vom Portal der Schmiedekuppel. Ein kupferhaariger Elb kam mit zügigen Schritten herein. Elyamur. Gorin erkannte ihn blinzelnd.

»Ist mit dir alles in Ordnung, Gorin?«, fragte Elyamur besorgt. »Du bist jetzt schon seit fast drei Tagen in dieser Schmiede verschwunden. Die Zeit läuft uns davon …«

Gorin hörte, aber er verstand nicht. Drei Tage?

»Du hattest alle Zeit, die nötig war«, sagte der Daitengu mit ruhigem Stolz in der Stimme. »Und dein Freund hat recht, Gorin: Ihr müsst nun aufbrechen, zurück in die Welt der Tiefländer. Doch du solltest die Geschenke mitnehmen, die du für deine Gefährten und dich geschmiedet hast.«

Er deutete auf eine Wand der Schmiede, wo auf Holzständern verschiedene Waffen und Rüstungen ausgestellt waren. Gorin erkannte zwei herrliche Kettenmäntel in Zwergengröße, gewirkt aus weiß schimmerndem Wolkenstahl. Dazu ein leichtes Kettenhemd, das für die Körperformen einer Elbin gemacht zu sein schien. Fünf kunstvolle Wurfbeile hingen am Waffenständer, deren Blätter wie geschwungene Drachenkörper geformt waren, daneben ein langer, schlanker Dolch sowie eine gute Handaxt nach Zwergenart. Ein gebogenes Elbenschwert, dessen Griff mit feuerrotem Leder umwickelt war, wartete nur darauf, singend durch die Luft zu tanzen. Zwei Köcher waren mit Runenbolzen gefüllt, deren Kräfte anhand ihrer verschiedenfarbigen Befiederung zu erkennen waren. An der Wand lehnte eine Armbrust mit einem Bogen aus Wolkenstahl und einem komplexen Lademechanismus, bei dem sich mehrere Bolzen zugleich in eine Art Kasten einlegen und in schneller Folge abfeuern ließen.

»Das hast du in drei Tagen geschmiedet?«, fragte Elyamur ungläubig. Er nahm das Langschwert an sich und vollführte probeweise einen Ausfall damit. »Die Klinge ist schnell wie meine Gedanken«, staunte er.

»Sie gehört dir«, erwiderte Gorin. Er konnte selber kaum begreifen, dass er all diese Dinge geschaffen hatte. Er war Runenschmied, kein Harnischmacher oder Waffenschmied. Und doch waren diese Dinge sein Werk, geschmiedet in einem anderen Leben, das ganz dem Wolkenstahl geweiht war.

»Ich werde euren Besitz auf eure Flugschlange verladen lassen«, sprach der Daitengu. »Doch vor dem Aufbruch solltet ihr noch eine Nacht ruhen. Das wirst du nötig haben, Gorin.«

»Danke«, murmelte Gorin benommen und verbeugte sich tief. Durch die Aussicht auf ein wenig Schlaf fühlte er sich plötzlich unendlich müde. Er hatte viel gelernt.

Malyún
1
2
3
4
5
6
7
8
1 Westliches Torhaus
2 Brückenfundament
3 Luke
4 Westlicher Innenhof
5 Innerer Ring
6 Sanktuarium
7 Östlicher Innenhof
8 Östliches Torhaus

SECHSUNDZWANZIGSTES KAPITEL

AM SILBERKLOSTER MALYÚN IN DEN GLETSCHERBERGEN VON SKOVRIK

Jha Rudra lag mit offenen Augen unter den Felldecken und regte sich nicht. Sie wollte den kostbaren Moment nicht zerstören, hätte ihn am liebsten ewig ausgedehnt. Neben ihr atmete Hilgrif ruhig und gleichmäßig. Die Wärme ihres Körpers vertrieb die Kälte von Skovrik und erfüllte sie mit Zuversicht.

Dann seufzte Hilgrif leise und bewegte sich, wurde offenbar langsam wach. Jha Rudras Fingerspitzen tasteten wie von selbst zu jener kleinen Narbe, die Hilgrifs helle Haut am Oberarm zerteilte. Sie stammte von Jha Rudras Wurfeisen, zugefügt in einem anderen Leben, als die Entschlossenheit der Schwertmaid, die freche Diebespriesterin in den Kerker zu bringen, noch kein Spiel gewesen war.

Sanft fuhr Jha Rudra über die weiche Haut rund um die Narbe. Mit einem Wohllaut wandte sich Hilgrif zu ihr um und schlug die Augen auf. Sie betrachtete Jha Rudras Gesicht, das sonst eine Maske vor der Welt verbarg. Langsam bewegten sich Jha Rudras Finger an Hilgrifs Körper hinab. Hilgrif schloss die Augen wieder, gab sich für einen Moment ganz der Berührung hin – und verspannte sich.

»Du musst los«, sagte sie und schlug gnadenlos die Decke auf, sodass die Kälte nach Jha Rudras nacktem Körper griff.

»Und du bist grausam«, brummte Jha Rudra. Sie fröstelte und musste doch lächeln. Auf Hilgrifs Pflichtgefühl war Verlass. Sie schlang noch einmal die Arme um ihre Gefährtin und drückte sie an sich, spürte eine Wärme, die tiefer ging, als die Winterkälte je reichen konnte.

»Du musst wirklich los«, wiederholte Hilgrif und streifte energisch Jha Rudras Arme ab. Etwas später, als Jha Rudra es erwartet hätte, wie sie stolz bemerkte. Widerwillig schlüpfte sie aus ihrem Schlaflager und huschte durch das Zelt zu jenem Stapel mit dunkelgrauen Kleidern, die sie in ihrem Gepäck den ganzen Weg hierher mitgeführt hatte. Nun würden sie zum ersten Mal zum Einsatz kommen. Jha Rudra wandelte wieder auf Zeljas Pfaden.

Sie zog Hose und Tunika an und legte sich einen Gürtel mit ihren Wurfeisen und kleinen Werkzeugen um die Hüften. Dann setzte sie eine schmucklose Halbmaske auf und streifte sich nach kurzem Zögern einen einzelnen schwarz glänzenden Handschuh über.

Hilgrif hatte inzwischen ihren Waffenrock angelegt und musterte Jha Rudra mit einem merkwürdigen Gesichtsausdruck.

»Was denn?«, fragte diese halb irritiert und halb belustigt.

»Du legst da gerade die Kleidung einer Diebin an«, entgegnete Hilgrif ernst. »Eine Kravana-Schwertmaid sollte das verurteilen. Doch ich habe das Gefühl, eine Kriegerin dabei zu beobachten, wie sie sich für den Kampf rüstet. In Skovrik gibt es Heldenstrophen, die in so einem Moment gesprochen werden …

Und gürtet die schneidende Schärfe des Schwertes
beherzt über die blitzende Brünne,
die Hehrgeborene, zum Heldenkampf.

Etwas in der Art. Aber ich bin nicht gut darin, und unsere Skalden haben keine Verse über dunkle Kleidung und Gürtel mit Dietrichen. Du ziehst in einen Kampf, über den nicht ruhmvoll gesungen wird, fürchte ich.«

»Dann sag doch ohne Verse, was es zu sagen gibt.«

»Ja. Pass auf dich auf, Rudra.«

»Das werde ich. Begleitest du mich noch ein Stück?«

»Natürlich.«

Die beiden Frauen zogen sich dunkle Mäntel über und verließen gemeinsam das Zelt. Die Feuer im Heerlager waren fast heruntergeglommen, die Ruhe der Nacht lag über allem. Doch sie war nur oberflächlich, inszeniert für Beobachter von außen. In Wahrheit hielten Skjöldirs Krieger sich in den Zelten kampfbereit. Der Sturm auf Malyún stand kurz bevor, und die geballte Anspannung von Menschen, Zwergen, Minotauren und Trollen lag förmlich greifbar in der Luft. Jha Rudra hoffte, dass sich die Späher der Orks dennoch täuschen ließen.

Sie atmete die klare, kalte Luft ein, fühlte sich wach und konzentriert. Vorhin, noch vor den kurzen Stunden der Ruhe, hatten Hilgrif und sie lange meditiert, um die Bindung an ihre Göttinnen zu stärken. Wahrscheinlich würden sie es heute dringend nötig haben, deren Kräfte zu kanalisieren … Sie war jedenfalls vorbereitet.

An Hilgrifs Seite huschte sie an den Rand des Lagers, wo Jarl Skjöldir und die Winterseherin schon auf sie warteten. Beide hatten sich ebenfalls dunkle Umhänge übergeworfen.

»Seid Ihr bereit?«, fragte der Jarl an Jha Rudra gewandt, nachdem er Hilgrif scheu begrüßt hatte.

»Gewiss«, antwortete sie knapp und rechnete halb damit, dass der Reifbart ihr irgendwelche Ratschläge aus seinen vielen Abenteuern mitgeben würde. Doch er nickte nur.

»Rudra«, sagte die Winterseherin ernst, »du weißt, dass Vylami im Kloster über zahlreiche untote Schrecken gebietet.«

»Nur zu gut«, erwiderte Jha Rudra grimmig.

»Darum werde ich dir einen Schutzzauber mitgeben, auf dass du ungesehen durch ihre Reihen schlüpfen kannst.«

Sie berührte Jha Rudra auf der Höhe ihres Herzens und schloss die Augen. Mit einem Stirnrunzeln zog sie den Arm gleich wieder zurück. Eindringlich musterte sie die Diebespriesterin.

»Ich kann deine Aura nicht wahrnehmen«, sagte sie. »Mir scheint, du hast schon selbst für Schutz gesorgt.«

»Zelja kennt viele Wege«, erwiderte Jha Rudra mit einem frechen Lächeln, obwohl sie sich eigentlich ziemlich unbehaglich fühlte. Sie mochte es gar nicht, durchschaut zu werden, und hatte nicht damit gerechnet, dass die Seherin sie mit ihrer Magie berühren würde.

»Einen schönen Handschuh trägst du da«, sagte die Winterseherin und blickte auf den einzelnen schwarzen Seidenhandschuh, der Jha Rudras rechte Hand bedeckte. Zeljas Symbol, die grinsende Ratte, war mit Silberfäden auf dem Handrücken eingestickt.

»Eine Neuerwerbung, nehme ich an?«

»Ja«, entgegnete Jha Rudra etwas kleinlaut.

»Möchte ich wissen, woher der Handschuh stammt?«, fragte die Winterseherin resigniert.

»Nein«, sagte Jha Rudra so beiläufig wie möglich. Sie konnte allerdings nicht verhindern, dass ihre Gedanken zu einem anderen Ort wanderten: eine schlichte Feldsteinhütte an der Plankenbrecherküste. Sie erinnerte sich gut an das Gefühl stolzer Zufriedenheit, als sie in den Gästeschlafraum der Dreikopf-Akademie geschlüpft war, den Handschuh an sich gepresst.

»Er ist ein altes Artefakt der Zelja und gehört somit gewissermaßen ihrer Priesterschaft«, ergänzte sie rasch.

»Ich befürchte, dass *jemand* das anders sieht«, seufzte die Winterseherin. »Aber du bist alt genug für eigene Schwierigkeiten, Rudra. Bitte befolge diesmal meinen Rat und konzentriere dich im Kloster ganz darauf, das Westtor zu öffnen. Keine dreisten Diebesstücke oder tollkühnen Heldentaten. Der Handschuh schirmt dich ziemlich komplett vor magischer Wahrnehmung und den Sinnen von Zauberwesen ab, doch nicht vor spähenden Augen. Aber bestimmt hast du das schon längst selbst herausgefunden.«

»Ja«, erwiderte Jha Rudra leise. Sie warf Hilgrif einen Seitenblick zu, die die Augenbrauen auf ihre unvergleichliche Art hochgezogen hatte.

»Algrins Höhlengänger haben alles für Eure Mission gerichtet«, brummte Skjöldir. »Ihr werdet das Seil und die Kletterhaken am besprochenen Ort vorfinden. Wir anderen halten uns für den Angriff bereit. Sobald Ihr das Signal gebt, schlagen wir zu. Der Segen aller Göttinnen und Götter sei mit Euch.«

Jha Rudra drehte sich zu Hilgrif um.

»Wir sehen uns auf Malyún«, sagte sie. »Lass dich nicht niedermetzeln.«

»Und lass du dich nicht entdecken«, erwiderte Hilgrif in dem vergeblichen Versuch, gelassen zu klingen.

Entschlossen ließ Jha Rudra das Lager hinter sich und bewegte sich leise durch die Nacht, nun ganz auf ihre Mission konzentriert.

Sie erreichte den Rand der Schlucht. Der weiße Brückenbogen von Malyún war in einiger Entfernung wie das bleiche Gespenst eines Gebäudes im Dunkeln zu erahnen. Die Wachfeuer der Orks brannten auf den Zinnen des Klosters.

Jha Rudra näherte sich einer bestimmten Felsnase und entdeckte sofort das Seil, das Algrins Zwerge mit einem kräftigen Haken im Gestein befestigt hatten. Sie ergriff es und ließ sich an der Felswand hinab. Nach wenigen Metern hielt sie inne. Die Kristallzwerge hatten hier eine waagerechte Spur aus Felshaken in die Wand geschlagen, die mit einem weiteren Seil verbunden waren. Vorsichtig schob sich die Diebespriesterin seitwärts an der Wand entlang, die Hände immer am Seil. Glücklicherweise arbeiteten Zwerge gründlich. Unglücklicherweise reichten die Haken nicht weit. Die Höhlengänger hatten die Kletterstrecke nur dort sichern können, wo sie nicht im direkten Sichtfeld des Klosters waren. Ab hier musste Jha Rudra auf ihr eigenes Geschick und den Schutz der Dunkelheit vertrauen.

Mit entschlossenen Griffen klammerte sie sich an Rissen und Vorsprüngen im Fels fest und arbeitete sich weiter auf das Kloster zu. Unter ihr gähnte die Leere des Abgrunds, die Kälte ließ ihre Fingerspitzen fast noch mehr schmerzen als die Anstrengung.

Während ihre Hände und Füße beständig neu nach Halt suchten, murmelte sie lautlos Gebete an Zelja vor sich hin. Vielleicht hatten die alten Segensformeln einen besonderen Rhythmus, der ihrem Körper half, von selbst die richtigen Griffe zu tun. Vielleicht war es aber auch die schattenhafte Zelja selbst, die über sie wachte. Jha Rudra wusste es nicht, doch sie kam jedenfalls gut voran.

Als sie schließlich an die Fundamente des Brückenbogens stieß, der das Kloster trug, war sie fast überrascht. Sie hatte sich wie in Trance bewegt und über die konzentrierte Monotonie der kleinen, präzisen Handgriffe ihr Ziel beinahe vergessen. Jha Rudra atmete kurz durch. Das konnte sie sich nun nicht mehr leisten. Sie kletterte direkt durch Feindesgebiet und musste wachsam bleiben!

Entschlossen schwang sich die Zelja-Priesterin zur Fassade des Klosters hinüber. Jetzt hing sie an der Außenwand von Malyún, ganz unten, auf der Höhe der Fundamente, wo der Brückenbogen des Klosters an den Fels der Berge stieß. Zu Jha Rudras Glück war diese Wand mit lebensgroßen Statuen vergessener Silber-Elben geschmückt, die mit leeren Augen in die Weite schauten. An ihren Armen, Schultern und steinernen Umhängen konnte sie sich gut festhalten.

Verbissen schob sich Jha Rudra weiter voran, hangelte sich von Statue zu Statue. Gelegentlich passierte sie schmale Fensterschlitze, die jedoch zu eng waren, um sich hindurchzuwinden.

Sie griff nach dem segnend ausgestreckten Arm eines steinernen Iyanuri-Priesters – und verlor den Halt. Der Arm brach unter ihrem Gewicht ab und stürzte in die Tiefe.

Panisch klammerte sich Jha Rudra am Hals der Statue fest. Für einen Moment hatte sie das Gefühl, dass die ganze Figur aus ihrer Nische kippen und mit ihr im Abgrund verschwinden würde. Doch nichts dergleichen geschah. Offenbar hatte nur der Arm im Laufe der Jahrhunderte Risse bekommen. Von unten war noch nicht einmal ein Aufprall zu hören. Vorsichtig schaute Jha Rudra in die Schlucht. Der erstarrte Wasserfall schimmerte im Mondlicht. Einzelne Schneeflocken tanzten durch die Luft. Nichts regte sich. Erleichtert sorgte sie mit tiefen, gleichmäßigen Atemzügen dafür, dass ihre Hände zu zittern aufhörten, und arbeitete sich dann weiter voran.

Nach kurzer Zeit erreichte sie die Luke, von der die Kundschafter der Kristallzwerge berichtet hatten. Zwei steinerne Priester in Reisegewändern, die unternehmungslustig in die Ferne zu schauen schienen, flankierten die hölzerne Pforte. Misstrauisch ruckelte Jha Rudra daran herum. Natürlich war sie von innen verschlossen. Sie schaute sich die Konstruktion näher an. Die Luke bestand aus zwei Flügeln, die vermutlich mit einem einfachen Riegel blockiert waren.

Die Diebespriesterin löste eine Lederschlaufe von ihrem Gürtel und schlang den langen Riemen so um die Taille einer Statue, dass sie mit ihrem Körpergewicht sicher darin hing. Dann nahm sie mit ihren frei gewordenen Händen einen dünnen Eisenstab aus seiner Gürtelhalterung und führte ihn in den Spalt zwischen den Türflügeln ein. Sie stemmte ihre Beine gegen die Fassade und drückte das Metallstück nach oben. Zuerst spürte sie einen Widerstand. Dann löste sich der Riegel knirschend aus der Verankerung.

Jha Rudra biss die Zähne zusammen. Wenn die Orks Wachen hinter der Luke platziert hatten, würde sie spätestens jetzt auffliegen. Doch wieder tat sich nichts. Entschlossen setzte sie ihren Eisenstab an, um einen der Flügel aufzuhebeln. Dann löste sie die Lederschlaufe von der Statue und schlüpfte hinein. Jha Rudra hatte das Silberkloster Malyún betreten.

Vorsichtig öffnete sie die Blende ihrer kleinen Laterne. Hinter der Luke lag eine schmucklose Halle, offenbar ein Lagerraum. Doch von der Seilwinde, die Algrins Kristallzwerge hier vermutet hatten, war nichts zu sehen. Stattdessen lag ein großer, mit einer Plane abgedeckter Umriss mitten in der Halle. Jha Rudra lauschte in die Stille des Gebäudes hinein. Nichts regte sich. Neugierig schlug sie die Plane ein wenig zur Seite. Ein silberner Drache starrte sie mit blitzenden Augen an! Fast wäre sie erschrocken zurückgestolpert, doch dann wurde ihr klar, dass es nur eine Statue war. Sie maß vom Kopf bis zur Schwanzspitze mehrere Meter und war so lebensecht gearbeitet, als würde der Drache sich gleich regen und träge die Flügel ausbreiten. Die glänzenden Drachenschuppen rings um den Kopf waren über und über mit feinen Zauberglyphen elbischen Stils bedeckt. Jha Rudra erkannte Runen der Luft und der Bewegung.

»Interessant«, murmelte sie und ließ die Plane wieder sinken. Dann huschte sie zur inneren Tür des Lagerraumes. Dahinter war nichts zu hören. Das simple Schloss stellte kein Hindernis für die Dietriche der Diebespriesterin dar.

Die Kristallzwerge hatten den Aufbau des Klosters richtig eingeschätzt. Seine unterste Ebene war von engen, unverputzten Gängen durchzogen, damit die Tempeldiener und andere Klosterbedienstete unauffällig dort erscheinen konnten, wo sie gerade benötigt wurden. Es war dunkel und still. Anscheinend wurde dieser Bereich derzeit nicht verwendet. Jha Rudra mochte sich nicht vorstellen, was aus den Tempeldienern geworden war, als die Kettenheere das Kloster besetzt hatten.

Sie streifte vorsichtig durch die Gänge und orientierte sich. Als sie an einer Gangmündung vorüberkam, neben der ein Eiskristall in die Wand graviert war, erschauderte sie. Von dort schlug ihr eine seltsame, unnatürliche Kälte entgegen. Sie huschte rasch weiter.

Jha Rudra befand sich in der westlichen Klosterhälfte. Wenn sie den Gängen nach Osten folgte, würde sie in den Bereich unterhalb der zentralen Kuppel kommen. Eigentlich führte ihr Weg in die andere Richtung, zum westlichen Tor, wo Skjöldirs Krieger sich bereithielten. Doch zuvor wollte sie noch etwas auskundschaften.

Sie ging einige Stufen hinauf, bis sie sich nach ihrer Einschätzung unter dem inneren Ring von Malyún bewegte. Es dauerte nicht lange, bis sie hier fand, was sie gesucht hatte. In einer kleinen Nische führten Trittstufen einen Schacht hinauf.

»Algrins Fluchttunnel«, sagte sie zu sich selbst. Es war ein Jammer, dass die meisten Zwerge so wenig vom Diebeshandwerk hielten. Sie befestigte die Blendlaterne an ihrem Gürtel und zog sich entschlossen die Stufen hinauf. Nach einigen Metern stieß sie auf ein Hindernis. Der Schacht war vermauert. An seiner Wand war ein Siegel aus elbischen Schutzglyphen angebracht, die allesamt noch intakt waren. Jha Rudra suchte flüchtig nach einem Öffnungsmechanismus, konnte jedoch nichts entdecken. Offenbar hatte hier jemand sehr gründlich sichergestellt, dass der Fluchttunnel nicht für ein Eindringen von der falschen Seite aus missbraucht werden konnte.

Sie wollte gerade wieder nach unten steigen, als sie Schritte und Gesprächsfetzen über sich hörte.

»Die letzte Elbenpriesterin hat ja nicht lange durchgehalten«, schnaubte grollend ein Ork. »Soll ich noch eine aus den Eiskerkern holen lassen?«

»Nein, Khurdran Serkai«, erwiderte eine kalte Frauenstimme, die Jha Rudra erschreckend bekannt vorkam. »Ich werde es mit einer neuen Zaubertechnik versuchen und brauche Zeit zur Vorbereitung.«

»Wie Ihr meint, Statthalterin«, sagte der Ork. »Mir ist das gleich. Aber wir sollten bald Erfolg haben. Meine Krieger langweilen sich. Sie sind Wolfsreiter, keine halb vermoderten Burgwächter.«

»Hinterfragt Ihr mein Vorgehen, Khurdran?«

»Gewiss nicht, Statthalterin«, knurrte der Ork.

»Gut für Euch. Schon bald wird jemand aus der Priesterschaft den Silberwebstuhl für uns erwecken. Ich habe es mit Gedankenkontrolle versucht und einen Dämon beschworen, der von einer Priesterin Besitz ergriff. Aber in beiden Fällen hat die fremde Energie die Aura so verfälscht, dass der Webstuhl nicht mehr auf sie reagiert hat. Als Nächstes werde ich einen von ihnen zu einem Wiedergänger machen und dabei so viel wie möglich von seinem ursprünglichen Wesen erhalten. Das erscheint mir Erfolg versprechend, und ich weiß auch, wen ich dafür wählen werde …«

Ihre Stimmen entfernten sich. Jha Rudra atmete durch. Vylami, diese arrogante, hinterhältige Spinne! Ein Teil von ihr empfand grimmige Freude über die Ahnungslosigkeit der Statthalterin, die nicht wusste, dass sie gerade direkt über sie hinweggegangen war. Ein anderer Teil war erfüllt von Grauen über das, was Vylami offenbar der Iyanuri-Priesterschaft angetan hatte. Jha Rudra würde dafür sorgen, dass sie dazu keine Gelegenheit mehr haben würde.

Sie stieg wieder nach unten und eilte zielstrebig zu der Gangmündung, aus der sie die Kälte gespürt hatte. Der Ork hatte doch von Eiskerkern gesprochen …

Rasch wog Jha Rudra ihre Möglichkeiten ab. Ihre Mission bestand darin, sich an die westlichen Gänge zu halten und Skjöldirs Kriegern die Tore zu öffnen. Doch Zelja schätzte es, wenn sich ihre Diener Gelegenheiten nicht entgehen ließen – und Jha Rudra war noch nie gut darin gewesen, ihnen zu widerstehen. Sie entschied, dass ihre Mission nun ein Nebenziel hatte, und verschwand in den Gang, aus dem der Kältehauch strömte.

Mit jedem Schritt schien die Luft eisiger zu werden. Sie war auf dem richtigen Weg! Dann blieb sie abrupt stehen. Hinter der nächsten Biegung sprach jemand Orkashu. Noch während sie angestrengt lauschte, hörte Jha Rudra ein mächtiges Knurren. Ein Plünderwolf! Sie griff an ihren Gürtel und zog ihre Wurfeisen hervor. Für Heimlichkeit war es nun zu spät – die Bestie hatte sie gewittert.

Mit wehendem gelblichem Fell kam der Plünderwolf um die Biegung geschossen. Seine kleinen Augen blitzten, die Fleischermesser-Zähne leuchteten weiß. Jha Rudra warf beide Eisen zugleich. Der Plünderwolf brach mitten im Sprung zusammen, als die Waffen sich in seinen Körper fraßen.

Der Orkkrieger, der direkt hinter dem Wolf um die Ecke hetzte, brüllte wütend auf und schleuderte seinen Speer nach Jha Rudra. Sie warf sich flach auf den Boden. Der Speer sauste über sie hinweg. Doch schon ragten die gepanzerten Beine des Orks direkt vor ihr auf. Er holte mit seinem Säbel aus. Jha Rudra hechtete voran und rammte den Ork um. Seine rot-schwarz lackierte Rüstung schepperte entsetzlich, als er neben ihr zu

Boden stürzte. Hastig sprang Jha Rudra auf die Füße, als auch schon die magischen Wurfeisen in ihre Hände zurückkehrten. Sie stieß zu, ehe der Ork seinen Säbel aufnehmen konnte. Der Krieger erschlaffte leblos, während sich Blut aus seinem Hals ergoss.

Jha Rudra verharrte stocksteif in der Bewegung und lauschte ins Dunkel hinein. Nichts regte sich. Offenbar hatte der Vorfall keine weiteren Orks auf den Plan gerufen. Seufzend wischte sie ihre Waffen ab. Sie mochte kein plumpes Blutvergießen. Und doch würde der Angriff auf Malyún noch viel mehr Opfer fordern … Mit großen Schritten stieg sie über die Körper des Plünderwolfs und des Kriegers hinweg. Hinter der Biegung lag eine kleine Wachkammer, wo es sich der Ork offenbar zusammen mit seinem Wolf auf einigen Lumpen bequem gemacht hatte. Eine Laterne stand auf einem Tischchen, ein Lederschlauch hing an der Wand. Er verströmte einen penetranten, scharf-süßlichen Geruch, der Jha Rudra bestätigte, dass er kein Wasser enthielt.

An die Kammer schloss sich ein Gewölbe an, von dem drei Torbögen abgingen. Hier war es so kühl, dass Reif auf dem Mauerwerk lag. Zwei der Bögen führten einfach nur in leere Nischen. Der dritte wurde von einer massiven Wand aus Eis versperrt.

Hinter dem Eisvorhang konnte Jha Rudra verschwommen die Umrisse verschiedener Gestalten erkennen, die stocksteif Schulter an Schulter standen und sich nicht regten. Der Eiskerker hielt seine Gefangenen offensichtlich durch den Bann eines Kältezaubers fest. So konnten auch gefährliche Feinde des Silbervolks auf Malyún verwahrt werden, deren Magie sonst jedem Gefängnis getrotzt hätte. Doch nun hatte jemand die Macht des Kerkers gegen die Priesterschaft gewendet.

Jha Rudra musterte konzentriert das Band aus verschnörkelten Zauberglyphen, das den Torbogen umgab. Jetzt hätte sie gerne Gorin hier gehabt. Doch auch ohne die Hilfe des Runenschmieds war sie sich fast sicher, dass einige der Glyphen für

»Wärme« standen. Vermutlich ermöglichten sie es, einzelne Gefangene aus dem Kältebann zu lösen.

Jha Rudra legte ihre Hand auf das Zeichen, das ihr am mächtigsten erschien, und aktivierte seine Magie. Befriedigt registrierte sie, wie die bläulich-matte Eiswand plötzlich von innen heraus zu gleißen schien, als sei eine kleine Sonne dahinter erwacht. Es dauerte nur wenige Herzschläge, bis das Eis ganz verschwunden war.

Die Gestalten im Kerker regten sich mit steifen, unsicheren Bewegungen. Nun konnte Jha Rudra erkennen, dass die Gefangenen tatsächlich die Regenbogenroben von Iyanuri-Priestern trugen. Es waren fast allesamt Silber-Elben. Sie waren hochgewachsener als die anderen Elben, die Jha Rudra bisher getroffen hatte, und hatten silberglänzendes Haar, das wie gesponnenes Mondlicht schimmerte. Auch ihre großen, alten Augen leuchteten silbrig. Sie mussten im Laufe der Jahrhunderte mehr gesehen haben, als Jha Rudra sich vorzustellen vermochte.

Nur einer der Gefangenen war ein Menschenmann mit grauem Bart, der sich offenbar einst dem Iyanuri-Orden angeschlossen hatte. Er konnte sich kaum auf den Beinen halten und wurde von den anderen gestützt, als sie aus dem Kerker traten. Es waren insgesamt sieben Priesterinnen und Priester. Jha Rudra erschauderte. Skjöldir hatte erwähnt, dass rund zwei Dutzend Iyanuri-Diener auf Malyún lebten. Offenbar hatten die vergangenen Wochen einen hohen Blutzoll gefordert.

Eine stolze Elbenfrau mit aufgesteckten Haaren kam auf Jha Rudra zu und hob entschlossen die Hand, bereit, einen verzehrenden Bannfluch zu schleudern.

»Immer langsam!«, rief die Diebespriesterin. »Hebt Euch das für die Söldlinge des Kettenfürsten auf.« Die Elbin fixierte sie misstrauisch. Jha Rudra verbeugte sich beiläufig, als wäre die Situation etwas Alltägliches für sie. »Ich bin Jha Rudra aus dem Jhalaisu von Swertenburg, eine Dienerin der nächtlichen Göttin Zelja. Und ich bin gekommen, um Euch zu befreien.«

»Ihr steht vor Cylandri, der Hierophantin von Malyún«, erwiderte die Elbin, wobei sie ihre Hand noch immer zu einer Zaubergeste erhoben hatte. »Erklärt Euch, Jha Rudra: Was geht hier vor?«

»Draußen vor dem westlichen Tor halten sich Truppen der freien Reiche bereit, um Euer Kloster dem Kettenfürsten zu entreißen«, sagte Jha Rudra. »Der Jarl Skjöldir Reifbart führt sie an. Ich werde ihnen das Tor öffnen und habe auch gleich Euren Kerker aufgebrochen, wenn ich schon einmal hier bin. Falls Ihr mir danken wollt, könntet Ihr uns von innen dabei unterstützen, *Euer* Kloster zurückzuerobern.«

»Dann schulden wir Euch in der Tat Dank, Jha Rudra«, sagte die Hierophantin leise, aber hoheitsvoll, und senkte den Arm. Zwei der Priesterinnen kümmerten sich inzwischen um den alten Menschenmann, der den Eisbann offenbar deutlich weniger gut verkraftet hatte als die Elben. Ein Silber-Elb mit hageren Zügen und ernstem Gesicht trat an die Seite der Hierophantin.

»Wie viel Zeit ist vergangen, seit die Purpurzauberin uns in den Eiskerker bannte?«, fragte er.

»Ich weiß es nicht«, erwiderte Jha Rudra. »Aber der Kettenfürst hat Malyún schon vor Wochen eingenommen. Es geht ihm um die Macht des Silberwebstuhls. Das Heiligtum vermag eine Waffe zu weihen, die ihn entweder vernichten oder entfesseln kann – je nachdem, wer sie führt.«

»Dann dürfen wir keine Zeit verlieren«, sagte der Elb grimmig. »Hierophantin, mit Eurer Erlaubnis werde ich die Maskenfrau zum Westtor geleiten und ihr helfen, dieses Menschenheer einzulassen.«

»Es sind auch Grün-Elben dabei«, verbesserte Jha Rudra im Plauderton. »Und Minotauren, Trolle und Zwerge.« Sie war neugierig auf die Reaktion der Hierophantin.

Die Silber-Elbin runzelte die Stirn. »Könnt Ihr Euch im Namen Zeljas dafür verbürgen, dass diese Fremden nicht als Feinde nach Malyún kommen?«, fragte sie.

»Sie kommen, um gegen den Kettenfürsten zu kämpfen, wo

es ihm am meisten wehtut«, erwiderte Jha Rudra. »Und sie werden ihr Leben dafür einsetzen, das Kloster zu befreien.«

»Dann sei es so«, sprach die Hierophantin. »Thuramur, Ihr bringt die Zelja-Dienerin zum Tor, wie Ihr vorgeschlagen habt. Wir anderen werden uns darauf vorbereiten, diese purpur-elbische Frevlerin und ihre Schergen aus dem Allerheiligsten zu vertreiben.«

»Wie wollt Ihr das tun?«, fragte Jha Rudra.

»Es gibt in Malyún alte, verborgene Kammern, die diese Barbaren noch nicht entdeckt haben können«, sagte die Hierophantin stolz. »Dort warten machtvolle Artefakte aus der Zeit der Riesenkriege, die lange nicht mehr zum Einsatz gekommen sind. Die Eindringlinge haben uns aus dem Hinterhalt überrumpelt. Bald jedoch werden sie Priesterinnen und Priestern Iyanuris gegenüberstehen, die auf die volle Macht Malyúns zurückgreifen können!«

»Das klingt gut«, erwiderte Jha Rudra. »Dann werde ich jetzt dafür sorgen, dass unsere Verbündeten ins Kloster können.«

»Folgt mir!« Der Silber-Elb, den die Hierophantin Thuramur genannt hatte, lief voraus. Seine kraftvollen, geschmeidigen Bewegungen sahen für Jha Rudra nicht gerade so aus, als hätte er sein Leben als entrückter Klosterbewohner verbracht, geschweige denn geraume Zeit als Gefangener eines Eiskerkers.

Auf dem Gang blieb Thuramur beim Körper des Ork-Wächters stehen. Jha Rudra erwartete halb, dass er Abscheu zeigen oder einen Totensegen sprechen würde. Doch der Priester nahm stattdessen den Knochensäbel des Gefallenen an sich und eilte dann weiter durch die Dienertunnel. Zielstrebig führte der Silber-Elb Jha Rudra in den westlichen Bereich des Klosters.

»Gibt es einen Fluchttunnel, der außerhalb des Klosters mündet?«, fragte Jha Rudra im Gehen.

»Den gab es einst«, erwiderte der Elb. »Doch inzwischen ist er verschüttet.«

»Schade«, murmelte Jha Rudra. »Das wäre zu praktisch gewesen …«

»Es gibt auch keinen direkten Zugang von den Dienergängen ins Torhaus«, fuhr Thuramur fort. »Also werden wir eine Treppenflucht nahe der Eingangshalle nehmen.«

Sie schlichen vorsichtig einige Stufen hinauf, bis die Treppe vor einer Holztür endete, hinter der die bewohnten Räume des Klosters liegen mussten. Jha Rudra lauschte kurz und schlüpfte dann durch die Tür, dicht gefolgt von Thuramur, der gleich wieder die Führung übernahm. Der Gang vor ihnen war mit Fackeln beleuchtet. Irgendwo aus dem Inneren des Gebäudes konnte Jha Rudra das Gemurmel rauer Orkstimmen hören.

Wie ein Schatten huschte Jha Rudra hinter Thuramur durch die Gänge. Plötzlich stellten sich ihre Nackenhaare auf. Sie hatte das Gefühl, dass ihr klamme Grabeskälte entgegenwehte. Auch Thuramur wandte sich alarmiert um.

»Hierher«, flüsterte Jha Rudra und zog den Silber-Elb hinter eine Säule. Sie konzentrierte sich auf Zeljas schwarzen Handschuh, den sie an der rechten Hand trug. Mit seiner Macht legte sie einen grauen Schleier über sich und ihren Begleiter.

Kurz darauf schwebten zwei Kapuzengestalten lautlos den Gang entlang. Unter den abgerissenen Umhängen grinsten bleiche Schädel mit verlängerten Fangzähnen hervor. Lamiae!

Jha Rudra verharrte reglos, bis die Untoten um eine Gangbiegung verschwunden waren.

»Zeljas Segen scheint über Euch zu wachen«, flüsterte Thuramur und schaute bedeutungsvoll auf den Handschuh. Jha Rudras Antwort beschränkte sich auf ein Grinsen.

Sie verharrten noch kurz in ihrem Versteck und setzten dann ihren Weg fort, bis sie eine Passage erreichten, die von offenen Fensterbögen gesäumt wurde. Schnee hatte sich hier auf dem Fußboden abgelagert. Er war festgetrampelt von schweren Orkstiefeln. Durch die Bogenöffnungen konnte Jha Rudra die Lichter von Skjöldirs Heerlager am Berghang gegenüber schimmern sehen. Der Anblick gab ihr Hoffnung.

»Eure Heerschar ist klein«, sagte Thuramur, der ebenfalls hinausgeschaut hatte.

»Sie ist alles, was wir haben«, erwiderte Jha Rudra ernst. »Das muss genügen.«

»Es wird genügen«, stimmte der Silber-Elb zu und umfasste seinen Orksäbel fester. Sie eilten die Passage entlang, bis diese in einen großen Saal mündete. Vorsichtig spähte Jha Rudra hinein. Sie hatten die westliche Eingangshalle von Malyún erreicht.

Der Raum war darauf ausgelegt, Pilger willkommen zu heißen. Entlang der Wände erhoben die Statuen alter silber-elbischer Priester der Weberin grüßend die Hände. Ein kleiner Altar aus schimmerndem Mondquarz lud dazu ein, ein Dankgebet für die sichere Ankunft auf Malyún zu sprechen.

Weniger einladend waren die schweren, geschlossenen Flügel des Außentors, die zusätzlich durch ein eisernes Fallgitter geschützt wurden. Davor hielten zwei Orks in den rot-schwarz lackierten Rüstungen der Wolfsschädel Wache und lehnten sich gelangweilt auf ihre Knochenspeere.

Jha Rudra wägte die Situation rasch ab. Mit zwei Wächtern würden sie fertig werden, wenn sie überraschend zuschlugen. Der Riegel des Tores war schwer, aber sicher irgendwie zu bewegen. Für das Fallgitter war jedoch kein Öffnungsmechanismus zu erkennen.

Thuramur tippte Jha Rudra auf die Schulter und zeigte stumm auf einen niedrigen Durchgang neben dem Haupttor, hinter dem sich eine Wendeltreppe steil hinaufwand. Vermutlich lag dort die Wachkammer, wo sich die Winde befand, mit der sich das Fallgitter hochziehen ließ. Von oben waren gelegentlich Gesprächsfetzen auf Orkashu zu hören. Die grün-elbischen Späher hatten berichtet, dass sich auf den Torbastionen stets mehrere Bogenschützen bereithielten. Sie mussten also mit einer Menge Orks im Torhaus rechnen. So langsam begann die Sache schwierig zu werden. Schwierig und interessant.

Jha Rudra und ihr Begleiter zogen sich wieder tiefer in den Gang zurück.

»Die Seilwinde ist so konstruiert, dass sie sich von einer Person bedienen lässt«, flüsterte Thuramur. »Wenn wir oben sind, kümmert Ihr Euch um das Fallgitter und ich halte unterdessen die Orks von Euch fern.«

Jha Rudra musterte den Silber-Elb skeptisch.

»Ich war nicht immer ein Priester der Weberin«, sagte dieser. »Wenn es auch einige Jahrhunderte her ist, dass ich zuletzt mit orkischen Waffen gekämpft habe.«

Jha Rudra gelang es, sich ihre Überraschung nicht anmerken zu lassen.

»Dann machen wir es so«, erwiderte sie.

Doch Thuramur hielt sie noch zurück. »Sollten die beiden Krieger in der Halle Alarm schlagen, kommen wir nicht mehr an die Winde. Die Wachkammer über dem Tor lässt sich von innen verbarrikadieren.«

»Darum kümmere ich mich«, sagte Jha Rudra und lächelte deutlich selbstbewusster, als sie sich neben dem ewigalten Silber-Elb fühlte.

»Darauf hatte ich gehofft«, entgegnete Thuramur.

In Gedanken sprach Jha Rudra ein Stoßgebet zu Zelja. Dann löste sie ein Beutelchen von ihrem Gürtel, nahm es in die Faust und trat mit gelassener Selbstverständlichkeit in die Halle hinaus. Die beiden Orkwächter fuhren zusammen und senkten ihre Knochenspeere.

»Wer bist du?!«, bellte der größere von ihnen, ein breitschultriger Klotz mit stahlbekrönten Hauern. Jha Rudra lächelte ihn an und legte geheimnisvoll einen Finger auf die Lippen.

»Ich bringe Euch eine Botschaft von der Statthalterin Vylami«, sagte sie, während sie weiter an die beiden Wächter herantrat.

»Was für eine Botschaft?«, fragte der kleinere Ork mit gerunzelter Stirn.

Jha Rudra tat noch einen Schritt. »Sie wünscht euch eine gute Nacht und ein freudiges Erwachen«, trällerte sie, öffnete mit einer geschickten Bewegung den Beutel und pustete den Orks seinen Inhalt entgegen. Eine Wolke aus gräulich schimmernden Pilzsporen umhüllte die beiden Krieger – ein nützliches Andenken an die Sumpflande von Wâgant, das Jha Rudra vor einigen Wochen in Quolûr erworben hatte. Die Orks grunzten überrascht, dann sanken sie auch schon an die Wände des Torbogens und schliefen, noch ehe sie den Boden berührten. Jha Rudra fing ihre Speere auf und lehnte sie sachte an die Wand.

Nun trat auch Thuramur in die Halle. Er nickte Jha Rudra anerkennend zu, ehe er sich über die schnarchenden Orks beugte. Aus dem Wehrgehänge des Großen zog er einen gekrümmten Dolch, dem Kleinen nahm er vier Knochenwurfsterne ab und befestigte sie an seinem Gürtel.

»Bislang war Heimlichkeit unser Freund«, sprach er ernst. »Nun ist es Schnelligkeit.«

»Das hätte ich nicht besser ausdrücken können«, sagte Jha Rudra grinsend. »Nach Euch.«

Sie eilten die Wendeltreppe hinauf, Thuramur mit gezogenem Säbel voran, Jha Rudra mit ihren Wurfeisen direkt hinter ihm. Am oberen Treppenabsatz blieben sie stehen und spähten in die Wachkammer: Es war ein kleiner Raum, von dem aus zwei Schießscharten nach außen über das Tor schauten. Ein Treppenaufgang führte weiter hinauf zu den Torbastionen. Auf dem Boden war die Seilwinde für das Fallgitter eingelassen. Daneben saßen vier Wolfsschädel-Krieger an einem Tisch beim Würfelspiel.

Jha Rudra und Thuramur nickten sich zu, und der Elb stürmte als Erster hinein. Die Orks sprangen sofort auf und griffen nach ihren Waffen. Zwei von ihnen brachen mit Wurfsternen im Hals zusammen, bevor sie auch nur ihre Klingen gezogen hatten. Auf die verbleibenden zwei stürzte sich Thuramur mit seinem Säbel. Er blockte den Axthieb eines Orkkriegers ab und stach ihn zugleich mit dem Dolch in seiner Linken nieder. Der vierte Ork riss seine schädelbekrönte Knochenkeule mit beiden Händen hoch, um sie auf den Kopf des Silber-Elbs herabfahren zu lassen. Jha Rudras Wurfeisen stoppten ihn. Von einem Herzschlag auf den anderen war es still in der Wachkammer. Thuramur betrachtete nachdenklich den toten Krieger, der ihm fast den Kopf zertrümmert hätte.

»Es ist wirklich lange her«, murmelte er.

Plötzlich polterten Geräusche vom Treppenaufgang heran.

»Die auf den Bastionen haben etwas bemerkt«, flüsterte Thuramur. »Denkt daran: Ihr die Winde, ich die Orks.«

Ehe Jha Rudra etwas erwidern konnte, war er auf der Treppe nach oben verschwunden, der Übermacht der Feinde entgegen. Rasch trat sie an die Seilwinde heran, entsicherte das Drehkreuz und stemmte sich mit ihrem ganzen Gewicht gegen seine Hebelarme, um die Winde in Bewegung zu setzen. Zu ihrer Überraschung ging es erstaunlich leicht, und fast wäre sie ins Stolpern geraten. Die Winde war wirklich vorzüglich konstruiert!

Mit neuer Hoffnung machte sich Jha Rudra daran, das Fallgitter hochzuziehen. Vom Treppenaufgang drangen Schreie und Kampflärm zu ihr herunter, dann ein Geräusch, das sie zusammenzucken ließ: Der grelle Klang eines Ork-Horns hallte durch das Kloster. Alarm!

Mit einem metallischen Klacken rastete das Fallgitter ein. Jha Rudra sicherte die Winde, indem sie eine Kette um die Hebelarme schlang. Für einen Moment erwog sie, nach oben zu eilen, um Thuramur zu unterstützen. Alleine würde der Silber-Elb kaum gegen die komplette Besatzung der Torbastionen bestehen … Doch jetzt, da sie entdeckt waren, musste es schnell gehen! Nicht ohne schlechtes Gewissen eilte Jha Rudra die Treppe hinunter, um das Tor für ihre Heerschar zu öffnen. Sie lief in die Eingangshalle – und hielt mit einem eisigen Klumpen im Magen inne.

Über die Körper der Wächter, die vor den Torflügeln lagen, hatten sich zwei graue Kapuzengestalten gebeugt. Die Lamiae zischten gierig, während sie das Blut der hilflosen Orks in sich hineinsaugten.

Jha Rudra schaute verzweifelt auf den Riegel, der direkt hinter den Untoten das Tor sicherte. Die beiden Lamiae hatten sie nicht bemerkt, und die Macht ihres Handschuhs sorgte dafür, dass dies auch so blieb. Doch solange die Töchter der Unterwelt sich an den Orks gütlich taten, kam Jha Rudra nicht an das

Tor heran. Und sie hatte keine Zeit zu warten, bis die Untoten ihr grausiges Mahl beendet hatten – die Signalhörner der Orks hallten durch das Kloster, der Angriff musste genau jetzt erfolgen! Das Knochengrinsen der Lamiae schien sie zu verhöhnen: gescheitert, direkt vor dem Tor …

»Nein!«, flüsterte Jha Rudra trotzig.

Mit Zeljas Hilfe kannst du Dämonen genauso gut zurücktreiben wie ich. Das hatte Hilgrif gesagt. Jha Rudra hoffte, dass ihre Gefährtin recht hatte. Sie atmete tief durch und strich mit der linken Hand über die gestickte Ratte auf ihrem Handschuh. »Mutter der flinken Hände, nächtliche Königin«, flüsterte sie. »Stehle dein Kind fort aus der Gefahr. Lenke die gierigen Blicke der Ruhelosen fort von hier, führe sie auf neblige Irrwege, denn dein ist die Nacht.« Jha Rudra wanderte gerne auf den Pfaden der Diebin. Doch an erster Stelle war sie Priesterin!

Die Lamiae verharrten mit blutigen Fangzähnen mitten in der Bewegung, als hätte plötzlich etwas ihre Aufmerksamkeit erregt. Dann wandten sie ihre Blicke und schwebten zielstrebig auf Jha Rudra zu – und an ihr vorbei, zu einem der Torbögen, die aus der Halle führten. Die beiden Untoten verschwanden in dem Seitengang dahinter, gierig nach dem Blut des Opfers lechzend, das sie dort entdeckt zu haben glaubten.

Jha Rudra seufzte erleichtert. Die gestickte Ratte auf ihrem Handschuh schien ihr anerkennend zuzuzwinkern.

»Dachtest du etwa, ich könnte den höheren Schutzsegen nicht wirken?«, brummte Jha Rudra.

Nicht, dass sie selbst daran geglaubt hätte … Doch das gab sie nicht einmal vor ihrer Göttin zu. Entschlossen näherte sie sich dem Westtor von Malyún. Von überall her waren inzwischen Orkhörner zu hören.

Jha Rudra nahm ihre verbleibende Kraft zusammen und stemmte sich gegen den Riegel. Schwere Schritte polterten durch das Kloster. Mit beiden Händen wuchtete sie den Balken aus seiner Verankerung. Das Geschrei kehliger Orkstimmen kam immer näher.

Jha Rudra warf sich gegen einen der Torflügel. Quälend langsam schwang er auf. Kalte Winterluft schlug ihr entgegen. In der Ferne funkelten die Feuer des Heerlagers. Hastig griff Jha Rudra ihre Laterne vom Gürtel, riss die Blende auf und schwenkte sie in die Nacht hinaus.

Reihen von gerüsteten Gestalten lösten sich sofort aus den Schatten und stürmten auf das Tor zu, als hätte die Dunkelheit sie ausgespuckt. Pfeile zischten durch die Luft.

Als die ersten Orkkrieger hinter ihr in die Eingangshalle stürzten, hatte Jha Rudra bereits den zweiten Torflügel aufgestemmt. Minotauren mit mächtigen Doppeläxten und baumlange Waldtrolle drängten brüllend von außen heran.

»Az rârg Kettanfuurst!«

Die Orks erwiderten das Kriegsgeschrei aus heiseren Kehlen und stürzten mit ihren scharfkantigen Knochenwaffen zum Tor. Die Schlacht um das Silberkloster Malyún hatte begonnen. Und Jha Rudra war mittendrin.

Siebenundzwanzigstes Kapitel

DIE HOHE STADT DER TENGU AN DEN GIPFELHÖHEN DES HIMMELSKAISERS

Gorin! Gorin, wach auf!«

Eine helle Stimme bohrte sich in Gorins Schlaf.

»Nun wach doch auf! Bitte!«

Ein plötzlicher Schmerz riss ihn ganz ins Wachsein zurück. Jemand zog an seinem Bart! Gorin blinzelte und versuchte zu begreifen, was los war. Er befand sich in der schlichten, aber edel eingerichteten Schlafkammer, die die Tengu ihm zur Verfügung gestellt hatten. Eine schimmernde durchscheinende Gestalt schwebte vor seinem Lager in der Luft. Lirdri.

»Was … ist denn?«, brummte Gorin übernächtigt. »Müssen wir schon los?« Ihre Abreise war für den nächsten Morgen geplant. Der Flugsattel der Fledernatter war schon bepackt.

»Nein!«, rief Lirdri und ihre sonst so helle Stimme klang plötzlich seltsam matt. »Es ist noch mitten in der Nacht. Aber etwas stimmt nicht! Alles ist so schwer und zäh und …«

Etwas Merkwürdiges passierte mit der kleinen Flügelfee. Ihre Bewegungen wurden immer langsamer und angestrengter, als würde sie in klebrigem Morast stecken.

»Lirdri!«, rief Gorin alarmiert, der nun ganz wach war. »Ich verstehe nicht. Was …«

»Ein Zauber«, presste Lidri schwach hervor. »Ihr Erdbewohner müsst … wachen!«

Das Sprechen schien ihre ganze Kraft zu erfordern. Die Flügelfee erstarrte und schien mitten in der Luft auf der Stelle zu verharren. Dann sackte sie matt zu Boden. Ihre Libellenflügel hingen wie nasse Lappen herab.

»Lirdri!«, rief er noch einmal. Keine Reaktion. Vorsichtig tippte er die Flügelfee mit dem Finger an. Sie regte sich nicht. Nur ihr durchscheinender Brustkorb hob und senkte sich regelmäßig, als würde sie tief schlafen. Konnten Elementargeister das überhaupt?

Verwirrt stand Gorin von der Schlafmatte auf. Da bemerkte er, dass sich seine Handflächen seltsam taub anfühlten. Ihr Silberglanz wirkte irgendwie stumpfer als bisher. Er beeilte sich, seinen Kettenmantel aus Wolkenstahl anzulegen. Dann steckte er seine neue Handaxt in den Gürtel und griff sich die Armbrust mit dem Bolzen-Magazin.

So ausgerüstet lief er auf den Gang hinaus. Hier lagen zwei weitere Flügelfeen nebeneinander auf dem Boden, ebenso kraftlos wie Lirdri. Offenbar hatte dieser seltsame Zauber alle Elementarwesen im Gästeturm befallen. Gorin eilte an ihnen vorbei und stürmte in Elyamurs Kammer. Der Grün-Elb lag auf seiner Schlafmatte.

»Elyamur!«

Der Elb schlug seine Augen auf, die sofort hellwach strahlten.

»Was ist?«

»Etwas Seltsames geht hier vor. Eine Art Bann liegt auf allen Windgeschöpfen im Turm«, erklärte Gorin. »Sie sind plötzlich wie gelähmt.«

»Ein Angriff des Kettenfürsten!«, rief Elyamur grimmig und sprang auf.

»Ja, vielleicht«, erwiderte Gorin. »Wir sollten die Tengu warnen.«

Während Elyamur seine Adamantglas-Rüstung anlegte und die Wolkenstahl-Klinge gürtete, lief Gorin schon voraus. Er wusste inzwischen, dass die Dienerschaft im Gästeturm komplett aus Flügelfeen und anderen niederen Windgeistern bestand. Der nächste Tengu, den er erreichen konnte, war der Wächter unten am Turmportal.

Gorin eilte die Treppe hinunter, die sich außen um den Turm

schlängelte. Ringsum schliefen die weißen Dächer der Hohen Stadt unter dem silbrigen Mondlicht. Alles wirkte friedlich. Irgendwie zu friedlich, fand Gorin. Dann realisierte er es: Der Wind war verebbt. Der ungestüme Höhenwind rings um den Gipfel des Himmelskaisers, auf dem die Tengu so gerne tanzten und mit den Elementargeistern rauften, war verschwunden. Das war während ihres Aufenthalts in der Hohen Stadt noch nie passiert. Und es fühlte sich falsch an.

Mit einem unguten Gefühl im Bauch erreichte Gorin das untere Turmportal. Wie üblich hielt hier ein geflügelter Tengu-Krieger mit Schwertlanze Wache. Silberglöckchen glitzerten an seiner Wolkenstahl-Rüstung.

»He, Wolkenvetter!«, rief Gorin schnaufend, noch während er die letzten Stufen nahm. »Etwas Merkwürdiges geht hier vor …«

Gorin hielt mitten im Satz inne. Der Tengu beachtete ihn gar nicht. Er stand auf seine Lanze gestützt da, den Kopf nach vorne gebeugt.

Unheilahnend stellte sich Gorin direkt vor ihn. Die Augen des Tengu waren geschlossen. Er rüttelte den Wächter kräftig an den Schultern. Nichts.

»Und?«, fragte Elyamur, der plötzlich neben ihm landete. Der Wolkentänzer hatte darauf verzichtet, die gewundene Treppe zu nehmen, und war einfach direkt durch die Luft gelaufen.

»Genau wie bei Lirdri und den Elementaren!«, rief Gorin verzweifelt. »Der Zauber hat auch die Tengu ergriffen.«

»Und ich sehe keinerlei Bewegungen über den Dächern«, sagte Elyamur, während er sich mit scharfen Elbenaugen umblickte. »Der Bann scheint über der ganzen Stadt zu liegen.«

»Doch! Da regt sich etwas!« Gorin hatte in die andere Richtung geschaut und deutete nun hinüber zum großen Platz vor der Halle des Daitengu. Dort flackerte ein seltsames bläuliches Licht.

Gorin und Elyamur liefen geduckt darauf zu. Die Verbindung vom Gästeturm zur Halle war ein lang gestreckter, überdachter

Säulengang, in dessen Schatten sie sich halten konnten. Als sie das Ende des Ganges erreicht hatten, spähten sie vorsichtig aus ihrer Deckung heraus.

Der Vorplatz der Halle war die größte freie Fläche, die Gorin in der Hohen Stadt gesehen hatte. Doch ihr Wolkenweiß wurde nun von einem alarmierenden Anblick durchbrochen: Unmittelbar vor den Stufen der Halle stand ein Streitwagen mit der beiläufigen Selbstverständlichkeit eines siegreichen Eroberers. Seine Brüstung war mit rostroten Kettenmustern übersät, den Naben seiner Räder entwuchsen bronzene Flügel. Das flackernde Licht, das Gorin hierhergeführt hatte, entstammte den Blitzen, die unruhig um den Wagen zuckten. Eine aufrecht gehende, muskelbepackte Bestie mit zwei Schwingenpaaren auf dem Rücken und dem Kopf eines grimmigen Löwen war davorgespannt – ein leibhaftiger Dämon. Im Vergleich zu der mächtigen Kreatur wirkten die Personen auf dem Streitwagen regelrecht klein: ein graubärtiger Zentaur in roten Roben und zwei Orks. Das Gesicht der Orkin war zu einem bleichen Schädel tätowiert, der Orkmann war ein kraftvoller Krieger mit nacktem Oberkörper und einem stolzen Haarkamm voller Knochennadeln. Ein schrecklicher Säbel hing an seiner Seite.

»Das sind sie!«, zischte Elyamur zornig.

»So schleichen sie sich also zu den elementaren Quellen ein«, murmelte Gorin, während er die Kettendiener beobachtete. Sie schienen eindringlich miteinander zu beraten. Immer wieder deuteten sie zum Gipfel des Himmelskaisers hinauf.

Dann spürte Gorin plötzlich ein merkwürdiges Kribbeln in seinen silbrigen Handflächen. Die Orkfrau hatte einen Gegenstand aus einer gepanzerten Schatulle geholt. Es war ein tiefschwarzer Kristallkelch, der von innen heraus matt zu glühen schien.

»Merkst du das auch?«, fragte Elyamur und tastete nach dem Feuermal auf seiner Wange.

»Ja«, erwiderte Gorin. »Darin müssen sie die elementaren Essenzen gesammelt haben!«

»Und sie werden in dieser Nacht die Essenz der Luft hinzufügen, wenn wir sie nicht aufhalten«, ergänzte Elyamur.

In Gorin zog sich alles zusammen. Sie hatten in den Ruinen von Turquara erlebt, wie schrecklich die Orkzwillinge im Kampf wüteten.

Er spähte zur Treppe hinüber, die zur Halle des Daitengu hinaufführte. Die Tengu-Wächter auf den Stufen waren ebenfalls zusammengesunken. Dieser alte Zentaur schien ein mächtiger Zauberer zu sein, denn offenbar hatte er die gesamte Stadt in einen tiefen Schlaf versetzt – jedenfalls alle Luftgeschöpfe, die sie bewohnten. Elyamur und Gorin waren also die einzigen wachen Wesen in der Hohen Stadt, ihre verbliebenen Verteidiger. Wie sollten sie gegen diese Gegner zu zweit ankommen?

Gorin überlegte kurz, ob er den Zentauren aus dem Hinterhalt beschießen sollte. Doch er wusste inzwischen aus leidvoller Erfahrung, dass machtvolle Magiewirker sich mit undurchdringlichen Schilden schützen konnten. Und sie durften das Überraschungsmoment nicht aus der Hand geben …

»Gut«, sagte Gorin, ohne den Gedanken weiter zu verfolgen. »Halten wir sie auf. Unser Ziel ist der schwarze Kristallkelch mit der Essenz. Ich habe eine Idee, wie man ihn zerstören kann.«

»Dann kümmerst du dich um den Kelch«, erwiderte Elyamur. »Und ich lenke sie so lange ab.«

»Aber wie gehen wir das an?«

»Wenn du dich bis zum äußersten Ende des Säulenganges schleichst, bist du schon ziemlich dicht am Streitwagen«, erklärte Elyamur. »Ich sorge dafür, dass sie aus der anderen Richtung beschäftigt werden. Dann schlägst du zu und verschwindest mit dem Kelch.«

»Ich weiß nicht, ob …«

»Los jetzt!«, drängte Elyamur. »Sonst brechen die gleich zum Gipfel auf!«

Gorin seufzte resigniert.

»Na schön. Dwaldarins Kraft sei mit dir.«

»Und Iyanuris Segen mit dir, Gorin.«

Gorin überprüfte mit einem raschen Blick seine Armbrust und lief los, weiter im Schatten der Säulen den Gang hinunter, der bis zur Freitreppe am Vorplatz führte. Er fragte sich, ob Elyamur klar war, dass Gorin nur ein Runenschmied war und kein unerschrockener Held der Legenden. Egal. Was immer er auch war, er wusste, was er zu tun hatte.

Noch während er sich dem Ende des Ganges näherte, trat Elyamur weiter hinten auf den offenen Platz hinaus. Seine Adamantglas-Rüstung schimmerte juwelengleich im Mondschein, die Wolkenstahl-Klinge war ein schmaler, tödlicher Strich aus Licht.

»He, ihr! Kettendiener!«, rief er in der Hochsprache. Die Orks und der Zentaur fuhren herum. Der Dämon schnaubte gleichgültig vor sich hin. »Euer feiger Einbruch endet hier«, fuhr Elyamur fort, als Gorin die letzten Säulen erreichte. »Nicht alle Verteidiger der Hohen Stadt schlafen. Elyamur Birkensohn aus Liráya fordert euch heraus, Kinder von Komashtu! Zeigt, dass Ihr würdige Vorkämpfer eures schändlichen Herrn seid.«

Der Orkmann, Rezkai hatte die Winterseherin ihn genannt, brüllte wütend auf und zog seinen Knochensäbel. Die Klinge schien in seiner Faust blutgierig zu vibrieren.

»Schau her, Elb!«, grollte Rezkai. »Das ist *Zwillingsblut*, geschmiedet aus den Armknochen eines Gottes.«

Mit Entsetzen realisierte Gorin, was er da hörte. Rezkai hatte aus Patitas' Arm eine Waffe geformt. Was für eine Macht musste dieser Klinge innewohnen. Und was für einen Frevel hatte dieser Ork begangen!

»Damit wirst du nicht davonkommen«, entgegnete Elyamur und musterte Rezkai finster. Hoffentlich behielt der Grün-Elb einen kühlen Kopf …

Der Ork schnaubte abfällig. »Du wirst die erste Zwillingsseele sein, deren Blut er trinkt. Eine Nadel aus deinen Knochen wird mein Haar zieren.«

»Nein!«, rief die Orkfrau, Rekut, dazwischen und packte Rezkai an der Schulter. In der anderen Hand hielt sie noch immer den schwarzen Kristallkelch. Gorin wartete lauernd. »Er ist es nicht wert, für ihn die Mission zu gefährden, Bruder.« Sie schenkte Elyamur einen verächtlichen Seitenblick. »Meine Schatten werden ihn holen.«

»Er hat uns herausgefordert!«, erwiderte Rezkai empört. »Der Khurdran der Blutketten lässt das nicht auf sich sitzen.«

»Die Mission ist wichtiger als alles andere«, beharrte Rekut streng.

»Das ist also die legendäre Tapferkeit der Orks?«, sagte Elyamur spöttisch und ließ sein Schwert schwungvoll durch die Luft sausen.

Rezkai sprang vom Streitwagen und ging langsam auf Elyamur zu.

»Denk an unsere Absprache!«, rief ihm Rekut nach. »Ich die Elben, du die Zwerge. Der Elb gehört mir, Bruder. Du kannst von mir aus die anderen drei niederstrecken, wenn wir die Essenz gesichert haben.«

Sie drückte den Kristallkelch dem alten Zentauren in die Hand, trat von der Wagenfläche und stellte sich gelassen neben Rezkai. Der Orkkrieger zitterte vor Wut, die Muskeln zum Zerreißen angespannt.

»Dann hol ihn dir«, spuckte er aus.

Rekut nickte und ging weiter auf Elyamur zu.

»Du wirst dich mir also stellen?«, fragte der Elb und erwartete sie kampfbereit. Die Geisterbeschwörerin blieb stehen und berührte in rascher Folge jeden der Schrumpfköpfe, die an einer Kordel quer über ihren Oberkörper hingen. Die Augen ihrer ledrigen Gesichter öffneten sich plötzlich und leuchteten in unheilvollem Rot.

Rekut war nicht mehr allein. Sieben schwarze Umrisse standen um sie herum, lebendig gewordene Schatten, dunkler als die Finsternis der Nacht. Drei von ihnen waren gedrungen wie Orks, zwei andere mochten einst Elben oder Menschen gewesen sein. Die letzten beiden waren Zentauren. Althros und Anthrite, die gefallenen Zwillingsseelen. Mit Grauen erinnerte sich Gorin daran, wie sie in Turquara gegen die untoten Zentauren gekämpft hatten und fast vernichtet worden wären. Damals hatte ihnen Rekut zwei ihrer Schatten entgegengeschickt. Jetzt stand Elyamur allen sieben gegenüber.

Die Geisterbeschwörerin brüllte einige harsche Worte auf Orkashu und deutete auf den Grün-Elb. Die Schatten zogen ihre mitternachtschwarzen Waffen und stürzten sich alle zugleich auf ihn. Doch plötzlich war Elyamur nicht mehr da. Ein schwarzer Pfeil schlug an der Stelle ein, wo er eben noch gestanden hatte, und zerfloss zu nichts. Der Grün-Elb aber lief mit seinem blitzenden Schwert durch die Luft und näherte sich den Angreifern aus der Flanke.

Ein Ork-Schatten fuhr herum und sprang dem Wolkentänzer mit erstaunlicher Kraft entgegen, den Geistersäbel zum Schlag erhoben. Elyamur warf sich zur Seite. Plötzlich zuckten Flammen über seine Schwertklinge. Noch ehe der Schatten seine Bewegung korrigieren konnte, hatte der Elb ihm das Flammenschwert tief in die schwarze Brust gestoßen.

Der Schatten zuckte zusammen. Für einen Herzschlag war sein Umriss von einem feurigen Kranz umgeben. Dann verging er in den Flammen.

Rekut krümmte sich vor Schmerz, als einer ihrer Schrumpfköpfe zu Staub zerfiel. Keuchend spuckte sie einen Klumpen Blut aus.

»Ich habe dazugelernt«, sagte Elyamur, der inzwischen wieder auf dem Boden stand, und zerteilte einen von Anthrites Schattenpfeilen mit seinem Flammenschwert in der Luft. Althros' Schatten deutete mit beiden Armen auf ihn. Doch nichts passierte. Der Windbann-Zauber, der über der Hohen Stadt lag, schien auch die Künste des zentaurischen Windflüsterers zu blockieren.

Rekut brüllte einen wütenden Angriffsbefehl. Die Schatten fächerten sich auf und versuchten, Elyamur einzukreisen. Er stieß sich vom Boden ab und lief wieder durch die Luft. Plötzlich loderten Flammen auf seiner linken Handfläche. Blitzschnell schleuderte er eine Feuerkugel nach Anthrites Schatten, doch die Geisterzentaurin tänzelte aus der Schussbahn. Dann näherte sich ein schlanker Elbenschatten Elyamur von hinten und stieß mit seiner Klinge zu. Der Wolkentänzer konnte den Schlag knapp parieren, wurde allerdings vom dunklen Speer eines hünenhaften Geisterorks an der Hüfte gestreift. Er taumelte in der Luft, ehe er sich wieder fing.

Gorin wurde klar, dass Elyamur trotz aller gespielter Gelassenheit in einer aussichtslosen Lage kämpfte. Zumindest schienen auch Rezkai und der alte Zentaur seinen verzweifelten Kampf gebannt zu beobachten.

Nun musste Gorin handeln! Er erwog kurz, die abgelenkten Gegner mit einer Armbrust-Salve einzudecken, verwarf das aber gleich wieder. Er hatte schon zu oft erlebt, dass Zauberer dagegen Vorkehrungen getroffen hatten, und Rezkai verfügte über vorzügliche Krieger-Reflexe. Er durfte das Überraschungsmoment nicht durch einen übereilten Angriff verschenken.

Stattdessen verließ er den Schatten der Säulen und huschte geduckt über den freien Platz auf den Streitwagen zu. Seine Stiefel knarrten schrecklich laut, doch die Orkzwillinge und der Zentaur schienen ganz von Elyamurs Kampf gegen die Schatten vereinnahmt zu sein. Mit etwas Glück war der alte Elementarist zudem zu sehr damit beschäftigt, den Windbann-Zauber aufrechtzuerhalten, was wahrscheinlich große Konzentration erforderte. Vielleicht konnte Gorin ihm einfach den Kelch aus den Armen reißen und verschwinden …

Als er den Streitwagen fast erreicht hatte, ertönte ein rasselndes Geräusch – seine Handaxt hatte den Kettenmantel gestreift!

Der Zentaur fuhr zusammen und scharrte nervös mit den Hinterhufen. Gorin umklammerte krampfhaft seine Armbrust.

Doch der Graubart schüttelte nur den Kopf und schaute weiter gebannt auf den Platz, wo gerade der elbische Schatten von einer Feuerkugel gestreift wurde und flackerte, jedoch nicht verging. Beiläufig stellte der Zentaur den Kelch neben sich auf der

Wagenfläche ab. Dann beugte er sich vor, um dem Kampf besser folgen zu können.

Das war Gorins Chance! Die Götter waren mit ihm. Entschlossen sprang er los und griff sich den schwarzen Kelch. Das Kristall fühlte sich brennend kalt auf seiner Handfläche an. Gorin musste sich zwingen, den Kelch nicht fallen zu lassen. Doch er konnte ein schmerzerfülltes Grunzen nicht unterdrücken, während er das Gefäß so schnell wie möglich in den Gürtel steckte.

Rezkai fuhr herum. Die wilden Wolfsaugen des Orkkriegers schauten Gorin direkt an. Sie weiteten sich ungläubig.

»Du kleiner Dieb!«, grollte er und hob *Zwillingsblut*, seinen blutgierigen Knochensäbel, zum Schlag. Gorin wandte sich wortlos um und lief davon, zurück in den Säulengang. Hinter sich hörte er, wie ihm Rezkai grimmig nachsetzte. Er machte sich keine Illusionen. Gorin konnte unmöglich schneller laufen als der athletische Krieger. Er musste sich ihm stellen, um ihn aufzuhalten.

Im Schutz einer Säule blieb Gorin stehen und fuhr herum. Rezkai war nur noch wenige Schritte hinter ihm. Er riss seine Armbrust hoch und feuerte aus nächster Distanz auf den Ork.

Mit blitzartigen Reflexen warf Rezkai sich zur Seite. Der Bolzen flog mehrere Handbreit vorbei. Rezkai grinste triumphierend. Doch der Ork kannte Gorins neue Armbrust noch nicht.

Der zweite Bolzen, der sofort aus dem Magazin in den Schnelllade-Mechanismus nachrückte, verfehlte ihn nur noch knapp. Der dritte Bolzen streifte seine Hüfte mit einem blutigen Striemen, der vierte schlug direkt in seinen Oberschenkel ein.

Rezkai brüllte animalisch auf, als er sich mit schierer Willenskraft auf den Beinen hielt, um seinen Feind niederzustrecken. Dann explodierte der Bolzen in seiner Wunde zu einer Stahlsplitter-Wolke, und der Ork sackte auf die Knie.

Gorin wandte sich um und rannte weiter.

»Ich komme und hole dich!«, brüllte Rezkai hinter ihm her, während Gorin verzweifelt den Säulengang entlanglief. Etwas prallte hart gegen seinen Rücken und ließ ihn stolpern. Nur sein

Wolkenstahl-Kettenpanzer hatte ihn vor einer rasiermesserscharfen Knochenwurfscheibe geschützt.

Gorin warf einen raschen Schulterblick zum Hof. Eine Gestalt, die aus lebendigen Flammen zu bestehen schien, tanzte dort in wilder Verzweiflung in einem Ring aus schattenhaften Angreifern.

Gorin hetzte eine Treppe hinauf. Er passierte zwei schlafende Tengu-Wächter, durchquerte atemlos eine Halle und kämpfte sich weitere Stufen hoch.

Schließlich erreichte er die weiße Kuppel, die diesen Teil der Stadt überblickte. Die Kuppel, unter deren Dach sich die Wolkenschmiede des Daitengu befand. Hier wurde oft bis in die Nacht hinein gearbeitet, und tatsächlich fand Gorin eine schlafende Schmiedin auf dem Boden vor.

Er schenkte ihr nur einen flüchtigen Blick und wandte sich gleich der Esse zu. Ihr Feuer war heruntergebrannt, doch unter der Asche glomm tiefrote Glut.

Gorin hatte die Kunst des Wolkenschmiedens erlernt. Er wusste, was er zu tun hatte. Mit zitternden Fingern griff er sich einen Beutel mit der Tengu-Kräutermischung und streute eine Handvoll davon in die Glut. Er hatte das schon so oft getan, aber jetzt, da es darauf ankam, war plötzlich jeder Handgriff eine Herausforderung.

Die Glut zischte auf und verbreitete einen geheimnisvollwürzigen Geruch, als die Kräuter in der Esse verbrannten. Gorin legte etwas Kohle nach, betätigte den Blasebalg und ließ neue Flammen aus der Glut ausschlagen. Das Zittern seiner Arme ging vorbei.

Schwere Schritte polterten die Treppe herauf. Gorin fuhr herum, als Rezkai die Schmiede betrat. Er zog ein Bein beim Gehen nach, und seine Hüfte und die Oberschenkel waren blutüberströmt. Allerdings hatten sich seine Wunden auf groteske Weise geschlossen und waren knotigen Narben gewichen, aus denen eine Unzahl scharfkantiger Stahlsplitter herausragte. Jeder Schritt musste dem Ork höllische Schmerzen bereiten, doch er schleppte sich grimmig vorwärts, den Säbel *Zwillingsblut* in der Faust. Ein Panzer aus kleinen, nietenartigen Knochenstacheln bedeckte nun seinen Körper.

»Jetzt habe ich dich«, sagte Rezkai mit erschreckender Ruhe in der Stimme. »Du hast dir einen Platz als Knochennadel in meinem Haar verdient, Zwerg.«

Hektisch schaute Gorin in das Feuer der Esse. Waren die Flammen schon hoch genug? Er hatte keine andere Wahl!

Gorin zog den schwarzen Kelch aus dem Gürtel und hielt ihn am ausgestreckten Arm über das Feuer. Die klamme Kälte des Kristalls biss in seine Handfläche, doch er ignorierte es.

»Keinen Schritt näher, Ork!«, rief er, um Zeit zu gewinnen. »Sonst ist eure Beute verloren!«

Rezkai lachte kehlig. »Glaubst du, dass Flammen so ein Zauberding verbrennen können?«, fragte er und schob sich weiter durch den Raum.

Gorin prüfte noch einmal das Feuer.

»Lass es uns ausprobieren!«, brüllte er halb verzweifelt und halb übermütig. Dann ließ er den schwarzen Kristallkelch in die Esse der Wolkenschmiede fallen. Der Kelch lag inmitten der Flammen, die ihn lodernd umfingen. Nichts tat sich.

»Jetzt kennen wir die Antwort«, grinste Rezkai und hob langsam *Zwillingsblut* zum Schlag, während er an die Esse herantrat.

Gorin hörte die Worte des Daitengu hinter seiner Stirn: »Ein solches Schmiedefeuer, erweckt durch die Kunst der Tengu, ist so mächtig, dass es jedes Material zu schmelzen vermag.« Er griff nach dem Beutel aus rotem Leder, der die zermahlenen Salamanderschuppen und Splitter aus erstarrtem Wetterleuchten enthielt, und warf ihn im Ganzen ins Feuer. Die Flammen verzehrten ihn zischend und schlugen plötzlich in die Höhe.

Eine feine Linie zeigte sich auf der Außenwand des Kelchs. Es gab einen scharfen Knall, als aus der Linie ein Sprung wurde, der sich einmal ganz über das Gefäß zog. Eine dickflüssige, leuchtende Masse lief aus ihm heraus. Sie schimmerte abwechselnd tiefblau, glutrot und dunkelgrün – und verpuffte in den

Flammen zu einem gewaltigen Energiestoß, der wie ein Hammerschlag durch die Hohe Stadt hallte. Gorin und Rezkai wurden von den Füßen gerissen. Die Scheiben der Fenster zerbarsten klirrend, Trümmer der Kuppel regneten auf Gorin herab.

Blendendes Licht tanzte hinter seinen Augenlidern, und er fühlte sich wie von einem Blitz getroffen. Seine silbernen Handflächen brannten wie Feuer. Dann wurde ihm schwarz vor Augen.

Als er wieder sehen konnte, blickte ein Gesicht mit einem Schnabel auf ihn herab.

»Was ist passiert?«, fragte eine irritierte Frauenstimme auf Wolkentung. Die Schmiedin war aufgewacht! Noch immer zuckten Lichtblitze über Gorins Augen. Schwarzer Rauch breitete sich in der Schmiede aus. Er wurde von dem kalten Wind zerteilt, der durch die geborstenen Fensterscheiben hereinwehte.

»Wir müssen hier raus«, keuchte er, während er sich aufrappelte, und packte die verwirrte Tengu-Frau am Handgelenk. Gorin warf einen schnellen Blick auf Rezkai. Auch der Ork kämpfte sich wieder auf die Füße.

Zusammen mit der Tengu rannte Gorin die Treppe zur Wolkenhalle hinunter. Alarmierte Rufe hallten durch das Gebäude. Die Hohe Stadt war erwacht!

Am nächsten Treppenabsatz trafen sie auf zwei verwirrt dreinblickende Wächter, die gerade ihre Schwertlanzen wiederaufnahmen.

»Schlagt Alarm, Wolkenvettern!«, rief Gorin ihnen beim Laufen zu. »Feinde in der Stadt!« Hastig griffen die Krieger nach ihren Signalhörnern. Die Schmiedin eilte mit ihnen davon, um weitere Wachen zu alarmieren.

Das aufgeregte Flattern zahlloser Schwingen empfing Gorin, als er auf den Platz hinaustrat. Überall sausten Tengu durcheinander und brüllten sich gegenseitig Anweisungen zu. Der Streitwagen aber war verschwunden. Gorin blickte sich hastig um. Da vorne war Elyamur! Eine Armschiene seiner Rüstung war geborsten, quer über seinen Oberarm zog sich ein roter Striemen.

Aus einer Wunde an seiner Schläfe lief ein dünner, klebriger Blutstrom. Aber er stand aufrecht!

»Wo sind sie hin?«, fragte Gorin atemlos. Elyamur deutete nach oben. Hoch über ihnen, bei der Kuppel der Wolkenschmiede, verharrte der Streitwagen mit schlagenden Schwingen in der Luft. Gerade kletterte Rezkai aus einem der Fenster auf den Wagen, wo er von seiner Schwester in Empfang genommen wurde. Eine Wolke aus Tengu-Kriegern schwirrte rund um den Streitwagen durch die Luft und beharkte ihn pausenlos mit Pfeilen. Der alte Zentaur hatte die Arme ausgebreitet und war offenbar vollauf damit beschäftigt, einen Schutzschild aufrechtzuerhalten. Sobald Rezkai an Bord geklettert war, schlug Rekut wütend mit den Zügeln, und der Dämon setzte sich schnaubend in Bewegung. Als der Wagen so blitzartig startete, dass einige Tengu zur Seite tauchen mussten, wandte sich Rezkai um. Sein Blick ruhte für einen Moment auf Gorin. Es lag ein Versprechen darin, dessen Einlösung Gorin niemals erleben wollte.

Dann schoss der Streitwagen davon, ließ die Hohe Stadt hinter sich und verschwand, umzuckt von Blitzen, mit infernalischer Geschwindigkeit zwischen den Berggipfeln im Westen. Schwärme von empört kreischenden Tengu setzten ihm nach, doch Gorin bezweifelte, dass sie den dahinrasenden Dämon einholen konnten.

»Und?«, fragte Elyamur erschöpft.

»Der Kristallkelch wurde im Feuer der Wolkenschmiede vernichtet«, erwiderte Gorin, der es noch nicht so recht glauben konnte. »Die Orkzwillinge haben die elementare Essenz verloren, die sie erbeutet haben, Elyamur. Und sie besitzen kein Gefäß mehr, mit dem sie neue rauben könnten. Sie werden keinen Vierzack schmieden, um den Kettenfürsten zu entfesseln.«

»Das ist … gut«, stöhnte Elyamur. Dann brach er zusammen. Sofort wurde er von aufgeregt durcheinanderredenden Tengu umringt, die seine Rüstung lösten und seine Wunden versorgten. Auch Gorin musste stillhalten, damit sie sich um ihn kümmern konnten. Erst jetzt bemerkte er, dass er diverse Schrammen und

Blessuren von den Trümmerteilen der Kuppel davongetragen hatte.

»Wie geht es dir?«, fragte er Elyamur besorgt, als dieser stöhnend die Augen aufschlug.

»Der Schattenelb hätte mich fast mit seiner Klinge durchbohrt«, berichtete der Wolkentänzer, während die Tengu ihn noch immer umringten. »Doch ich konnte zwei der Schatten vernichten und hätte ihre Herrin beinahe mit einer Flammenkugel erwischt. Als es diesen furchtbaren Schlag gab, hat der alte Zentaur die Orkin zurückgerufen. Dann war hier auch schon alles voller Tengu. Zu schade, dass die Orks entkommen sind.«

Gorin schaute nachdenklich nach Westen, wo der Streitwagen verschwunden war.

»Wie dem auch sei. Wenn Galdra ihre Sache auch gut macht, haben wir gewonnen, Gorin!«, sagte Elyamur und lächelte ihn müde an.

»Sie wird ihre Sache gut machen«, erwiderte Gorin fest. Trotzdem wollte sich keine rechte Siegesfreude in ihm einstellen.

»Die Orks können keinen eigenen Vierzack mehr erschaffen«, überlegte er. »Aber sie können immer noch dafür sorgen, dass wir ebenfalls erfolglos bleiben …« Dann wurde ihm klar, wohin die Orks sich wenden würden.

»Sie fliegen zum Silberkloster Malyún«, sagte er alarmiert. »Zum Heiligtum des Silberwebstuhls!«

»Wir müssen so schnell wie möglich hinterher!«, rief Elyamur und sprang auf die Füße. Die Tengu, die sich gerade noch um ihn kümmerten, flatterten empört auseinander.

»Was ist hier geschehen?« Die befehlsgewohnte Stimme des Daitengu hallte über den Vorplatz. Zusammen mit einigen Höflingen in Seidenroben landete der graubärtige Alte bei Gorin und Elyamur und faltete die schwarzen Schwingen auf seinem Rücken.

»Das waren die Diener des Kettenfürsten«, erklärte Gorin. »Die Orks, vor denen wir Euch gewarnt haben. Sie haben alle

Windwesen der Stadt mit einem Bann belegt, um zur Luftquelle vordringen zu können, auch die Tengu.«

»Gorin und ich waren von dem Bann nicht betroffen und konnten sie zurückschlagen«, fügte Elyamur hinzu.

»Und wir haben das Gefäß vernichtet, in dem sie die geraubte Essenz aus den übrigen drei Quellen gesammelt hatten«, schloss Gorin. »Das war die Erschütterung, die durch die Stadt ging und ihre Kinder schließlich geweckt hat. Ich muss mich für die Schäden entschuldigen, die an Eurer Wolkenschmiede entstanden sind …«

Der Daitengu verbeugte sich feierlich. »Ihr habt unsere Stadt verteidigt, als wir es nicht vermochten. Euch verdanken wir es, dass der Wächterdienst, der eigentlich die Ehrenpflicht der Tengu ist, erfüllt wurde. Dafür stehen wir in Eurer Schuld. Ihr werdet immer in der Hohen Stadt willkommen sein.«

»Leider werden wir Eure Gastfreundschaft nicht weiter in Anspruch nehmen können«, erwiderte Gorin. »Die Kettendiener sind geflohen und planen neues Unheil. Wir müssen sie so schnell wie möglich verfolgen.«

»Dann werde ich Eure Flugschlange umgehend bereitmachen lassen«, sagte der Daitengu.

»Könntet Ihr womöglich auch für gewogene Winde sorgen?«, fragte Gorin ohne große Hoffnung. »Bis zum Silberkloster Malyún ist es mehr als eine Flugwoche, und die Orks sind mit ihrem Wagen viel schneller als wir …«

Ein donnerndes Lachen erfüllte die Luft wie mächtige Glockenschläge. Gorin hob den Blick. Auf dem Dach der Halle des Daitengu hatte sich Vayuraksha, der Hüter der Winde, niedergelassen. Sein weiß-blau glänzender Drachenkörper erstreckte sich über das ganze Gebäude. Der Kopf mit der wallenden Mähne und den langen Barteln aber neigte sich zum Platz herab. Die umstehenden Tengu verbeugten sich eilig, und auch Gorin und Elyamur senkten das Haupt.

»Es ist schön zu sehen, dass ich euch nicht mehr zur Zusammenarbeit ermutigen muss«, sprach der Himmelsdrache. Seine

Augen blitzten und sein Maul war zu einem Grinsen verzogen. »Und es ist gut, dass ihr die elementare Quelle der Luft erfolgreich verteidigt habt, Pilger. Denn der Zauber dieses Zentauren ist machtvoll, und schwerer Schlaf hatte für einen Moment selbst mich befallen.«

»Wir sind froh, dass wir helfen konnten«, erwiderte Gorin benommen. Die Aufmerksamkeit eines Drachen war etwas, woran man sich nie gewöhnte.

»Doch ihr solltet eure Aufgabe zu Ende führen«, fuhr Vayuraksha in tadelndem Tonfall fort. »Verfolgt die frechen Räuber und stellt sie!«

»Dazu wollten wir gerade aufbrechen«, sagte Elyamur. »Unsere Fledernatter ist gleich bereit.«

»Lasst eure behäbige Schlange in der Obhut der Tengu zurück«, sagte der Himmelsdrache ungeduldig.

Er glitt vom Dach herab und senkte seinen mächtigen Körper auf den Boden.

»Die Hüter der Elemente greifen nicht direkt in die Kämpfe der Sterblichen ein. Doch es ist ihnen nicht verboten, ihren Dank auszudrücken. Daitengu!«, befahl er. »Lasst rasch alle Habseligkeiten dieser Pilger herbeischaffen! Gorin, Elyamur – haltet euch zum Aufsteigen an meiner Mähne fest. Sobald euer Gepäck hier ist, brechen wir auf. Ich bringe euch an euren Bestimmungsort, wie der Sturmwind reist, wenn er es wirklich eilig hat!«

Mechanisch befolgte Gorin Vayurakshas Anweisung, während sich die Tengu ringsum noch einmal stumm verbeugten. Elyamur half ihm, sich auf den geschuppten Rücken des Himmelsdrachen hinaufzuziehen. Er hatte einen Ritt vor sich, wie ihn vermutlich noch kein Zwerg erlebt hatte.

ACHTUNDZWANZIGSTES KAPITEL

DAS SILBERKLOSTER MALYÚN
DIE WESTLICHEN AUSSENBEREICHE

Schwer gerüstete Minotauren und Waldtrolle stürzten mit Labrys-Doppeläxten und Streithammern durch das Westtor des Silberklosters Malyún. Zahllose Orks in rot-schwarz lackierten Rüstungen ergossen sich zeitgleich aus dem Inneren des Klosters in die Eingangshalle, mit Knochenwaffen in den Fäusten und gierig hechelnden Plünderwölfen an ihrer Seite.

Genau dazwischen stand Jha Rudra.

Stahläxte trafen auf Knochenklingen, als die beiden Heerscharen aufeinanderprallten. Röxud, der Älteste der Waldtrolle, schwang brüllend seinen riesigen Hammer und schleuderte mehrere Orkkrieger zugleich durch die Luft. Ein stattlicher Minotaur ging unter dem Gewicht von zwei Plünderwölfen zu Boden, die sich in seiner Kehle festbissen.

Dann erhob sich plötzlich ein Ork direkt vor Jha Rudra und ließ die Stachelkugel seines Morgensterns auf sie herabfahren. Sie schlüpfte zur Seite, unter den Armen eines hünenhaften Trolls hindurch.

Der Kriegsschrei eines Ork-Hordenführers brach abrupt ab, als eine Doppelaxt ihm den Kopf vom Körper fegte. Doch der siegreiche Minotaurenkrieger hatte keine Gelegenheit zu triumphieren, er ging mit einem Speer in der Brust zu Boden. Ein Ork beugte sich über ihn, um ihm mit dem Knochendolch den Rest zu geben – und bekam ein Horn des tödlich verletzten Minotauren in den Unterleib gerammt, als sich dieser schnaubend aufbäumte.

Jha Rudra tauchte unter einer Knochenaxt weg, wich einem

Ork-Säbel aus und schlug einen Haken, um einem Rudel Plünderwölfe zu entgehen. Die ganze Welt schien nur noch aus Chaos, Blut und Tod zu bestehen.

Sie wusste selbst nicht so recht, wie ihr das gelungen war, doch irgendwann stand sie an einem der seitlichen Ausgänge der Halle. Ein blutiges Etwas klatschte vor ihre Füße, das einmal ein Ork gewesen war, zerschmettert vom steinernen Kopf eines Trollhammers.

Jha Rudra wandte sich erschaudernd ab und lief die Passage entlang, die hinter dem Durchgang lag. Sie widerstand der Versuchung, sich umzuwenden und in den Kämpfen nach Hilgrif Ausschau zu halten. Die Schwertpriesterin würde erst mit den Menschenkriegern aus Skjöldirs Gefolge eintreffen, die hinter den Gehörnten marschierten.

Doch Jha Rudras Aufgabe war noch nicht vorbei. Sie hatte die Angreifer ins Kloster gelassen. Nun musste sie dabei helfen, ihnen den Weg zum inneren Ring rund um das Sanktuarium zu eröffnen. Dafür mochten die Künste einer Zelja-Dienerin nützlicher sein als nackte Gewalt. Und dann gab es da noch irgendwo die befreiten Iyanuri-Priester. Das war ein Faktor, von dem bislang nur sie etwas wusste. Ihre Verantwortung.

Schwere Schritte trampelten auf Jha Rudra zu. Sie drückte sich in eine Seitentür. Mehr als zwei Dutzend Orkkrieger stürmten brüllend an ihr vorbei in Richtung der Eingangshalle. Das ganze Kloster war erwacht und wimmelte von Feinden. Überall waren kehlige Stimmen und Signalhörner zu hören.

Sobald die Orks um eine Biegung verschwunden waren, lief Jha Rudra den Gang entlang und einige Treppen hinauf, immer weiter auf das Zentrum des Klosters zu. Plötzlich schoss ein knurrender, gelb bepelzter Plünderwolf aus einem Torbogen und drückte sie mit seinem ganzen Gewicht gegen die Wand. Zähne lang wie Dolche schnappten nach Jha Rudras Kehle. Verzweifelt versuchte sie, die Bestie von sich wegzuschieben, doch das Ungetüm war viel stärker als sie. Gleich würden sich seine Kiefer in ihr Fleisch graben – der Wolf sank gurgelnd zu

Boden und begrub Jha Rudra unter sich. Ein Knochenwurfstern steckte in seinem Hals.

»Gut, dass ich Euch eingeholt habe«, sagte Thuramur und wuchtete den toten Wolf beiseite, um Jha Rudra auf die Beine zu helfen. Der Silber-Elb trug noch immer den Orksäbel in der Hand und eine ganze Reihe Wurfsterne am Gürtel. Seine Regenbogenroben waren ziemlich mitgenommen, doch er schien nicht ernsthaft verletzt zu sein.

»Danke«, keuchte Jha Rudra. »Ich hatte, ehrlich gesagt, kaum damit gerechnet, Euch lebend wiederzusehen, nachdem Ihr auf die Bastionen gestürmt wart.«

»Ich bin selber überrascht, dass ich mein heroisches Selbstopfer überlebt habe«, erwiderte der Iyanuri-Priester mit gekräuselten Lippen. »Aber heute wird es ja noch genug Gelegenheiten geben, unter den Klingen der Orks zu fallen …«

»Wisst Ihr, wo Eure Leute sind?«, fragte Jha Rudra, während sie dem Gang folgten und angespannt nach weiteren Orks Ausschau hielten. »Ich war gerade auf der Suche nach ihnen.«

»Ja, sie sind in den Geheimräumen, von denen die Hierophantin sprach«, antwortete Thuramur. »Ich werde mich ihnen nun anschließen und dafür sorgen, dass wir Eure Krieger beim Erstürmen des inneren Ringes unterstützen. Ihr solltet die Anführer Eurer Schar aufsuchen und ihnen mitteilen, dass die Diener Iyanuris bald zu ihnen stoßen.«

Jha Rudra schaute sich um. Wohin mochten sich die Kämpfe wohl inzwischen verlagert haben? Thuramur hatte ihr Zögern offenbar bemerkt und erklärte: »Die Orks werden den Schwerpunkt ihrer Verteidigung vermutlich im westlichen Innenhof organisieren. Dort werdet Ihr auf Eure Leute treffen. Wenn Ihr Euch über die Galerie nähert, könnt Ihr Euch hoffentlich von den schwersten Kämpfen fernhalten.«

»Gut. Auf bald!«, sagte Jha Rudra und eilte die Wendeltreppe hinauf, die Thuramur ihr gewiesen hatte. In den oberen Bereichen des Klosters war es deutlich ruhiger. Die Kämpfe konzentrierten sich bislang auf die Eingangsebene. Jha Rudra huschte an zahlreichen leeren Schlafkammern vorüber. Überall roch es nach Plünderwolf. Als sie eine Galerie mit Bogenfenstern erreichte, die einmal rings um den Innenhof lief, erstarrte sie. Thuramurs Einschätzung stimmte nur zu gut.

Auf dem Hof drängten sich Reihen schwer gerüsteter Orkkrieger Schulter an Schulter. Sie hatten lange Knochenlanzen auf den Tordurchgang gerichtet, von wo sich die Angreifer nähern mussten. In ihrer Mitte standen auch einige Trollsöldner, deren Fellmäntel von Fibeln mit dem Kettenwappen gehalten wurden. Die vorderen Reihen wurden zudem von grimmigen Granitzwergen verstärkt.

Auf der Galerie waren ringsum orkische Bogenschützen positioniert, die nur darauf warteten, den Hof mit ihren Kriegspfeilen einzudecken. Drüben, jenseits des Hofes, konnte Jha Rudra einen besonders großen, breitschultrigen Ork zwischen den Bögen der Galerie erkennen, dessen Kriegerzopf von grauen Strähnen durchsetzt war. Er trug einen prunkvollen, rotschwarz lackierten Plattenpanzer mit dem Symbol des Wolfsschädels auf der Brust, umrahmt von silbernen Kettenornamenten. Dröhnend brüllte der Ork Kommandos auf Orkashu über den Hof. Jha Rudra erkannte seine Stimme. Das war Serkai, der Khurdran aller Wolfsschädel-Orks.

Sie fluchte in sich hinein. Die Orks, die in der Eingangshalle kämpften, hatten nur dazu gedient, die Eindringlinge aufzuhalten, bis die eigentliche Verteidigung stand! Das hier mochte in Friedenszeiten ein Innenhof sein, im Krieg war es ein Zwinger, zwischen dessen Mauern Angreifer ausgebremst und von allen Seiten attackiert werden konnten.

Vom Tor her näherten sich Waffenklirren und Kampfgeschrei. Gleich würden Skjöldirs Krieger auf den Hof strömen, den Lanzen und Pfeilen der Orks entgegen, und mit ihnen auch Hilgrif … Nein. Das würde sie verhindern. Gegen die Lanzen vermochte Jha Rudra nichts auszurichten, doch die Schützen rings um den Hof konnte sie zumindest beschäftigt halten.

Wie ein Schatten huschte sie auf die Galerie hinaus und

schleuderte ein Wurfeisen nach einem orkischen Bogenschützen. Er brach mit der Klinge im Hals zusammen. Noch während das Wurfeisen surrend in Jha Rudras Hand zurückkehrte, schlüpfte sie schon wieder in den Gang.

Alarmierte Orkstimmen verrieten ihr, dass man sie bemerkt hatte. Gut. Je mehr Feinde sich vom Hof abwandten, desto besser. Ihr war aufgefallen, dass vom Trakt der Schlafkammern aus mehrere Durchgänge in regelmäßigen Abständen auf die Galerie führten. Sie konnte also immer wieder Haken schlagen und dorthin zurückkehren.

Während hinter ihr die Schritte der Verfolger durch die Gänge hallten, sprang Jha Rudra wieder auf die Galerie hinaus und streckte einen weiteren Schützen nieder. Sie zog sich zurück, umging die Verfolger durch eine Kammerflucht, schlug wieder den Bogen zum Hof.

Dort stand ein Ork mit dem Rücken zu ihr und legte gerade einen Pfeil ein. Von unten drang Kampflärm herauf. Jha Rudra schleuderte beide Wurfeisen zugleich. Eines blieb im Lederpanzer des Orks stecken. Das andere erwischte den Spalt zwischen Harnisch und Schulterstück. Der Ork sank stöhnend auf die Knie.

Jha Rudra ließ ihre Wurfeisen zurückkehren und bog in einen weiteren Seitengang ein, um das tödliche Spiel fortzusetzen. Plötzlich hörte sie polternde Schritte, die sich ihr durch den Gang näherten. Jha Rudra wandte sich um und rannte in die andere Richtung. Auch von dort kamen kehlige Rufe. Ihr blieb keine andere Wahl, als direkt auf die Galerie auszuweichen, dorthin, wo sie gerade erst den Orkschützen niedergestreckt hatte.

Als sie hinaustrat, traute sie ihren Augen nicht. Unten im Hof waren heftige Kämpfe ausgebrochen. Doch sie sah keine Menschen, Kristallzwerge oder Minotauren. Stattdessen kämpften dort Orks gegen Orks. Knochenklingen prallten auf rotschwarz lackierte Rüstungen, Orkkrieger gingen durchbohrt von gezackten Speerklingen zu Boden. Die schwer gerüsteten

Kämpfer, die auf die Angreifer gewartet hatten, waren aufeinander losgegangen und machten sich in einem brodelnden Chaos gegenseitig nieder! Auch die Trollsöldner und Granitzwerge schlugen wahllos um sich.

Die Ork-Schützen auf der Galerie schienen von diesem Wahn nicht befallen zu sein und brüllten ungläubig durcheinander. Der Khurdran bellte Befehle, die niemand befolgte.

Jha Rudra musste sich gewaltsam von dem Anblick losreißen. Sie hatte noch keine drei Schritte getan, als Skjöldirs Krieger durch Seitentüren auf die Westseite der Galerie gestürmt kamen. Sofort fielen die Skovrik-Menschen mit Breitschwertern und Streitäxten über die überraschten Ork-Schützen her. Jha Rudras Herz schlug plötzlich schneller. Dort drüben lief Hilgrif an der Spitze eines Kriegstrupps, der sich in ihre Richtung zum Südflügel der Galerie vorarbeitete! Die Schwertpriesterin wehrte gerade den Säbelhieb eines Orks ab, um ihn anschließend niederzustrecken.

Die Krieger, die sich um die Nordseite der Galerie kümmerten, wurden von Skjöldir Reifbart selbst in die Schlacht geführt. Entschlossen kämpfte er sich durch seine Gegner vor, direkt auf Khurdran Serkai zu. Der Orkführer zog schnaubend seinen Säbel. Die Runen auf seiner Knochenklinge leuchteten blutrot auf. Ein hochgewachsener Skovrik-Krieger näherte sich ihm brüllend, die Bartaxt zum Schlag erhoben. Der Khurdran trennte ihm mit einem beidhändigen Hieb den Kopf von den Schultern. Dann hatte Skjöldir ihn erreicht.

Die umliegenden Kämpfer wichen zurück, als der Jarl von Drekafjäll auf den Khurdran der Wolfsschädel traf. Mit einem hässlichen Knirschen prallte Frostbiss gegen den Blutsäbel des Orks.

Jha Rudra schleuderte ihre Wurfeisen und streifte einen orkischen Axtkämpfer, der sich aus der Flanke auf Hilgrif stürzen wollte. Die Schwertpriesterin wirbelte herum und gab ihm den Rest. Inzwischen war diese Seite der Galerie fast ganz von Orks befreit. Auf dem Bogengang gegenüber tauschten Skjöldir und der Khurdran wütende Hiebe, dass Funken aus ihren Rüstungen sprangen.

Jha Rudra eilte an Hilgrifs Seite.

Die Schwertpriesterin lächelte sie erschöpft an. »Rudra! Du hast es geschafft!«

»Ich sagte doch, wir sehen uns in Malyún«, gab Jha Rudra zurück. »Was geschieht dort unten?«

Hilgrifs Lächeln verschwand. »Etwas Falsches, das sein muss«, sagte sie und nickte zurück zur Westseite der Galerie, wo Jha Rudra nun, halb verdeckt von einer Säule, die Winterseherin erblickte.

Sie stand dort flankiert von zwei Minotaurenkriegern. Die Seherin hielt ihren Stab umklammert und blickte in höchster Konzentration auf das Geschehen im Hof hinab. Ihre Lippen formten unablässig Zauberformeln.

Holz zersplitterte krachend, als Khurdran Serkai Skjöldirs Schild mit einem mächtigen Hieb zerspaltete. Der linke Arm des Jarls hing nutzlos herab. Der Ork sprang triumphierend vor – und wurde von Frostbiss empfangen. Das Winterschwert sprengte seinen stählernen Harnisch und drang tief in die Brust des Orks. Frost überzog seinen Körper, als der Khurdran zusammenbrach, die Augen ungläubig geweitet.

Aus dem Augenwinkel bemerkte Jha Rudra, wie ein junger Nordmann zur Winterseherin gerannt kam. Er fasste die Alte am Ärmel ihres Mantels und redete eindringlich auf sie ein. Sie runzelte die Stirn, erwiderte irgendetwas. Dann senkte sie ihren Stab und verschwand zusammen mit ihm von der Galerie.

Kehlige Rufe machten sich in den gelichteten Reihen der Orks auf dem Hof breit. Das Gemetzel kam zum Erliegen, als sich die Krieger gegenseitig anstarrten, das dunkle Ork-Blut an ihren Klingen bemerkten und irritiert auf die Gefallenen herabschauten, die sie gerade selbst niedergestreckt hatten. Einige hatten die Waffen noch zum Schlag erhoben, ein Orkkrieger zog gerade seinen Säbel aus dem Körper eines anderen Orks.

Die Verwirrung der Krieger wurde zu Panik, als schwer gepanzerte Zwerge in Vollrüstungen aus Stahl und Aidios-Kristall auf den Innenhof drängten. Schulter an Schulter rückten sie vor und trieben die Orks, Granitzwerge und Trolle mit Axthieben vor sich her. Jeder Schlag wurde von tiefen, rhythmischen Kriegsgesängen auf Kristallwort begleitet.

»Wir hätten den Innenhof nur unter schwersten Verlusten erstürmen können«, erklärte Hilgrif düster. »Also hat die Winterseherin die verschanzten Kettenkrieger mit Wahngespinsten heimgesucht, sodass sie sich gegenseitig für Angreifer hielten und aufeinander losgingen. Skjöldir hat seine Leute zu einem Überraschungsangriff auf die Galerie geführt, wohin der Zauber nicht hinaufreichte. Algrins Zwerge machen nun den Rest.«

Jha Rudra nickte benommen. Der Wille einer Mentalistin war eine schreckliche Waffe. Wie gut kannte sie die Winterseherin wirklich?

Die Orks wurden unterdessen immer weiter über den Hof zurückgedrängt. Zahlreiche verrenkte Körper von Kettendienern lagen auf dem Pflaster verstreut, dazwischen vereinzelte tote Kristallzwerge.

»Jha Rudra!« Skjöldir Reifbart lief über die Galerie auf sie zu, begleitet von seinen Gefolgsleuten. An seiner Eisklinge klebte noch immer das Blut von Khurdran Serkai. Er trug seinen linken Arm seltsam angewinkelt, schien sich aber nicht weiter darum zu scheren.

»Der Hof gehört uns!«, erklärte er unnötigerweise, als er sie erreicht hatte. Ein grimmiges Grinsen teilte seinen Bart. In Kampf und Gefahr schien Skjöldir aufzublühen. »Eure Kühnheit hat uns diesen Weg eröffnet, Jha Rudra.«

»Und der Tod von vielen Kriegern, die beim Sturm auf Malyún gefallen sind«, ergänzte Jha Rudra bitter.

»Natürlich«, erwiderte Skjöldir ernst. »Und es ist noch nicht vorbei! Wir werden weiter vorne benötigt.«

»Wartet«, warf Jha Rudra ein. »Es ist mir gelungen, die gefangenen Iyanuri-Priesterinnen und -Priester zu befreien … Alle sieben, die noch übrig sind. Sie werden zu uns stoßen.«

Skjöldir nickte finster. Dann führte er sie über eine Wendeltreppe auf den Hof hinunter, den die Zwergenkrieger inzwischen komplett gesichert hatten.

Reihen von Menschenkriegern, Trollen und Minotauren strömten über das Pflaster und durch den östlichen Torbogen, der tiefer ins Kloster hineinführte. Ein blaubärtiger Kristallzwerg mit zerbeultem Helm kam auf Skjöldir zugerannt.

»Kriegsmeister Algrin lässt ausrichten, dass die Orks sich bis vor die Mauern zurückgezogen haben, die den inneren Bereich beschirmen«, rief er ihm zu. »Sie halten unsere Leute mit Rückzugsgefechten auf und planen offenbar, sich im inneren Ring zu verschanzen.«

»In dessen Zentrum liegt das Sanktuarium mit dem Silberwebstuhl«, sagte Hilgrif ernst.

»Das sollen sie nur versuchen«, knurrte Skjöldir. »Richtet Algrin aus, dass unsere Hauptmacht direkt zu ihm nachrückt! Wir müssen mit aller Kraft angreifen und durchbrechen, bevor sie ihre Verteidigung neu organisiert haben.«

Der Zwerg verschwand eilig durch den Torbogen.

»Sverdrun, du stellst Patrouillen zusammen und durchforstest alle umliegenden Gänge und Räume nach versprengten Kettendienern«, befahl Skjöldir einer stämmigen Kriegerin an seiner Seite. »Das Kloster ist verdammt unübersichtlich, und man kann uns nur zu leicht in den Rücken fallen.« Dann wandte er sich an einen stoischen Graubart. »Grimger, du kümmerst dich mit unseren Heilkundigen um die Verwundeten. Schnapp dir zwei kräftige Trolle, um sie zu bergen, und lass es nicht durchgehen, wenn sie lieber Schädel zertrümmern wollen, als dir zu helfen.«

Skjöldirs Leute machten sich umgehend auf den Weg. Der Jarl selbst blickte sich suchend um. »Wo ist die Winterseherin?«

»Die jagt Untote, die uns aus den Seitengängen in die Flanke fallen wollten«, gab ein rotbärtiger Krieger grimmig zurück. Skjöldir nickte knapp. »Kommt!«, rief er den anderen zu. »Wir unterstützen Algrin an der Spitze!«

Ein Trupp Minotauren machte ihnen respektvoll Platz, als der Jarl zusammen mit Jha Rudra und Hilgrif den Torbogen durchquerte.

Vor ihnen lag ein breiter und lang gezogener Gewölbegang, dessen Wände mit schimmerndem Mondquarz verkleidet waren. Alle paar Meter wurde der ebene Boden von ein paar Stufen unterbrochen. Es ging hinauf, dem höchsten Punkt des Brückenklosters entgegen. Torbögen öffneten sich zu beiden Seiten auf weitere Gänge oder Stiegenhäuser. Dazwischen zeigten entlang der Wände Statuen von kunstvoller Schlichtheit die Heldinnen und Helden der alten elbischen Legenden. Auch sie waren aus matt leuchtendem Mondquarz geformt.

Jha Rudra hatte kein Auge für ihre Schönheit. Ihr Blick blieb an den toten Körpern von Zwergen und Orks, Minotauren und Menschen haften, die überall auf dem Gangboden verstreut lagen. Von vorne waren Kampfgebrüll und Waffenlärm zu hören. Dort kämpften ihre Leute gegen die orkischen Verteidiger.

Skjöldir Reifbart hob Frostbiss und stieß einen wilden Kriegsschrei aus. Die Krieger, die mittlerweile mit ihnen durch den Gang eilten, griffen den Ruf auf und beschleunigten ihre Schritte.

Der Tod brach aus den Seitengängen über sie herein. Graue Kapuzengestalten tauchten wie aus dem Nichts auf und schwebten plötzlich zu Dutzenden unter den Angreifern. Direkt neben Jha Rudra ging ein Minotaur stöhnend zu Boden, als ein Totenschädel die Fangzähne von hinten in seinen Hals grub. Die Lamia umfing den Krieger regelrecht zärtlich mit ihren Knochenarmen, während sie seinen Lebenssaft in sich hineinsaugte.

Aus Kriegsschreien wurden Entsetzensrufe. Ein gepanzerter Zwerg ließ seine Stabaxt auf eine Lamia niederfahren, doch die Waffe glitt durch ihren Leib wie durch Nebel, ohne die Untote zu verletzen. Gierig schloss sie ihre Klauenhände um seinen Hals. Manche Krieger schlugen mit ihren Waffen um sich, andere flohen kopflos vor dem kalten Hauch des Todes und stießen auf die Nachrückenden, die sie umrempelten und niedertrampelten. Der Ansturm war binnen weniger Herzschläge gebrochen.

»Standhalten, ihr Männer und Frauen der freien Völker!«, brüllte Skjöldir ungehört. Jha Rudra fuhr zusammen, als direkt vor ihr eine Lamia auftauchte und mit ausgestreckten Klauen auf sie zuschwebte.

Hilgrif schob sich dazwischen und stieß ihr silberflammendes Schwert mit beiden Händen tief in die graue Gestalt. Seufzend löste sich die Lamia in klammen Nebel auf. Doch ringsum hielten ihre Schwestern noch immer eine schreckliche Ernte.

Plötzlich schwebte eine Lamia direkt hinter Skjöldir und legte die Klauenfinger um seinen Hals. Vergeblich rief Jha Rudra eine Warnung. Der Jarl keuchte und sank zitternd auf die Knie. Die Lamia entblößte triumphierend ihre Fangzähne – und wurde von einer Woge aus blauem Licht getroffen. Das grelle Gleißen ließ ihre Gestalt immer dünner und durchscheinender werden, bis sie sich schließlich ganz auflöste.

Jha Rudra wandte den Kopf und sah die Winterseherin, die mit gesenktem Stab den Gang entlangeilte.

»Ich dachte, Ihr wolltet Euch um die Untoten kümmern!«, rief sie der Alten zu.

»Die beim Innenhof waren nur eine Ablenkung«, schnaubte diese ungnädig.

»Die hier sind es nicht! Nun wirkt doch den großen Bannzauber, den Ihr vorbereitet habt!«, drängte Jha Rudra.

»Der Gedanke kam mir auch schon!«, bellte die Winterseherin und ergoss ihr Saphirlicht auf die nächste Kapuzengestalt. Es waren noch immer viel zu viele. Ein rotbärtiger Menschenmann stieß die Seherin grob zur Seite, während er vor einer gierigen Kapuzengestalt zurückstolperte. »Aber ich brauche dafür Freiraum und ein wenig Zeit!« Sie ließ ihr blaues Licht in einem weiten Fächer erstrahlen. Die Lamiae wichen um sie herum zurück. Jha Rudra eilte an die Seite der Seherin, Skjöldir und Hilgrif taten es ihr gleich, die Klingen Rücken an Rücken erhoben. Als wenn sie die Untotenflut damit aufhalten könnten …

Die Winterseherin hielt mit der rechten Hand den Stab gesenkt und zog mit der linken einen Gegenstand aus einer Gürteltasche hervor. Es war ein Knochentalisman an einer Lederschnur, geformt wie ein kleiner, mit Runen bedeckter Totenschädel. Jha Rudra hatte gesehen, wie sie ihn im Heerlager während der Angriffsvorbereitungen geschnitzt hatte. Die große Bannung zurück ins Grab hatte sie den Zauber genannt, für den sie den Talisman brauchte.

Die Winterseherin schloss die Augen und murmelte die Worte des Bannspruchs, während sie den Schädel an der Lederschnur zwischen den Fingern hielt. Seine geschnitzten Augenhöhlen begannen langsam fahlweiß zu glühen. Zugleich ließ die Seherin weiterhin blaues Licht aus der Spitze ihres Saphirstabs strömen und drängte die Lamiae damit zurück. Schweißperlen standen ihr auf der Stirn. Ihr Arm mit dem Stab zitterte. Jha Rudra vermochte sich nicht vorzustellen, wie anstrengend es sein musste, zwei machtvolle Zauber zugleich zu weben. Die Alte wirkte wie eine stolze Zauberfürstin aus den Legenden – doch auch ihre Kräfte waren begrenzt.

Besorgt blickte Jha Rudra sich um. Inzwischen hatten die Untoten ihre Leute fast ganz zersprengt. Sie waren allein mit der Schar der Lamiae, die sich jenseits des Lichtscheins drängten und zischend ihre Klauenhände nach ihnen ausstreckten. Zahllose schwarze Augenhöhlen starrten sie verlangend an. Spitze Fangzähne blitzten, rot befleckt vom Blut ihrer Mitstreiter.

Flackernd brach der Rand des blauen Lichtkreises ein. Das Weben des Bannspruches schien die ganze Kraft der Winterseherin zu binden. Sofort rückten die Lamiae näher heran. Die Winterseherin durfte jetzt auf keinen Fall unterbrochen werden! Eine der Untoten griff nach ihrem Mantelsaum. Skjöldir trieb sie mit seiner Klinge zurück.

Dann bemerkte Jha Rudra den metallischen Schemen. Er glänzte purpurfarben und huschte blitzgeschwind zwischen den grauen Grabgestalten hindurch. Jha Rudra kannte diesen Anblick …

Der Schemen näherte sich in einem scharfen Bogen und schoss aus der Flanke auf sie zu. Es war eine armlange Libelle mit purpurglänzendem Chitinpanzer. Ihr Umriss verschwamm, und plötzlich stand die Statthalterin Vylami in ihrer unmittelbaren Nähe, gerüstet mit einem nietenbeschlagenen Lederpanzer. In der Hand hielt sie eine silbern schimmernde, mit elbischen Zauberglyphen übersäte Wurfscheibe. Vylamis Mund verzog sich zu einem triumphierenden Grinsen, als sie damit zwischen die Schulterblätter der Winterseherin zielte, die noch immer ganz auf ihre Zauber konzentriert war.

Ein Warnruf formte sich auf Jha Rudras Lippen. Doch sie wusste, dass sie nicht schnell genug sein würde. Die Wurfscheibe fauchte durch die Luft – und traf funkenschlagend auf eine Flammenklinge. Hilgrif schlug die Scheibe mit ihrem Schwert fort, sodass sie klirrend gegen die Wand prallte. Die Schwertpriesterin stürmte weiter vor und rammte aus dem Schwung heraus Vylami mit der Schulter zur Seite.

»Nein!«, kreischte die Purpur-Elbin aufgebracht, als sich die Schwertpriesterin zwischen sie und die Winterseherin schob. »Du hältst mich nicht auf, Menschenweib!«

Schwarze unterweltliche Flammen schlugen aus ihren Handflächen. Mit der rechten Hand schleuderte sie das Feuer auf Hilgrif, die stöhnend unter der Macht der Flammen in die Knie ging. Aus der Linken fauchte ein Strahl schwarzer Flammen durch die Luft. Er verfehlte die Winterseherin knapp – und erwischte mit aller Macht den Knochentalisman, der an seiner Lederschnur von ihrer Hand herabhing. Der kleine Schädel zersprang zu einer Splitterwolke. Und mit ihm zerriss der halb gewebte Bannzauber … Die Winterseherin taumelte.

Jha Rudra warf verzweifelt ihre Wurfeisen nach Vylami, doch die Klingen prallten an einer unsichtbaren Barriere ab. Die Statthalterin schenkte ihr einen verächtlichen Seitenblick.

»Greift sie euch, meine ewighungrigen Töchter der Nacht!«,

rief Vylami schrill. »Trinkt ihr warmes Blut! Sie gehören euch!« Sie trat hinter die Untoten zurück.

Die Lamiae aber schwebten mit wohligem Zischen heran. Keine Barriere aus Licht hielt sie mehr auf, nur Skjöldirs Eisklinge stand ihrer Übermacht noch entgegen. Der Talisman, der sie bannen sollte, war vernichtet. Mit Grauen realisierte Jha Rudra, dass sie den untoten Häschern der Statthalterin nichts mehr entgegenzusetzen hatten. Der Sturm auf Malyún war gescheitert. Mechanisch trat sie an Hilgrif heran, die sich gerade wieder auf die Beine kämpfte. Dankbar ergriff die Schwertpriesterin ihre Hand.

»Alles in Ordnung?«, fragte Jha Rudra, obwohl sie es besser wusste.

»Das waren nur Schmerzen«, erwiderte Hilgrif grimmig. »Mir geht es gut.«

Sie raffte sich auf und hob ihre Klinge trotzig den heranwogenden Lamiae entgegen. Doch die Silberflammen waren verebbt.

»Zurück, ihr Unholde!«, brüllte Skjöldir und schwang sein Schwert, dass es Schleier aus Eis durch die Luft zog. Für einen Herzschlag zögerten die Lamiae. Dann drangen sie umso gieriger vor. Auch das matte Saphirlicht, das die Winterseherin ihnen noch entgegenzuschicken vermochte, hielt sie nicht auf.

Der Ring der Untoten schloss sich immer enger. Jha Rudra murmelte Schutzformeln, obwohl sie schon vorher wusste, dass sie nicht mehr die Kraft aufbringen würde, Zeljas Segen herabzurufen.

Eine Lamia schob sich vor sie und starrte sie aus schwarzen Augenhöhlen an. Das Grinsen ihres Schädels wirkte lustvoll, als sie die Hände nach Jha Rudra ausstreckte. Sie spürte die Knochenfinger, die leicht und fast zärtlich über ihre Haut strichen. Die Kälte des Grabes lag in der Berührung, aber auch mehr als das: ein Abgrund dunkler Sehnsucht, in dessen Tiefen sie sich zusehends verlor. Hilgrif rief etwas, doch Jha Rudra verstand sie nicht. Willig gab sie sich der Umarmung der Lamia hin, ließ es geschehen, dass die schimmernden Fangzähne sich ihrem Hals näherten.

Plötzlich flatterte ein silbernes Wesen durch die Luft und schlug seine Krallen in die Kapuze der Untoten. Die Lamia kreischte erbost auf und löste ihre Finger von Jha Rudra, um die silbrige Kreatur zu vertreiben. Diese schlug wütend mit den Flügeln, ohne von der Lamia abzulassen. Binnen weniger Herzschläge verging die Untote zu grauem Nebel. Jha Rudra sank auf die Knie, als der schreckliche Bann von ihr abfiel.

Der Silberschatten aber glitt auf leisen Schwingen weiter und stürzte sich auf die nächste Lamia. Er war nicht allein. Ein ganzer Schwarm Silbervögel jagte durch die Luft und attackierte die Kapuzengestalten verbissen. Das waren Eulen! Mächtige, kraftvoll dahingleitende Eulen mit Gefieder aus silbernem Sternenlicht.

Jha Rudra bemerkte nun auch den Gesang, der sich ihnen aus dem Inneren des Klosters näherte. Klare Stimmen webten Melodien von entrückter, nächtlicher Schönheit. Die Priesterinnen und Priester von Malyún waren gekommen.

Stolz schritten sie den Gewölbegang entlang, gekleidet in ihre schimmernden Regenbogenroben. Man sah ihnen die Entbehrungen des Eiskerkers kaum noch an, denn sie hatten sich mit den alten Insignien ihrer Priesterschaft aus den verborgenen Kammern des Klosters geschmückt: Sie trugen Diademe, auf denen Regenbögen aus Edelsteinen glänzten, spindelförmige Zepter und Halskragen aus gehämmertem Silber, geschmückt mit den Symbolen der Weberin.

Die Hierophantin Cylandri ging in ihrer Mitte. In den Händen führte sie einen Stab, der von einer silbernen Eule bekrönt wurde, der Botin Iyanuris. Mit knappen Fingerzeigen dirigierte sie den Schwarm der Sternen-Eulen, die eine Lamia nach der anderen in ihren Klauen aus reinem Licht vergehen ließen. Jha Rudra beobachtete mit erschöpfter Erleichterung, wie die Untoten immer weniger wurden, bis schließlich keine Lamia mehr zu sehen war.

Sie blickte sich um. Der Boden war übersät von den toten Körpern ihrer Gefährten – Menschen und Zwerge, Minotauren und Trolle, dort drüben auch ein Grün-Elb. Mittendrin stand die Statthalterin Vylami mit fassungsloser Wut im Gesicht.

Sie verschränkte die Arme vor der Brust und war plötzlich wieder eine pupurglänzende Libelle. Das prächtige Insekt verschwand mit surrenden Flügeln in einem Seitengang, verfolgt von drei Sternen-Eulen.

Jha Rudra kämpfte sich wieder auf die Füße und ging den Silber-Elben entgegen. Sie verbeugte sich vor der Hierophantin.

Cylandri nickte ihr zu, schien Jha Rudra aber kaum zu beachten. Ihr Blick war auf die Winterseherin gefallen, die ihr gleichmütig entgegenschaute. Die Augen der Silber-Elbin verengten sich.

»Wo ist Thuramur?«, fragte Jha Rudra besorgt, als sie bemerkte, dass er nicht bei den anderen Priestern war.

»Er hat es vorgezogen, Euch auf andere Weise zu unterstützen«, erwiderte die Hierophantin nicht ohne Missbilligung und deutete den Gang hinunter, wohin sich Skjöldirs Krieger vor den Lamiae zurückgezogen hatten.

Schritte näherten sich von dort. Ihre Krieger kehrten zurück! Zwerge, Menschen, Minotauren und Trolle, die mit neuer Zuversicht Seite an Seite marschierten. An ihrer Spitze ging ein Held aus den alten Legenden: ein Silber-Elb in einem sternenglänzenden Kettenmantel, gerüstet mit einem Helm, dessen Spitze von einer Mondsichel bekrönt wurde, und einem Schild, der die Form eines Halbmonds hatte. Er trug ein kühn gebogenes Elbenschwert und sternförmige Silberwurfscheiben am Gürtel. Als er Jha Rudra sah, hob er grüßend seine Klinge.

Die Zelja-Dienerin stellte überrascht fest, dass sie grinste. Fast hätte sie den Iyanuri-Priester nicht erkannt. Sie bückte sich und nahm die Wurfscheibe vom Boden auf, die Vylami auf die Winterseherin geschleudert hatte. Dabei bemerkte sie, dass eine zähe tiefschwarze Flüssigkeit an der silbernen Waffe klebte.

»Ich nehme an, die gehört Euch?«, fragte sie, als sie an Thuramur herantrat. Sie hatte entdeckt, dass die Scheibe exakt wie die Waffen am Gürtel des Elbenkriegers aussah.

Thuramur musterte Jha Rudra ernst durch die Schlitze seines Mondhelms. »Die Scheibe gehörte in der Tat einmal mir«, sagte er. »Die Purpurzauberin hat sie für sich beansprucht, nachdem ich sie damit verwundet hatte. Die Scheibe vermag Schutzzauber zu durchbrechen. Doch werde ich sie nicht wieder an mich nehmen, denn ihre Klingen sind entweiht mit Visha, dem Gift der Unterwelt. Ihr solltet vorsichtig sein, Jha Rudra.«

Erschaudernd ließ sie die Wurfscheibe fallen. Sie erinnerte sich nur zu gut daran, wie die Trollhexe Flagda von dem tückischen Gift lebendig mumifiziert worden war. Hilgrif hatte die Winterseherin vor einem schrecklichen Schicksal bewahrt.

Die Schwertpriesterin kam gerade an der Seite von Skjöldir hinzu.

»Ich danke Euch, dass Ihr meine Leute wieder gesammelt habt«, sprach der Jarl mit einer Verbeugung. »Skjöldir Reifbart, Jarl von Drekafjäll.«

»Und ich werde Thuramur von Malyún genannt«, erwiderte der Silber-Elb. »Es war mir eine Ehre, Jarl. Lange nicht mehr habe ich Kriegerinnen und Krieger so unterschiedlicher Völker Seite an Seite kämpfen sehen. Doch nun solltet Ihr wieder das Kommando übernehmen. Die Orks dürften sich inzwischen in den inneren Ring zurückgezogen haben.«

»Begleitet Ihr uns?«

»Gewiss.«

Skjöldir Reifbart hob entschlossen sein Schwert. Mit ihm und Thuramur an der Spitze zogen die Reste ihrer Schar weiter auf das Herz von Malyún zu. Jha Rudra hielt sich an Hilgrifs Seite. Die Hände der beiden Frauen streiften sich. Warme Hoffnung stieg in Jha Rudra auf. Sie waren weiter gekommen, als sie in ihren verzagten Momenten zu hoffen gewagt hatte.

Die übrigen Silber-Elben gingen direkt hinter dem Jarl. Würdevoll schritten sie vor jenen Kindern der jüngeren Völker her, die dafür kämpften, ihr Kloster zu befreien. Aus dem Augenwinkel konnte Jha Rudra beobachten, wie sich die Hierophantin Cylandri mit strengem Gesicht von der Winterseherin abwandte. Die Stirn der Zauberin war grimmig zerfurcht. Jha Rudra wagte nicht zu fragen, was zwischen ihnen vorging.

Als sie das Ende des Gewölbeganges erreichten, bot sich ihnen ein trauriger Anblick. Die Kristallzwerge waren hier in ein heftiges Gefecht mit den Orks verwickelt gewesen, als die Lamiae ihnen in den Rücken gefallen waren. Viele reglose Zwergenkörper lagen zwischen den rot-schwarz gerüsteten Orkleichen auf dem Boden. Jha Rudra entdeckte auch Kriegsmeister Algrin unter ihnen, halb begraben von einem gepanzerten Bergtroll, der ihn niedergestreckt hatte.

Algrin war direkt vor einem hohen, schmalen Tor gefallen, dessen Flügel fest verschlossen waren. Silberne Beschläge, die verschiedene Sternbilder zeigten, bedeckten kunstvoll sein massives, schwarzes Holz. Dazwischen waren zahlreiche elbische Zauberglyphen eingeschnitzt, die den inneren Ring von Mayún mit ihrer Macht beschirmten.

»Hauptmann Röxud – alle Trolle nach vorne!«, kommandierte Jarl Skjöldir unverzagt. »Lasst die Rammböcke holen, die die Zwerge vorbereitet haben. Wir durchbrechen ihre Verschanzung, bevor sie sich wieder organisieren können.«

»Wartet bitte noch mit den Rammen, Jarl«, sprach Thuramur. Mit seinem geschlossenen Mondhelm wirkte er wie aus einer anderen Zeit. »Es gibt einen einfacheren Weg.«

Der Priester ging hinüber zur Hierophantin Cylandri und besprach sich leise mit ihr auf Silberwort. Sie nickte knapp.

»Stellt Eure stärksten Kämpfer nach vorne«, forderte sie Skjöldir auf. »Ich werde Euch in den inneren Ring einlassen.«

Rasch gab Skjöldir die nötigen Befehle. Ihre Truppen nahmen direkt vor dem Tor Aufstellung. Auch Jha Rudra machte sich bereit, hinter Hilgrif und Thuramur den Zentralbereich von Malyún zu erstürmen.

Dann ertönte eine helle Stimme. Die Hierophantin sang einige elbische Silben. Lautlos schwangen die Torflügel von selbst auf, als wären sie niemals verriegelt gewesen. Ein Trupp Wolfsschädel-Orks war dahinter gerade damit beschäftigt, Barrikaden aus Bänken und anderen Möbelstücken zu errichten. Die Krieger schauten überrascht auf. Gezielte Pfeile streckten sie nieder, ehe sie ihre Waffen ergreifen konnten. Dann stürmten Skjöldirs Leute vor, um die halb fertige Blockade zur Seite zu wuchten. Hinter ihnen strömten die restlichen Krieger voran. Sie waren ins Zentrum von Malyún vorgedrungen!

Breite, schimmernde Mondquarz-Treppenstufen führten hier zu einem Torbogen hinauf, hinter dem die zentrale Kuppel liegen musste. Seitengänge, die zu weiteren Räumen führten, öffneten sich links und rechts der Treppe. Orks oder sonstige Verteidiger waren nirgendwo zu sehen.

Mit ein paar knappen Befehlen ließ Skjöldir einige seiner Leute in die Gänge ausschwärmen. Er selbst stürmte mit der Hauptmacht die Stufen hinauf. Jha Rudra hielt sich dicht hinter Skjöldir und Hilgrif. Der Torbogen öffnete sich auf die zentrale Halle von Malyún.

»Merkwürdig«, murmelte Hilgrif. »Ich hatte die Statthalterin so eingeschätzt, dass sie das Heiligtum mit aller Macht verteidigen würde.«

Jha Rudra antwortete nicht. Sie schaute sich misstrauisch um, während Skjöldirs Krieger schon in den Raum eindrangen. Die weißen, mit elbischen Glyphen bedeckten Wände der Halle reichten so hoch, dass Jha Rudra unwillkürlich den Kopf in den Nacken legte. Über ihr wölbte sich eine weite Kuppel, deren Innenseite mit einem prunkvollen Gemälde bemalt war. Es zeigte Iyanuri, die kosmische Weberin, wie sie inmitten der anderen Göttinnen und Götter thronte. Jha Rudra entdeckte Zelja, die sich in einer Ecke im Schatten hielt und ihr zuzuzwinkern schien. Sie senkte den Blick.

Im Boden der Halle war ein machtvolles Schutzsiegel eingelassen, durch das ein hässlicher Riss verlief. Jemand hatte es mit Kreidezeichen ergänzt, die seine Macht notdürftig wiederherstellen sollten. Es gab nur zwei Zugänge: das Portal, durch das sie gekommen waren, und den Torbogen direkt gegenüber, der sich zum östlichen Teil des Klosters hin öffnete. Dazwischen, im Zentrum der Halle, stand der Silberwebstuhl.

Jha Rudra hatte während der ganzen Reise keine rechte Vorstellung von dem größten Heiligtum der Iyanuri in den Sterblichen Landen gehabt. Sie kannte die Webstühle, die von den Webern der Jhalai verwendet wurden, um die farbenfrohen Stoffe des Maskenvolks herzustellen: hölzerne, mit Fäden bespannte Rahmen, versehen mit einer Mechanik, von der Jha Rudra nichts verstand. Sie hatte sich den Silberwebstuhl immer als eine edle, elbisch verschnörkelte Version dieser Rahmen gedacht. Doch was sie hier vor sich sah, vermochte sie mit dem Blick kaum zu erfassen.

Auf eine Konstruktion aus schwarzem Edelholz waren Aberhunderte von Silberfäden gespannt, die in komplexen Mustern kreuz und quer nebeneinander und übereinander liefen. Mal ähnelten sie einem glänzenden Spinnennetz, mal einem geometrischen Gebilde, mal einem Labyrinth. Glänzendes Licht tanzte über die Fäden und bildete immer neue sternenfarbige Ornamente. Hier wurden keine Stoffe gewebt. Das Sternenlicht selbst verband sich auf dem Silberwebstuhl zu filigranen Strukturen, die nur für wenige Herzschläge bestanden und doch einen Hauch von Ewigkeit ausstrahlten.

»Er ist nur ein simples Abbild des großen Webstuhls, mit dem Iyanuri auf dem Götterberg Ananta das Schicksal webt«, sprach die Hierophantin Cylandri mit stolzer Demut.

»Und dafür haben wir also gekämpft …«, murmelte Jha Rudra halblaut.

»Es ist niemand mehr da!«, rief Hilgrif, die einen Trupp Krieger durch den östlichen Torbogen geführt hatte und gerade wieder zurückkehrte. »Wir sind auf keine weiteren Orks gestoßen. Aber das Osttor zum inneren Ring ist von außen verbarrikadiert.«

»Dann ist die Statthalterin tatsächlich in den Ostteil des Klosters geflohen, nachdem ihre untoten Schrecken versagt hatten, und hat uns das Heiligtum überlassen«, erwiderte Skjöldir. »Sehr gut. Lasst sie uns ganz aus dem Kloster vertreiben!«

Noch während er sprach, ertönte Lärm auf dem westlichen Treppenaufgang. Stahl schlug auf Knochen, Stimmen brüllten durcheinander. Skjöldir und Hilgrif rannten dem Kampflärm entgegen, dicht gefolgt von Jha Rudra.

Auf der Treppe waren ihre Leute in einen Kampf gegen weitere Angreifer verstrickt: Wolfsschädel-Orks in rot-schwarz lackierten Rüstungen, die offenbar aus dem Nichts aufgetaucht waren. Gerade trieb ein Orkkrieger mit einer Knochenaxt einen verwundeten Nordmann vor sich her. Er schleppte sich mit schwerfälligen Bewegungen voran, seine grau verschleierten Augen blickten ins Leere. Aus seinem Hals ragte das befiederte Ende eines Kriegspfeils.

Mit Grauen erkannte Jha Rudra die Orks, die an der Blockade getötet worden waren. Sie hatten sich wieder erhoben!

Ein Kristallzwerg sprang dem Nordmann zu Hilfe und köpfte den untoten Ork mit einem Axthieb. Der kopflose Körper schwankte noch zwei Schritte auf sein Opfer zu, ehe er schließlich zusammenbrach.

Die Winterseherin trat den Angreifern entgegen und senkte ihren Knotenstab. Das blaue Licht, das seinen Saphiren entströmte, war nur noch ein Schatten seiner ursprünglichen Kraft. Doch es genügte, um zwei weitere Untote zurück ins Grab zu bannen. Langsam leerte sich die Treppe von Feinden.

»Jarl Skjöldir! Jarl Skjöldir!« Eine Stimme, die Jha Rudra sehr bekannt vorkam, hallte den Gewölbegang entlang. Das war Gunbrecht!

»Jarl Skjöldir!« Keuchend kam Gunbrecht angerannt, als der Reifbart gerade den letzten Untoten vernichtete. Frostbiss teilte den von Pfeilen durchbohrten Ork einmal in der Mitte durch.

»Ja, was ist denn?«, fragte der Jarl, während er das Orkblut von seiner Klinge wischte. Er konnte binnen eines Herzschlags von Kampfeswut zu sachlicher Geschäftigkeit wechseln.

»Die Toten!«, rief Gunbrecht mit nackter Angst in der

Stimme. »Sie sind wieder aufgestanden! Alle! Die Orks … und unsere Leute! In einem Moment prüfe ich, ob jemand noch atmet, im nächsten will er mich erwürgen! Sie sind über alles hergefallen, die Krieger, die Verwundeten, die Heiler …«

»Gunbrecht!«, brüllte Skjöldir eindringlich. »Wie genau ist die Lage im westlichen Kloster?«

Weiterer Lärm ertönte, als Menschen, Zwerge und ein vereinzelter Troll die Treppe hinaufstürzten. Sie waren auf der Flucht.

»Unterweltliche im Anmarsch!«, brüllte der Troll. Hinter den Fliehenden schob sich eine Masse aus schwankenden und schlurfenden Gestalten durch den Gang. Es waren Orks und Menschen, Zwerge und Minotauren. Sie alle trugen die tödlichen Wunden der Schlacht um Malyún am Körper. Ihr Blick war verschleiert, ihre Bewegungen steif und mechanisch. Langsam, aber unaufhaltsam wälzten sie sich vorwärts, die Waffen in den kalten Fingern. Ganz vorne erkannte Jha Rudra Kriegsmeister Algrin in seinem Plattenpanzer aus Aidios-Kristall, Seite an Seite mit dem Trollkrieger, der sein Leben einst beendete.

»Treibt sie zurück! Schließt das Tor!«, brüllte Skjöldir und stürmte vorwärts, um sich den vordersten Untoten mit seinen Kriegern entgegenzuwerfen, während andere seiner Leute hastig die schweren Flügel zuzogen.

»Nein!«, keuchte Gunbrecht, der immer noch atemlos war. »Grimger und die anderen sind noch da draußen! Sie haben mich vorgeschickt …«

»Dort draußen ist niemand mehr«, sagte die Winterseherin bitter. »Niemand, der nicht verdammt wäre.«

Skjöldir sprang als Letzter zurück auf ihre Seite, bevor die Torflügel komplett zufielen. Dumpfe Erschütterungen ließen ihr Holz erzittern, als sich die Masse der Untoten dagegenwarf.

»Baut die Barrikaden wieder auf!«, befahl Skjöldir. »Sorgt dafür, dass sie nicht durchkommen. Auch die untoten Trolle nicht.«

Der Jarl zog ein Bein leicht nach, als er an Jha Rudra und die Winterseherin herantrat.

»Das war der Wiedergänger, der einmal Algrin war«, brummte er finster, als er Jha Rudras fragenden Blick bemerkte. »Ich konnte ihn zur Ruhe betten. Hinter den Toren sind wir vorerst sicher.«

»Sicher und in der Falle zwischen den Untoten im Westen und den verbleibenden Orks im Osten«, sagte Hilgrif, die ebenfalls hinzukam. »Dann hat sich die Statthalterin also aus dem inneren Ring zurückgezogen, um das Ritual zur Erhebung dieser Untoten zu wirken und es mit ihrer Hilfe zurückzuerobern.«

»Doch ich habe noch nie erlebt, dass eine Beschwörerin so viele Ruhelose zugleich und in so kurzer Zeit erhebt«, sprach Thuramur ratlos, der an der Seite der Verteidiger gekämpft hatte.

»Das war nicht Vylami«, erwiderte die Winterseherin. »Das war der Kettenfürst selbst. Die Statthalterin ist eine Kettenträgerin. Ihr Meister hat sie offenbar für ihre Rolle bei dem erfolgreichen Überfall, der zu Patitas' Ermordung führte, wieder in Gnaden angenommen. Er wirkt durch sie.« Sie warf der Hierophantin einen Seitenblick zu. »Wisset, dass der Kettenfürst vor über fünfzig Jahren den unterweltlichen König Nidhanas von seinem Thron gestoßen und in einen sterblichen Körper gebannt hat. Seit einigen Wochen ist auch dieser Avatara endgültig tot. Damit kann der Kettenfürst die Unterwelt nun noch direkter kontrollieren.«

»Was sollen wir jetzt tun?«, fragte Skjöldir. »Uns bleiben weniger als zweihundert Klingen gegen eine Übermacht auf beiden Seiten.«

»Wir müssen das Heiligtum halten, bis die Zwillingsseelen eintreffen, um den Vierzack zu schmieden und zu weihen«, rief Jha Rudra mit wütendem Trotz. Nach allem, was sie riskiert und geopfert hatten, durfte der Kettenfürst nicht gewinnen!

»Der innere Ring von Malyún ist gut ausgestattet«, erwiderte Thuramur. »Es gibt rund um das Sanktuarium des Webstuhls

Schlafkammern, Vorratsräume, Waffenkammern und sogar Werkstätten – eine Festung für sich.«

»Gut«, sagte Jha Rudra. »Dann werden wir die Zwillinge hier erwarten. Von ihnen hängt nun alles ab.«

Neunundzwanzigstes Kapitel

Die elementare Quelle der Erde unter den Wurzeln des Weltenbaums

Elyami wartete. Schon seit zwei Tagen tat sie wenig anderes. Seit die Königin der Kre Tak Galdra in die Tiefen der Wurzelhöhlen geschleudert hatte, hatte sie nichts mehr von den beiden gehört. Zunächst hatte sie die Kre Tak eindringlich gefragt, was dort unten vor sich ging. Doch die Antwort war stets dieselbe gewesen: »Dieser Kre Tak kann dir keine Auskunft geben. Die Pilgerin ist mit der Königin bei der Quelle. Wenn es an der Zeit ist, wird sie vielleicht zurückkehren.«

Und es war immer exakt der gleiche Wortlaut – egal, ob Elyami nun einen gepanzerten Wächter, einen schwer beladenen Arbeiter oder einen Erdenpriester mit Stab gefragt hatte. Schließlich hatte sie es aufgegeben.

Am Abend des ersten Tages hatte man ihr eines der kugelförmigen Gebilde zwischen den Wurzeln als Behausung zugeteilt. Im Inneren war es überraschend gemütlich, ausgepolstert mit duftendem Moos. Sein Geruch erinnerte Elyami an die fernen Wälder von Liráya.

Auch die Nahrung, die ein Kre-Tak-Arbeiter jeden Morgen bei ihrer Behausung deponierte, war entgegen ihrer Befürchtung sehr genießbar: Nüsse, Früchte und eine süße, honigartige Masse, nach deren Herkunft sie nicht fragte.

Krura, ihr Dschungelführer, hatte eine Wohnkugel neben Elyami bezogen und erwies sich weiterhin als wenig anregende Gesellschaft. Wenn er nicht gerade aß, ruhte er mit der gelangweilten Eleganz einer satten Raubkatze auf einer Wurzel und schien seine Kräfte für künftige Kämpfe zu sparen.

Also hatte Elyami ihre Zeit damit verbracht, rastlos durch die Wurzelstadt zu streifen und die Kre Tak bei ihren Verrichtungen zu beobachten. Die gesamte Stadt schien wie ein einziges, zusammenhängendes Wesen zu funktionieren. Ständig waren Lastenträger auf den Wurzeln und Stegen unterwegs, die Güter dorthin brachten, wo sie gebraucht wurden. Arbeiter, deren Greifarme als Werkzeuge ausgeformt waren, übernahmen die Instandhaltung der Stadt. Die Priester lösten sich in Schichten bei einem ewig andauernden Gebet an die Erdengöttin Dharana ab, Wächter zogen auf Rundgang in den Dschungel aus, Pfleger kümmerten sich um jene bleichen, hilflosen Kreaturen, aus denen später einmal ausgewachsene Kre Tak schlüpfen würden. Jeder hier hatte etwas zu tun – mit Ausnahme von Elyami.

Sie hatte mehrmals versucht, sich auf die ewige Melodie des Weltenbaumes einzustimmen. Doch sein Lied war so gemächlich, tief und erfüllt von einer schier unerschöpflichen Vielgestaltigkeit des Lebens, dass sie Jahre gebraucht hätte, um auch nur ein einzelnes seiner Motive zu erfassen.

Elyami reizte die Vorstellung, eines Tages hierher zurückzukehren und genau das zu tun. Später einmal, wenn sie ihre große Aufgabe erfüllt hatten.

Unwillkürlich musste sie an Elyamur denken. Wie ihr Bruder wohl zusammen mit Gorin bei der Quelle der Luft vorankam? Zumindest schien er sein Ziel erreicht zu haben, denn wann immer Elyami ihn mit ihrer Sehergabe zu erfassen versuchte, spürte sie nichts als die kalte, luftige Weite des Himmels. Es fühlte sich frei an – aber auch einsam. Sie vermisste Elyamurs Nähe.

Zum wiederholten Male tigerte Elyami auf der Plattform mit dem nun leeren Thron der Königin herum. Irgendwie zog es sie immer wieder hierher. Sie hatte das Gefühl, dass sie an diesem Ort Galdra und ihrer Prüfung am nächsten war. Elyami setzte sich an den Rand der Plattform und ließ die Beine über dem Abgrund baumeln. Sie hätte ihrer inneren Unruhe gerne ein paar entspannte Melodien auf der Inyura entgegengesetzt. Doch im Gewimmel der Wurzelstadt bekam sie den Kopf nicht frei genug, um einfach nur für sich zu spielen.

Die Vision traf sie unvorbereitet. Elyami sah einen schimmernden Tropfstein in einer Höhle vor sich. Sie spürte sein Jahrtausende währendes Wachstum, viel langsamer noch als die Entfaltung eines Baumes, die stoische Geduld seiner steinernen Seele, den Schutz der alles behütenden Erde ringsum. Freude stieg in Elyami auf. Dann bemerkte sie, dass es Galdras Freude war. In der Tiefe tat sich etwas!

Neugier und Sorge trieben sie an, sich auf Galdra und das Geschehen in der Wurzelhöhle zu konzentrieren. Doch sie erinnerte sich an ihre eigenen Erfahrungen an der Quelle des Wassers unter dem Schlund des Meeres. Es gab nichts, was sie tun konnte, ganz gleich, wie es für Galdra lief. Und die Berührung der Quelle war ein durch und durch persönlicher Moment – zu persönlich für heimliche Blicke über die Schulter.

Elyami konnte den Strom der Bilder nicht mehr aufhalten, doch zumindest in eine andere Richtung lenken. Neue Eindrücke stiegen in ihr auf, gespeist aus den Gedanken, die ihr im Kopf herumgingen. Sie sah Odrana die Saphiräugige vor sich. Hohlwangig und ausgemergelt.

Die Zauberin stand inmitten von tiefer Dunkelheit, die Elyami nur zu gut als die Schatten der Unterwelt kannte. Der Abgrund Vaktra zog sich als scharfe schwarze Linie über den nackten Boden der Höhle Dvar. Jenseits des Abgrunds erhob sich der rostrote Thron im Dämmerlicht. Feiner Eisenstaub rieselte beständig von seinen Lehnen herab. Er bedeckte auch die Dornenketten, die sich kreuz und quer über den bleichen Körper zogen, der auf dem Thron saß, den Vierzack stolz in der rechten Faust. Blutrinnsale aus zahllosen kleinen Wunden vermischten sich mit Rost. Leichenblasse Larvae huschten rund um den Thron durch die Schatten, um die stummen Befehle ihres Meisters weiterzutragen.

»Dáman«, sprach Odrana, »du hast mich rufen lassen, und ich bin gekommen. Ich habe ohnehin mit dir zu reden. Seit Tagen tue ich nichts anderes, als ruhelose Untote und Dämonen zu bannen, die aus der Unterwelt zu entkommen drohen, weil du deine Pflichten vernachlässigst und lieber deinen Eroberungsplänen nachhängst. Du musst damit aufhören und dich endlich darum kümmern, dass jede Seele ihren Platz auf der anderen Seite findet! Das ist deine Aufgabe, wenn du auf dem Rostroten Thron sitzt.«

»Lass uns jetzt nicht über solche Nichtigkeiten reden, Odrana«, erwiderte der Kettenfürst. »Ich habe dich zu mir gerufen, um dir ein Geschenk zu machen.«

»Danke, aber ich brauche keine Geschenke«, sagte Odrana kühl. »Du kannst mich nicht beeindrucken, Dáman.«

»Es ist ein besonderes Geschenk, das du gewiss nicht ablehnen wirst«, sprach der Kettenfürst stolz. »Ich habe es selbst aus der Essenz meiner magischen Kraft geformt. Tief musste ich in die Geheimnisse der Unterwelt eindringen, um einen neuen Zauber zu weben. Nimm diese Kette, geformt aus den reinen Schatten des Abgrunds Vaktra, und lege sie dir um. Dann werde ich immer bei dir sein, untrennbar vereint mit dir, wenn auch mein sterblicher Körper vorerst an diesen Thronsitz gefesselt ist.«

Der Kettenfürst öffnete seine linke Hand. Die glänzend schwarzen Glieder einer Kette hingen von seiner Handfläche herab. Die Kette bewegte sich leicht, als wäre sie lebendig.

»Ich lehne ab«, sagte Odrana unbewegt.

»Du verstehst nicht«, erwiderte der Kettenfürst sanft. »Ich schenke dir einen Teil von mir. Ein Funke meiner eigenen Seele ist in diese Kette geschmiedet.«

Er übergab die Kette einer Larva, die demütig herangeglitten kam. Die Unterweltliche schwebte auf Odrana zu, wobei sie die Kette mit ausgestreckten Armen präsentierte.

Odrana wich einen Schritt zurück, doch Knochenhände wuchsen aus dem nackten Felsboden und umklammerten ihre Knöchel. Hastig beschrieb sie die Gesten eines Abwehrzaubers. Der Kettenfürst hob seinen Vierzack und zersprengte das silbrige Schutzgespinst. Odranas entsetzter Aufschrei hallte durch die Stille der Unterwelt, als ihr die Larva die Kette umlegte.

»Niemand widersetzt sich mir im Herzen meines Reiches«, sprach der Kettenfürst. »Sei wieder mit mir vereint, Odrana!«

Sie sank auf die Knie, die Hände um ihren Hals verkrampft, als könnte sie mit ihnen die Kette zerreißen. Doch die Kettenglieder begannen unerbittlich mit ihrer Haut zu verschmelzen. Kurz spiegelte sich Panik in Odranas Gesicht. Dann straffte sie sich und legte entschlossen die Stirn in Falten. Konzentriert schloss sie die Augen, während ihre Lippen tonlose Silben murmelten. Ihr Atem ging schwer, und über ihr Gesicht rann eine einzelne Schweißperle, während die Kette immer mehr mit ihrem Hals zu verschmelzen schien. Plötzlich schlug Odrana die saphirblauen Augen wieder auf.

»Nein!« Ihre Stimme schnitt durch die Schatten wie ein Peitschenhieb. Die schwarzen Glieder der Kette um ihren Hals traten wieder klar hervor, als Odrana sich ihr mit der ganzen Kraft ihres Willens wiedersetzte – und wurden schließlich zu schwarzen Splittern zersprengt, die sich in der Dunkelheit verloren.

»Ich lehne ab«, sprach Odrana noch einmal mit klarer Stimme und richtete sich auf. »Solange du auf diesem Thron sitzt, wirst du niemals den Unterschied zwischen Lieben und Besitzen lernen, Dáman.«

Sie bannte die Knochenfinger an ihren Knöcheln mit einer wegwerfenden Handbewegung, wandte sich um und entfernte sich vom Rostroten Thron.

»Ja, geh nur und spiel deine Spielchen!«, rief ihr der Kettenfürst wütend hinterher.

Inzwischen hatte Odrana den Abgrund Vaktra erreicht und schaute über die Schulter. »Ich wünsche diesen Ort zu verlassen«, fauchte sie. »Du weißt, dass kein Sterblicher Vaktra aus eigener Kraft überwinden kann. Gedenkst du, mich hier gefangen zu halten?«

Mit einer wegwerfenden Handbewegung ließ der Kettenfürst eine Knochenbrücke über dem Abgrund entstehen.

»Geh nur!«, wiederholte er laut. »Glaubst du, ich weiß nichts von deinem kleinen Plan und deinen Forschungen? Du kannst mich nicht vom Thron stoßen, Odrana!« Er schwieg einen Moment, ehe er stolz fortfuhr: »Mein Geschenk wäre an dich verschwendet gewesen. Es werden sich andere finden, die diese Gnade mit Stolz tragen werden!«

Die Stimme verhallte, als Odrana sich jenseits des Abgrunds in einen Schwan verwandelte und durch die Dunkelheit flog. Elyami sah, wie der Schwan über den grauen Wellen eines Meeres dahinzog.

Dann war da wieder Odrana in ihrer menschlichen Gestalt. Sie stand alleine zwischen den Gebäuden einer Ruinenstadt. Leere Fensteröffnungen starrten sie an. Die Gebäude waren klobig und massiv, mit gähnenden Eingängen, die offenbar für riesenhafte Wesen gemacht waren. Ihre Fassaden waren mit verschlungenen Mustern überzogen, die wie krabbelnde Insekten über die Mauern zu kriechen schienen. Elyami konnte sie kaum betrachten, ohne dass ihr schwindelig wurde.

Odrana aber ging sicheren Schrittes durch die verlassenen Straßen und würdigte die Gebäude keines zweiten Blickes. Kalter Wind peitschte ihr entgegen und löste einzelne Strähnen aus ihrem hochgesteckten Haar. Sie ging weiter voran, die Lippen zu einem schmalen, entschlossenen Strich zusammengepresst.

Nun sah Elyami das Ziel, auf das Odrana zuhielt: Vor ihr wichen die grotesken Gebäude zurück und gaben einen weiten Platz frei. Der Wind blies trockenes Laub über sein Pflaster. Mitten auf dem Platz erhob sich ein Gebilde, wie es Elyami noch nie zuvor gesehen hatte: Es war eine Treppe. Eine frei stehende Treppe aus rissigen Steinquadern, die direkt in den grauen wolkenverhangenen Himmel hinaufzuführen schien. Ein Ende war nicht zu erkennen.

Odrana stand vor der Treppe, den Kopf in den Nacken gelegt. Dann begann sie hinaufzusteigen. Es war eher ein Klettern als ein Gehen, denn die Stufen waren zu hoch für ihre Menschenbeine. Immer weiter zog sie sich die Stufen hinauf. In der Höhe griff der Wind mit Wut nach ihr und drohte sie von der Treppe zu fegen, denn es gab weder Geländer noch Brüstung. Doch Odrana kämpfte sich unbeirrt voran, auch als ihre Fingerkuppen bereits vom rauen Gestein blutig geschürft waren.

Irgendwann traf sie auf einen toten, knorrigen Baum. Er war offenbar in einer Ritze im Gestein der Stufen herangewachsen, ehe er zugrunde gegangen war. Erschöpft verweilte Odrana hier einen Moment. Dann brach sie sich einen langen, knotigen Ast ab und nutzte ihn, um sich mit seiner Hilfe weiter die Stufen hinaufzuschleppen. Elyami erkannte seine Form, sie hatte ihn schon oft in den Händen der Winterseherin gesehen.

Schließlich verschwand Odrana im Wolkendunst. Elyami konzentrierte sich auf sie, doch es war, als wäre ihre Gabe des Sehens an diesem Ort jenseits der Welt blind.

Dann hörte sie Odranas Stimme. Sie sprach Worte der Macht in einer alten, rumpelnden und polternden Sprache, die ihr vage von den Einaugen Kyklopias bekannt vorkam. Einen Herzschlag lang sah sie Odrana vor sich, umgeben von unzähligen Fäden, die in allen Regenbogenfarben schillerten und zu kunstvollen, vielschichtigen Mustern verwoben waren, die sie nicht einmal annähernd erfassen konnte. Wieder sprach Odrana, nun in der Hochsprache. »Einst webte Zûn, der auf der Schwelle wandert, die Schicksalsfäden nach seinem Willen. So wirke auch ich in seiner Nachfolge! Dies ist meine Frage: Was vermag den Kettenfürsten vom Rostroten Thron zu trennen und das Joch der Ketten zu brechen? Der Orakelspruch, den ich aus den Fäden webe, möge die Antwort geben.«

Und Elyami vernahm die Antwort, die im Geflecht der Schicksalsfäden widerhallte:

»In mondloser Nacht, unter glühenden Schwingen
des Phönix,
soll'n Zwillingsseelen kommen auf widrige Pfade
des Lebens,
sich finden in Liebe und Streit vereint.

Die stählernen Bande vermögen sie kühn zu
zersprengen,
den Fürsten vom Rostroten Thronsitz zu trennen,
und Freiheit zu bringen von der Ketten Gewalt.«

Es folgte Stille. Für einen Moment sah Elyami nur Schwärze vor sich.

Dann tauchte ein neues Bild aus der Dunkelheit auf. Ein blau-weiß schillernder Drache ohne Flügel tanzte wie ein gestaltgewordener Windhauch über den Himmel. Stolz wehte seine Mähne, weithin hallte sein wildes Lachen.

In kühnen Spiralen senkte er sich zu einem Bauwerk mit schlanken Türmen hinab, das sich wie eine Brücke über einen Abgrund in den Bergen spannte. Vereinzelte Pfeile umschwirrten den Drachen, doch sie gingen so weit daneben, als hätten sie gar nichts mit ihm zu tun. Nun konnte Elyami zwei Gestalten erkennen, die auf seinem Rücken kauerten. Das waren Gorin und Elyamur! Ihr Bruder sah erschöpft und zerschunden aus, aber er war am Leben und offenbar nicht ernsthaft verletzt. Freude brandete in Elyami auf. Freude und Sehnsucht. Die Vision verblasste.

Elyami spürte unbequeme Härte unter ihrem Rücken. Um sich herum hörte sie die klackernden Geräusche der Kre Tak. Sie musste noch auf der Plattform liegen, auf der sich der Thron der Königin befand.

»Alles in Ordnung bei dir?«, drang eine wohlbekannte Stimme zu ihr durch. Elyami schlug die Augen auf. Sie blickte in das Gesicht von Galdra, die sich mit hängenden Zöpfen über sie beugte. Doch irgendetwas war anders an der Zwergin. Dann realisierte Elyami es: Galdras Haut schimmerte in einem warmen Bronzeglanz, als wäre die Höhlengängerin eine gegossene Statue.

»Du … hast es geschafft?«, fragte Elyami benommen und richtete sich auf. Erst jetzt bemerkte sie, dass sie direkt am Rand der Plattform lag. Erschaudernd rückte sie ein wenig von der Kante weg.

»Deine Gefährtin ist tief ins Herz der Erde vorgedrungen«, ertönte eine machtvolle Stimme, die klang, als würde ein leibhaftiger Berg sprechen. »Sie hat sich als würdig erwiesen, die elementare Essenz zu tragen.«

Elyami sprang auf die Füße. Die Plattform hatte sich inzwischen mit zahlreichen Kre Tak gefüllt, Priester und Wächter, Handwerker und Lastenträger. Sie umstanden das Thronpodest der Königin mit respektvollem Abstand. Doch dort, wo vor einigen Tagen die greise Zwergin gesessen hatte, war nun das Haupt eines gewaltigen Drachen auf das Podest gebettet.

Sein Körper ruhte irgendwo in der Tiefe der Wurzelhöhle, doch allein der Kopf, den er an seinem langen, biegsamen Hals heraufbewegt hatte, war groß wie ein Haus der Menschen. Er war von krustigen grünbraunen Schuppen bedeckt. In ihren Zwischenräumen wucherten Moos und Gräser, bunte Blüten und Ranken, sodass der Drache in einen regelrechten Wald gekleidet war. Seine ausladenden Hörner waren weit verästelt wie Baumwipfel, sein Maul mit den manneslangen Zähnen halb geöffnet. Große tiefgrüne Augen schauten Elyami und Galdra wissend an.

»Ich bin Bhumiraksha, der Hüter der Erde«, hallte seine Stimme durch die Wurzelstadt. »Und ich rufe den Segen der tiefen Kräfte auf euren weiteren Weg, Trägerin des Wassers und Trägerin der Erde.«

»Hab Dank für alles, Bhumiraksha«, sprach Galdra und verbeugte sich etwas unbeholfen. Ihr bronzenes Gesicht verzerrte sich, als sie sich an die Seite fasste. »Diese Rippe werde ich wohl noch länger spüren«, sagte sie mit einem schiefen Grinsen.

»Ebenso wie dein unerbittlicher Griff noch immer in meinem Körper widerhallt«, erwiderte der Drache und entblößte lächelnd die Zähne. »Bleibe standhaft, Galdra von den Höhlengängern.«

Bhumiraksha hob sein gewaltiges Haupt vom Podest und zog sich in die Tiefe zurück. Die versammelten Kre Tak verstreuten sich, und Elyami und Galdra blieben allein auf der Plattform zurück.

»Ich bin froh, dass du wieder da bist«, sagte Elyami.

»Geht mir ähnlich«, brummte Galdra, die dem Erdendrachen nachdenklich hinterherschaute. Elyami hatte eine Ahnung davon, was in der Zwergin vorgehen mochte. Schließlich hatte sie noch immer mit den Veränderungen zu kämpfen, die die elementare Essenz des Wassers bei ihr bewirkt hatte. Dennoch konnte sie nun, da Galdra zurückgekehrt war, ihre Neugier einfach nicht mehr länger bezwingen.

»Was musstest du da unten machen?«, fragte sie vorsichtig. »Hat die Kre-Tak-Königin dich zum Drachen geführt?«

Galdra grinste sie an. »Nein«, sagte sie. »Die Königin ist der Drache.« Elyami schaute fragend.

»Bhumiraksha ist die Königin der Kre Tak«, setzte Galdra erneut an. »Er, oder vielleicht auch sie, hat mich in der Gestalt einer Zwergin erwartet. Das war nötig. Für die Prüfung.«

»Und was für eine Prüfung war das nun?«

»Ein Ringkampf«, sagte Galdra gleichmütig. »Ich gegen Bhumiraksha.«

»Du hast mit einem Drachen gerungen?«

»Ja.«

»Und? Wer hat gewonnen?«

»Darum ging es nicht«, knurrte Galdra etwas unwillig. »Ich habe durchgehalten. Die alte Zwergin, also Bhumiraksha, hat mich bestimmt mehr als zweihundertmal auf den Rücken geworfen, ihr Knie auf meine Brust gepresst und mir gezeigt, dass sie stärker ist. Ich bin trotzdem immer wieder aufgestanden und habe es noch mal versucht. Zwerge geben nicht auf. Das musste der Drache schließlich auch einsehen.«

»Und dann?«, hakte Elyami nach. »Was musstest du dann tun?«

»Nichts.«

»Nichts?«

»Naja, nicht wirklich …« Galdra suchte nach Worten. »Ich habe gespürt. Gespürt, wie die Tropfsteine in den Höhlen immer größer werden, wie die Berge sich erheben und die Mineralien in der Tiefe reifen. Es hat sich angefühlt wie Jahrhunderte, Jahrtausende und noch länger. Ich war das Gestein. Natürlich nicht ganz. Aber fast. Jetzt weiß ich jedenfalls, warum ich Höhlengängerin bin.«

Galdras bronzefarbene Wangen leuchteten bei ihrer Erzählung so warm, dass Elyami eine Vorstellung davon bekam, wie sehr die Erfahrung Galdra berührt hatte.

»Und was ist mit dir?«, fragte Galdra plötzlich.

»Was meinst du?«

»Warum liegst du am Rand des Abgrunds herum? Wenn der Drache dir nicht einen kleinen Schubs gegeben hätte, wärst du womöglich in die Tiefe gestürzt.«

»Ach so.« Elyami drehte verlegen an ihrem Schläfenzopf. »Ich hatte Visionen. Diesmal konnte ich sie nicht zurückhalten.«

»Und?«

»Ich weiß jetzt, woher der Orakelspruch stammt. Odrana hat ihn nicht empfangen – sie hat ihn selbst gewebt!«

»Und was bedeutet das?«

»Das werde ich noch herausfinden«, erwiderte Elyami entschlossen. Dann erinnerte sie sich an das Bild des tanzenden Himmelsdrachen mit seinen beiden Reitern. »Aber da war noch mehr. Ich habe Elyamur und deinen Bruder gesehen, Galdra! Sie ritten auf einem Drachen und erreichten gerade ein elbisches Bauwerk in den Bergen. Das muss das Silberkloster Malyún sein. Sie haben es auch geschafft und sind schon dort!«

»Natürlich hat Gorin es geschafft«, schnaubte Galdra, doch Elyami konnte die Erleichterung aus ihrer Stimme heraushören. »Dann müssen wir uns jetzt auch auf den Weg machen! Wenn wir schon die Zweiten sind, wollen wir zumindest nicht zu spät kommen. Die Genugtuung gönne ich deinem Bruder nicht.«

»Das stimmt«, sagte Elyami lächelnd. Galdras pragmatische Entschlossenheit tat ihr gut.

Gemeinsam verließen sie die Thronplattform und folgten den Wurzelstraßen in die Richtung von Elyamis Behausung, um ihre Sachen abzuholen. Auf halbem Wege kam ihnen Krura, der Rakshasa, mit einem breiten Tigergrinsen entgegen.

»Dann seid ihr hier also fertig«, knurrte er, ohne Galdras neuer bronzeglänzender Erscheinung einen zweiten Blick zu gönnen. »Wenn wir gleich aufbrechen, können wir noch etwas Tageslicht nutzen. Der Fußmarsch zu den Tempeln von Harit ist weit.«

Elyami seufzte. Krura hatte recht. Vor ihnen lagen drei oder vier Reisetage durch den allzu lebendigen Dschungel, ehe sie auch nur den Ort erreicht hatten, wo Hlu ihre Fledernatter hütete. Dann ein Flugtag bis Ravinagari, um Krura am Hofe des Maharajas abzusetzen, ein weiterer bis an die Nordgrenze von Makhura und dann einmal quer über die Länder und Reiche, bis zu den Gletscherbergen im nördlichen Skovrik.

»Wir kommen zu spät«, sagte Elyami. »Dort am Silberkloster war etwas nicht in Ordnung. Pfeile umschwirrten den Drachen in der Luft. Orkpfeile. Feinde erwarten Gorin und Elyamur in Malyún. Und wir werden Wochen brauchen, bis wir ihnen endlich zu Hilfe kommen können.«

Galdra zupfte sich an den Bartzöpfchen. Eine Geste, die Elyami an Gorin erinnerte.

»Vielleicht nicht«, sagte die Zwergin. »Vielleicht kommen wir so pünktlich, dass Elyamur die höhnischen Bemerkungen im Hals stecken bleiben. Krura, macht es dir etwas aus, allein nach Ravinagari zurückzureisen?« Der Rakshasa knurrte nur gleichgültig. Geschäftig drehte Galdra sich wieder zu Elyami um.

»Hlu und die Schlange werden doch für eine Weile ohne uns auskommen, oder?«

»Ich denke schon«, erwiderte Elyami überrumpelt. »Sie sind freie Windgeschöpfe und folgen meinem Ruf aus eigenem Willen.«

»Gut«, erwiderte Galdra. »Dann werden wir bald in Malyún ankommen – wenn wir es überstehen.«

»Wenn wir was überstehen?«

Galdra antwortete nicht. Sie drehte sich um und eilte zielstrebig die Wurzelstraße entlang, wieder zurück zur Plattform. Elyami folgte ihr halb neugierig und halb besorgt. Was auch immer Galdra bei der elementaren Quelle der Erde wiederfahren war – an ihrer Entschlossenheit hatte es nichts geändert.

DREISSIGSTES KAPITEL

DAS SILBERKLOSTER MALYÚN IM INNEREN RING

DAS SILBERKLOSTER MALYÚN verfügte über einige gut ausgestattete Werkstätten für Arbeiten mit Holz, Leder und anderen Materialien. Glücklicherweise gehörte auch eine Schmiede dazu. Sie lag auf den tieferen Ebenen des inneren Rings, direkt bei den großen Lagerräumen, in denen Vorräte für den Fall einer Belagerung verwahrt werden konnten.

Gorin hatte die Schmiede gleich nach seiner Ankunft auf Malyún in Besitz genommen und seither kaum verlassen.

Der Himmelsdrache Vayuraksha hatte Elyamur und ihn vor zwei Tagen auf der Plattform eines Turmes abgesetzt, der zum inneren Ring gehörte. Sie waren vor den umherschwirrenden Ork-Pfeilen ins Gebäudeinnere geflohen, wo Jha Rudra und die Winterseherin sie in Empfang genommen hatten.

Ein Silber-Elb namens Thuramur, der prachtvolle Waffen aus alter Zeit trug und sich offenbar auch ein wenig auf die Schmiedekunst verstand, hatte Gorin sofort hinunter in die Schmiede geführt. Sie wurden von beiden Seiten belagert und es galt keine Zeit zu verlieren. Dies war der Ort, an dem der Vierzack aus der reinen Essenz der vier Elemente geschmiedet werden würde.

»Früher haben hier drei Schmiede für das Silberkloster gearbeitet«, hatte Thuramur erklärt. »Doch Malyún hat seine silbernen Tage längst hinter sich und die letzten Jahrhunderte im Dämmerschlaf verbracht. Heute wenden sich die Priester an die Grobschmiede der umliegenden Berghöfe, wenn etwas repariert werden muss. Die Schmiede ist in einem bedauerlichen Zustand, fürchte ich.«

Gorin hatte rasch festgestellt, dass sich dieser bedauerliche Zustand auf eine dicke Staubschicht und eine gewisse Unordnung beschränkte. Die Werkzeuge selbst waren noch immer hervorragend – für Zwergenstandards höchstens etwas zu leicht, und ein Zwerg wäre wohl auch nicht auf die Idee gekommen, Gravierstichel aus Adamantglas herzustellen. Doch Gorin musste anerkennen, dass sie ihm gute Dienste leisten würden.

Er hatte die Schmiede ausgefegt und die Werkzeuge so angeordnet, dass es ihn an Duroschas Werkstatt in den Hallen der Runenschmiede von Tokrond erinnerte. Mit dieser Ordnung fühlte er sich stets am wohlsten und die Arbeit ging ihm damit leichter von der Hand. Zusammen mit Gunbrecht, der ebenfalls zur Schar der Belagerten gehörte, hatte er Kohlensäcke aus den Lagerräumen herbeigeschafft und alles so hergerichtet, dass nur noch das Fauchen der Esse und der Klang der Hammerschläge fehlten, um die Schmiede endlich wieder zum Leben zu erwecken.

Es hatte Gorin mehr als erstaunt, den jungen Rotschopf aus Swertenburg auf Malyún anzutreffen. Seine Freude darüber war groß. Fast noch mehr hatte es ihn gefreut, dass auch die Schwertpriesterin Hilgrif Jha Rudra hierher begleitet hatte. Die beiden Priesterinnen waren dabei gewesen, als die Winterseherin Gorin und Elyamur mit knappen Worten ihre prekäre Lage geschildert hatte: Sie waren mit weniger als zweihundert Kriegern eingeschlossen im inneren Ring von Malyún, wobei nur zwei mächtige Portale sie vor Horden von Untoten im Westteil des Klosters und den Wolfsschädel-Orks im Osten schützten. Es war nur eine Frage der Zeit, bis Vylamis Streitkräfte sie überrannten.

Gorin und Elyamur hatten der Winterseherin ihrerseits berichtet, wie es ihnen auf dem Himmelskaiser ergangen war. Die Alte hatte Gorin mit einem Blick angesehen, in dem er eindeutig Stolz zu erkennen glaubte – aber auch noch mehr Sorge als gewöhnlich.

»Schau dir das hier genau an, Gorin«, hatte sie schließlich

unumwunden wie immer gesagt und ihm eine mit Runen und Zauberdiagrammen bedeckte Schriftrolle gereicht. »Das sind die Runenmuster, die ich für den Vierzack der Elemente entworfen habe. Ich möchte, dass du einen strengen Blick als Runenschmied darauf wirfst. Sobald eure Schwestern eingetroffen sind, musst du mit dem Schmieden beginnen.«

Gorin hatte sich sogleich voller Eifer in seine Aufgabe gestürzt.

Er saß also in seiner frisch hergerichteten Schmiede und hatte die Schriftrolle vor sich ausgebreitet. Auf dem Arbeitstisch daneben lagen einige Dinge, die er aus der Hohen Stadt der Tengu mitgebracht hatte: eine lange Stange aus poliertem Kta-Lun-Hartholz, der künftige Schaft des Vierzacks. Und einige kleine Barren Wolkenstahl, die der elementaren Legierung eine materielle Grundlage geben würden. Alles war bereit. Nur die Runen noch nicht.

Bis vor Kurzem hätte Gorin zu dem aufwendigen Runenmuster, das die Winterseherin entworfen hatte, nur zustimmend und leicht verschämt nicken können. Doch die Arbeit in der Wolkenschmiede hatte ihn verändert. Nun entdeckte er lose Enden, an denen die Macht der Runen noch enger verknüpft werden konnte, und er fand Tengu-Zauberzeichen, die ihre Aufgabe besser erfüllen würden als manche Glyphen der Seherin. Es war ihm sogar gelungen, zusätzliche Runen für Leichtigkeit und Geschwindigkeit in das Gewebe einzufügen, ohne seine Struktur zu stören. Doch er war noch nicht ganz zufrieden. Dieses Werk musste perfekt sein.

Gelegentlich hörte er beim Runenlesen das Rasseln von Waffen und Rüstungen auf den Gängen, wenn die Krieger von Jarl Skjöldir Patrouille durch den inneren Ring liefen. Einmal bemerkte er auch ein beunruhigendes Scharren und Schnaufen unter seinen Füßen. Jha Rudra hatte ihm erzählt, dass dort die untersten Tunnel von Malyún lagen, die den Ostteil und den Westteil des Klosters miteinander verbanden. Da unten mussten jetzt die Orks und die Untoten der Statthalterin herumkriechen, die den inneren Ring umlagerten. Es war ein merkwürdiges Gefühl, sich umgeben von Feinden in die Arbeit zu vertiefen. Bislang hatte es noch keine Angriffe auf die Tore gegeben, die Skjöldirs Leute schwer verbarrikadiert hatten. Doch es war nur eine Frage der Zeit, bis Vylami zu irgendeinem Schlag ausholte. Dass dieser auf sich warten ließ, war ein schlechtes Zeichen.

Seufzend rollte Gorin die Schriftrolle zusammen. Vielleicht lag es an seinen angespannten Nerven – er fand einfach keine weitere Möglichkeit, das Runenmuster zu verbessern. Es war Zeit, alles Nötige mit der Winterseherin durchzusprechen.

Gorin verließ die Schmiede und ging hinauf in die oberen Räume. Er kam in die große Meditationshalle, wo hohe Bogenfenster auf die Gipfel der Gletscherberge schauten. Hier hatte man ein provisorisches Lager eingerichtet. Menschen, Zwerge und auch eine Handvoll Trolle und Minotauren saßen in Grüppchen beieinander. In einer Ecke wurde zu laut gelacht. Das konnte nicht darüber hinwegtäuschen, dass die Stimmung beklommen war. Verstohlene Blicke folgten Gorin, als er den Raum durchquerte. Es hatte sich herumgesprochen, dass er mit einem Drachen gekommen und irgendwie besonders war.

»He, Eisenvetter!«, rief ihm eine junge Kristallzwergin mit schneeweißen Zöpfen zu. »Magst du mit uns essen und von Tokrond erzählen?«

Es war offensichtlich, dass sie an ganz anderen Erzählungen interessiert war.

»Nachher vielleicht«, erwiderte Gorin. »Ich habe vorher noch etwas zu erledigen.«

»Du verpasst auch nichts«, brummte die Zwergin. »Mit dem Zeug, das die Orks so Fleisch nennen, besohlen wir in Kurrond höchstens unsere Stiefel!«

Gorin ertappte sich bei einem Schmunzeln, als er die Halle verließ. Die Kriegerin hatte natürlich recht. Orkisches Dörrfleisch war furchtbar trocken und zudem mit Kräutern und Gewürzen haltbar gemacht, die tückisch in der Kehle brannten. Dennoch war es alles, was sie hatten. Die Orkkrieger der Statthalterin hatten die Lagerräume großzügig mit Vorräten aufgefüllt, und die Zisternen waren voll Schmelzwasser. Vylami hatte sich gut darauf vorbereitet, das Silberkloster so lange wie nötig für ihren Meister zu halten – und ihnen damit wunderbar geholfen. Verhungern würden die Belagerten so bald nicht, mochte das Ork-Essen sie auch den Geschmackssinn kosten.

Gorin passierte das Sanktuarium des Silberwebstuhls, das Herz des inneren Ringes, vor dem eine elbische Grünhüterin mit ernstem Gesicht Wache hielt, und folgte der Treppe zu dem Turmgemach, das die Winterseherin bezogen hatte.

Während er die Stufen hinaufstieg, konnte er von oben erregte Stimmen hören.

»Du hast diesen Orakelspruch mit den dunklen Künsten des Nephilim-Zauberers Zûn selbst gewebt!«, sagte eine Frau streng. Das war die Hierophantin der Silber-Elben. »Allein für diesen Frevel müsste dir eigentlich der Aufenthalt auf Malyún verboten werden, Odrana.«

»Ich hatte keine andere Wahl«, erwiderte die Winterseherin unwirsch. »Und es ist ein wirksamer Orakelspruch! Der Vierzack kann den Kettenfürsten vom Thron stürzen, – wenn er am Silberwebstuhl der kosmischen Ordnung geweiht wird.«

»Wie willst du einen Ordnungsbruch der Ordnung weihen?«, empörte sich die Hierophantin. »Die Priester von Malyún werden dich dabei nicht unterstützen!«

»Ihr verweigert also denen die Hilfe, die Euer Heiligtum mit hohem Blutzoll dem Kettenfürsten entrissen haben, Hierophantin?«

»Bislang haben sie sich lediglich einsperren lassen«, sprach die Silber-Elbin kühl. »Und ich glaube nicht, dass aus deinem frevlerischen Versuch …«

Sie verstummte. Gorin hatte auf den Stufen vor der Kammer besonders kräftig aufgetreten, um sein Kommen anzukündigen. Einige Herzschläge später rauschte die Hierophantin aus der Tür und die Treppe hinunter, ohne ihn eines Blickes zu würdigen.

»Komme ich ungelegen?«, fragte Gorin vorsichtig, als er in die Kammer spähte. Es war ein halbrundes Zimmer an der Außenwand des Turmes, dessen schmales Fenster die Schlucht entlang schaute. In der Ferne, jenseits der Berge, konnte man die bräunlichen Wälder von Skovrik erahnen. Ein niedriges Bett, ein Stehpult und eine Kleidertruhe waren die einzige Einrichtung.

»Nein, komm nur herein, Gorin«, knurrte die Winterseherin, die am Fenster stand. »Ich führe dieses Gespräch mit Cylandri leider nicht zum ersten Mal.«

»Gibt es Probleme?«

»Die Hierophantin vermag nicht einzusehen, dass manchmal neue, unerforschte Wege beschritten werden müssen!«, schimpfte die Alte. »Der Staub von Jahrtausenden trübt ihr Urteilsvermögen. Was nicht so läuft, wie es schon immer lief, ist für sie Frevel.«

»Das klingt anstrengend«, erwiderte Gorin diplomatisch, der den Disput nicht wirklich verstanden hatte. »Werden wir den Vierzack nicht am Silberwebstuhl weihen können?«

»Doch, das werden wir!«, sagte die Winterseherin fest. »Hast du dir die Runenmuster angeschaut?«

»Ja … Und einige Möglichkeiten gefunden, wie sich die Muster vielleicht optimieren ließen«, sagte Gorin und reichte ihr die Schriftrolle. Die Winterseherin musterte ihn mit unbestimmbarem Gesichtsausdruck. Gorin wurde klar, dass sie vermutlich nicht oft Verbesserungsvorschläge in Zauberdingen bekam. Dann entfaltete sie die Schriftrolle auf dem Stehpult und begann zu lesen. Gorin stand daneben und wartete, die Arme hinter dem Rücken verschränkt. Schließlich schaute die Seherin von der Schriftrolle auf.

»Gut«, sagte sie. »So machen wir es.«

Irgendwie hatte Gorin das Gefühl, gerade das größte Lob seines bisherigen Lebens erhalten zu haben.

»Beizeiten musst du mir mehr über diese Zauberzeichen aus Kta Lun erzählen«, fuhr die Winterseherin fort, und ihre Augen blitzten neugierig. »Vielleicht werden wir schon bald wieder Zeit für solche …«

Sie hielt mitten im Satz inne und stützte sich auf dem Schreibpult ab. Ihre Augen waren zusammengekniffen, ihre Arme zitterten.

»Was ist los? Seht Ihr etwas?«, fragte Gorin alarmiert.

»Jemand nähert sich Malyún«, flüsterte die Winterseherin. »Sie sind fast hier. Nicht durch die Luft und nicht über den Alten Elbenpass. Aus der Tiefe. Nun sind sie in den Tunneln. Die ruhelosen Toten haben sie gewittert. Sie kommen in Scharen heran.« Die Alte schlug die Augen wieder auf. »*Sie* sind es, Gorin!«, rief sie. »Sie sind unten in den alten Dienertunneln und brauchen unsere Hilfe!«

Gorin lief sofort los. Dicht gefolgt von der Winterseherin hetzte er die Treppenstufen hinab. Im Heiligtum des Webstuhls trafen sie auf Elyamur und Jha Rudra, die sich gerade mit Skjöldir Reifbart und dem Iyanuri-Priester Thuramur berieten.

»Galdra und Elyami!«, rief Gorin atemlos. »Sie sind hier!«

Sofort schlossen sich die vier ihnen an, der Jarl rief zudem einige seiner Leute herbei. Eilig folgten sie Thuramur zu jenem unscheinbaren Nebenraum, unter dessen Bodenfliesen sich der Einstieg zum Fluchttunnel verbarg. Nachdem er gewisse Kacheln beiseite gehebelt hatte, stiegen sie nacheinander in den Schacht hinab.

Thuramur sprach einige elbische Worte, woraufhin eine Zwischenmauer unter ihnen verschwand und den Blick auf den Boden des Schachtes freigab. Sie betraten das Netzwerk der Tunnel, ausgerüstet mit Blendlaternen für die schwachen Augen der Menschen.

»Sie sind in den östlichen Gängen«, erklärte die Winterseherin. »Geleitet sie so schnell wie möglich hierher! Ich sorge dafür, dass uns die Wiedergänger nicht den Fluchtweg abschneiden.« Thuramur und Jha Rudra liefen voran, dicht gefolgt von Skjöldir, Elyamur und Gorin. Die Winterseherin blieb mit einigen Kriegern an der Mündung des Fluchttunnels zurück.

Sie hatten erst zwei Gangbiegungen hinter sich gebracht, als Lärm durch die Tunnel hallte. Hier wurde irgendwo gekämpft!

»Beeilung!«, rief Elyamur. Sie bogen um eine weitere Ecke.

Schwankende Umrisse drängelten sich vor ihnen rund um den Eingang zu einem Lagerraum. Es waren die untoten Körper von Orks, Menschen und Zwergen, die Waffen in den grauen Fäusten erhoben. Sie schoben sich alle zugleich vorwärts und kamen doch nicht voran, denn der Lagerraum wurde von einer einzelnen Person gehalten, die sie immer wieder zurückschlug. Das war Galdra!

Gerade stürmte die Leiche eines hünenhaften Orkkriegers mit einem dicken Streitkolben direkt auf sie zu. Galdra erwischte seinen Brustkorb mit ihrer Kristallaxt und schleuderte den riesigen Ork mit unglaublicher Kraft zurück! Er landete mitten zwischen den anderen Wiedergängern, die er mit seinem Gewicht zu Boden riss. Galdra sprang vor und ließ ihre Axt immer wieder auf sie niedersausen, ehe sie sich aufrappeln konnten.

Gorin sah, wie sich ein Zwerg mit gebrochenem Blick Galdra aus der Flanke näherte, und hob seine Armbrust, aber er war zu langsam. Die Streitaxt des Zwergs traf Galdra mit voller Wucht am Oberkörper und zerfetzte ihre Lederkluft. Doch die Waffe prallte von Galdra ab, scheinbar ohne sie ernsthaft zu verletzen, wobei ihr hölzerner Schaft krachend zersplitterte. Gorin feuerte schnell seine Armbrust ab und streckte den Untoten mit seinen Flammenbolzen nieder.

Thuramur, Skjöldir und Elyamur stürmten an der Spitze der Nordleute vor. Sie hatten die Wiedergänger eingekesselt – die Klingen der neuen Angreifer auf der einen Seite und Galdras wütende Axt auf der anderen. Der Kampf war kurz, aber heftig.

»Das wurde auch Zeit!«, rief Galdra, die schnaufend hinter einem Haufen dahingestreckter Wiedergänger hervorkam. Erst jetzt realisierte Gorin, was ihn schon die ganze Zeit verwirrt hatte: Die Haut seiner Schwester glänzte seltsam metallisch, als wäre sie mit Bronze überzogen. Hinter Galdra kam Elyami aus dem Lagerraum gestolpert. Elyamur stürmte sofort auf sie zu und schloss sie in die Arme. Gorin rannte zu Galdra.

»Erfolgreich?«, fragte er.

»Erfolgreich«, grinste Galdra mit bronzeglänzenden Wangen. Gorin hob die Hände und präsentierte ihr die silbernen Handflächen.

»Sehr gut«, schnaubte Galdra. »Auch wenn ich mich noch daran gewöhnen muss, dass du neuerdings glitzerst, kleiner Bruder.«

»Und du glänzt«, brummte Gorin. »Und bist stärker geworden! Du hättest unsere Hilfe ja fast nicht gebraucht, gegen eine ganze Horde Untoter.«

»Doch. Es kostet viel Kraft, die Macht der Erde wachzurufen. Die Streitaxt dieses unglücklichen Kristallzwergs hätte meine Bronzehaut fast durchdrungen. War ja auch aus Zwergenstahl. Ich muss noch verdammt viel üben …«

»Da kommen noch mehr Wiedergänger!«, rief Jha Rudra, die an der Gangbiegung Wache hielt. »Lasst uns die Willkommensfeier nach oben verlegen und von hier verschwinden.«

Sie eilten zum Schacht zurück. Gorin lief an Galdras Seite. Es tat gut, seine Schwester wieder neben sich zu wissen!

»Wo kommt ihr eigentlich gerade her?«, fragte Gorin beim Laufen.

»Makhura«, erwiderte Galdra stolz.

»Nein, ich meine, wie ihr ins Gangsystem gelangt seid. Habt ihr einen geheimen Ausgang außerhalb des Klosters gefunden?«

»Wir sind einer Linie der Erdenkraft gefolgt«, erklärte Galdra. »Das ganze Land ist durchzogen davon. Man kann auf ihnen blitzgeschwind reisen, wenn man weiß, wie es geht. Der Hüter der Erdenquelle weiß es zum Glück. Sonst wären wir erst nach einer Ewigkeit hier aufgetaucht.«

»Darum kommt ihr also von unten.«

»Ja. Wir sind direkt von der Kraftlinie in die Tunnel gewechselt. Dort, wo die Klosterbrücke an den Fels der Berge stößt. Elyami hat mir geholfen, den richtigen Weg zu finden. Sie kannte diese Art zu reisen schon, angeblich von einem Holunderbusch … Elben! Aber manchmal sind sie doch ganz nützlich.«

Vor ihnen tauchte der Einstieg zum Fluchttunnel auf. Sie zogen sich nacheinander die Trittstufen hinauf, während Skjöldirs Krieger unten ihren Rückzug deckten. Als Letzter kam Thuramur, der den Schacht wieder magisch mit der glyphenbedeckten Zwischendecke versiegelte.

An der oberen Mündung des Fluchttunnels erwartete sie bereits die Hierophantin Cylandri.

»Ich freue mich, dass Eure Schützlinge sicher in unserem belagerten Heiligtum angekommen sind«, sprach die Silber-Elbin mit hochgezogenen Augenbrauen zu der Winterseherin, nachdem sie Elyami und Galdra kurz gemustert hatte. »Auch wenn ich mir gewünscht hätte, rechtzeitig in Eure kleine Rettungsaktion eingeweiht zu werden. Es war riskant, den Fluchttunnel zu öffnen. Wenn die Wiedergänger ihn eingenommen hätten, würden jetzt wieder Untote durch das Sanktuarium streifen.«

»Das tun sie aber nicht«, erwiderte die Winterseherin barsch. »Dafür habe ich Sorge getragen. Das letzte Mal, als Untote im Heiligtum waren, stand es unter *Eurer* Obhut.«

Die Hierophantin schüttelte indigniert den Kopf. »Wie auch immer. Wir können vier weitere Hände für die Verteidigung Malyúns gut gebrauchen.«

»Ihr wisst, dass Elyami und Galdra nicht nur als Verstärkung hier sind«, erwiderte die Winterseherin. »Sie sind die beiden fehlenden Zwillingsseelen. Und sie bringen die elementare Essenz des Wassers und der Erde mit sich. Der Vierzack, der die Herrschaft des Kettenfürsten beenden wird, kann nun geschmiedet werden.«

»Und du weißt, wie ich dazu denke«, sprach Cylandri kühl. »Wie sollte etwas Gutes aus deinem hochmütigen Unterfangen erwachsen? Der Segen der Göttinnen und Götter liegt nicht darauf, und so wird eurem Vorhaben auch der Segen des Silberwebstuhls verwehrt bleiben.«

Gorin schnaubte ärgerlich.

»Glaubt Ihr, dass die Hüter der elementaren Quellen uns ihren Segen gegeben hätten, wenn unsere Aufgabe sinnlos oder gar schändlich wäre, Hierophantin?«, fragte er. Cylandri wandte sich ihm missbilligend zu.

»Schaut uns doch an!«, fuhr Gorin fort. »Elyamis Augen sind vom Blau der Meerestiefe erfüllt. Elyamur trägt das rote Mal des Feuers im Gesicht. Galdras Haut leuchtet im Bronzeglanz der Erde, und meine Silberhände wurden vom Atem der Luft berührt. Wir alle wurden verändert, als wir die reine Essenz eines Elements in uns aufgenommen haben. Wir haben das, was wir vorher waren, aufgegeben, um unsere Mission zu erfüllen. Nun bringen wir die elementare Essenz von den weit entfernten Enden der Welt nach Malyún, um die Aufgabe abschließen zu können. Und Ihr wollt uns sagen, dass kein Segen auf diesem Unterfangen liegt?«

»Ich sage, dass die Frau, die ihr die Winterseherin nennt, mit ihrem Frevel etwas losgestoßen hat, das niemand überblicken oder gar kontrollieren kann!«, sprach die Hierophantin. »Malyún wird zu diesem Wahn gewiss nichts beitragen.«

Sie wandte sich ab und rauschte aus dem Raum.

»Hör nicht auf sie, Gorin«, sagte die Winterseherin müde. »Der Vierzack wird geschmiedet und geweiht werden. Er ist die einzige Chance, die wir haben.«

»Natürlich wird er das«, brummte Galdra.

»Von was für einem Frevel sprach die Hierophantin?«, fragte Elyamur.

»Ich denke, ich weiß, was sie meint«, erwiderte Elyami und schaute die Winterseherin an.

Diese runzelte unwillig die Stirn. »Der Hierophantin gefällt die Art und Weise nicht, wie ich den Orakelspruch empfangen habe«, sagte sie knapp. »Es entsprach nicht den Gepflogenheiten ihres Ordens. Doch genug davon. Lasst uns nun in die Schmiede gehen und anfangen. Gorin hat alles vorbereitet. Es gilt keine Zeit zu verlieren.« Sie eilte ihnen entschlossen voran.

»Es ist gut, dass wir endlich wieder alle zusammen sind«, murmelte Gorin, als die vier Zwillingsseelen der Winterseherin hinterher trotteten. Elyami sagte nichts und schaute beim Gehen nachdenklich vor sich hin.

EINUNDDREISSIGSTES KAPITEL

DAS SILBERKLOSTER MALYÚN
DIE ÖSTLICHEN AUSSENBEREICHE

Der donnerwagen des Kettenfürsten landete auf dem östlichen Innenhof von Malyún. Als die schweren, stahlbeschlagenen Räder das Pflaster berührten, knurrte der Pazuzu-Dämon unbehaglich. Dieser heilige Ort einer elbischen Göttin schien ihm nicht zu schmecken.

Kaltos stieg umständlich von der Wagenfläche. Der alte Zentaur war erschöpft vom Kampf gegen die Windgeister, die sich auf den Streitwagen gestürzt hatten, sobald sie sich Malyún genähert hatten. Rezkai sprang neben ihm auf den Hof und schaute sich um. Nichts regte sich hier. Das Kloster wirkte verlassen.

»Haben sie nicht bemerkt, dass wir kommen?«, rief Rezkai unwirsch, während er über den Hof schritt. »Wo sind die Wolfsschädel? Warum zeigt sich niemand?«

Die Niederlage in der Stadt der Flügelzwerge nagte noch immer an seiner Seele. Nicht zu reden von den Stahlsplittern, die er über viele quälende Stunden aus seinem Bein gezogen hatte. Er brannte darauf, den Ehrenmakel endlich im Kampf auszugleichen und Rache zu nehmen!

»Jemand nähert sich, Bruder«, erwiderte Rekut, die ebenfalls abgestiegen war. »Ich spüre, dass Unterweltliche zu uns kommen.«

Für gewöhnlich erweckte die Gegenwart seiner Schwester Zuversicht in Rezkai. Rekut war eine starke Kampfgefährtin, tödlich für ihre Feinde. Doch seit dem Kampf am Himmelskaiser hingen nur noch fünf Schrumpfköpfe mit gebundenen

Geistern an ihrer Brustkordel. Der Anblick erinnerte Rezkai an die Niederlage, wann immer sein Blick auf Rekut fiel, die sich nicht so aufrecht hielt wie sonst.

Etwas regte sich an dem Torbogen, der ins Innere des Klosters führte. Sechs Gestalten in schwarzen Plattenrüstungen marschierten im Gleichschritt auf den Innenhof hinaus. Die Visiere ihrer geschlossenen Helme waren wie grinsende Dämonenfratzen geformt. In den gepanzerten Fäusten trugen sie zweihändige Schwerter mit flammenartig gewellter Klinge. Stumme Ritter. Kampfstarke Untote aus den Arsenalen des Kettenfürsten. Rezkai knurrte abfällig. Er mochte es nicht, wenn der Meister sich mehr auf schmutzige Magie als auf die starken Arme seiner Orkkrieger verließ.

Die sechs Stummen Ritter bildeten ein Spalier. Zwischen ihnen erschien nun eine Purpur-Elbin in einer benieteten Lederrüstung. Zauberzeichen bedeckten ihren Purpurmantel, ihre Amethystaugen funkelten. Um den Hals trug sie das Kettenamulett einer Statthalterin.

»Magister Kaltos von den Donnerhufen!«, rief Vylami vom Dämmerturm mit triefender Freundlichkeit, in der Rezkai die Falschheit riechen konnte. »Und unsere beiden Auserwählten. Willkommen auf Malyún, der bislang nördlichsten Festung der Kettenlande.«

»Statthalterin Vylami«, erwiderte Kaltos mit einer steifen Verbeugung. Rezkai verschränkte die Arme vor der Brust. Er hatte die Purpur-Elbin schon nicht leiden können, als sie zusammen mit seinen Blutketten-Orks die Zwillingsseelen in der Phönixsteppe gejagt hatte.

»Ich nehme an, Ihr bringt jenes Material, mit dem wir den Plan des Meisters ausführen können?«, fragte Vylami mit einem schmalen Lächeln.

»Und ich nehme an, dass Ihr den Silberwebstuhl von Malyún dafür bereithaltet und wir jederzeit beginnen können?«, erwiderte Kaltos.

Rezkai grinste. Als sie sich dem Kloster genähert hatten, war ihre Ankunft von einer Elbenfrau auf einem der inneren Türme verfolgt worden. Sie hatte sogar vergeblich einen Pfeil nach ihnen geschossen. Die Lage im Kloster war alles andere als unter Kontrolle.

»Nein«, erwiderte Vylami noch immer lächelnd. »Einige verzweifelte Verteidiger haben sich im inneren Ring des Klosters verschanzt. Darunter auch unsere besonderen Freunde. Doch ich bereite einen Angriff vor, der ihren Widerstand rasch brechen wird.«

Kaltos nickte wissend. »Auch wir haben einen Misserfolg zu vermelden«, sagte er. »Das Gefäß, in dem wir die elementare Essenz gesammelt hatten, wurde vernichtet. Es wird keinen eigenen Vierzack für die Diener des Kettenfürsten geben. Aber Ihr wisst ja, dass uns noch andere Möglichkeiten bleiben.«

»Bedauerlich«, erwiderte Vylami mitleidlos. »Doch ihr kommt gerade recht, um meinen Sturm auf den inneren Ring zu unterstützen. Folgt mir. Ich werde euch die magischen Mittel zeigen, mit denen ich das Heiligtum von Malyún einzunehmen gedenke.«

Sie drehte sich um und schritt auf den Torbogen zu, flankiert von den sechs Stummen Rittern. Ihre schwarzen Rüstungen klapperten bei jedem Schritt. Kaltos schloss sich der Statthalterin an. Rezkai tauschte einen Blick mit Rekut, ehe die Orkzwillinge es ihm gleichtaten. Auch in den Augen seiner Schwester lag Missbilligung über den Hochmut der Purpur-Elbin.

»Was ist mit den Orks?«, fragte Rezkai, während sie einer Passage folgten, deren Fenster weit über die Berggipfel blickten. »Warum stützt Ihr Euren Sturm nicht auf die Stärke der Wolfsschädel?«

»Sie haben versagt«, gab die Statthalterin leichthin zurück. »Sie konnten die Angreifer nicht aufhalten, als diese das Kloster durch das Westtor gestürmt haben.«

»Dann führt mich zu Khurdran Serkai«, grollte Rezkai finster. »Ich werde dafür sorgen, dass seine Krieger künftig besser kämpfen!«

»Serkai ist tot«, erwiderte Vylami und schenkte ihm einen Blick über die Schulter. »Er hat auch versagt.« Es schien ihr Freude zu machen, die Ehre der Orks zu kränken.

»Ein Ork, der befleckt mit dem Blut seiner Feinde im Kampf gefallen ist, hat nicht versagt«, erwiderte Rezkai fest. »Unterstellt die übrigen Wolfsschädel-Orks meinem Befehl. Ich werde sie zum Sieg führen, auf dass sie die Ehre ihres Clans wiederherstellen.«

»Das wird leider nicht möglich sein«, sagte die Statthalterin. »Ich habe für die Wolfsschädel schon eine andere Verwendung.«

Sie betraten einen lang gestreckten Saal. Er hatte wohl einst als eine Art Speiseraum gedient, doch nun waren alle Tische und Bänke an eine Wand geschoben. Auf der freien Fläche in der Saalmitte hatten weitere Stumme Ritter Aufstellung genommen. Es waren Dutzende, lange Reihen von Gestalten in schwarzen Rüstungen mit Fratzenhelmen, von denen sich keine zwei glichen. Sie alle standen völlig regungslos da und präsentierten ihre gewellten Zweihandschwerter. Rezkai hatte noch nie so viele der untoten Krieger auf einem Haufen gesehen, selbst in den Hallen des Rostroten Palastes nicht.

»Dies wird die Spitze des Sturms sein«, erklärte Vylami, während sie die Reihen der Stummen Ritter abgingen. »Natürlich werden es noch mehr werden.«

Schreie hallten plötzlich durch den Saal. Die Stimme eines Orks brüllte wütend auf und erstarb in einem hilflosen Gurgeln. Vylami wies lächelnd auf einen Torbogen, der sich in einen Nebenraum öffnete.

Der Boden des Raumes war mit schwarzen Zauberzeichen bedeckt, die zu einem großen Kreis angeordnet waren. Mitten im Kreis hielten zwei Stumme Ritter einen Wolfsschädel-Krieger in rot-schwarzer Rüstung an den Schultern. Eine bleiche Gestalt stand über ihm. Es war eine Larva, ein unterweltliches Geisterwesen, wie Rezkai sie am Hofe des Kettenfürsten gesehen hatte. Die Larva hielt einen gekrümmten Dolch in den überlangen weißen Fingern. Dickes Blut tropfte von seiner gezackten Klinge. Es stammte von dem Ork, dessen Hals die Larva gerade durchgeschnitten hatte. Die klebrig-rote Pfütze rund um den Saum ihres weißen Gewandes wies überdeutlich darauf hin, dass dieser Ork nicht ihr erstes Opfer war.

Die Larva hob den Dolch und sang mit hohler Stimme eine Beschwörung, deren Klang Rezkai erschaudern ließ. Mit dem toten Körper des Orkkriegers ging eine schreckliche Veränderung vor. Sein Fleisch begann sich abzulösen und ging in schwarzen Nebel auf, der sich verflüchtigte. Zurück blieben nur bleiche Knochen. Doch die Beschwörung war noch nicht zu Ende. Die nächsten Worte der Larva ließen die schwarzen Schatten der Unterwelt rings um das Skelett des Orks aufsteigen. Die Finsternis verformte sich und legte sich um die Knochen, bis sie die Gebeine ganz umhüllte. Dann verfestigten sich die Schatten und wurden zu einer schwarzen stählernen Rüstung.

Steifbeinig erhob sich der neu erschaffene Stumme Ritter und streckte seine Arme aus. Die letzten Reste der Schatten zogen sich zu einer mächtigen Klinge in seinen Händen zusammen. Dann marschierte er durch den Torbogen, nahm bei den anderen Stummen Rittern Aufstellung und regte sich nicht mehr.

»Was soll das?«, fragte Rezkai angewidert.

»Ich werde den Angriff auf eine Hauptmacht aus schwer gepanzerten Untoten stützen«, erwiderte die Statthalterin. »Aber dafür brauche ich Material. Die Wolfsschädel-Orks können sich so noch einmal nützlich machen. Für alles andere haben sie sich als untauglich erwiesen.«

Wüste Flüche auf Orkashu hallten durch den Raum. Zwei Stumme Ritter führten einen weiteren Ork herein. Er stemmte sich gegen ihren Griff und versuchte sie umzureißen, doch sie schleppten ihn unbarmherzig vorwärts zum Beschwörungskreis. Als der Ork Vylami und ihre Begleiter entdeckte, funkelte er sie hasserfüllt an. Er spuckte auf den Boden und trat auf den Speichelfleck. Dann zogen die Stummen Ritter ihn in den Kreis, wo schon der Dolch der bleichen Larva auf ihn wartete.

»Dieser Krieger hat Euch eben herausgefordert«, fuhr Rezkai die Statthalterin an. »Ihr müsst ihm die Ehre eines letzten Kampfes gewähren!«

»Ich kann nicht jeden Ork persönlich töten«, sagte Vylami ungerührt. »Dafür habe ich die Larva.« Der gezackte Dolch fuhr wieder nieder und machte den Flüchen des Orks ein Ende.

»Die Wolfsschädel sind freie Krieger von Komashtu und treue Gefolgsleute des Kettenfürsten!«, rief Rezkai. »Führt sie zum Sieg, und sie vergießen lachend ihr Blut für Euch im Kampf. Aber opfert sie nicht wie Schlachtvieh für Eure verfluchte Magie!«

»Wo diese Orks ihr Blut vergießen, ist gleichgültig«, sprach die Purpur-Elbin ungerührt. »Und so sind sie deutlich nützlicher für mich.«

»Orks leben für den Kampf!«, brüllte Rezkai. »Unser Schicksal erfüllt sich darin, ob wir siegen oder getötet werden. Aber ein guter Tod auf dem Schlachtfeld zählt für die Ahnen so viel wie ein Sieg. Diese Orks hier sterben jedoch ehrlos, wenn Ihr sie in Eurem Ritual abschlachtet. Ihr werdet sofort damit aufhören und mir die Reste der Wolfsschädel unterstellen!«

Vylami musterte Rezkai mit einem spöttischen Gesichtsausdruck. »Versuchst du, einer Statthalterin der Kettenlande Befehle zu erteilen, Khurdran der Blutketten?«, fragte sie lauernd. Rezkais Hand verkrampfte sich um den Griff von *Zwillingsblut*. Er spürte die Berührung seiner Schwester am Oberarm.

»Lass die Elbin, Bruder«, sagte sie auf Orkashu. »Man kann dem Meister im Leben wie im Tod dienen. Die Wolfsschädel waren zu schwach. Der Tod wird sie stark machen.«

»Niemand geht so mit freien Kriegern von Komashtu um!«, erwiderte Rezkai und schüttelte Rekuts Hand ab. »Dieses Elbenwerk beleidigt die Ehre aller Orks! Was sagst du dazu, Kaltos?«

Der alte Zentaur strich sich über den Bart. »Ich denke, dass die Statthalterin eine effiziente Methode für den Angriff gefunden hat«, sagte er. »Der Dienst am Kettenfürsten erfordert auch Opfer. Manchmal mag das Opfer die Ehre sein.«

Rezkai stieß einen wütenden Schrei aus. »Niemals!« Er fuhr zu der Elbin herum, die ihn mit einem schmalen Lächeln musterte. Rezkai wusste, was er zu tun hatte. Er spuckte vor der Statthalterin auf den Boden und verschmierte den Fleck mit seinem Stiefel. Grimmig schaute er der Purpur-Elbin in die funkelnden Edelsteinaugen, als er die traditionellen Worte sprach: »Rezkai, Khurdran der Blutketten, fordert dich …«

Er verstummte. Ein Beben ging plötzlich durch Vylamis Körper. Dann richtete sie sich stolz auf und fixierte Rezkai mit einem Blick voll schneidender Klarheit.

»Zügele deinen orkischen Übermut, Khurdran der Blutketten!«, sprach sie mit stählerner Stimme. »Ich werde nicht dulden, dass meine Diener sich gegenseitig an die Gurgel gehen. Nicht kurz vor einem Kampf, der der wichtigste in diesem Krieg sein könnte. Ich erwarte, dass du der Statthalterin Vylami mit deiner Kriegskunst beistehst, Rezkai.«

»Meister«, murmelte Rekut und beugte ihr Knie. Rezkai starrte Vylami noch immer wütend an. Dann senkte er langsam sein Haupt.

»Ich werde in der Schlacht an der Seite dieser Elbin stehen«, knurrte er widerwillig. »Doch ein Khurdran kämpft an der Spitze freier Krieger! Die Statthalterin metzelt Orks ehrlos nieder, um verfluchte Untote aus ihnen zu machen. Haltet sie davon ab! Diese Orks haben Euch treu gedient.«

»Ich selbst habe der Statthalterin die Macht dazu gegeben, solch eine nie gesehene Zahl an Stummen Rittern zu erheben«, sprach der Kettenfürst. »Sie handelt im direkten Auftrag der Unterwelt. Du wirst sie unterstüzen, Rezkai.«

»Aber die Ehre der Wolfsschädel …«

»Genug davon!« Die gnadenlose Kälte der Unterwelt lag in Vylamis Stimme. »Bei deinen Blutketten magst du nach Art der Orks herrschen, Rezkai. Über die Kettenheere gebiete *ich*. Die Wolfsschädel werden mir als Stumme Ritter dienen, und du wirst an ihrer Seite kämpfen, wenn sie für mich das Sanktuarium von Malyún erobern. Habe ich mich klar ausgedrückt?«

Der Kettenfürst fixierte ihn durch Vylamis Augen und wartete auf eine Antwort. Rezkai starrte sie an und atmete schwer.

»Nun?«, fragte der Kettenfürst scharf.

»Ja«, erwiderte Rezkai und senkte das Haupt noch tiefer. Keine der schmerzvollen Prüfungen auf dem Weg eines Khugasha-Kriegers war ihm schwerergefallen, als dieses eine Wort herauszupressen.

»Gut«, sprach der Kettenfürst mit Vylamis Zunge. »Dein Widerspruchsgeist ist stark geworden, Rezkai. Gib auf dich acht.« Sie wandte sich abrupt an Kaltos. »Ich erwarte dich zu einer Unterredung, alter Freund. Sobald ihr Malyún eingenommen und euer Versagen bei den elementaren Quellen ausgeglichen habt, wirst du umgehend vor meinem Thron erscheinen.«

Der Zentaur verbeugte sich. »Ich höre und gehorche«, murmelte er.

»Ihr wisst, was auf dem Spiel steht«, wandte der Kettenfürst sich nun an alle. »Ich rate niemandem, mich zu enttäuschen!«

Wieder ging ein Beben durch Vylamis Körper. Der Meister war fort.

Rezkai wollte sich grollend abwenden. Doch die Purpur-Elbin trat ihm in den Weg.

»Zu schade«, flüsterte sie. »Ich hätte dich gerne im Duell vernichtet, Ork. Doch wir leben, um dem Willen des Meisters zu dienen, nicht wahr? Nun entschuldigt mich. Ich muss die Erhebung der neuen Stummen Ritter beaufsichtigen.«

Lächelnd rauschte sie zum Ritualkreis hinüber, wo bereits ein weiterer Ork von den gepanzerten Untoten zu Boden gedrückt wurde. Rezkai ballte die Fäuste so fest, dass die Krallen sich in seine Handflächen bohrten, bis Blut zwischen seinen Fingern klebte. Alles in ihm drängte danach, dieser Elbin den Kopf von den Schultern zu reißen!

Rekut trat an ihn heran. »Bruder …«, sprach sie.

»Lass mich!«, fauchte Rezkai und stieß sie zur Seite. Er stürmte aus dem Raum und hinaus in eine Passage, wo lange Reihen von Bogenfenstern über die Gletschergipfel schauten.

Rezkai schwang sich auf die Brüstung, sodass er mitten in einem der Bögen stand. Der Abgrund lag direkt vor seinen Füßen. Mit aller Kraft brüllte er seinen Zorn hinaus, dass es wie ein Sturmwind zwischen den Gipfeln widerhallte.

Er war Rezkai von den Blutketten, ein freier Ork von Komashtu, Khugasha-Meister und Khurdran seines Clans! Sein Erbe waren die weite Freiheit der Steppen und die starke Faust des Kriegers, die sich nahm, was sie begehrte. Er atmete tief durch. Und er war Rezkai, ein Sklave des Kettenfürsten.

Zweiunddreissigstes Kapitel

Das Silberkloster Malyún
im Inneren Ring

Gorin arbeitete. Wie von selbst taten seine Hände die richtigen Griffe, sie führten die Werkzeuge als Verlängerung seiner Arme und ließen seine Gedanken stählerne Formen annehmen. Der Hammer erklang im Rhythmus der alten Schmiedelieder, die Onkel Barudrin ihn einst in Tokrond gelehrt hatte. Die Esse fauchte knisternd und erfüllte die Werkstatt mit dem Geruch der geheimnisvollen Kräuter und Zutaten, die er aus der Hohen Stadt mitgebracht hatte.

Galdra bediente unermüdlich den Blasebalg, wie sie es schon daheim in den Hallen der Runenschmiede gerne getan hatte. Elyami und Elyamur hingegen standen etwas hilflos in der Schmiede herum und versuchten sich zuweilen an kleineren Handreichungen. Die Wege der Grün-Elben unterschieden sich sehr von denen der alten Silber-Elben, die diese Werkstatt einst eingerichtet hatten. Trotzdem war es wichtig, dass die Elbenzwillinge heute dabei waren. Sie hatten gemeinsam nach der Essenz der vier elementaren Quellen gesucht und würden heute auch diesen Schritt ihrer Mission gemeinsam gehen.

Unter Gorins Hammerschlägen nahm der glühende Wolkenstahl rasch Gestalt an – viel schneller, als ihm ein vergleichbares Werkstück damals in Tokrond gelungen wäre. Er hatte das Gefühl, dass die geheimen Künste der Tengu die Zeit ebenso wie den Stahl zu falten verstanden. Schon bald war die Form einer vierzackigen Speerspitze zu erkennen. Die Zacken waren zu einem Quadrat angeordnet. Je einer für jedes der vier Elemente, in Harmonie vereint.

»Es ist so weit!«, rief Gorin schließlich und hielt das Werkstück mit der Schmiedezange in die Höhe.

»Dann tretet jetzt dicht zusammen«, sagte die Winterseherin und erhob sich aus dem Lehnstuhl im hinteren Teil der Werkstatt, wo sie gewartet hatte. Auf ihren Stab gestützt, trat sie in den Flammenschein der Esse. Das Feuer malte tiefe Schatten auf ihre Züge und ließ sie noch zerfurchter aussehen als gewöhnlich. Mit fester Stimme sprach sie eine Beschwörungsformel, während die anderen sich bei Gorin rund um den Amboss versammelten.

Dann war die Schmiede plötzlich verschwunden und mit ihr die Winterseherin und alles andere. Gorin, Galdra, Elyamur und Elyami schwebten im Nirgendwo, umgeben von nichts. Zwischen ihnen schimmerte das Werkstück – vier Spitzen, zu einer Waffe vereint.

»Ist das der Ort?«, fragte Galdra unbehaglich.

»Ja«, flüsterte Elyami. »Der einzige Ort, an dem die vier Elemente in perfekter Harmonie zusammenkommen können: ein jungfräuliches Fragment der Welt, wo das Urchaos schon gewichen ist, aber noch nicht die ordnende Kraft der Schöpfung gewirkt hat. Nur hier ist es rein genug für die Verbindung.«

»Lasst uns beginnen«, sagte Gorin mit belegter Stimme. Es machte ihn nervös, keinen festen Boden unter den Füßen zu haben. »Elyami, Elyamur – ihr fangt an.«

Die beiden Elben streckten gleichzeitig ihre Hände nach dem vierzackigen Stück Stahl in ihrer Mitte aus, ohne es zu berühren.

»Möge die Kraft des Wassers fließen«, sprach Elyami.

»Möge die Kraft des Feuers lodern«, sagte Elyamur zugleich.

Ein Rauschen lag plötzlich in der Luft, als würde ein Sturmwind durch das Nichts fahren.

»Jalaraksha, der Hüter des Wassers, bürgt für diese Wogenträgerin«, brodelte eine Stimme aus der Tiefe.

»Agniraksha, der Hüter des Feuers, bürgt für diesen Flammenträger«, fauchte eine knisternde Stimme.

Gorins Nackenhaare sträubten sich. Er hatte das Gefühl, dass die gewaltigen Hohen Drachen plötzlich ganz nah bei ihnen waren. Das Werkstück aber glühte in einem sternengleichen Licht auf.

»Jetzt wir, Galdra!«, rief Gorin und streckte die Hand aus. Seine Schwester tat es ihm gleich.

»Möge die Kraft der Lüfte weithin schweifen.«

»Möge die Kraft der Erde bestehen.«

Das Rauschen wurde mächtiger und riss an ihren Haaren.

»Vayuraksha, der Hüter der Winde, bürgt für diesen Luftträger«, rief eine Stimme lachend in der Höhe.

Der Vierzack leuchtete so grell auf, dass sein Licht alles zu verschlingen schien. Gorin musste die Augen zusammenkneifen. Zugleich spürte er, dass sich etwas von ihm löste und einer der Speerspitzen entgegenfloss. Es fühlte sich befreiend und beängstigend zugleich an.

»Bhumiraksha, der Hüter der Erde, bürgt für diese Erzträgerin«, grollte es von unten.

Das Rauschen steigerte sich zu einem Brüllen.

Dann war es vorbei. Sie standen wieder in der Schmiede im inneren Ring von Malyún. Auf dem Amboss lag die Spitze des Vierzacks. Sie hatte sich verändert. Ihr Metall leuchtete nun in einem seltsamen Glanz, der zugleich ein leuchtendes Rot und ein warmes Grün war, ein tiefes Blau und ein klares Silber, dann wieder etwas völlig anderes.

»Mahacatur«, murmelte Gorin ehrfürchtig.

»Ist es vollbracht?«, fragte Elyamur.

»Noch nicht ganz«, erwiderte Gorin. »Wir haben Mahacatur erschaffen. Die perfekte Legierung der vier Elemente. Aber seine Kraft ist noch roh und ungezügelt. Ich werde nun die Runen ergänzen, die seine Macht lenken werden.«

»Tu das, Gorin«, sagte die Winterseherin. Dann wandte sie sich an die anderen: »Kommt jetzt. Lassen wir Gorin arbeiten. Ihr solltet euch darauf vorbereiten, mit dem Vierzack in das Heiligtum einzuziehen. Wir müssen … überzeugend sein.«

Und Gorin arbeitete. Jetzt trug er mit dem Stichel die Runen auf, die er nach den Skizzen der Winterseherin entworfen hatte. Es waren komplexere Zeichen, als er jemals zuvor geritzt hatte. Und Mahacatur war ein anspruchsvoller Werkstoff, ähnlich wie das einfache, alchemistisch erzeugte Catur, mit dem er einst in Swertenburg gearbeitet hatte: Mal war es weich und empfindlich, mal unnachgiebig hart und kaum zu formen. Eben noch bot es massiven Widerstand, dann schien es plötzlich regelrecht vor dem Stichel zurückzuweichen, als wäre es lebendig. Doch Gorin blieb geduldig. Auf merkwürdige Art war das hochmagische Metall trotz seiner Kapriolen gut zu bearbeiten: Es schien fast so, als strebte es von selbst nach einer umfassenden Harmonie, die alle Zauberzeichen auf seiner Oberfläche ausgewogen und kraftvoll geraten ließ.

Schon bald bemerkte Gorin, dass der vielfarbige Glanz des Werkstücks weniger unruhig flackerte. Das Mahacatur fügte sich in die Form. Schließlich setzte er den Stichel zufrieden ab. Auch dieser Arbeitsschritt war entschieden schneller gegangen, als er vermutet hatte.

Prüfend betrachtete er seine silbrigen Handflächen. Er hatte halb befürchtet, dass seine besondere Gabe verschwinden würde, sobald er die elementare Essenz dem Mahacatur hinzugefügt hatte. Doch das war nicht der Fall. Die Macht der klaren Lüfte hatte seine Aura berührt und für immer verändert.

Gorin setzte die Vierzackspitze vorsichtig auf den Schaft aus Kta-Lun-Hartholz auf und befestigte sie. Dann stellte er mit wenigen, aber entscheidenden Linien eine Verbindung zu jenen Runen her, die er zuvor schon in den Schaft geschnitzt hatte. Die Zauberzeichen auf Holz und Metall verbanden sich zu einem umfassenden Ganzen. Prüfend wiegte er die Waffe in der Hand.

Sie war erstaunlich leicht. Ihre vier Spitzen schimmerten mal sonnengelb und mal rauchig grau, um dann zu tiefem Rubinrot oder Moosgrün zu wechseln, ein stählernes Kaleidoskop aus Abertausenden von Farben. Der Vierzack der Elemente war vollendet. Die Waffe, die dazu bestimmt war, den Kettenfürsten vom Thron zu stoßen. Jetzt musste sie nur noch der kosmischen Ordnung geweiht werden …

Gorin verließ erschöpft die Schmiede. Auf dem Gang wurde er schon erwartet. Galdra, Elyamur und Elyami schauten ihm hoffnungsvoll entgegen, während die Winterseherin unruhig auf ihrem Knotenstab herumtrommelte. Etwas abseits standen auch Jha Rudra und Hilgrif. Alle Blicke lagen auf dem Vierzack in Gorins Händen.

»Eine Waffe, die eine eigene Legende wert ist«, murmelte Elyamur und fuhr mit der Hand ehrfürchtig über den runenbedeckten Schaft.

»Er sieht aus wie der Vierzack, den Dáman einst gegen Nidhanas geführt hat«, sagte Elyami und erschauderte.

»Ja«, erwiderte die Winterseherin leise. »Das tut er.«

»Ich würde mein Gold jetzt jedenfalls nicht mehr auf den Kettenfürsten setzen«, grinste Jha Rudra.

»Hat er einen Namen?«, fragte Galdra. Gorin hatte bei der Arbeit lange überlegt. Er hatte an irgendeinen klangvollen, alten Namen auf Eisentung gedacht, wie ihn die Streitäxte der Sagen trugen. Aber das wäre nicht passend gewesen. Dieser Vierzack existierte nicht nur für die Zwerge. Das Schicksal der gesamten Welt war mit ihm verbunden.

»*Bewahrer*«, sagte Gorin in der Hochsprache. »Denn er wird all das bewahren, was sonst der Machtgier des Kettenfürsten zum Opfer fallen würde.«

»Dann lasst uns *Bewahrer* nun in die Halle des Silberwebstuhls bringen«, sprach die Winterseherin entschlossen. »Sobald er Iyanuris Segen empfangen hat, kann er sein Schicksal erfüllen.«

Gorin bemerkte, dass sich seine Gefährten inzwischen den Schmutz der Reisen und Kämpfe heruntergewaschen und frische Kleidung angelegt hatten. Galdra trug den Kettenmantel aus Wolkenstahl, den Gorin für sie gewirkt hatte, Elyami das leichte, schillernde Kettenhemd aus dem gleichen Metall. Jha

Rudra hatte eine glänzende, von Blattgold-Federn umrahmte Holzmaske angelegt, die Gorin bei ihr noch nicht gesehen hatte. Er erwog kurz, ob er sich ebenfalls frisch machen sollte. Doch es erschien ihm angemessen, im Schweiß und Ruß seiner Arbeit zu erscheinen. Er schulterte seine Armbrust mit einem Tragriemen, und gemeinsam stiegen sie über die Gänge und Treppenfluchten zur zentralen Halle von Malyún hinauf. Einige Krieger aus Skjöldirs Schar, denen sie im Stiegenhaus begegneten, blieben stehen und starrten den Vierzack an, den Gorin mit Stolz vor sich hertrug. Vermutlich hatten Gerüchte über die Waffe schon die Runde gemacht.

Im Heiligtum wurden sie erwartet. Die Hierophantin Cylandri hatte sich mit ihren Priesterinnen und Priestern vor dem Silberwebstuhl versammelt und schaute ihnen missbilligend entgegen. Einige der Silber-Elben wirkten ähnlich abweisend wie die Hierophantin, andere schauten eher besorgt. Der Silberpriester Thuramur trug noch immer seine alt-elbischen Waffen. Sein Gesichtsausdruck war nicht zu deuten.

Mit der Winterseherin an der Spitze betraten Gorin und seine Gefährten die Halle und hielten erst inne, als sie Cylandri direkt gegenüberstanden. Das Schweigen lastete schwer in der Luft.

»Ich wusste, dass ihr es schaffen würdet!«, rief plötzlich Jarl Skjöldir, der gerade durch den östlichen Torbogen hereinkam. Seine Stimme durchbrach die merkwürdige Spannung.

»Ja«, sagte die Winterseherin schlicht. »Die Zwillingsseelen haben es geschafft. Dies ist der Vierzack *Bewahrer*, geschmiedet aus den vier Elementen in ihrer reinsten Form. Er wird die Ketten des Kettenfürsten sprengen – wenn er den Segen der kosmischen Ordnung empfangen hat.«

Cylandri betrachtete den Vierzack aufmerksam, den Gorin ihr präsentierte.

»Ich habe Achtung vor deiner Schmiedekunst, Eisenzwerg«, sagte sie. »Und du hast ein Material verarbeitet, wie es kein anderer Schmied seit Jahrhunderten erträumen durfte.«

»Außer dem Kettenfürsten«, hörte Gorin seine Schwester halblaut murmeln.

»Du hast aus der elementaren Essenz eine Waffe gemacht«, fuhr die Hierophantin fort. »Als gäbe es in diesen Tagen zu wenig davon auf der Welt … Ist dir bewusst, dass es auch ein Kelch der Heilung hätte werden können? Ein Spiegel der Wahrheit? Eine Sichel der gesegneten Ernte?«

Gorin schwieg für einen Moment. Er wusste, dass die Hierophantin recht hatte.

»Wenn *Bewahrer* die Macht des Kettenfürsten gebrochen hat, wird es hoffentlich wieder Raum für solche Dinge geben«, erwiderte Gorin ernst.

»Ich sehe, dass ihr wirklich an einen Erfolg glaubt«, sagte die Hierophantin kopfschüttelnd. »Zwei Elben und zwei Zwerge gegen den Kettenfürsten. Für diese Art von Zuversicht gibt es ein Wort. Es lautet Hochmut.«

»Wir erfüllen die Bedingungen des Orakelspruchs«, sprach nun Elyamur. »Meine Schwester und ich, wie auch Gorin und Galdra.«

»Die Bedingungen eines Orakelspruchs, den eine sterbliche Frevlerin auf Iyanuris Webstuhl gewebt hat!«, rief Cylandri verächtlich, sodass ihre Stimme durch das Heiligtum hallte. »Ihr verdankt diese Bestimmung nicht dem Willen der Götter! Der Eigensinn einer einzelnen Frau hat den Spruch in die Welt gesetzt. Es wird nichts Gutes daraus erwachsen.«

Ihr Blick fixierte die Winterseherin strafend.

»Was redet Ihr da eigentlich?«, fragte Galdra entnervt.

»Ich weiß, was die Hierophantin meint«, warf Elyami leise ein. Dann wandte sie sich an die Winterseherin. »Ihr solltet Ihnen sagen, wie genau Ihr an den Orakelspruch gekommen seid, Odrana.«

»Der Spruch stammt direkt vom göttlichen Webstuhl und ist gültig«, knurrte die Winterseherin ungeduldig. Elyami seufzte hörbar.

»Dann werde *ich* es sagen. Alle hier haben ein Recht darauf, es zu erfahren. Denn sie haben viel gegeben, um die Erfüllung des Orakelspruchs zu ermöglichen.«

Die Grünsängerin sprach entschlossen und hielt dem bohrenden Blick der Alten stand.

»Nachdem der Kettenfürst den Rostroten Thron erobert hatte, fühlte sich die Winterseherin dafür verantwortlich, das Geschehene wiedergutzumachen. Sie erbat einen Spruch der Götter, doch die Unsterblichen schwiegen. Sie suchte nach weltlicher Hilfe, doch man glaubte ihr nicht.« Elyami schaute die Hierophantin an, die streng eine Augenbraue hob.

»Also beschloss sie, sich selbst zu helfen. Odrana tat diesen Schritt nicht leichtfertig. Im Gegenteil, zunächst stand sie dem Kettenfürsten sogar noch zur Seite. Sie hegte die Hoffnung, dass er die Verantwortung als Herr der Unterwelt übernehmen würde, indem er die Seelen der Toten hütet und über die Dämonen der Tiefe wacht, statt nach Macht über die Welt der Sterblichen zu streben. Doch er ignorierte ihren Rat und hinterging sie schließlich, indem er versuchte, sie seinem Willen zu unterwerfen. Sie entschied sich dazu, alles Notwendige zu tun, um den Kettenfürsten zu stürzen. Dafür studierte sie uralte Schicksalsmagie aus den Tagen der Riesen, mit deren Hilfe sie schließlich über eine vergessene Himmelstreppe das Reich der Unsterblichen betrat. Dort webte sie heimlich an Iyanuris Webstuhl jenen Orakelspruch von den Zwillingsseelen, der uns allen wohlbekannt ist. Er stammt also in der Tat vom göttlichen Webstuhl – doch eine Sterbliche hat ihn erschaffen, nicht die Weberin Iyanuri.«

»Ihr habt den Orakelspruch *gestohlen!*«, rief Jha Rudra mit ungläubiger Anerkennung.

Die alte Seherin schloss kurz die Augen und atmete einmal tief durch.

»Ich streite nicht ab, was Elyami berichtet«, sagte sie dann. »Und ich habe damals das Richtige getan. Für den Kettenfürsten ist der Rostrote Thron nur ein Werkzeug zur Befriedigung einer Machtgier, die ihn immer mehr zerfrisst. Es ist meine Aufgabe, ihn aufzuhalten.« Plötzlich sah die Alte erschreckend schwach und müde aus. »Ich habe gelernt, mich auf niemanden zu verlassen und Schwierigkeiten allein zu meistern. So halte ich es bis heute, und so habe ich es auch mit jenem Orakelspruch getan, den ich selbst erschuf, als er mir nicht gewährt wurde.«

»Und genau darin besteht dein frevlerischer Hochmut!«, rief die Hierophantin.

»Ich habe ein anderes Wort dafür«, erwiderte Elyami leise. »Ich nenne es Hoffnung.«

Gorin wusste nicht, was er denken sollte. Hatte die Seherin sie belogen? Oder nur schon wieder etwas Wesentliches verschwiegen? Ratlos betrachtete er *Bewahrer*, dessen vier Spitzen in seinen Händen glänzten.

»Aber wenn er vom göttlichen Webstuhl stammt, ist der Orakelspruch doch echt?«, fragte Galdra misstrauisch.

»Gewiss ist der Orakelspruch wirksam«, sprach die Hierophantin Cylandri. »Doch wir alle wissen, dass jeder Spruch mehrdeutig ist. Und ich bezweifle, dass deine Deutung zutrifft, Odrana von Ilyún. Du hast nicht die Weitsicht der göttlichen Weberin, die nötig ist, um das Gewirr der Schicksalsfäden zu bändigen. Du kannst nicht einmal erahnen, in welche Richtung dieser Spruch wirklich führen mag. Darum wird Malyún eurem Vierzack nicht den Segen des Silberwebstuhls erteilen.«

»Ich kenne niemanden in den Sterblichen Landen, der mehr Weitsicht hätte als die Winterseherin«, sagte Jha Rudra fest. »Nie habe ich es bereut, ihrem Rat gefolgt zu sein. Ich vertraue ihr mehr als mir selbst.«

»Und doch hat sie Euch bereits verraten«, erwiderte die Hierophantin leise.

»Das habe ich *nicht!*«, sagte die Winterseherin mit zornig funkelnden Augen. »Wie könnt Ihr so etwas behaupten, Hierophantin?«

»Ich sehe großes Leid in der Zukunft dieser Zelja-Dienerin, das von dir zu verantworten ist, Odrana.«

»Ich vertraue ihr«, wiederholte Jha Rudra grimmig.

»Das zeugt von Eurer Loyalität, aber nicht von Eurer Weisheit. Meinen Entschluss ändert es nicht.« Die Hierophantin wandte sich ab.

»Ich werde den Segen des Silberwebstuhls für den Vierzack erbitten«, sprach Thuramur mit ruhiger Stimme.

Cylandri fuhr zu ihm herum. »Was sagst du da bitte?«

»Ich werde *Bewahrer* am Silberwebstuhl weihen«, wiederholte Thuramur. »Die letzten Tage haben mich gelehrt, dass wir nicht länger tatenlos bleiben dürfen. Malyún hat lange genug vor sich hin geträumt. Wenn wir diese Welt nicht dem Kettenfürsten überlassen wollen, müssen wir handeln. Der Vierzack mag unter zweifelhaften Umständen entstanden sein, doch er birgt Hoffnung in sich. Und die Zwillingsseelen haben bereits bewiesen, dass sie würdig sind, ganz gleich, wer sie nun auserwählt hat. Ich werde den Vierzack weihen, damit sie Erfolg haben können.«

»Als Diener der Weberin bist du mir Gehorsam schuldig, Thuramur«, sprach die Hierophantin scharf.

»Lassen wir doch die Göttin Iyanuri in ihrem Heiligtum selbst entscheiden«, erwiderte der Priester. »Wenn sie *Bewahrer* ihren Segen gibt, sollten wir das respektieren.« Gorin blickte zwischen Thuramur, der Hohepriesterin und der Winterseherin hin und her. Die alte Menschenzauberin lächelte in sich hinein.

»Wir Diener der Göttin sind ihre Hände in den Sterblichen Landen!«, rief Cylandri zunehmend erbost. »Sie wirkt durch unsere Taten, und ich verbiete dir, ihren Segen für diesen Frevel zu erbitten.«

»Reicht mir doch bitte den Vierzack, Gorin«, sprach Thuramur ruhig. Die anderen Priesterinnen und Priester wechselten unbehagliche Blicke.

»Wenn du das tust, verstoße ich dich aus Malyún und nehme dir den Regenbogenschleier«, fauchte Cylandri.

»Das wäre nicht recht«, wandte Hilgrif ein. »Das Heiligtum einer Gottheit steht allen offen, die ihr folgen.«

»Vielleicht ist es für mich ohnehin an der Zeit, weiterzuziehen«, sagte Thuramur nachdenklich. »Wisset jedoch, dass Ihr mir nicht verwehren könnt, Iyanuri weiterhin zu dienen, Hierophantin.«

Er nahm den Vierzack entgegen, den Gorin ihm ernst überreichte, und schritt auf den Silberwebstuhl zu, die Waffe auf seine erhobenen Hände gebettet.

Die Hierophantin Cylandri sog scharf die Luft ein. Dann stürmte sie ohne ein weiteres Wort aus dem Heiligtum. Die anderen Priesterinnen und Priester folgten ihr eilig. Nur eine Silber-Elbin zögerte.

»Es ist gut so«, sagte Thuramur zu ihr, ohne sich vom Webstuhl abzuwenden. Sie nickte beklommen und schloss sich den anderen an.

»Immerhin mal ein vernünftiger Elb«, murmelte Galdra. Elyamur räusperte sich tadelnd.

Thuramur war inzwischen an den Silberwebstuhl herangetreten, den Vierzack hoch erhoben. Mit warmer Stimme begann er einen feierlichen Gesang auf Elbisch. Gorin hätte die Worte gerne verstanden. Doch er hörte zumindest heraus, dass sie sehr alt waren und auf melancholische Art sehnsüchtig klangen.

Plötzlich wurde Thuramurs Lied von einem dissonanten Geräusch unterbrochen. Ein Horn hallte durch die Gänge von Malyún.

»Das war ein Angriffssignal!«, rief Skjöldir halblaut in die Zeremonie hinein. »Der Feind versucht am Osttor durchzubrechen.«

»Wir müssen standhalten, bis der Vierzack bereit ist«, sagte die Winterseherin bestimmt. »Eure Leute dürfen …«

Wieder ein Hornsignal, diesmal aus der anderen Richtung.

»Und das war das Westtor!«, sagte Skjöldir und zog sein Schwert. »Sie kommen von beiden Seiten.«

Plötzlich keuchte Elyami auf und hielt sich die Schläfen. »Ich spüre, wie die kalten Flammen der Unterwelt heranbranden«, flüsterte sie.

»Ja«, erwiderte die Winterseherin grimmig. »Das ist Dáman.

Seine Magie hat die Siegel der Tore gebrochen. Auch er weiß, dass es jetzt um alles geht.«

Draußen waren Lärm und Geschrei zu hören. Auf den Gängen des inneren Ringes wurde gekämpft! Fast gleichzeitig zogen Elyamur, Galdra und Hilgrif ihre Waffen. Gorin beeilte sich, seine Armbrust bereitzumachen. Er warf einen verzweifelten Seitenblick auf Thuramur.

Der Silber-Elb war inzwischen vom Webstuhl zurückgetreten, während der Vierzack über den komplexen Mustern der Fäden in der Luft schwebte. Ihr silbriger Schein spiegelte sich auf den vier Spitzen der Waffe und überzog sie mit filigranen, schimmernden Strukturen, die sich ständig wandelten. Thuramur stimmte einen weiteren Gesang an, diesmal kraftvoll und vorwärtsgewandt. Der Webstuhl übergoss *Bewahrer* mit immer neuen Wogen aus klarem Sternenlicht.

Widerwillig riss Gorin sich von dem Anblick los. Der Kampflärm auf den Gängen kam immer näher. Dann war da plötzlich noch ein anderes Geräusch: ein dumpfes Brüllen, gequält und triumphierend zugleich. Es hallte in Gorins Körper wider und ließ seine Knochen vibrieren, als wollte der bloße Klang sie zerbrechen.

Eine Menschenkriegerin kam mit gezogener Streitaxt ins Heiligtum gestürzt.

»Jarl Skjöldir!«, rief sie. »Die Kettendiener drängen mit einem massiven Aufgebot an Stummen Rittern in den inneren Ring! Weiß der Lindwurm, wo die plötzlich herkommen. Unsere Leute versuchen sie aufzuhalten, aber ein Trupp Angreifer ist durchgebrochen! Und dann ist da noch eine Bestie, die …«

Sie schrie schmerzerfüllt auf und brach auf den weißen Fliesen zusammen. Ein scharfkantiger Knochenwurfstern hatte ihren Lederpanzer durchdrungen und sich tief zwischen ihre Schulterblätter gebohrt.

»Az rârg Komashtu!« Ein orkischer Kriegsschrei hallte durch das Heiligtum des Silberwebstuhls. Durch den östlichen Tordurchgang stürzten die Orkzwillinge in den Saal. Rezkai hatte seinen Knochensäbel gezogen. Blut klebte an der Klinge. Rekut fuhr mit der Hand über ihre fünf Schrumpfköpfe, woraufhin deren Augen unheilverkündend zu glühen begannen. Schattenhafte Gestalten erschienen rund um die Geisterbeschwörerin.

Gorin fühlte kalte Angst in sich aufsteigen. Er erinnerte sich nur zu gut, wie knapp er Rezkais Säbel in der Hohen Stadt entkommen war. Dann straffte er sich; diesmal standen alle seine Gefährten an seiner Seite!

»Fort von hier, Kettengezücht!«, brüllte Skjöldir Reifbart und trat den Orks mit *Frostbiss* entgegen. Rezkai schwenkte gebieterisch seinen Säbel. Schwarz gepanzerte Gestalten marschierten mit schweren Schritten in den Saal, es waren ein Dutzend und mehr. Sie hatte ihre Zweihandschwerter zum Schlag erhoben und bewegten sich mit erschreckender Gleichförmigkeit. Die Dämonenfratzen ihrer Helme grinsten leer.

Mehrere von ihnen drangen auf Jarl Skjöldir ein. Er hielt ihrem Ansturm stand und zerspaltete schwarze Harnische mit *Frostbiss*. Hilgrif eilte an seine Seite, um das Sanktuarium Schulter an Schulter mit ihm zu verteidigen.

Doch auch Rekuts Schattenkrieger stürmten vor. Elyamur erhob sich mit kräftigen Schritten in die Luft und stürzte ihnen entgegen. Dabei schleuderte er eine Flammenkugel nach der anderen.

Am Webstuhl hatte Thuramur die Hände ausgebreitet und rief elbische Worte der Macht, während der schwebende Vierzack in immer hellerem Silberglanz erstrahlte. Die Winterseherin, Elyami und Jha Rudra standen beschirmend bei ihm. Die Alte hatte ihren Knotenstab gesenkt und war offenbar darin vertieft, irgendeinen Bannzauber zu weben.

Ein grauenhaftes Brüllen erfüllte das Heiligtum. Gorin stolperte unwillkürlich zurück. Durch den östlichen Torbogen schob sich ein gewaltiger Umriss. Die Kreatur war so groß, dass sie sich bücken musste, um die Halle zu betreten. Sie hatte den Körper eines riesenhaften, muskelbepackten Mannes, auf dessen Schultern der Kopf eines Löwen thronte. Reine, ungezügelte Wut loderte in seinen pupillenlosen Augen. Sobald das Wesen den Torbogen ganz durchschritten hatte, breitete es vier goldgleißende Flügel aus und tauchte die Halle in ihren grellen Glanz. Die Orks hatten den Dämon entfesselt, der ihren Streitwagen gezogen hatte! Für Gorin schien er um einiges größer und massiger geworden zu sein, seit ihn das Kettenjoch nicht mehr zurückhielt.

»Ein Pazuzu aus der tiefsten Unterwelt«, sagte die Winterseherin ungläubig. »Hat Dáman dich wirklich aus den Kerkern befreit?«

Der Dämon drang in den Raum vor. Die Stummen Ritter, die ihm im Weg waren, stieß er einfach mit seinen Klauenhänden beiseite. Gorin wich zum Webstuhl zurück und legte Magiebrecher-Bolzen in seine Armbrust ein.

»Hinfort mit dir!«, brüllte Skjöldir Reifbart, löste sich von einem Stummen Ritter und lief dem Pazuzu entgegen. Der Dämon erwartete den Jarl in einer lauernd geduckten Haltung. Seine Pranke schnellte auf Skjöldir zu. Dieser wich den Krallen aus und sprang vor. Er schwang *Frostbiss* im weiten Bogen. Die Eisklinge traf den Oberschenkel des Dämons und schlug eine Wunde, aus der statt Blut schwarzer Rauch herausquoll.

Gorin feuerte einen Runenbolzen auf den Dämon ab. Das Geschoss schlug irgendwo in seinen Oberkörper ein, was der Pazuzu jedoch kaum zu bemerken schien. Er legte brüllend den Löwenkopf in den Nacken und holte erneut zum Schlag aus. Mit einem einzigen Hieb fegte der Dämon den Jarl weg, dass er mehrere Meter durch die Luft flog und hart gegen eine Wand prallte. Benommen schüttelte Skjöldir den Kopf.

»Kümmert Euch lieber um die anderen Gegner!«, rief die Winterseherin, die quer durch die Halle auf den Pazuzu zuschritt. »Ihr könnt hier nichts ausrichten.«

Der Kopf des Dämons fuhr ruckartig herum. Sein Maul verzog sich zu einem Grinsen, als er die kleine Menschenfrau entdeckte.

»In diesem Zeitalter ist kein Platz für ungezähmte Mächte

wie dich«, sprach die Seherin ernst zu dem Dämon. »Gehe zurück in die Tiefe. Du gehörst nicht hierher.«

Der Pazuzu rauschte mit ausgebreiteten Schwingen auf die Winterseherin zu. Er prallte gegen eine silbrig funkelnde Barriere, die ihn heulend zurücktaumeln ließ. Die Alte riss ihren Stab hoch und feuerte einen Strahl tiefblauen Saphirfeuers mitten ins Antlitz des Dämons.

»Du gehörst nicht hierher«, wiederholte sie, während der Pazuzu wütend nach ihr schlug.

»Barukh kara Tokrond!« Galdras Kampfschrei ertönte ganz aus der Nähe. Gorin realisierte mit Schrecken, dass Rezkai plötzlich direkt am Webstuhl aufgetaucht war und sich zielstrebig Thuramur näherte. Doch Galdra trat dem Ork mit ihrer Kristallaxt in den Weg.

Rezkai grinste triumphierend: »Euch habe ich gesucht – dich und deinen Bruder, Zwergin!« Er hob seinen Säbel mit der Rechten, um dann unvermittelt mit der Linken Knochenscheiben nach Galdra zu schleudern, die direkt aus einem blutigen Schnitt in seiner Handfläche schossen. Zwei Wurfscheiben prallten von ihrem Kettenmantel ab. Die dritte traf Galdra im Gesicht – und zersplitterte an ihrer bronzeglänzenden Haut. Rezkai schnaubte ungläubig.

»Diesmal wird es wehtun, Ork«, knurrte sie und ging mit ihrer Stabaxt auf Rezkai los. Dieser wich vor ihren Angriffen zurück und parierte die Schläge mit seinem Säbel. Wütend schrie er auf, als Galdras Axt seinen Oberarm streifte.

»Das erste Blut geht an mich«, grinste Galdra.

Rezkai umklammerte seinen Säbel mit beiden Händen. Er spannte die Muskeln an, woraufhin die Stacheln seiner Knochenrüstung die Haut durchstießen.

»Dafür wird das letzte Blut an mich gehen«, knurrte er und stürzte sich auf Galdra.

Metallisches Scheppern ließ Gorin herumfahren. Mehrere Stumme Ritter marschierten Schulter an Schulter auf den Webstuhl zu, die Zweihänder erhoben. Jha Rudras Wurfeisen prallten wirkungslos an der Schulterplatte eines Ritters ab. Gorin hob seine Armbrust und schwenkte sie über die Reihe der Untoten, während er seine Magiebrecher-Bolzen aus Wolkenstahl aus dem Magazin abfeuerte. Die Geschosse schlugen hart in die schwarzen Brustpanzer ein. Vier der Stummen Ritter brachen der Reihe nach zusammen.

Gorin lud hastig weitere Bolzen ins Magazin und bemerkte, dass der Vierzack nun langsam in Thuramurs Hände geschwebt kam. Aus dem grellen Silbergleißen war ein sanfter, mondlichtartiger Schimmer auf seinen vier Spitzen geworden. Jha Rudra stand nahe bei dem Iyanuri-Priester und wirkte hoch konzentriert. Jetzt konnte das Ritual nicht mehr lange dauern …

Rasch schaute Gorin sich im Heiligtum um. Der Pazuzu stürmte noch immer gegen das silberne Schutzgespinst der Winterseherin an, die ihm ihrerseits machtvolle Bannformeln entgegenschleuderte. Jarl Skjöldir hatte sich aufgerappelt und kämpfte gegen die heranrückenden Stummen Ritter.

Elyamur tanzte als flammender Umriss durch die Luft und bedrängte einen schwarzen Elbenschatten, während Anthrite, die Geisterzentaurin, ihn mit Pfeilen eindeckte, denen er halsbrecherisch auswich. Abrupt wirbelte Elyamur herum und ließ seine Wolkenstahl-Klinge vorzucken. Der Schattenelb hob sein Schwert. Doch diesmal war er zu langsam. Elyamurs flammende Klinge trennte seinen Kopf von den Schultern. Rekut heulte schmerzerfüllt auf, als ein weiterer ihrer Schatten im elementaren Feuer verging.

Dann bemerkte Gorin mit Schrecken, dass nun auch vom westlichen Torbogen immer mehr Stumme Ritter hereinstürmten. Hilgrif warf sich ihnen mit einigen Nordleuten entgegen, doch sie wurden zusehends zurückgedrängt. Die Zange der Angreifer um das Heiligtum hatte sich geschlossen.

Rezkai brüllte siegesgewiss auf. Gorin wandte sich ihm zu und sah mit banger Sorge, wie der Ork seinen Knochensäbel gleich einem fahlgelben Blitz immer wieder auf Galdra herabfahren ließ. Die Zwergenkriegerin bot ihm eisern die Stirn. Kristall und Knochen stießen klirrend aufeinander.

Rezkai riss seinen Säbel hoch und versetzte Galdra einen Tritt, der sie aus dem Gleichgewicht brachte. Dann durchbrach er mit *Zwillingsblut* ihre Deckung. Die Kettenglieder des Wolkenstahlmantels zersplitterten, als der Säbel in Galdras Schulter fuhr. Sie stöhnte auf. Rezkai riss schwungvoll seinen Säbel zurück. Blut klebte an der Knochenklinge. Gorin starrte entsetzt auf die Waffe.

»Dein verfluchter Säbel hat meinen Panzer der Erdenkraft durchdrungen, Ork«, brüllte Galdra ungläubig.

»*Zwillingsblut* hätte dich eigentlich zweiteilen müssen, Zwergin«, erwiderte Rezkai nicht weniger irritiert.

Dann ließ die Donnerstimme des Pazuzu die Halle erbeben. Der Dämon brüllte auf und schlug wild mit den Pranken um sich, als plötzlich von allen Seiten silberne Schemen auf ihn eindrangen. Ein Schwarm prachtvoller Eulen aus Sternenlicht stürzte sich auf ihn, krallte sich überall an seinem Fleisch fest und riss Federn aus seinen Flügeln, während die Winterseherin ihn umso entschlossener mit ihrem blauen Licht übergoss.

Heller Elbengesang übertönte den Waffenlärm. Die Hierophantin Cylandri hatte sich mit ihren Priestern zum Heiligtum durchgekämpft und betrat es gerade durch den östlichen Torbogen, den Eulenstab stolz erhoben. Ringsum gingen Stumme Ritter in Silberflammen auf, als auch die anderen Diener Iyanuris die alten Schutzamulette aus dem Tempelschatz zum Leben erweckten. Doch sofort rückten weitere schwarz gerüstete Untote nach und bedrängten die wenig kampferfahrenen Priester mit ihren Schwertern.

»Gorin von den Runenschmieden«, sagte eine ruhige Stimme dicht neben ihm. »Der Segen der göttlichen Weberin liegt nun auf dem Werk, das deine silbernen Hände erschaffen haben.«

Ein ernstes Lächeln lag auf Thuramus Lippen, als er Gorin den Vierzack überreichte. *Bewahrer*.

In diesem Moment traf Gorin ein Eiszauber. Winterkälte

drang ihm bis auf die Knochen. Er konnte sich nicht mehr rühren.

»Besten Dank«, sagte die Statthalterin Vylami mit einem boshaften Lächeln und riss Gorin den Vierzack aus der Hand. Thuramur zog sein Schwert. Eine Schneeflocke aus Kristall ließ auch ihn mitten in der Bewegung erstarren.

»Tötet sie«, befahl Vylami den beiden Stummen Rittern, die sie flankierten. Dann zog sie sich hinter die gepanzerten Untoten zurück und verschwand mit dem Vierzack. Gorin konnte nichts anderes tun, als ihr hilflos nachzustarren, während die Stummen Ritter mit erhobenen Zweihändern näher kamen.

Dreiunddreissigstes Kapitel

Das Silberkloster Malyún im Sanktuarium

Sie hat den Vierzack!« In Elyamis Stimme klang reines Entsetzen mit. Jha Rudra konnte gerade noch erkennen, wie Vylami mit der Waffe hinter den Reihen der Stummen Ritter verschwand. Sie zögerte nicht: »Los! Hinterher!« Elyami folgte ihr dichtauf.

Vylami war inzwischen fast am westlichen Torbogen angelangt. Für einen Moment konnte Jha Rudra *Bewahrer* in den Händen der Purpur-Elbin aufblitzen sehen. Dann schob sich ein Stummer Ritter in ihr Sichtfeld und schnitt ihr den Weg ab. Sein Zweihandschwert fauchte durch die Luft. Jha Rudra schlug einen Haken, um der Klinge auszuweichen.

Der Stumme Ritter setzte ihr nach und verhinderte, dass Jha Rudra an ihm vorbeischlüpfte. Wieder sauste der Zweihänder vor. Jha Rudra musste erneut wegspringen. Das durfte nicht sein. Vylami durfte nicht mit *Bewahrer* entkommen!

Scheppernd fiel das Schwert des Stummen Ritters zu Boden, als Hilgrifs silberflammende Klinge tief in den Spalt zwischen seinem Helm und der Rüstung eindrang. Der Untote brach zusammen.

»Vylami hat …«, setzte Jha Rudra an.

»Ich weiß«, unterbrach sie Hilgrif. »Lass uns sie aufhalten! Der Kettenfürst darf den Vierzack nicht bekommen.«

Plötzlich war auch Skjöldir Reifbart an ihrer Seite. Mit kräftigen Schwerthieben trieb er einen Stummen Ritter zurück, der gerade Elyami bedrängt hatte. *Frostbiss* sauste heulend wie ein Schneesturm durch die Luft und trennte mit einem finalen

Schlag den behelmten Kopf des Untoten vom Rumpf. Der Weg war frei!

Jha Rudra und Elyami stürmten vorwärts, begleitet von Hilgrif und Skjöldir, die ihnen die Flanken deckten. Sie rannten durch das Portal und hinaus auf den Gewölbegang, dessen Treppenstufen hinunter zum Westtor des inneren Ringes führten. Weiter unten kämpfte eine Gruppe Nordleute und Kristallzwerge verzweifelt gegen weitere herandrängende Untote in schwarzen Rüstungen. In einem der Seitentunnel zur Rechten verschwand gerade der Saum von Vylamis Purpurumhang.

Jha Rudra beschleunigte ihre Schritte, wobei sie die Treppe mehr hinuntersprang als rannte.

Sie bogen in den Gang ein, in den die Statthalterin verschwunden war.

Plötzlich kam ihnen von vorne etwas entgegengeschossen. Es war ein blutroter fleischiger Umriss, der nur aus zuckenden Tentakeln rund um ein zahnbewehrtes Maul zu bestehen schien. Auf seinen zahllosen Fangarmen schob sich das Ding den Gang entlang. Skjöldir und Hilgrif hoben ihre Schwerter mit einem Kriegsschrei und stürmten auf den Tentakelschrecken zu.

Vylami drohte zu entkommen, während die dämonische Kreatur ihren Rückzug deckte …

Ohne auf Elyamis erstaunten Blick zu reagieren, hetzte Jha Rudra eine schmale Seitentreppe hinauf. Sie durchquerte eine Flucht von kleinen Räumen, die wohl als Rückzugsorte zur inneren Sammlung gedacht waren. Jha Rudra hielt auf ein bestimmtes Fenster zu und schwang sich nach draußen. Ihre Füße fanden unsicheren Halt auf einem eisverkrusteten Vordach. Entschlossen rutschte sie bis zur Dachkante hinab. Jenseits des Daches glitzerte der erstarrte Wasserfall in den Schatten des Abgrunds. Jha Rudra packte einen kleinen Drachen aus Stein, der hier als Wasserspeier in die Tiefe schaute, und schwang sich an ihm hinunter. Sie nutzte den Schwung, um durch ein Bogenfenster wieder ins Kloster zu gleiten, rollte sich ab und stand sicher in einem kleinen Stiegenhaus.

Jha Rudra atmete durch. So etwas hatte sie zuweilen schon auf den Giebeln reicher Bürgerhäuser durchgezogen. Aber noch nie auf einem Brückenkloster, das über einer bodenlosen Schlucht hing! Egal. Sie war dort, wo sie hinwollte.

Entschlossen zog Jha Rudra ihre Wurfeisen und trat auf einen Wandelgang mit offenen Bogenfenstern, die über die Eisgipfel schauten. Schnee lag in jedem einzelnen Fensterrahmen und hatte sich auch auf dem gekachelten Boden angesammelt. Am anderen Ende des Ganges kam gerade Vylami angelaufen, den Vierzack verbissen umklammert. Als sie Jha Rudra erblickte, verlangsamte sie überrascht ihre Schritte und blieb dann ganz stehen.

Die Diebespriesterin erlaubte sich ein überlegenes Grinsen. Genau hier hatte sie Vylami haben wollen. Der Wandelgang hatte keine weiteren Seitenausgänge, seine Bogenfenster öffneten sich direkt zum Abgrund. Und in ihrer Libellengestalt würde die Purpur-Elbin die sperrige Waffe kaum tragen können …

»Den Vierzack, bitte!«, forderte Jha Rudra viel selbstbewusster, als sie sich eigentlich fühlte. Von der anderen Seite näherten sich unterdessen weitere Schritte. Elyami und Hilgrif erschienen in der Mündung des Wandelganges im Rücken der Statthalterin. Die Purpur-Elbin war zwischen ihnen und Jha Rudra gefangen.

Vylamis Lippen verzogen sich zu einem hämischen Lächeln. »Glaubst du, dass ich dich und deine primitiven Waffen fürchte, kleine Diebin?«, zischte sie. Dann nahm sie den Vierzack in die linke Hand und streckte Jha Rudra die Rechte entgegen. Schwarze Flammen entsprangen ihrer Handfläche. Die Lohen erreichten Jha Rudra noch nicht, doch die Zelja-Dienerin spürte ihre beißende Kälte, als Vylami langsam mit dem unterweltlichen Feuer auf sie zukam. Unwillkürlich wich sie einige Schritte zurück.

Hilgrif näherte sich der Statthalterin von hinten. Die Purpur-Elbin fuhr gehetzt zu ihr herum und warf ihr eine schwarze Flammenkugel entgegen. Die Schwertpriesterin sprang zur Seite.

»Bleibt fort von mir!«, schrie Vylami. Das Unterweltsfeuer loderte stärker auf. Jha Rudra schleuderte ihre Wurfeisen. Die Statthalterin riss den Vierzack hoch, und die Eisen fielen vor ihr zu Boden, zurückgestoßen von der Macht der Waffe. »Ihr habt bereits verloren«, sagte die Statthalterin. »In eben diesem Moment überwinden meine Diener in der Halle des Webstuhls den letzten Widerstand eurer erbärmlichen Verbündeten!«

»Der Stirnreif!«, rief Elyami über den Gang. »Damit kontrolliert sie die Stummen Ritter. Ich spüre die Verbindung …«

»Und auch hier bin ich nicht allein«, fuhr Vylami fort. In dem Bogenfenster neben ihr erschien lautlos eine bleiche Gestalt in wallenden weißen Gewändern. Die Augen in ihrem hohlwangigen Gesicht waren schwarz und ausdruckslos.

Lächelnd reichte Vylami der Larva den Vierzack.

»Bring das dem Meister«, sagte sie. »Mit den Empfehlungen seiner treuesten Dienerin.«

Die Unterweltliche streckte die überlangen Finger nach der Waffe aus.

In diesem Moment stürmte Hilgrif vor, direkt auf Vylami zu.

»Verbrenne, du Närrin!« Die Statthalterin ließ ihr eine machtvolle Woge schwarzen Feuers entgegenwallen.

Trotzig rief Hilgrif Kravanas Namen, und helle Silberflammen schlugen aus der Klinge ihres Schwertes. Sie lief einfach weiter und kümmerte sich nicht um das unterweltliche Feuer, das sie umfing, das Gesicht verzerrt von Schmerz und Entschlossenheit.

Ihr Silberfeuer und Vylamis schwarze Flammen vermischten sich in einem Wirbel aus Licht und Dunkelheit. Dann stand Hilgrif direkt bei Vylami und der Larva, die vor den Silberflammen zurückwich. Es klapperte, als der Vierzack auf den Kachelboden fiel. Die Larva schwebte vor dem Bogenfenster auf der Stelle und wagte nicht, sich Hilgrif zu nähern.

Plötzlich hielt Vylami einen gekrümmten Dolch in der Hand und stürzte sich damit auf die Schwertpriesterin. Diese riss ihre Klinge hoch. Das flammende Schwert durchstieß Vylamis Schutzzauber wie auch ihre Lederrüstung und drang tief in ihren Körper. Vylamis Dolch zuckte vor und zog einen roten Striemen über Hilgrifs Wange. Die Silberflammen bäumten sich auf – und erloschen. Sofort schwebte die Larva heran und nahm den Vierzack mit ihren weißen Händen auf.

Hilgrif versuchte, sich von Vylami zu lösen, um nach der Waffe zu greifen. Doch die Statthalterin ignorierte mit fanatischer Willenskraft ihre schreckliche Wunde und krallte sich an Hilgrif fest. Für einen Moment rangen die beiden Frauen miteinander.

Dann stieß Hilgrif die Purpur-Elbin von sich. Ein triumphierendes Grinsen lag auf Vylamis Lippen, als sie aus dem Bogenfenster in die Schatten das Abgrunds stürzte.

Noch immer hielt die Larva den Vierzack umklammert. Sie entfernte sich vom Fenster und schwebte langsam in die Höhe.

Da schleuderte Jha Rudra ihre Wurfeisen. Die Larva stieß ein überraschtes Heulen aus, als die Klingen in ihre weiße Gestalt einschlugen. Sie löste sich in schwarzen Rauch auf.

Der Vierzack stürzte in die Tiefe – doch Hilgrif hechtete vor und packte *Bewahrer*, ehe er im Abgrund verschwinden konnte.

Die Wurfeisen kehrten in Jha Rudras Hände zurück. Sie musste grinsen, als sie Hilgrifs ungläubigen Blick sah. »Meine Waffen sind neuerdings etwas mächtiger geworden«, sagte sie leichthin. »Ich habe mir ein bisschen von dem großen Waffensegen der Iyanuri gestohlen, den Thuramur auf den Vierzack gelegt hat. Ein alter Zelja-Trick.«

Hilgrif nickte nur knapp. Sie ging einige Schritte auf Elyami zu und übergab ihr die Waffe. Im Torbogen kam nun auch Skjöldir angehetzt, das Schwert befleckt vom schwarzen Blut des Tentakelschreckens.

Hilgrif wandte sich ihm zu. »Kümmere dich um Gunbrecht. Er hat sonst niemanden«, sagte sie. »Aber vor allem: Pass auf Rudra auf!«

Der Jarl schaute sie irritiert an. Dann weiteten sich seine Augen, als sein Blick auf die Schnittwunde in ihrem Gesicht fiel. Er wurde blass.

Hilgrif lehnte sich an eine Säule und sank zu Boden. Jha Rudra lief besorgt zu ihr.

»Hilgrif!«, sagte sie so aufmunternd wie möglich. »Wir haben es geschafft!«

Die Schwertpriesterin schaute zu ihr auf. Da erst bemerkte Jha Rudra, dass eine schwarze Substanz an Hilgrifs Wunde klebte.

»Du darfst nicht immer so gewagt spielen, hörst du?«, sagte die Schwertpriesterin schwach. »Alle wissen auch so, wie gut du bist. Und Zelja weiß es auch. Du musst lernen, auf dich achtzugeben.«

»Hilgrif …«, flüsterte Jha Rudra und kniete sich neben ihre Gefährtin.

»Schau nicht hin«, sagte Hilgrif. Dann verkrampfte sie sich. »Es beginnt. Du sollst das nicht sehen.«

»Nein«, flüsterte Jha Rudra. Sie begriff nicht, wollte nicht begreifen. »Ich werde dich doch jetzt nicht alleinlassen!«

Jha Rudra umfasste Hilgrifs Schultern und drückte ihre Gefährtin an sich.

»Nicht«, sagte Hilgrif noch einmal. Doch sie schmiegte ihren Kopf an Jha Rudras Hals. Ein Zittern ging durch ihre Glieder, und das Visha tat seine Wirkung. Hilgrifs Körper krümmte sich, als er zusehends von innen heraus vertrocknete.

»Kravana …«, hauchte Hilgrif, als ihr Zahnfleisch bereits zurückgewichen und ihr Gesicht ein hohlwangiger Schädel war. Dann rührte sie sich nicht mehr. Jha Rudra hielt die Mumie in ihren Armen fest umklammert.

»Die göttliche Schwertmaid wird sie mit allen Ehren in ihrer Halle aufnehmen«, sagte Skjöldir mit bebender Stimme. Elyami stand neben ihm und weinte leise. Sie hielt *Bewahrer* krampfhaft umklammert.

Jha Rudra aber gab keine Antwort. Wie von selbst formten ihre Lippen die lautlosen Worte des uralten Zelja-Gebets, das die größte aller Diebestaten einleitete. Hilgrif hatte recht, wie immer. Jha Rudra war gut. Kurz betrachtete sie den silbrigen Lichtschein, den sie zwischen ihren Fingerspitzen gefangen hatte. Dann löste sie mit der anderen Hand das Schwert-Amulett der Kravana vom Hals ihrer Gefährtin und ließ das Licht hineinfließen. Verstohlen steckte sie den Schwertanhänger ein. Noch nie war ihr eine Beute kostbarer gewesen.

»Jarl Skjöldir!«, hallte Gunbrechts Stimme laut und unangemessen über den Wandelgang. »Jarl Skjöldir! Wir haben gesiegt! Die Stummen Ritter sind plötzlich allesamt zusammengebrochen! Und die Orks haben sich zurückgezogen. Malyún ist frei!«

Gunbrecht blieb stehen und verstummte.

»Oh nein«, flüsterte er. Schneeflocken tanzten leise durch die Luft und über den Wandelgang. Niemand rührte sich.

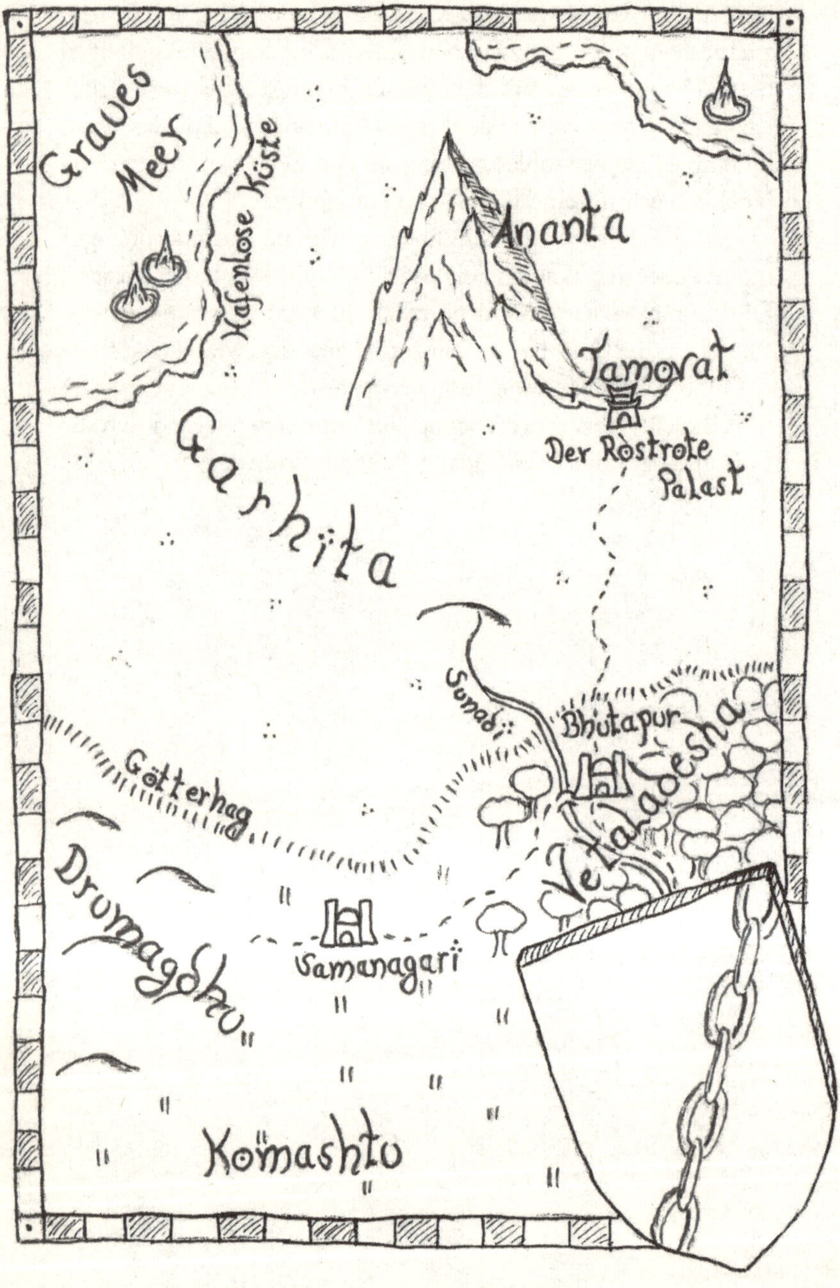
Graues Meer
Hafenlose Küste
Ananta
Tamorat
Der Rostrote Palast
Garhita
Sunadi
Bhutapur
Vetaladesha
Götterhag
Drumagohu
Samanagari
Komashtu

VIERUNDDREISSIGSTES KAPITEL

DAS SILBERKLOSTER MALYÚN
DIE KAMMER DES DRACHEN

Ein Iyanuri-Priester schlug die Plane zurück, unter der silberglänzende Schuppen zum Vorschein kamen. Sie waren mit verschnörkelten elbischen Zauberzeichen übersät, deren Kunstfertigkeit Gorin sofort ins Auge fiel. Die Schuppen bedeckten den Körper einer Drachenstatue. Sie maß von der Schwanzspitze bis zu den Nüstern mehrere Meter und war so detailverliebt gearbeitet, als würde sich der Silberdrache jeden Moment regen und die angelegten Schwingen spreizen. Gorin wusste, dass genau das gleich geschehen würde.

»In früheren Tagen haben die Priesterinnen und Priester den Reisedrachen genutzt, um unsere Schwesterklöster und die Tempel in den Silberstädten zu besuchen«, erklärte die Hierophantin Cylandri. »Heute ist nur noch Ilyún davon übrig. Zum Dank für die Befreiung Malyúns überlassen wir Euch den Drachen. Wenn ich mir auch wünschte, dass ihr damit einfach eurer Wege fliegen würdet, statt für eine hoffnungslose Mission ins verbotene Garhita einzudringen. Doch das liegt nun außerhalb meiner Macht.«

»Besten Dank, glaube ich«, erwiderte die Winterseherin trocken. Sie stand der Hierophantin gegenüber, gehüllt in ihren pelzbesetzten Reisemantel.

Auch Gorin, Galdra, Elyami und Elyamur hatten sich komplett gerüstet in der Lagerhalle eingefunden und waren bereit für den letzten Abschnitt ihrer Reise. Jarl Skjöldir stand mit ernster Miene etwas abseits, umgeben von einigen seiner Gefolgsleute. Unter den gut hundert Kriegern, die ihm noch geblieben waren, war wohl niemand unverletzt. Gunbrecht hatte sich ihnen angeschlossen und hielt sich neben dem Jarl. Seine Augen waren rot und verquollen.

Gorins Blick wanderte unwillkürlich zu der Nische, in deren Schatten Jha Rudra stand. Die Diebespriesterin hielt sich stocksteif aufrecht. Der unverdeckte Teil ihres Gesichts wirkte genauso ausdruckslos wie ihre Halbmaske. Gorin hatte Hilgrifs mumienhaft entstellte Leiche gesehen und konnte nur erahnen, was in Jha Rudra vorgehen mochte. Er erinnerte sich nur allzu gut an die ungläubige Taubheit, nachdem der Kettenfürst Duroscha ermordet hatte. So ziemlich jeder auf Malyún hatte mindestens einen Verlust erlitten, den er dem Herrn des Rostroten Throns verdankte. Gorin ballte die Fäuste, als eisenzwergischer Zorn in ihm aufstieg. Gleich würden sie aufbrechen und dafür sorgen, dass der Kettenfürst keine weiteren Leben mehr stahl.

»Iyanuris Segen wird Euch auf Eurer Reise begleiten«, sprach Thuramur, der gerade aus dem Gewirr der Gänge zurückkehrte. Er hatte mit einer Gruppe von Kriegern und Priestern die verbleibenden Wiedergänger gejagt, die noch durch das Kloster irrten. Auch Halyamur hatte sich ihnen mit seinen Grünhütern angeschlossen. Wahrscheinlich würde es Tage dauern, bis sie endlich alle versprengten Untoten erwischt hatten.

Cylandri warf Thuramur einen tadelnden Seitenblick zu. Vermutlich oblag es eigentlich der Hierophantin, Gäste mit einem Reisesegen zu verabschieden – und vermutlich hatte sie es bewusst nicht getan. Thuramur ignorierte sie. Er bewegte sich wieder in seiner silber-elbischen Kriegerkluft, seit die Hierophantin ihn verstoßen hatte, und tat, was er für richtig hielt.

»Was werdet Ihr nun machen?«, fragte Elyamur ihn.

»Sobald Skjöldir und seine Leute sich erholt haben und aufbruchsfertig sind, werde ich mit ihnen in den Süden ziehen«, erwiderte Thuramur. »Die Jarle von Skovrik und die anderen freien Fürsten werden Unterstützung dabei nötig haben, die führerlosen Kettenheere zu zersprengen, wenn der Kettenfürst erst einmal gestürzt ist.«

»Ich erwarte eine schnelle Erfolgsnachricht«, ergänzte Skjöldir grimmig. »Tut mir den Gefallen und stoßt dem Kerl *Bewahrer* tief in den Leib!«

Gorin schaute zu Elyami. Seit Hilgrif ihr den Vierzack übergeben hatte, bestand die stillschweigende Übereinkunft, dass die Grünsängerin die Waffe hütete. Ihre vier Spitzen blitzten kraftvoll im tausendfarbigen Glanz des Mahacatur. Elyami stützte sich auf dem Schaft des Vierzacks ab und sah erschöpft aus. Wie vermutlich alle ringsum. Es waren nur wenige Stunden vergangen, seit der Tod der Statthalterin Vylami den Ansturm der Stummen Ritter beendet hatte. Sie hatten sie mit eiligen Reisevorbereitungen und viel zu wenig Ruhe verbracht.

»Wir müssen jetzt sofort nachsetzen und zuschlagen, ehe der Feind sich neu organisiert«, hatte die Winterseherin erklärt. »Der Kettenfürst muss gespürt haben, dass seine Kettenträgerin tot ist. Aber er weiß nichts von den genauen Umständen. Das ist unser Vorteil. Wenn wir Glück haben, ist der Pazuzu so geschwächt, dass die Orkzwillinge nur langsam vorankommen. Wir müssen möglichst rasch aufbrechen.«

Der Dämon war plötzlich verschwunden, als die Stummen Ritter ringsherum zusammengebrochen waren. Gorin hatte es nur am Rande mitbekommen, erstarrt im Banne des Eiszaubers neben Thuramur, während Elyamur sie vor den Angreifern verteidigt hatte. Zunächst hatte er gehofft, dass der Pazuzu einem Zauber der Winterseherin zum Opfer gefallen war. Doch offenbar hatten die Orkzwillinge, die ebenfalls aus der Halle verschwunden waren, den Dämon wieder an ihren Streitwagen gebannt. Sie waren jedenfalls genauso unauffindbar wie der Pazuzu selbst.

»Wir sehen uns wieder, wenn die Welt vom Kettenfluch befreit ist!«, sagte Galdra zu niemand Bestimmtem in die Runde. Es wirkte wie ein Aufbruchssignal. Gorin und die anderen nahmen ihre Rucksäcke und Habseligkeiten auf, während die Hierophantin an den Silberdrachen herantrat.

Zwei kräftige Nordleute öffneten die Torflügel, die aus dem

Lagerraum nach draußen führten. Schneidender Wind fuhr in die Halle. Das Tor schaute auf die Schlucht in der Abenddämmerung. Ein Hauch von Rot lag wie die Androhung von Blut auf den Gletscherspitzen. Gorin konnte sich kaum vorstellen, dass Jha Rudra durch dieses Tor ins Nichts in das Kloster eingedrungen war. Nun stand sie dort im Schatten und nickte ihnen zum Abschied zu. Sie würde Skjöldir und Thuramur bei ihrer Reise nach Vard begleiten, um die freien Fürsten gegen die Kettenheere zu vereinen.

Die Hierophantin berührte den Silberdrachen sanft an einem der Hörner. Leben kam in die Statue. Der Drache senkte in einer fließenden Bewegung den Körper zu Boden, sodass Gorin und seine Gefährten aufsteigen konnten. Die Winterseherin setzte sich ganz vorne an den Halsansatz des Drachen, die anderen verteilten sich zwischen den Zacken des Rückenkamms. Das fühlte sich nicht besonders sicher an, doch Gorin vergewisserte sich mit einem raschen Blick, dass machtvolle Barriere-Glyphen ein Herunterfallen verhinderten.

»Ich übergebe die Kontrolle nun an dich, Odrana von Ilyún«, sagte Cylandri etwas unterkühlt zur Winterseherin. »Gewogene Flugwinde.«

»Und Frieden für Malyún, auf dass es bald wieder ein sicherer Hort für Pilger sein wird«, erwiderte die Alte. Dann berührte sie den Drachen am Nacken, und er breitete seine Schwingen aus. Skjöldir und die anderen wichen zurück.

Der Drache schritt auf das offene Tor zu. Gorin hatte sich vorgestellt, dass er sich steifbeinig und ruckartig bewegen würde, eben wie aus Stein. Doch jeder Schritt war so geschmeidig, als bestünde der Drache aus flüssigem Silber.

Er tat einen letzten Schritt durch das Tor und stürzte mitsamt seinen Reitern in die Tiefe. Gorin konnte einen Schrei nicht unterdrücken, während sie in halsbrecherischer Geschwindigkeit am erstarrten Wasserfall vorbeischossen, immer tiefer in die Schatten hinein. Er wurde nach hinten gepresst, als sich die Richtung plötzlich änderte und der Drache auf Silberschwingen die Schlucht entlangglitt. Der Reisedrache war schnell, deutlich schneller als eine Fledernatter. Er kam zwar nicht an Vayurakshas Sturmgeschwindigkeit heran, doch er übertraf alles, was Gorin von einem magischen Fluggerät erwartet hätte. Die alten Silber-Elben hatten sich auf Künste verstanden, die heute vergessen waren.

Er wandte sich um. Hinter ihnen spannte sich Malyún als weißer Brückenbogen über die Schlucht und wurde rasch kleiner. Seine Türme ragten gleichmütig in den Abendhimmel auf, als hätte nicht noch vor wenigen Stunden eine Schlacht unter ihnen getobt, die alles verändern würde.

Die Gipfel der Gletscherberge rauschten an ihnen vorüber, während über ihnen die Nacht aufzog und die ersten Sterne funkelten. Gorin war so erschöpft, wie ein Zwerg nur sein konnte, und doch war er zu aufgeregt, um an Ruhe zu denken. In einem seltsamen Dämmerzustand beobachtete er, wie die Welt unter ihnen hinwegzog, während sie immer weiter voranpreschten, einem Ziel entgegen, das jedes klar denkende Wesen an ihrer Stelle mit möglichst großem Abstand gemieden hätte.

Gorins Zwergenaugen durchdrangen die Dunkelheit und konnten schattenhafte Wälder, Hügel und Täler in der Tiefe erahnen, zuweilen durchsetzt von Lichtpunkten, wo sich die Höfe und Siedlungen der Skovrik-Menschen in die Wildnis duckten. Nach einer unbestimmten Zeit passierten sie eine größere Ansammlung von Lichtern.

»Miklahöll am Mitternachtsmeer«, sagte die Winterseherin. »Der größte Hafen von Skovrik. Seit Neuestem eine Provinzhauptstadt der Kettenlande.«

Dann lagen die schwarzen gleichförmigen Wellen des Meeres unter ihnen. Sie überquerten die Axthieb-Bucht, die einst ein wütender Gott mit seiner titanischen Waffe ins Land geschlagen hatte. Die Winterseherin erklärte gelegentlich die Landmarken, die man unterwegs erahnen konnte. Ihre Stimme war ruhig, doch sie sprach mehr als sonst. Gorin vermutete, dass sie versuchte, ihre Nervosität zu überspielen.

Auf die Ostküste des Axthiebs folgte das kahle, windzerfurchte Hochland von Ogrien, eine dunkle Masse in der Tiefe, aus der gelegentlich Felsklippen aufragten. Die Riesenknochenberge, die im Mondlicht vor ihnen lagen, beschirmten die Menschen des Königreichs Wâgant vor der Gier der Oger-Fürsten von Ogrien. Heute gehörten beide Reiche zu den Kettenlanden.

Scharfe Winde griffen nach den Reisenden, als sie die Täler der Bergketten durchquerten. Der Reisedrache preschte unbeirrt voran. Jenseits der Riesenknochen erstreckten sich die Zentralprovinzen von Wâgant. Die Nacht ging schon in den grauen Morgen über, als sie das Reich mit seinen gut befestigten Städten überflogen.

Sie glitten gerade über den bewaldeten Vorgebirgen der Bolkrond-Berge dahin, als die ersten Strahlen der Morgensonne über die Gipfel griffen und die Schatten zurückdrängten. Die Winterseherin ließ den Drachen tiefer sinken. Sie gingen auf einer Lichtung inmitten der Höhenzüge nieder, fernab von jeder Siedlung.

Sobald der Drache den Boden berührte, wurde er wieder zu einer silberglänzenden Statue, steif und reglos. Die Reisenden stiegen ab. Das erleichternde Gefühl, endlich wieder festen Boden unter den Füßen zu haben, kannte Gorin inzwischen zur Genüge. Er gähnte ausgiebig. Steifbeinig machte er sich daran, beim Lageraufbau mit anzupacken.

»Wir werden den Tag über noch einmal Zeit haben, neue Kräfte zu schöpfen«, sagte die Winterseherin, als sie in schweigsamer Runde von ihren Proviantfladen aßen. »Nutzt diese Gelegenheit! Bei Anbruch der Dunkelheit fliegen wir weiter und erreichen den Rostroten Palast, bevor die Welt einen neuen Morgen sieht. Die Erfüllung eurer Aufgabe ist nah.«

»Wird die Dunkelheit genügen, um uns vor den Spähern des Kettenfürsten zu verbergen?«, fragte Elyami besorgt. Selbst beim Essen behielt sie den Vierzack in ihrer unmittelbaren Nähe.

»Natürlich nicht«, erwiderte die Winterseherin. »Ich habe Vorkehrungen gegen magische Wahrnehmung getroffen, die hoffentlich ausreichen werden. Aber die Nacht schützt vor zufälligen Blicken unbedarfter Augen. Man darf niemals die Macht eines ungünstigen Zusammentreffens unterschätzen.«

»Wie werden wir vorgehen, wenn wir dort sind?«, fragte Elyamur nachdenklich. »Am Rostroten Palast, meine ich.«

»Ich kenne eine Hintertür«, sagte die Winterseherin schlicht. »Ihr wisst ja, dass ich mehr als einmal am Hof des Kettenfürsten war. Wenn es keine Komplikationen gibt, kann ich euch bis vor den Rostroten Thron führen. Danach liegt alles an euch.«

»Sobald der Vierzack die Ketten gesprengt hat, ist der Kettenfürst verwundbar wie jeder andere Sterbliche auch«, sagte Galdra grimmig. »Dann setzen wir seiner Herrschaft ein Ende.«

Die Winterseherin starrte nachdenklich vor sich hin. Für einen Moment war es still auf der Lichtung irgendwo im östlichen Wâgant. In der Ferne heulten Wölfe. Der Silberdrache stand am Rande ihres Lagers im Wald herum und sah einfach nur unpassend aus.

»Ihr habt den Kettenfürsten wieder aufgesucht, oder?«, fragte Elyami plötzlich ins Schweigen hinein. »Nach der Sache mit der Seelenkette und nach dem Orakelspruch, meine ich. Auch noch, als er immer mächtiger wurde und schon seinen Palast gebaut hatte.«

Die Winterseherin verlagerte unwillig ihr Gewicht.

»Ja«, sagte sie dann.

»Warum?« Elyami sah ehrlich ratlos aus.

»Ich gebe nicht gerne auf«, erwiderte die Alte. »Aber bei Dáman musste ich schlussendlich mit diesem Grundsatz brechen.«

Darauf sagte niemand etwas. Ehe das Schweigen zu unangenehm wurde, räusperte sich schließlich Gorin. »Wir dürfen nicht vergessen, dass der Kettenfürst auch als Sterblicher noch ein überaus mächtiger Zauberer ist«, sagte er. »Wenn die Ketten gesprengt sind, fängt der Kampf womöglich erst richtig an.«

»Dáman liebt es, sich mit Untergebenen zu umgeben«, ergänzte die Winterseherin. »Vielleicht sind es nur einige dienstbare Larvae. Vielleicht aber auch hochrangige Kettenträger oder machtvolle Kinder der Unterwelt. Nicht zu vergessen die Orkzwillinge. Gut möglich, dass er sie direkt an seinen Hof zurückruft.«

»Wäre zu hoffen«, knurrte Galdra. »In Malyún hätte ich diesen Rezkai fast am Boden gehabt. Wenn der feige Hund sich nicht zurückgezogen hätte …«

Gorin schaute besorgt zu seiner Schwester. In seiner Erinnerung war ihr Kampf gegen den Orkkrieger deutlich weniger günstig verlaufen.

»Ich möchte, dass wir einander etwas versprechen«, sagte plötzlich Elyamur ernst. Alle schauten fragend zu ihm. »Es muss unser erstes Ziel sein, dass der Kettenfürst besiegt wird«, fuhr er ein wenig verlegen fort. »Egal, welche Zwillingsseelen das nun tun. Wir Elben oder ihr Zwerge oder eben auch alle zusammen. Und egal, was es uns kosten mag. Wir müssen dieses Ziel mit aller Macht verfolgen und dürfen nicht zögern. Auch nicht, um Opfer zu vermeiden.«

Gorin nickte beklommen. Er hatte verstanden. Ihr Erfolg war wichtiger als jeder Einzelne von ihnen. Auch Galdra stimmte entschlossen zu, schließlich auch Elyami mit einem besorgten Blick in die Runde.

Danach kam ihr Gespräch nicht mehr so recht in Gang. Sie versuchten so zu tun, als sei dies eine ganz gewöhnliche Rast, wie sie auf ihren Reisen schon viele gehalten hatten, doch niemandem gelang es wirklich. Elyami begann leise in der Hochsprache vor sich hin zu singen. Es war ein altes, getragenes Lied über die Weberin Iyanuri und ihre ewige Arbeit am Webstuhl. Sie legten sich schlafen, während der Tag über Wâgant erwachte.

Die Winterseherin weckte die Gefährten, als die Schatten des Abends bereits heraufzogen. Nach einem kurzen Mahl, bei dem niemand hungrig war, schwangen sie sich wieder auf den Rücken des Drachen. Die letzte Etappe ihrer Reise lag vor ihnen.

Sie hielten sich in südöstlicher Richtung und folgten den Tälern zwischen den schroffen Ketten der Bolkrond-Berge. Gorin wusste, dass tief unter ihrem Fels das Volk der Granitzwerge in einem generationenalten Bürgerkrieg um Festungen, Hallen und Stollen kämpfte. Hier oben, in der kalten Nachtluft, war nichts davon zu merken. Gorin seufzte in sich hinein. Auch ohne den Kettenfürsten fanden die Völker der Welt genug Gelegenheit, sich das Leben schwer zu machen.

Auf Bolkrond folgte Drumagdhu, das ungezähmte Land der Bestien. Öde Hügel und Ebenen wechselten sich tief unter ihnen ab. Gorin konnte einmal eine Gruppe riesenhafter Gestalten erahnen, die sich um ein Feuer kauerten. Gelegentlich glaubte er, die traurige Schwere des Grauen Meeres im Norden zu spüren, und war froh, dass sie seine Küsten mieden.

Nach einiger Zeit stieg das Land plötzlich abrupt an. Es war, als hätte jemand eine gewaltige Stufe in den Kontinent geschlagen. Gorin schätzte, dass die steile Felswand mehrere Hundert Meter über der Ödnis von Drumagdhu aufragte.

»Das ist der Götterhag«, erklärte die Winterseherin. »Er trennt die verbotene Hochebene Garhita von der restlichen Welt. Ab hier fliegen wir über heiligen Boden.«

Sie hob ihren Knotenstab und rief Worte der Macht in den Wind, woraufhin sich graue Schleier um den Reisedrachen zusammenzogen und ihn verhüllten.

»Müssen sich nicht alle Pilger dem Götterberg Ananta auf ihren eigenen Füßen nähern?«, fragte Elyamur besorgt, nachdem die Winterseherin ihre Beschwörung beendet hatte.

»Richtig«, erwiderte diese ungerührt. »Aber wir sind keine Pilger.«

Die Hochebene Garhita war flach und konturlos. Gorin beugte sich vor, um mehr von diesem verbotenen Land zu erkennen, doch er sah nichts als endlose Wogen hoher Gräser. Als er seinen Blick wieder hob und nach vorne schaute, brach der Mond durch die Wolken. Er beschien die eisbeladenen Flanken des Götterbergs Ananta.

Es war das erste Mal, dass Gorin ihn aus der Nähe erblickte.

Er hatte ihn schon länger als schattenhaften Umriss am Horizont aufragen sehen, doch erst jetzt, im klaren Mondlicht, konnte man erahnen, wie gewaltig der Berg wirklich war. Gorin war inmitten der Tokrond-Gipfel aufgewachsen, hatte die Gletscherberge von Skovrik gesehen und war auf der höchsten Spitze des Himmelskaisers gewesen. Doch das alles hatte ihn nicht auf den Anblick des heiligen Ananta vorbereitet.

Der Götterberg ragte steil wie eine Säule auf, flankiert von zahlreichen gestaffelten Nebengipfeln, die jeder für sich einen formidablen Berg ergeben hätten. Seine Spitze war nicht zu erkennen, denn sie lag verborgen inmitten ewiger Wolken.

Jenseits dieser Wolken, hinter ihrem dunstigen Schleier, schimmerten ferne Lichter. Gorin wusste, dass sie von den Palästen der Götter stammten, die auf dem Gipfel des Ananta residierten. Er fragte sich, ob eines der Lichter der Widerschein der Esse Dwaldarins war, der beständig neue Formen zur Bereicherung der Welt schmiedete. Der Lichtschein war unvorstellbar weit entfernt und berührte Gorin doch im Innersten, erzeugte gleichermaßen Furcht und Ehrfurcht.

»So ergeht es jedem, der den Ananta zum ersten Mal erblickt«, sagte die Winterseherin, ohne sich umzuwenden.

Sie näherten sich dem himmelragenden Berg im raschen Flug. Doch sie preschten noch eine ganze Weile durch die Nacht, ohne dass der Ananta wesentlich näher zu kommen schien. Der einsam aufragende Berg war so gewaltig, dass er den Sinn für Entfernungen verwirrte.

Der Morgen dämmerte schon fast heran, als sie schließlich an den Flanken des Götterberges entlangflogen, die sich endlos hinzuziehen schienen. Die Winterseherin landete den Silberdrachen im Schatten des Ananta. Er faltete die Flügel zusammen und wurde wieder zur Statue.

Beim Absteigen versank Gorin schier in den Grashalmen, die ihm bis an die Schultern reichten. Sie waren hart, spröde und scharf. Gorin war mehr als froh um seinen Kettenmantel.

Sie versammelten sich im Halbkreis um die Winterseherin.

Die Alte griff in eine Tasche ihres Mantels und zog mehrere schwarze Steinsplitter heraus, die sie an die Zwillinge verteilte.

»Sie stammen vom Boden der Schlucht Tamovat«, erklärte sie dabei. »Ich habe einen nützlichen Zauber daraufgelegt. Die Steinsplitter ermöglichen es euch, in den Schatten von Tamovat und selbst in den Höhlen der Unterwelt zu sehen, solange ihr sie bei euch tragt. Einigermaßen jedenfalls.« Die Winterseherin hob ihren Stab. »Tretet jetzt etwas zusammen. Ich werde nun ein Blendwerk über uns legen, das uns vor fremden Blicken schützt. Es wirkt allerdings nicht ewig, und im Palast, wo es von höheren Kettendienern wimmelt, werden wir eine bessere Tarnung benötigen. Glücklicherweise habe ich auch dafür vorgesorgt.«

Die Alte sprach einige Worte der Macht, und Gorin spürte die Berührung ihrer Magie, was sich fast schon vertraut anfühlte.

Schließlich ließen sie den Drachen hinter sich zurück und kämpften sich schweigend durch das Gras. Ein klagendes Heulen erhob sich, wenn der Wind durch die Halme fuhr. Ganz so, als stöhnte die verbotene Hochebene Garhita wie ein lebendes Wesen, das sich unter ihren Füßen in Schmerzen wand. Als sie eine vorspringende Felsnase des Ananta umrundet hatten, blieb die Winterseherin stehen.

»Dort endet unsere Reise«, sagte sie und zeigte auf ein Meer von Lichtern, das nun am Fuße des Götterberges zu sehen war.

Gorin erblickte die Umrisse des Rostroten Palastes. Die massiven Mauern seiner Hallen, Türme und Nebengebäude waren aus dunkelgrauem Basaltgestein errichtet und ragten hoch auf. Die steilen Dächer schimmerten rostrot im Mondlicht. Lange Reihen von Fenstern waren hell erleuchtet, als wollten sie die Ruhe der Nacht von diesem Ort der Welt dauerhaft aussperren. Besonders grell loderte das große Leuchtfeuer an der Spitze des Schlangenturms, der sich über den Dächern der zentralen Hallen erhob. Gerade schlüpfte eine Fledernatter aus einem der vielen Tore des Turms. Sie trug ihren Reiter im raschen Flug nach Westen und verschmolz mit den Schatten der Nacht. Der Rostrote Palast schlief nie.

»Und dort wollen wir eindringen?«, fragte Elyami leise.

Die Winterseherin schüttelte den Kopf. »Die äußeren Gemächer mit ihren Kanzleien und Banketthallen sind für uns nicht interessant«, sagte sie. »Meine Hintertür führt direkt in die inneren Gemächer, die in der Tiefe liegen.«

Sie zeigte auf einen Streifen Dunkelheit direkt neben dem Gebäude-Moloch. Dort fehlte es nicht einfach nur an Licht. Die Finsternis war so intensiv, als klaffte ein schwarzer Riss in der Welt, der jeden Funken Helligkeit verschluckte. Die Schlucht Tamovat, die Mutter aller Schatten.

»Gehen wir also«, sagte Galdra mit klammer Zuversicht in der Stimme. Sie näherten sich der Schlucht, wobei sie sich im Schutz der Bergflanken hielten. Für die letzten hundert Meter traten sie auf die offene Hochebene hinaus. Der Wind heulte infernalisch. Gorin hatte das Gefühl, dass ihn aus den zahllosen Fenstern des Rostroten Palastes tausend Augenpaare hämisch beobachteten. Er hoffte, dass die Vorkehrungen der Winterseherin ausreichen würden.

Tamovat öffnete sich abrupt vor ihren Füßen. Es gab keinerlei Übergang. Auf das wogende Grasland folgte einen Schritt weiter undurchdringliche Dunkelheit. Die Schatten waren so dicht, dass Gorin trotz des Steines der Winterseherin nicht abzuschätzen vermochte, wie tief die Schlucht hinabreichte. Finsternis erfüllte sie wie eine dichte, greifbare Masse. Ein schmaler Sims führte am Rande der Schlucht entlang in die Tiefe. Er hatte keine Brüstung, Trittstufen oder sonstige Absicherung. Die Winterseherin ging voran, dicht gefolgt von Gorin und Galdra. Die beiden Elben bildeten den Abschluss.

Gorin setzte seine Schritte sehr sorgfältig vorwärts. Der Pfad war steil und glatt. Einmal stieß er mit dem Fuß gegen einen Stein, der klappernd in der Tiefe verschwand; das Geräusch kam Gorin unsäglich laut vor. Galdra brummte tadelnd. Erst jetzt realisierte er, dass das Heulen des Windes verstummt war. Die Schlucht hielt sie mit erstickender Stille umschlossen und schien alle Geräusche von draußen zu verschlucken.

Die Schatten glichen hier unten eher schwarzen Nebelschwaden als gewöhnlicher Dunkelheit. Noch beunruhigender war der Umstand, dass sich die Schatten bewegten. Manche von ihnen trieben träge und gleichmäßig dahin. Andere zuckten wie ekstatische Tänzer über die Wände der Schlucht. Die unangenehmsten bewegten sich nur im Augenwinkel, wenn man nicht genau hinsah, und erinnerten die Lebenden beständig daran, dass sie Eindringlinge an einem fremdartigen, verbotenen Ort waren.

Es dauerte eine gefühlte Ewigkeit, bis sie endlich den Boden der Schlucht erreicht hatten. Er war uneben und mit scharfkantigem Geröll bedeckt. Gorin nahm seine Umgebung wie hinter einem grauen Schleier wahr. Er mochte sich nicht vorstellen, wie es ohne den Stein in seiner Tasche gewesen wäre … Er versuchte noch, sich zu orientieren, als die Winterseherin innehielt und warnend die Hand hob. Alle verharrten in der Bewegung.

Mehrere Umrisse näherten sich lautlos durch die Schatten von Tamovat. Sie flatterten wie übergroße Fledermäuse voran und gingen nicht weit entfernt auf dem Boden nieder. Gorin erkannte sieben oder acht Frauengestalten, die gerade ihre ledrigen Flügel auf dem Rücken falteten. Sie hatten leichenblasse Haut und wildes, ungezähmtes Haar. Schwarz glänzende Schienenpanzer schützten ihre Körper, in den Händen führten sie lange Stangenwaffen, deren Spitzen wie grausame Sicheln geformt waren. Einige von ihnen trugen Dornenpeitschen oder sogar lebendige, sich windende Vipern als Zweitwaffen am Gürtel. Furien, die Amazonen der Unterwelt.

Sie standen beieinander und schienen ein kleines Objekt auf dem Boden zu untersuchen. Gorin fühlte einen kalten Klumpen in seinem Magen. Das musste der Stein sein, den er losgetreten hatte!

Eine der Unterweltlichen ging auf die Knie nieder. Sie sog scharf die Luft ein, als würde sie die Witterung aufnehmen. Ihr Blick wanderte lauernd umher. Dann schaute sie direkt auf Gorin. Das Feuer ihrer Augen schien sich regelrecht in ihn hineinzubrennen, blutgieriger Wahnsinn glühte in ihnen. Gorin versteifte sich so sehr, dass seine Muskeln wehtaten. Er konnte nur hoffen, dass der Schutzzauber der Winterseherin seine Wirkung tat … Die Furie bewegte wieder den Kopf. Ihr Blick wanderte weiter. Schließlich sprang sie auf die Füße und wandte sich ihren Schwestern zu. Sie wechselten zischende Worte. Eine von ihnen hob gebieterisch ihre Waffe. Sämtliche Furien breiteten daraufhin ihre Lederschwingen aus. Sie flogen auf und entfernten sich, tiefer in die Schatten von Tamovat hinein.

»Die suchen nach uns«, flüsterte Elyamur besorgt.

»Nein«, erwiderte die Winterseherin leise. »Das war nur ein Wachtrupp. Solche Patrouillen streifen überall um den Rostroten Palast.«

»Eine Horde Furien als Wachtrupp?«, fragte Galdra ungläubig.

»Ja«, brummte die Alte. »Willkommen im Herzen der Kettenlande.«

Vorsichtig folgten sie dem Verlauf der Schlucht, darauf bedacht, auf dem unebenen Boden nicht zu straucheln und kein weiteres Geröll loszutreten. Vor ihnen schälten sich die Umrisse mächtiger Bauwerke aus den Schatten, die man direkt auf dem Grund von Tamovat errichtet hatte. Ihre Außenwände waren fensterlos und rostfarben, als hätte man sie ganz aus korrodiertem Metall erbaut. Die Gebäude erstreckten sich über die ganze Breite der Schlucht und stießen an beiden Seiten direkt an den Fels. Von einer Kuppel aus führte ein überdachter, frei schwebender Treppenaufgang endlos weit nach oben, bis er in den Schatten verschwand. Grünliche Leuchtkugeln beschienen ihn in regelmäßigem Abstand. Die Kette ihrer glühenden Punkte reichte bis hinauf an den Rand der Schlucht, wo die Treppe zu den äußeren Gemächern des Palastes führen musste.

Selbstbewusst und sicheren Schrittes hielt die Winterseherin auf die Gebäude vor ihnen zu.

Dann blieb sie stehen und griff in eine ihrer Manteltaschen. Sie zog einen silbernen Handspiegel mit üppigen Ziergravuren hervor. Leise murmelte sie eine Zauberformel, ehe sie ihn mit ausgestrecktem Arm hochhielt, das Glas von sich weggewandt. Aus dem Spiegel lösten sich ein knappes Dutzend schemenhafter Gestalten. Sie sahen seltsam unwirklich und körperlos aus, als wären sie aus Glas geformt, und bewegten sich langsam auf die Palastgebäude zu. Lautlos teilten sie sich in zwei Gruppen auf, die in verschiedene Richtungen gingen. Gorin konnte die Gestalten von Elben und Zwergen erkennen. Dann entdeckte er sich selbst unter ihnen. Und zwar in beiden Gruppen zugleich – zwei Gorins, die neben zwei Galdras gingen. Das waren die Zwillingsseelen und die Winterseherin! Oder zumindest ihre halb durchsichtigen Doppelgänger.

»Was soll das?«, fragte Galdra unbehaglich.

»Das ist unsere Ablenkung«, erklärte die Winterseherin zufrieden, während sie den Spiegel wieder wegsteckte. »Die Spiegelschemen werden in den Palast eindringen und irgendwann ganz sichtbar werden. Aber erst, wenn wir selber bereits drinnen und weit weg von ihnen sind. Sie werden dann einen Einbruch an einer anderen Stelle vortäuschen, um die Aufmerksamkeit des Kettenfürsten auf sich zu ziehen.«

»Und warum gleich zwei Gruppen?«, fragte Elyamur.

»Beide sehen exakt aus wie wir«, erklärte die Alte. »Eine von ihnen wird sehr gut getarnt vorgehen. Aber nicht gut genug. Der Kettenfürst wird sie bald bemerken und herausfinden, dass sie nur Schemen sind. Die andere Gruppe ist wesentlich besser abgeschirmt und es wird so aussehen, als sollte der erste Einbruch von ihr ablenken. Das wird ihm zu tun geben.«

»Aber er wird auch das durchschauen«, sagte Elyami leise.

»Natürlich«, schnaubte die Winterseherin. »Doch hoffentlich erst, wenn wir schon tief in seine Residenz eingedrungen sind. Die Schemen täuschen ein Eigenleben vor, und es wird eine Weile dauern herauszufinden, dass sie nicht wir sind.«

»Keine unbedeutende Magie«, sagte Gorin anerkennend.

»Weißt du, wie lange ich diesen Tag schon vorbereite?«, gab die Winterseherin zurück und wirkte plötzlich alt. »Der Spiegel stammt von einer befreundeten Hexe. Ich habe viel dafür gegeben … Kommt jetzt. Wir haben nur diese eine Gelegenheit.«

Sie überließen die Schemen sich selbst und folgten der Winterseherin weiter auf den Palast zu, bis sie direkt vor einer der rötlichen Wände standen. Ihre rostige Oberfläche war mit Reihen dicker Eisennieten beschlagen.

Die Winterseherin verharrte für einen Moment schweigend und schien sich zu konzentrieren. Dann berührten ihre Finger in rascher Folge einige der Nieten, während sie unverständliche Worte murmelte. Ein klackendes Geräusch hallte durch die Schatten. In der Wand schwang eine kleine Tür auf, deren Umriss zuvor nicht einmal zu erahnen gewesen war. Die Winterseherin lächelte selbstzufrieden. »Alles ist so, wie ich es zurückgelassen habe. Kommt herein.«

»Ich hatte nicht gedacht, dass Ihr das mit der Hintertür wortwörtlich meint«, gestand Elyami.

Sie schlüpften durch die Öffnung und betraten eine enge Kammer. Sobald sie eintraten, entzündete sich eine magische Leuchtkugel und sorgte für dämmriges Licht. Hinter ihnen fiel die Pforte in der Außenwand von selbst wieder zu.

Gespannt schaute Gorin sich um. Der Raum war so klein, dass sie alle zusammen kaum darin stehen konnten. Auch seine Innenwände waren von rötlichem Rost bedeckt. In einer Ecke stand eine Truhe, ihr gegenüber ein niedriges Feldbett. Sonst gab es keine Einrichtung.

»Hier können wir frei sprechen«, sagte die Winterseherin. »Dieser Raum ist ein Teil meiner Vorkehrungen und umfassend geschützt.«

»Woher wusstet Ihr, dass dieses Gelass existiert?«, fragte Gorin. »Es wirkt irgendwie … fehl am Platze.«

»Ich habe selbst dafür gesorgt, dass es eingerichtet wird«, erwiderte die Winterseherin.

»Wie? Mitten im Rostroten Palast?«

Die Winterseherin schwieg kurz, ehe sie antwortete. »Ihr wisst von Elyami, dass ich früher gelegentlich am Hofe des Kettenfürsten zugegen war«, sagte sie. »Ich war auch hier, während gerade an diesem größenwahnsinnigen Palast gebaut wurde. Der oberste Baumeister war ein Diamantzwerg namens Pordrin. Aus unerfindlichen Gründen war er stets in größter Sorge, dass er einmal beim Kettenfürsten in Ungnade fallen könnte.«

Elyami hob tadelnd eine Augenbraue.

»Ja, Elyami, ich habe in unseren Gesprächen etwas nachgeholfen. Jedenfalls hat er heimlich diesen Raum und die Hintertür für den Notfall angelegt. Ich brauchte sie nur zu übernehmen.«

»Nachdem Pordrin dann in Ungnade gefallen war?«, hakte Elyami nach. Die Winterseherin antwortete nicht.

»Aber das muss Jahrzehnte her sein«, sagte Gorin ungläubig.

»Erwähnte ich schon einmal, dass ich vorausschauende Planung schätze?«, erwiderte die Alte. »Wir haben übrigens zu tun.«

Sie ging zur Truhe und schlug den Deckel zurück, um zwei weiße, zerfetzte Umhänge herauszuziehen.

»Dies sind Kutten von Larvae«, sagte die Winterseherin nicht ohne Stolz. »Ich habe einen Zauber auf sie gelegt, der ihre Träger in jeder Hinsicht wie Kinder der Unterwelt erscheinen lässt. Die Kutten stammen aus dem Palast, und ihr Zauber wirkt hier zuverlässiger als der Tarnzauber, den ich draußen gesprochen habe.«

»Das sind nur zwei«, stellte Galdra fest.

»Ich habe damals nicht vorausgeahnt, dass ich mit vier Zwillingsseelen hier stehen würde«, gab die Winterseherin zurück. »Aber ich habe weitere Vorkehrungen getroffen.«

Sie griff in eine Tasche ihres Mantels und zog etwas hervor, das sie auf ihrer ausgestreckten Handfläche präsentierte. Es waren zwei klobige gelbliche Ringe, offensichtlich aus Knochen geformt. Scharfkantige Zauberzeichen waren in ihre Oberflächen geritzt.

»Eine orkische Arbeit«, sagte Gorin wenig begeistert.

»Gewiss«, antwortete die Winterseherin. »Kaum jemand versteht sich so gut auf die Wege des Todes wie die Geisterbeschwörerinnen der Ork-Clans. Diese Ringe verleihen dem Träger das Aussehen und die Aura einer wandelnden Leiche. Wenn wir gleich tiefer in die Residenz des Kettenfürsten vordringen, werdet ihr zwei Larvae sein, die untote Sklaven zu irgendeiner Arbeit treiben. Alle vier Zauberdinge werden euch vorzüglich tarnen, wenn ihr euch nur unverdächtig verhaltet. Elyami, Elyamur – die Larva-Kutten dürften etwa eure Länge haben.«

»War ja klar«, brummte Galdra.

»Und was ist mit Euch, Odrana?«, fragte Elyami besorgt.

»Ich werde bei Euch sein und weiterhin selbst dafür Sorge tragen, nicht entdeckt zu werden. Aber nenne diesen Namen auf keinen Fall noch einmal innerhalb dieser Mauern! Der Kettenfürst ist erstaunlich feinfühlig bei den Dingen, die … die ihm nahegehen.«

Elyami nickte beklommen. Niemand hatte mehr etwas zu sagen. Die Elben zogen die zerfetzten Kapuzenmäntel über. Sofort verwandelten sie sich in bleiche Grabgestalten mit hohlwangigen Gesichtern und überlangen weißen Fingern. Gorin lächelte die Elbenzwillinge aufmunternd an, woraufhin sich Elyamurs Gesicht zu einer grässlichen Fratze verzog, die wohl ein Lächeln darstellte.

Dann setzten sich Gorin und Galdra die Ork-Ringe auf. An sich selbst bemerkte Gorin keine Veränderung. Anstelle Galdras stand jedoch plötzlich ein grinsendes Gerippe neben ihm, dessen Knochen nur mit verfaulten Lumpen behängt waren.

Die Winterseherin betrachtete Elyami prüfend und runzelte die Stirn. Dann trat sie an die Grünsängerin heran und berührte *Bewahrer* mit der Hand, während sie einige Worte murmelte.

»Ein Artefakt von solcher Macht ist nicht einfach abzuschirmen«, sagte sie. »Gib den Vierzack auf keinen Fall aus der Hand, solange der Tarnzauber wirkt, Elyami!«

Sie wandte sich ab und griff noch einmal in die Truhe, um einen weiteren Gegenstand hervorzuholen. Es war ein in Silber gefasster Menschenschädel, den sie unter ihrem Mantel verstaute.

»Den werden wir noch brauchen«, murmelte sie, ehe sie eine

Tür auf der Innenseite der Kammer öffnete. Sie schlüpften hindurch, und die Alte schloss die Tür hinter ihnen, die sogleich nicht mehr von der Wand zu unterscheiden war. Sie hatten die inneren Gemächer des Rostroten Palastes betreten.

Ihre Hallen waren hoch, leer und kalt. Eine überdachte Ödnis. Alle Wände waren mit rostigen Metallplatten beschlagen, von denen zuweilen Eisenstaub herabrieselte. Ein dämmriges, unfreundliches Licht ließ die Schatten scharf hervortreten und schien überall zugleich zu sein. Seine Quelle war nicht zu erkennen. Gorins und Galdras Schritte hallten von den Wänden wider, als sie tiefer in die langen Gänge eindrangen. Die geisterhaften Gestalten der Elben bewegten sich hingegen lautlos hinter ihnen. Die Winterseherin schritt aufrecht und entschlossen voran.

Beim Gehen fielen Gorin die Gerüchte von geheimnisvollen Zauberwerkstätten, Bibliotheken und Kerkern ein, die hier, im Zentrum der Kettenmacht, untergebracht sein sollten. Doch um sich herum sah er nichts als leere Gänge und Hallen, die sich in alle Richtungen zu erstrecken schienen. Vielleicht lagen die legendären Einrichtungen ja hinter den eisernen Torflügeln, die sie gelegentlich passierten.

Plötzlich bog eine Lamia um die Ecke, die Fangzähne in ihrem ewigen Schädelgrinsen entblößt. Gorin musste sich zusammennehmen, um nicht vor ihr zurückzuweichen. Als Untoter durfte er keine Regung zeigen! Die Angst, durchschaut zu werden, schnürte ihm die Kehle zu. Die Lamia jedoch ignorierte sie und schwebte an ihnen vorbei.

Als sie etwas später eine Halle durchquerten, schwang eines der eisernen Seitentore auf, und eine Prozession von Gestalten in schwarzen Roben glitt schweigend heraus. An der Spitze ging eine dunkelhäutige Jhalai-Frau, deren Gesichtsmaske wie ein bronzener Totenschädel geformt war. Die Menschen und Gnome, die ihr folgten, wirkten deutlich jünger, fast noch wie Kinder. Sie waren ängstlich darauf bedacht, ihre Lehrmeisterin nicht aus den Augen zu verlieren, die sie schnellen Schrittes durch die inneren Gemächer führte. In den Zauberglyphen, die den Saum ihrer Roben zierten, erkannte Gorin Runen des Todes und der Herbeirufung.

Die Jhalai hielt kurz inne und starrte misstrauisch in Richtung der Winterseherin. Diese erwiderte den Blick des Bronze-Schädels gelassen, ohne mit der Wimper zu zucken. Die Nekromantin wandte sich kopfschüttelnd um und verschwand mit ihren Schülern in einem Nebenraum. Auch die Winterseherin führte ihre Schützlinge weiter voran.

Nach der nächsten Gangbiegung öffnete sich vor ihnen ein lang gestreckter, leerer Saal. Die Stirnwand an seinem Ende war nicht mit Eisenplatten verkleidet, sondern bestand aus nacktem und unbearbeitetem Fels. Dort klaffte eine große, annähernd dreieckige Höhlenöffnung. Jenseits ihrer Schwelle herrschte undurchdringliche Dunkelheit. Gorin wusste, dass sie vor der Höhle Dvar standen, der Pforte zur Unterwelt. Dieser Ort war das wahre Herz des Rostroten Palasts, fern von allem Prunk. Es gab keine Torflügel, keine Statuen oder Ornamente an der unbearbeiteten Wand, keine Ehrenwachen. Inmitten des Palastes war der Höhleneingang so belassen, wie er seit Anbeginn der Zeit gewesen war.

Gorin fühlte klamme Enge in seiner Brust, während sie sich der Höhle Dvar durch den Saal näherten. Obwohl sie nun schon fast direkt an ihrer Mündung standen, war dahinter noch immer nichts als Schwärze zu erkennen. Plötzlich spuckte ihre Dunkelheit zwei Gestalten aus, so abrupt, als wären sie aus dem Boden gewachsen.

Der Größere war ein langhaariger Elbenzauberer in Purpur-Roben, dessen Stab von einem goldenen Oktopus mit gespreizten Tentakeln gekrönt wurde. Neben ihm stapfte ein stämmiger, graubärtiger Granitzwergenkrieger. Seine bullige Rüstung war mit Trophäen behängt, unter anderem mit einer Kette aus mumifizierten Elbenohren.

»Dann treibt Eure Fleischweber eben zur Eile an, Meister Gyzrazur!«, schimpfte der Zwerg in der Hochsprache. »Wir brauchen die Riesen-Felsenwyrmer jetzt! Meine Tunnelkrieger verlieren allmählich die Geduld. Wir sind es gewohnt, Lichtlose als Sklaven zu nehmen, und nicht an ihrer Seite in fremden Höhlen zu kampieren.«

»Bringt ihnen ein wenig Geduld bei, Berglord Tholidrun«, erwiderte der Purpur-Elb ungerührt. »Die Zerstörung des Brutkessels von Swertenburg hat uns zurückgeworfen. Doch bald ist die nächste Larvengeneration herangereift.«

»Was heißt bald?«, schnaubte der Zwerg. »Meine Krieger gieren nach Blut und Beute! Ich kann nicht ausschließen, dass sie demnächst über die Lichtlosen herfallen.«

»Das ist mir gleich«, erwiderte der Zauberer. »Solange genug Zwerge und Lichtlose übrig bleiben, die ihr durch die Tunnel meiner Felsenwyrmer zum Sieg führen könnt. Sonst sind wir beide dran.« Er warf die langen Haare zurück. »Die Wyrmer werden in sechs bis sieben Monaten ausgewachsen sein.«

»Dann wird Tokrond fallen, bevor das nächste Jahr seinem Ende zugeht«, knurrte der Zwergenkrieger zufrieden.

Das ungleiche Paar entfernte sich durch den Saal. Obwohl die Winterseherin einen Schritt zur Seite treten musste, um die beiden Männer durchzulassen, würdigten sie die Gruppe keines Blickes.

Gorin hörte ein leises Knacken. Das Zwergenskelett, das neben ihm marschierte, hatte grimmig die Fäuste geballt. Granitzwergische Kettenkrieger in den Tiefen Höhlen unter Tokrond? Nicht nur in Galdra strebte alles danach, das Festungsreich sofort irgendwie zu warnen! Er atmete durch. Ihre Aufgabe war wichtiger. Alles hing davon ab, dass sie Erfolg hatten – auch das Schicksal ihrer heimatlichen Hallen. Gorin spürte Wut in sich aufsteigen, die seine Entschlossenheit anstachelte. Mit festen Schritten betrat er die Pforte der Unterwelt.

FÜNFUNDDREISSIGSTES KAPITEL

DIE HÖHLE DVAR
AM RANDE DES ABGRUNDS VAKTRA

Rezkai war wütend. Der Khurdran der Blutketten stapfte wie ein wildes Tier auf und ab und ließ zuweilen seinen Säbel durch die Luft sausen. Zu gerne hätte er die Klinge irgendeinem Feind in die Eingeweide gestoßen und seinen Groll in Blut ertränkt. Aber das würde ihm jetzt nicht helfen.

»Hab Geduld, Bruder«, flüsterte Rekut. In den Schatten der Höhle Dvar sah sie mit ihrem Schädelgesicht wie eine leibhaftige Tochter der Unterwelt aus. »Schon bald wird deine Waffe endlich Zwillingsblut schmecken und unsere große Mission vollendet sein.«

Rezkai schnaubte nur. In letzter Zeit lag Rekut oft daneben, wenn sie zu erraten versuchte, was in ihm vorging. Es war nicht die ungeduldige Wut des bevorstehenden Kampfes, die in Rezkai brannte. Es war der Zorn darüber, wie ehrlos dieser Kampf verlaufen würde.

Die beiden Orkzwillinge lagen am bodenlosen Schlund des Abgrunds Vaktra auf der Lauer, an der Grenze zur inneren Unterwelt. Sie hatten sich in den dunklen Stollen einer Seitenhöhle zurückgezogen und behielten die Schlucht von hier aus im Auge. Hinter ihnen, tiefer im Gang, drängelten sich die Dämonen der Unterwelt, die der Meister ihnen als Unterstützung zur Seite gestellt hatte: Wilde Furien hielten mit kaum gezügelter Blutgier ihre Waffen bereit, Höllenhunde mit bläulich flammendem Fell strichen unruhig um sie herum. Larvae hatten gekrümmte Dolche gezückt, vielarmige Schattenjäger warteten unbewegt, halb mit der Dunkelheit verschmolzen. In den umliegenden Gängen hielten sich weitere Unterweltliche verborgen. Sie würden die Eindringlinge mit einer überwältigenden Übermacht zerquetschen.

Und eben das schmeckte Rezkai nicht. Er wollte die Elben- und Zwergenzwillinge im offenen Kampf bezwingen und sich mit Stolz Haarnadeln aus ihren Knochen formen. Sie waren würdig, von einem Khurdran und Khugasha-Meister herausgefordert zu werden. Der Vierzack, der die Ketten des Meister sprengen würde, sollte ihnen als Trophäe eines glorreichen Duells in die Hände fallen. Stattdessen kauerte er hier wie ein feiger Goblin in seinem Versteck.

Draußen, im Rostroten Palast, ging irgendetwas vor sich. Die Wachen verfolgten Eindringlinge, hieß es. Doch er musste hier ausharren, statt sich an der Jagd zu beteiligen.

In der offenen Höhle jenseits des Ganges huschten immer wieder Gestalten vorüber. Es waren Larvae, Lemuren und andere Geister der Unterwelt, die den Abgrund überquerten, um den Willen des Kettenfürsten in die Welt zu tragen.

»Sie werden bald kommen«, insistierte Rekut. »Der Meister hat es gesagt.«

Das hatte er in der Tat. »In der Höhle der Dämmerschatten werdet ihr sie erwarten«, hatte der Kettenfürst gesprochen. »Dorthin hat sich die Winterseherin gerne zurückgezogen, wenn sie meiner Aufmerksamkeit entgehen wollte. Heute wird sie lernen, dass ich nicht so leicht zu täuschen bin.«

»Was bewegt dich, Bruder?«, fragte Rekut misstrauisch, als Rezkai noch immer keine Antwort gab.

»Kaltos«, erwiderte er.

»Der Meister hat ihn direkt vor seinen Thron gerufen, und er ist nicht erschienen«, sagte Rekut düster. »Entweder ist er tot oder er wurde auf Malyún gefangen genommen.«

Rekut lag schon wieder falsch. Rezkai hatte an die Gespräche gedacht, die er mit dem alten Zentauren während ihrer Reise zu den elementaren Quellen geführt hatte. Sie gingen ihm schon seit Tagen im Kopf herum.

Aber natürlich sorgte auch er sich um den Verbleib seines Lehrmeisters. Als die beiden Orks an der Spitze der Stummen Ritter das Heiligtum des Silberwebstuhls gestürmt hatten, war Kaltos beim Donnerwagen zurückgeblieben, um sie mit irgendwelcher Zauberei zu unterstützen. Bei ihrem Rückzug war er nicht mehr dort gewesen. Rezkai hatte seinen Namen gerufen, während Rekut den Pazuzu-Dämon zurück unter sein Joch gezwungen hatte. Doch Kaltos war nicht wieder aufgetaucht. Schließlich waren sie ohne den Zentauren aufgebrochen.

»Kaltos ist mächtig«, sagte Rezkai. »Ich glaube nicht, dass unsere Feinde ihn einfach so greifen konnten. Nicht ohne Flammenbälle und Gewitterschläge.«

»Was soll sonst passiert sein?«, erwiderte Rekut herausfordernd. »Der Meister hat ihn herbefohlen.«

Rezkai knurrte in sich hinein. Seine Schwester hatte recht. Es war undenkbar, dass Kaltos einen Befehl des Meisters bewusst ignoriert hatte.

»Die alte Winterseherin ist auch mächtig«, überlegte Rekut. »Ich frage mich, welche Hinterlist sie plant.«

»Sie wird nicht offen und ehrenvoll kämpfen«, brummte Rezkai und fühlte sich unbehaglich. Missmutig beobachtete er eine Lamia, die gerade durch die Höhle schwebte.

»Dann wird sie alles daransetzen, sich mit einer Täuschung vorbeizuschleichen«, sagte Rekut. »Vielleicht gelingt ihr das. Vielleicht auch nicht.«

»Kannst du nichts dagegen tun?«, gab Rezkai unwillig zurück. Er hasste dieses Verstecken und Belauern!

»Nichts, was der Meister nicht auch könnte«, antwortete Rekut. Sie legte nachdenklich den Kopf schief. »Mit einer Ausnahme: Meine Geisterzentauren standen der Alten im Leben sehr nah. Sie haben noch ihr Bewusstsein und ihre Erinnerungen, und sie sind stark! Die alte Seherin hat ein enges Band zu ihnen geknüpft. Möge sie davon erwürgt werden!«

Sie griff nach der Kordel mit den Schrumpfköpfen, die ihr verblieben waren. Es waren nur noch vier. Rezkai hatte zu seinem Unbehagen feststellen müssen, dass der Verlust jedes einzelnen Rekut geschwächt hatte, als wären sie ein Teil von ihr.

Plötzlich schlugen zwei der ledrigen Gesichter ihre rot glühenden Augen auf. Zugleich erschienen schwarze Schatten an Rekuts Seite: die Umrisse von Zentauren mit stolzen Haarmähnen, die im nicht vorhandenen Wind flatterten.

Rekut redete leise in den Worten einer fremdartigen Sprache auf sie ein. Die Schatten von Althros und Anthrite preschten davon und verschmolzen rasch mit der Dunkelheit von Dvar. Sie hatten ein Ziel, und sie würden es finden.

Rezkai wog seinen Säbel in der Hand. Bald würde er Zwillingsblut vergießen. Doch die grimmige Vorfreude auf einen guten Kampf wollte sich einfach nicht einstellen.

SECHSUNDDREISSIGSTES KAPITEL

DIE HÖHLE DVAR
DIE ÄUSSEREN PASSAGEN

DIE HÖHLE DVAR war nicht so, wie Elyami sie aus ihren Traumvisionen kannte. Sie hatte stets eine hohe, lang gestreckte Halle von ungewissen Ausmaßen vor sich gesehen, die geradewegs auf den Abgrund Vaktra zuführte, hinter dem das eigentliche Reich der Unterwelt begann. Doch offenbar war das lediglich der direkteste Weg. Rings um diesen Zugang war der Fels von einem verzweigten Labyrinth aus Gängen, Spalten und Nebengrotten durchzogen, allesamt erfüllt von den allgegenwärtigen Schatten der Unterwelt.

In einen jener Nebengänge hatte die Winterseherin sie geführt, sobald die Schwelle der Höhle hinter ihnen lag.

»Ab hier besteht die Gefahr, dass wir auf die machtvollsten Diener der Unterwelt treffen, die unsere Tarnzauber sofort durchschauen würden«, hatte sie gesagt. »Darum folgen wir besser einem wenig benutzten Seitenpfad.«

Elyami war dankbar, dass die alte Seherin ihnen voranging. Sie bewegte sich in der schwarzen Ödnis der Höhle so sicher, als wäre sie hier zu Hause. Auf sich selbst gestellt hätte sich die Grünsängerin hoffnungslos im Gewirr der Gänge verirrt, und schlimmer noch: Sie wäre von den schattenhaften Bildern überwältigt worden, die aus der Tiefe von Dvar beständig zu ihr aufstiegen. Fragmente von Leben, die auf dem Seelenfluss in die Unterwelt reisten. Und Fragmente der Tode, die sie beendet hatten. Sie stellten sich ganz unvermittelt ein.

Elyami fasste sich an die Seite, als sie für einen Moment das Gefühl hatte, von einer Schwertklinge durchbohrt zu werden.

Dann erschien plötzlich ein Tal mit blühenden Kirschbäumen vor ihr; sie hatte es noch nie zuvor gesehen und empfand doch Heimweh. Elyami atmete tief durch, um den Bilderstrom behutsam an sich vorbeizulenken. Die Larva, die Elyamur war, schaute sie besorgt von der Seite an. Elyami lächelte tapfer, was unter ihrem Schleier vermutlich wie eine verzerrte Geisterfratze aussah. Niemand von ihnen war an diesem Ort ganz er selbst. Nur der ruhige Gleichmut der Winterseherin bildete eine unerschütterliche Konstante.

Sie ging ihnen durch die Tunnel voran, den Knotenstab entschlossen bei jedem Schritt aufsetzend. Das nahe Ende ihrer Mission schien ihr neue Kraft zu verleihen.

Elyami wäre fast in die Winterseherin hineingestolpert, als die Alte plötzlich stehen blieb.

»Was ist?«, fragte Galdra alarmiert.

»Ich habe nur so ein Gefühl«, erwiderte die Winterseherin vage. Misstrauisch schaute sie sich um, dann wandte sie sich einem Seitengang zu. »Wir gehen nicht durch die Höhle der Dämmerschatten. Der Kettenfürst könnte damit rechnen. Lasst uns den Abgrund in der Schweigenden Kathedrale überqueren.«

»Wie Ihr meint«, sagte Gorin unsicher.

Die Winterseherin führte sie durch den gewundenen Gang voran. Nach einiger Zeit weitete er sich zu einer hohen Höhle, deren Decke von schlanken Felssäulen gestützt wurde. Ein kalter Sog schien plötzlich nach Elyami zu greifen. Er ging von einer Region der tiefsten Schwärze im hinteren Teil der Höhle aus. Dort gähnte ein Abgrund. Er war erfüllt von solcher Dunkelheit, dass er selbst im Rachen von Dvar wie eine Wunde in der Welt wirkte.

Sein Sog zerrte an Elyamis Kleidern und selbst an der weißen Kutte, die ihr in Fetzen über den Rücken hing. Noch mehr aber zog er an ihrer Seele. Als würde der Abgrund beständig einatmen und dabei alles Lebendige in seine bodenlose Kälte reißen.

»Vaktra«, sagte die Winterseherin leise. »Sein Schlund führt direkt in die tiefen Klüfte der Unterwelt, wo jene Dämonen aus den frühen Tagen der Welt hausen, die zu schrecklich für die Schöpfung sind. Die letzte Schwelle. Dahinter liegen die Hallen der Heimgekehrten, in denen die Seelen auf ihre nächste Existenz warten. Das ist kein Ort für Sterbliche. Doch genau dort steht der Rostrote Thron. Sobald uns der Knochendrache Kikasan auf die andere Seite gebracht hat, ist Schnelligkeit unsere einzige Chance.«

»Dann lasst uns schnell sein«, erwiderte Galdra.

Sie sprachen kein weiteres Wort, während sie langsam in die Höhle vordrangen. Zwei Larvae, die untote Zwerge vor sich hertrieben, und eine alte Frau, die eigentlich gar nicht da war.

Der unheilvolle Sog des Abgrunds schien beständig stärker zu werden. Elyami musste sich zu jedem Schritt zwingen. Nun konnte sie langsam erahnen, wie breit Vaktra war. Zahlen und Maße waren in den Schatten von Dvar bedeutungslos, doch Elyami hatte das Gefühl, dass selbst die mächtigsten Baumriesen von Makhura nicht ausgereicht hätten, um die Schlucht zu überbrücken. Die andere Seite war wie das ferne Ufer eines schwarzen Meeres, an dessen Gestaden bleiche Gestalten umherirrten.

Plötzlich flammte erneut ein Bild in ihr auf, klar und dringlich. Sie sah eine Steppe mit gelblichem Gras, das unter einer roten Sonne wogte. Frischer Wind peitschte ihr entgegen und schmeckte nach Freiheit. Sie spürte das Federn der Erde unter ihren Hufen und die vertraute Gegenwart ihres Bruders an der Seite. In der Ferne näherte sich ein weißer Punkt durch die Luft und wurde zu einem Vogel mit schimmerndem Gefieder. Der Schwan ging mitten im Steppengras nieder und verschwand zwischen seinen Halmen. Dann stand dort eine alte Frau und hob grüßend die Hand. Elyami stieß ein wildes Jauchzen aus, als sie im Galopp auf die Winterseherin zuhielt.

Und sie befand sich wieder in den Schatten von Dvar. Ihre Nackenhaare waren gesträubt vor drohender Gefahr. Sie konnte gerade noch erahnen, wie der schwarze Umriss einer Zentaurin in einem Seitengang verschwand. Es waren Anthrites Erinnerungen, die sie gerade gespürt hatte …

»Dort!«, setzte Elyami an, doch die Winterseherin hatte es bereits bemerkt. »Anthrite«, flüsterte die Alte. »Sie hat mich entdeckt. Wir müssen uns beeilen! Kommt!«

Sie hetzten auf den schwarzen Umriss des Abgrunds am anderen Ende der Höhle zu, doch sie kamen nicht weit.

Eilige Schritte näherten sich aus einem der Seitengänge, dann ertönte eine raue Stimme: »Rezkai! Karshak Larvadrai az reghûl! Wintâsechrin az tharamak!«

Das Inferno der Unterwelt brach über sie herein, als plötzlich heulende Dämonen in die Höhle strömten. An ihrer Spitze liefen Rezkai und Rekut, die Orkzwillinge.

Rekut riss ihr Sensenzepter hoch, und Elyami spürte, wie ein stechender Schmerz durch ihre Aura flammte. Ein Bannzauber fegte über sie hinweg und riss ihre Tarnung in Fetzen. Von einem Herzschlag zum anderen stand sie als sie selbst neben Elyamur.

Ein Rudel Höllenhunde kam auf sie zugehetzt, dicht gefolgt von blutgierigen Furien und anderen Kreaturen der Unterwelt. Rezkai lief mitten zwischen ihnen, mit seinem wilden Haarkamm und den stahlbekrönten Hauern wirkte er nicht minder dämonisch als die Unterweltlichen.

Blaue Flammen tanzten über das pechschwarze Fell der Höllenhunde. Die größte der Bestien, die ganz vorne lief, riss das Maul auf und spuckte einen brüllenden Feuerball. Elyamur sprang vor und zerteilte die Flammen mit seinem Schwert in der Luft, sodass sie in einem Funkenregen zerbarsten.

Einzelne Höllenhunde gingen zu Boden, als Gorin einen machtvollen Magiebrecher-Bolzen nach dem anderen in ihre Reihen feuerte. Bange Hoffnung glomm in Elyami auf. Sie wurde ausgelöscht, als die fauchenden und kreischenden Furien herankamen, angeführt von Rekut. Mit wahnsinnigem Lachen schwangen die unterweltlichen Amazonen ihre Waffen. Es waren Dutzende.

»Wir können hier nicht standhalten!«, rief die Winterseherin über den Lärm der Dämonenhorde hinweg. »Durchbruch zum Abgrund! Sofort!«

Elyami rannte auf die Schwärze von Vaktra zu, dem gierigen Kältesog entgegen, den sie lieber als alles andere gemieden hätte.

Ein Schatten schälte sich lautlos vor ihr aus der Schwärze und versperrte ihr den Weg. Die Unkreatur war annähernd elbengroß, doch aus ihrem Oberkörper sprossen zahllose lange, dünne Arme, wie die Glieder eines grotesken Spinnenwesens. Jeder einzelne Arm endete in einem tückischen Haken.

Der Schattenjäger bog alle Arme zugleich zurück, als wäre sein dürrer Körper eine bis zum Reißen gespannte Saite auf einer Inyura. Dann ließ er sie wie die Stränge eines schwarzen Netzes vorschnellen, Elyami entgegen. Sie stolperte zurück, doch die Haken bissen sich an den Gliedern ihres Kettenhemds fest. Elyami stach panisch mit dem Vierzack zu. Der absurd biegsame Körper des Schattenjägers wich den Spitzen aus.

»Gleich habe ich dich, kleine Elbin!«, rief Rekut von hinten.

Gierig zog der Schattenjäger Elyami zu sich heran – und stolperte zur Seite, als Elyamur wie ein Komet durch die Luft geschossen kam. Die Fangarme lösten sich von Elyami, um nach Elyamur zu peitschen, der den Schattenjäger als flammender Rächer umtanzte. Elyami stieß noch einmal zu. Diesmal durchbohrte *Bewahrer* den Nicht-Körper der dunklen Kreatur. Er löste sich in Schwärze auf.

An der Seite ihres Bruders hetzte Elyami weiter voran, fort von den Orkzwillingen mit ihrer unterweltlichen Horde … Die Winterseherin stand schon am Abgrund, mit dem Rücken zur Schlucht, und hatte die Arme beschwörend ausgebreitet. Gorin kam gerade auf sie zu gerannt. Immer wieder drehte er sich um und feuerte Bolzen nach hinten, auf Rezkai, der Galdra mit einigen Furien verfolgte.

Elyami und Elyamur kamen fast zeitgleich mit Galdra bei der Winterseherin an. In ihrem Rücken heulten die Furien siegesgewiss.

Die Winterseherin hob ihren Stab und stieß mit seinem Ende energisch auf den Boden. Elyami spürte einen Energieschub durch die Höhle branden. Das Triumphgeheul der Furien ging in empörtes Kreischen über. Sie waren direkt vor ihnen, doch die Dämonenbrut konnte sie nicht erreichen. Eine Barriere aus magischer Kraft zog sich einmal quer durch die Höhle, von einer Wand zur anderen. Immer wieder warfen die Furien sich wütend dagegen. Doch der einzige Effekt war ein Knistern bläulicher Energie, das sie zurückwarf.

»Ihr könnt euch nicht ewig hinter eurer Zauberei verstecken!«, rief Rekut, die zwischen den rasenden Dämonen erschienen war. »Diese Barriere wird nicht lange standhalten.« Die Orkin hob ihr Sensenzepter und begann einen beschwörenden Singsang.

»Sie hat recht«, sagte die Winterseherin. »Ich werde nun den Knochendrachen Kikasan rufen, den Wächter des Abgrunds, auf dass er uns auf die andere Seite trägt. Haltet euch bereit, falls Dämonen zu uns durchbrechen!«

»Das tun wir«, erwiderte Elyamur und hob entschlossen seine flammende Klinge.

Die Winterseherin wandte sich dem Abgrund zu und begann, geheime Worte zu intonieren.

Elyami spürte noch immer den unheilvollen Sog, der sie in die Tiefe von Vaktra rief. Mit aller Kraft umklammerte Elyami den Vierzack und hielt sich regelrecht daran fest.

Noch während die Winterseherin ihre Anrufung sprach, stieg das Geräusch mächtiger, schlagender Flügel aus dem Abgrund auf. Elyami fuhr herum und erwartete, Kikasan, den Schwellenhüter der Unterwelt, zu sehen. Doch es war kein Drache, der sich da aus den Schatten von Vaktra erhob.

Es war ein menschliches Skelett mit marmorweißen Knochen, größer als ein ausgewachsener Bergtroll. Eine glänzend schwarze Robe umhüllte seinen Leib. Rostrot leuchteten die zwölf Paar metallischer Schwingen, die seinen Schultern als stolzes Flügelrad entwuchsen. In den Knochenfingern hielt das Skelett ein großes dunkles Netz mit hauchfeinen Maschen – ein Seelennetz, mit dem es seine Ernte in die Unterwelt trug.

Elyami hatte dieses Wesen schon gesehen. Es war ein Archon der Unterwelt, einer der höchsten Diener des Nidhanas. Odrana hatte ihn einst vergeblich im Rachen von Dvar beschworen, um Dáman aufzuhalten. Und Dáman hatte ihn seinerseits ausgeschickt, um Odrana vor seinen Thron bringen zu lassen.

Nun ließ sich der Archon am Rande der Schlucht auf den Boden nieder. Er faltete seine Schwingen auf dem Rücken und grinste die Lebenden mit leeren, wissenden Augenhöhlen an.

»Odrana«, sagte er mit einer überraschend sanften Stimme. »Es ist lange her, dass wir uns zuletzt begegnet sind.«

Die Winterseherin trat einen Schritt zurück und hob ihren Knotenstab mit beiden Händen. Das Skelett legte seinen Kopf schief, wobei es die Flügel ein wenig entfaltete.

»Du willst nicht wirklich gegen mich kämpfen, oder?«, fragte es fast etwas verletzt.

»Was tust du hier?«, fragte die Winterseherin vorsichtig. »Mein Ruf galt Kikasan!«

»Aber ich bin erschienen«, erwiderte der Archon ruhig. Die Furien tobten noch immer. »Der selbst ernannte Herr des Rostroten Throns schickt mich.«

»Seit wann bist du sein Torhüter am Abgrund?«

»Seit es dem besagten Herrn beliebt, einen Archon als Wachhund einzusetzen, wenn er hohen Besuch erwartet«, erwiderte das Skelett und Elyami hatte das dumpfe Gefühl, dass sein Schädelgrinsen plötzlich einen ironischen Zug hatte. »Dáman weiß, dass du dich näherst, Odrana. Dein kleiner Spiegeltrick im Palast hat nicht funktioniert. Er hat mich gegen dich ausgeschickt, und ich muss ihm gehorchen.«

»Wie ist der Wortlaut seines Befehls?«, fragte die Winterseherin, ohne ihren Stab zu senken.

»Der Kettenfürst hat mir aufgetragen, ihm den Vierzack zu bringen, der seine Ketten zu sprengen vermag«, entgegnete der Archon. »Wenn ihr mir die Waffe gleich übergebt, könnte ich euch wohl verschonen. Allerdings würden dann diese Dämonen über euch herfallen, sobald sie die Barriere überwunden haben, und ich hätte mir lediglich die unangenehme Aufgabe erspart, dich zu vernichten, Odrana.«

»Was genau bist du Dáman schuldig?«, fragte die Winterseherin konzentriert.

»Gehorsam. Nicht weniger und nicht mehr.«

»Gut«, sagte die Alte zufrieden. »Dann fordere ich dich als Priesterin der Unterwelt auf: Führe deinen Befehl gehorsam aus! Bring dem Kettenfürsten den Vierzack, nach dem er verlangt. Aber überbring ihm die Waffe so, wie du sie vorgefunden hast: in der Hand einer der Zwillingsseelen des Orakelspruchs, umgeben von ihren Gefährten!«

Die Barriere knisterte unheilvoll. Elyami wandte den Kopf. Rekut hatte ihr Zepter in die magische Wand gestoßen und sprach noch immer Worte der Macht.

»Ein interessanter Vorschlag«, sinnierte der Archon. »Ich bringe dem Kettenfürsten den Vierzack, nach dem er verlangt – und euch zugleich über den Abgrund. Das würde den Befehl gefährlich weit ausdehnen, ihm aber nicht widersprechen … Ich denke, das gefällt mir.«

»Dann tue deine Pflicht, Mritu«, seufzte die Winterseherin mit Erleichterung in der Stimme.

Die Barriere gab ein nervenzerfetzendes Kreischen von sich, das sich irgendwie empört anhörte. Elyami sah mit Entsetzen, dass Rekut dabei war, mit ihrer Sensenklinge eine Art Durchgang in das magische Gewebe zu schneiden.

»Wir sollten uns vielleicht etwas beeilen«, murmelte Galdra finster.

Der Archon der Unterwelt breitete sein schimmerndes Seelennetz über den Lebenden aus. Die Maschen umfingen Elyami mit sanfter Gewalt und hoben sie von den Füßen. Dann ertönte auch schon ein mächtiges Rauschen über ihr, als der Archon seine Schwingen ausbreitete und sich mitsamt dem Netz in die Luft erhob.

Obgleich Gorin und Elyamur direkt neben Elyami im Netz hingen, berührte sie ihre Gefährten nicht. Das Netz war so sanft und behutsam, wie es unerbittlich und unzerstörbar war. Durch seine Maschen blickte Elyami in die Dunkelheit von Vaktra hinab, die unter ihnen hinwegzog. In der größten Tiefe des Abgrunds konnte sie ein fernes fahlgrünes Glühen erahnen. Sie erschauderte.

»Ihr könnt uns nicht entkommen, feiges Pack!«, kreischte Rekut wütend in ihrem Rücken. Der Archon aber trug sie sicher über die Schlucht, hinüber auf die andere Seite. In die Unterwelt, ins Reich der Toten.

Mit einem leisen Klappern berührten die Füße des Archons den harten Felsboden jenseits von Vaktra. Er faltete seine Schwingen auf dem Rücken und öffnete das Netz. Elyami stolperte an der Seite ihrer Gefährten heraus. Vor ihnen erstreckte sich die Höhle in alle Richtungen in die Unendlichkeit, bis sie von den Schatten verschlungen wurde. Es waren weder Wände noch Höhlendecke zu sehen. Nur schwarzer glatter Boden.

Bilder von Kälte und Dunkelheit drängten in Elyami nach oben. Sie spürte nur zu deutlich, dass sie an einem Ort angelangt waren, der den Bewohnern der Sterblichen Lande verboten war.

»Meister des Rostroten Throns«, rief der Archon der Unterwelt, sodass seine Stimme vielfach widerhallte. »Ich übergebe Euch das, was Ihr begehrt: den Vierzack, der Eure Ketten zu sprengen vermag.«

Dann wandte er sich leiser an die Winterseherin: »Sei so gut und bring die Dinge wieder in Ordnung.«

Er ließ sich in den Abgrund fallen und entschwebte in die Schwärze. Elyami wandte sich ab und schaute der Weite der Unterwelt entgegen. Die Schatten wichen zurück, als sich ein Umriss aus ihnen herausschälte. Dann erblickte Elyami zum ersten Mal den Rostroten Thron mit ihren eigenen Augen.

SIEBENUNDDREISSIGSTES KAPITEL

**IN DER UNTERWELT
VOR DEM ROSTROTEN THRON**

Odrana«, sprach der Kettenfürst. »In letzter Zeit beehrst du mich oft mit deinem Besuch.«

Er war eine blasse Gestalt mit schwarzem Haar, die für Gorin seltsam klein und verletzlich auf ihrem wuchtigen Thron wirkte. Rötlicher Eisenstaub rieselte nicht nur beständig von den hohen Lehnen des Throns, sondern auch von den schweren, dornenbesetzten Ketten, die sich kreuz und quer über den nackten Körper des Kettenfürsten zogen und seine Augen wie eine Binde bedeckten. Selbst einige Haarsträhnen des Kettenfürsten schimmerten rostrot. Nie versiegende Blutströme liefen über seine Haut und vermengten sich krustig mit dem Eisenstaub. Die schlanken Finger seiner Rechten hielten dennoch trotzig jenen Vierzack umklammert, mit dem er einst Nidhanas niedergestoßen hatte. Das dunkle Gegenstück zu *Bewahrer*.

»Mein Archon hat zweifelsohne Sinn für Ironie, dass er mir den Vierzack gleich mitsamt den dazugehörigen Zwillingsseelen bringt«, fuhr der Kettenfürst fort. »Ich werde mit ihm sprechen müssen und ihm im Gegenzug meinen Sinn für Ironie demonstrieren.«

»Dáman«, sagte die Winterseherin ernst. »Du weißt, warum wir hier sind.«

»Und ich weiß, dass euer törichter Versuch, mich zu stürzen, hier enden wird!«, erwiderte der Kettenfürst und seine Stimme war plötzlich schneidend wie Stahl. Er hob gebieterisch seinen Vierzack. Rund um den Rostroten Thron lösten sich zahlreiche Umrisse aus der Dunkelheit: gesichtslose Gestalten in schwarzen Kutten, deren körperlose Hände sensenartig gebogene Schwerter führten.

Einige von ihnen bildeten einen schützenden Ring direkt um den Thron. Andere erschienen in langen Reihen im Rücken und in der Flanke der Zwillinge. Es mussten Hunderte von Gestalten sein, die da Schulter an Schulter aus den Schatten wuchsen. Sie waren eingeschlossen! Umzingelt von einer Übermacht, gegen die ein Sieg aussichtslos erschien. Gorins Herz wurde schwer.

Standarten mit Feldzeichen ragten über den unterweltlichen Heerscharen auf. Sie zeigten grausige Muster aus Ketten und Todesrunen auf rostrotem Grund. Gorin zählte vier unheilsverheißende Flaggen. Der Kettenfürst schickte den Zwillingsseelen vier Legionen der Unterwelt entgegen!

»Ich dachte mir, deine Wunderzwillinge freuen sich vielleicht, wenn jeder seine eigene Heerschar als Gegner bekommt«, höhnte er.

Mutlos hob Gorin seine Armbrust gegen die endlosen Reihen der Kapuzengestalten, die sich in Bewegung setzten, um den Thron ihres Meisters zu verteidigen.

Die Winterseherin jedoch griff unbeeindruckt unter ihren Mantel und zog den versilberten Schädel hervor, den sie in ihrem Versteck an sich genommen hatte. Sie rief ein Befehlswort in irgendeiner Sprache und warf den Schädel hoch in die Luft. Er trudelte erst wie ein grotesker Ball umher und stabilisierte dann seine Flugbahn. Grauschwarze Krähenschwingen entsprossen den Silberbeschlägen. Nun schwebte der Schädel über der Winterseherin auf der Stelle. Seine Rubinaugen funkelten angriffslustig.

»Egishild von Mondenheim«, rief die Winterseherin. »Hohe Dame der Nekromantie! Ich beschwöre dich bei der Macht des Geistes, den dieser Schädel einst barg: Vernichte die Scharen der marschierenden Toten!«

Die Augen des Schädels leuchteten grell auf und tauchten alles in ihren blutroten Schein. Die vordersten Reihen der Kapuzengestalten verbrannten sofort in fauchendem Rubinfeuer. Die anderen Unterweltlichen wichen vor der Helligkeit des Lichts zurück in die Schatten. Ihre Schlachtordnung löste sich auf, als sie in stummer Panik auseinanderstrebten, um dem verzehrenden Rot zu entkommen.

»Du hast die alte Mondenheimerin ausgegraben?«, fragte der Kettenfürst belustigt. »Ich erinnere mich gern an das Zauberduell, das ich einst gegen ihre Urenkelin Adalrun ausgetragen habe … Doch selbst der Bannzauber der größten Nekromantin aller Zeiten wird hier, im Herzen meiner Macht, nicht lange anhalten!«

»Lange genug für das Nötige«, erwiderte die Winterseherin und ließ den Schädel näher an den Thron heranschweben.

»Elyami – jetzt!«

Die Grün-Elbin stürmte vor, direkt auf den Rostroten Thron zu. *Bewahrer* hielt sie dabei verbissen umklammert. Ihr Bruder lief an ihrer Seite und schleuderte Feuerkugeln auf die Unterweltlichen rings um den Thron, um seiner Schwester und sich eine Schneise zu schlagen.

Doch ehe sie den Thron erreichten, lösten sich plötzlich mehrere Umrisse aus dem rostigen Metall seiner Lehnen und stellten sich ihnen in den Weg. Es waren vier große, bullige Gestalten, deren Körper ganz aus gebündelten rostroten Ketten zu bestehen schienen. Zwischen den Schultern der Wesen saßen keine Köpfe, auf ihrer Brust jedoch schimmerten zwei glühende Augen aus dem Kettengeflecht hervor. Der rechte Arm endete in einer rostigen Klinge, der linke in einer stachelbesetzten Stahlkugel, die an einer Kette pendelte.

Die grotesken Rostgeschöpfe setzten sich mit beängstigender Geschwindigkeit in Bewegung. Elyami musste zur Seite hechten, als ein Klingenarm nach ihr stieß. Sie geriet ins Stolpern. Elyamur warf sich zwischen sie und den Angreifer, der mit rasselnden Ketten herangewalzt kam.

»Ich glaube, du kennst meine Kettengolems noch nicht, Odrana«, sagte der Kettenfürst. »Ich habe sie als meine persönliche Leibwache erschaffen. Dein kleiner Bannzauber hat unglücklicherweise keinerlei Wirkung auf sie. Immerhin sind es meine Geschöpfe und keine vulgären Untoten …«

Wie eine Lawine aus Rost walzte einer der Kettengolems auf Gorin zu. Er legte seine Armbrust an und feuerte einen Magiebrecherbolzen auf den massigen Körper der Kreatur. Das Kettengeflecht ordnete sich binnen eines Herzschlags neu, sodass plötzlich ein Loch mitten im Körper des Golems klaffte. Der Bolzen zischte hindurch, ohne Schaden anzurichten.

Der Kettengolem hob seinen linken Arm. Die Kette, an der die Stachelkugel hing, verlängerte sich dabei um ein Vielfaches. Als die Kugel auf Gorin zugesaust kam, warf er sich flach auf den Bauch. Der stählerne Ball fauchte knapp über ihn hinweg.

»Weißt du, Odrana«, sagte der Kettenfürst, »ich hatte angenommen, dass deine Zwillingsseelen kampfstärker …«

Das Geräusch von berstendem Stahl unterbrach ihn. Zerborstene Kettenglieder flogen durch die Luft und prasselten unsanft auf Gorin nieder. Galdra hatte es irgendwie geschafft, sich auf den Rücken eines Kettengolems zu schwingen. Nun stand sie breitbeinig zwischen seinen Schultern und hackte beständig mit ihrer Kristallaxt zu. Der Golem versuchte vergeblich, sie dort oben mit seinen Armen zu erreichen. Galdra arbeitete sich immer tiefer in seinen Körper hinein, sodass Kettenfragmente in alle Richtungen sprangen und der Golem schließlich in seine Bestandteile zerfiel.

»Sie tun, was sie können«, erwiderte die Winterseherin schlicht.

Elyami hatte sich inzwischen wieder aufgerappelt und versuchte, zwei der Kettengolems mit *Bewahrer* auf Abstand zu halten, die sie hart bedrängten. Elyamur tanzte zwischen ihnen durch die Luft, wich ihren wirbelnden Stahlkugeln aus und stieß immer wieder vor, um Ketten mit seinem Schwert zu zerspalten und einen Weg zum Thron freizukämpfen.

Der Kettenfürst senkte ungnädig seinen Vierzack und schleuderte schwarzes Unterweltsfeuer auf den Wolkentänzer. Ein

Strahl blauen Lichts aus dem Saphirstab der Winterseherin ließ die Flamme vergehen.

»Du rührst sie nicht an!«, knurrte die Alte.

»*Ihr* seid zu *mir* gekommen, um mich anzugreifen«, gab der Kettenfürst zurück. »Du erinnerst dich?« Er hob seinen Vierzack. »Auf sie, ihr ruhelosen Schatten!«

Die Reihen der Kapuzengestalten, die vor dem roten Feuer des schwebenden Schädels zurückgewichen waren, wurden vom Willen des Kettenfürsten wieder vorwärtsgetrieben. Sie umschlichen den rötlichen Lichtkegel von allen Seiten und stießen mit ihren Klingen nach den Lebenden in seinem Schutz. Gorin hatte das ungute Gefühl, dass der Bereich des Lichts immer kleiner wurde, als die Schatten der Unterwelt dagegen andrängten.

Dann kam auch schon klappernd und knirschend ein Kettengolem auf ihn zugerasselt, die rostige Armklinge drohend erhoben. Gorin setzte die Armbrust an und zielte diesmal auf die rot glühenden Augen im Kettengeflecht.

Die Gestalt des Golems zerschmolz wieder, als er dem Bolzen als Ansammlung loser Ketten auswich und sich einige Schritte seitwärts neu formierte. Gorin zielte erneut und feuerte gleich den nächsten Schuss aus dem Magazin ab. Diesmal bohrte sich das Magiebrecher-Geschoss tief in das Auge des Kettengolems. Ein Zittern ging durch seinen rostigen Leib. Er tat noch einen Schritt auf Gorin zu, die lange Klinge erhoben, dann brach er zusammen. Gorin atmete aus – und erstarrte. In seinem Rücken ertönte ein Kriegsschrei.

»Az rârg Komashtu!«

Ein rascher Seitenblick bestätigte seine Befürchtung: Die Orkzwillinge hatten die Barriere durchbrochen und den Abgrund Vaktra überquert! Gerade verließen sie die Knochenbrücke, die sich für sie gebildet hatte. Im Laufen berührte Rekut ihre Kordel mit den Schrumpfköpfen. Schwarze Schatten, Zentauren und Zweibeiner, stürmten an ihrer Seite vorwärts. Rezkai schwang grimmig seinen Säbel und schien es nicht erwarten zu können, ihn in den Eingeweiden seiner Feinde zu versenken. Die Dornen seines Knochenpanzers durchstießen die Haut.

»Komm her, du reudiger Ork!«, bellte Galdra, die sich inzwischen aus den Resten des Golems befreit hatte. »Diesmal gibt es keinen Flügelwagen, mit dem du fliehen kannst! Diesmal gehörst du meiner Axt.«

»Sind deine Knochen auch aus Bronze, Zwergin?«, erwiderte Rezkai, der nun direkt auf Galdra zustürmte. »Das wird eine schöne Knochennadel geben!«

»Versuch doch, es herauszufinden!«, brüllte Galdra und warf sich Rezkai axtschwingend entgegen. Die zwei Schattenpfeile, die an ihrem Kettenpanzer zerbarsten, ignorierte sie einfach.

Plötzlich stöhnte die Winterseherin vor Anstrengung, als der schwebende Schädel über ihr ins Zittern geriet. Seine schützende Aura aus blutrotem Licht fiel immer mehr in sich zusammen, während die Schattenlegionen nachrückten. Elyami und Elyamur mussten zurückweichen, als Kettengolems und Schattengestalten sie gleichermaßen bedrängten.

Gorin feuerte einen Bolzen in die Reihen der Unterweltlichen. Eine der Kapuzengestalten ging in der Finsternis auf, doch zahllose weitere nahmen ihren Platz ein.

Inzwischen wurde Galdra hart von Rezkai angegangen. Sein Säbel zuckte wie ein fahlweißer Blitz auf sie zu. Galdra lenkte die Klinge mit ihrem Axtblatt ab. Sie nutzte den Schwung, um nach Rezkais Bauch zu schlagen. Der Ork sprang einen Herzschlag zu spät zurück; seine Knochenrüstung fing die Wucht des Schlages ab, doch ein blutiger Striemen zeigte sich auf seiner Haut.

Rezkai heulte auf vor Wut und trat mit voller Wucht nach Galdra. Sie fiel auf den Rücken und hob ihre Axt gerade rechtzeitig, um seinen nächsten Säbelhieb abzuwehren. Entschlossen drehte sie die Waffe herum und rammte dem Ork ihren Axtschaft zwischen die Beine. Rezkai grunzte schmerzerfüllt, während Galdra wieder auf die Füße sprang.

»Na, du hast wohl doch nicht überall Knochen, Ork?«, höhnte sie – und reagierte dadurch einen Moment zu langsam.

Seine Schmerzen hielten Rezkai nicht davon ab, seinen Säbel zornig nach Galdras Kopf zu schwingen. Sie stolperte zur Seite, doch die Knochenklinge streifte ihre Wange und fraß einen breiten Riss in ihre Bronzehaut. Blut lief über Galdras Bartflaum.

»Und dein feiger Panzer ist nicht undurchdringlich!«, rief Rezkai triumphierend, während er zum nächsten Schlag ausholte.

Elyamur lief mit brennenden Fäusten durch die Luft und vollführte eine Rolle auf einen Golem zu, der gerade mit seiner Klinge zum Schlag gegen Elyami ausholte. Der Wolkentänzer stieß ihm beide Fäuste zugleich in die Augenöffnungen. Die Kreatur brach zusammen. Ihr Körper zerfiel zu einer Ansammlung rostiger Ketten.

Im nächsten Moment wurde der Wolkentänzer von einer wütenden Windböe hinweggefegt. Sofort stürzten sich Schattengestalten auf ihn. Gorin blickte sich entsetzt um. Althros, der Schattenzentaur, stand neben Rekut und hatte beschwörend die Arme erhoben. Gorin feuerte einen Flammenbolzen auf den Zentauren ab, der ihn zurückweichen ließ. Dann wandte er sich wieder dem Geschehen vor dem Rostroten Thron zu.

Elyami sprang zur Seite, als die Stahlkugel des letzten verbliebenen Golems heransauste. Mit einem raschen Haken brachte sie sich aus seiner Reichweite. Der Weg zum Thron lag plötzlich frei vor ihr! Doch nicht für lange, denn sofort schoben sich zwei von Rekuts Schatten zwischen die Grün-Elbin und den Thron, ein bulliger Ork mit einem Streitkolben und ein schmalerer, der einen schwarzen Speer führte. Die Geister zögerten, als die Winterseherin Elyami in warmes blaues Saphirlicht tauchte.

»Zur Seite, ihr nutzlosen Orks!«, donnerte der Kettenfürst und warf der Grün-Elbin eine mächtige Woge aus schwarzem Unterweltsfeuer entgegen. Die Flammen verzehrten die Schatten, verdrängten das blaue Licht der Winterseherin und trafen

Elyami noch mit solcher Wucht, dass sie durch die Luft geschleudert wurde.

Ein Schmerzensschrei ließ Gorin herumfahren. Rekut war zusammengesunken und hielt sich die Brust, als hätte sich ein Pfeil in ihr Herz gebohrt. Der Verlust von gleich zwei gebundenen Geistern zehrte schwer an ihrer Lebenskraft. Sie stöhnte schmerzerfüllt. Unter ihren Fingern quoll Blut hervor.

»Nein!«, schrie Rezkai und versetzte Galdra einen solchen Hieb mit dem Säbel, dass ihre Axt auf den harten Felsboden klapperte. Er kümmerte sich nicht weiter um seine Gegnerin und stapfte stattdessen mit entschlossenen Schritten auf den Rostroten Thron zu.

Wie ein feuriger Komet sprang Elyamur aus den Reihen der Unterweltlichen hervor. Für einige Herzschläge stand sein ganzer Körper in Flammen und ließ die Kapuzengestalten reihenweise im Feuer vergehen. Dann wandte der Wolkentänzer sich seiner Schwester zu, die sich gerade auf die Beine kämpfte.

Er reichte ihr helfend die Hand, doch sie schüttelte nur den Kopf und hielt ihm *Bewahrer* entgegen. Der Grün-Elb zögerte den Bruchteil eines Augenblicks. Dann packte er entschlossen den Vierzack und wandte sich zum Thron um.

In diesem Moment wurde Elyamur von einer Lawine aus rostigen Ketten verschlungen, die sich plötzlich über ihn und *Bewahrer* ergoss. Der letzte verbleibende Kettengolem hatte sich auf ihn gestürzt.

Rezkai stürmte heran.

»Die freien Orks von Komashtu dienen keinem Herrn, der auf sie spuckt!«, brüllte er. »Der Kettenfürst ist nicht der Groß-Khurdran! Man macht keine Orkkrieger auf ehrlose Weise zu Untoten! Aber vor allem fällt man nicht Rezkais Schwester in den Rücken. Rezkai, der über die Blutketten gebietet! Ich fordere dich heraus, Kettenfürst, und ich werde dir den Thron entreißen!«

»Rezkai! Nein!«, kreischte Rekut, doch ihr Bruder ignorierte sie.

Er stieß einen wilden Kriegsschrei aus und stürzte sich auf den Kettengolem, der Elyamur umfangen hielt. Brüllend ließ er *Zwillingsblut* tanzen. Kettenglieder fetzten nach allen Seiten davon, als er sich quer durch den Körper des Golems schlug.

Mit einer blitzschnellen Rolle sprang Elyamur aus den Ketten hervor, wobei er *Bewahrer* noch immer umklammert hielt. Blut lief aus mehreren Schnittwunden, wo der Knochensäbel neben dem Kettengeflecht auch seine Rüstung durchdrungen hatte.

Der Grün-Elb nutzte seine unverhoffte Rettung und hielt auf den Rostroten Thron zu. Von allen Seiten drängten die Schattenkrieger heran, um ihren Meister zu schützen. Die Winterseherin rief verzweifelte Zauberworte, um die Macht des Schädels zu stärken, doch seine Kräfte waren fast erloschen. Elyamur hüllte sich in einen Flammenhauch, der die Unterweltlichen zurückweichen ließ.

Er stieß sich vom Boden ab – und kam mit den Füßen auf einer Seitenlehne des Rostroten Throns auf. Sofort wirbelte er den Vierzack herum, sodass seine Spitzen auf den Kettenfürsten zeigten.

»Du …«, setzte dieser zu sprechen an. Doch Elyamur ließ ihn nicht zu Wort kommen. Er hob *Bewahrer* mit beiden Armen und stieß mit aller Kraft zu.

Ein grauenhaftes Geräusch, wie es noch nie zuvor in der Schöpfung ertönt war, hallte durch die Weite der Unterwelt, als das Mahacatur des Vierzacks auf das Mahacatur der ewigen Ketten traf. Für den Bruchteil eines Augenblicks fürchtete Gorin, dass die Ketten *Bewahrer* standhalten würden. Dann zerbarst das erste Kettenglied.

Der Kettenfürst brüllte auf, als jene Ketten zersprangen, mit denen er den Rostroten Thron in der Welt der Sterblichen gebunden hatte. Kettensplitter regneten durch die Schatten. Es gab einen dumpfen Schlag, als wäre der Kopf eines gewaltigen Hammerwerks auf die Erde geknallt. Er hatte seinen Ursprung beim Rostroten Thron und breitete sich wie eine Schockwelle in alle Richtungen aus.

Gorin wurde mit voller Wucht getroffen. Das Letzte, was er sah, bevor er auf den Rücken geschleudert wurde, war eine nackte Gestalt, übersät von blutigen Wunden, die sich vom Rostroten Thron erhob.

Achtunddreissigstes Kapitel

IN DER UNTERWELT
NACH DER SPRENGUNG DER KETTEN

»Elyamur!« Der Name ihres Bruders kam Elyami wie von selbst über die Lippen. Schmerz pochte durch ihren Schädel. Ihr Hinterkopf war hart auf dem Boden aufgekommen, als der Schlag der zersprengten Ketten sie umgerissen hatte. Vorsichtig tastete sie über ihr Haar und spürte etwas Klebriges. Getrieben von Sorge kämpfte sie sich auf die Füße. Um sie herum rafften sich stöhnend Gestalten hoch, denen es offenbar ähnlich ergangen war wie ihr: Gorin, Rezkai, Galdra …

Die beiden Geisterzentauren waren verschwunden. Auch von den zahllosen Schattenkriegern der Unterwelt war nichts mehr zu sehen. Odranas silbergefasster Schädel war zu Splittern zerborsten, sein rotes Licht erloschen.

Vor dem Rostroten Thron aber stand der Kettenfürst. Er war völlig nackt, bleich und ausgemergelt. Die Rippen zeichneten sich deutlich unter seiner Haut ab, über die noch immer dünne Blutströme liefen. Seine Finger fuhren mit ungläubiger Vorsicht über die Augen, die nun nicht länger von rostigen Stahldornen durchbohrt waren. Er schaute auf. Der Kettenfürst hatte tiefdunkle, fast schwarze Augen. Mit zittrigen Beinen trat er einen Schritt vor. Er wirkte sterblich und verwundbar. Nicht länger geschützt von der Macht eines göttlichen Throns, der nie wirklich seiner gewesen war.

Endlich erblickte Elyami auch ihren Bruder. Elyamur sprang gerade auf die Füße und stellte sich dem Kettenfürsten entgegen.

»Es ist zu Ende, Dáman!«, rief er und zielte mit *Bewahrer* auf die nackte Brust des sterblichen Mannes, dem die Macht der Kettenreiche unterstand. Der Kettenfürst blickte ihn überrascht an. Er hob die linke Hand in einer hilflosen Abwehrgeste.

»Nein!«, hörte Elyami plötzlich eine brüchige Stimme rufen. Es war die Winterseherin. »Halte ein!«

Elyamur erstarrte in der Bewegung. Seine Muskeln waren angespannt, seine Hände um den Vierzack verkrampft, bereit zuzustoßen, doch er vermochte sich nicht mehr zu rühren. In seinen Zügen spiegelten sich Anstrengung und Zorn.

Ungläubig schaute Elyami zur Winterseherin, die ihren Blick für einen Moment voller Verzweiflung in den Augen erwiderte. Dann wandte sie sich dem Kettenfürsten zu, der noch immer benommen auf der Stelle verharrte.

»Dáman«, sagte sie leise und trat an ihn heran. Sie griff unter ihren Mantel und zog etwas hervor. Es war eine langstielige Blume. Ihre tiefroten Blütenblätter waren geformt wie Klauen mit winzigen Krallen. Sie reichte die Blume dem Kettenfürsten, der sie verwirrt entgegennahm. Fest schaute sie ihm in die dunklen Augen.

Elyami spürte, wie der Geist der Winterseherin zum Kettenfürsten vordrang und lange verdrängte Bilder in seinem Inneren aufsteigen ließ. Er blinzelte und starrte die Winterseherin staunend an, als sähe er sie zum ersten Mal.

»Die Ketten sind fort, Dáman!«, sagte diese. »Der allmächtige Kettenfürst ist gefallen. Lass die Welt in Frieden und sei wieder du selbst.«

Und Elyami begriff.

»Was vermag den Kettenfürsten vom Rostroten Thron zu trennen und das Joch der Ketten zu brechen?« Das war die Frage, aus der die Winterseherin einst ihren Orakelspruch von den Zwillingsseelen gewebt hatte. Was auch immer sie sich eingeredet hatte – es ging ihr nicht darum, das Joch der Ketten zu brechen, das Dáman der Welt auferlegt hatte – jedenfalls nicht nur. Sie wollte Dáman retten, auf dass er nicht länger der Kettenfürst sein musste!

Elyami wurde schwindelig. Sie hatte es in ihren Visionen vor sich gesehen – und nicht verstanden.

»Sei wieder Dáman!«, wiederholte die Winterseherin eindringlich, fast flehend.

Der ausgemergelte Mann schaute die Alte mit den Saphiraugen groß an.

Plötzlich flackerte der Umriss des Rostroten Throns in seinem Rücken. Die ewigen Ketten hielten ihn nicht länger in der körperlichen Welt der Sterblichen. Gleich würde er sich in die Transzendenz auflösen …

Auch der Mensch, den man den Kettenfürsten nannte, hatte es bemerkt. Rasch warf er einen Blick über die Schulter und wandte sich dann wieder der Winterseherin zu.

Er hob die unterweltliche Pflanze, deren Blütenblätter nach seinen Fingern schnappten, und betrachtete sie nachdenklich. »Es war damals gar nicht so einfach, die Blume hier zu beschwören«, sagte er. »Aber ich wollte dich unbedingt beeindrucken …« Er seufzte. »Das ist vorbei. Nun muss ich niemanden mehr beeindrucken, Odrana.« Seine Stimme klang fast traurig. »Denn ich bin der Kettenfürst.«

Die unterweltliche Blume zerfiel zwischen seinen Fingern zu Asche. Er hob gebieterisch seinen Vierzack.

Der Thron wurde wieder fest und trat in aller Klarheit hervor, als der Kettenfürst die Waffe mit beiden Händen umfasste und zustieß.

Die Augen der Winterseherin weiteten sich. Ihr Körper sackte über den vier Spitzen aus Mahacatur zusammen, die sich in ihre Brust gebohrt hatten. Blut lief über den weißen Pelzbesatz ihres Mantels. Ihr Knotenstab fiel auf den harten Fels der Unterwelt.

»Denke nicht, dass ich schwach bin, Odrana!«, rief der Kettenfürst. »Ich habe mich schon lange für meinen Pfad entschieden, und ich werde ihm folgen!«

Er riss den Vierzack wieder an sich. Die Alte brach vor ihm zusammen. Ihre Augen schauten ins Nichts, vor Entsetzen und

Schmerz geweitet. Elyami schrie verzweifelt auf, sodass es weit durch die Unterwelt hallte.

Der Zauberbann fiel von Elyamur ab. Er stürzte sich mit *Bewahrer* auf den Kettenfürsten, doch eine Woge schwarzer Flammen schleuderte ihn zurück. Die Waffe klirrte nutzlos zu Boden.

»Sie hat dich geliebt!«, rief Elyami dem Kettenfürsten entgegen. »Trotz allem geliebt! Und du warst ihrer niemals würdig …«

»Hat sie das?«, fragte der Kettenfürst nachdenklich.

Elyami bemerkte, dass Gorin sich verzweifelt umschaute. Sie wusste, dass es vergeblich war. Dieses Mal würde die Winterseherin nirgendwo überraschend wieder auftauchen. Sie war tot.

»Du machtbesessenes, selbstsüchtiges Scheusal!«, brüllte Galdra. »Ich werde dir eigenhändig meine Axt in den Rachen stopfen!« Sie stürmte auf den Kettenfürsten zu und schwang ihre Waffe. Knochenhände, die plötzlich aus dem Boden brachen, hielten sie auf.

»Der Orakelspruch hat sich erfüllt!«, sprach der Kettenfürst feierlich, ohne die Zwergin weiter zu beachten. »Die Zwillingsseelen haben die ewigen Ketten gesprengt und mir Freiheit von ihrer Gewalt gebracht. Nun benötige ich sie nicht länger.«

Er hob seinen Vierzack. »Vaktra!«, rief er. »Gähnender Abgrund der Unterwelt! Verschlinge jene, die es wagten, den Herrn des Rostroten Throns herauszufordern!«

Elyami spürte den kalten Sog des Abgrunds stärker denn je. Mit Panik realisierte sie, dass die unterweltlichen Winde sie unbarmherzig an den Rand der bodenlosen Schlucht zogen. Ihren Gefährten erging es nicht anders. Elyamur versuchte, nach *Bewahrer* zu greifen, doch der Sog zerrte ihn fort, ehe er den Vierzack packen konnte. Gorin hielt seine Armbrust umklammert, während er dem Abgrund immer näher kam. Galdra stieß neben ihm zwergische Flüche aus.

»Rekut!«, brüllte Rezkai, den der unerbittliche Sog ebenfalls erfasste, während er sich grimmig voranwarf, um den Kettenfürsten mit seinem Säbel *Zwillingsblut* zu erreichen. Vergeblich.

»Du bist nicht mehr mein Bruder!«, erwiderte die Orkin und sah unbewegt zu, wie der Knochenmeister immer näher an Vaktra herangezogen wurde.

»In die schwarze Ewigkeit der Unterwelt mit euch!«, befahl der Kettenfürst erneut.

Elyami wurde mit unbarmherziger Kraft zum Abgrund gerissen, während die Welt um sie herum in Schmerz und Sinnleere zerbrach. Das Letzte, was sie sah, war der Kettenfürst, der nun ohne Fesseln auf seinem Thron saß, und Rekut, die mit ausdruckslosem Gesicht neben ihn trat. Der tote Körper der Winterseherin lag vor dem Thron auf dem Fels ausgestreckt und starrte ins Nichts.

Dann glitt Elyami auch schon über die Kante und stürzte in die Tiefe von Vaktra. Ihr Schrei verhallte im Abgrund der Unterwelt.

EPILOG

DIE TÜRME VON MALYÚN erhoben sich gleichmütig im Licht der Morgensonne, wie sie es schon immer getan hatten. Das Kettenbanner, das vor Kurzem noch über den Mauern geweht hatte, schien nicht mehr als die dumpfe Erinnerung an einen bösen Traum zu sein, und nichts deutete darauf hin, dass die ferne Welt des Tieflands mit ihren Nöten und Kriegen überhaupt existierte. Die Luft war winterkalt und so klar, dass man weit über die umliegenden Gipfel schauen konnte. Der Silber-Elb, der auf einer der eisverkrusteten Turmplattformen stand, ließ seinen Blick langsam über die Berge schweifen, um den Anblick in sich aufzunehmen. Die Kälte und Klarheit der Gletscherberge hatten ihn während langer Jahrhunderte der Meditation und Zurückgezogenheit begleitet, und ihr stilles Lied war tief in seine Seele gedrungen.

Doch heute war keine Zeit für innere Einkehr. Thuramur stand zum letzten Mal hier oben, und sein Geist war nach außen gerichtet. Er würde Malyún noch heute verlassen, zusammen mit dem Jarl Skjöldir Reifbart und seinen anderen neuen Gefährten, um in die umkämpften Länder des Südens aufzubrechen. Sein Leben unter dem Regenbogenschleier war vorüber. Die endlosen Kriege, vor denen er einst nach Malyún geflohen war, hatten ihn eingeholt.

Thuramur öffnete seine Seele weit, damit er zumindest einen fernen Abglanz des Friedens zwischen den Gletschergipfeln mit sich ins Tiefland nehmen konnte, ein kostbarer Schatz für stille Momente – da spürte er unvermittelt eine Dissonanz im Lied der Klarheit, das ihn eben noch ganz durchdrungen hatte. Stummes Grauen stieg in ihm auf, als hielte die Welt in banger Erwartung den Atem an. Etwas war geschehen.

Beunruhigt schloss Thuramur die Augen und konzentrierte

sich, um diesem Bruch in der Harmonie nachzuspüren. Doch obgleich er ein Diener Iyanuris war, hatten die Seherkünste nie zu seinen Stärken gezählt. Das Gefühl blieb vage und fern. Thuramur seufzte leise. Er war eben ein Krieger, verhaftet in der Welt des Körperlichen.

Langsam wandte er sich zum Gehen.

Von der Luke, die auf die Turmplattform führte, klangen Schritte herauf. Thuramur erkannte ihren Rhythmus sofort. Als die Hierophantin Cylandri auf den Turm hinaustrat, verbeugte er sich bereits. Angemessen, aber knapp. »Hierophantin.«

Cylandri hatte ihn gemieden, seit er im Heiligtum des Webstuhls seine Entscheidung getroffen hatte. Dass sie ihn nun aufsuchte, nährte seine Sorge nicht unbeträchtlich.

»Thuramur«, sagte sie und strich die Falten ihrer Robe glatt. Die fahrige Bewegung passte nicht zu ihr. »Lange Zeit habt Ihr Malyún treu gedient, ehe Ihr den Schleier aus eigenem Willen abgelegt habt.«

»Meine Treue zur göttlichen Weberin ist ungebrochen«, erwiderte Thuramur zurückhaltend. Wollte sie ihm etwa noch Vorhaltungen auf den Weg mitgeben?

»Ihr habt ein Recht, von den Konsequenzen zu erfahren, die aus Eurem Handeln am Silberwebstuhl erwachsen sind«, fuhr die Hierophantin fort. Thuramur horchte auf. War da die Spur eines Zitterns in ihrer gleichmütigen Stimme? »Soeben fühlte ich eine Erschütterung im Gefüge der Welt. Sie nahm ihren Anfang in den Hallen der Unterwelt und durchdrang die gesamte Schöpfung. Die Ketten wurden gesprengt.« Cylandri schwieg für einen Moment, ehe sie fortfuhr. »Der Kettenfürst herrscht noch immer über den Rostroten Thron. Seine Macht wurde nicht gebrochen, sondern entfesselt – so wie es der Orakelspruch der Odrana von Ilyún vorausgesagt hat.«

Die Hierophantin verstummte und ließ ihre schrecklichen Worte wirken. Sie hatte nicht darauf hingewiesen, dass sie diesen Ausgang erwartet hatte. Es war nicht nötig.

»Ich verstehe«, sagte Thuramur leise, obwohl er das nicht

wirklich tat. Cylandri war eine Seherin, deren Gabe über jeden Zweifel erhaben war. Und sie hatte den Triumph des Kettenfürsten gesehen. Was war geschehen? Warum hatten die Zwillingsseelen versagt?

»Thuramur«, sprach die Hierophantin noch einmal. »Eure Mission in den südlichen Landen ist nun hinfällig geworden. Die Kettenheere werden sich nicht von den letzten freien Fürsten besiegen lassen. Nicht, solange der Wille des Kettenfürsten sie vorantreibt. Vielleicht erkennt Ihr nun, wohin Ihr gehört. Wenn Ihr bereit seid, Euch der Disziplin des Ordens zu unterwerfen, werde ich Euch nicht zurückweisen. Ihr solltet das dunkle Zeitalter, das kommen wird, an jenem Ort erwarten, an den Ihr gehört.«

Sie bot ihm an, zu bleiben. Trotz seiner Entscheidung, die Waffe zu weihen, die den Kettenfürsten schlussendlich befreit hatte. Thuramur schaute an ihr vorbei, hinaus in jene Klarheit, von der er sich gerade noch verabschiedet hatte. Die Vorstellung war verlockend. Einfach weiterhin Tag für Tag den heiligen Übungen zur inneren Einkehr widmen, während die Jahrhunderte in friedlicher Gleichförmigkeit vorüberzogen …

Er wusste, dass das Angebot der Hierophantin nicht uneigennützig war. Nach den schrecklichen Verlusten während der Besatzung brauchte sie jeden Priester. Und Thuramur gehörte nun zu den Ältesten, nachdem so viele Brüder und Schwestern umgekommen waren.

Doch er war daran erinnert worden, wie trügerisch der Frieden des Klosters war. Cylandri würde das Schicksal von Malyún teilen, im Guten wie im Schlechten, denn hier lag ihre Bestimmung. Thuramurs Weg war dies nicht.

»Nein«, sagte er. »Es gibt keinen Ort mehr für mich.« Er realisierte es, während er es aussprach. Es hatte keinen Sinn mehr, irgendwohin zu gehen – ebenso wenig, wie zu bleiben.

Der Blick der Hierophantin verhärtete sich. Thuramur wandte sich von ihr ab, unfähig, ihr länger in die Augen zu schauen. Die grausame Stimme der Purpur-Elbin hallte in seinem Geist wieder: »Denn ihr werdet den Silberwebstuhl für die höhere Macht des Kettenfürsten einsetzen, wenn es an der Zeit ist«, hatte sie gesagt. »Ganz besonders du.« Sie hatte recht behalten, hatte über ihren Tod hinaus gesiegt.

In diesem Moment spürte er die Berührung. Es war wie reines Mondlicht, das sich direkt in seine Seele ergoss. Dann hörte er Worte, gesprochen in silberner Klarheit – und merkte, dass sie durch seine eigenen Lippen geformt wurden.

»Das Feuer flackert, doch es ist nicht verloschen«, lauteten sie. »Das Wasser wurde fortgespült, doch es ist nicht verloren.«

Thuramurs Finger umfassten von selbst seinen Spindelanhänger.

»Die Erde wurde erschüttert, doch sie bleibt standhaft. Die Luft wurde von Schwärze getrübt und hat doch ihre Klarheit bewahrt. Alle vier sind in die Schatten gestürzt. Zusammen mit jenem, der den toten Gott getötet hat. Besiegt, aber nicht vernichtet. Gefangen im Reich des Todes, doch lebendig. An einem Ort ohne Hoffnung und doch nicht hoffnungslos. Sie werden weiterkämpfen. Die Seele des Seelengeleiters sei ihnen ein Lichtblick in der Zukunft.«

Thuramur musste kurz die Augen schließen und durchatmen. Es war das erste Mal, dass *sie* direkt durch ihn gesprochen hatte.

»Dann werde auch ich weiterkämpfen«, flüsterte er. Die Hierophantin Cylandri blinzelte verwirrt. Thuramur verbeugte sich ein letztes Mal vor ihr und wandte sich zum Gehen. Als er bereits an der Treppe stand, sprach die Hierophantin noch einmal.

»Ihr solltet nicht nach Süden reisen«, sagte sie. »Dort warten allein Verzweiflung und Tod. Wenn Ihr schon kämpfen müsst, dann reist nach Osten, ins ewige Kaiserreich Kta Lun.«

»Habt dank, Hierophantin«, erwiderte Thuramur ehrlich. Dann ließ er die Turmplattform, sein Leben als Priester und das Silberkloster Malyún hinter sich.

Danksagung

Wie der erste Band, nur ganz anders – so sollte »Zwillingsblut – Die Magie der Elben« doch bitte werden. Den zweiten Teil einer Trilogie zu schreiben, war für mich eine besondere Herausforderung. Neue Figuren, Kreaturen und Orte wollten eingeführt werden, ohne dabei das bisher Etablierte zu vernachlässigen, neue Fäden wollten gesponnen werden, ohne sich mit dem bestehenden Gewebe zu verheddern. Dass ich dabei nicht (oder nur ganz selten …) verzweifelte, verdanke ich der Unterstützung vieler lieber Menschen.

Meine Agentin Anja Koeseling war stets offen für meine Fragen, stand mir mit Rat zur Seite und, vielleicht am wichtigsten, ließ mich spüren, dass sie an mich und mein Schreiben glaubt. Dafür danke ich ihr von ganzem Herzen.

Katharina Runden hat durch ihr konstruktives, scharfäugiges Lektorat entscheidend dazu beigetragen, den Roman stringent zu machen. Insbesondere ihre Konsequenz bei der Gestaltung der Perspektive war sehr wertvoll für mich, ebenso wie das zugegebenermaßen manchmal unbequeme, aber immer zielsichere Aufspüren von Schwächen im Text, die es auszumerzen galt. Vielen lieben Dank dafür, auch an das Team von Bastei Lübbe – ich habe bei unserer Zusammenarbeit viel gelernt!

Zudem bedanke ich mich bei meinen Probe- und Gegenleser*innen, die sich die Mühe gemacht haben, es mit meinen halbfertigen Entwürfen aufzunehmen. Auch von dieser Seite ist viel Wertvolles in den Text geflossen.

Besonders spannend waren für mich das Feedback und die tollen Impulse, die viele Leser*innen von »Zwillingsblut – Der Kampf der Zwerge« mit mir geteilt haben. Es war für mich ein unglaubliches Gefühl, Rückmeldung von Menschen zu bekommen, die ich nicht persönlich kenne!

Inzwischen ist mein regelmäßiges Schreiben ein fester Teil

unseres Familienalltags geworden, und die Umstellung dahin war durchaus herausfordernd. Ich bin meiner Familie unendlich dankbar für ihre Geduld und Nachsicht, wenn ich mich über Stunden im Arbeitszimmer vergrabe. Und dass meine Bücher überhaupt zustande kommen, ist nicht zuletzt das Werk meiner Frau, die meine Entwürfe unermüdlich mit einem kritischen Blick auf den Text und vielen guten Ideen begleitet.

Das Fantasy-Genre lebt durch die Begeisterung von Menschen und ihre Bereitschaft, sich kopfüber in fremde Welten zu stürzen. Ich freue mich, einen kleinen Mosaikstein zu seiner Vielfalt beisteuern zu dürfen.

Danke!

ANHANG A

Wichtige Personen

ZWERGE

ALGRIN VON KURROND Kristallzwerg, Kriegsmeister in Skjöldirs Heerschar

BARUDRIN Runenschmied, Onkel von Gorin und Galdra, genannt Duroscha (»Onkelchen«)

GALDRA Höhlengängerin, Gorins Zwillingsschwester

GOLIBRAN DER GEMÄCHLICHE Waffenschmied, einunddreißigster König von Tokrond

GORIN Runenschmied, Galdras Zwillingsbruder

NARIBRAN Obmann der Höhlengänger von Tokrond

OLBARIN Kristallzwerg, Obmann der Kristallschmiede von Kurrond

THOLIDRUN ein Berglord der Granitzwerge

WERODRIN Diamantzwerg, Fernhändler aus Swertenburg

ELBEN

AOUNDRI Blau-Elbin, junge Blausängerin aus der Wogenreiter-Sippe

AZRAZUR VOM GESPALTENEN TURM Purpur-Elb, Kriegszauberer und Galeerenkommandant

CHARAMUR Rot-Elb, Ältester der Phönixkinder-Sippe

CHASRI Rot-Elbin, Kriegerin, Charamurs Nichte

CYLANDRI Silber-Elbin, Hierophantin von Malyún

CYSRAMUR Purpur-Elb, Beschwörer, Turmherr des Gespaltenen Turms

ELYAMI Grünsängerin, Birkenkind, Elyamurs Zwillingsschwester

ELYAMUR Wolkentänzer, Birkenkind, Elyamis Zwillingsbruder

HALYAMUR Eichenkind, Grünhüter aus Liráya

ILRAVI VOM GESPALTENEN TURM Meisterin der Fleischweber des Gespaltenen Turmes

DIE TRÄUMENDE KÖNIGIN Silber-Elbin, die Erste aller Elben, Tochter der göttlichen Weberin

THURAMUR Silber-Elb, Iyanuri-Priester

UNDRAMUR Sommerkönig der Grün-Elben, Eichenkind

UYAOMUR Blau-Elb, Ältester der Wogenreiter-Sippe

VYLAMI VOM DÄMMERTURM Purpur-Elbin, Statthalterin von Swertengund in den Diensten des Kettenfürsten

YLINDRI Tannenkind, Grünhüterin aus Liráya

YURAMI Frühlingskönigin der Grün-Elben, Wildrosentochter

ORKS

REKUT Geisterbeschwörerin, Khurdran des Blutketten-Clans, Rezkais Zwillingsschwester

REZKAI Khugasha-Kämpfer, Khurdran des Blutketten-Clans, Rekuts Zwillingsbruder

SERKAI Khurdran des Wolfsschädel-Clans

MENSCHEN

ASSINDRA NEUNFINGER berüchtigte Korsarenkapitänin aus Ilis Ymran

DÁMAN Beschwörer, Abgänger der Dreikopf-Akademie, später der Kettenfürst

GEIROLF EINHAND legendärer erster König von Skovrik, Einiger des Reiches

GLU BOSRA hochrangiger Jhali-Priester

GUNBRECHT junges Mitglied der Grauen Ratte

HILGRIF Schwertpriesterin der Kravana

JHA RUDRA Diebespriesterin der Zelja

LHÔR VAL PARYL Lord aus Ormland

LIUDALF VON HORNEN Sohn des Herzogs der Hörnermark

LOMAN VON ALRAUNENTAL junger Hexer, Lomandras Urenkel

LOMANDRA VON ALRAUNENTAL Älteste Hexenbaronin von Strigaza

ODRANA Mentalistin und Nidhanas-Priesterin, Abgängerin der Dreikopf-Akademie, später die Winterseherin

SKJÖLDIR REIFBART berühmter Krieger und Abenteurer aus Skovrik, Jarl von Drekafjäll

DRACHEN

AGNIRAKSHA Feuerdrache, Hüter der Feuerquelle

BHUMIRAKSHA Erddrache, Hüter der Erdenquelle

JALARAKSHA Meeresdrache, Hüter der Wasserquelle

KIKASAN von den Göttern erschlagener Urdrache, nun als Knochendrache Wächter der Unterwelt

KURANGRA Dreiköpfige Drachin, Meisterin der Dreikopf-Akademie

VAYURAKSHA Himmelsdrache, Hüter der Luftquelle

GÖTTER

ABHRA die Mutter der Wolken, Göttin der Himmelsweite

ASKOS Gott des Weines und der Lebensfreude

DHARANA Göttin der Erde

DWALDARIN der göttliche Schmied, Gott der Handwerkskunst, Patron der Zwerge

DIE GRAUE HERRIN stolze Meeresgöttin, Patronin von Ilis Ymran

IYANURI die göttliche Weberin, Hüterin des Schicksals, Patronin der Elben

JHALI Gottheit der Rätsel und Geheimnisse, Patron der Jhalai

JVALANA wilde Göttin des Feuers

KRAVANA die göttliche Schwertmaid, Beschützerin der Sterblichen

NIDHANAS Gott der Vergänglichkeit und des Todes, gestürzter König der Unterwelt

SAMDHI Göttin des Friedens und der Harmonie

TIEFE GÖTTER die alten, namenlosen Göttinnen und Götter der Ozeane

ZELJA Göttin der Diebe und Glücksritter

SONSTIGE WESEN

ALTHROS Zentaur, Windflüsterer, Anthrites Zwillingsbruder

ANTHRITE Zentaurin, Bogenschützin, Althros' Zwillingsschwester

BOLDROS Zyklop, Ziegenhirte

FLAGDA SCHWARZZAHN Waldtrollin, erfahrene Kriegerhexe

GHASHRI Goblin-Schamanin, Königin der Bettler von Swertenburg

HLU Flügelfee

KALTOS Zentaur, Elementarist, Abgänger der Dreikopf-Akademie

KROSH MULDRAN Kriegsfürst des minotaurischen Hauses Muldran

KRURA Rakshasa, Waldführer in den Diensten des Maharajas von Ravinagari

LIRDRI Flügelfee

OXUD Waldtroll, ehrgeiziger Prinz von Trollskog

RÖXUD Waldtroll, ein Hauptmann in Skjöldirs Heerschar

TURR MULDRAN Hauptmann aus dem minotaurischen Haus Muldran

XORAV Goblin, Laufbursche und Spion der Grauen Ratte

ZÛN, DER AUF DER SCHWELLE WANDERT legendärer Nephilim-Zauberer der Vergangenheit

ANHANG B

Glossar

A

ABENDBERGE westliches Grenzgebirge des Kaiserreichs Kta Lun

ADAMANTGLAS milchig-durchsichtiges Material, aus dem die Elben ihre Rüstungen fertigen; leicht und doch von großer Härte

ÄHRENFELDT Herzogtum im Menschenreich Hundertbürgen; Stammland des Königshauses

AIDIOS-KRISTALL extraharter Kristall aus den Gletscherminen der Kristallzwerge, ein begehrter Werkstoff

ALABASTERINSELN reiche Gewürzinseln im fernen Südosten

ALRAUNENTAL Baronie im Hexenreich Strigaza

ALTER ELBENPASS Pass in den Gletscherbergen, der zum Silberkloster Malyún hinaufführt

ANANTA der himmelragende Götterberg

AQUAMARIN-SEE der südliche Ozean

AQUATIL Gemeinsprache der Meeresvölker

ARANYAKAM Königreich in Makhura

ARANYAPUR Hauptstadt von Aranyakam

ARCHONTEN höchste Diener der Götter, zumeist in der Gestalt von Flügelwesen

AVATARA körperliche Manifestation einer Gottheit

AXTHIEB-BUCHT tief eingeschnittene Bucht des Mitternachtsmeeres

AZUSSRA Vulkaninsel in der Aquamarin-See; beherbergt Kyklopia, das Königreich der Zyklopen

B

BANDARI Affenblütige, ein Volk stolzer Krieger und Gelehrter in Makhura

BASALTZWERGE das verlorene Zwergenvolk des Feuers; die Vorfahren der Kohlenzwerge

BHUTAPUR Hauptstadt von Vetaladesha, bekannt für seine Schweigende Bibliothek

BLAU-ELBEN Elbenvolk; befahren als Meeresnomaden die Ozeane

BLITZGEISSEL purpur-elbisches Folterinstrument, das magische Blitze erzeugt

BLÜTENFEE kleiner, blütenbewohnender Elementargeist der Erde

BLUTKETTEN-CLAN Ork-Clan von Komashtu; Clanfarbe rostrot; direkt dem Kettenfürsten unterstellt

BLÜTENMEER VON BEYÂN von gigantischen Blumen übersäte Ebene im Königreich Wâgant

BOLKROND Königreich der Granitzwerge, von Bürgerkriegen erschüttert

BRYNLAND altes Kleinkönigreich im Norden, inzwischen ein Teil von Skovrik

BULLKLIFF Stadtfestung, Hauptstadt der Hörnermark

C

CALOR Haupthafen von Azussra

CANDRAMA-MASSIV die nördlichen Grenzberge von Makhura

CATUR teures und magisch hochwirksames Material, das durch die alchemistische Vermischung der vier Elemente in möglichst reiner Form gewonnen wird

D

DÄMMERTURM Turmstadt auf Yamaaz

DAITENGU Herrschertitel des Tengu-Volkes

DIAMANTZWERGE Zwergenvolk; bekannt für seine Goldschmiedekunst; bewohnt das Königreich Ilgrond

DOLCHKLIPPEN Gebiet windumheulter Felsengrate im zentralen Tar Uzar

DONNERKEIL zyklopische Wurfwaffe, die Blitze über das Ziel hereinbrechen lässt

DRAUG gefährliche Art von Untoten in den Grabhügeln von Skovrik

DREIKOPF-AKADEMIE Zauberschule, die von der Drachin Kurangra in den Grotten der Plankenbrecherküste betrieben wird

DREKAFJÄLL Jarltum im Norden von Skovrik

DRUMAGDHU das Land der Bestien; eine wilde Ödnis nordöstlich von Komashtu

DVAR Höhle, die in die Unterwelt hinabführt

DVEGURA Handelsstadt in Wâgant, direkt vor den Toren des Zwergenreichs Ilgrond gelegen

DVERGARD Stadt in Skovrik, am Nordtor von Tokrond

E

EISENTUNG Sprache der Eisenzwerge

EISENZWERGE Zwergenvolk; bekannt für Schmiedekunst und Wehrhaftigkeit; bewohnt das Königreich Tokrond

EISMÖWEN eine Sippe der Blau-Elben

ELEMENTARISTIK die magische Kunst, die vier Elemente zu beherrschen

ESONESSA sumpfiges Eiland bei Yamaaz; Heimat der Esoptri

ESOPTRI verfluchtes Volk mit Spiegelaugen, deren Blick versteinernd wirkt; bewohnt die verwunschene Insel Esonessa

F

FÄNGGE wilder Waldgeist

FÄNGGENBERG Herzogtum im Menschenreich Hundertbürgen

FJÄLLSTADIR Stadt in Skovrik

FLAMMEN-OLM feuerspeiendes Amphibium, das Höhlenseen bewohnt

FLEDERNATTER geflügelte Schlange; wird in Tar Uzar als fliegendes Reittier gezüchtet

FLEISCHWEBER Körperformer der Purpur-Elben

FLÜGELFEE kleiner Elementargeist der Luft

FROSTBISS legendäres Breitschwert im Besitz Skjöldir Reifbarts

FUNKENFEE kleiner Elementargeist des Feuers

FURIEN wilde Kriegerinnen der Unterwelt

G

GARHITA verbotene Hochebene rund um den Götterberg Ananta, von Geisterwesen durchstreift

GEISTERGEBIRGE unerforschtes Gebirge in Reshavarien

GEISTERHAG Baronie im Hexenreich Strigaza

GESPALTENER TURM Turmstadt auf Yamaaz

GISCHTTÄNZER eine Sippe der Blau-Elben
GLETSCHERBERGE Gebirge im nördlichen Skovrik
GLUTAUGEN-CLAN Ork-Clan von Komashtu, inzwischen ausgelöscht
GNOIANA Hauptstadt von Gnomara, Sitz des Senats
GNOMARA Republik der Gnome; bekannt für ihre Akademien; Teil der Kettenlande
GOBLIN-SPEICHEL lähmendes Waffengift
GÖTTER-ESSE Zentralvulkan der Feuerinsel Azussra
GÖTTERHAG mächtige Felswand, die die verbotene Hochebene Garhita von den umliegenden Landen trennt
GEISTER-MOGULE die Herrscher von Vetaladesha; angeblich untote Zauberfürsten
GOLDTUNG Sprache der Diamantzwerge
GOLF VON MAKHURA Meeresgebiet zwischen der makhurischen Ostküste und den Alabasterinseln
GRANDAL Jarltum in Skovrik
GRANITZWERGE das kriegerischste Zwergenvolk; bewohnt das Königreich Bolkrond
GRAUE RATTE zerschlagene Widerstandsgruppe gegen das Regime des Kettenfürsten in Swertenburg
GRAUES MEER zentrales Binnenmeer
GRAUGRIMM-BERGE mächtiges Grenzgebirge zwischen Hundertbürgen und Skovrik
GREIF stolzes Raubtier der Lüfte, halb Adler und halb Löwe
GRÜN-ELBEN Elbenvolk; bekannt für seine enge Bindung an die Naturgeister der Wälder; bewohnt die Wälder Liráyas
GRÜNHÜTER elbische Waldläufer, die das Waldlandreich Liráya beschützen
GRÜNSÄNGER elbische Zauberbarden
GRÜNWORT Sprache der Grün-Elben
GRUUN Stadt der Tanzenden Runen, eine versunkene Festung der Nephilim

H

HAGAZUS Hauptstadt von Strigaza
HAMARHEIM Jarltum in Skovrik

HARIT alte Tempelstadt in den Dschungeln von Makhura

HARNISCHHORN nashornartiges Panzerwesen, von den Minotauren als Reittier gezüchtet

HAUTDIEB Dämon, der die Identität seiner Opfer annimmt

HERSE Adelstitel in Skovrik

HERZOGSTHRON markante Felsklippe am Thuros zwischen Thurobingen und Weinborn

HIMMELSGEISTER entrückte Luftwesen der äußersten Höhen

HIMMELSKAISER höchster Gipfel der Abendberge, zweithöchster Berg der bekannten Welt

HOCHSPRACHE die verbreitete Gemeinsprache, aus dem Thursischen hervorgegangen

HOHE STADT die Wolkenstadt der Tengu am Himmelskaiser

HOHEWACHT Schwertkloster der Göttin Kravana in den Graugrimm-Bergen

HÖLLENHUNDE flammende Hundebestien aus der Unterwelt

HÖRNERMARK Herzogtum im Menschenreich Hundertbürgen

HRIMWALD großes Waldgebiet in Skovrik

HÜHNERKRALL Schloss der Hexenbaronin Lomandra, stapft auf Hühnerbeinen umher

HUNDERTBÜRGEN westliches Menschenkönigreich; geprägt von zerstrittenen Adelshäusern; Teil der Kettenlande

I

ILIS YMRAN Inselkönigreich im Südwesten, berüchtigt für seine Korsarenflotte

ILYÚN altes Silberkloster, dem Gott Nidhanas geweiht

INYURA elbische Streichlaute

IRRWISCH Wettergeist in der Gestalt eines lebendigen Blitzes

J

JARL Adelstitel in Skovrik

JHALAI Menschenvolk, das stets Masken trägt; lebt in eigenen Stadtvierteln in großen Städten überall auf der Welt

JHALAISU Bezeichnung des Jhalai-Viertels einer Stadt; auch Maskenviertel genannt

JÜN der geheimnisvolle Südkontinent

JYUTI Fluss in Makhura

K

KAP DER SEESCHLANGEN die Landspitze von Piovra, trennt die Aquamarin-See vom Singenden Ozean

KERÂTA Königreich der Minotauren im Westen

KETTENGOLEM künstliches Geschöpf aus rostigen Ketten, Leibwache des Kettenfürsten

KETTENTRÄGER Träger einer Seelenkette des Kettenfürsten

KHUGASHA orkische Kampfkunst der Knochenmeisterschaft

KHURDRAN Titel für den Anführer eines Ork-Clans

KIEFERNHÖHEN Hochland in Skovrik, nördlich der Tokrond-Berge

KLIPPEN-GHOULE Untote, die in den Höhlen und Klüften der Schwarzglasklippen existieren

KNOCHENREITER-CLAN Ork-Clan von Komashtu, inzwischen ausgelöscht

KOHLENZWERGE Zwergenvolk, das sein Königreich verloren hat; arbeiten meist als Tagelöhner oder Bergleute in den Menschenlanden

KOLOSSE die größten noch lebenden Riesen; vor allem in Drumagdhu heimisch

KOMASHTU das Steppenreich der Ork-Wolfsreiter; Teil der Kettenlande

KÖNIGSTRAUM Traumvision, die die Elben zuweilen von der Träumenden Königin empfangen

KONVENT DER DREIZEHN Regierender Hexenrat von Strigaza

KRIEGSKOLOSS ein Koloss, der als lebendige Kriegsmaschine versklavt wurde und ein hölzernes Kastell auf den Schultern trägt

KRISTALLZWERGE Zwergenvolk; lebt im Königreich Kurrond; schürft magische Kristalle aus dem Eis der Gletscher

KTA LUN Mächtiges Kaiserreich im fernen Nordosten

KYKLOPIA Königreich der Zyklopen auf Azussra, errichtet auf den Ruinen von Rykrond

L

LABRYS traditionelle Doppelaxt der Minotauren

LAMIA höherer Untoter, entzieht Lebenden die Lebenskraft

LANGE AHNENHÜGEL Grabhügel der alten Könige von Brynland am Ufer des Nöcksees

LARVA höherer Untoter aus der Unterwelt

LINDWURM kleinerer Verwandter der Drachen mit tierhafter Intelligenz

LAUTLOSER WÜRGER Dämon, der seine Opfer erdrosselt

LIRÁYA Waldlandreich der Grün-Elben

LORVIA das südliche Menschenkönigreich, bekannt für seinen Weinanbau und seine reichen Handelshäfen; Teil der Kettenlande

M

MAA UUL die Stadt der Oktotauren

MAGMÔNITEN Lava-Riesen; ein Volk von Flammenwesen

MAHACATUR extrem mächtiges Material aus der verbundenen Essenz aller vier Elemente

MAHARAJA makhurischer Fürstentitel

MAKHURA südliches Dschungelreich, von einem bunten Völkergemisch bewohnt

MALYÚN altes Silberkloster; der Göttin Iyanuri geweiht

MENTALISTIK die magische Kunst, Gedanken, Gefühle und Träume zu beeinflussen

MIKLAHÖLL Hauptstadt und größer Hafen von Skovrik

MITTERNACHTSMEER der nördliche Ozean

MONDBAUM magische Baumart im Hochland der Silbersichel, auf der sich das Mondlicht ablagert

MONDQUARZ seltenes, matt leuchtendes Gestein

MUHME machtvoller Naturgeist, Beschützerin des Landes

MUHMENMOOR düsteres Moorgebiet in Strigaza

N

NACHTGREIFER-CLAN Ork-Clan von Komashtu, inzwischen ausgelöscht

NAKSHATRA Palaststadt des Rajas des Silbersichel-Hochlands, nun eine Ruine

NEBELHEIDE Hochland in Strigaza

NEPHILIM altes Volk von Schattenriesen; Meister der dunklen Magie; gelten als nahezu ausgestorben

NÖCKSEE größter See von Skovrik, zugleich ein Königreich des Wasservolks

NORDLICHTREICHE die Eisödnis des äußersten Nordens

O

OGERGRUND Stadt in der Hörnermark

OGRIEN Urheimat der Oger, ein Teil der Kettenlande

OKTOTAUREN sagenumwobene Krakenmenschen, Priester der See

ORKASHU Sprache der Orks

ORMLAND geheimnisvolle Gletscherinsel im Norden, bekannt als Brutstätte von Drachen

P

PANZERRIESE riesiges, hummerartiges Panzergeschöpf der Meere

PAZUZU mächtiger, geflügelter Dämon der tiefsten Unterwelt

PHÖNIXGRYPH raubtierhaftes Elementarwesen des Feuers

PHÖNIXKINDER eine Sippe der Rot-Elben

PHÖNIXSTEPPE Steppengebiet zwischen Süd-Wâgant, Tar Uzar und Komashtu

PIOVRA Halbinsel im Westen von Lorvia

PLANKENBRECHERKÜSTE schroffe Felsenküste an der Aquamarin-See, von Wracks gesäumt und von Höhlen durchzogen

PLÜNDERWÖLFE die mächtigen gelbgrauen Reittiere der Orks von Komashtu

PORT YM Hauptstadt von Ilis Ymran, ein berüchtigter Korsarenhafen

PRETA ruheloser Hungergeist

PURPUR-ELBEN Elbenvolk; herrschen als dekadente Zauberfürsten über die Insel Yamaaz

Q

QUOLÛR größte Stadt in den Sumpflanden von Wâgant

R

RAJA makhurischer Fürstentitel

RAKSHASA Volk kriegerischer Tiermenschen in den Dschungeln von Makhura

RAT DER JAHRESZEITEN Rat der vier Könige, die Liráya für die Träumende Königin regieren

RAUNEWÄLDER verwunschenes Waldgebiet in Strigaza

RAVINAGARI Stadt und mächtiges Königtum im zentralen Makhura

REISSZAHN-CLAN Ork-Clan von Komashtu; Clanfarben blaugrün; bekannt für seine hervorragenden Jäger

RESHAVARIEN ausgedehnte Wildnis im Norden, bewohnt von Stämmen kriegerischer Gestaltwandler

RIESENKNOCHENBERGE schroffes Grenzgebirge zwischen Wâgant und Ogrien

ROKH Riesenvogel, nistet auf den Berggipfeln der Alabasterinseln

ROSTROTER PALAST die Residenz des Kettenfürsten

ROSTROTER THRON Thron von Nidhanas, dem Gott der Unterwelt

ROT-ELBEN Elbenvolk; nomadische Bewohner der Steppe; gelten als furchtlose Krieger

RUBINROTER OZEAN das Meer im Osten

RUKH TAR ZORR eine vergessene Stadt der Nephilim

RUNENEICHE hochmagische Baumart mit Runenmustern auf der Borke

RUNENSCHMIEDE zwergische Handwerker, die Gegenstände mit Zauberrunen versehen

RYKROND das verlorene Reich der Basaltzwerge, von Zyklopen eingenommen

S

SÄBELZAHN-SCHNAPPER gefährliche Raubtiere in Drumagdhu

SAGARAPUR große Hafenstadt in Makhura, bekannt für ihr Vergnügungsviertel

SALAMANDER stolze Elementarwesen des Feuers

SALAMANDERMUSCHEL seltene magische Muschelart, die Wärme ausstrahlt

SCHATTENJÄGER vielarmiger Dämon, der aus reiner Dunkelheit besteht

SCHLUND DES MEERES mächtiger Mahlstrom im Singenden Ozean

SCHREIENDES SCHLOSS verzaubertes Türschloss, das Alarm schlägt, wenn es jemand zu knacken versucht

SCHWARZGLASKLIPPEN Ödnis aus schwarzen Obsidian-Felsen zwischen Tokrond und Liráya

SCHWEIGENDE BIBLIOTHEK die große Bibliothek von Bhutapur, ein Hort verbotenen Zauberwissens

SCOLIANA die Klippenstadt am Kap der Seeschlangen
SICHELSTADT Hauptstadt des Herzogtums Ährenfeldt
SICHELSTAUB verdichtetes Mondlicht, eine kostbare alchemistische Zutat
DIE SIEBEN TEMPEL Reich im fernen Osten, von sieben Ordensgemeinschaften beherrscht
SIEBENMOOR Baronie im Hexenreich Strigaza
SILBER-ELBEN das erste Elbenvolk; erfüllt von alter Magie; inzwischen beinahe ausgestorben
SILBERSICHEL-HOCHLAND Hügelland im Norden von Makhura, Herkunftsregion des Sichelstaubs
SINGENDER OZEAN großer Ozean im Westen
SKORPION-CLAN Ork-Clan von Komashtu; Clanfarben gelbschwarz; bekannt für seinen Umgang mit Waffengiften
SKOVRIK nördliches Menschenreich, geprägt von Bergen, Wäldern und Fjorden
SMARAGDBERGE zentrales Gebirge der Halbinsel von Makhura
SONNENAUGE Wasserloch in der Phönixsteppe
SONNENFEUER machtvolle Inkarnation des Elements Feuer mit heilkräftiger Wirkung
SORLETTA die Königsstadt von Lorvia; bedeutender Hafen an der Aquamarin-See
STACHEL Waffe der Skorpion-Orks; zwei vergiftete Knochenklingen, die an einem Seil umhergewirbelt werden
STERNEN-EULEN Eulen aus Licht, Boten der Göttin Iyanuri
STRIGAZA Menschenreich, das von dreizehn Hexenbaroninnen regiert wird; Teil der Kettenlande
STUMME RITTER untote Krieger im Dienst des Kettenfürsten
STURMFALKEN-CLAN Ork-Clan von Komashtu, inzwischen ausgelöscht
SWERTENBURG Hauptstadt des Herzogtums Swertengund
SWERTENGUND Herzogtum im Königreich Hundertbürgen

T

TAMOVAT Schlucht beim Götterberg Ananta, die die Pforten der Unterwelt birgt
TAR UZAR Menschenkönigreich, geprägt von Steppen und Halbwüsten; Teil der Kettenlande

TENGU Wolkenzwerge vom Himmelsvolk; ein Volk von Kriegern der Lüfte

THUROBINGEN zweitgrößte Stadt im Herzogtum Swertengund

THUROS großer Fluss, der sich durch Hundertbürgen, Gnomara und Lorvia zieht und bei Sorletta in die Aquamarin-See mündet

THURSENGARD Reich der Frostriesen im äußersten Norden

THURSISCH gemeinsame Sprache der Riesenvölker

TODWEBER Todeskünstler der Purpur-Elben

TOKROND Festungsreich der Eisenzwerge

TRITONEN Meervolk, Elementarwesen des Wassers

TROLLSKOG Königreich der Waldtrolle

TURMHERR Titel eines purpur-elbischen Zauberfürsten, der über eine Turmstadt herrscht

U

UKSHAGIRI der Berg der Wasserbüffel, ein Gipfel in den Vorgebirgen der Smaragdberge

UNGLÜCKSELIGE INSELN Bezeichnung der Seefahrer für Azussra, Yamaaz und Esonessa

V

VAKTRA Abgrund, der die inneren Bereiche der Unterwelt beschirmt

VARD alte Fliehburg auf den Kiefernhöhen

VETALADESHA ein Dschungelreich dunkler Magie, das von den geheimnisvollen Geister-Mogulen beherrscht wird

VISHA gefürchtetes Gift der Unterwelt

W

WÂGANT Menschenkönigreich, geprägt von ausgedehnter Wildnis; Teil der Kettenlande

WEINBORN Stadt im Herzogtum Swertengund

WEISS-ELBEN Elbenvolk; bewohnen die eisige Ödnis des äußersten Nordens

WILDFRAU wilder Berggeist

WINDSBRAUTBERGE zerklüfteter Höhenzug in Strigaza

WOGENREITER Sippe (und Sippenschiff) der Blau-Elben

WOLFSSCHÄDEL-CLAN Ork-Clan von Komashtu; Clanfarben rot-schwarz; bekannt für die Wildheit seiner Krieger
WOLKENTANZ elbische Kampfkunst, die es ermöglicht, kurzfristig durch die Luft zu laufen
WOLKENSTAHL mächtige Legierung, ein Geheimnis der Tengu
WOLKENTUNG Sprache der Tengu

Y

YÀ MYRLION Name der Fledernatter, mit der Elyami reist
YÀ SYNDRI Name der Fledernatter, mit der Elyamur reist
YAMAAZ die Heimatinsel der Purpur-Elben, beherrscht von konkurrierenden Zauberfürsten; Teil der Kettenlande
YM Hauptinsel von Ilis Ymran

Z

ZANDRAM UZAR Palaststadt des Maliks von Tar Uzar
ZWERGENPFAD aus dem Fels gehauener Treidelpfad am Thuros